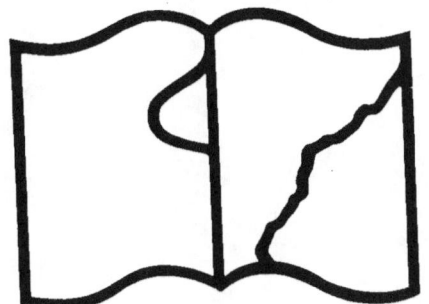

HISTOIRE

DE LA

TOUR DE NESLE

Par LÉON MARCY et PAUL DE COUDER

LIBRAIRIE DES CÉLÉBRITÉS CONTEMPORAINES

11, rue Jacob, Paris.

HISTOIRE

DE LA

TOUR DE NESLE

Le beau drame d'Alexandre Dumas a rendu populaire le nom de cette forteresse féodale qui, construite pour défendre Paris, ne servit long-temps qu'à abriter l'orgie, la débauche et le crime. Elle dressait sa sombre silhouette au bord de la Seine, sur l'emplacement qu'occupe le palais de l'Institut. Souvent, le bourgeois attardé sur le Pont-Neuf, en voyant à travers la nuit luire, comme les yeux de la luxure, les fenêtres de cette tour où chantaient de joyeux convives en attendant que se fissent entendre les cris de détresse et les râles des mourants, précipitait le pas, effaré, tremblant et rempli d'une superstitieuse terreur.

Il murmurait en frissonnant :

— Demain la Seine rejettera quelque cadavre.

La tour de Nesle était, au XIVe siècle, un des monuments importants de Paris, un de ceux qui accusent le mieux le côté sombre et sinistre de l'architecture féodale. Son nom éveille le souvenir de sanglantes légendes et a conservé le privilége de surexciter la curiosité populaire.

Cette histoire de la tour de Nesle, plus tragique, plus étonnante, plus romanesque que les œuvres d'imagination les plus invraisemblables, est pourtant authentique.

Nous lisons dans un des livres de Brantôme,

10 CENTIMES.

parlant de la reine qui se tenait à cette tour :

« Là, elle faisait le guet aux passants, et « ceux qui lui plaisaient et agréaient le plus, « de quelque sorte de gens que ce fussent, les « faisait appeler et venir à elle et, après en « avoir tiré ce qu'elle en voulait, les faisait « précipiter du haut de la tour en bas, dans « l'eau. La plupart de Paris l'affirment, et il « n'y a personne qui ne le dise en montrant « la tour. »

Enfin, nous avons le témoignage de Villon qui, dans une de ses meilleures pièces, après avoir mélancoliquement passé en revue toutes les choses et toutes les grandes figures du passé que le temps fait disparaître, s'écrie :

> Semblablement où est la royne
> Qui commanda que Buridan
> Fût jeté dans un sac en Seine?...
> Mais où sont les neiges d'antan?

La tour de Nesle a sa célébrité terrible comme la Bastille; celle-ci engloutissait dans ses cachots les victimes du despotisme; celle-là faisait disparaître les instruments de la luxure royale.

Sur leur emplacement s'élèvent deux monuments qui en sont en quelque sorte l'expiation.

La Bastille a cédé la place à la colonne de la liberté.

La tour de Nesle, temple des plaisirs bar-

bares, grossiers et cruels, a vu s'élever sur ses assises le palais des lumières et de la civilisation.

Mais avant de raconter ces scènes où le vin et le sang coulent à flots, où les agonies succèdent aux voluptés, nous allons conduire le lecteur loin des bords de la Seine, au sein de cette vieille province de Bourgogne, théâtre des joyeuses vendanges et berceau de celle dont les amours et les crimes devaient prêter à la vieille tour de Nesle une funeste célébrité.

I.

La cour de Bourgogne au xiv⁰ siècle. — Trompeuses apparences. — La princesse, le page et l'astrologue. — L'amour et la prison. — Une fille coupable et un père crédule. — Une nuit orageuse. — La fille parricide.

Rien n'égalait le faste, l'éclat et la galanterie de la cour de Bourgogne au commencement du xivᵉ siècle ; ce n'était que fêtes, chasses, tournois, carrousels, etc., où se faisaient admirer les plus jolies dames et damoiselles de la chrétienté, et les chevaliers les plus renommés par leurs exploits guerriers et leurs galantes conquêtes.

Ce n'était pas que le duc Robert II, déjà vieux, prît une grande part à ces plaisirs bruyants, mais sa fille bien-aimée, Marguerite, qui passait pour une des plus belles princesses de son temps, était l'âme de cette élégance, de cette galanterie, de ce faste inouï jusqu'alors.

Marguerite n'avait que dix-sept ans, et il n'était pas un chevalier qui n'eût dix fois joué sa vie pour un regard de ses grands beaux yeux noirs veloutés où se reflétaient toutes les ardeurs de son cœur et la flamme de ses désirs. Pourtant ces poursuivants d'amour, même les plus hardis, en dépit de la légèreté des mœurs, qui encourageait les plus audacieuses tentatives, étaient contenus par Marguerite dans les bornes du plus profond respect, et tous juraient par la beauté et la vertu de la princesse : c'était un ange de candeur et de pureté, une véritable vierge immaculée.

Sous ce dernier rapport, deux hommes seulement savaient à quoi s'en tenir : l'un était Buridan, page de Robert II : il était du même âge que Marguerite ; il avait été élevé près d'elle, tous deux s'étaient d'abord aimés sans le savoir ; puis ils avaient lu dans le cœur l'un de l'autre, et Marguerite s'était donnée à son amant avec tout l'emportement d'une femme dans le cœur de laquelle couvaient les passions les plus violentes, un amour ardent du plaisir et une force de volonté qui ne connaissait point d'obstacles. L'autre de ces deux hommes auxquels la jeune princesse s'était révélée tout entière était un Italien nommé Orsini, espèce d'astrologue-médecin ou plutôt de *mire*, comme on appelait les guérisseurs de cette époque, et qui jouissait d'un grand crédit à la cour de Bourgogne à raison de quelques cures heureuses. Marguerite avait fait de cet Italien non-seulement son confident, mais encore le ministre de ses volontés et de ses plaisirs. Souple, liant, insinuant, Orsini s'était prêté à toutes les volontés, à toutes les fantaisies de la jeune princesse, qui payait généreusement ses services, et qui promettait de les payer plus généreusement un jour. Sa qualité de médecin lui permettant de pénétrer partout, il s'était fait sans scrupule messager d'amour : c'était lui qui favorisait l'entrevue des jeunes amants, lui qui éloignait les indiscrets et détournait les soupçons, lui qui, plus d'une fois, avait ouvert à Buridan la porte de la chambre de Marguerite, lui qui avait veillé à cette porte pour empêcher toute surprise.

Cependant, malgré son audace et son adresse, Orsini n'était pas tranquille sur les suites de cette intrigue. Le duc Robert tenait fort à son médecin ; il croyait à l'astrologie ; mais il était jaloux de son autorité, sévère jusqu'à la cruauté, et il n'eût fait aucune difficulté d'envoyer maître Orsini au gibet s'il eût seulement soupçonné le genre de services que cet habile homme rendait à sa peu chaste fille. L'adroit Italien pensait quelquefois à cela, et il cherchait vainement une heureuse issue à cette liaison. Un jour qu'il se promenait dans les jardins du palais en songeant à cette grave affaire, il se trouva, au détour d'une allée, face à face avec le jeune page, qui paraissait lui-même en proie à quelque grave préoccupation.

— Qu'avez-vous donc, seigneur Buridan? lui demanda-t-il avec une familiarité autorisée par leur position réciproque.

— J'ai, maître Orsini, que, sans être, comme vous, astrologue, je flaire du malheur dans l'air.

— Belle découverte! comme si nous ne faisions pas tout ce qu'il faut pour qu'il en soit ainsi!... Mais y aurait-il donc quelque chose de particulièrement menaçant?

— Il y a, maître, qu'on parle de guerre, et que j'ai mes éperons à gagner.

— Diable! j'aimerais mieux qu'on restât en paix; car, moi, j'ai ma fortune à faire.

— Laquelle est en bon chemin, j'imagine?

— Pas tant que la vôtre, messire.

— En amour, c'est vrai.

— Et en toute autre chose, messire Buridan. La princesse est généreuse, mon jeune ami; mais le duc, son père, est avare, et, à moins d'un miracle, il ne résultera de tout cela chose bonne ni pour vous ni pour moi. Mais, tenez, voici la princesse Marguerite qui vient de ce côté, et qui a l'air tout aussi soucieux que nous; son visage a pâli, le feu de ses yeux s'est assombri.

Marguerite, en effet, était en proie à une grande agitation.

— Buridan, c'est vous que je cherche, dit-elle d'une voix atterrée en arrivant près des deux autres personnages. Restez, maître Orsini : ce que j'ai à dire vous regarde aussi, et, plus que jamais, nous avons besoin de vos conseils.

— Ame de ma vie! s'écria Buridan, seriez-vous menacée de quelque malheur?

— Jugez-en, ami : il faut nous séparer pour ne nous revoir jamais!

— Nous séparer!...

— Tout à l'heure : il y va de votre liberté, de votre vie peut-être?

— Eh! ma liberté, mon sang, ma vie, tout cela n'est-il pas à vous, Marguerite? Qui donc oserait menacer ces biens qui sont vôtres?

— Le seul qui le puisse oser impunément, le duc, mon père. Je ne sais ce qui est arrivé, qui nous a trahis; mais il sait notre amour. Appelée près de lui tout à l'heure, je l'ai trouvé tremblant de colère. Aux premiers mots qu'il m'a adressés, j'ai compris qu'il savait tout. Nier était impossible; j'ai cru mieux réussir à conjurer l'orage en faisant appel à son cœur, et j'ai fait des aveux complets...

— Miséricorde! s'écria Orsini, c'est donc par la potence que vous allez récompenser mes services?

— Rassurez-vous, Orsini; votre nom n'a pas été prononcé, et ces services dont vous parlez, le duc ignore que vous les avez rendus. C'est contre vous, mon Buridan, qu'est allumée sa colère; contre vous et contre moi-même, et il faut qu'elle soit bien terrible, puisque je n'ai pu le fléchir. En m'entendant parler d'hymen, son orgueil s'est soulevé, et il a juré ta mort, ami!... Pars donc, pars sur-le-champ; tu n'as d'autre moyen de salut, et c'est pour que tu en uses que je suis accourue vers toi, malgré la défense formelle qui m'a été faite de sortir de chez moi, en attendant qu'on me conduise au cloître où je dois expier mon amour.

— Dans un cloître! Ma Marguerite bien-aimée passer ses jours derrière une lugubre grille!... Ne sentez-vous pas que cela ne peut arriver que lorsque la dernière goutte de mon sang aura coulé?... Moi, je fuirais quand Marguerite est menacée!... Et c'est elle, c'est Marguerite, qui me croit capable d'une telle lâcheté!...

— Messire, interrompit froidement Orsini, ne tourmentez donc pas ainsi la garde de votre épée. En pareille affaire, le courage ne gâte rien; mais l'emportement peut tout perdre.

— Orsini! auriez-vous trouvé un moyen de salut? demanda la princesse en saisissant une des mains de l'Italien... Oh! parle! parle donc !... Tu aimes l'or : eh bien ! je te donnerai de l'or ! Si je n'en ai point, j'en trouverai ; mais parle, parle, au nom de Dieu !

— D'abord, est-il bien certain que monseigneur le duc ignore la part que j'ai prise à toute cette affaire ?

— J'en fais le serment : le nom d'Orsini n'a pas été prononcé.

— Cela étant, il n'y a rien de mieux à faire que de rester tranquilles et d'attendre les événements.

— Mais Buridan va être jeté en prison !

— Eh bien ! est-ce que cela ne vaut pas mieux que de se faire tuer ? Il n'y a qu'un lieu d'où il soit impossible de sortir, c'est la tombe. Les grilles, les verrous, ne sont que jouets imaginés pour épouvanter les enfants.

— Tu le sauveras donc ?

— Ne lui ai-je pas fait franchir des obstacles plus difficiles ?

— Et moi, si l'on m'enferme dans un cloître ?

— On ne fera point cela ; mais, quand on le ferait, qu'importe, pourvu que je n'aie rien perdu des bonnes grâces de mon seigneur ?

— Bien, bien ! je te comprends, Orsini... Prends cette bourse : que ton génie te reste fidèle, et l'or ne te manquera pas.

— Donc ! si l'on m'arrête ? demanda Buridan.

— Vous vous laisserez arrêter, messire.

— Et si l'on m'enferme dans un couvent ? demanda Marguerite.

— Noble damoiselle, il faudra vous y laisser mettre, et compter, pour en sortir, sur votre humble serviteur. Laissez donc marcher les événements, et soyez sûrs qu'ils ne suivront d'autre marche que celle qu'Orsini leur aura tracée.

Confiants dans l'habileté de l'astrologue, les amants se séparèrent et rentrèrent au palais chacun de son côté. Une heure après, Buridan était prisonnier ; mais en même temps Orsini arrivait près du duc, qui l'avait fait appeler.

— Je souffre, mire ! cria le souverain en apercevant l'astrologue, et j'ai grand'peur qu'ici votre science soit en défaut !

— Rassurez-vous, monseigneur, répondit Orsini ; les maladies de l'âme ne me sont pas plus inconnues que celles du corps, et ce n'est pas sans fruit que je lis aux astres.

— Ah bien ! je te reconnais là, maître ! Tu vas donc me dire la cause du mal et le remède ?

— Et pourquoi ne vous dirais-je pas cela, monseigneur ? ai-je donc à faire mes preuves de dévouement ?

— Non, Orsini, tu n'as plus de preuves à faire. Mais puisque les astres t'instruisent si bien des choses de ce monde, je n'ai rien à te dire et j'attends tes conseils.

— Et pour justifier cette confiance, je vous dirai, monseigneur, que le cœur d'une femme est bien fragile, bien fantasque surtout, et que ce qu'il adore aujourd'hui, on peut s'attendre à le lui voir délaisser demain.

— Vrai Dieu ! Orsini, tu mets tout d'abord le doigt sur la plaie.

— Et c'est pour cela, monseigneur, que je puis vous dire que le mal n'est pas aussi grand que vous l'imaginez, et que vous auriez tort de faire un éclat qui, loin de remédier à quelque chose, achèverait de tout gâter.

— Que veux-tu dire ? J'aurais dû peut-être laisser faire ce page insolent... Je le tiens, et il payera cher sa félonie... Quant à l'autre coupable...

— Seigneur, je vous en conjure, ne vous laissez pas maîtriser par la colère. La princesse Marguerite, en s'avouant coupable, n'a point dit la vérité : elle n'a agi ainsi que dans l'espoir de vous disposer à une union impossible. Laissez à la lumière le temps de se faire.

— Vous êtes sûr de ce que vous dites, mire ?

— Très-sûr, monseigneur. Ce n'est pas à moi que l'on cache aisément la vérité.

— J'attendrai donc ; mais l'insolent Buridan restera en prison.

Orsini se contenta donc de ce premier succès, et il s'empressa d'en instruire Marguerite, laquelle, par les soins de l'adroit et audacieux Italien, put pénétrer près du jeune page afin d'adoucir pour lui les ennuis de la captivité.

Les choses tournèrent comme l'astrologue l'avait prévu : Marguerite rétracta ses aveux et rentra en grâce près de son père, qui l'aimait trop pour n'être pas disposé à la croire innocente, et Buridan resta en prison, d'où le duc ne voulait le laisser sortir que pour prendre part à une expédition militaire qu'il projetait ; mais la captivité continua à lui être douce ; car la contrainte n'avait fait qu'enflammer davantage le cœur de Marguerite, et les amants ne se quittaient presque pas.

Tout allait donc bien grâce au génie d'Orsini : le page espérait se distinguer à la guerre, et mériter par ses exploits la main de son ardente maîtresse ; Orsini continuait à servir de tous ses moyens la princesse, qui, de son côté, mettait tout en œuvre pour se procurer de l'or afin de satisfaire l'avidité de ce ministre de ses volontés et de ses plaisirs.

Un soir, Buridan voit entrer dans sa prison l'astrologue, qui, sans autre préambule, lui dit :

— Jetez votre manteau sur vos épaules, messire, et suivez-moi sans perdre un instant.

— Suis-je donc libre ?

— Je ne sais, mais geôlier et gardiens dorment et dormiront au moins jusqu'au jour. Ce n'est pas à moi à décider du reste. Partons.

Le page ne se le fit pas répéter : il arriva bientôt près de Marguerite, qui l'attendait avec impatience, et qui se jeta tout éplorée dans ses bras dès qu'Orsini se fut retiré pour veiller à ce que le tête-à-tête ne fût point troublé.

— Ami, lui dit-elle, c'est aujourd'hui qu'il faut fuir ou mourir ensemble !

— Fuir, Marguerite ! fuir quand la guerre va commencer ? alors que je puis conquérir par mon épée l'ange bien-aimé qui m'a donné son cœur ?

— Il ne faut plus penser à tout cela, mon Buridan ; un mot va faire évanouir ces beaux rêves : je serai bientôt mère !....

— Dieu puissant ! aurais-je mérité tant de bonheur ?...

— Oh ! mon bien-aimé, ne t'aveugle pas ainsi : toute la vérité sera bientôt connue de mon père ; Orsini, lui-même, malgré toutes les ressources de son art et de son esprit, s'avoue impuissant à détourner ce coup terrible. Le duc sera implacable dans sa vengeance.... que du moins elle n'atteigne que moi !

— Cet homme est-il donc sans entrailles ?

— J'ai tout fait pour le fléchir ; dans l'espoir de réussir j'avais caché à tous, même à toi, ami, la dangereuse position où je me trouve. Tout a été inutile, et dans quelques semaines, dans quelques jours peut-être, se rompra le fil qui tient la foudre suspendue sur nos têtes.

— Partir, ma Marguerite ! te quitter quand un si grand danger te menace ! livrer sans défense la bien-aimée de mon cœur à la fureur de cet homme que je voudrais chérir et qui m'oblige à le détester !... Marguerite, j'ai un cœur pour t'aimer et un bras pour te défendre.

— De grâce, ami, calme-toi. Fuis, je t'en conjure : je mourrai contente quand je t'aurai sauvé.

L'entretien se prolongea ainsi pendant quelques heures ; mais, loin de disposer le jeune page à renoncer à sa belle maîtresse, il ne faisait qu'exciter sa passion.

Lorsque Buridan s'éveilla, Marguerite l'enveloppait de ses bras amoureux ; les beaux cheveux de la jeune princesse flottaient sur ses épaules nues ; son visage était pâle et des larmes amères tombaient de ses yeux, encore tout pénétrés de langueurs voluptueuses. Qu'elle était belle et qu'elle était séduisante à voir, l'ardente tigresse !

Le jeune page, bien qu'il se fût abreuvé à pleine coupe aux flots enivrants de la volupté, sentit ses membres envahis par une nouvelle flamme et tout son corps frissonnant.

— Qu'as-tu? pourquoi ce regard mouillé de larmes? s'écria-t-il.

— Je pleure sur notre amour qui va se briser... Je pleure sur toi que cet amour a livré aux fureurs d'un père dénaturé... Je pleure sur le fruit de tes baisers, doux être adoré qui ne verra le jour peut-être que pour être livré aux assassins payés par le duc... Je pleure sur moi, sur ma jeunesse qui va s'éteindre dans un cloître, peut-être dans la mort, car je ne survivrai pas à tous ces malheurs.

— Horreur! s'écria Buridan, que faire! ah! pour te sauver toi et notre enfant, je suis prêt à tout.

— Et le sais-je!... j'ai la tête perdue. Il y a des moments où il me prend des idées folles!... Pour te conserver, mon Buridan, pour être à toi, toujours à toi... je suis capable de tout, même d'un crime.

Et en prononçant ces mots, Marguerite eut un éclair sinistre dans les yeux et sa voix devint stridente.

— Que veux-tu dire! fit le jeune page en tressaillant.

— Ah! si tu m'aimais comme je t'aime... si tu étais bien résolu à défendre mon bien le plus cher, ta vie, Buridan, la vie de ta Marguerite, la vie de notre enfant...

— Eh bien...

— Ah!... évite-moi l'horreur d'achever ma pensée... et pourtant s'il est infâme de souhaiter la mort d'un père... on est plus infâme encore d'exposer à la mort son enfant...

— Marguerite, tu m'épouvantes!...

— Et il dit qu'il m'aime! ricana la jeune fille. Va... après m'avoir perdue, laisse-moi livrée à la vengeance... à la fureur...

— De ton père...

— De notre bourreau. Fuis... abandonne-moi... puisque moi seule ai le courage que donne l'amour. Et pourtant ton devoir est de me défendre, de te défendre toi, de défendre ton enfant!... Si tu voulais, Buridan, il serait encore de beaux jours pour nous... Je serais reine demain, maîtresse de mon corps et de

mon âme... Mais tu trembles... et au lieu de porter cette couronne ducale que je voudrais y placer, demain ta tête roulera sous la hache du bourreau.

— Marguerite!

— Mourir... quand on est jeune et belle, reprit la jeune princesse avec une sombre amertume, car tu me dis que je suis belle, mourir quand on a le cœur plein d'amour, car je t'aime, mon Buridan, et Marguerite étreignit dans ses bras convulsifs le jeune page enivré, éperdu, frémissant... Ah! sauve-nous, sauve-moi, puisqu'il n'est pas ton père, à toi...

— Oui... oui! tu as raison; que m'importe à moi la mort de cet homme... une arme! oh! donne-moi une arme, puisqu'on m'a arraché mon épée.

— Eh bien, prends ce poignard.

Le page s'empara du fer parricide.

Marguerite saisit le bras de son amant et l'entraîna vers les appartements du duc.

Le vieillard austère, imposant, dormait de ce calme sommeil que procurent une conscience sans reproche, une vie qui a eu l'honneur seul pour guide. Les flots d'argent de sa chevelure et de sa barbe vénérable se confondaient avec la blancheur mate des draps. Son front sillonné de rides portait le sceau d'une majestueuse grandeur.

Cette vaste chambre où dans la pénombre apparaissait toute une galerie de portraits héroïques, ce beau vieillard sur le visage duquel se jouait la pâle lumière d'une lampe suspendue au plafond, tout ce tableau à la fois grandiose et sombre, impressionna tout à coup le jeune page et le fit hésiter.

Il s'arrêta, contemplant, effaré, le noble visage de sa victime.

Mais Marguerite était là qui souffla des paroles brûlantes, et l'assassin affolé frappa en détournant la tête.

Le crime accompli, Marguerite se retire précipitamment, et Buridan, que déjà poursuit l'horreur de son forfait, s'enfuit par un escalier dérobé et disparaît.

Saint-Germain. — Imprimerie D. BARON.

II

Telle fille, telle mère. — Mariage de Marguerite de Bourgogne et de Louis le Hutin. — Les absents ont tort. — Marguerite de Bourgogne et ses complices. — Origine de la
tour de Nesle. — Philippe et Gauthier d'Aunay. — Premiers rendez-vous à la tour de Nesle. — Un revenant.

Robert II avait cessé de vivre lorsque Orsini,
appelé par les gens de service, arriva près de
lui; il ne put donc que constater le genre de
mort du duc, et il y procédait de manière à
assurer l'impunité de ses protégés, lorsque les
femmes de Marguerite vinrent en toute hâte
réclamer les soins de son ministère pour leur
maîtresse en proie à de violentes convul-
sions.

On n'est pas impunément parricide : à peine

Il frappa en détournant la tête.

ce grand crime dont elle était la complice
était-il consommé, que cette fille coupable ressentit une commotion terrible à laquelle succédèrent les douleurs de l'enfantement. Orsini,
qui vit sur-le-champ de quoi il s'agissait, éloigna tout le monde, et, quelques instants après,
Marguerite donnait le jour à deux enfants, qui,
bien que nés avant le terme ordinaire, étaient
pleins de vigueur et de santé.

La mort du duc permit à Orsini de cacher
facilement cet événement; il dit que la princesse, dans la douleur que lui causait la mort
de son père, ne voulait voir personne, et que
lui seul, jusqu'à nouvel ordre, pourrait entrer
chez elle.

Il pourvut à tout le plus secrètement possible; mais, pour que le mystère ne fût pas
dévoilé, il fallait que les deux enfants dispa-

russent promptement. Marguerite comprit cette
nécessité.

— Ouvrez ce bahut, mire, dit-elle à l'astrologue en lui donnant la clef d'un coffre placé
près de son lit ; il ne contient que peu d'or ;
mais vous y trouverez toutes les pierreries,
tous les joyaux que je possède ; prenez-en autant que vous voudrez, et faites disparaître,
puisqu'il le faut, ces preuves vivantes de mon
amour.

Orsini n'était pas homme à se faire répéter
un ordre de cette nature ; il puisa donc à pleines
mains dans le bahut.

— Maintenant, dit-il, lorsque ses poches furent bien lestées, je vais aller préparer les
voies.

— Quelles voies ? demanda la princesse ;
seriez-vous donc assez imprudent pour mettre
quelqu'un dans la confidence de cette aventure ?

Orsini fut presque épouvanté par ces paroles ;
mais il n'en laissa rien paraître ; il avait en
poche des raisons suffisantes pour se dispenser
de discuter.

— Soyez tranquille, princesse, répondit-il ;
je les confierai à une nourrice sûre.

— A une nourrice ! exclama Marguerite.

— A une nourrice sourde, aveugle et muette,
répliqua l'astrologue.

— Allez donc, et que leur destinée s'accom-
plisse.

Il faisait nuit ; Orsini prit les enfants qui
dormaient, les cacha sous son manteau, et
sortit. Il ne reparut au palais que le lendemain.

Marguerite se rétablit promptement. Libre
désormais de ses actions, elle espérait voir
bientôt reparaître Buridan, qu'elle aimait d'un
amour plus ardent que jamais ; mais les jours,
les semaines, les mois, s'écoulèrent et le page
ne revint pas. Marguerite s'en affligea d'abord,
puis elle y pensa moins, et déjà elle l'avait
presque entièrement oublié, lorsque, en 1305,
arriva à la cour de Bourgogne une ambassade
envoyée par Philippe le Bel, roi de France, et
chargée de demander la main de Marguerite

pour son fils, Louis le Hutin, roi de Navarre
et héritier présomptif de la couronne de
France, lequel s'était épris de cette princesse
sur la seule réputation de sa prodigieuse
beauté.

— Que dois-je faire, mire ? demanda à Orsini
Marguerite, qui hésitait à renoncer à la liberté
dont elle jouissait depuis la mort de son
père.

— Il faut accepter, madame : un mari n'est
pas toujours un maître, et c'est une sauvegarde
merveilleuse dans certains cas.

— Vous me suivrez donc à la cour de
France, Orsini ; nos destinées sont trop étroitement liées pour que nous nous quittions
jamais. J'aurai soin de votre fortune, et,
vienne l'heure où je serai reine de France,
les honneurs ne vous manqueront pas.

Peu de jours après, Marguerite partait pour
Paris avec une suite nombreuse, parmi laquelle
était l'astrologue Orsini. Les noces furent célé-
brées avec le plus grand éclat : jamais couple
n'avait été mieux assorti ; car, si Marguerite
était la plus belle femme de son temps, Louis
ne lui cédait en rien sur ce point ; bien qu'il
n'eût encore que dix-sept ans, il était d'une
taille élevée, bien fait, et de noble et gracieuse
figure. Les fêtes durèrent trois jours, pendant
lesquels les Parisiens mirent tout en œuvre
pour témoigner la joie que leur causait ce grand
événement. « Tous les corps de métiers, dit
« un historien, parurent vêtus à l'avantage,
« chacun avec les ornements de son art. On
« éleva dans les carrefours des théâtres ornés
« de superbes courtines, on joua maintes
« féeries. Là vit-on Dieu manger des pommes,
« rire avec sa mère, dire des patenôtres avec
« ses apôtres, ressusciter et juger les morts ; les
« bienheureux chanter en paradis, accompa-
« gnés des anges ; les damnés pleurer dans un
« enfer noir, et les démons rire de leur infor-
« tune... Là fut vu maître Renard, d'abord
« simple clerc, chanter une épître ; ensuite
« évêque, puis archevêque, enfin pape, tou-
« jours mangeant poussins et poules ; des

« hommes sauvages, des rois de la fève mener
« grande joie, agacer par leur beauté, liesse
« et gaieté; les animaux de haute espèce mar-
« cher en procession; des enfants de six ans
« jouter dans un tournois; des dames caracoler
« de beaux tours; des fontaines de vin couler;
« le grand guet faire la garde en habits uni-
« formes; toute la ville danser et se déguiser
« en plaisantes manières. »

Édouard II, roi d'Angleterre, qui était alors
à Paris, voulut traiter la cour et la ville. Le
couvert fut mis sous une immense tente, et les
convives furent servis à cheval. « Les bourgeois
« de Paris, ajoute l'historien que nous avons
« déjà cité, partirent en bon ordre de l'église
« Notre-Dame, bien armés, équipés lestement,
« et vinrent passer, au nombre de vingt mille
« chevaux et de trente mille hommes de pied,
« auprès du Louvre, où le roi était aux
« fenêtres. Ils allèrent dans la plaine de Saint-
« Germain-des-Prés se mettre en bataille et
« faire l'exercice. Les Anglais étaient grande-
« ment étonnés que, d'une seule ville, il pût
« sortir tant de gens bien faits et prêts à com-
« battre. »

Ces fêtes se prolongèrent à la cour, et ce ne
fut, pendant plusieurs semaines, pour les
jeunes époux, que festins, danses et spectacles;
car Marguerite avait appelé près d'elle ses
deux cousines, Blanche et Jeanne, charmantes
personnes qui épousèrent les deux autres fils
de Philippe le Bel, et devinrent ainsi ses
belles-sœurs.

Tout ce préambule, qui semble du roman,
bien que nous l'ayons scrupuleusement extrait
de l'histoire et des chroniques du temps,
nous a paru indispensable pour l'intelligence
des faits qui constituent la plus grande partie
de l'histoire de la tour de Nesle, à laquelle
nous arrivons.

Marguerite était arrivée à la cour de France
avec ces passions ardentes, cet amour effréné
du plaisir, qui déjà l'avaient rendue si coupable. De Buridan et quelques galants seigneurs qui lui avaient succédé, il n'était plus

question : un jeune chevalier français les lui
avait fait oublier. Ce favori nouveau était Gauthier d'Aunay, jeune et charmant courtisan,
nouvellement promu au grade de capitaine des
gardes, charge qui lui donnait accès partout.
Marguerite s'efforça d'abord de cacher l'amour
impétueux qu'elle ressentait pour ce jeune chevalier; mais Louis, son mari, ayant été obligé
de quitter Paris pour se rendre en Navarre, elle
profita de son absence pour se livrer sans réserve à sa passion; et, afin que ses deux belles-
sœurs ne fussent pas près d'elle comme deux
censeurs incommodes, elle parvint à les cor-
rompre et à leur faire partager ses honteux
déportements. Blanche eut pour amant Philippe d'Aunay, frère de Gauthier, et la gentille
et sémillante Jeanne s'enamoura d'un jeune
page nommé Olivier. Le double trio se réu-
nissait chez la reine de Navarre, où bals et
festins étaient incessants; mais, au milieu de
toute cette impure joie, il y avait toujours
quelque contrainte, gardes et valets étaient
redoutables, et l'on ne pouvait les éviter. Marguerite, la parricide, l'infanticide, cette femme
qui eût acheté une heure de plaisir au prix
d'un royaume, ne pouvait manquer de chercher à rompre le frein qui la retenait. Orsini
fut par elle consulté sur ce point.

— Eh! madame la reine, dit-il, êtes-vous
donc emprisonnée dans le Louvre? Qui donc,
après le couvre-feu, vous empêcherait de franchir la Seine, et d'aller vous ébattre en toute
liberté dans cet hôtel de Nesle que le roi Philippe II a récemment acheté, dont il ne fait
rien, et qui semble fait tout exprès pour donner
asile au mystère. La tour principale de cet
hôtel a une porte sur l'eau : une barque, deux
hommes dévoués, un ami qui vous attend....
Que de délicieuses nuits vous pouvez passer là?

— Et qui veillera sur moi?

— Orsini!

— Qui trouvera la barque et les hommes?

— Orsini... Orsini, toujours dévoué et muet
comme la tombe.

— Oh ! mire, si tu n'étais un démon, tu serais un ange !

— Je ne suis qu'un homme, mais cet homme vous est dévoué, madame la reine. Faites donc gentil commandement à messire Gauthier d'Aunay d'aller prendre le frais, ce soir, à l'une des fenêtres de la tour de Nesle, et ne prenez souci d'autre chose.

— Ainsi ferai-je, mire! va donc, prends cet or pour aplanir les obstacles.

L'insatiable astrologue mit un genou à terre, prit l'or et baisa la main impure qui le lui donnait ; puis il sortit pour remplir son honteux office.

Voyons maintenant ce que c'était que cet hôtel de Nesle, qui allait devenir un lieu de débauche.

Dans les dernières années du XIIe siècle, Philippe-Auguste, avant son départ pour la croisade, ordonna aux échevins et aux bourgeois de Paris de travailler sans délai à une enceinte de leur ville, composée d'une muraille solide, garnie de créneaux et de tourelles, et percée de plusieurs portes. On commença, en 1190, par la partie septentrionale, qui fut achevée en peu d'années. Le mur partait de la rive droite de la Seine, à quelques toises au-dessus du pont des Arts. Là, s'élevait une tour grosse et ronde, qui pendant plusieurs siècles a porté le nom de *Tour qui fait le coin.*

En face de cette tour, qui était située près du Louvre, on commença à construire sur la rive opposée, vers l'an 1208, une tour correspondante de cent vingt pieds de hauteur, environ. Cette tour, ronde et fort grosse, était accouplée à une tour moins épaisse, mais plus élevée, qui contenait l'escalier à vis ; bâtie sur pilotis, ayant sa base au-dessous du niveau de la Seine, elle s'élevait sur l'emplacement qu'occupe aujourd'hui le pavillon oriental du palais de l'Institut; elle fut d'abord appelée *Tournelle de Philippe Hamelin*, qui était probablement le nom de l'architecte qui en fit le plan et en dirigea la construction. Le mur partait de cette tour, laissant en dehors l'emplacement de la

rue Mazarine, on suivait la direction jusqu'au point où le côté oriental de cette rue cesse d'être en alignement, traversait la rue Dauphine, suivait la ligne de la rue Contrescarpe, dont le nom indique la situation, et aboutissait à la rue Saint-André-des-Arts. Là, on ouvrit une porte que le roi donna aux religieux de Saint-Germain-des-Prés, pour que la perception des droits d'entrée et de sortie les dédommageât des terres qu'il avait fallu leur prendre pour la construction de l'enceinte ; dans l'acte de donation le roi nomma cette porte *poternam nostrorum murorum* ; elle reçut le nom de *Buci*, lorsque, en 1550, ces religieux la vendirent à Simon de Buci, premier président au parlement.

Depuis cette porte jusqu'à la Seine, le mur s'étendait sans aucune interruption ; la porte de Nesle est donc postérieure à la construction de l'enceinte. Ce qui le prouve d'une manière irréfragable, c'est que l'enceinte méridionale n'avait, lors de sa construction, que six portes, parmi lesquelles on ne compte pas la porte de Nesle. Or, ce nombre est fixé par un monument authentique, par le dessin même des travaux tiré d'un registre de Philippe-Auguste : ces six portes étaient celles de Buci, de Saint-Germain, de Saint-Michel, de Saint-Jacques, de Bord-de-l'Eau et de Saint-Victor. L'absence de porte et le nom de *Philippe Hamelin* donné à la tour qui s'appela la tour de Nesle après la construction de l'hôtel de ce nom, établissent avec certitude que cet hôtel n'existait pas encore. A quoi bon ouvrir une porte dans cet endroit de la muraille, si le terrain à travers lequel elle aurait donné issue n'était pas habité, se trouvait souvent inondé et n'était percé d'aucun chemin le long du fleuve ? Or, il est certain, comme nous l'avons déjà dit, que le terrain qui s'étendait depuis la rue Pavée et la rue Saint-André-des-Arts jusqu'au canal de la petite Seine était couvert dans les premières années du XIIIe siècle, avant l'érection de l'enceinte méridionale, par des champs, des vignes, des prés, et qu'il n'y avait aucun chemin tracé le long de la rive, le seul passage qui existait à travers le *clos de li As* suivant la direction qu'indique la rue Saint-André-des-Arts, parce qu'elle doit son origine aux maisons qui furent bâties des deux côtés de ce chemin, qui conduisait de la cité à l'abbaye Saint-Germain-des-Prés. A l'extrémité occidentale de ce chemin ou de cette rue, on dut percer une porte à cause des relations qu'avait l'abbaye de Paris, relations d'autant plus nombreuses qu'une grande étendue de terrain comprise dans l'enceinte était la propriété de l'abbaye, et que ses serfs venaient vendre aux bourgeois parisiens les produits de leur industrie ou les fruits de la terre et des animaux.

Après la construction de l'enceinte de Philippe-Auguste, pendant le XIIIᵉ siècle, s'élevèrent, sur le clos de *li As*, le couvent des frères Sachets, auxquels succédèrent les Grands-Augustins, et le collége et l'hôtel Saint-Denis, dont la fondation eut lieu à une époque restée inconnue. Ces deux édifices se touchaient par leurs extrémités, et formaient, avec le mur d'enceinte et la rivière, un vaste quadrilatère dont ils ne couvraient qu'une partie; le reste était occupé par les bâtiments et le jardin de l'hôtel de Nesle. Comme il est possible de déterminer l'emplacement que couvraient alors ces deux édifices religieux, nous parviendrons ainsi à fixer la position et l'étendue de l'hôtel de Nesle, qui nous occupe spécialement. Le collége et l'hôtel des abbés de Saint-Denis étaient situés dans l'espace compris entre les rues Contrescarpe, Saint-André-des-Arts, et une partie des rues Dauphine et des Grands-Augustins. Entre le mur d'enceinte et cet hôtel, le jardin des Arbalétriers s'étendait le long de la muraille jusqu'à l'hôtel de Nesle, dont il fit ensuite partie.

Le couvent des frères Sachets ou des Grands-Augustins s'étendait depuis la rue de ce nom jusqu'à la rue de Nevers, qui n'était, au XIIIᵉ siècle, qu'une ruelle servant de passage aux eaux et aux immondices de ces deux maisons religieuses. De l'autre côté de cette petite rue commençait l'hôtel de Nesle.

Entre l'hôtel et la Seine, le long de la rive, s'étendait un terrain allant en pente douce, planté de vieux saules, sous lesquels se promenaient les clercs, les bourgeois et les moines; la moindre inondation rendait le passage difficile et souvent impraticable; les eaux minaient la berge et les fondements de la tour de Nesle.

Cet état de choses dura tout le XIIIᵉ siècle : ce ne fut que dans les premières années du XIVᵉ que Philippe le Bel donna ordre au prévôt des marchands de couper les saules et de faire construire un quai depuis l'hôtel de Nesle jusqu'au pont aujourd'hui nommé Saint-Michel. La ville n'obéit point, et il fallut un ordre impératif pour la contraindre à exécuter la volonté du roi. Ce quai était loin de ressembler à ceux de nos jours; il consistait en un simple mur de terrasse destiné à protéger la berge contre les eaux qui la minaient, mais incapable de résister à une forte crue de la Seine. Ce quai, si toutefois on peut appeler ainsi un si faible ouvrage, est le premier qui ait été établi à Paris, et dont les monuments historiques fassent mention.

De ce court exposé, il résulte que l'hôtel de Nesle, au XIIIᵉ siècle, était borné au nord par la Seine, au midi par le collége et l'hôtel Saint-Denis, à l'est par le couvent des frères Sachets ou Grands-Augustins, à l'ouest par le mur d'enceinte, et que, par conséquent, il couvrait le vaste espace compris aujourd'hui entre la rue de Nevers, la rue Mazarine et le palais de l'Institut. Le mur d'enceinte, qui, à l'occident, servait de limite et de point d'appui à l'hôtel de Nesle, n'était dans l'origine défendu par aucun fossé; sa solidité fit juger inutile une précaution qui ne devint nécessaire qu'au XIVᵉ siècle, époque où les moyens d'attaque s'étaient perfectionnés; il avait au moins dix pieds d'épaisseur, était couronné de créneaux de trois pieds de hauteur, fortifié de tours rondes engagées dans le mur, et distantes entre elles d'environ vingt toises. Ce mur avait divisé en deux parties inégales un vaste enclos ; la majeure partie, comprise dans l'enceinte, fut occupée par les trois édifices dont nous avons parlé ; l'autre partie, située hors des murs d'enceinte, reçut le nom de petit Pré-aux-Clercs. Ce pré, qui n'avait que deux arpents et demi, était séparé par la petite Seine d'un autre pré très-étendu qu'on appela par opposition le grand Pré-aux-Clercs. Tous deux étaient coupés de sentiers le long desquels furent construites des maisons qui, dans la suite, formèrent les rues des Saints-Pères, Saint-Dominique et autres. Ces deux prés furent le théâtre de la turbulence des étudiants ou clercs, qui y livrèrent plusieurs combats sanglants, pour la défense de leur droit de pêche dans le canal appelé la Petite-Seine, contre les sergents de l'abbaye de Saint-Germain-des-Prés, qui, en qualité de propriétaire, voulait réserver pour ses moines les poissons qui abondaient dans ce canal (1).

Tel était cet hôtel de Nesle, dont les passions d'infâmes Messalines devaient faire le théâtre de drames horribles. Par les soins d'Orsini, muni d'ordres nécessaires, la tour de Nesle fut meublée et pourvue de tout ce qui pouvait contribuer à rendre délicieux les moments que Marguerite devait y passer. Le soir même de ce jour, après que le couvre-feu fut sonné, une barque glissant sur les eaux de la Seine se dirigeait vers la porte de cette tour qui donnait sur la rivière, et qu'un homme enveloppé dans un manteau tenait ouverte.

— Est-ce vous, sire ? dit une douce voix partant de la barque, qui touchait en ce moment à la porte.

— Moi-même, madame. Bien que j'aie des gens sûrs, quand il s'agit de votre service, je ne m'en rapporte qu'à moi.

A ces mots Orsini tendit la main à Marguerite et il la conduisit dans l'appartement qu'il avait fait préparer, et dans lequel était le

(1) JULES CHATEAU. Dissertation archéologique et historique sur la tour de Nesle.

jeune capitaine des gardes attendant avec impatience sa royale maîtresse. Un souper délicat était servi ; les vins choisis couvraient la table dressée près d'une voluptueuse alcôve.

— Gentille reine de mon cœur, dit Gauthier en s'élançant au-devant de Marguerite, quel bonheur de pouvoir sans contrainte vous serrer dans mes bras !

Le bruit d'un baiser se fit entendre, et la porte se ferma sur eux. Le temps passe vite en pareille circonstance. Le jour allait bientôt paraître, et Orsini, qui veillait dans la pièce voisine, commençait à s'inquiéter de ne pas voir la belle reine, qui, vers la fin de la nuit, s'était endormie dans les bras de son amant.

— Madame, dit-il en frappant doucement à la porte, le jour va poindre, et la barque vous attend.

— Ah ! s'écria Marguerite en ouvrant les yeux, une telle nuit ne devrait pas finir.

— Ah ! qu'au moins elle se renouvelle bientôt ! dit Gauthier en la pressant sur son cœur... Divine amie, que le jour va me sembler long !

— Voici le jour, dit Orsini en frappant de nouveau.

Marguerite, à demi vêtue, reçut et rendit un dernier baiser, puis elle sortit, courut vers la rivière, et quelques minutes après elle était au Louvre ; mais elle n'avait pu sortir de la barque sans être vue d'un homme, qui, bien qu'elle fût masquée, l'avait reconnue. Cet homme était Buridan. Après avoir parcouru une partie de l'Europe, l'ex-page se trouvait en Angleterre, cherchant à s'illustrer par son épée sans pouvoir y parvenir, lorsqu'il apprit le mariage de Marguerite avec le fils aîné du roi de France. Cette nouvelle fut pour lui comme un coup de foudre, car il aimait plus que jamais cette femme, dont l'amour l'avait rendu si coupable. Sa douleur fut telle, qu'il tomba dangereusement malade. A peine convalescent, il partit pour la France ; arrivé à Paris le jour même où Marguerite donnait son premier rendez-vous à la tour, il cherchait vainement depuis vingt-quatre heures à pénétrer près de cette belle reine de Navarre, et c'était dans l'espoir d'en trouver le moyen que, dès le point du jour, il rôdait autour de la royale demeure, lorsqu'il vit Marguerite, légère comme une sylphide, s'élancer sur la grève et courir vers une porte qui s'ouvrit devant elle et se referma dès qu'elle en eut franchi le seuil. D'abord Buridan demeura muet et immobile de surprise ; puis sa colère s'alluma et le désir de la vengeance commença à germer dans son cœur.

— L'infâme ! s'écria-t-il, ce n'était pas assez de m'avoir sacrifié à son ambition, il fallait que je fusse doublement trahi par elle !... Marguerite, malheur à toi ! je vais, dès ce moment, m'attacher à tes pas, et toute la vérité me sera bientôt connue... Oh ! oui, malheur, malheur à toi, qui m'as poussé à verser le sang de ton père !

Il avait à peine formulé ces imprécations, qu'un nouveau batelet aborda à quelques pas de lui, et il en vit sortir un homme, que, malgré l'ample manteau qui l'enveloppait, il reconnut sur-le-champ : c'était Orsini !

— Oui-da ! sire astrologue, ajouta-t-il en se retournant pour n'être pas reconnu, je devine tout maintenant : le ministre des plaisirs de Marguerite de Bourgogne est devenu celui de la reine de Navarre : il n'y a que le titre de changé... Ah ! j'aurais dû le comprendre ! Cette femme, à laquelle je croyais un cœur, m'a trop bien prouvé qu'elle n'avait que les sens. Allons, pauvre Buridan, ronge ton frein en attendant que l'heure de la vengeance soit venue pour toi.

Et il s'éloigna en méditant profondément.

Cependant Marguerite savourait à longs traits le souvenir de cette nuit si vite passée. Jamais Gauthier d'Aunay ne s'était trouvé si heureux, et, de son côté, Orsini était enchanté, car désormais Marguerite lui appartenait corps et âme. Pendant huit jours, les rendez-vous se renouvelèrent pour chaque soir ; mais, le neuvième jour, ils cessèrent sur les observations d'Orsini, trop habile pour être épié sans s'en apercevoir, et qui, redoutant un éclat, avait fait part de ses craintes à la reine de Navarre.

— Je comprends, dit cette dernière, on s'étonne de me voir aller seule à l'hôtel de Nsle ; eh bien ! j'irai désormais tellement accompagnée, que les soupçons se dissiperont facilement.

— Accompagnée ! dit Orsini avec effroi.

— Oui. Faites en sorte, sage mire, que les choses, dans cette douce retraite, soient préparées pour six, au lieu de l'être pour deux ; j'y veux mener Blanche et Jeanne, et vous charge d'y amener Philippe d'Aunay et le gentil Olivier, sans lequel cette bonne Jeanne ne se trouve bien nulle part. Du reste, toujours mêmes soins et même prudence, et que demain la barque nous attende à l'heure ordinaire. Il faut bien faire quelque chose pour ces pauvrettes qui s'ennuient si fort près de leurs maris, ces beaux princes glacés, aussi bien que notre seigneur et maître, le roi de Navarre, qui semble ne s'être marié que pour courir incessamment par monts et par vaux. Va donc, mire, et tiens prête ton escarcelle, que nous aviserons à mettre en solide embonpoint.

Ces dernières paroles résonnaient trop agréablement à l'oreille d'Orsini pour qu'il tentât de détourner la reine de Navarre de l'exécution de ce projet. Il s'empressa donc de prévenir les frères d'Aunay et le page Olivier. Le soir même, Marguerite était avec Blanche et Jeanne sur le balcon du Louvre, situé précisément en face de la tour de Nesle.

— Voyez donc, chères sœurs, disait-elle en montrant cette tour du doigt, ne dirait-on pas que cela a été construit tout exprès pour les mystères d'amour et en haine des jaloux ?

— Je ne sais, répondit Jeanne ; mais ces noires murailles me semblent peu faites pour mettre de la joie au cœur.

— Enfant ! dit Marguerite, qu'importe l'extérieur quand le bonheur est au dedans ? n'avez-vous donc pas songé comme moi, dans certains moments, aux joies qu'on pourrait goûter dans un asile sûr, impénétrable à tous, si ce n'est à ceux avec qui l'on y voudrait être ?

et ne sentez-vous quelle douce chose ce doit être qu'un long baiser dont le bruit ne saurait franchir les épaisses murailles sous la protection desquelles il s'échange ?

— Oh ! ma sœur !... dit Blanche en rougissant un peu.

— Mais, hasarda timidement Jeanne, est-il bien sûr que cette tour soit absolument impénétrable aux indiscrets.

— Très-sûr, répliqua Marguerite ; elle n'a qu'une porte donnant sur la cour de l'hôtel, porte bardée de fer et tellement formidable, qu'elle résisterait aux efforts d'une armée, et l'issue donnant sur la rivière n'est abordable qu'autant qu'une main n'est amie abaisse de l'intérieur un escalier mobile, de sorte que la retraite est aussi facile que l'attaque serait impuissante. Soyez donc demain chez moi, un peu après l'heure du couvre-feu, et je vous en dirai davantage.

Et le lendemain, un peu après neuf heures du soir, le batelet transportait les trois belles-sœurs d'une des rives de la Seine à l'autre, et, peu d'instants après, les trois couples étaient réunis dans la pièce principale de cette cour, si noire au dehors et toute resplendissante de lumière au dedans. Cette nuit, l'orgie prit des proportions colossales. Orsini en fut effrayé, car il comprenait qu'on n'en était qu'au point de départ, et que Marguerite n'était pas femme à s'arrêter sur cette pente rapide où elle se lançait avec cet amour effréné du plaisir qui déjà l'avait rendue si coupable.

Cependant Buridan poursuivait son œuvre d'observation et d'exploration : tantôt, en costume d'écolier, il rôdait dans le Pré-aux-Clercs, autour de l'hôtel de Nesle, et pénétrait jusqu'au pied de cette tour mystérieuse ; tantôt, revêtu des riches habits d'un des seigneurs du temps, il pénétrait dans la royale demeure de Philippe-le-Bel, et, mêlé parmi les courtisans, il épiait les moindres actions de Marguerite, aux yeux de laquelle la terrible maladie dont il était encore convalescent l'avait rendu méconnaissable.

— Ainsi, se disait-il en dévorant sa douleur non-seulement l'infâme m'a trahi, mais elle m'a oublié !... Elle a oublié l'épouvantable solidarité qui existe entre nous, et voilà qu'après avoir payé si cher son amour je la vois le prodiguer au premier jouvenceau dont les traits attirent ses regards.

Et ce n'était pas sans raison que Buridan se disait cela ; car les choses en étaient venues à ce point, que la lasciveté de Marguerite n'ayant plus de bornes, les frères d'Aunay et le gentil Olivier, comme l'appelait Jeanne, étaient souvent remplacés par de joyeux écoliers, choisis par Marguerite dans la foule de ceux qui passaient journellement sous les fenêtres de l'hôtel de Nesle. Et c'était chaque nuit nouvelles amours au grand préjudice des frères d'Aunay et du gentil Olivier, pour lesquels la formidable porte de la tour de Nesle ne s'ouvrait plus que de temps à autre.

Mais, dans le même temps, de sinistres rumeurs se faisaient entendre parmi le peuple : chaque matin, disait-on, la Seine charriait les cadavres de plusieurs jeunes hommes aux traits distingués et aux formes herculéennes ; le peuple, dont il est si difficile de mettre en défaut la perspicacité, remarqua promptement que ces cadavres étaient toujours trouvés dans le fleuve, au-dessous de l'hôtel de Nesle, et jamais au-dessus. Où donc étaient les tueurs, et d'où partaient ces cadavres, portant presque toujours une large blessure sous le sein gauche ? La voix publique accusait les habitants supposés de la tour, mais la tour était en réalité inhabitée, et, tant que durait le jour, les portes et les fenêtres en étaient ouvertes : on pouvait accuser, et l'on ne s'en faisait pas faute entre soi ; mais on ne pouvait rien prouver et l'on se taisait devant la justice, qui, elle-même, demeurait muette en présence de ces faits monstrueux. Mais, si la justice ne savait rien ou ne voulait rien savoir, il n'en était pas de même de quelques personnages : tel était Enguerrand de Marigny, contrôleur général des finances, que les trois princesses harcelaient sans cesse, et qui, n'étant pas très-pur, s'efforçait de satisfaire ces femmes si puissantes afin de s'en faire un appui. Il avait voulu savoir où passaient les sommes énormes qu'on lui demandait incessament, et il le savait. Tel était surtout Orsini, qui, de ministre *in partibus*, s'était fait bourreau pour n'avoir point de concurrent.

— Madame la reine, disait-il un jour à Marguerite, prenez garde de ne pas tendre davantage les ressorts : le peuple déjà murmure, et, du murmure à la révolte, il n'y a qu'un pas.

— Quoi ! tu trembles, mire ? Et, pour quelques vilains mis à mort, ton pauvre cerveau se détraque ?

Marguerite de Bourgogne.

— Madame la reine, si je tremble, ce n'est pas pour moi, mais pour vous. Je ne sais comment cela se fait ni d'où cela vient ; mais à chaque instant du jour ou de la nuit, alors que je m'occupe à vous servir, s'il m'arrive de me retourner, une figure étrange m'apparaît ; si je vais à elle, elle s'éloigne ; si je continue l'œuvre commencée, elle demeure, mais toujours à distance et insaisissable.

— Allons, Orsini, c'est assez rêver : des joies nouvelles, mire ; de beaux chérubins dont nous recevions l'avant-dernier soupir... Eh ! vraiment, ce n'est pas chose si étrange : qui donc n'achèterait au prix de sa vie le bonheur de passer quelques heures dans nos bras ?

Ces paroles ne pouvaient qu'augmenter l'effroi d'Orsini, qui pressentait un terrible orage.

10 CENTIMES.

3

— Ah ! se disait-il, si elle pouvait voir avec mes yeux, entendre avec mes oreilles !... Mais non ; les passions de cette femme sont un torrent qui gronde et absorbe tout autre bruit.

Et il continuait à se montrer souple et dévoué. Les choses toutefois ne pouvaient demeurer en cet état : à force d'avoir observé, Buridan se trouvait fort de ses découvertes : il résolut donc de frapper un coup décisif qui le remit en possession du cœur de sa maîtresse ou qui la fit trembler à propos de ses déportements. Un jour donc que, richement vêtu, il s'était mêlé à la foule des seigneurs qui assistaient au lever de la reine de Navarre, il saisit le moment où l'un d'eux lui baisait la main, et, s'avançant derrière le fauteuil où elle venait de s'asseoir, il lui souffla ces lugubres paroles de manière à ce qu'elles ne fussent entendues que d'elle seule :

— Marguerite, qu'as-tu fait de ton enfant ?

La belle reine pâlit ; ses traits se contractèrent, elle parut près de s'évanouir ; mais, se remettant promptement, elle fit un signe à Gauthier d'Aunay, son capitaine des gardes, pour qu'il empêchât de sortir cet homme, qu'elle n'avait pas reconnu, et qui s'éloignait lentement. Buridan se laissa volontiers ramener près de la reine.

— Messire, lui dit Marguerite d'une voix mal assurée, il nous semble ne vous avoir pas encore vu ici ?

— C'est qu'en effet, madame, je n'ai pas eu l'honneur de paraître devant votre royale personne depuis que vous avez quitté la cour de Bourgogne ; mais le temps, les voyages et la maladie cruelle dont j'ai été atteint dans ces derniers temps m'auraient-ils changé à ce point que vous ne puissiez reconnaître en moi un des plus fidèles serviteurs du sire votre père, dont Dieu ait l'âme ?

Avant qu'il eût achevé de parler, Marguerite l'avait reconnu ; de nouveau son visage pâlit, elle frissonna, une sueur froide perla sur son front ; car elle croyait que Buridan s'était fait tuer sous les murs de Constantinople, où les chrétiens avaient éprouvé une sanglante défaite, et où l'ancien page, blessé dangereusement, avait, en effet, été compté au nombre des morts ; mais elle s'efforça de se contenir, et, de sa voix la plus douce, elle dit :

— On est toujours bienvenu quand on nous apporte des nouvelles de notre chère Bourgogne ; restez donc, messire, nous vous entendrons tout à l'heure.

Quelques instants après, Marguerite et son ancien amant étaient seuls. Il y eut d'abord un assez long silence ; Marguerite le rompit la première.

— Est-ce donc à vous de m'accuser ? dit-elle avec émotion ; pourquoi cette si longue absence, et comment aurais-je espéré vous revoir alors que j'ai pleuré votre mort ?

— Si vous m'avez pleuré, madame, votre douleur a été de courte durée, et vous y avez trouvé ample compensation, et messire Gauthier d'Aunay, votre capitaine des gardes, en sait bien quelque chose.

Marguerite, qui était debout, bondit comme si elle eût mis le pied sur un serpent ; à une pensée d'amour qu'elle avait eue d'abord, venait de succéder une pensée de mort.

— Eh bien ! oui, dit-elle en frémissant de colère, j'ai cherché, par des émotions violentes, à faire taire à la fois la voix de mon cœur et celle de ma conscience ; mais est-ce à vous à me le reprocher ? Voulez-vous donc m'obliger à dire tout haut : Cet homme est l'assassin de mon père ?

— A votre aise, madame ; mais alors je dirai tout haut aussi ce que j'ai dit si bas, que vous seule l'avez entendu : Marguerite, qu'as-tu fait de ton enfant ?

— Ainsi, c'est le cœur plein de haine que vous revenez à moi ?

— C'est le cœur plein d'amour, Marguerite, de cet amour qui brûle, qui corrode, comme vous seule savez l'inspirer. Mais je vous veux sans partage, comme autrefois. Que m'importe de mourir, si je vous ai perdue !

— Ah ! je reconnais Buridan. Oublions le

passé, ami, et redevenons ce que nous étions à la cour de Bourgogne, ce que nous n'avons jamais cessé d'être, malgré les apparences qui, je vous l'avoue, sont contre moi. Oh ! je te ferai grand, riche et heureux ; mais, je t'en conjure, pas un mot du passé.

— Et vous garderez votre capitaine des gardes ?

— Jusqu'à ce qu'un ordre du roi, que j'obtiendrai bientôt, l'envoie guerroyer en Bretagne, où les Anglais viennent de faire irruption... Ta main, mon Buridan.

— Oh ! dans mes bras, ma bien-aimée Marguerite !...

Et, pendant quelques instants, le bruit de baisers brûlants fut le seul qui se fit entendre.

— Marguerite, dit enfin Buridan, il m'a fallu oser pour pénétrer ici ; comment y reviendrai-je, alors que je n'ai aucune charge à la cour ?

— Nous y pourvoirons, ami. Le roi de France n'est pas pour rien notre illustre beau-père, et Enguerrand de Marigny nous permet volontiers de puiser dans ses coffres. Que je sache seulement ta demeure, mon beau et preux chevalier ?

— Tout près du Louvre, à l'hôtel du Cygne-d'Or.

— A bientôt donc ! nos beaux jours vont renaître.

Buridan se retira le cœur plein de joie, car tous ses vœux allaient être comblés : c'était par le chemin du plaisir qu'il allait arriver aux honneurs et à la fortune. Il le croyait ainsi du moins ; mais, tandis qu'il se félicitait en s'efforçant d'oublier tout ce qu'il avait appris depuis son arrivée à Paris, un homme redoutable travaillait à sa perte ; c'était Orsini, auquel la reine de Navarre s'était empressée d'apprendre le retour du page, afin qu'il prît les mesures nécessaires pour leur ménager une entrevue qu'elle désirait au moins aussi ardemment que son premier amant ; car, au souvenir des voluptueux instants qu'elle avait passés

dans les bras de Buridan, sa passion s'était rallumée, et ses désirs étaient devenus plus ardents que jamais. L'adroit et ambitieux astrologue avait déjà de trop vives inquiétudes pour souffrir que Buridan reprît sur Marguerite l'ascendant qu'il avait eu autrefois.

— Madame, dit-il, ma vie est à vous, je l'ai dit, je le maintiens, et je suis prêt à le prouver ; mais c'est de la vôtre et de la mienne à la fois qu'il s'agit : un secret su de trois personnes n'est plus un secret ; de Buridan ou de moi, lequel doit disparaître de ce monde, c'est ce que votre royale volonté va décider.

— Eh quoi, mire ! ne pouvez-vous nous servir comme vous l'avez fait autrefois ?

— Autrefois, madame, nous n'avions à combattre que l'autorité de votre père ; aujourd'hui nous avons à nous tenir en garde contre un père, et ce père est roi de France ; contre un époux, fils de ce roi et dont la colère est terrible ; contre un favori qui se fera tuer plutôt que renoncer à votre possession... Et, puisque mon dévouement me force à vous le rappeler, nous avons à faire cesser les sinistres rumeurs répandues parmi le peuple à propos de quelques-unes de ces dernières nuits...

— Orsini, Orsini ! quand l'enfer devrait s'ouvrir afin qu'on m'y précipitât toute vivante après une seule nuit comme celles dont le souvenir me brûle le cœur, je n'y renoncerais pas... O mire ! tu ne connais pas Buridan, et moi je l'avais oublié ; mais je l'ai revu, et mon amour s'est réveillé jeune, ardent, comme au temps de nos premières amours.

— Eh bien donc ! qu'une nuit vous suffise ; qu'elle soit pour vous, madame la reine, un rêve délicieux ; mais qu'à l'aube du jour le songe s'évanouisse pour toujours.

— Orsini ! ne dis pas cela... Oh ! j'ai peur de te comprendre... Orsini, je veux le garder ; je veux qu'il vive !...

— Alors préparons-nous donc à mourir ; vous, madame la reine, et moi, votre fidèle serviteur.

— Oh ! mire, il est si beau toujours !... Oh !

ne le tue pas !... Non, non ! il ne faut pas qu'il meure... Tiens, je te donnerai tout l'or qu'il te faudra pour le faire garder à vue, afin que nous n'ayons pas à craindre ses imprudences.

— Et cela ne nous sauvera pas !... Encore une fois, madame la reine, l'orage gronde et la foudre menace. Déjà, avant de quitter Paris, le roi votre époux avait des soupçons; il doit revenir dans quelques jours et qui sait ce qui arrivera alors ?

— Ne sais-tu pas, mire, que d'un mot, d'un regard, d'une caresse, j'apaise ses plus grandes colères ?

— Oui, je sais qu'il en est ainsi, et il en sera de même tant qu'il doutera ; mais s'il ne doutait plus ! s'il arrivait à connaître la vérité tout entière ?

— Alors, Orsini.... alors il serait malade, et tu te chargerais de le guérir.

— Oh ! madame....

— Prends garde, mire, tu faiblis, et bientôt ie ne te reconnaîtrai plus ; bientôt tu ne seras plus que l'ombre de cet homme prodigieux, si fécond en ressources de toute espèce, que Marguerite de Bourgogne a jusqu'ici regardé comme sa providence.

— Non, madame la reine, non, je ne faiblis point : Orsini est toujours, comme autrefois, prêt à vous faire le sacrifice de sa vie ; les bienfaits qu'il a reçus de vous ne l'ont point amolli. Ce n'est pas pour lui qu'il prévoit et qu'il craint ; c'est pour vous, pour vous seule... C'est pour vous qu'il veille, pour vous qu'il frappe ; son bras et sa pensée n'ont rien perdu de leur force, et c'est pour cela qu'il veut frapper encore.

— Mais je l'aime, Orsini !... Je l'aime, entends-tu ? Je l'aime avec passion, avec fureur....

— Et voilà pourquoi vous vous perdrez sans le sauver, si vous ne vous rendez à mon avis. Tout à l'heure je vous parlais des soupçons qu'a laissés paraître le roi de Navarre ; mais il n'est pas le seul que nous ayons à redouter, et déjà à plusieurs reprises j'ai vu votre capitaine des gardes et son frère Philippe rôder, au point du jour, sur les bords de la Seine et autour de l'hôtel de Nesle. Ils ne savent rien encore ; mais il n'est pas impossible que pour eux bientôt le mystère s'éclaircisse.

— Mais, si cela arrivait, ce ne serait pas Buridan qui l'aurait causé.

— La cause peut être autre sans doute ; mais Buridan est un danger de plus, danger qu'on doit croire imminent quand on connaît l'homme.

— Ainsi, tu veux qu'il meure ?

— Il le faut. Une seule chose pourrait m'empêcher de persister dans cette opinion.

— Laquelle ?... Oh ! dis, dis bien vite ce qui peut le sauver.

— Il faudrait que madame la reine renonçât à le voir.

— Mais son amour alors deviendra de la haine, et n'est-il pas maître de terribles secrets ?

— Vous le voyez donc ; il faut qu'il meure.

— O mire ! quels regrets tu me prépares !

— Les morts s'oublient vite, madame !

— Oui, on oublie vite ceux qu'on n'aime point.

— Et même ceux auxquels on a prodigué les preuves d'amour.

Marguerite de Bourgogne releva la tête avec fierté, et, jetant sur Orsini un regard étincelant, elle dit gravement :

— Vous vous oubliez, mire !

— Oui, madame ; quand il s'agit de votre salut, quand il voit votre honneur et votre vie en danger, Orsini oublie tout autre chose.

Il se fit un long silence, pendant lequel quelques larmes perlèrent aux cils des beaux yeux de la reine de Navarre ; car c'est bien du cœur de cette femme qu'on peut dire que c'était une énigme indéchiffrable et un abîme sans fond. Orsini attendait un dernier mot. Enfin Marguerite essuya ses beaux yeux, dans lesquels les larmes semblaient faire étinceler de nouveaux feux, puis, se levant lentement, elle dit d'une voix profondément émue :

— Ce sera donc ma dernière nuit de bonheur !

Puis elle alla prendre une cassette qu'elle ouvrit avec une petite clef attachée à sa ceinture, et, se tournant vers Orsini :

— Tiens, mire, lui dit-elle, prends de l'or, prends-en beaucoup, et fais que les joies de cette nuit soient telles, que je n'aie pas le temps de songer qu'elle doit finir.

— Sauvée ! sauvée ! dit l'astrologue en puisant à pleines mains dans la cassette... Mesdames Blanche et Jeanne seront-elles de cette fête ?

— De cette fête !... Pauvre Buridan !... Mais oui, ce sera fête... la dernière pour moi sans doute... Oui, Blanche et Jeanne y seront... Qu'importent deux cadavres de plus... qu'importe que la terre tremble et que le monde s'abîme au réveil, pourvu que rien ne manque aux délices du songe ? Et, pendant qu'elle parlait, l'astrologue continuait à puiser dans la cassette, dont il fit passer presque tout le contenu dans ses poches. Marguerite reprit :

— Il faut à Buridan deux compagnons... qu'ils soient beaux, mire !... Beaux comme celui dont ils doivent partager le sort.

Orsini s'inclina et sortit.

Pendant que cela se passait, Buridan retournait à son hôtellerie en se berçant des pensées les plus séduisantes : il allait donc être riche, puissant ; il ne serait point le mari de Marguerite de Bourgogne, comme il l'avait espéré autrefois ; mais il allait être, il était déjà son maître ; elle ne pourrait plus désormais avoir d'autre volonté que la sienne ; elle serait à lui de corps, d'âme et de fortune, et cette femme qui allait être son esclave serait peut-être bientôt reine de France !... Le roi Philippe le Bel était jeune encore, il est vrai ; mais un souverain peut mourir de tant de manières !... Buridan en savait bien quelque chose quand il quitta la cour de Bourgogne.

Comme l'ancien page de Robert II se repaissait ainsi d'avance par la pensée de tous les biens qu'il croyait devoir bientôt lui échoir,

il fut interrompu dans ses réflexions par les paroles de deux hommes du peuple qui causaient à haute voix en suivant, comme lui, le bord de la rivière.

— C'est entre ces pieux qu'on a trouvé le dernier, disait l'un d'eux en montrant du doigt une sorte d'estacade qui s'avançait dans le fleuve.

— Tu l'as donc vu ? demanda l'autre.

— Sans doute, et j'ai même aidé à le repêcher ; car je passais l'eau en ce moment-là.

— Et l'on en avait trouvé deux la veille.

— Et trois deux jours auparavant....

— Et tous jeunes et beaux, des gentilshommes à coup sûr, habillés de soie et portant souliers à talons dorés.

— Ne dit-on pas que tous portent un coup de dague à la poitrine ?

— Oui ; il paraît qu'on s'arrange de manière à ne les pas manquer.

— Il faut que les larrons payent largement les gens du guet pour qu'on leur laisse faire si grande besogne et si gras butin.

— Bah ! compère, est-ce que tu vas, comme les bourgeois bigorgnes, mettre ça au compte des larrons ? Il faudrait donc que ces frisegibes eussent au corps M. le diable pour venir, de tous les points de la ville, apporter à ce même endroit les cadavres de leurs victimes sans prendre la peine de les déshabiller ?... Ça serait trop bête, compère, et ce n'est pas par l'esprit que pèchent truands, coupeurs de bourses et tire-laines. Il y a autre chose là-dessous ; pour moi, en voyant que l'on trouve ces cadavres au-dessous, et jamais au-dessus de cette tour si noire au dehors, et qu'on dit si brillante au dedans, j'ai pensé qu'on avait en ce lieu fréquent besoin de sang noble et jeune...

— Mais cette tour est dépendante de l'hôtel de Nesle, et l'hôtel appartient aujourd'hui à monseigneur le roi...

— Vraiment, je le sais aussi bien que toi ; mais le roi a belle et longue lignée, et il se peut que parmi se trouve quelqu'un voulant se mettre aux veines sang jeune et chaud en place du vieux qui s'y fige. J'ai ouï dire qu'aucuns astrologues et magiciens opéraient merveille de cette manière, mieux que ne saurait faire la fontaine de Jouvence.

— Par saint Jacques, mon bienheureux patron, je crois que tu es devin, compère, et c'est chose d'heur, pour bourgeois et manants, que le sang noble soit seul bon à ces maléfices; car autrement, vertu-Dieu! messires les poissons de la Seine seraient en bien plus grande liesse et frairie.

Ce colloque, que Buridan entendit tout entier, le désenchanta quelque peu; car il savait, lui, à quoi s'en tenir sur la cause et les auteurs de ces assassinats, et il se demanda si, dans les conjonctures présentes, il n'avait rien à craindre d'une femme qui savait ainsi imposer silence aux gens et ensevelir dans l'éternité le secret de ses désordres.

— Mais non, se dit-il en s'efforçant d'écarter ce nuage qui était venu assombrir ses pensées tout à l'heure couleur de rose, ces malheureux n'ont été pour Marguerite qu'un passe-temps, un moyen de s'étourdir, de donner le change pour un moment à son cœur et à ses sens : elle ne les aimait pas; elle ne pouvait les aimer; et elle m'aime, moi,... elle m'aime d'un amour immense, presque insensé... Il est vrai qu'elle doit me craindre aussi, et que la révélation des secrets que je possède serait bien autrement redoutable que celles qu'auraient pu faire ces infortunés. Mais je puis prendre des précautions... Et puis il faut bien laisser quelque chose au hasard; on peut bien braver quelque danger quand il s'agit de conquérir presque un trône.

— Allons, se disait de son côté Orsini, encore ces trois victimes; mais pas une de plus. Mesdames les brus du roi, qui êtes chacune doublement pourvue, vous n'aurez désormais qu'un amant pour faire compensation au mari, et rien de plus, ou je cesse d'être votre protecteur, et je vais en Italie, où j'ai fait passer secrètement, avec tant de bon-

heur, toute ma fortune. Il est temps pour moi de jouir de la vie, et d'échanger les amertumes de l'obéissance contre les douceurs du commandement... Mais elle est vraiment magnifique cette femme, et je ne sais comment le surintendant Marigny peut y suffire.

Les prodigalités de Philippe le Bel et de tous les membres de sa famille étaient en effet monstrueuses; aussi, bien que les impôts fussent perçus avec une rigueur extrême, était-on fréquemment obligé d'en établir de nouveaux, et souvent même roi et ministres n'avaient pas honte de recourir au vol, aux exactions de toutes sortes, au brigandage le plus effréné. « Tous, dit M. Michelet, tous saisissent en aveugles les premières ressources qui sont sous leurs mains, déshonorantes, éphémères, ruineuses même, n'importe. Vol, fausse monnaie, confiscation, meurtre, ils s'informent peu du moyen. Ajoutez que les besoins du luxe se font sentir; que les artistes italiens vont arriver; qu'il faut au prince des joyaux, des sceaux admirables, de précieux manuscrits, qui sont des joyaux encore... Ces charmants palais du XIVᵉ siècle, dont nous admirons encore quelques gracieuses ogives, quelque élégante tourelle, c'est de la sueur et du sang.

« Ceci simplifie l'histoire de Philippe le Bel et de ses fils. Un immense besoin, une avidité immense, voilà tout ce gouvernement. Son histoire se réduit à un seul acte, la confiscation... Il frappe les négociants étrangers, les Lombards, les négociants indigènes, les Juifs; chasse les uns et les autres en retenant leurs biens... Philippe va prendre possession de la Flandre, et la reine pleure de se voir effacée en parure par les marchandes de Bruges. « Ici, dit-elle avec dépit, je ne vois que des reines... » Il n'avait plus de Juifs ni de Lombards à pressurer; il arracha aux bourgeois, aux petits nobles, leur vaisselle d'argent. Il commença à falsifier la monnaie, payant en monnaie faible et recevant en monnaie forte, défendant aux seigneurs de frapper des pièces d'argent, et se réservant ainsi d'être le seul faux monnayeur (1). »

Et quel était le prix du travail parmi ce peuple si cruellement écrasé? Le marc d'argent valait, à cette époque, trois livres sept sous six deniers; une journée de travail d'un bon ouvrier en charpente et en maçonnerie était payée UN SOU en le nourrissant, et UN SOU SIX DENIERS sans le nourrir. Une bonne paire de souliers coûtait DEUX SOUS HUIT DENIERS; des souliers de médiocre qualité étaient payés tout au plus DEUX SOUS.

Tel était le gouvernement de la France à l'époque où se passa le drame que nous racontons. Un peu plus tard, Enguerrand de Marigny, surintendant des finances, fut pendu pour cause de malversation et détournement des fonds de l'État; on confisquait ses biens en même temps qu'on brûlait les Templiers pour s'emparer de leurs immenses richesses, et, grâce aux désordres du genre de ceux que nous rapportons ici, les coffres de l'État, comme le tonneau des Danaïdes, étaient toujours vides.

III.

Rendez-vous mystérieux. — Hésitation de Buridan. — Buridan et Gauthier d'Aunay. — Buridan est introduit dans la tour de Nesle. — L'orgie. — L'assassinat. — Buridan est sauvé. — Terreur de Marguerite de Bourgogne.

Buridan, malgré la résolution qu'il avait prise de laisser quelque chose au hasard et de braver le danger, était fortement préoccupé quand il rentra à l'hôtellerie du Cygne-d'Or; il cherchait quelque moyen de montrer à Marguerite de Bourgogne qu'en le traitant comme les jouvenceaux qui avaient, dans ces derniers temps, servi à ses plaisirs, elle se perdrait plus sûrement encore qu'en le laissant vivre et le dédaignant; et, vers le milieu du jour, il était enfoncé dans ses réflexions, lorsque l'hôtelier vint frapper à la porte de sa chambre, et lui

(1) MICHELET, Précis de l'histoire de France.

annoncer qu'une femme demandait à lui parler.

— Une femme! dit-il; qu'elle entre.

Et, bien que cette visite ne semblât annoncer aucun danger, il porta instinctivement la main à son côté pour s'assurer qu'il avait son épée. La femme parut; c'était une espèce de bohémienne déjà vieille, et dont le teint bistre trahissait l'origine méridionale.

— Messire, dit-elle, vous êtes bien le chevalier Jehan Buridan?

— Le titre et le nom sont miens en effet.

— Alors la visite d'une personne inconnue ne doit pas vous surprendre.

— Vrai Dieu! j'ai pour coutume de ne me m'étonner de rien et de n'avoir peur de personne.

— Cela étant, vous n'hésiterez pas à vous rendre, dès que le couvre-feu aura sonné, au petit Pré-aux-Clercs, près de la rivière.

— Au Pré-aux-Clercs! c'est donc un rendez-vous de combat?

— Non, messire, c'est un rendez-vous d'amour; et l'on m'a dit qu'il suffirait de ces mots pour que le reste fût aisément compris par vous.

— En effet, je comprends tout le reste; mais, sur mon âme! le lieu me semble singulièrement choisi.

— Aussi n'y resterez-vous qu'un instant, le temps de remettre votre épée à qui vous la demandera, et de souffrir que l'on vous mette un bandeau sur les yeux.

— Mon épée?

— C'est une condition faite par la personne que je ne connais pas, mais que vous connaissez sûrement, messire.

— Oui... oui, je la reconnais... à ce trait surtout.

— Vous venez de dire, messire, que vous ne vous étonniez de rien et que vous n'aviez peur de personne.

— Et, par monseigneur Dieu le père et par le grand diable d'enfer, j'ai dit vrai, femme!

— Donc vous viendrez, messire?

Buridan fronça le sourcil et ne répondit point; puis tout à coup son visage s'illumina comme d'un éclair de joie, et il s'écria :

— J'irai, femme !... J'irai et je donnerai mon épée ; j'irai, et je me laisserai couvrir les yeux.

— Je vais de ce pas faire connaître votre réponse.

— Et à qui allez-vous la porter, je vous prie?

— A qui m'a chargée de la mission que je viens de remplir, messire.

— Un mot encore; un seul mot...

— Pas un de plus.

— Un seul, que je paye un écu d'or.

Les yeux de la bohémienne flamboyèrent à l'aspect de l'écu d'or que Buridan venait de tirer de son escarcelle.

— Quel est ce mot? dit-elle.

— Qui vous envoie? est-ce un homme ou une femme?

— C'est un ange, quand ce n'est pas un démon.

— Oh ! c'est elle, s'écria Buridan; c'est Ma......

Il n'avait pas achevé, que la bohémienne descendait rapidement l'escalier, emportant l'écu d'or qu'elle avait pris ou plutôt arraché de sa main.

Tandis que cela se passait, deux jeunes écoliers en Sorbonne rentraient dans le misérable taudis qui était leur domicile, rue Saint-Julien-le-Pauvre.

Ils étaient frères ; l'aîné avait vingt ans et se nommait Paul Gourbelau; l'autre entrait dans sa dix-neuvième année et s'appelait Germer. Tous deux étaient grands, bien faits, d'une figure charmante que commençait à ombrager un duvet noir, qui relevait leur bonne mine en complétant cette physionomie masculine qui annonce la force et la santé.

Ils venaient de pénétrer dans l'espèce de taverne qui était établie au rez-de-chaussée de ce bouge, et tous deux s'étaient assis à la même table ; mais ils ne demandèrent ni pot ni broc : les escarcelles étaient vides ; c'était,

pour eux, jour de jeûne forcé. Ils demeurèrent d'abord muets et pensifs ; mais, au bout de quelques instants, l'aîné frappant du poing sur la table, s'écria :

— Holà ! mère Jeanne !

Mère Jeanne était la maîtresse du lieu, vieille mégère racornie qui eût vendu son âme à Satan pour un sou parisis.

— Qu'y a-t-il, mes mignons ? demanda cette fiancée du diable en se dirigeant clopin clopant vers la table devant laquelle étaient assis les écoliers.

— Il y a, mère Jeanne, que nous sommes les fils de messire Gourbelau, prévôt pour le roi, notre sire, de la ville et sénéchaussée de Vernon, ce que vous ne pouvez ignorer, puisque notre digne père est venu, l'an dernier, céans, payer les dettes de ses fils bien-aimés...

— J'en ai bonne souvenance, mon mignon, interrompit mère Jeanne, qui devinait parfaitement la péroraison qui devait venir après cet exorde ; mais il me souvient aussi que le digne homme m'a déclaré qu'à l'avenir il se montrerait beaucoup moins paterne, et que, si je m'avisais de faire derechef crédit à ses bien-aimés fils, comme vous dites, il ne lâcherait pas un denier, prétendant que vous devez vivre en gentilshommes avec les trois sous parisis qu'il vous octroie chaque jour.

— La peste étouffe la mégère ! s'écria Paul ; nous ne voulions qu'un pot de vin et une tranche de lard, et cent fois te les eussions payés, maudite !

— Montrez donc finances, mes chérubins, et la chantepleur s'ouvrira incontinent pour vous servir, sinon sommes votre servante sans plus.

Comme mère Jeanne achevait de parler, une femme entrait dans la salle basse où se passait cette scène.

— C'est chose malséante, dit-elle tout d'abord, de refuser à ces gentils écoliers lard et pot de vin; qu'on les serve sur l'heure, et qu'on change cet écu d'or en prélevant l'écot.

— Du diable si je comprends d'où nous vient cette aubaine, marmonna Germer.

— Eh! qu'importe d'où les choses viennent quand elles sont bonnes? répondit la nouvelle venue, qui avait deviné les paroles de Germer plutôt au mouvement de ses lèvres qu'au son de la voix.

— Vrai Dieu! fit Paul, c'est bonne raison déduite en peu de mots. D'où que vous veniez donc, soyez bienvenue, et que mère Jeanne apporte trois gobelets.

Le vin servi, l'écu d'or changé, Paul, qui en sa qualité d'aîné devait naturellement prendre l'initiative, demanda à l'inconnue la cause

Alors commença une lutte terrible.

de ses largesses envers lui et son frère, qui ne l'avaient jamais vue.

Or, nous devons le dire ici, bien que ce soit certainement chose devinée par la plupart de nos lecteurs, cette Providence des deux écoliers, qui leur faisait rompre si généreusement le jeûne auquel ils semblaient condamnés, était précisément cette bohémienne qui sortait de chez Buridan.

— Écoutez, mes fils, dit-elle avec une sorte d'onction, vous êtes beaux, vous êtes jeunes et vous devez être braves; car on vous a vus jouer du couteau ce matin au Pré-aux-Clercs, et vous escrimer avec succès deux contre quatre. Deux dames de haut lieu, jeunes et belles, charmées de votre bonne mine, vous convient, pour ce soir, aux liesses d'un festin comme il ne s'en fit oncques au quartier des écoles.

— Par saint Germer ! mon patron, s'écria le plus jeune des deux frères, j'avais un pressentiment que cette rencontre nous porterait bonheur.

— Et nous direz sans doute quelles sont ces dames expertes qui font si bon choix ? demanda Paul, qui n'en était pas à sa première aventure.

— De ce, messires, pas un mot, répliqua la bohémienne ; tout ce que je vous puis dire, c'est que ce ne sont pas ogresses à manger les gens.

— Et, j'imagine, elles ne seront pas si muettes, que nous n'ayons la joie d'entendre leurs doux accents. Sur ce, los aux écoles ! et ferons honneur au festin et aux charmes des belles... Verse, frère !

— Je n'ai pas tout dit, messire, fit la bohémienne ; il y a des conditions.

— Voyons les conditions, c'est chose juste ; à chacun son droit.

— D'abord, messires, un peu avant le couvre-feu, vous serez au Pré-aux-Clercs, au lieu même où vous vous êtes escrimés si vaillamment ce matin. Vous y pourrez venir avec épées, dagues ou couteaux ; mais là, il les faudra laisser aux mains de qui les demandera, souffrir qu'on vous mette un bandeau sur les yeux, et vous laisser conduire au lieu où vous serez attendus.

— Peste ! s'écria Paul, voilà bien des choses en peu de mots.

— Oui ; mais il n'y a pas contrainte, et vous pouvez dire non.

— Promettez-vous qu'on ne me séparera pas de mon frère ? demanda Germer.

— On ne vous séparera pas sans votre consentement.

— Eh bien ! frère, pour mon compte, j'accepte.

— C'est donc traité conclu, dit Paul ; car, de mon côté, je suis trop curieux de voir la fin de l'aventure pour y renoncer. Sur ce, fêtons le vin de dame Jeanne, en attendant mieux.

La bohémienne se retira satisfaite, et les deux écoliers continuèrent à boire en s'entre-tenant des suites probables d'une aventure qui commençait de façon si singulière.

On voit qu'Orsini ne perdait pas de temps. C'est qu'il était prévoyant, et avait toujours provision de renseignements, afin que Marguerite et ses belles sœurs pussent toujours trouver à qui parler, en cas d'impromptu.

Nous devons dire maintenant quelle était la pensée soudaine qui avait tout à coup décidé le front de Buridan et avait fait cesser l'hésitation qu'il avait manifestée d'abord ; c'est qu'il croyait avoir trouvé le moyen d'empêcher la reine de Navarre d'en user avec lui comme avec les jeunes seigneurs qui lui servaient de passe-temps.

Dès que la bohémienne fut sortie de chez lui, il écrivit quelques lignes qu'il mit sous enveloppe et scella soigneusement ; puis il alla trouver au Louvre le capitaine des gardes, Gauthier d'Aunay, à qui il demanda un entretien particulier, que le capitaine lui accorda sans difficulté.

— Messire, lui dit-il quand ils furent seuls, vous êtes gentilhomme chrétien et fidèle serviteur de notre seigneur le roi Philippe quatrième.

— Ce sont là titres pour la garde desquels Gauthier d'Aunay est toujours prêt à verser son sang.

— Je n'en doute point, et je vais vous le faire voir en me fiant à votre parole dans une circonstance des plus graves.

— J'écoute, messire.

— Comme vous, je suis gentilhomme et chevalier. En ce moment, un grand danger nous menace tous deux, vous et moi. Comment en est-il ainsi ? c'est que je ne puis dire ; mais, si je n'échappe pas à ce danger, je puis vous y faire échapper, et c'est pour cela que je suis venu à vous.

— Messire, lorsque Gauthier d'Aunay a son épée à son côté, il n'est aucun danger qu'il redoute.

— Cela est bien quand on a l'ennemi en face, chevalier ; mais il n'en est pas ainsi dans cette circonstance, et je ne puis m'expliquer davantage. Voici une lettre que je vais vous remettre, si vous vous engagez sur votre foi et votre honneur à ne l'ouvrir que dans le cas où vous ne m'auriez pas revu d'ici à demain midi, et à me la rendre, sans l'avoir ouverte, si je reviens avant l'expiration de ce délai. Si vous ne me revoyez point, le contenu de cette lettre vous apprendra ce que je ne puis dire en ce moment; si je reviens, le danger sera passé pour vous et pour moi, et nous brûlerons la lettre sans l'ouvrir.

— Voilà qui est bien mystérieux, chevalier; mais le mystère, je le sais, a parfois son prix.

— Vous acceptez?

— Sur ma foi et mon honneur, il sera fait comme vous le voulez, et jure sur mon salut qu'avant que demain la douzième heure ait sonné, le sceau de cette lettre ne sera brisé ni par moi ni par d'autres, et qu'elle vous sera remise intacte si vous revenez avant ce moment. Est-ce ainsi que vous l'entendez?

— Je n'en demande pas davantage.

— A demain donc.

— A demain peut-être; mais, quoi qu'il arrive, vous n'avez plus rien à redouter.

Buridan, après cette entrevue, retourna chez lui beaucoup plus tranquille qu'il n'en était sorti, et, convaincu qu'il avait conjuré le danger, il attendit sans crainte l'heure du couvre-feu.

Dès que le soir fut venu, Paul et Germer, impatients de voir le dénoûment de l'aventure, s'acheminèrent vers le Pré-aux-Clercs, baignés, parfumés et vêtus de leurs plus beaux habits.

— Voilà chose bien étrange, disait Germer.

— Étrange, oui, répondit Paul; mais aussi de séduisante apparence.

— Ne soupçonnes-tu pas, frère, quelles peuvent être ces grandes dames qui mènent si lestement les affaires d'amour?

— Non; mais à coup sûr, ce ne sont pas ribaudes ordinaires.

— A quoi en juges-tu ainsi?

— A l'état de nos finances, qui ne nous eût pas permis de dîner aujourd'hui, si la Providence ne nous était venue en aide sous les traits de cette messagère. Cette femme a vu où nous en étions sur ce chapitre si important en amour comme en guerre, et je me trompe fort si cela ne lui a pas fait plus de plaisir que de compassion. Bourgeoises ou filles folles n'auraient pas ainsi pris la chose.

— Vrai Dieu! c'est bien raisonné; mais peut-être sont-elles vieilles ou laides.

— Dans ce cas, s'il y a bonne table et vin choisi, je me sens capable de leur pardonner; mais il n'en est rien, et la fête sera complète.

— C'est ce que nous saurons tout à l'heure; car voici bientôt neuf heures, et nous ne sommes pas à cent toises de l'endroit désigné.

Ils arrivèrent quelques instants après au lieu où ils avaient eu maille à partir le matin même avec quelques bourgeois, et à peine y furent-ils, qu'un rayon de la lune passant entre deux nuages leur fit apercevoir la bohémienne qui venait à eux. C'était une Italienne, âme damnée d'Orsini, qui, avec quelques hommes choisis et éprouvés par l'astucieux astrologue, secondait ce dernier dans l'accomplissement de ses sinistres fonctions.

— Vous n'avez pas oublié nos conventions? dit-elle.

— Non, répondit Paul, et, pour simplifier l'opération, nous sommes venus sans dagues ni couteaux.

— C'est agir en braves compagnons. Je vais donc vous couvrir les yeux d'un bandeau.

— Faites le plus vite possible.

— Et vous vous laisserez conduire.

— Jusqu'en enfer, si vous nous y menez, répondit Germer.

— Gentil compagnon, si vous y allez, ce ne sera pas sans passer par le paradis... Voilà qui est fait. Maintenant, donnez-moi la main et marchez.

Après avoir marché pendant quelques instants, entendu plusieurs portes rouler sur leurs gonds et monté les marches d'un escalier, ils entrèrent dans une pièce où l'odeur de mets délicats frappa agréablement leurs nerfs olfactifs.

— Hum ! fit Germer, voici un assez plaisant prélude.

— Et je doute, dit Paul, qu'il y ait si bonne cuisine chez monsieur le diable. Ne va-t-on donc pas, en si bon lieu, nous rendre l'usage de la vue ?

— Prenez patience, mes jouvenceaux ; nous avons encore quelques pas à faire.

Une porte s'ouvrit encore ; tous trois entrèrent dans une autre pièce ; là les bandeaux des écoliers tombèrent et la bohémienne disparut.

Grande fut la surprise des deux frères en se voyant au milieu d'une salle magnifique et si merveilleusement éclairée, que leurs yeux, sortant d'une obscurité profonde, avaient peine à supporter tant d'éclat. Une table où se voyaient six couverts était admirablement garnie ; dans de riches cassolettes, des parfums délicieux brûlaient aux deux extrémités de cette salle toute remplie de précieuses tentures et de meubles voluptueux.

— Voici sans doute, dit Paul à demi-voix, un échantillon du paradis que nous a promis notre conductrice.

— Mais je ne vois pas les anges qui nous y ont appelés, dit Germer.

— Il me semble que voilà qui annonce leur prochaine apparition, répondit Paul en montrant du doigt la table, et, sur ma foi, anges ou démons, elles seront les bienvenues.

— Soupçonnes-tu quel est le lieu où nous sommes ?

— Ce serait difficile : l'obscurité est si profonde dehors, que de cette fenêtre on ne voit absolument rien ; mais il certain que nous sommes en bon lieu, et qui vivra verra.

— Et il n'est pas moins certain qu'on est parfaitement disposé à faire bien les choses.

— Peste ! nous en valons bien la peine !

— Orgueilleux !

— C'est mon avis, et tout annonce que c'est aussi le leur. Il faut, Germer, te convaincre de cela si tu veux faire ici bonne figure.

En ce moment les anneaux d'une riche portière glissèrent sur une tringle dorée, et deux femmes parurent, toutes deux jeunes, resplendissantes de grâces et de beauté, et si galamment vêtues, que leurs délicieuses formes eussent damné les saints. C'étaient Blanche et Jeanne. Les écoliers demeurèrent muets de surprise et d'admiration.

Paul néanmoins se remit assez promptement, s'étant approché de Blanche qui lui souriait, il prit une de ses mains, qu'il baisa ; puis, mettant un genou à terre :

— Seigneur Dieu ! dit-il avec émotion, si c'est un songe, faites que je ne m'éveille jamais !

— Apprend-on donc aux écoles à rêver tout éveillé ? lui demanda Blanche en riant.

— Ce qui est certain, madame, c'est que les plus belles choses qu'on puisse y apprendre ne valent pas un seul de vos regards.

— Mon gentil clerc, je veux que vous vous placiez près de moi, afin de me répéter cela au dessert.

Paul était tout à fait rassuré ; il comprit que la dame voulait mettre le temps à profit, et il agit en conséquence.

De son côté, Germer, suivant l'exemple de son frère, avait aussi pris une des mains de Jeanne, et la plaçant sur son cœur :

— Madame, dit-il, quoi qu'il arrive, il ne battra plus désormais que pour vous.

— C'est monnaie d'écolier, répondit Jeanne ; mais je la veux croire de bon aloi au moins jusqu'à demain.

— Oh ! toujours, toujours !

— Enfant ! en amour toujours n'est qu'un mot, et un instant vaut parfois l'éternité. Nous chercherons cet instant-là.

Comme elle achevait de parler, on vit entrer Marguerite de Bourgogne accompagnée de Buridan, qu'à son arrivée on avait conduit tout d'abord près de la reine de Navarre.

Bien que Buridan eût été introduit dans la

tour de Nesle avec les mêmes précautions que les deux écoliers, il avait aisément deviné où on le menait ; mais il croyait n'y trouver que Marguerite, et il ne put se défendre d'un mouvement de surprise et presque d'effroi en apercevant les quatre autres personnages.

— Qu'as-tu, mon Buridan ? lui demanda la belle reine de sa voix la plus caressante. Ne sens-tu pas que des plaisirs ainsi partagés n'en sont que plus vifs !... J'ai voulu que rien ne manquât à cette nuit pour être délicieuse. Mettons-nous donc à table, et plus de contrainte.

Ces paroles ne rassurèrent l'amant de Marguerite que médiocrement : la présence des deux écoliers lui semblait un mauvais présage ; car il savait bien, lui, d'où venaient tous les cadavres trouvés dans la Seine, et il se disait que, puisqu'on ne craignait pas l'indiscrétion de ces deux jeunes gens, c'était probablement parce qu'on se proposait de les mettre dans l'impossibilité de rien révéler. Or, en pareil cas, trois sont aussi bons et aussi faciles à expédier que deux.

Marguerite, le voyant soucieux, le prit dans ses bras et dit en le pressant contre son cœur :

— Faut-il donc, méchant, que ce soit moi qui vous demande un baiser ?

— Marguerite, ne sais-tu pas combien je t'aime ?

— Oh ! des paroles ! des paroles, quand mon cœur et mes lèvres brûlent !

On se mit à table ; les coupes s'emplirent des vins les plus choisis, et mille propos d'amour se croisèrent en tous sens ; puis mains et lèvres se cherchèrent, et tous, sous l'empire de la double ivresse de l'amour et du vin, se crurent transportés dans un monde inconnu et plein de délices.

Tous, c'est trop dire ; car, bien qu'il affectât de partager les transports de sa maîtresse, Buridan avait gardé tout son sang-froid. Profitant du moment où la reine de Navarre était arrivée au plus haut degré de l'expansion que l'orgie fait naître, il se pencha à son oreille.

— Marguerite, lui demanda-t-il, que fera-t-on de ces deux enfants ?

Un éclair partit des yeux de la reine comme pour le foudroyer.

— Tu as peur, Buridan ? lui dit-elle.

— Peur ? non.

— Ta main tremble.

— D'émotion, peut-être ; de crainte, jamais.

— Pourquoi donc cette question ?

— Parce que je suis convaincu que Marguerite n'a rien de caché pour Buridan.

— Et tu veux savoir...

— Je le veux.

— Eh bien ! dit-elle en se penchant à son tour à l'oreille de son amant, ils payeront leur bonheur de leur vie.

Buridan pâlit.

— Est-ce trop cher ? reprit la reine.

— Peut-être.

— Avoue que tu crains de partager leur sort.

— Je te l'ai déjà dit : je ne crains rien.

— Tu l'as dit ; mais tu n'as pas dit vrai.

— On dirait que tu veux m'effrayer.

— C'est une fantaisie qui pourrait me prendre.

— Tant pis.

— Pourquoi ?

— Parce que tu ne réussirais pas à la satisfaire.

— Ce n'est pas sûr.

— Essaye.

— Si je te disais...

— Où je suis ? Je le sais : je suis en ce moment dans la tour de Nesle, d'où l'on a jeté depuis quelques mois, à la rivière, un certain nombre de cadavres en ayant la maladresse de ne pas les dépouiller de leurs habits, de sorte que les gens les plus simples ne sauraient attribuer ces assassinats aux bandits qui infestent Paris. Tu vois qu'en me disant tout cela tu ne m'apprendrais rien.

— Mais je pourrais ajouter quelque chose.

— De plus effrayant ?

— Oui.

— Pour moi ?

— Pour toi.

— C'est impossible.

— Tu me mets au défi ?

— Qu'à cela ne tienne.

— Eh bien ! si je te disais : Buridan, ces deux enfants iront, dans quelques heures, un peu plus tôt, un peu plus tard, quand je le voudrai, où ont été les cadavres dont tu viens de parler ?

— Tu m'as déjà dit cela.

— Et si j'ajoutais : Buridan, le même sort t'est réservé, et cette fois on profitera de l'observation judicieuse que tu as faite, afin que ton corps ne soit pas reconnu ?

— Si tu ajoutais cela, Marguerite, ce n'est pas moi qu'on verrait trembler.

— Fanfaron !

— Ce ne serait pas moi, te dis-je.

— Qui serait-ce donc, messire le téméraire ?

— Toi, Marguerite.

— Et quel est l'insolent qui aurait la prétention de faire trembler la reine de Navarre ?

— Moi, Buridan.

— Tiens, Buridan, mets ta main sur ce cœur que font battre en ce moment les désirs et la volupté ; vois ces yeux qui appellent le plaisir ; regarde mes lèvres humides et brûlantes, mes joues qu'anime une passion ardente, et tâche de faire disparaître tout cela ; je te le permets : essaye d'éteindre le feu de mes regards, de me faire pâlir, de faire trembler cette main qui serre la tienne, et, si tu y parviens, je m'avouerai vaincue.

— Eh bien écoute : si tu me disais sérieusement ce que tu viens de me dire comme supposition, touchant la disposition où tu serais de me faire partager le sort des jeunes hommes qui sont entrés ici pleins d'amour, de vie et de santé, et n'en sont sortis que cadavres, au lieu de trembler, ce qui ne m'est jamais arrivé, je te répondrais : Marguerite, si Buridan ne connaît pas la peur, ce n'est pas pour cela un imprudent. Avant de se laisser conduire dans ce lieu, il avait deviné où on voulait le mener et

comment on se proposait de l'en faire sortir. En conséquence, il s'est présenté à un personnage de ta connaissance intime, à messire Gauthier d'Aunay, ton capitaine des gardes et ton amant, et il lui a dit en lui présentant une lettre : « Jurez sur votre foi de chrétien et votre honneur de chevalier de ne briser le sceau qui ferme ce paquet que dans le cas où je ne reviendrais pas vous trouver demain avant midi. Vous y trouverez alors des choses qui seront pour vous du plus haut intérêt. Si je reviens avant l'heure fixée nous brûlerons la lettre sans l'ouvrir ; car ce qu'elle contient n'aura plus d'intérêt pour personne, et doit, dans ce cas, demeurer ignoré. » Et le capitaine des gardes a juré sur sa foi de chrétien et sur son honneur de gentilhomme qu'il se conformerait exactement à ces instructions.

— Et il y avait dans cette lettre ?

— Oh ! peu de choses : quelques renseignements sur la mort du duc de Bourgogne, Robert II, sur la grossesse de Marguerite de Bourgogne avant son mariage, et la disparition de son enfant ; enfin il y était dit que, si je ne reparaissais pas, c'est que j'aurais été assassiné par Marguerite de Bourgogne, avec laquelle j'allais passer la nuit dans la tour de Nesle. Tu vois, ma belle reine, que, le cas échéant, ce ne serait pas Buridan qui aurait le plus à trembler.

La reine de Navarre ne pâlit point, ses yeux ne perdirent rien de leur éclat, sa main, que tenait Buridan, ne trembla pas ; mais elle ne répliqua point ; et, comme pendant qu'ils parlaient ainsi à voix basse, les deux autres couples avaient disparu, elle s'écria après un moment de silence :

— Fous que nous sommes ! de passer ainsi des instants qui peuvent être si doux ! Blanche et Jeanne ont été mieux inspirées. N'est-il temps de les imiter, mon Buridan bien-aimé ?

L'ex-page, maintenant tout à fait rassuré, la prit dans ses bras, et disparut avec ce fardeau à la fois si charmant et si horrible.

Buridan dormait lorsque, un peu avant que

le jour commençât à poindre, un cri perçant le réveilla. Marguerite n'était plus près de lui; il se crut perdu, et, à peine vêtu, il sortit de la chambre et courut au hasard, cherchant une issue qu'il osait à peine espérer trouver. Enfin il arriva dans une pièce où, à la lueur d'une lampe qui brûlait dans un coin du foyer, il aperçut un jeune homme qui se tordait les bras en criant d'une voix étouffée par la douleur et le désespoir :

— Les scélérats! les monstres! ils ont tué mon frère! mon frère est mort!

Buridan le reconnut aussitôt : c'était le plus jeune des deux écoliers avec lesquels il avait soupé en compagnie de la reine de Navarre et de ses deux belles-sœurs. Tout grand coupable qu'il était lui même, l'amant de Marguerite fut touché de compassion à la vue de la douleur de cet enfant.

— Songez à vous-même, ami, lui dit-il, et tâchez de fuir. Ne savez-vous pas où vous êtes ?

— J'y suis venu un bandeau sur les yeux.

— Eh bien! regardez par cette fenêtre : le Louvre est devant vous, la Seine coule à vingt pieds au-dessous de cette chambre ; elle est déjà le tombeau de votre frère, et elle sera le vôtre si vous ne parvenez à fuir.

— Et pas une arme, pas un couteau, rien!

L'infortuné, en parlant ainsi, cherchait dans ses vêtements ; il en tira des tablettes en ivoire.

— Oh! puissions-nous être vengés! je connais la femme dans les bras de laquelle j'ai passé la nuit; dans son ivresse, elle m'a dit son nom ; puisse ce nom être exécré de la postérité!

Et, avec la pointe d'une épingle, qu'il détacha de son pourpoint, il grava sur ses tablettes : *Je meurs assassiné par Jeanne de Bourgogne, après avoir passé la nuit avec elle dans la tour de Nesle.* Il avait à peine achevé, qu'un homme sortit de derrière une tapisserie, et, d'un coup de dague dans la poitrine, l'étendit sans vie sur le carreau. Cet homme, c'était Orsini ; après ce premier coup, il s'avança vers Buri-

dan, qui, saisissant un escabeau, s'en fit une arme, et se mit en défense.

— Toute résistance est inutile, messire, dit l'astrologue ; j'ai derrière moi quatre hommes auxquels je n'ai qu'un mot à dire pour vous faire hacher par morceaux ; profitez plutôt des quelques instants que je veux bien vous accorder, en considération de notre ancienne amitié, pour faire votre prière, et demander à Dieu pardon de certaines peccadilles que vous n'avez sûrement pas oubliées.

— Ecoute-moi, Orsini, répondit Buridan : tu veux m'égorger, et moi je veux te sauver, empêcher qu'on ne t'écorche vif, ou qu'on ne te brûle à petit feu.

— Ruse de guerre que cela!

— Non, non! sur mon salut éternel, je vais te dire la vérité, comme je l'ai dite cette nuit à la reine de Navarre.

— Je veux bien vous entendre, si la leçon est courte.

— Quelques mots seulement.

— Hâtez-vous donc.

— Avant de me rendre ici, j'avais deviné ce qu'on voulait faire de moi ; je l'ai écrit, ainsi que quelques autres choses du passé de Marguerite et du tien, mire ; j'ai ensuite remis l'épître bien scellée à messire Gauthier d'Aunay, qui l'ouvrira s'il ne me revoit aujourd'hui, qui me la rendra fermée si je retourne près de lui.

— Je sais tout cela.

— C'est impossible.

— Ne l'avez-vous pas dit cette nuit à madame la reine?

— C'est vrai ; mais alors tu vois bien qu'il faut que je sorte d'ici.

— Malgré cela ou à cause de cela, vous n'en devez pas sortir vivant.

— Mais alors, la reine et toi, vous êtes perdus.

— Alors, au contraire, madame la reine et moi, nous sommes sauvés.

— Tu es fou, Orsini.

— C'est vous qui perdez le sens, messire ; le

danger sûrement vous a troublé l'esprit.

— Il faut que tu n'aies pas compris ce que je t'ai dit.

— Je l'ai parfaitement compris, et madame la reine aussi.

— Je te répète que, dans quelques heures, le capitaine des gardes lira la lettre que je lui ai remise moi-même, et...

— Et moi, je vous dis qu'il ne la lira pas.

— Mais, au nom de Dieu! explique-toi donc!

— Le moment est mal choisi.

— C'est la seule grâce que je te demande. Tu dis : *Il ne la lira pas.* Je te demande pourquoi.

— Enfant! ne savez-vous pas que messire Gauthier d'Aunay donnerait son corps et son âme à madame la reine; qu'il renoncerait à sa part de paradis, si elle le voulait?

— Raison de plus pour qu'il l'ait en exécration quand il saura ce que j'ai écrit.

— Mais il ne le saura jamais.

— Dis donc pourquoi.

— Vous voyez que j'ai raison de dire que le danger vous trouble le cerveau. Comment, vous ne comprenez pas que, madame la reine de Navarre demandant cette lettre au capitaine, qui pour elle renierait Dieu, il la lui donnera.

— Ce n'est qu'une supposition.

— Eh bien! s'il la lui refusait, on la lui prendrait... et maintenant vous devez être satisfait, messire; faites donc votre prière, afin que je n'aie pas à me reprocher d'avoir ouvert les portes de l'enfer à mon ancien ami.

— Ainsi tu persistes à vouloir me tuer?

— Vous avez fermé vous-même toutes les portes de salut qui auraient pu vous être ouvertes... A genoux! à genoux, vous dis-je.

Et Orsini, s'excitant lui-même en élevant la voix et brandissant sa dague, fit encore un pas pour frapper cette dernière victime. Alors Buridan, réunissant ses forces, que le désespoir quintuplait, recula jusqu'à la muraille, puis, bondissant comme un lion, il revint sur son adversaire, et, d'un coup de l'escabeau dont il s'était emparé, il l'étendit à ses pieds, près du jeune Germer, qui venait de rendre le dernier soupir.

— A moi, garçons! cria l'astrologue en tombant.

Aussitôt parurent quatre hommes armés de longs coutelas; mais Buridan avait eu le temps d'arracher la dague de la main d'Orsini.

Alors commença une lutte terrible, dans laquelle Buridan, combattant avec le courage du désespoir et se faisant un bouclier de l'escabeau qu'il tenait d'une main, tandis que de l'autre il portait des coups terribles avec la rapidité de l'éclair, mit en un instant hors de combat deux des quatre assassins; mais l'un des deux autres parvint presque aussitôt à lui arracher l'escabeau, de sorte qu'obligé de combattre à découvert devant deux hommes robustes et mieux armés que lui, il fut contraint de rompre. Bientôt l'espace lui manque, alors il ne rompt plus, mais il bondit de nouveau, porte des coups terribles. Enfin ses forces s'épuisent; il va succomber. Déjà son bras faiblit; ses coups sont moins sûrs; la sueur ruisselle sur tout son corps; il chancelle et semble prêt à tomber, quand, par un dernier et suprême effort, il saute sur un bahut qui est à ses pieds, de là sur l'appui de la fenêtre.

— Sauvé! s'écrie-t-il en portant un dernier coup qui désarme celui de ses ennemis qui le serrait de plus près; sauvé! Et maintenant, si tu n'es pas mort, garde-toi bien, mire empoisonneur, astrologue menteur! et que se gardent bien aussi ceux et celles qui te gorgent d'or pour faire si honnête métier, et aussi les bandits et mauvais garçons que tu payes pour te servir.

— Ah! s'écria Orsini, qui depuis quelques instants avait repris connaissance et essayait de se relever, ne fera-t-on pas taire ce maudit par quelque bonne estocade à la gorge?

— Non, mire, non, on ne fera pas cela, répondit Buridan; car tu n'as plus à ton service qu'un truand qui tremble et auquel je coupe-rais poings et oreilles si je n'avais besoin de respirer un instant avant de sortir de ce repaire d'égorgeurs.

— Sortir ! fit l'astrologue en se redressant comme si son corps eût été soumis à la pile gal-vanique ; non, non, tu ne sortiras pas !... Les portes sont bien gardées, maître tueur, et tu y trouveras à qui parler.

— Ah ! le plaisant égorgeteur, dit Buridan en riant ; le pauvre animal mal avisé qui croit que je m'en vais tout seul entreprendre un siége !... Eh ! l'ami, n'ai-je pas devant moi longue et large carrière ?

Le vieux Paris.

— Buridan, malheur à toi ! cria Orsini en saisissant un des coutelas qui jonchaient le car-reau.

— Ah ! fit l'ex-page en souriant, l'occasion est belle pour envoyer ton âme à Satan ; mais je ne succomberai pas à la tentation. Il faut que tu vives, Orsini ; il faut qu'il soit toujours possible de t'obliger à confesser la vérité...

Adieu, maître, qui te laisses vaincre par ton écolier.

En prononçant ces derniers mots, il se re-tourna de manière à faire face au Louvre, et, le sourire sur les lèvres, il se précipita dans la rivière, qui, heureusement pour lui, était très-profonde en cet endroit. Il atteignit le fond, mais doucement, et pour revenir promptement

Saint-Germain. — Imprimerie D. BARDIN.

à la surface et s'y étendre en nageur expert qui a besoin de repos.

Pendant que tout cela se passait, Marguerite et ses deux belles-sœurs s'étaient rendues à la porte d'eau ; mais, par suite d'ordres mal compris, la barque n'y était point, et il fallut un long échange de signaux pour la faire venir, de sorte que les trois princesses, qui venaient de s'embarquer, n'avaient pas fait le tiers du trajet quand Buridan tomba, et ce dernier n'eut à faire que quelques brasses pour arriver près d'elles. Alors, levant le plus possible sa tête au-dessus de l'eau, il s'écria :

— Marguerite ! Marguerite ! Buridan n'est pas mort !...

La reine de Navarre jeta un cri d'effroi ; Blanche et Jeanne faillirent s'évanouir.

— Rame donc, batelier ! cria la reine.

Mais déjà le nageur avait devancé le bateau, il se retourna et cria de nouveau :

— Marguerite ! Buridan n'est pas mort ! Il vit !... il vit pour la vengeance !... Oh ! malheur à toi, Marguerite !

— Nous sommes perdues ! dit Blanche.

Jeanne ne dit rien ; au second cri de Buridan elle s'était évanouie. La reine de Navarre tremblait, mais elle avait conservé toute sa présence d'esprit.

— Eh quoi ! dit-elle, les injures d'un fou ou d'un félon vous effrayent à ce point !... Batelier ! dix écus d'or si tu atteins ce nageur et lui casses la tête d'un coup de rame !

Le batelier fit des efforts inouïs pour mériter la récompense promise ; mais il se trouvait alors dans l'endroit où le courant était le plus rapide et, la barque étant lourde, il eût fallu des forces autres que celles de son patron pour l'empêcher de dériver.

Marguerite ayant jeté un peu d'eau sur le visage de Jeanne, cette dernière avait repris l'usage de ses sens.

— Ne craignez rien, cousines, disait la reine, ce vilain n'échappera pas à la peine qu'il a méritée. Allons, batelier, il n'est qu'à dix pas de nous, et je te promets vingt écus au lieu de dix.

— Quand il s'agirait de gagner le paradis ou le royaume de France, répondit le patron épuisé, je ne saurais faire mieux. Ce mauvais garçon nage comme un poisson ; il faut qu'il ait le diable au corps, et, s'il se trouvait à portée de ma rame, je ne sais qui serait le plus en danger de lui ou de nous.

— Vous l'entendez ! s'écria Blanche avec désespoir : oh ! nous sommes perdues.

Jeanne s'évanouit de nouveau et fut saisie d'une crise nerveuse si violente, qu'il fallut requérir l'aide du batelier pour la contenir et l'empêcher de se briser la tête et les membres sur les parois de la barque. Marguerite était hors d'elle-même ; la rage, qui dominait sa frayeur, l'aveuglait à ce point, qu'elle saisit une des rames, et la lança de toutes ses forces vers le nageur, qui s'éloignait de plus en plus.

— Qu'avez-vous fait, madame ! s'écria le batelier, qui, obligé de contenir Jeanne, ne dirigeait plus l'embarcation ; nous sommes déjà à plus de cinq cents pas au-dessous du point où il nous fallait aborder, et voilà que vous m'ôtez le moyen de remonter. Si nous continuons à faire route ainsi, nous irons certainement jusqu'aux Bons-Hommes, et peut-être beaucoup plus loin, sans toucher le bord.

Comme il finissait de parler, Buridan atteignait la grève et sortait de l'eau. Il fit de ses deux mains une sorte de porte-voix, et il cria de nouveau :

— Sauvé ! sauvé ! malheur à toi !

Le jour commençait à poindre lorsque l'équipage arriva à l'hôtellerie du Cygne-d'Or ; il s'empressa de changer de vêtements, puis courut vers le Louvre.

Cependant la crise nerveuse de Jeanne avait cessé ; Marguerite était plus calme, et le batelier, avec la seule rame qui lui restait, parvint à atteindre le bord ; mais, ainsi qu'il l'avait prévu, ce ne fut que près du lieu appelé dès lors les Bons-Hommes, et qui porte encore ce nom de nos jours, qu'il parvint à toucher la terre. On put alors se procurer des rames et un second rameur, et l'embarcation commença enfin à remonter le fleuve, n'avançant toutefois que lentement, à cause de la rapidité du courant.

Il faisait chaud; la matinée était belle; il fut convenu qu'en rentrant au Louvre on parlerait d'une promenade sur l'eau qu'on avait voulu faire avant le lever du soleil, et qui, par la maladresse du batelier, se serait prolongée beaucoup plus qu'on ne l'aurait voulu; et le retour se fit sans encombre. Mais, bien avant qu'on arrivât, Buridan avait pu revoir le capitaine des gardes, Gauthier d'Aunay.

— Chevalier, lui dit-il, tout danger a cessé, et je ne doute pas que vous teniez votre parole et me remettiez la lettre confiée à votre foi.

— La voici, messire, répondit Gauthier; mais ne voudrez-vous me dire autre chose de cette mystérieuse affaire?

— Pour cejourd'hui la chose est impossible. Demain, peut-être, ou quelque autre jour, il en sera autrement, et j'engage ma parole de vous tout dire alors.

— Si pourtant la chose me regarde, comme vous l'avez dit, pourquoi différer?

— Pour raisons que vous saurez, et que je ne peux dire maintenant.

— Encore serait-il bon que je pusse savoir où vous trouver.

— Pour cela, il vous suffira de demander le chevalier Jehan Buridan, à l'hôtellerie du Cygne-d'Or, tout près du Louvre.

— Vive Dieu! c'est chose peu plaisante d'être ainsi mêlé à une aventure dont on ne sait pas un mot, et j'aurais dû vous imposer la condition de m'en dire quelque chose.

— Ne regrettez pas cela, messire; car, si je disais maintenant ce que vous désirez savoir, peut-être vous repentiriez-vous amèrement de me l'avoir demandé.

— Qu'il soit donc fait comme vous le voulez, je retiens toutefois votre parole de revenir céans à bref délai, et d'y deviser de manière plus claire sur ce qu'il peut y avoir de commun entre nous.

Buridan se retira très-satisfait; il avait couru un grand danger sans doute; il pouvait compter désormais sur toute la haine de Marguerite, et il savait tout ce qu'elle était capable d'entreprendre; mais il demeurait en quelque sorte maître de la situation, et il pouvait, sans courir le risque de perdre du terrain, prendre l'offensive ou attendre l'attaque. Ce fut à ce dernier parti qu'il s'arrêta. Il lui semblait impossible que la reine de Navarre laissât ainsi suspendue sur sa tête cette épée de Damoclès qu'elle avait vainement tenté de briser, et il pensait que la défaite qu'elle venait d'éprouver lui ferait désirer la paix, qu'il était bien résolu à lui faire acheter le plus cher possible.

Marguerite, de son côté, songeait à détourner l'orage qui avait tant grossi pendant cette dernière nuit. Louis le Hutin, son mari, ne pouvait tarder à revenir à Paris, et peut-être serait-il trop tard alors pour faire disparaître les traces de ses déportements. Elle voulut d'abord savoir si Gauthier n'avait point quelques soupçons et tenter de s'emparer de cette lettre dont lui avait parlé Buridan, et qui lui causait de vives alarmes. Elle fit donc, dès que le désordre de sa toilette fut réparé, appeler le capitaine des gardes, qui vint aussitôt.

— Oh! ma reine, dit-il en remarquant le teint pâle, les yeux cernés, les traits fatigués de Marguerite, reine de mon cœur, vous avez, j'en suis sûr, passé une mauvaise nuit.

— Oui, Gauthier; j'ai fait un mauvais rêve, un rêve affreux qui m'a déchiré le cœur.

— Quoi! s'affliger ainsi à propos d'un songe ne savez-vous pas, ma divine souveraine, combien peut être funeste un tel excès de sensibilité?

— Vous ne parleriez pas ainsi, si vous saviez quel est ce songe.

— C'est donc quelque chose de bien horrible?

— Ah! oui, horrible, et qui, au réveil, m'a fait verser des larmes bien amères!

— Et ne voulez-vous pas, ma Marguerite chérie, me dire cette chose qui a si fort blessé votre royal cœur?

— Vous le voulez, Gauthier?

— Je supplie ma bien-aimée de me tout
dire.

— Eh bien ! ami, j'ai rêvé que vous me tra-
hissiez.

— Moi !

— Vous, Gauthier, vous pour qui j'ai tout
oublié ! vous à qui j'ai rendu avec tant de
bonheur amour pour amour !

— Cela est affreux en effet ; mais Marguerite
sait bien que ce n'est, que ce ne peut être qu'un
rêve, un songe menteur.

— Oui, c'est un songe ; mais au réveil, je
l'ai rapproché de certaines circonstances qui
me l'ont presque fait prendre pour la réalité.

— Oh ! Marguerite, Marguerite ! ne dis pas
cela !... Quoi ! tu croirais que j'aie pu un instant de cesser t'aimer, moi qui t'adore comme
on adore Dieu ! moi qui donnerais avec joie
ma vie pour un de tes baisers !... Tu pourrais
croire qu'une autre ait pris la place dans ce
cœur qui ne bat que pour toi, et où ton image
est gravée en traits de flamme ! Ah ! oui, cela
est affreux, horrible !.... c'est à me rendre fou
de douleur, de désespoir.... Oh ! dis-moi, dis-
moi bien vite que tu ne crois pas cela ; dis-moi
que j'ai conservé ton amour et que tu crois
toujours au mien ; dis moi cela si tu veux que
je vive et pour que ma raison ne s'égare
pas.

— Je le dirai, je le dirai, ami ; mais je n'en
serai pas moins affligée que mon Gauthier ait
des secrets pour moi.

— Des secrets ?

— Oui.

— Mais il n'est pas une de mes pensées, pas
une de mes actions que j'aie jamais songé à
cacher à la maîtresse de mon cœur, et je suis
prêt à en faire le serment.

— Ne jurez pas, ami.

— Je veux jurer pour te convaincre.

— Il n'est pas besoin de cela.

— Que faut-il donc faire ?

— Il faudrait me dire d'où venait certaine
lettre qu'un inconnu vous a remise hier.

— Une lettre ?.. Oui, en effet, une lettre m'a

été remise ; d'où elle venait, je ne puis le dire.

— Et vous osez affirmer, vous alliez jurer
tout à l'heure, que vous n'aviez pas de secrets
pour moi !

— Et je suis encore prêt à jurer que j'ignore
d'où venait cette lettre.

— Mais vous en savez au moins le contenu ?

— Je ne l'ai point lue.

Un rayon de joie passa sur le visage de la
reine ; mais elle s'efforça de dissimuler la satisfaction que lui causaient ces dernières paroles du capitaine.

— Ah ! Gauthier, fit-elle, voilà un subterfuge indigne d'un chevalier.

— Je vais jurer aussi que je ne l'ai point
lue.

— Il est plus facile de le prouver en me la
remettant.

— Je ne l'ai plus.

— Oh ! c'en est trop !

— Au nom de Dieu ! Marguerite, écoutez-
moi.

— Avouez au moins que vous mettez en ce
moment ma crédulité à une cruelle épreuve.

— Dieu m'est témoin que c'est contrairement à ma volonté. Voici ce qui est arrivé : un
homme, un chevalier, un fou peut-être, car
maintenant que j'y pense, je suis tenté de croire
que ce personnage n'est pas sain d'esprit ; quoi
qu'il en soit, cet homme, qui dit être chevalier
et s'appeler Jehan Buridan, m'est venu remettre une lettre bien scellée. Elle contenait, me
dit-il, quelque chose de fort important pour
moi ; mais il ne pouvait me la laisser qu'autant que je ne l'ouvrirais que cejourd'hui à
midi, et dans le cas seulement où il ne viendrait pas la reprendre avant cette heure. J'ai
donné ma parole...

— Et vous attendez que l'heure soit venue ?

— Non, car il est venu ce matin, et je la lui
ai rendue.

Ici les traits de Marguerite se contractèrent
légèrement.

— Allons, dit-elle, il faut renoncer, je le
vois, à pénétrer ce grand mystère.

— Mais je sais où trouver cet homme ; je vais l'aller quérir, l'amener à vos pieds, l'obliger à dire tout ce que vous voulez savoir. Je puis tout cela, et je le vais faire.

— Non, mon Gauthier, non ; c'est déjà trop d'ennuis pour si peu et je me repens maintenant d'avoir attaché tant d'importance à ce rêve que je veux oublier pour ne songer qu'à ton amour afin d'être heureuse.

— Ma reine chérie, tu as failli me rendre fou de douleur, et voilà que tu vas me rendre fou de joie... Viens donc sur mon cœur, et encore un baiser !

L'entretien dura quelques instants encore ; puis Gauthier d'Aunay se retira, laissant sa belle maîtresse en proie à une vive agitation que l'arrivée d'Orsini vint encore augmenter.

IV.

Orsini et Marguerite de Bourgogne se concertent. — Audacieuse démarche de Marguerite. — Les tablettes de Germer Gourbelau. — Philippe le Bel et les frères d'Aunay. — Jeanne accusée d'assassinat. — Projets de vengeance.

Étourdi seulement par le coup que Buridan lui avait porté, Orsini s'était promptement remis : il pansa ses hommes blessés, fit jeter à l'eau le cadavre de Germer Gourbelau, et s'empressa de faire disparaître les traces de toutes les scènes de débauche et de violence qui s'étaient passées pendant la nuit qui venait de finir.

La fuite de Buridan donnait à l'astrologue une vive inquiétude ; il redoutait les reproches de la reine de Navarre, et sentait bien que cet événement, qui pouvait avoir des suites terribles, amoindrirait nécessairement l'influence qu'il avait eue jusque-là sur l'esprit de cette femme impérieuse et violente, dont l'amour et la haine étaient également redoutables.

Il était assez difficile de prévoir ce qu'allait faire Buridan, mais on ne pouvait douter qu'il fût altéré de vengeance, et prêt à recourir aux moyens les plus extrêmes pour assurer la perte de Marguerite, qui devait nécessairement en-

traîner la sienne, à lui Orsini, qui était depuis si longtemps déjà son conseiller et son complice. Un instant il eut la pensée de prendre la fuite ; mais son avidité l'emporta sur ses craintes, et finit par lui persuader que les choses n'étaient pas dans un état aussi désespéré qu'il l'avait cru d'abord, et que, grâce aux ressources de son esprit et à l'audace de Marguerite, il était possible de regagner le terrain qu'on avait perdu. Il résolut donc de braver la colère de la reine de Navarre, qu'il espérait d'ailleurs calmer facilement. C'était dans cette situation d'esprit qu'il entrait chez la reine un peu après que Gauthier d'Aunay en était sorti.

— Vous voilà donc, conseiller maudit ! s'écria Marguerite en l'apercevant. Ah ! chien de damné, c'est ainsi que tu sers qui t'accable de biens !

— Madame la reine, si vous saviez tout ce que je souffre en ce moment, vous auriez sûrement pitié d'un serviteur fidèle qui serait mort à l'heure qu'il est, s'il n'avait fallu que le sacrifice de sa vie pour que la disgrâce dont vous avez à vous plaindre ne soit point advenue.

— N'aurais-tu su, astrologue d'enfer, prévoir les choses, et te mieux préparer à leur accomplissement ?

— Je n'avais rien négligé, madame, pour assurer votre repos ; mais ce félon de Buridan avait sûrement fait pacte avec le diable, puisque seul et sans armes, il a mis hors de combat cinq hommes, dont deux rendent probablement l'âme en ce moment. Et puis toutes les récriminations possibles n'apporteront aucun remède au mal fait, et c'est à empêcher qu'il s'agrandisse qu'il faut maintenant songer.

— Et que prétends-tu faire pour empêcher cela ?

— Je n'en sais rien encore.

— La peste étouffe ce démon !

— Il n'est besoin de cela, madame, et la blessure que j'ai reçue en vous servant pourra y suffire !

A ces mots, il écarta les cheveux qui couvraient son front, et montra la blessure assez grave que lui avait faite l'escabeau dont Buridan s'était fait une arme redoutable. Cela, en tout autre cas, n'eût pas fait une grande impression sur cette femme dont les sens seuls parlaient ; mais, en ce moment où elle avait tant besoin de dévouement, elle s'efforça de maîtriser sa colère pour se montrer reconnaissante.

— Mire, dit-elle toute radoucie en apparence, il est vrai que l'effroi, l'inquiétude, m'ont rendue injuste ; la faute en est à la fatalité qui semble me poursuivre. Oubliez ce que l'emportement seul a pu me faire dire. Vous venez, j'en suis sûre, pour me donner un bon conseil : voyons, parlez, ne me gardez pas rancune, car je suis et veux rester votre amie.

— Oh ! madame la reine, que n'êtes-vous toujours ainsi !

— Jamais, à l'avenir, je ne serai autre ; mais je t'en conjure, Orsini, parle, et donne-moi un avis ; car je sens que ma tête se perd.

— C'est qu'en effet la situation est grave ; mais elle n'est pas désespérée.

— Merci ! voilà déjà une bonne parole.

— Je crois même, madame, reprit l'astrologue encouragé par ce succès, que nous parviendrons à reprendre tous nos avantages.

— Oh ! si pour cela il ne fallait que de l'or !

Orsini parut guéri de sa blessure, et en effet il ne s'en ressentait plus, tant ce mot magique *de l'or* avait de puissance sur lui.

— L'or, dit-il en jetant sur la bienheureuse cassette un regard qui ressemblait à un éclair, l'or, madame la reine, ne gâte jamais rien, et il n'est pas de chose qu'il ne puisse améliorer.

— Marguerite bondit plutôt qu'elle ne marcha jusqu'à la cassette, l'ouvrit d'une main agitée de mouvements convulsifs, et se tournant vers l'astrologue :

— Prends, mire, lui dit-elle, prends, prends encore, et sauve-moi !

Orsini puisa des deux mains dans le coffre. Le calme ne manquait jamais à cet homme, et il était toujours prêt à profiter de l'exaltation d'autrui. Il s'arrêta pourtant, sachant bien qu'il ne fallait en aucun cas forcer les ressorts outre mesure, et il reprit avec le plus grand calme :

— Non, l'or ne gâte rien, et il aide beaucoup ; mais dans la situation présente il faut commencer par user d'autre chose.

— Je t'écoute, Orsini ; j'ai soif de tes paroles.

— Pensez-vous, madame, que Buridan ait toujours pour vous cet amour d'autrefois qui lui faisait tout oser, tout braver ?

— Mire, ce qui s'est passé depuis hier prouve qu'il est toujours prêt à tout braver et tout oser ; mais, quant à son amour, je n'y crois plus ; des honneurs, une grande fortune, voilà ce qu'il veut.

— Alors, il est à vous ; vous en ferez ce que vous voudrez ; mais il ne faut pas qu'il puisse se douter qu'il vous a effrayée.

— Bien ! bien ! mon sang se rafraîchit ; continue, mon cher sauveur.

— Le moyen est bien audacieux...

— Tant mieux ; en pareil cas c'est l'audace qui sauve ; tu le sais aussi bien que moi. Voyons donc ton projet.

— Vous savez que Buridan demeure près du Louvre ?

— Oui, à l'hôtellerie du Cygne-d'or, tu ne l'as sûrement pas oublié.

— Eh bien ! madame, il faudrait que, aujourd'hui même le plus tôt possible, vous allassiez, seule, le trouver dans cette hôtellerie.

— Moi ! seule ! dans une taverne !... y penses-tu, mire ?

— Madame la reine, c'est cruel sans doute ; mais nous n'avons pas le choix des moyens.

— Non ; c'est vrai, mire : nous sommes vaincus par ce démon ; mais vienne le jour où je le tiendrai sous mon pied !...

— Et ce jour-là est très-prochain.

— Ce jour-là, ami, si tu n'es pas roi, tu seras presque l'égal des rois.

Ces paroles ne firent pas sur Orsini l'effet de l'ouverture de la cassette ; il savait ce que valent les promesses des grands ; mais, comme il était passablement lesté, il n'en continua pas moins.

— Il faut, madame, que vous alliez seule, à l'insu de tout le monde, trouver chez lui cet enragé.

— Moi !

— Vous, madame.

— La reine de Navarre dans une taverne !

— Madame, il y a des joies et des douleurs partout, et je crois qu'il y aura là une grande joie pour vous.

— Parle donc, au nom de Dieu !

— Pardon, madame la reine ; c'est qu'il faut que vous soyez calme, afin de me bien comprendre.

— Eh bien, je suis calme.

— Pas assez, peut-être ; mais je ne puis demander l'impossible. Je continue donc. Par cette démarche, vous prouvez à Buridan que vous ne le craignez point.

— Peut-être.

— Il comprendra qu'il a affaire à forte partie, et il se tiendra sur la défensive.

— Mais s'il se défend bien ?

— Madame, un homme qui, attaqué par une femme, ne fait que se défendre, est toujours vaincu. Usez donc de toutes vos séductions ; promettez beaucoup, immensément.

— Tu veux donc que je le fasse puissant ?

— Je veux qu'il ait la ferme espérance de le devenir, ce qui est bien différent. Il faudra d'abord lui persuader que vous n'êtes pour rien dans ce qui s'est passé depuis son lever ; que moi, Orsini, animé d'un zèle hors de saison, j'ai mal compris vos ordres, et que j'ai fait tout le contraire de ce que vous aviez commandé. Cela est certainement bien difficile à croire ; mais tout ce qui sort de la bouche d'une femme belle, qu'on aime... ou que l'on a aimée, est si facile à croire !

— Donc, tout ce qu'il pourra demander....

— Vous le lui promettrez.

— Sauf à ne rien donner.

— Il faudra beaucoup donner, au contraire :

il faut le placer haut, afin que la chute soit mortelle.

— Mais, mire, toi qui composes des philtres prodigieux et une foule d'autres choses ayant vertu d'envoyer les gens en paradis ou en enfer, ne saurais-tu employer un moyen plus simple ?

— Eh ! madame, ne vous a-t-il pas prouvé qu'il était en garde de ce côté ? qu'il meure de quelque mal inconnu, et tous les serpents accusateurs vont dresser contre nous leurs têtes menaçantes. Les précautions sont prises de ce côté ; mais si, par bonne et irrévocable sentence, on l'attachait au gibet de Montfaucon...

— Oh ! je l'aime pourtant... oui, mire, je l'aime.

— Alors nous sommes perdus.

— Eh ! mire, crois-tu que je n'aie pas aimé quelques-uns de ces pauvrets dont la Seine a reçu les cadavres ?

— Ah ! madame la reine, voici que vous redevenez forte !

— Tu disais donc qu'il me faut aller trouver Buridan ?

— C'est mon avis.

— Et lui tout accorder ?

— Tout ce que vous voudrez et lui promettre bien plus encore.

— Mais s'il me retenait, s'il me faisait violence ?

— Il est trop adroit et trop ambitieux pour cela.

Marguerite réfléchit pendant quelques instants. Son orgueil se révoltait à la pensée d'aller, elle reine, mettre ses pieds mignons en contact avec le pavé fangeux et le sol humide d'une taverne peuplée de manants ivres, environnés d'une atmosphère méphitique ; mais enfin elle comprit la loi de la nécessité, et elle se résigna.

— Au moins, dit-elle, j'espère que cela durera peu ?

— La plus rude besogne ne sera pas pour vous, madame, répondit Orsini, et il ne dépendra pas de moi que cela dure peu. Je vais me mettre à l'œuvre ; et madame la reine sait bien que mes méditations ne sont pas souvent infructueuses.

— Oui, Orsini, je le sais ; mais il me semble que les nuages deviennent bien noirs et bien épais. Écoute : il y a des moments où je tremble.

— Vous, madame ?

— Moi, Orsini, il est des jours où je n'ose me souvenir du passé, où le présent me déchire le cœur, et où l'avenir m'effraye.

— Et vous avez tort de vous effrayer, madame, tant qu'Orsini sera debout. Les nuages passeront, et vous verrez bientôt revenir le plaisir et la joie.

— Va donc, mire, et que tes prédictions s'accomplissent !

— Madame la reine se rendra donc à l'hôtellerie du Cygne-d'Or ?

— Tout à l'heure.

— Seule et de manière à n'être pas reconnue ?

— Oh ! lui me reconnaîtra toujours, mais, pour tout autre, je serai ce que je voudrai. Va, je t'attendrai demain.

Orsini se retira plein d'espérance et de joie, et ses poches garnies de manière à lui faire affronter la colère du ciel. Quelques instants après, Marguerite de Bourgogne se faisait revêtir d'un costume bourgeois par celle de ses femmes qui avait toute sa confiance, puis, le visage couvert d'un voile, elle sortit après avoir pris toutes les précautions nécessaires pour n'être pas reconnue. Ses pieds mignons foulèrent le pavé fangeux de Paris ; il lui fallut quelque temps pour s'orienter ; car les grandes dames, à cette époque, ne sortaient qu'en litières fermées ; mais elle avait une volonté assez forte pour ne pas être arrêtée par de misérables obstacles, et, une fois hors du Louvre, elle marcha résolûment et ne tarda pas à arriver devant l'hôtellerie du Cygne-d'Or, dont l'enseigne se balançait fièrement dans les airs. Là, la belle reine de Navarre hésita un instant ; sa fierté se révoltait à la pensée de pénétrer dans la sombre taverne qui occupait le rez-de-chaussée ; l'odeur

nauséabonde qui s'exhalait de ce lieu lui faisait bondir le cœur ; il fallut qu'elle s'arrêtât. Une voix dont le son frappa son oreille lui rendit tout à coup ses forces et sa résolution : c'était celle de Buridan, qui, n'ayant rien de mieux à faire pour voir venir l'ennemi, s'était installé dans la taverne, où, avec quelques buveurs, il s'entretenait des nouvelles du jour.

— Ma foi, disait l'un d'eux, nul ne sait ce qui adviendra ; mais pour le présent, notre seigneur Dieu paraît vouloir se mettre du côté des petits, ce qui fait que messires les gens du roi ont rude besogne, le fleuve de Seine ne charriant que corps de nobles, et cela oblige ces faiseurs de rien à moult recherches, escritures et tablatures de toutes sortes. Ah ! qu'ils se trouveraient bien plus aises de n'avoir à registrer que le passage de vie à trépas de quelques douzaines de manants, plutôt que la trouvaille d'un de ces beaux fils tout ensoyés et dorés dont aucuns ont la malice, tout défunts qu'ils sont, de ne pas sortir de la ville sans chercher et trouver gens de bon vouloir qui les tirent de l'eau pour les faire mener chrétiennement en terre sainte.

— L'ami, répondit Buridan à celui qui tenait ce discours, si la langue te démange si fort, tu ferais mieux de la mouiller de vin que de la sécher par sottes paroles et propos mal sonnants.

— Eh ! mon gentilhomme, voulez-vous dire que j'aie menti en disant chose que personne n'ignore ?

— Je dis que les malandrins de ton espèce sont gueux à pendre qui, sans vergogne aucune, mettent dizaines et centaines au lieu et place d'unités, et grossissent ainsi les mauvais bruits répandus par des gens de corde et de sac.

Ces paroles, que Marguerite de Bourgogne entendit parfaitement, la rassurèrent et l'aidèrent à vaincre le dégoût que lui inspirait le lieu près duquel elle se trouvait ; elle se dit que, puisque Buridan cherchait à atténuer les crimes de gens aux coups desquels il n'avait échappé que par une sorte de miracle, c'est qu'il espérait plus de la conciliation que de la violence ; elle franchit donc le seuil de la porte près de laquelle elle s'était arrêtée presque défaillante, et, sa volonté maîtrisant son émotion, elle s'avança vers la table devant laquelle était assis Buridan.

— Messire, dit-elle à demi-voix, vous plairait-il de m'accorder audience?

Buridan bondit sur son siége ; au premier mot il avait reconnu Marguerite, et il n'en pouvait croire ni ses yeux, ni ses oreilles. Son premier mouvement, quand il fut un peu revenu de sa surprise, fut de porter la main à la garde de son épée, mouvement tout instinctif, qui n'était pas provoqué par la présence de la femme, mais par le sentiment des dangers que rappelait le timbre de cette voix.

LESESTRE PÈRE.

N'attends pas que je me défende, Buridan!

— Par le Dieu vivant! est-ce bien vous, Marguerite? demanda-t-il d'une voix étouffée et en tentant inutilement de dissimuler la vive émotion qu'il éprouvait.

— Oui, répondit bien bas la cruelle sirène, oui, c'est Marguerite de Bourgogne qui vient se livrer à Buridan qu'elle aime; qui, après lui avoir donné son cœur, son honneur, vient lui donner sa vie.

Quelque cuirassé que fût l'ex-page à l'endroit des séductions de ce démon, il se sentit violemment ému.

— Pas un mot, pas un geste qui puisse te compromettre, dit-il en se levant brusquement.

Et, lui prenant le bras, il l'entraîna jusque dans sa chambre.

— Et maintenant, madame la reine, lui

dit-il lorsqu'ils furent seuls, que voulez-vous de moi?

— Rien, Buridan, s'il est vrai que j'aie à jamais perdu ton cœur.

— Oh! madame la reine, vous plaise que nous ne parlions pas de cela... Vous avez été cruelle, Marguerite. Peut-être en preux, eussé-je dû mourir pour vous plaire; mais, vous ayant tant plu vivant, j'ai cru devoir rester en cet état.

— N'attends pas que je me défende, Buridan; si ma présence ici n'est pas suffisante pour que tu m'absolves, je n'ai plus qu'à me résigner.

Cela était écrasant en effet; comment croire qu'une femme vint ainsi se mettre à la discrétion d'un homme qu'elle aurait tenté de faire poignarder. Buridan y fut pris; il crut à un malentendu, à quelque fatalité imprévue, et, non-seulement il pensa que Marguerite venait se justifier, mais il désira que la justification fût complète.

— Parlez, Marguerite, dit-il, et veuille le ciel que vos paroles me fassent vous rendre tout l'amour que j'ai au cœur.

— Ah! Buridan, si tu pouvais lire dans le mien!... Oui, je l'avoue, un instant, dans mon cœur, l'ambition l'a emporté sur l'amour; la perspective du trône de France où je dois m'asseoir un jour m'a éblouie. Je ne soupçonnais pas alors tous les regrets que je me préparais en acceptant la main d'un homme que je ne pouvais aimer puisque je ne l'avais point vu, et que son caractère irascible, grondeur, et sa froideur désespérante, devaient bientôt me faire détester. Orsini me suivit à la cour de France: je ne pouvais me résoudre à éloigner de moi cet homme qui possédait de si terribles secrets. Trois mois après mon mariage, je me voyais mourir d'ennui; je te pleurais, Buridan, et je sentais plus que jamais que rien ne pouvait te remplacer dans mon cœur. Cet état de langueur effraya Orsini; il devina aisément ce qui se passait en moi; il comprit que, si le mal continuait, ma fin serait prochaine, et cela

l'effraya d'autant plus qu'il avait sa fortune à faire. Il résolut donc d'employer tous les moyens possibles pour dissiper une tristesse qui pouvait lui être si fatale; mais, en voulant me sauver, le malheureux me perdit. Ce fut lui qui inventa, qui prépara ces passe-temps de la tour de Nesle. J'avoue, car je te veux tout dire, j'avoue que je me livrai alors au plaisir avec une sorte de frénésie... J'avais un si grand besoin de m'étourdir! Mais, je le jure, j'ignorais alors comment Orsini assurait le secret de ces nuits pendant lesquelles, il le croyait, les sens devaient en moi faire taire le cœur, et, lorsque je le sus, je n'étais plus maîtresse de l'empêcher; car dès lors Jeanne et Blanche étaient dans le secret, et pour rien au monde elles n'auraient renoncé à ces nuits, pendant lesquelles elles s'enivraient de plaisir.

Buridan secoua la tête de l'air d'un homme fort peu convaincu.

— Oui, je comprends, reprit la reine de Navarre, qui interpréta ce mouvement, tu te dis que cela n'explique pas les scènes de cette dernière nuit; tu crois que le piége avait été tendu par moi; il n'en est rien: Orsini savait avant moi que tu étais à Paris; il a su notre entrevue au Louvre, car il est impossible de rien cacher à cet homme. Il s'est effrayé des dangers qui pouvaient naître de ta présence et de l'ardeur de notre amour, et il prit la résolution de te sacrifier à ma sécurité et à la sienne. C'est par lui et à mon insu que tu as été attiré à la tour. J'ignorais, lorsque je m'y rendis, que je dusse t'y trouver.

— Très-bien, ma belle reine; mais en me voyant vous avez dû deviner sans peine ce qu'on voulait faire de moi, et vous avez laissé faire.

— Oh! ne dis pas cela, ami!... Tiens, mon honneur et ma vie sont à ta disposition; eh bien! tue-moi; fais que je sois couverte de honte; mais, au nom de Dieu, ne doute pas de mon amour, de cet amour qui me consume et qui seul est cause de ce qui est arrivé. Quand j'ai su que tu étais dans cette fatale tour, j'ai déclaré à Orsini qu'il me répondrait de toi sur sa tête, et plus tard, alors que tu dormais à mes côtés, je l'ai été trouver et lui ai rapporté tout ce que tu m'avais dit de la lettre remise à Gauthier d'Aunay, afin de le convaincre qu'en le faisant violence il nous perdrait. Il promit solennellement de se conformer à ma volonté ; mais, ainsi qu'il me l'a avoué ce matin, il n'en persista pas moins dans la résolution de te sacrifier. Il avait, me disait-il tout à l'heure, trouvé un expédient pour enlever à Gauthier la mystérieuse lettre, et cela l'avait affermi dans sa conviction que ta mort pouvait seule assurer mon repos et le sien.

— Et c'était bien un peu aussi votre opinion, belle amie, ainsi que me l'a prouvé cette rame si furieusement lancée à mon adresse.

— Ah ! j'étais folle de frayeur.

— Eh bien ! je veux croire tout cela ; mais je n'y puis rien voir de rassurant pour moi. Qui me dit que le cher astrologue ne prendra pas mieux ses mesures une autre fois ? il n'est pas homme, certes, à se décourager pour si peu.

— Détrompe-toi, mon Buridan ; ce qu'il désire maintenant, sans l'espérer, c'est une réconciliation sincère entre toi et lui.

— Et quand ce serait chose possible, je ne vois pas où cela me mènerait.

— Partout où tu voudrais aller.

— Partout, c'est bien loin.

— Et bien haut, n'est-ce pas ?

— C'est ce que je voulais dire.

— Écoute, Orsini aussi veut aller très-haut, et il est trop habile pour n'y pas réussir.

— Raison de plus pour que nous ne puissions nous entendre. Et où veut-il donc atteindre, ce beau tueur ?

— Il veut être premier ministre.

— Rien que cela ?

— Ne t'y trompe pas, ami ; cet homme-là peut ce qu'il veut.

— Je suis, il me semble, la preuve vivante du contraire.

— Oh ! ne parlons plus de cela.

— Peste ! il me semble, à moi, que la chose vaut la peine qu'on s'en occupe.

— Il n'y faut plus penser, te dis-je ; car, pour qu'il réussisse, il faut que tu vives.

— C'est-à-dire que maître Orsini me fera l'honneur de me prendre pour marchepied.

— C'est-à-dire, ami, que, pour que cet homme soit ministre, il faut que le roi de France ne soit ni Philippe le Bel ni Louis le Hutin.

Buridan fit un mouvement de surprise, et presque d'effroi.

— Comprends-tu maintenant ? demanda Marguerite, dont la voix et le regard s'animèrent.

— Pas encore, ma belle souveraine ; mais il me semble que mes yeux commencent à s'ouvrir.

— Ah ! si nos cœurs s'entendaient comme autrefois.

— Ils s'entendent, Marguerite !

— Tu devines donc ?

— Oui : pour qu'Orsini soit ministre, il faut que Marguerite de Bourgogne soit régente du roi de France.

— Et, quand Marguerite sera régente et qu'elle aura quitté le deuil, comprends-tu ce que deviendra Buridan ?

— Oh ! ma reine bien-aimée, que vous êtes grande et forte ! s'écria le chevalier en se prosternant aux pieds de l'audacieuse reine.

— Dans mes bras ! mon Buridan.

Ils s'entendaient, et c'est qu'en effet ils étaient bien dignes de s'entendre.

— Mais, dit l'ex-page, pour être régente, ma Marguerite, il te faut un fils.

— Et pourquoi n'en aurais-je pas un, ami ? D'ailleurs, si, de ce côté, nos vœux n'étaient pas exaucés, Orsini y pourvoirait.

— Oh ! maintenant, ma divine souveraine, parle, commande, ordonne, et qu'un amour sans fin te fasse oublier un moment de colère.

Marguerite était triomphante ; elle avait vaincu un ennemi redoutable. Buridan était radieux ; il touchait presque au trône. Mais, tandis que tous deux savouraient les joies du succès, une circonstance toute fortuite venait changer la face des choses.

Gauthier d'Aunay, malgré les dernières paroles que lui avait adressées la reine de Navarre, était sorti de chez elle l'esprit inquiet : les bruits qui couraient sur cette tour de Nesle, où il avait passé de tant douces heures, l'avaient ému : il ne savait rien ; il n'osait rien deviner ; et, malgré lui, de vagues conjectures flottaient dans sa pensée. L'entretien qu'il venait d'avoir avec la belle reine n'était pas de nature à calmer cette agitation intime qu'il ne s'avouait peut-être pas, bien qu'il en subît l'influence.

Donc, en sortant de chez Marguerite de Bourgogne, il sentit le besoin d'élucider quelque peu les pensées qui se heurtaient dans son esprit, et, pour ce faire, l'air étant tiède et le soleil resplendissant, il alla chercher l'ombre sous les saules qui ombrageaient les bords de la Seine. Pensif, il suivait le cours du fleuve ; à peine avait-il fait cent pas, qu'il fut tiré de sa rêverie par les paroles animées de deux pêcheurs qui venaient de déposer sur la grève le cadavre d'un tout jeune homme paraissant n'avoir séjourné dans l'eau que bien peu de temps.

— Allons, disait le plus vieux des deux pêcheurs, on voit qu'en ce maudit manoir se chante toujours la même antienne.

— Sur ma foi ! dit l'autre, que cela dure encore quelque temps, et les malandrins seront maîtres du royaume.

— Enfant, ce n'est là besogne de malandrins ; mais bien de hauts seigneurs et barons. Ne vois-tu pas, que, comme les autres, il a un coup de dague dans la poitrine ?

— C'est vrai, de par Dieu ! mais son bras gauche est tellement serré sur son corps, que la plaie n'apparaît point.

— C'est que, comme toujours, la plaie est profonde et peu large.....

Ces dernières paroles furent entendues de Gauthier d'Aunay, qui, en ce moment, arrivait près des pêcheurs.

— Ah ! fit-il en s'arrêtant, voici triste trouvaille. Sait-on quel est cet homme ?

— On ne sait rien, messire, répondit le plus vieux des deux pêcheurs ; le guet-levé et les gens du roi sont comme les réprouvés : ils ont des oreilles, et ils n'entendent point ; ils ont des yeux et ils ne voient point.

— Mais j'ai des oreilles pour entendre et des yeux pour voir, moi ! s'écria Gauthier. Arrière donc, manants : je veux voir de près.

Et, s'approchant du cadavre, il se baissa pour le bien voir.

— Vingt ans à peine ! dit-il à demi-voix ; c'est mourir trop jeune... N'aura-t-on donc jamais l'explication de ce funèbre mystère ?... Le malheureux a dû se défendre ; car on voit encore sur ses traits l'expression de la colère.

Des pas s'étant fait entendre derrière lui en ce moment, Gauthier se retourna. C'était son frère Philippe, qui, sortant de chez Blanche, sa maîtresse, l'avait aperçu de loin et venait le joindre.

— Vois donc, frère, lui dit-il, n'est-ce pas lamentable chose que si souvent pareille trouvaille se fasse en ce lieu ?

— Lamentable et effrayante, répondit Philippe en se baissant comme son frère pour voir de près le cadavre ; car, puisque la justice et le guet n'y peuvent rien, il n'est gentilhomme de bonne mine qui n'ait à craindre pareille fin... Mais vois donc, il me semble que le pauvre enfant tient quelque chose dans la main placée sur sa poitrine.

— Nous allons voir, fit Gauthier.

Et, prenant cette main qu'indiquait son frère, il s'efforça de l'ouvrir. Ce ne fut pas chose facile, tant les doigts étaient crispés ; mais il y parvint enfin, et de cette main glacée tombèrent des petites tablettes en ivoire.

— Vrai Dieu ! s'écria Philippe en s'en emparant, voici qui peut-être nous apprendra quelque chose sur ces quotidiennes tueries.

Il ouvrit les tablettes pour en lire le contenu. A peine y eut-il jeté les yeux qu'il pâlit et parut frappé de terreur.

— Frère, frère! dit-il, ce n'est pas un rêve, n'est-ce pas? nous sommes bien, toi et moi, sur le bord de la rivière, près du Louvre et à quelques centaines de pas de cette tour de Nesle d'aspect si lugubre et dans laquelle pourtant nous avons passé de si doux instants?

— Qu'y a-t-il donc, Philippe? ton air et tes paroles m'effrayent.

— Et voici ce qui est plus effrayant encore, Gauthier; tiens, lis : *Je meurs assassiné par Jeanne de Bourgogne.*

— Ah! dit le capitaine des gardes frappé lui-même de stupeur, voilà donc le mot de cette épouvantable énigme! Mais cela est-il possible... Jeanne, si douce, si timide.

— Frère, qui saurait lire dans le cœur d'une femme?

— Sur mon âme, Philippe! tant de criminelles choses ne demeureront pas impunies.

— Prends garde, frère; il me semble nous voir sur le bord d'un abîme.

— Calme-toi, Philippe; qu'avons-nous à redouter de madame Jeanne? Pourrait-elle nous accuser de péchés mignons auxquels elle a pris si grande part, et, le cas échéant, nos gentes dames, Marguerite et Blanche, n'ont-elles pas plus d'esprit qu'il n'en faut pour mettre à néant de telles accusations?

— Silence, Gauthier! voici venir à nous quelqu'un de la maison du roi.

Le capitaine des gardes tourna ses regards vers le point que lui indiquait son frère, et vit en effet un page de Philippe le Bel qui accourait à toutes jambes. Voici ce qui était arrivé : le roi de France avait passé une mauvaise nuit : les Flamands, qu'il avait vaincus, commençaient à remuer, prétendant que, Philippe leur ayant tout pris, ils n'avaient plus rien à lui donner. La raison semblait péremptoire; mais le monarque la trouvait d'autant plus mauvaise, que, comme presque toujours, l'argent lui manquait, et que des symptômes de révolte s'étaient récemment manifestés dans sa bonne ville de Paris à propos de monnaie de mauvais aloi émanant des caisses royales,

qui, après les avoir émises pour leur valeur nominale, ne les voulaient plus recevoir que pour leur valeur intrinsèque. Le roi Philippe s'était donc levé de fort mauvaise humeur; on serait mécontent à moins. Afin de se distraire, il se mit au balcon de sa chambre et regarda l'eau couler, passe-temps très-innocent, et tout à fait en harmonie avec l'état de ses finances. Mais tout en regardant la rivière, il avait vu autre chose, à savoir les pêcheurs retirant de l'eau le cadavre de Germer Gourbelau, puis les frères Gauthier survenant et retirant certain objet de la main du mort. Cela rappela au monarque certaines plaintes qui étaient arrivées jusqu'à lui, touchant les cadavres de jeunes hommes trouvés si fréquemment dans ces parages.

— Par monseigneur le Christ! s'écria-t-il, il me viendrait à point quelques mauvais hommes à faire pendre ou arder; sachons donc ce que font ceux-ci... Holà! un page!... Que l'on m'amène incontinent les chevaliers d'Aunay, que je vois ci-près sur la grève.

Le page partit comme un trait; c'était lui que les deux frères voyaient venir.

— Chevaliers, dit-il quand il fut près d'eux, le roi vous envoie quérir, ayant à vous parler sur l'heure.

Philippe et Gauthier échangèrent un regard inquiet.

— Monseigneur le roi nous savait-il donc ici? demanda le capitaine des gardes.

— Notre sire vous a vus de sa fenêtre, répondit le page, et il s'est ému de la peine qu'avez prise auprès de ce garçon mis à malemort.

— Nous vous suivons, dit Gauthier.

Puis s'adressant à son frère lorsque le page eut pris les devants :

— Qu'augures-tu de ceci, Philippe? lui demanda-t-il.

— Rien de bon, frère : j'ai peur.

— Sur mon âme! ce n'est pas à nous de trembler, mais bien à madame Jeanne, qui fait ou ordonne telle besogne maudite.

— Et, si le roi apprend ce qu'on impute à

cette princesse, ne voudra-t-il pas examiner de près la conduite des deux autres ? Cela nous touche de près, Gauthier ; n'imagines-tu rien pour sortir de là sans coup férir ?

— Vrai Dieu ! je suis trop peu expert en telles intrigues pour m'y aventurer. Marchons droit, frère : si le roi veut savoir quelle découverte nous venons de faire, je la lui dirai. Ne vaut-il pas toujours mieux qu'il apprenne la chose par nous que par d'autres ? C'est, j'en suis convaincu, le meilleur moyen pour écarter de nous le soupçon.

— Qu'il soit donc fait ainsi ; mais, dès ce moment, tenons-nous sur nos gardes. Frère, il y a de l'orage dans l'air.

Ce fut dans cette situation d'esprit qu'ils arrivèrent près du roi, qui les attendait dans son cabinet.

— Çà, chevaliers, leur dit le monarque, me paraît que cejourd'hui avez fait triste rencontre ?

— Et vous semble vrai, sire, répondit Gauthier ; car c'est grand'pitié pour hommes de cœur de voir de jeunes sujets du roi si piteusement occis.

— C'est chose que nous voulons mettre à clair, messire, et pour ce vous avons mandés, vous sachant de bon conseil. Ne vous est-il rien venu à l'esprit touchant ces massacres et noyades si souvent répétés ?

— Sire, ce n'est affaire de notre office, répondit Philippe, que ce début fit trembler.

— Eh ! vertu Dieu ! messires, c'est office de tous gens de bien de mettre fin aux choses mauvaises.

— Et ainsi ferions-nous, dit Gauthier, si nous en était donné le moyen ; mais c'est mystère que nous ne saurions pénétrer.

— Et vous n'avez trouvé tout à l'heure nul indice qui nous puisse mettre sur la voie ? demanda le roi en fronçant le sourcil.

Gauthier d'Aunay sentit qu'il n'y avait plus à reculer.

— Sire, dit-il, nous avons, en effet, trouvé chose bien étrange dans la main d'un malheureux dont le cadavre venait d'être mis hors de l'eau par des pêcheurs.

— Sur ma foi ! c'est chose que vous avez eu grand'peine à dire. Si pourtant voulons tout savoir, et vous ordonnons d'aller jusqu'au bout.

— Et c'est ce qu'aurions fait tout d'abord, sire, si la crainte d'affliger votre royal cœur ne nous eût retenus.

— Vertu-Dieu ! chevaliers, pourriez-vous croire que nous n'ayons à cœur de faire en tout temps bonne justice ?... Où que soit le coupable, nous le voulons atteindre et punir de manière exemplaire, se trouvât-il être de notre famille royale !

— C'est qu'en effet, sire, les apparences semblent accuser une personne ayant votre affection.

— Et que, pour ce, il convient de traiter sans pitié ni merci. Parlez donc sans crainte et nous frapperons de même.

Il n'y avait pas à hésiter ; le capitaine des gardes remit au roi les tablettes, et lui dit la peine qu'il avait eue à les arracher de la main crispée du cadavre. A peine Philippe le Bel y eut-il jeté les yeux, qu'il pâlit et trembla ; les muscles de son visage se contractèrent.

— Messire, dit-il en se levant brusquement, si nous ne savions quel prud'homme vous êtes nous vous croirions participant à quelque félonie ourdie contre notre bru bien-aimée, madame Jeanne, comtesse de Poitiers, par quelques vilains et mal contents ; mais à preux chevaliers de votre sorte nous demanderons seulement de jurer que les choses sont arrivées comme vous venez de le dire, par cas fortuit et sans autre intrigue ou préparation.

— Nous n'avons dit que la vérité, sire, et sommes prêts à jurer sur les saints évangiles.

— Jurez donc.

Les deux frères firent le serment exigé, non sans grande émotion ; car, dès lors, cette affaire ne pouvait avoir qu'un tragique dénoûment. Le roi, toujours pâle, tremblant et le regard étincelant, appela un page.

— Allez, lui dit-il, faire savoir à notre chère bru, madame la comtesse de Poitiers, que la prions de se rendre incontinent près de nous.

Les chevaliers s'inclinèrent comme pour prendre congé ; mais le monarque les retint.

— Il nous faut vider cette affaire au plus tôt, dit-il, et, pour ce, votre présence céans est utile.

Quelques instants après, Jeanne parut ; elle était abattue et souffrante, par suite de la scène qui s'était passée sur la rivière au point du jour. Philippe le Bel fut si frappé de la voir en cet état, qu'il s'écoula quelques instants avant qu'il lui fût possible de parler. Enfin, se faisant violence, il dit :

— Madame notre bru, vous déplaît-il si fort de venir près de nous, que vous ne nous puissiez faire meilleur visage ?

— Sire, répondit Jeanne, ce m'est toujours chose agréable de faire votre volonté ; mais je me sens mal, et ne saurais le déguiser.

— C'est fâcheux, répliqua le roi ; car nous voulions avoir votre avis sur une grave affaire.

— Sire, le mal que j'ai n'est pas tel que je ne puisse me rendre à votre désir.

— Oyez donc : certains vont disant par le monde qu'une personne de notre royale famille se serait rendue coupable d'aucuns meurtres mystérieux, dont il est fort parlé depuis quelque temps, et nous hésitons sur le choix des moyens pour mettre à nu la vérité.

Peu s'en fallut que la princesse ne fût prise d'une de ces crises nerveuses qu'elle avait eues peu d'heures auparavant ; elle n'y échappa que par un effort suprême de volonté.

— Quoi ! sire, dit-elle d'une voix altérée, vous pourriez croire qu'il se trouvât dans votre maison gens capables de tels méfaits ?

— Je ne crois encore rien, madame, répliqua le monarque ; mais je cherche la vérité, et vous prie de m'aider à la faire luire. A ce pourra servir peut-être l'objet que voici.

— Ces tablettes ?

— Oui, ces tablettes, arrachées tout à l'heure de la main crispée d'un cadavre trouvé dans la rivière.

Jeanne prit les tablettes d'une main tremblante, et faillit s'évanouir en lisant la terrible accusation qu'elles contenaient.

— Qu'ai-je donc fait, dit-elle, pour que si vilaines trames s'ourdissent contre moi ? Et comment le roi, mon cher sire ; peut-il prêter l'oreille à si infâmes calomnies ?... Sire, je demande vengeance contre les traîtres qui prêtent ainsi aux morts de prétendues révélations qu'ils ont forgées eux-mêmes.

Et, malgré la terreur dont elle était frappée, elle lança aux frères d'Aunay un regard foudroyant. C'est qu'elle pensait qu'ils étaient ses accusateurs, et qu'ils avaient été poussés à cet acte par la découverte de nombreuses infidélités qui leur avaient été faites, et dont elle était la complice. Gauthier n'était pas homme à souffrir l'attaque sans riposter.

— Madame, s'écria-t-il en mettant la main à la garde de son épée, nul n'a oncque porté impunément atteinte à notre honneur ; donc, sous le bon plaisir de monseigneur le roi, je dis et maintiens que ces tablettes ont été trouvées par moi dans la main d'un homme mort, tiré de l'eau par des pêcheurs, et portant un coup de dague à l'endroit du cœur ; je tiens pour félon quiconque prétendra le contraire, et dis et soutiens qu'il en a menti par la gorge. Donc, avec l'agrément du roi, notre sire, vous sommons de nommer vos tenants afin que leur donnions gage de bataille.

Jeanne tremblait toujours, mais c'était maintenant autant de rage que de crainte.

— Sire, dit-elle, souffrez que la bru du roi de France ne se commette pas davantage avec ces vilains.

— Ce que nous ne saurions souffrir, dit le roi, c'est que cette affaire ne soit mise à jour au plus tôt. Nous y aviserons, et à ce nous aidera le prévôt de Paris, que nous ferons mander dès ce jour.

Jeanne se retira la rage dans le cœur ; et le roi, d'un signe, congédia les frères d'Aunay.

Rentrée chez elle, la comtesse de Poitiers donna un libre cours à ses larmes et à sa colère.

— Les traîtres, disait-elle, qu'il me serait doux de leur arracher le cœur ! Oh ! je me vengerai, dût ma vengeance entraîner la ruine du monde !... car je vous hais, félons !... et je vous hais aussi, Marguerite et Blanche, qui m'avez attirée dans ce précipice, et vous verrez ce que peut ma haine !...

Elle tomba épuisée sur un fauteuil, et roula dans sa tête mille projets de vengeance plus extravagants et plus atroces les uns que les autres.

V.

Tandis que Jeanne rêvait à sa vengeance, Philippe et Gauthier d'Aunay demandaient un rendez-vous à leurs royales maîtresses, afin de se concerter avec elles pour se défendre victorieusement, dans le cas possible où Jeanne ferait des aveux complets. Marguerite de Bourgogne consentit d'autant plus volontiers à cette entrevue, que Louis le Hutin devait arriver à Paris très-prochainement, et qu'il importait surtout à cette femme insatiable de plaisirs de mettre le temps à profit. Blanche se laissa facilement entraîner, car, malgré les nombreuses infidélités qu'elle faisait à Philippe, elle n'avait pas cessé de l'aimer avec passion. Quant à Jeanne, on avait tout d'abord résolu de la sacrifier au salut commun.

Orsini reçut avis de ce qui était arrivé, et, tout en faisant les préparatifs de cette nouvelle débauche, il songeait à se mettre en sûreté pour le cas où un éclat l'obligerait à quitter la partie.

Aussitôt que la nuit fut venue, Philippe et Gauthier se dirigèrent vers l'hôtel de Nesle, et furent introduits dans la tour. Une heure après,

Blanche et la reine de Navarre venaient les joindre. On tint d'abord conseil, et Orsini y fut admis ; jamais on n'avait eu autant besoin de son esprit si fécond en ruses et en expédients de toutes sortes.

Il va sans dire qu'il n'était pas venu à la pensée des chevaliers que Jeanne n'était pas la seule coupable ; ils étaient trop amoureux, et se croyaient trop sincèrement aimés pour qu'un tel soupçon leur vint à l'esprit, et d'ailleurs Orsini avait une fable toute prête ; il dirait que Jeanne venait souvent à la tour ; qu'elle y recevait des inconnus qu'on ne revoyait plus quand ils étaient entrés chez elle, et que ces jours-là elle l'obligeait, lui Orsini, à quitter la tour, n'y voulant souffrir que deux soldats qui la suivaient.

— Jeanne peut nous accuser, dit Marguerite, lorsque Gauthier eut raconté tout ce qui s'était passé chez le roi ; mais elle ne peut rien prouver contre nous.

— Non, ma chère reine, elle ne pourra rien, répondit Gauthier ; mais elle aura fait naître des soupçons qu'il faut pouvoir détruire.

— Et comment les détruire, dit Philippe, quand on ne peut que nier ? Une dénégation ne se prouve pas, et il faudrait mieux que cela pour n'avoir rien à redouter.

— Il faut mieux que cela, dit à son tour Orsini, et, ce qu'il faut, je crois l'avoir trouvé.

— Oh ! parle, parle, mire sauveur ! s'écria Marguerite.

— Est-il possible de se procurer une page de l'écriture de madame Jeanne ?

— J'ai dix lettres qu'elle m'a écrites de la Bourgogne avant que je l'eusse fait venir à Paris, répondit Marguerite.

— Que madame la reine veuille bien me les remettre. Je connais un honnête scribe expert en imitation de toutes sortes d'écritures, chiffres et sceaux, lequel, moyennant un peu d'or, me fera des lettres de madame Jeanne à madame la reine et à madame Blanche, et dans lesquelles ladite dame Jeanne répondant à certains reproches que ses royales belles-sœurs lui auraient

adressés, avouera qu'en effet, entraînée par l'a-
mour du plaisir, elle a manqué à ses devoirs ;
mais qu'elle n'a rien à redouter de ceux qui
ont obtenu ses faveurs. Elle ajoutera qu'elle
regrette de ne pas avoir suivi les sages conseils

et imité la vertueuse conduite de madame Marguerite et de madame Blanche.

— Mais c'est chose déloyale !... c'est une
affreuse trahison ! s'écrièrent en même temps
les deux frères.

Le cadavre de Germer Gourbolan retiré de l'eau par deux pêcheurs.

— Songe donc, mon Gauthier, dit la reine
de Navarre, que ces lettres ne seraient pro-
duites que dans le cas où Jeanne nous accuse-
rait. Dans une pareille extrémité, il ne faut
pas marchander les moyens de salut.

Les deux frères secouèrent la tête en hommes
peu persuadés de la bonté de l'objection.

— Et remarquez, reprit Orsini, qu'en aucun
cas la position de madame Jeanne ne sera ag-
gravée de notre fait, puisqu'elle se sera avouée
coupable. Il n'y aura de plus que ce qu'elle
aura confessé, que les éloges donnés à ses royales
belles-sœurs, et c'est chose fort innocente.

Il fallut bien que les chevaliers se rendissent ;

ils ne pouvaient persister à ne pas vouloir ce que voulaient leurs belles maîtresses, et risquer de les perdre quand il paraissait si facile d'assurer pour l'avenir le bonheur qu'ils goûtaient près d'elles.

— Mire, dit Marguerite, demain au point du jour.

— Mais qui nous répondra de la discrétion du scribe? demanda Blanche.

— Moi, madame, répondit Orsini.

— Tu le rendras muet, dit en souriant Marguerite.

— Et aveugle. Madame la reine ne me sait-elle pas assez de talent pour cela ?

— Nous sommes prête à reconnaître l'astrologue Orsini pour le plus habile homme du monde. Et maintenant, trêve aux affaires, et vivent nos amours !

Orsini se retira, et les deux couples passèrent dans la salle du festin, où la veille, à pareille heure, les trois infâmes messalines préludaient, par des baisers, aux plus horribles forfaits.

Cependant Jeanne n'avait pas tardé à retrouver un peu de calme, sa soif de vengeance était toujours aussi ardente ; mais, aux mille projets insensés qu'elle avait formés d'abord, venait de succéder, dans sa pensée, un moyen sûr et facile à la fois de frapper un coup décisif. Elle appela Olivier, ce page favori, qui était pour elle ce que les frères d'Aunay étaient pour Marguerite et Blanche.

— Cher Olivier, lui dit-elle, j'ai de mortelles craintes : peut-être bientôt faudra-t-il nous séparer pour toujours.

— Oh ! ma noble dame, la bien-aimée de mon cœur, puissé-je mourir plutôt qu'un tel malheur m'arrive !

— Pauvre enfant! tu m'aimes, n'est-ce pas?

— De toutes les forces de mon âme, ma divine maîtresse.

— Eh bien ! te faut me donner nouvelle preuve de cet amour.

— Parlez, parlez, ma bien chère Jeanne ; vous faut-il tout le sang de mes veines ?

— Pas tant que cela, ami ; je ne te demande qu'un peu de dévouement et beaucoup de discrétion. Écoute : tu sais que les chevaliers d'Aunay ont notre secret comme nous avons le leur.

— Secret sacré, qui ne franchira jamais mes lèvres.

— Je le crois. Malheureusement messires d'Aunay n'ont pas si grand mérite, et j'ai la certitude qu'ils se disposent à nous trahir.

— Par le Seigneur Dieu ! ils ne feront si laide félonie qu'après m'avoir arraché les entrailles !... Je vais à eux de ce pas...

— Non, non, enfant! tu te perdrais et ne me sauverais pas.

— Que faut-il donc faire?

— M'écouter d'abord.

— J'écoute donc, chère âme de ma vie.

— Il faut, pour éviter le coup que je redoute, que les frères d'Aunay soient surveillés de manière que je puisse être instruite sur-le-champ de leurs moindres démarches.

— Dès ce moment, je m'attache à leurs pas.

— Va, enfant, et peut-être nous sauveras-tu.

Et l'adroite sirène paya d'un baiser le dévouement du jeune homme. Pour ce prix, Olivier eût tenté d'escalader le ciel.

Le page, pouvant pénétrer partout dans le palais, s'acquitta de telle sorte de sa mission, que le capitaine des gardes ne put, de toute la journée, faire un pas sans l'avoir sur les talons ; mais il n'y fit pas attention. Le soir, la tâche devint plus facile. Les chevaliers d'Aunay sortirent, il les suivit à distance ; ils montèrent dans un batelet, il entra dans un autre et arriva presque en même temps qu'eux de l'autre côté de l'eau. Enfin il les vit entrer dans l'hôtel de Nesle.

Bien sûr qu'ils ne sortiront pas de sitôt de ce lieu, le page s'élance vers la rivière, cinq minutes après il était près de Jeanne.

— Eh bien ? fit la princesse.

— Auguste amie, je les ai laissés en bon lieu, en lieu de délices, où je voudrais être si vous y étiez.

— Parle donc, enfant; ils sont?

— A l'hôtel de Nesle... Ah! que n'y sommes-nous ensemble!

— A l'hôtel de Nesle?

— Hélas! oui.

— Tu es sûr de les y avoir vus entrer?

— Comme je suis sûr de vous adorer toute ma vie.

— Oh! merci, merci, Olivier!... repose-toi, enfant.

— Et nous n'irons pas les joindre?

— Non, ami, car c'est un piége, et eux seuls y seront pris.

Olivier ne comprenait pas bien comment il se faisait que cela fût un piége; mais Jeanne lui donna un nouveau baiser qu'il n'eût pas échangé contre l'explication la plus claire, et il n'en demanda pas davantage. Nous nous trompons, il en demanda beaucoup plus; mais Jeanne avait mis un doigt sur sa bouche pour lui imposer silence, puis elle courut à une des fenêtres de son appartement, où, cachée par des rideaux, elle se mit en observation. Elle était là depuis une demi-heure environ, lorsqu'elle aperçut quelque mouvement sur le bord du fleuve, puis elle vit assez distinctement une barque glisser d'une rive à l'autre, se dirigeant vers la tour de Nesle.

— Oh! s'écria-t-elle transportée de joie, je les tiens! Ils sont perdus, et je suis sauvée!

— Sauvée? dit Olivier.

Jeanne ne l'entendit pas; elle venait de s'élancer de l'appartement. En un clin d'œil elle arriva chez le roi, assez surpris de sa visite et surtout de la joie qui se peignait sur le visage de cette femme, qu'il était disposé à croire coupable de si grands crimes.

— Qu'y a-t-il, madame notre bru, et quelle bonne nouvelle apportez que paraissez si allègre?

— Ah! sire, comment aurais-je l'air allègre quand il me faut dire à monseigneur le roi si déplaisante chose?

— Qu'est-il donc nouvellement advenu, madame Jeanne?... Par monseigneur Dieu le père, voici une étrange journée! nous vous écoutons, madame notre bru.

— Sire, le cœur me défaille à la pensée de ce qui va arriver; mais si grande atteinte a été portée cejourd'hui à mon honneur, que je ne saurais taire chose qui peut démontrer mon innocence, et confondre les gens mauvais et déloyaux qui m'ont voulu perdre. Sire, avez souvenance sans doute des paroles et serment prononcés céans par les chevaliers d'Aunay?

— Vrai Dieu! ce sont choses qui ne s'oublient aisément.

— Eh bien! sire, ce sont gens menteurs, parjures et traîtres, et de ce pouvez avoir la preuve en ce moment même.

— Et où trouverons-nous cette preuve, madame Jeanne?

— A l'hôtel de Nesle, sire, en la tour donnant sur l'eau.

— Vous plaît-il nous dire ce qui se passe en cette tour?

— Je dois le dire; car pour ce, sans doute, la Providence me l'a fait découvrir. Là, sire, se passent chaque nuit d'affreuses débauches à la suite desquelles il y a souvent mort d'hommes; là les chevaliers sont en ce moment entre les bras de femmes trahissant leurs maris et que ne saurais nommer sans blesser votre royal et paternel cœur.

— Parlez hautement, madame notre bru.

— Ah! sire, que ce m'est pénible chose!

— Le voulons ainsi, madame, et vous l'ordonnons au besoin.

— Que Dieu donc me soit témoin que ne le fais que par obéissance, mon premier devoir étant d'obéir à votre royale volonté. Ces femmes sont madame la reine de Navarre et madame Blanche.

— Blanche! Marguerite!...

— Elles, sire.

— Oh! non, non, ce n'est pas chose vraie!

— C'est chose, hélas! trop vraie.

— On vous a trompée.

— Sire, m'allez-vous accuser de trahir la

vérité quand il vous est si facile de vous assurer
que je dis chose vraie ?

— Par monseigneur le Christ ! le veux voir
de mes yeux, ou n'y croirai point.

— Et le verrez tout à l'heure, monseigneur,
si voulez faire comme je vais dire.

— Nous le voulons ! mais, par l'amour de
madame la Vierge, dites promptement.

— Eh bien ! il faudrait que plusieurs bate-
lets, portant bon nombre d'archers, allassent
incontinent investir la porte de la tour donnant
sur l'eau, tandis que monseigneur le roi, bien
accompagné, pénétrerait par la porte donnant
dans la cour de l'hôtel, sans bruit, par surprise, afin d'arriver aux coupables avant qu'ils
puissent être avertis, ce qui sera facile en faisant mander l'astrologue Orsini, se tenant là
pour certaines diableries à fins inconnues au
fidèle serviteur qui fortuitement a fait cette
découverte.

Le monarque était dans une agitation extrême ; mais cela ne l'empêcha pas de donner
sur-le-champ les ordres les plus précis pour qu'il
fût fait comme venait de dire Jeanne. Moins
d'un quart d'heure après, cinq ou six barques
chargées d'archers, et protégées par l'obscurité
de la nuit, se rangeaient silencieusement devant la tour, tandis que Philippe le Bel en personne, accompagné de plusieurs de ses officiers
et de cinquante gardes, passait le fleuve un
peu plus bas. Arrivé sur l'autre rive, il marcha droit à l'hôtel. Un des officiers frappe à la
porte principale ; le guichet s'ouvre, une tête
se montre. L'officier, suivant les instructions
qui lui ont été données, dit qu'il a chose importante à communiquer sur l'heure au mire
Orsini ; qu'on veuille donc lui ouvrir la porte
et prévenir l'astrologue pendant qu'il attendra
dans la cour.

Le garde-porte ouvre sans défiance, laisse
passer l'officier, referme la porte, et se dirige
vers la tour donnant sur l'eau. Pendant ce
temps, l'officier tire les verrous que le garde-
porte a poussés, et fait entrer le roi et sa suite.

Orsini, après s'être fait répéter que le per-

sonnage qui voulait lui parler était seul, sort
sans défiance de la tour ; à peine a-t-il fait
quelques pas, que quatre poignets vigoureux
le saisissent en même temps, et que dix épées
se dirigent sur sa poitrine.

— Au premier mot, tu es mort ! lui dit une
voix énergique. Marche et nous fais entrer
dans la tour du bord de l'eau, ou je livre incontinent ton âme à M. le diable.

Orsini ne manquait pas d'audace ; il tenta
de se dégager ; mais ses deux bras étaient serrés par des poignets de fer, et, au premier
mouvement qu'il fit, les dix pointes d'épée lui
effleurèrent l'épiderme.

— J'obéis, dit-il.

— Marche donc.

— Un mot seulement.

— Voyons, dit le roi, qui était un de ceux
qui le tenaient.

— Si vous espérez riche butin, ce n'est de
ce côté que vous le trouverez ; mais bien plutôt dans les appartements du Sud, où je vous
puis mener.

— Sur mon âme ! fit le roi, ce gibier d'enfer
nous prend pour des larrons ! Trêve de discours, maître sorcier, et nous mène où il nous
plaît aller.

L'astrologue vit alors à qui il avait affaire,
et changea de langage.

— Si vous êtes gens de bien, dit-il, vous
savez sûrement qu'ici ne suis qu'un serviteur
devant obéissance à qui le nourrit et héberge,
et ne me rendez responsable d'actes qui ne me
sauraient être imputés justement.

— Marche ! dit le roi.

Les épées qui le menaçaient changèrent alors
de direction : Orsini en sentit les pointes au-
dessous de ses épaules, et il se mit à marcher
vers la tour, non pourtant sans songer à se tirer de ce mauvais pas ; car, ainsi qu'on l'a vu,
c'était un homme fertile en expédients et qui
difficilement se tenait pour battu. Arrivé au
pied de la tour il s'arrêta, et dit du ton le
plus piteux qu'il put prendre :

— Messeigneurs, la porte ne saurait être

ouverte que par les gens qui se tiennent en la chambre du premier étage ; souffrez donc que j'élève la voix pour les appeler.

— Maître fourbe! dit un des officiers, il porte les clefs à sa ceinture.

Et il arracha les clefs, qui étaient, en effet, attachées à la ceinture de l'astrologue. Des sentinelles furent alors placées de manière à rendre toute évasion impossible ; puis le roi, ses officiers et le reste des gardes pénétrèrent dans la tour, marchant avec précaution, et tenant toujours Orsini au milieu d'eux.

Lorsqu'on fut arrivé au premier étage, éclairé par plusieurs flambeaux, Orsini reconnut le roi ; il tomba à genoux.

— Sire, dit-il, si tout d'abord vous étiez fait connaître, certes, n'eusse fait difficulté aucune de vous obéir, et, à cette heure, me voyez prêt à ne rien céler de ce que pouvez désirer savoir de moi.

Le rusé coquin espérait ainsi gagner du temps et parvenir à donner aux deux couples qui étaient dans deux chambres voisines, le signal de la retraite. Philippe le Bel, devinant son dessein, le repoussa du pied, tandis que, sur son ordre, l'officier porteur des clefs ouvrait rapidement les deux portes. Alors l'astrologue, se voyant perdu, tenta un dernier effort, et, se relevant brusquement, il parvint à désarmer un des officiers en même temps qu'il poussait un grand cri pour donner l'alarme, et attirer à son secours les frères d'Aunay. Ce fut le dernier acte de sa vie : quatre lames d'épée lui traversèrent en même temps la poitrine et le jetèrent sur le carreau.

Au cri poussé par Orsini, au bruit des portes qui s'ouvrent, Gauthier et Philippe d'Aunay sautent sur leurs épées ; mais, avant qu'ils aient pu les mettre hors du fourreau, vingt archers se jettent sur eux et les terrassent.

— Mesdames mes brus, s'écrie le roi, ce serait pour nous trop de honte de voir ribaudes telles que vous en l'état où vous êtes présentement. Nous voulons donc qu'on vous laisse seules dans ces chambres, où vous ferez garder jusqu'à l'heure où il nous plaira vous traiter selon vos mérites.

Les deux chevaliers désarmés furent poussés hors des chambres jusque dans la première pièce, où on leur jeta leurs vêtements ; puis, sur l'ordre de Philippe le Bel, on les conduisit au Petit-Châtelet, où ils furent enfermés dans un cachot souterrain.

Bien qu'il n'y eût pas de journaux en ce temps-là, des événements de cette importance n'arrivaient pas sans que la nouvelle s'en répandît. Le lendemain, il n'était bruit dans tout Paris que de cette scandaleuse affaire, et Buridan ne fut pas le dernier à apprendre tout ce qu'on en savait. Ce dénoûment si imprévu le frappa de stupeur ; toutes ses espérances se trouvaient anéanties : la veille, il avait un trône en perspective, et il se trouvait maintenant réduit à vivre en hobereau, ou à vendre son bras et son épée à quelque grand vassal d'humeur guerroyante, et à se faire tuer pour les beaux yeux de quelque châtelaine sur le retour, lui, tout à l'heure encore, l'amant et le maître de la plus belle reine du monde !

On ne se résigne pas facilement à une pareille chute quand on est doué d'autant d'audace que l'ancien page de Robert II. Buridan court aux nouvelles ; il apprend que des trois belles-sœurs Jeanne est la seule qui ait échappé aux conséquences de ses crimes, et il ne lui en faut pas davantage pour être convaincu que d'elle est parti le coup qui fait s'évanouir comme un songe le brillant avenir qu'il avait entrevu. Son parti est pris aussitôt ; il court chez Jeanne ; on lui dit que la princesse est dans l'affliction et qu'elle ne veut recevoir personne.

— Allez lui annoncer, dit-il, que le chevalier qui se présente a eu l'honneur de souper à sa table il y a deux jours.

Jeanne est saisie d'effroi ; elle ne doute pas que ce soit le hardi nageur qui s'est si miraculeusement sauvé de la tour de Nesle ; elle craint un nouvel orage qu'il faut conjurer à tout prix, et elle reçoit Buridan.

— Madame, lui dit-il, nous étant vus de si près en certain lieu, il n'est saison de faire phrases courtoises en l'affaire qui m'amène.

— Prenez garde, messire, nous n'avons nulle souvenance d'avoir honoré de notre présence aucun lieu où peuvent se trouver gens discourtois de votre sorte.

— Le temps presse, madame, et, en telle occurrence, les plus courtes phrases sont les meilleures. Vous avez voulu perdre mesdames Blanche et Marguerite de Bourgogne ; il faut présentement que vous m'aidiez à les sauver ou que vous partagiez leur sort.

— Fi du manant !...

— Si vous ajoutez un mot sur ce ton, si une seule personne est par vous appelée céans avant que j'en sois sorti, votre perte est assurée : un de vos pieds est dans l'abîme, et, d'un mot, je puis vous y faire mettre l'autre ; faites que je ne le dise point.

Jeanne parut atterrée par tant d'audace.

— Donc, écoutez, reprit-il quand il la vit dans l'état où il la voulait, il faut que madame Blanche et la reine de Navarre puissent dire et prouver qu'on leur a fait violence ; que les frères d'Aunay, par infernale machination, les ont entraînées dans le lieu où elles ont été trouvées ; ils faut qu'elles le disent et le puissent prouver ; et, pour qu'ainsi soit fait, il est nécessaire que Philippe et Gauthier d'Aunay sortent de leur prison, et disparaissent avant qu'on les ait interrogés. Vous voyez que ce n'est pas le cas de mettre la pensée en de longs mots.

— Et que puis-je en tout cela, messire ? demanda la princesse, qui sentit l'imprudence qu'il pourrait y avoir à briser les vitres.

— M'obéir aveuglément.

Jeanne lui jeta un regard terrible, mais n'osa pas exprimer autrement sa colère, et Buridan continua :

— Vous m'obéirez donc ?

— Mon Dieu !

— Pas de mots inutiles : oui ou non.

— Oui, puisqu'il le faut... oh !...

— Assez.

La princesse tremblait de fureur ; mais elle n'osait plus regarder cet homme, dont la voix la terrifiait. Buridan continua :

— Vous avez de l'or ?

— Peu.

— Il en faudra beaucoup ; vous en trouverez et le ferez porter, dans une cassette, à l'hôtellerie du Cygne-d'Or, pour être remis au chevalier Jehan Buridan. Une heure vous est octroyée pour ce. Présentement, il me faut remettre tout ce que vous avez ici d'or et de pierreries.

— Est-ce donc que voulez mériter le nom de chevalier larron ?

— Je veux qu'ainsi soit fait sur l'heure.

— Parle-t-on de la sorte à la bru du roi de France ?

— Quand seriez bru de monseigneur Dieu le père, je n'en tiendrais nul compte en cette occurrence.

— Oh ! c'est trop d'insulte !

— Si ne vous hâtez de faire comme j'ai dit, je jure Dieu que ne sortirez des mains du bourreau que pour aller ès griffes de M. le diable.

— Mais au moins nous promettrez un secret inviolable ?

— Je le promets.

— Et ne ferez contre moi nuls méchants discours ni traîtreuses entreprises.

— Ainsi soit.

— Vous le jurez ?

— Je le jure.

— Je demande serment complet et solennel.

La princesse prit dans un meuble un livre d'Evangile, chose précieuse toujours, mais qui, à cette époque, l'était à la fois et pour la parole divine qu'il contient et pour son exécution matérielle ; un tel volume était une bonne fortune alors, et la vente s'en faisait par-devant notaire. Buridan étendit la main sur le livre, et jura de ne rien entreprendre contre la princesse, pourvu qu'elle fît ce qu'il venait d'ordonner, et il jura cela sur sa foi de chrétien et son honneur de chevalier. Quelle monstrueuse chose que la barbarie de ce temps, où des gens souillés des crimes les plus épouvantables prenaient ainsi Dieu à témoin de leur honneur et de leur foi!

Le serment prêté, Jeanne remit scrupuleusement à Buridan ce qu'elle avait d'or et les pierreries dont elle pouvait disposer; car elle se piquait de probité, cette femme qui trahissait son mari et faisait égorger ses amants.

— C'est peu, dit l'ex-page. Espérons que vous ferez mieux dans une heure.

— Nous tâcherons, messire; mais toujours croyons-nous que vous allez tenter mauvaise affaire où votre pourpoint pourrait bien être endommagé par quelque coup de dague.

— Ce m'est affaire particulière, madame, et qui serait plus sûre s'il ne fallait que vous mettre en oraison pour qu'il en advînt ainsi; mais nous ferons en sorte que vous ne soyez de sitôt exaucée.

Et, sans autre compliment, il sortit et courut au quartier des écoles où était situé le Petit-Châtelet. Un quart d'heure après il arrivait dans la rue du Feure, où pullulaient les écoliers en l'Université, race turbulente et bruyante comme aujourd'hui, mais autrement audacieuse et batailleuse que de nos jours. Il n'était pas rare en ce bon temps que ces apprentis docteurs missent, pour se distraire, quelque quartier de la capitale à feu et à sang, et qu'ils soutinssent la bataille contre les bourgeois, le guet, et voire même les troupes du roi, qui, en pareille rencontre, étaient plus souvent battues que victorieuses.

Le temps était superbe; le soleil resplendissait; il y avait un grand nombre de gosiers secs parmi la docte gent, et, comme toujours, la plus grande partie des escarcelles étaient vides. Le moment était des plus propices pour l'entreprise que méditait l'ex-page.

Au milieu de la rue, Buridan monta sur une borne, et, de toute la force de ses poumons, il cria:

— Los aux écoles!

C'était le cri de ralliement de ces tapageuses bandes de clercs dont un grand nombre ne vivaient que de rapines et d'aumônes. Ce cri annonçait presque toujours quelque bonne nouvelle, comme hôtellerie à piller, bourgeois à rançonner et archers à battre. Aussi, à peine Buridan l'eut-il fait entendre, qu'une foule nombreuse se réunit autour de lui.

— Compaings, reprit alors l'ex-page, ne savez-vous à quoi le roi, Philippe quatrième, votre sire, entend et veut passer son temps cejourd'hui? Si ne le savez, oyez, et me direz merci. Ce cher sire, qui fit de si belles prouesses en Flandre, avise à traiter les écoliers comme il traita les gens de Bruges, bravant notre savante mère Université, aussi veut-il nous ôter tous droits, prérogatives, nous faire juger par ses prévôts, et mettre au gibet de Montfaucon comme si nous étions siens larrons.

— Haro! haro! crièrent mille voix en chœur; sus! sus! au faux-monnayeur!

C'était le nom que le peuple avait donné à ce monarque, et, en vérité, il ne l'avait pas volé.

— Compaings, reprit Buridan très-satisfait des heureuses dispositions de son auditoire, savons de bonne source qu'il s'est trouvé dans le conseil dudit sire deux braves chevaliers, amis de nous autres doctes, lesquels pour nous ont fait bonne défense par objections savamment déduites, ce dont monsieur le roi s'est fort courroucé, et a fait jeter ces bons compagnons en la prison du Petit-Châtelet, pour de là être conduits à Montfaucon, être pendus par le cou jusqu'à ce que mort s'ensuive, et leur chair être livrée aux corbeaux ou jetée aux chiens.

Cette fois ce fut un tonnerre de haros et d'énergiques imprécations; des couteaux brillèrent dans toutes les mains et l'on commença à crier: Sus! sus! au Petit-Châtelet!

Le poisson, comme on voit, mordait admirablement à l'hameçon; Buridan acheva de porter l'enthousiasme au plus haut degré en ajoutant:

— Compaings, il fait grand chaud: qui

m'aime me suive à la taverne des *Trois-Maillets;* là, ferai en sorte que, moyennant monnaie de bon aloi, n'étant de la dernière façon de Charles quatrième, il y ait pour tous pots et gobelets.

A ces mots, il tira de son escarcelle une poignée d'or qu'il fit briller au soleil; et il s'élança vers la taverne, suivi de cette foule menaçante. Le vin coula à flots; puis on cassa pots vides et gobelets pour se mettre en haleine, et Buridan, voyant les têtes montées comme il le voulait, donna le signal de l'attaque en criant :

— A sac le Petit-Châtelet! sus aux archers, et los aux écoles !

Cependant le bruit de cette foule furieuse avait été entendu des gardes de la prison, qui, effrayés de cette levée de boucliers inattendue, avaient envoyé chercher en toute hâte du renfort. Le guet, d'humeur assez peu belliqueuse, essaya d'abord de faire la sourde oreille, sachant par expérience qu'il n'y avait jamais, en pareille aventure, que force horions à recevoir sans compensation d'aucune sorte; alors survinrent archers et gens d'armes, qui, prenant en tête et en queue les gens du guet, les forcèrent à marcher.

Déjà une grêle de pierres pleuvait sur la prison quand le renfort arriva et chargea les écoliers; mais le nombre de ceux-ci s'était grossi de tous les truands, bohémiens, apprentis des divers corps de métiers, etc. Bon nombre étaient armés de lourds bâtons ferrés qu'ils manœuvraient de manière à les rendre plus redoutables que les hallebardes du guet et les lourdes lames des gens d'armes ; beaucoup portaient de longues dagues, qu'ils maniaient avec une adresse remarquable; le reste n'était armé que de couteaux ; mais ils excellaient à lancer des pierres. Aussi tous firent-ils bonne contenance : les pierres sifflaient comme des flèches et tombaient comme la grêle; les bâtons ferrés décrivaient incessamment des arabesques dont aucun ne terminait ses lignes sans que l'arme terrible rencontrât quelque crâne ou brisât quelque mâchoire.

Les gens du guet furent naturellement les premiers à prendre la fuite; les archers résistèrent plus longtemps ; mais un faux mouvement des gens d'armes qui se portaient en avant fit passer les archers derrière et paralysa leur action. Buridan, qui avait fait la guerre et savait la tactique, profita de ce mouvement pour charger à son tour les gens d'armes, qui se trouvèrent bientôt acculés contre la prison.

Le combat devint terrible; de part et d'autre on se battait avec fureur, lorsque, du toit d'une maison voisine sur lequel ils étaient montés, une douzaine d'écoliers firent pleuvoir sur les soldats un déluge de tuiles et de briques; puis ils arrachèrent la charpente, qu'ils lancèrent également, et qui ne tarda pas à servir de béliers pour enfoncer les portes de la prison.

Enfin, les écoliers restèrent maîtres du terrain ; les soldats et les gardiens étaient en fuite, et la prison, envahie, était livrée au pillage. Buridan, qui y était entré le premier, courait partout, brisant les portes qu'ils ne pouvait ouvrir, jurant et blasphémant de voir le temps s'écouler sans qu'il pût découvrir le lieu où étaient enfermés les chevaliers.

C'est que les cachots du Petit-Châtelet s'étendaient au loin, et formaient un dédale inextricable pour qui n'en avait pas étudié la topographie.

Un mot maintenant de ce qui s'était passé chez Jeanne. Aussitôt après le départ de Buridan, elle avait appelé son page favori.

— Enfant, lui dit-elle, tu as sûrement vu passer ce chevalier qui sort de céans?

— Comme je vous vois, ma bien-aimée souveraine, et le reconnaîtrais entre mille, tant il m'a regardé de façon mal plaisante.

— Eh bien ! mon Olivier, cet homme se nomme Buridan ; il sait ton secret et le mien et veut nous perdre tous deux. Présentement, il court à la prison du Petit-Châtelet pour délivrer les chevaliers d'Aunay, autres félons, qui nous veulent mettre à mal. Serait-ce pas chose juste et bonne qu'un coup de dague ou d'épée envoyât ce vilain en enfer avant qu'il eût accompli son méchant dessein?

— Sur mon âme, ma bien chère Jeanne, ainsi sera fait cejourd'hui, à moins que ne sonne ma dernière heure.

— Cher enfant, encore faut-il prendre bonnes mesures.

— N'ayez crainte, toute belle amie, j'ai dague et épée, et ne suis plus apprenti à en faire tel usage qu'il convient envers un méchant traître qui ose menacer la chère maîtresse de mon cœur.

— Tu comprends, ami, qu'il ne faut frapper qu'à coup sûr, et de manière à ce qu'il n'en

Le Monarque était dans une agitation extrême.

advienne affaire de justice... Hâte-toi donc, et trouve chemin, faisant quelque ruse qui mette ce larron à portée de ton bras.

— Un baiser, et je pars.

C'était monnaie dont l'honnête princesse n'était pas avare envers un jouvenceau de si bonne mine; elle en donna quatre au lieu d'un, et Olivier partit aussi joyeux que s'il se fût agi de courir à quelque rendez-vous d'amour.

Tandis que le jeune page recevait cette mission et qu'il faisait diligence pour s'en acquitter, les soldats mis en fuite par les écoliers s'étaient ralliés; des renforts leur étaient arrivés, et ils avaient repris l'offensive avec tant de vigueur, que force avait été à Buridan de sortir de la prison avant d'avoir pu découvrir le cachot où étaient enfermés les chevaliers d'Aunay. Il tenta de ramener au combat les écoliers, qui, à leur tour, fuyaient de toutes parts; mais la colère et l'enthousiasme de ces docteurs en herbe s'étaient si grandement refroidis en voyant le nombre des soldats s'accroître, qu'injures, reproches et menaces ne purent les déterminer à faire une nouvelle tentative. Buridan, bientôt lui-même serré de près, quitta le champ de bataille en toute hâte, et, gagnant le Petit-Pont, il s'élança dans une des rues étroites et tortueuses de la cité. Tout à coup, il se trouve en face d'un jouvenceau qui l'arrête court en lui tenant au corps la pointe de son épée. C'était Olivier, qui, malgré la rapidité de sa course, l'avait reconnu sans peine.

— Holà! fit-il, convient-il qu'un chevalier coure ainsi que larron chassé en foire?

— Petit, dit Buridan, qui le reconnut à son tour, as-tu pour moi quelque message de madame Jeanne?

Et il parlait sérieusement, pensant que la princesse avait fait courir sur ses traces pour lui faire tenir l'or, au prix duquel il avait mis sa discrétion, plutôt que de l'envoyer à l'hôtellerie du Cygne-d'Or, où, en son absence, il eût pu tomber entre des mains peu fidèles; aussi fut-il grandement surpris, quand Olivier, gardant toujours son épée nue, lui répondit:

— J'ai message de vous dire, messire, que vous êtes un chevalier traître et déloyal, qui, par mensonge, accusez vilainement de certaines choses une bru de monseigneur le roi. Et pour ce, vilain, te voulons incontinent faire rentrer les paroles en la gorge.

— Vrai Dieu! voici plaisante affaire! Qu'a fait ce pauvret à cette damnée pour qu'elle l'envoie ainsi se faire mettre à malemort?... Enfant, tu as là bien lourde lame pour si mignon bras. C'est pourquoi je te convie à passer ton chemin, ne voulant tenir compte de ton babil.

Mais Olivier n'était pas d'humeur à suivre ce conseil, et il commença à charger le chevalier de manière à lui faire voir qu'il avait en face un adversaire plus redoutable qu'il ne l'avait cru.

— Soit donc, puisque le jeu te plaît, reprit-il.

Olivier était vif, leste, adroit; il tournait autour de Buridan comme une mouche qui bourdonne avant de piquer; mais le chevalier avait un bras de fer, le coup d'œil sûr et prompt. Après quelques passes, il fit une feinte; le page se fendit sur lui; mais son épée glissa sur la poitrine de Buridan tandis que celle de ce dernier entrait jusqu'à la garde dans la gorge du pauvre Olivier.

— C'est trop de méchantes affaires pour un jour, dit-il en s'éloignant rapidement, et bien me prendra de quitter au plus tôt cette ville maudite où je n'ai trouvé que malencontre.

Deux heures après, grâce à l'or et aux pierreries qu'il avait obtenus de Jeanne, messire Jehan Buridan chevauchait vers Saint-Denis, n'ayant d'autre plan arrêté en ce moment que de s'éloigner le plus possible de la capitale et d'attendre dans quelque bicoque que le bruit de cette affaire fût apaisé.

VI.

Marguerite de Bourgogne au château de Gisors. — Blanche au château Gaillard. — Jeanne au château de Dourdan. — Buridan pénètre près de Marguerite. — Tentative d'évasion. — Marguerite de Bourgogne est transférée au château Gaillard. — Buridan retourne à Paris. — Jugement, condamnation et exécution des frères d'Aunay. — Ce que devient Buridan.

Jeanne ne devait pas jouir longtemps de l'impunité qu'elle croyait s'être assurée par de nouveaux crimes; Marguerite de Bourgogne avait aisément deviné d'où était parti le coup terrible qui venait de l'atteindre, et, se croyant perdue, elle ne voulut pas mourir sans s'être vengée. Terrifiée d'abord, cette femme s'était tout à coup redressée, comme une vipère échappant au pied qui allait l'écraser. Dès qu'il fit jour, elle frappa violemment à la porte de la chambre dans laquelle elle était enfermée.

— Holà! fit-elle, qu'on aille incontinent faire savoir à monseigneur le roi que la reine de Navarre veut lui dire chose de haute importance, dont l'ignorance le pourrait mettre en grand état de peine.

— Madame, répondit l'officier qui commandait les gardes placés devant les portes des deux chambres servant de prison aux deux belles-sœurs, sévère défense m'est faite de par le roi notre sire de bouger d'ici; et ne puis faire ce message qu'un autre ne m'ait relevé.

Marguerite insista, disant qu'il y allait de l'honneur et peut-être de la vie de Philippe le Bel, et elle parvint à obtenir qu'un garde fût envoyé au Louvre porter ses paroles.

Le roi, cette fois encore, avait passé une bien mauvaise nuit, tourmenté qu'il était d'une si triste affaire, qui allait jeter le déshonneur dans sa famille. Il avait quitté le lit au lever du soleil, et il songeait à en finir promptement, lorsque la requête de la reine de Navarre lui fut transmise. Il donna aussitôt des ordres pour que les deux prisonnières lui fussent amenées sous bonne garde et en litières closes, ce qui fut exécuté sur-le-champ.

Marguerite avait recouvré toute son audace. Il semblait que cette femme aux passions si ardentes eût toujours la force et la volonté de broyer ce qui lui faisait obstacle.

Il en était autrement de Blanche, qui, à l'amour effréné du plaisir, ne joignait pas, comme son audacieuse complice, un cœur aussi intrépide que corrompu. En proie au plus affreux désespoir, elle avait passé dans les gémissements et les larmes le reste de cette nuit si voluptueusement commencée, et le jour n'avait fait qu'augmenter la terreur dont elle était saisie. En apprenant qu'on allait la conduire devant le roi, elle s'évanouit; il fallut la porter dans la litière.

Le cortège arriva bientôt devant le roi, qui, ayant fait retirer tout le monde, dit en s'adressant à la reine de Navarre :

— Nous voici, madame ma bru, en bonne disposition de vous faire bonne et prompte justice. Si donc vous avez quelque révélation à faire, ne différez davantage.

—Sire, répondit Marguerite avec assurance, je vous dois dire d'abord chose à laquelle vous n'avez point pensé en traitant comme femme perdue et folle de son corps la fille du duc de Bourgogne, et que, si vous avez oublié d'où nous sortons, il pourrait advenir que le Bourguignon vînt vous en donner souvenance avec cent mille piques.

— Par le vrai Dieu! s'écria le monarque, voilà paroles audacieuses dont vous feriez repentir, si n'avions, pour nos péchés, à nous occuper de plus laide chose. Or, présentement, il vous faut nous dire comment et par qui avez été poussée à commettre si grands méfaits, car il apparaît maintenant que, du lieu où nous vous avons fait prendre, sont sortis ces jouvenceaux, qui, en ces derniers temps, ont été souventement trouvés en la rivière.

— Sur ce dernier point, par mépris profond, ne dirons rien, sire, et, quant au péché d'adultère, vous dirons que ne l'avons point commis, n'étant que de nom femme de monseigneur Louis, votre fils, lequel ayant laissé notre personne comme il l'a prise, ainsi que nous le prétendons soutenir et prouver, nous a mise en droit d'agir avec liberté.

— Par la mort Dieu! ne faites telle injure au premier fils de France, ou nous vous dirons que vous mentez vilainement. Mieux vaudrait vous taire que faire cette défense de ribaude.

— Il nous fâche, sire, que ne soyez assez grand clerc pour juger le cas; mais les conciles y ont pourvu, et, si nous prouvons la chose, comme ainsi ferons-nous, il n'est juges qui nous puissent condamner. Que ce soit chose chagrine pour votre cœur royal, sire, nous le croyons volontiers; mais ne dites non de ce que vous ne pouvez savoir. Or, maintenant vous devons ajouter que tel n'est pas le cas de madame Jeanne, laquelle nous induit en tentation, madame Blanche et moi, afin qu'en ce point nous fussions semblables à elle, et qui, présentement nous accuse, en espérance de se disculper de si gros et abominables méfaits justement mis à sa charge.

Philippe demeura muet pendant quelques

instants, confondu qu'il était par une si prodigieuse assurance.

Il voulut ensuite interroger Blanche, pensant qu'il en aurait plus facilement raison que
de la fière Bourguignonne ; mais elle était
dans un tel état d'atonie, qu'elle semblait
n'avoir pas conscience de ce qui se passait autour d'elle. Alors il fit mander Jeanne, qui,
ayant appris la mort d'Olivier, était en proie à
de mortelles inquiétudes.

Peu s'en fallut qu'elle ne s'évanouît quand
elle se trouva en présence de Marguerite de
Bourgogne, qui, tout d'abord, la foudroya de
son regard. Elle répéta pourtant, sur l'ordre
de Philippe, l'accusation qu'elle avait portée ;
mais, lorsque Marguerite eut répété à son tour
ce que déjà elle avait dit au roi, quand elle eut
affirmé de nouveau qu'elle entendait fournir
les preuves irrécusables des faits qu'elle allégua, Jeanne se sentit perdue et n'eut plus la
force de se défendre, bien qu'il lui eût été facile de récriminer et de démontrer que, dans
le mystère d'iniquité qui se dévoilait, la reine
de Navarre avait toujours joué le principal rôle.

Le roi vit alors qu'il ne lui serait pas facile
de faire justice aussi promptement qu'il l'aurait voulu, et qu'il lui fallait attendre du
temps les éclaircissements qui lui manquaient;
mais, comme il y avait charges plus que suffisantes pour qu'il pût, sans scrupule, commencer à faire sentir aux coupables le poids de sa
colère, il déclara à ses trois brus qu'elles gar-
deraient prison jusqu'à ce que la vérité tout
entière lui eût été dévoilée.

En conséquence, et pour que ces trois accu-
sées ne pussent se concerter en vue de lui dérober la connaissance des faits, il ordonna
qu'elles fussent conduites et enfermées, Jeanne
au château de Dourdan, Blanche au château
Gaillard, près des Andelys, et Marguerite au
château de Gisors, forteresse située à vingt
lieues de Paris, et dont les travaux, ordonnés
successivement par Philippe-Auguste, saint
Louis et la reine Blanche, avaient fait la place
la plus forte du Vexin normand.

D'après les chroniques du temps, et particulièrement les CHRONIQUES DE SAINT-DENIS,
au chapitre des *Faits et Gestes de Philippe le
Bel*, tome II, chapitre LXXXIII, il semblerait
que Marguerite de Bourgogne et Blanche, sa
belle-sœur, eussent été conduites en même
temps au château Gaillard ; presque tous les
historiens ont partagé cette erreur, et l'auteur
de ces lignes lui-même a cru longtemps qu'il
en avait été ainsi. La lumière, sur ce point,
nous est venue de manière toute fortuite, et
qui nous semble mériter d'être rapportée.

Un jour que nous visitions les belles ruines
du château de Gisors, dont une partie a été
convertie en promenades publiques, nous té-
moignâmes le désir de pénétrer dans une grosse
tour ronde, la seule qui fût intacte et dans un
état de conservation qui semblait braver les
siècles futurs. On nous répondit qu'il fallait
pour cela une permission du maire, attendu
que, dans cette tour, étaient renfermées les
archives de la ville.

Nous allâmes donc trouver M. le maire,
dont le nom s'accordait parfaitement avec les
fonctions : il s'appelait M. de la Mairie. C'était
un homme fort doux et d'une grande naïveté
d'esprit. Il parut fort surpris que nous fussions
venu tout exprès de Paris pour visiter ces
monceaux de pierres, et nous dit que, quant à
lui, l'envie ne lui avait jamais pris de grimper
dans ces repaires de chauve-souris et de chats-
huants.

— Au reste, ajouta-t-il, vous avez bien fait
de ne pas plus attendre pour satisfaire cette
fantaisie ; car j'ai résolu d'utiliser toutes ces
pierres.

— Quoi ! monsieur, nous écriâmes-nous,
vous auriez la pensée de détruire ces merveilleuses ruines ?

— Comment ! vous trouvez cela merveilleux ?
Pour moi, ce qui m'étonne, c'est qu'on n'ait
pas songé plus tôt à tirer parti de ces matériaux : nos lavoirs et nos parapets, sur l'Epte,
ont besoin de réparations, et la ville n'est pas
riche. D'un autre côté, nous avons, à l'ancien

couvent des Carmélites, qui nous sert d'hôtel de ville, dix fois plus de place qu'il n'en faut pour loger toutes ces paperasses qu'on appelle les archives, et qui doivent être plus ou moins pourries (1) ; le conseil municipal ne peut pas hésiter. Maintenant voici un mot pour madame Sédille, locataire des jardins du château, qui ne fera pas difficulté de vous laisser satisfaire votre curiosité.

Madame Sédille était, en effet, un excellente femme qui cultivait des fleurs dont elle se faisait un assez beau revenu ; elle nous ouvrit les portes de la tour, et nous conduisit obligeamment à tous les étages. M. le maire ne s'était pas trompé : les archives de la ville de Gisors étaient en piteux état. Nous ouvrîmes quelques liasses, et, dans l'une d'elles, nous trouvâmes une relation, écrite en latin, du séjour de Marguerite de Bourgogne au château de Gisors et de sa translation au château Gaillard, distants l'un de l'autre de huit lieues environ. Le temps nous manquait pour la copier ; mais nous pûmes prendre quelques notes, et ce sont ces notes qui, plus tard, nous ont donné l'idée d'écrire l'*Histoire de la tour de Nesle*.

Que le lecteur nous pardonne cette digression rendue nécessaire par notre désaccord sur ce point avec la tradition généralement reçue, et que nous nous hâtons de terminer pour reprendre notre récit.

Nous avons laissé Buridan chevauchant vers Saint-Denis, et n'ayant d'autre but que de s'éloigner de Paris, où il n'eût pas été en sûreté après les prouesses qu'il venait de faire.

(1) Cela se passait il y a quelque quarante ans. Le couvent dont parlait M. le maire était en effet très-vaste. On en avait fait un hôtel de ville, une caserne pour la gendarmerie, une salle d'audience pour la justice de paix, une prison, un théâtre, un dépôt de pompes; on y logeait en outre une trentaine de pauvres ménages, ce qui n'empêchait pas que les étages supérieurs fussent vides. Il paraît toutefois que le conseil municipal ne fut pas de l'avis de M. le maire, qui voulait y loger les archives et faire des parapets avec les pierres de la grosse tour, car nous avons depuis revu cette tour, et nous savons qu'elle existe encore.

La forteresse de Gisors, un des plus beaux spécimens de l'architecture militaire au moyen âge, a été classée parmi les monuments historiques.

Lorsque le grand air l'eut un peu rafraîchi, et qu'il eut perdu de vue les dernières maisons de la capitale, le chevalier commença à mettre un peu d'ordre dans ses idées. Il se demanda en quel lieu il serait le plus en sûreté, et, après quelques instants de réflexion, il poussa vers l'ouest afin de gagner la Bretagne, dont le duc, qui bataillait alors contre les Anglais, accepterait très-probablement les offres de services qu'il était disposé à lui faire.

Vers le soir Buridan arriva à Pontoise, où il se crut assez en sûreté pour se reposer quelque temps, et, peu de jours après, il entrait dans la ville de Gisors, passant le pont Doré, où Philippe-Auguste échappa si miraculeusement à la mort, et allait mettre pied à terre devant l'hôtellerie des Trois-Poissons.

C'était le 20 juin, jour de saint Gervais et saint Protais, patrons de Gisors ; aussi la grande salle des Trois-Poissons était-elle pleine de joyeux compagnons vidant force gobelets en l'honneur des bienheureux sous l'invocation desquels s'était placée leur historique cité. Buridan eut quelque peine à y trouver place, et il fut obligé de s'asseoir à une table qu'occupaient déjà deux artisans du voisinage, auxquels le petit vin de Vernon commençait déjà à délier la langue.

—Compère, disait l'un, toi qui chausses messire le bailli, sais-tu si derechef nous aurions bientôt maille à partir avec l'Anglais ?

— M'est avis, répondit l'autre, que le roi Édouard a trop rude besogne en Bretagne pour tourner visage à nos hallebardes, que ces temps passés lui avons mises aux reins.

— Alors que viennent faire ces trois cents soudards entrés cejourd'hui au château, et pourquoi ces guetteurs dont les piques brillent sur la tour des Argilières ?

—Ne sais-tu donc pas que nous avons, depuis hier, grande et noble dame en ces murs ?

— Point, sur ma foi.

— C'est pourtant chose sûre et que chacun sait.

- C'est donc duchesse à grand vasselage ?

— C'est, m'a-t-on dit, madame la reine de Navarre, bru de Philippe quatrième, notre sire, laquelle, par malaventure, aurait fort fâché ledit sire.

— D'où vient donc que je n'ai rien vu passer par la porte de Paris? ni litière, ni suite, ni escorte?

— C'est que là il n'y avait rien à voir.

— Ah! bon! elle sera venue par la porte de Neaufles.

— Point.

— Donc, si elle n'est tombée du ciel, ladite dame reine a passé par la porte Capville.

— Pas davantage, et aussi ne pouvait-elle passer par aucune porte, étant venue par le souterrain de madame la reine Blanche, tenant de notre château en celui de Neaufles (1), dont le capitaine est messire de Bagnerie que j'ai suivi à la guerre de Flandre et auquel j'ai sauvé la vie à la bataille de Mons-en-Puelle, d'où vient qu'il ne prend chaussure que de ma main et me tient en bonne estime.

Buridan, on le comprend, ne perdit pas un mot de cet entretien qui l'intéressait fort.

— L'ami, dit-il à celui qui venait de parler ainsi, ce capitaine de Bagnerie n'a-t-il pas, que vous sachiez, été au service du duc de Bourgogne Robert deuxième?

— Si bien, messire, et aussi venait-il de quitter la cour de Bourgogne quand j'entrai à son service.

Le chevalier n'en demanda pas davantage; mais dès ce moment de nouveaux projets roulèrent dans son cerveau.

Il avait connu à la cour de Bourgogne ce capitaine qui commandait le château de Neaufles; il se dit que, s'il parvenait à sauver la reine de Navarre et à gagner avec elle la Bour-

(1) Cette voie souterraine fut construite par l'ordre de la reine Blanche, mère de saint Louis, laquelle gouverna si sagement la France pendant que le roi son fils guerroyait en Terre-Sainte. L'étendue de cette voie est de plus d'une lieue; il en existe encore des vestiges, et l'auteur de cet ouvrage a pu y pénétrer assez profondément autrefois; mais, aujourd'hui, de nombreux éboulements en ont rendu l'accès impossible.

gogne, ses espérances de fortune, qui s'étaient évanouies quelques jours auparavant, renaîtraient et pourraient encore se réaliser. L'important était de fuir et de se mettre hors des atteintes de Philippe le Bel. Buridan songea à cela pendant la nuit entière, se félicitant de l'heureux hasard qui l'avait amené si près de son ancienne maîtresse, et qui faisait qu'une main amie pourrait lui ouvrir le portes de sa prison. Le jour venu, il monta à cheval, et sortit de la ville, se dirigeant vers le château de Neaufles, dont on apercevait de Gisors les hautes murailles aujourd'hui ruinées, mais dont les ruines mêmes révèlent l'ancienne puissance. Il y arriva bientôt. Le capitaine de Bagnerie l'accueillit de manière à augmenter l'espoir qui lui était revenu.

— Chevalier, lui dit-il, il m'apparaît par votre présence que madame la reine de Navarre a encore des amis; car sûrement vous ne venez de si loin que pour l'amour d'elle.

— Chose vraie, messire, et je ne m'en cacherai pas devant tel loyal chevalier que je vous ai connu, et que vous êtes certainement demeuré.

— Et me saurez-vous dire, reprit Bagnerie, la cause qui a fait tomber madame Marguerite en telle disgrâce?

— Telle chose n'a pu lui arriver que par trahison abominable, méchantes intrigues et félonie, et ainsi est-ce. Et aussi est-ce grand'pitié que si vilain méfait soit œuvre de madame Jeanne, qui fut sa cousine bien-aimée.

Buridan dit alors au capitaine comment Jeanne, accusée de certains crimes, était parvenue à rejeter en partie sa faute sur la reine de Navarre et Blanche, en les faisant surprendre par le roi, après les avoir traîtreusement attirées dans la tour de Nesle, où étaient les frères d'Aunay, amenés aussi par ruse en ce lieu.

Puis il parla de l'espoir qu'avaient les amis de Marguerite de voir intervenir en cette affaire la cour de Bourgogne.

— Sur mon âme! s'écria le capitaine, si je n'étais au roi de France, ce serait à moi plaisir et devoir de mettre en telle occurrence mon épée au service de madame Marguerite, qui me fut si favorable et gracieuse en autre temps; mais mieux souffrirai-je mille morts que de savoir le nom et l'écu des Bagnerie au pilori comme étant celui d'un parjure et d'un traître, et j'aurais dit cela à madame Marguerite même, si par malencontre si grande garde n'avait été autour d'elle.

Buridan se le tint pour dit; il comprit que, pour que le capitaine ne lui fût pas hostile, il ne fallait pas lui laisser pénétrer son dessein.

— Aussi, messire, répliqua-t-il vivement, n'est-ce pareille chose qui m'amène près de vous; mais seulement l'espoir qu'avec votre aide et bon vouloir, je pourrai voir madame la reine de Navarre, dans le seul but de lui faire entendre des paroles de consolation.

— C'est chose peu aisée, messire, n'ayant autorité qu'en ce château où nous sommes présentement. Pourtant, si vous engagez votre foi de chevalier de ne rien entreprendre qui me puisse mener à mal, vous servirai pour l'amour d'elle.

Les serments, comme on sait, ont été, dans tous les temps, choses essentiellement violables et presque toujours violées.

Buridan qui, pour son siècle, avait des opinions très-avancées, promit et jura tout ce que voulut le capitaine, ce dont le brave officier, n'ayant que légère teinture de cour, se contenta, ne pouvant penser que, pour gens de cœur, il pût jamais y avoir transaction entre les paroles et les actes. Mais c'était alors temps de barbarie, et depuis nous avons bien changé tout cela.

— A ce soir donc, chevalier, dit l'honnête de Bagnerie, et, s'il vous plaît, nous passerons ce temps à table, entre flacons et joyeux souvenirs de notre jeunesse.

La proposition était trop du goût de Buridan et s'accordait trop bien avec ses projets pour qu'il la rejetât.

Un célèbre gastronome a dit que la joie vient du ventre; nous oserons dire qu'il en est de même de l'esprit; ce sont deux émanations partant du même point, qui s'élucident en passant par le cerveau et se modifient de mille manières tout en conservant leur marque originelle.

C'est là de l'esthétisme, et ce n'est pas ici le lieu de faire de l'abstrait; laissons donc de côté les causes et constatons l'effet; le voici: après douze heures passées à table, le capitaine était l'homme le plus bienveillant, le plus expansif, le plus satisfait de lui-même qui eût jamais foulé notre pauvre globe, grain de sable perdu dans l'immensité; Buridan, au contraire, était l'homme le plus audacieux, le plus perfide, le plus rusé, qui fût jamais sorti du limon terrestre.

— Messire, dit le capitaine, quand la nuit fut venue, nous pouvons présentement nous mettre en chemin, et je puis vous dire pourquoi il a fallu attendre jusqu'à cette heure. Le gouverneur du château de Gisors, étant homme rigide et hautain, aurait certainement refusé la permission de pénétrer dans la prison où est enfermée madame la reine de Navarre, si nous la lui eussions demandée; voulant nous en passer, il fallait éviter d'être vu de lui ou de quelque officier me connaissant. Le reste ainsi devenait facile, les deux châteaux communiquant par voies souterraines et ayant mêmes mots d'ordre et signes de reconnaissance.

Une seule chose nous manque présentement; c'est la clef de la tour où est enfermée la noble reine; mais j'en vais prendre ici une telle quantité, qu'à moins d'intervention de M. le diable, il s'en trouvera bien, parmi, une faisant office de la vraie.

Le brave Bagnerie alla prendre en effet un énorme trousseau de clefs de toutes dimensions et de toutes formes, puis il se munit d'une lanterne, et il conduisit Jehan dans une cour intérieure. Après l'avoir traversée, il ouvrit une porte, et Buridan vit un large escalier de pierre qui s'étendait sous une sombre voûte assez élevée pour qu'un homme à cheval pût passer sans encombre.

Après avoir descendu un grand nombre de marches, les deux compagnons se trouvèrent dans une longue galerie souterraine dans laquelle ils purent cheminer avec autant d'aisance qu'ils l'eussent fait sur le chemin le mieux entretenu. Au bout de trois quarts d'heure, ils arrivèrent au pied d'un escalier semblable à celui par lequel ils étaient descendus, et, l'ayant monté, le capitaine ouvrit une porte et répondit au qui vive de la sentinelle qui la gardait : puis, montrant à Buridan la grosse tour des Argilières, qui se détachait dans l'ombre.

— C'est là, dit-il à voix basse ; marchons sans bruit.

Tout se passa comme l'avait prévu Bagnerie.

La porte extérieure fut ouverte, et celle de la chambre dans laquelle était enfermée la prisonnière s'ouvrit sans plus de difficulté.

Au bruit de la serrure, Marguerite de Bourgogne s'était levée ; elle demeura comme pétrifiée en apercevant Buridan.

— Madame la reine, dit ce dernier, est-ce donc une chose qui vous doive tant surprendre que votre serviteur le plus dévoué en temps prospère vous soit demeuré fidèle en temps d'adversité ?

— Ah ! Buridan, nous vous reconnaissons à ce trait. Quelles nouvelles apportez-vous ?

— Je n'en sais qu'une touchant votre royale personne, madame, à savoir que gens qui vous aiment songent à votre délivrance, qui ne peut manquer d'advenir dès qu'on aura montré à monseigneur le roi que vous êtes victime d'apparences trompeuses et vilains mensonges de madame Jeanne.

— Ainsi, mon Buridan, dit l'astucieuse reine, dont le visage s'illumina de joie, je ne suis pas coupable à vos yeux ?

Buridan fit un pas vers elle, lui baisa la main, et lui dit à voix basse :

— Marguerite, c'est avec mon cœur que je te juge.

Le capitaine, voyant que l'entretien devenait intime, crut devoir, par discrétion, se retirer vers la porte.

Buridan se hâta de profiter de cette circonstance, il dit, toujours à voix basse :

— Une des fenêtres de cette chambre est-elle en vue des remparts ?

— Oui, répondit la reine.

— Eh bien ! demain, à pareille heure, que cette fenêtre soit ouverte et qu'une lampe brûle auprès. Vous vous tiendrez à l'écart ; une flèche qui tombera ici vous apportera une petite corde. En tirant cette corde doucement, vous en amènerez une plus grosse que vous attacherez incontinent à une colonne de votre lit. Soyez prête à partir ; le reste est mon affaire.

— O ami ! que te donnerai-je pour récompense, mon cœur étant déjà tien ?

— A ce aviserons plus tard.

Puis, élevant la voix, il dit :

— Ce n'est pas justice que tous les instants de cette rencontre me soient donnés par madame la reine ; qu'elle donne donc permission à son serviteur de lui présenter un sien ami, qui fut autrefois à la cour de Bourgogne, où il fit bon et loyal service.

Sur ce, il alla prendre le capitaine par la main, et l'amena près de Marguerite, qui lui fit un gracieux accueil.

L'entretien se prolongea encore quelque temps, puis les deux amis prirent congé de la prisonnière, et ils se retirèrent sans rencontrer plus d'obstacles qu'ils n'en avaient éprouvé jusque-là.

Dès que Buridan fut de retour à l'hôtellerie des Trois-Poissons, son premier soin fut de s'enquérir de quelque habile tireur d'arc, qui fût homme à trouver toutes choses bonnes, pourvu qu'elles fussent bien payées, et il le trouva facilement, les gens de cette espèce n'étant guère plus rares alors qu'aujourd'hui.

Celui qu'il choisit s'appelait Lherbier ; intrépide braconnier, maraudeur par excellence, il vivait de pêche, de chasse et de rapines de toutes sortes, n'ayant nul scrupule que quelques sous parisis ne pussent lever.

— L'ami, lui dit Buridan, vous êtes homme, ce m'a-t-on dit, à mettre, du rempart des Argilières, un trait sur telle pierre de la grosse tour qui vous serait indiquée ?

— Et chose vraie l'on a dite, messire. Si je savais m'y prendre à deux fois pour parfaire telle besogne, je n'oserais me montrer aux gens.

— Venez donc me chercher après le soleil couché, que nous fassions cette épreuve, laquelle vous vaudra deux écus d'or dont voici le premier.

Lherbier ouvrit à la fois la bouche, les yeux et les oreilles en homme qui trouvait la récompense trop belle pour y croire ; mais, quand il tint la pièce, il fut convaincu, et jura, sur sa part de paradis, qu'il se tiendrait désormais de corps et d'âme à la disposition d'un si généreux chevalier.

— Il vous faudra apporter outre arc et traits, reprit Buridan, quelque cinquante brasses de

Buridan quitta la ville en toute hâte.

très-fort fil et dix de forte corde pouvant sans rompre, porter très-lourde charge, de tout quoi nous saurons vous tenir compte.

— Cordes et engins de toutes sortes ne sauraient manquer à qui en sait parfaire mieux que cordier maître juré. Donc, messire, vous pouvez compter trouver le tout en suffisante quantité et qualité.

La journée parut longue à Marguerite et à Buridan.

Tous deux attendaient la nuit pendant laquelle il allait être décidé peut-être de leur sort.

Dès que le soleil fut couché, le chevalier courut au rempart des Argilières, où Lherbier arriva peu après, portant dans un sac suspendu à un long bâton de houx, posé sur son épaule, tous les objets que lui avait demandés Buridan. Ce dernier commença aussitôt à dépelotonner le fil, dont il attacha une des extrémités à la corde noueuse, tandis que Lherbier bandait son arc.

— Messire, dit-il, lorsque ses préparatifs furent terminés, m'est avis que ce n'est 'sur les pierres de la tour que nous devons tirer ; car nous ne saurions certainement les distinguer les unes des autres ; mais où que le coup doive être porté, ne craignez pas de le dire, car je vous suis présentement dévoué.

Comme il parlait encore, la fenêtre de la chambre de Marguerite s'ouvrit, et la lumière de la lampe apparut.

— Vous êtes homme de sens, l'ami, tirez donc incontinent à cette fenêtre de manière à ce que le trait que voici tombe à l'intérieur.

Deux secondes après, la flèche entrait en sifflant dans la chambre, frappait le mur opposé et venait tomber aux pieds de la prisonnière, qui la ramassa aussitôt. Marguerite tira alors avec précaution le gros fil qui y était attaché. Tout réussit parfaitement, et la corde noueuse fut bientôt attachée solidement dans la chambre, tandis que son extrémité opposée traînait au fond du fossé dont l'eau peu profonde mouillait le pied du mur.

— Restez ici, l'ami, dit Buridan, et avertissez-moi par un coup de sifflet si quelque chose advient qui nous puisse nuire.

Lherbier n'était pas novice en telles expéditions, non qu'il eût jamais coopéré à l'enlèvement de reines ou princesses ; mais, en fait d'escalades et toutes autres besognes de même nature, nul n'était plus expert. Il promit de faire bonne garde, et Buridan, étant entré résolûment dans l'eau du fossé, saisit la corde et grimpa jusqu'à la fenêtre avec l'agilité d'un écureuil ; car nul n'eût pu montrer plus d'adresse et de force que lui dans tous les exercices du corps, qualités auxquelles il devait d'avoir si miraculeusement échappé au piège que lui avaient tendu, de concert, la reine de Navarre et Orsini dans la redoutable tour de Nesle.

Dès qu'il fut dans la chambre, Marguerite se jeta dans ses bras.

— Buridan, mon sauveur ! s'écria-t-elle.

— Chère reine, dit le chevalier, ce n'est pas le moment de se dire douces choses. Partons sans plus tarder.

Et du doigt il indiquait la fenêtre.

— C'est un périlleux chemin, reprit-il ; mais nous n'avons pas loisir d'en chercher un autre.

Marguerite pâlit d'effroi en songeant à la distance qu'il fallait parcourir pour atteindre le fossé. Buridan, sans lui donner le temps de se remettre, la prit dans ses bras et monta sur la fenêtre. Là, il fit croiser les bras de Marguerite sur ses épaules, afin d'avoir les mains libres, et,, saisissant de nouveau la corde, il commença à descendre. Déjà il avait fait le tiers du trajet, lorsqu'un coup de sifflet perçant comme un trait vint vibrer à ses oreilles. Presque en même temps des cris : *Aux armes !* se firent entendre au sommet de la tour et sur le rempart.

Remonter était impossible ; le mieux était donc de gagner le fossé, avant que les cris d'alarme eussent amené du monde jusque-là. Buridan, que le sang-froid n'abandonnait jamais, le comprit, et bientôt ses pieds touchèrent la terre, en même temps la lune, qui commençait à paraître, lui permit de voir sur l'autre bord cinq ou six soldats qui semblaient l'attendre et résolus à lui barrer le chemin.

Son parti fut aussitôt pris : il déposa Marguerite sur les pierres d'assise de la tour qui faisaient saillie au-dessus de l'eau, puis, son épée d'une main et un poignard de l'autre, il courut aux soldats, qu'il attaqua vigoureusement. En un clin d'œil il en eut mis deux hors de combat : mais, aux cris des autres, d'autres cris répondirent qui annonçaient l'approche d'une troupe plus nombreuse. Au même instant apparut Lherbier, qui d'un buisson derrière lequel il s'était blotti avait observé ce qui venait de se passer. Voyant la manière dont le chevalier s'escrimait et faisait le vide autour de lui, il s'était d'abord tenu coi, ne jugeant pas utile d'aller chercher quelques horions alors que Buridan semblait devoir sans peine se tirer seul d'affaire ; mais l'approche d'une troupe nouvelle lui fit craindre que les choses ne chan-

geassent de face ; il comprit que, le chevalier
mort ou pris, il courrait grand risque, lui
Lherbier, d'être obligé de se contenter du seul
écu qu'il avait reçu ; il n'en fallait pas tant
pour le déterminer à jouer de ce redoutable
bâton de houx qui, en telles rencontres, avait
plus d'une fois fait merveille. Il tomba donc
sur les soldats comme un faucon sur des per-
dreaux. En un instant Buridan se trouva dégagé, il fit mine alors de retourner à Marguerite ; Lherbier l'arrêta court, et lui montrant
la troupe qui accourait avec des flambeaux :

— Messire, fit-il, si vous restez, vous pouvez
dire vos patenôtres, car, fussiez-vous messire
le diable en chair et os, vous ne sortiriez vivant
de la bataille.

Buridan était intrépide ; mais il n'était pas
fou, et c'eût été folie que de persister dans son
dessein.

Il courut donc sur les traces de Lherbier,
qui, au dernier mot de sa harangue, s'était
élancé vers la rivière d'Epte ; tous deux la
passèrent à gué, et bientôt ils arrivèrent à la
masure du maraudeur, où le chevalier demeura
le reste de la nuit.

Dès qu'il fit jour, Buridan se rendit à l'hôtellerie des Trois-Poissons, fit seller son cheval
et sortit en toute hâte de la ville.

Pendant ce temps Marguerite était réintégrée
dans sa prison, dont on mura la fenêtre, qui
fut remplacée par une étroite meurtrière (1).
Peu de jours après, la reine de Navarre fut
transférée au château Gaillard où était déjà
Blanche, sa belle-sœur, et où on la jeta, par
ordre de son mari, dans un cachot. Elle n'eut
dès lors pour lit que de la paille, et pour nourriture que du pain et de l'eau.

Buridan cheminait maintenant vers Paris ;
car le mauvais succès de cette dernière aventure avait modifié ses idées. Après tant d'agi-
tations il éprouvait un grand besoin de repos,
et, comme il avait autrefois étudié les langues
mortes et la philosophie, ce qui était peu ordinaire aux gentilshommes de son temps, il projetait de se cacher sous une robe de professeur
jusqu'à ce que la fin de cette affaire de la tour
de Nesle eût ravivé ses espérances ou achevé
de les anéantir.

Vers le milieu du second jour, le chevalier
était arrivé près de Pontoise. En s'avançant
vers l'abbaye de Maubuisson, communauté de
femmes très-célèbre en ce temps-là, il fut surpris de voir au milieu d'une vaste prairie une
foule de gens de toute condition que des archers
s'efforçaient de contenir à distance d'une sorte
d'échafaud élevé au milieu du pré.

— Que se passe-t-il donc en ce lieu ? demanda-t-il à un homme du pays qui se dirigeait
vers ce point.

— Eh ! messire, venez-vous de si loin que
vous n'ayez entendu parler des méfaits arrivés
à Paris en l'hôtel de Nesle ?

— Vous dites vrai, l'ami ; j'ai fait longue
route en ces derniers temps. Ne pourriez-vous
me narrer cette histoire ?

— Oh ! ce serait chose trop longue à déduire,
et nous ne savons, nous autres, que ce qu'on
nous veut dire. Toujours est-il qu'en une tour
dudit hôtel ont été surprises en délit d'adultère
deux brus du roi notre sire, lesquelles sont
madame Marguerite et madame Blanche, en
compagnie des deux chevaliers d'Aunay, messires Gauthier et Philippe. Le roi, voulant juger les deux chevaliers en tout calme d'esprit,

(1) Marguerite de Bourgogne n'est pas le seul personnage
important qui ait été emprisonné dans cette chambre. En
1450 s'y trouvait enfermé un riche seigneur anglais fait prisonnier à la bataille de Formigny, qui refusait obstinément
de payer rançon, et à raison de cela il était très-rigoureu-
sement traité. On ne lui donnait que du pain, de l'eau et
de la paille. On voit encore, sur les murs de ce lieu, la Passion de Jésus-Christ en un certain nombre de tableaux gravés sur la pierre par ce captif, à l'aide d'un clou, seul instrument de fer qu'il fût à sa disposition, lequel a été conservé,
et que l'on montre encore aujourd'hui comme une relique.

D'après un chroniqueur de ce temps, sa délivrance aurait
été tout à fait miraculeuse : un jour qu'on lui apportait des
aliments, on ne le trouva plus. On constata que la porte
n'avait pas été ouverte; les murs étaient intacts; pas un
des énormes barreaux qui garnissaient alors les fenêtres
n'avait été dérangé, et un objet trois fois gros comme le
poing n'eût pu passer par l'étroite meurtrière qui avait
remplacé la fenêtre donnant sur le fossé appelé Bannelou.
Cette délivrance miraculeuse est attribuée, par la chronique, à la dévotion du captif et au bon emploi qu'il avait
fait de son temps sous les verrous.

est venu ci-contre en l'abbaye de Maubuisson, où ont été menés les deux frères, jugés et condamnés à moult outrages et souffrances, et à être mis à mort après ce ; à ces causes sont préparées les choses que vous voyez, et vous pourrez être un des mieux voyants du reste, en vous tenant à cheval près des archers.

Une idée surgit tout à coup dans le cerveau de Buridan ; il se fit indiquer le chemin par où devait venir le funèbre cortége, et il poussa son cheval de ce côté. Bientôt il aperçut quelques cavaliers de l'escorte qui marchaient en tête ; venaient ensuite les condamnés, chacun étant accompagné d'un moine dont ils paraissaient écouter les exhortations avec beaucoup de calme.

Derrière, marchaient les bourreaux armés de coutelas et portant toutes sortes d'instruments de fer de sinistre aspect. La marche était fermée par un gros d'archers, le tout cheminant entre deux haies de soldats distribuant sur les manants force coups du bois de leurs piques pour que le passage demeurât libre.

Le chevalier s'approcha du commandant de l'escorte.

— Messire, lui dit-il, au nom du roi dont suis l'envoyé, il vous est enjoint de faire halte et de me laisser parler aux condamnés.

Buridan était homme de bonne mine, richement vêtu, il montait un très-beau cheval et portait des éperons dorés. C'en était assez pour faire croire à la mission imaginaire dont il parlait, dans un temps où la plupart des seigneurs, voire même des hommes de guerre les plus renommés, ne savaient pas lire. Le cortége s'arrêta donc ; Buridan mit pied à terre, donna son cheval à garder, et, s'avançant près des frères d'Aunay, il leur dit à demi-voix :

— Messires, je vous viens en aide de la part de madame la reine de Navarre, et je vous donne assurance qu'il vous sera fait grâce et merci, si vous voulez déclarer, comme c'est chose vraie, que vous avez usé envers ladite reine de ruse et de violence.

Gauthier d'Aunay, dont le pâle visage semblait contracté par quelque atroce douleur, jeta sur le prétendu envoyé un regard de mépris et de colère.

— Arrière, tentateur félon, dit-il d'une voix profondément altérée, nous ne voulons rien de cette ribaude, que Satan arde !

Buridan vit alors que les vêtements des deux frères étaient ensanglantés, et qu'une longue trace de sang marquait le chemin qu'ils avaient suivi. C'est que, en effet, ils avaient subi, avant de sortir de leur prison, la plus affreuse mutilation qui puisse être faite à un homme ; et c'est en cet état qu'on les menait à la mort.

— Chevalier, répliqua le faux envoyé, je sens qu'en si grand état de souffrance vous ne pouvez avoir l'esprit calme, et je vous pardonne de grand cœur telles vilaines paroles, vous adjurant de ne vous point laisser aller à la colère et de rendre l'honneur à deux princesses qui jamais ne vous ont voulu faire et ne vous ont fait que du bien.

— Non, non, dit à son tour Philippe, nous ne voulons rien de ces égorgeuses ; et présentement la mort nous est chose plus désirable que la vie.

Buridan voulut insister, et, s'adressant aux moines, il les conjura de l'aider à mettre ces infortunés chevaliers dans la voie du salut en leur remontrant que c'était belle et bonne action que de rendre l'honneur aux deux princesses, les portes du paradis, faute de ce faire, ne pouvant leur être ouvertes ; et les moines, en effet, commençaient à les exhorter en ce sens, lorsque Gauthier, se tournant vers le maître bourreau, lui dit :

— Holà ! compère du diable, est-ce ainsi que vous faites votre office ! Si vous n'y mettez diligence, comme le devez faire, vous nous obligerez à faire sur vous clameur de haro, et verrons ce qui en adviendra.

Buridan, voyant que tous ses efforts étaient sans résultat, remonta à cheval et s'éloigna.

Aussitôt le funèbre cortége se remit en marche.

Ce fut chose si horrible que l'exécution de

ces infortunés, qu'on pourrait en prendre le récit pour l'enfantement de quelque cerveau malade ; nous croyons donc devoir en emprunter la relation textuelle à un écrivain du temps, relation qui eût empêché bien des controverses si elle eût été plus connue.

C'est chose vraiment étrange que le désaccord des divers historiens sur ce point. Ainsi, M. Tissot, de l'Académie française, dont tous les ouvrages sont si justement estimés, a écrit, à propos de sa traduction des *Baisers*, de Jean Second, la singulière note que voici :

« J'ai trouvé dans ce livre une pièce digne de remarque, sur la tour de Nesle, repaire des débauches d'Isabeau de Bavière, et d'où cette nouvelle Messaline faisait jeter dans la rivière ses amants, cousus dans un sac. Cette tour, placée immédiatement en face de l'hôtel de la Monnaie, a été détruite lors de la construction du Pont-Neuf. »

« Autant de mots autant d'erreurs, dit M. Jules Château en rapportant cette note. Nous ne perdrons pas de temps à les relever ; mais nous ferons remarquer combien il est étrange que M. Tissot appelle Isabeau de Bavière la reine que son poëte appelle Blanche, et cela sans aucune espèce d'observation. »

Nous dirons à notre tour, à ce sujet, qu'il y a dans la note de M. Tissot plutôt confusion qu'erreur ; car il certain qu'Isabeau de Bavière, qui vivait un siècle après Marguerite de Bourgogne, a suivi l'exemple de cette dernière dans tous ses impudiques et sanguinaires excès, ainsi que nous le verrons plus loin.

Dufaure était également loin de la vérité, lorsque, à propos du règne de Louis le Hutin, il écrivait : ,

« Ce roi, à la tête d'un mauvais gouvernement, ne pensa pas à le rendre meilleur. Il fit plus de mal que de bien, et ne parut occupé qu'à réprimer les désordres de sa cour. Marguerite de Bourgogne, son épouse, Blanche et Jeanne de Bourgogne, ses belles-sœurs, s'abandonnèrent à des galanteries désordonnées, que Louis X punit avec une rigueur extrême.

L'abbaye de Maubuisson était le théâtre de leurs débauches ; deux frères, Philippe et Gauthier d'Aunay, y figuraient comme les principaux acteurs ; ils en devinrent les déplorables victimes. Tous les deux furent mutilés, écorchés vifs, puis décapités, et suspendus sous les bras à une potence. On condamna au gibet l'huissier qui s'était prêté à ces galanteries. Un religieux jacobin, qui favorisait les débauches de ces princesses, et leur fournissait des remèdes contre la grossesse, périt dans les supplices. »

Erreur toujours, erreur partout : ce n'est pas à l'abbaye de Maubuisson que se commirent ces crimes ; c'est là que furent jugés les coupables, ainsi que le prouve ce passage des *Chroniques de Saint-Denis :*

« En cest an vers Ponthoise, au lieu que on
« appelle Maubuisson, une abbaye de femmes
« nonains de l'ordre de Citeaux, le mardy en
« la sepmaine de Pasques, Marguerite, royne
« de Navarre, fille du duc de Bourgogne,
« femme de Loys roy de Navarre, et fils de
« Philippe roy de France, et Jehanne, fille du
« comte de Bourgogne, femme de Philippe,
« comte de Poictiers, et fils du roy de France,
« et Blanche, seconde fille du devant dict
« comte de Bourgogne, et femme de Charles,
« comte de Marche, fils du roy de France,
« pour fornication et adultère sur elles mis, et
« mesmement sur deux c'est assaçavoir sur
« Marguerite, royne de Navarre, et sur Blanche,
« femme de Charles, lesquelles vraiement ap-
« prouvées furent prinses du commandement
« du roy qui lors estoit à Maubuisson et en
« diverses prisons furent mises et du tout en
« tout condampnées en essil et en chartre per-
« pétuelle, encloses au chasteau de Gaillard
« en Normandie, et là furent retenues et em-
« prisonnées et condampnées. Et de l'autre
« dame, la comtesse de Poictiers, laquelle fut
« emprisonnée au chasteau de Dourdan, exa-
« minacion fust faicte, et purgacion de son
« faict fut approuvée et prouve qu'elle n'estoit
« pas coulpable, et aprez ce de prison fust dé-

« livrée et en la compagnie de son mary le
« comte de Poictiers, fut rassemblée. Et ade-
« certes Philippe d'Aunoy, amy bien veillant
« de la dicte royne, et Gaultier d'Aunoy, son
« frère, chevalier amy de ladicte Blanche, le
« jour d'ung vendredi en ycelle sepmaine de
« Pasques, du commandement du roy furent es-
« corchez et les... couppés, et après ce inconti-
« nent à ung gibet de Ponthoise nouvellement
« faict furent traynés par chevaux neufs, sur
« prés nouvellement fauchés, jusqu'au gibet
« ou furent pendus, et encores pour certain
« l'uissier de ladicte royne sachant et consen-
« tant du devant dict forfaict en ycellui jour à
« Ponthoise au gibet commun fut pendu. Le-
« quel cas fortunable les barons et le roy de
« France et aussi ses fils courrouça moult et
« troubla. »

Après cette épouvantable exécution (1), Buridan continua à marcher vers Paris, où il arriva sans encombre, et où il troqua, ainsi qu'il
l'avait résolu, son armure de chevalier contre
la robe de professeur de philosophie.

« Ce Buridan, dit un savant écrivain, a eu,
dans les écoles du XIVᵉ siècle, une extrême
réputation ; comme il était de la secte des
nominaux, il fut chassé de Paris par celle
des réaux, et se retira en Allemagne. Ce fameux
disciple d'Ockam a fait des commentaires sur
la logique, la morale et la métaphysique d'A-
ristote, qui eurent un prodigieux succès. Le
savant Naudé, qui a lu ces ouvrages, les trouve
sots et niais ; en effet, Buridan dut sa grande
vogue aux dilemmes comiques et aux jeux de
mots à l'aide desquels il déroutait toute la
science de ses adversaires, et mettait les rieurs
de son côté. Son dilemme de l'âne affamé, et
placé entre deux boisseaux, est encore cité dans
les écoles ; et l'on n'a pas oublié cet atroce jeu
de mots : *Reginam interficere nolite timere bo-
num est.* Le placement d'une virgule avant ou
après le mot *timere* donnait à volonté un sens

(1) *Chronique de Saint-Denis,* tome II, chap. 83.

régicide ou un sens raisonnable à cette phrase ;
c'était une arme à deux tranchants d'autant
plus dangereuse, que les virgules sont peu usi-
tées dans les manuscrits de ce temps, et que,
dans une circonstance donnée, elle pouvait
donner occasion à un crime. »

Quelques historiens ont prétendu que Buridan n'était pas contemporain de Marguerite de
Bourgogne. C'est encore une erreur. C'est après
la mort de cette reine, à la vérité, que ce personnage acquit cette grande réputation de phi-
losophe dont nous venons de parler ; mais il
n'en est pas moins certain qu'il avait été page
du duc de Bourgogne Robert II ; qu'il fut l'a-
mant de Marguerite, fille de ce prince, et
femme de Louis X, dit le Hutin, alors roi de
Navarre, et que cette reine, qui le redoutait à
raison des secrets qu'il pouvait dévoiler, tenta
de le faire assassiner dans la tour de Nesle.

L'opinion de Bayle est également conforme
à la tradition, confirmée d'ailleurs par les la-
borieuses recherches que nous avons faites à ce
sujet. Dans quel intérêt un certain nombre
d'écrivains ont-ils donc, sur ce point, nié ou
altéré la vérité ? Il est aisé de le deviner : par
malheur, ils avaient oublié qu'il ne peut rien
venir de bon du mensonge.

VII.

Dure captivité de Marguerite de Bourgogne. — Repentir de
Blanche. — Mort de Philippe le Bel. — Louis songe à
contracter un nouveau mariage. — Exécution de Marguerite de Bourgogne. — Blanche à l'abbaye de Maubuisson.
Retour de Jeanne à la tour de Nesle ; son testament, sa
mort.

L'arrêt en vertu duquel les frères d'Aunay
devaient subir un si terrible supplice ne condamnait Marguerite de Bourgogne et Blanche
qu'à un emprisonnement perpétuel. Telle était
la justice du temps. Mais la captivité de ces
deux grandes coupables fut accompagnée de
tant de privations, de tant de tortures morales
et physiques, qu'elles eussent trouvé la mort
préférable ;

Ainsi que nous l'avons dit, la reine de Navarre, enfermée dans un cachot souterrain, n'avait pour lit qu'un peu de paille bientôt convertie en fumier fétide, et ne recevait d'autres aliments que du pain et de l'eau.

Bientôt ses vêtements tombèrent par lambeaux ; ses jambes enflèrent, son regard s'éteignit ; mais ses souffrances furent impuissantes à amollir le cœur de cette tigresse.

C'était l'injure et la menace à la bouche qu'elle accueillait le gardien chargé de lui apporter sa nourriture ; ses cris, ses imprécations faisaient incessamment retentir la forteresse.

Blanche n'était pas autrement traitée que sa belle-sœur, mais elle était sincèrement repentante, et montrait la plus complète résignation. Bien que ces deux captives fussent enfermées séparément, les cachots qu'elles occupaient étaient si voisins l'un de l'autre, que, sans trop élever la voix, elles pouvaient s'entretenir, et il ne se passait pas un jour sans que Blanche tentât de ramener sa complice endurcie à de meilleurs sentiments.

— Par notre sainte dame la Vierge, chère sœur, lui disait-elle, ne soyez pas ainsi persistante à perdre votre âme. Sommes-nous pas d'assez grandes pécheresses pour qu'il nous soit besoin de faire une rude pénitence ?

— Parlez pour vous, répondait Marguerite furieuse. S'il vous plaît d'endurer un si grand outrage, nous sommes trop fière et trop noble pour nous y soumettre de pleine volonté. Ah ! roi vilain et maudit, qui, sans vergogne, traites ainsi, une noble dame portant couronne, si, à la tête de cent mille lances, je te tenais en face... A moi, Bourgogne ! sus, sus au maudit !... Et prenez-le vivant afin que je le déchire de mes mains et le fasse arder sous mes yeux !... Bourgogne ! Bourgogne ! n'est-il pas temps de demander à ce chien ce qu'il a fait de la fille de ton grand souverain, Robert deuxième !...

— Marguerite, Marguerite, reprenait Blanche ne voyez-vous pas s'ouvrir l'enfer pour les non-repentants. Vous êtes cause de ma peine,

chère sœur, et je vous pardonne afin que vous pardonniez à votre tour.

— Point ! c'est vengeance que je veux avoir... Ah ! prude Jeanne, moitié de messire le diable, si jamais il advient que j'aie ton minois à portée, comme délicieusement arracherai tes yeux de serpent et ta langue maudite !

Rien ne pouvait calmer cette furie, qui eût avec joie fait le sacrifice de sa vie et de son salut pour une heure de vengeance.

Instruit en même temps de cet endurcissement et du repentir sincère que montrait Blanche, le roi eut pitié de cette dernière et lui fit grâce, à la charge par elle de s'enfermer pendant un an dans l'abbaye de Maubuisson pour achever de s'y purifier,

Les tourments de la reine de Navarre furent encore aggravés par cet événement ; dès lors, nulle voix humaine autre que la sienne ne frappa son oreille, car il était défendu à son geôlier de lui adresser la parole et de répondre à ses questions.

Pour l'intelligence des faits qui vont suivre, nous croyons devoir revenir quelque peu sur nos pas.

Nous avons dit plus haut que, grâce aux prodigalités de Philippe le Bel et de sa famille, les coffres de l'État étaient constamment vides, malgré les impôts énormes qui pesaient sur le peuple, les confiscations iniques, l'altération des monnaies, etc. On comprend que la levée de ces impôts, qui grossissaient sans cesse, ne se faisait pas sans qu'il s'élevât contre le roi et son gouvernement un concert de malédictions sur tous les points du royaume.

A Paris particulièrement, ces malédictions dégénéraient souvent en menaces, et il n'était pas rare que des menaces on en vint à la sédition.

Vers 1306, une de ces émeutes avait pris un tel caractère de gravité, que le roi, assiégé dans son palais par le peuple en fureur, avait été obligé de se réfugier au palais du Temple. Les templiers le reçurent, mais, bien qu'ils passassent à juste titre pour les plus braves chevaliers

de ce temps, ils ne firent rien pour dégager le
monarque que le peuple avait poursuivi.

Philippe garda de ce fait un profond ressentiment, et résolut, lorsque le calme fut rétabli,
d'en tirer une exemplaire vengeance, vengeance
qui devait lui être d'autant plus douce, que
l'ordre des chevaliers religieux possédait d'immenses richesses.

Le 13 octobre 1307, le grand maître Jacques Molay fut arrêté à Paris avec soixante
chevaliers, et les mesures étaient si bien prises,
que les chevaliers furent saisis à la même heure
par toute la France.

La plume, dit Anquetil, se refuse au détail
des abominations dont on accuse ces religieux :
abjuration de la foi, orgies libertines, cérémo-
nies infâmes accompagnées d'infanticides ; enfin toutes les suppositions insensées et dégoû-
tantes, les rites bizarres, les excès de la
débauche la plus effrénée reprochée aux anciens
hérétiques, il n'y en a aucun dont on n'ait
chargé les templiers.

Comme il s'agissait d'un ordre à la fois militaire et religieux, les accusés comparurent
d'abord devant les tribunaux ecclésiastiques.
Il paraît que quelques-uns, menacés d'être mis
à la torture, s'avouèrent coupables de tout ce
qu'on voulut leur imputer ; cinquante-neuf
furent condamnés à la peine du feu et subirent
cet horrible supplice.

Au nombre de ceux qui s'étaient reconnus
coupables des crimes qu'on leur imputait, était
le grand maître de l'ordre, Jacques de Molay,
Guy, grand prieur de Normandie, Hugues de
Péralde, grand visiteur de France, et le grand
prieur d'Aquitaine. Le pape avait résolu de les
sauver ; mais il exigeait pour cela qu'ils fissent
en public les aveux qu'ils avaient faits devant
les tribunaux.

Au jour fixé, ils sont amenés sur un échafaud
dressé sur le parvis Notre-Dame. Près d'eux
des bourreaux construisaient un bûcher pour
les avertir du sort qui les attendait s'ils ne
remplissaient pas les conditions qu'on leur
avait imposées.

On lut à haute voix les aveux qu'ils avaient
faits plusieurs fois des abominations de leur
ordre. Un des ministres de Rome prononça un
long discours sur cet objet, et les somma de
confesser en public les crimes qu'ils avaient
avoués secrètement devant les juges.

Alors le grand maître, vieillard vénérable,
s'avança sur le bord de l'échafaud, secouant
les chaînes dont il était chargé, et, regardant
le bûcher d'un air de dédain, il dit :

« L'affreux spectacle qu'on me présente n'est
« point capable de me faire confirmer un pre-
« mier mensonge par un second. J'ai trahi ma
« conscience : il est temps que je fasse triom-
« pher la vérité. Je jure donc, à la face du ciel
« et de la terre, que tout ce qu'on vient de
« lire des crimes et de l'impiété des templiers
« est une horrible calomnie. C'est un ordre
« saint, juste, orthodoxe, je mérite la mort
« pour l'avoir accusé à la sollicitation du pape
« et du roi. Que ne puis-je expier ce forfait
« par un supplice encore plus terrible que
« celui du feu ! Je n'ai que ce seul moyen
« d'obtenir la pitié des hommes et la miséri-
« corde de Dieu ! » Guy, grand prieur de
Normandie, tint le même langage ; les deux
autres persistèrent dans leurs aveux.

La surprise des juges, des délégués du pape
et de leurs suppôts, fut extrême. On ramena
les deux réfractaires dans leurs cachots. Le roi
assembla précipitamment son conseil. Sans être
entendus de nouveau, ils furent condamnés,
comme hérétiques relaps, au supplice du feu,
et la sentence fut exécutée le lendemain dans
l'île du Palais.

Au milieu des flammes, et jusqu'au dernier
soupir, ils protestèrent de leur innocence, et
citèrent le roi et le pape au tribunal de Dieu.
Clément (le pape) dans quarante jours, et Philippe dans l'année.

Le peuple, témoin de la constance de ces
deux infortunés, donna des larmes à leur fin
tragique, et crut qu'ils mouraient innocents.
Il fut ensuite confirmé dans cette nouvelle opinion par la mort des deux auteurs de cette ter-

rible catastrophe, qui arriva au terme marqué par leurs victimes.

Il est difficile de croire, ajoute Anquetil, auquel nous empruntons ce récit, que l'ordre entier, surtout les anciens, fussent coupables des impiétés aussi insensées que bizarres qui leur étaient imputées ; mais il se peut que la jeunesse de l'ordre, attachée pour la plus grande partie à la cour par sa naissance, ait participé à la dissolution qui y régnait.

C'est qu'en effet cette dissolution dépassait tout ce que l'imagination la plus dépravée pourrait enfanter. Marguerite de Bourgogne et ses deux belles-sœurs donnaient le ton ; elles inven-

Qu'as-tu à me dire, maudit lui dit-elle ?

taient chaque jour des vêtements de formes nouvelles.

« Et firent si bien en cette allure, dit un chroniqueur, que bientôt laissèrent à nu le sein, les jambes, voire même le côté. »

Et voyez jusqu'où allait la dépravation de ces trois femmes : le poëte Jehan de Meung, surnommé *Clopinel*, parce qu'il était boiteux,

ayant osé donner, dans ses vers, certains détails peu propres à faire présumer qu'elles fussent chastes et réservées, les trois belles-sœurs le firent appeler, se munirent de verges et s'enfermèrent avec lui dans une chambre où elles le contraignirent à se déshabiller. Quand il fut dans un état de nudité complète, Marguerite donna le signal de la fustigation. Clopinel, dans cette occurrence, eut recours à son esprit : il se mit à genoux, et supplia celle de ces dames qui se croyait la plus offensée par ses écrits de frapper la première. Pas une de ces beautés qui se croyaient outragées ne voulut commencer, et le poëte en fut quitte pour la peur.

Revenons maintenant à Marguerite de Bourgogne prisonnière.

Six années entières elle fut dans l'état d'exaspération dont nous avons parlé.

Cependant, Louis le Hutin avait succédé à son père Philippe le Bel ; plus prodigue encore que ce dernier, son premier soin fut de songer à se procurer de l'argent, chose difficile après tous les expédients qui avaient été employés sous le règne précédent ; mais le besoin rend ingénieux : Louis X déclara solennellement que *dans le royaume de France il ne devait point y avoir de serfs*. Le jeu de mots avait son prix, et aussi l'honnête monarque se le fit-il chèrement payer en forçant les serfs à acheter à beaux deniers comptants cette liberté qu'il avait proclamée inaliénable.

Ce procédé vint combler pour un instant le vide des caisses d'Enguerrand de Marigny, qui était demeuré tout-puissant et qui devait bientôt payer de sa vie sa coupable condescendance aux désordres de tous les membres de la famille royale. Mais ce n'était là qu'une goutte d'eau dans l'Océan, et bientôt il fallut chercher de nouveaux moyens : car les impôts, aussitôt dévorés que perçus, étaient plus que jamais insuffisants. Comme les fils de famille ruinés, Louis eut alors l'idée de rétablir quelque peu ses finances par un bon mariage, et il jeta les yeux sur Clémence, fille du roi de Hongrie.

Malheureusement, il avait à lever une grande difficulté pour arriver à cette union : Marguerite de Bourgogne était toujours dans son cachot, et, malgré les souffrances qu'elle y endurait et son état de continuelle exaltation, elle ne semblait pas près de quitter ce monde, à moins qu'on ne l'y aidât puissamment.

Il est vrai que l'on pouvait encore lever la difficulté au moyen du divorce ; mais il fallait,

pour cela, l'agrément du pape, et le saint-père, suivant en cela l'exemple de ses prédécesseurs, avait l'excellente habitude de ne donner d'une main que pour recevoir de l'autre, et les faveurs spirituelles étant toujours d'un prix très-élevé, la dot de la princesse de Hongrie eût couru risque d'y passer, ce qui n'eût pas fait le compte du roi de France, qui avait un bien plus grand besoin d'argent que de femme.

Louis X était donc de fort mauvaise humeur ; on serait mécontent à moins ; il fit appeler Enguerrand de Marigny, et lui demanda comment il se faisait qu'il eût amassé de si grands biens au service d'un prince qui manquait constamment d'argent. Le ministre frissonna : il pensa que le roi n'ayant plus de templiers à brûler, de juifs à dépouiller, de serfs à qui il pût vendre la liberté, il n'était pas impossible qu'il songeât à quelque bonne accusation capitale contre son premier ministre ; mais Enguerrand était un adroit compère qu'on ne prenait pas aisément sans vert, bien qu'il prétendît toujours être sans argent.

— Sire, dit-il, nous avons toujours rendu un bon et fidèle compte à monseigneur le feu roi, votre père, et nous ne ferons pas autrement envers vous. Mais l'honneur du roi est chose plus précieuse que finances ; pour quoi, si le peu de biens que nous avons légitimement acquis peut vous servir, nous vous l'offrirons de grand cœur, afin qu'on ne puisse pas dire qu'il nous a été pris par violence.

Enguerrand ne fut pas toujours d'humeur si facile, et mal lui en prit ; car cette condescendance était ce qui pouvait le mieux lui réussir. Le roi eut honte d'être soupçonné de cupidité par son ministre, et il se rejeta sur les obstacles qui s'opposaient à la réalisation de ses désirs ; l'obligation où il était de donner au trône un héritier direct et l'impossibilité de rappeler Marguerite de Bourgogne, première cause de tous ses ennuis.

Cette dernière allégation était plus vraie que ne croyait Louis, et Enguerrand le savait bien lui qui avait si complaisamment laissé Marguerite de Bourgogne puiser dans les caisses de l'État, alors qu'elle était toute puissante et faisait à la cour la pluie et le beau temps. Cette femme pouvait l'accuser, faire sur ses malversations des révélations terribles.

L'occasion était favorable pour l'anéantir, et le ministre y travailla sur-le-champ en insinuant au roi que la détention perpétuelle de la reine de Navarre n'avait été prononcée que par grâce spéciale, et à la condition tacite, mais rigoureuse, que cette reine se montrerait digne de clémence par une conduite exemplaire, ce qu'elle ne faisait point, ne proférant que des imprécations et des injures contre ceux qui l'avaient si bénignement traitée après en avoir reçu de si cruelles offenses.

Le roi fut très-satisfait de l'ouverture ; il avait déjà pensé à cela, mais il lui répugnait de prendre l'initiative. Maintenant que la voie était ouverte, rien ne devait plus l'arrêter. Il donna donc des ordres pour que cela fût terminé au plus tôt.

Marguerite était toujours dans le même état d'exaspération.

Depuis le départ de Blanche, ainsi que nous l'avons dit, elle n'avait entendu d'autre voix humaine que la sienne, aussi sa surprise fut-elle grande lorsque son geôlier, entrant un jour dans son cachot à une heure autre que celle où il avait coutume de s'y rendre, lui dit qu'il la priait de vouloir bien l'entendre.

— Qu'as-tu à nous dire, maudit? lui dit-elle. Serait-ce qu'on a enfin souvenance, à Paris, que nous sommes fille de Robert II et petite-fille du saint roi Louis neuvième ? Par Satan ! les félons en ont assez longtemps perdu mémoire !

— Madame, un envoyé de monseigneur le roi Louis dixième vient d'arriver en ce château...

— Louis dixième !... Nous sommes donc reine de France présentement ?...

— Il y a tantôt six mois que monseigneur le roi Philippe quatrième est allé de vie à trépas.

— Oh ! reine de France !... Et laver et pour

couche royale... Et sur ce corps de reine des lambeaux pourris !...

— Madame, ledit envoyé a des choses à vous faire entendre par exprès commandement du roi notre sire, et ce sont choses de telle importance, qu'il est besoin de toute votre attention ; c'est pourquoi nous avons pensé que bienvenu serait quelque prêtre ou moine vous pouvant mettre un peu de calme en l'esprit.

Marguerite parut frappée de terreur ; elle avait deviné la terrible vérité.

— Non, non, dit-elle d'une voix presque défaillante, ce n'est ni prêtre, ni moine ; c'est le bourreau que tu m'annonces.

Puis, son énergie reprenant le dessus, elle s'écria d'une voix plus ferme :

— Arrière ! égorgeur !... Qui osera porter la main sur la reine de France ?... Arrière !... ou de nos royales mains nous t'étranglerons, damné !

En un instant sa fureur fut au comble, et le geôlier fut obligé de se retirer pour se soustraire à ses violences ; mais il reparut bientôt accompagné d'un moine et d'un autre personnage aux formes herculéennes, à l'air sombre, portant à sa ceinture un large coutelas.

— Madame la reine, dit le moine, il est temps de songer à votre salut. Ne voulez-vous point vous réconcilier avec notre seigneur Dieu, que vous avez si grandement et souventement offensé ?

— Oh ! mourir ! mourir dans un cachot, quand nous devrions être sur le plus beau trône du monde !

— Madame, dit à son tour l'homme au coutelas, dépêchez-vous, s'il vous plaît ; car nous devons, à qui nous envoie, compte de tous nos instants.

Marguerite fut prise d'un tel accès de rage, qu'elle se jeta sur le sol humide de son cachot et s'y roula en se tordant les bras et rugissant comme une lionne. Vainement le moine lui adressa-t-il la parole ; elle ne l'entendait point.

— Or çà ! cria alors d'une voix de tonnerre l'homme à la ceinture de cuir, nous sommes céans par ordre du roi et nous n'avons besoin d'autre chose pour faire notre office.

— Madame la reine, disait de son côté le moine, avez-vous si grand désir d'aller incontinent en enfer, que vous vouliez mourir sans confession ?

Enfin, au bout de quelques instants, la condamnée recouvra un peu de calme.

— Vous dites vrai, père, fit-elle en s'adressant au religieux; la vie n'est pas si bonne chose qu'on la doive amèrement regretter.

Elle lui fit signe de s'asseoir sur une pierre, seul meuble qui se trouvât en ce lieu, et, s'étant agenouillée près de lui, elle parut entièrement résignée. De temps en temps, pendant qu'elle se confessait, l'homme à la ceinture interrogeait le moine du regard.

Enfin ce dernier leva la main pour bénir cette grande coupable, et aussitôt le bourreau, car c'était lui, s'élança pour la saisir.

Plus prompte que lui, Marguerite s'était déjà relevée ; poussée par l'instinct de la conservation, elle se cramponna à ses vêtements pour l'empêcher de mettre hors du fourreau l'arme terrible qu'il portait. Il tenta d'abord de se débarrasser de ses étreintes ; puis, n'y pouvant parvenir, il saisit les longs cheveux qui flottaient en désordre sur les épaules de cette malheureuse et cachaient sa nudité ; il les lui roula autour du cou, et de son poignet de fer il tordit ce lien.

— Louis ! s'écria Marguerite, je t'ajourne à un an !

Ce furent ces dernières paroles : son visage devint pourpre ; ses yeux s'injectèrent de sang; elle était étranglée.

Louis put donc épouser Clémence de Hongrie; mais ces dernières paroles de Marguerite lui avaient été rapportées : *Louis, je t'ajourne à un an*, et son imagination en avait été d'autant plus vivement affectée, que son père, Philippe le Bel, et le pape Boniface VIII, ainsi ajournés par le grand maître des templiers, étaient morts effectivement dans le cours de l'année.

Rien ne put dissiper l'espèce de terreur dont il était frappé, et moins d'un an après il expira, laissant trône et couronne à son frère Philippe V, dit le Long.

Nous avons vu que Jeanne avait été reconnue innocente ; comment cela arriva-t-il ? c'est ce que nul historien ne rapporte.

Quoi qu'il en soit, il paraît que son mari ne la reprit que pour obéir au roi son père ; car, devenu roi à son tour, son premier soin fut de s'en débarrasser, non pas à la manière de son frère Louis, en la faisant étrangler ; il voulut qu'elle vécût au contraire, mais d'une vie plus terrible que n'avait été la mort de Marguerite.

A peine ce prince fut-il monté sur le trône, qu'il fit décréter par les états généraux qu'il avait convoqués à Paris, et par l'université, que les femmes seraient à jamais exclues du trône de France.

— Or çà, madame, dit-il à Jeanne, lorsque cette loi fut promulguée, voici une belle et bonne besogne faite, le mal venant aux rois d'ordinaire par les femmes ; mais ce n'est pas chose suffisante à notre sens, et il nous semble qu'il convient aux femmes, et tout premièrement à celles des rois, de vivre sagement, en bonne retraite où elles ne soient en butte à flatteries et mauvais conseils. Pour cela nous vous avons choisi une demeure qui grandement sans doute vous plaira, par souvenance des gentils jouvenceaux que vous avez vus autrefois.

Jeanne n'était plus cette femme audacieuse, capable de soutenir la lutte contre Marguerite, Orsini et Buridan lui-même ; son énergie s'était usée dans les tourments moraux que lui avait causés cette affaire ; la voix seule de son mari lui causait de l'effroi.

— Monseigneur, dit-elle toute tremblante, vous ai-je donc, à mon insu, fait offense, que vous vouliez m'éloigner de votre personne ?

— Nous resterons voisins, madame, ne voulant qu'il n'y ait entre nous que la largeur de la rivière de Seine.

Jeanne pâlit et faillit s'évanouir.

Le roi savourait en quelque sorte cette terreur ; car il avait aimé tendrement Jeanne ; le jugement qui l'innocentait n'avait pu arracher de son cœur le serpent de la jalousie, et la vengeance lui était douce.

— Sire, reprit-elle, vous êtes notre seigneur et maître, et nous vous devons foi et obéissance, mais nous vous demandons pitié et merci.

— Nous ne vous voulons aucun mal, madame, mais au contraire biens et fortune ; c'est pourquoi nous voulons que vous alliez demeurer en l'hôtel de Nesle, duquel, à cet effet, nous vous faisons don entier et perpétuel. Là vous aurez vos appartements de plaisance en la tour du bord de l'eau.

— Ah ! sire, me voulez-vous ainsi percer le cœur chaque jour ?

— Nous ne voulons rien qui ne soit juste et raisonnable.

— Sire, au nom de notre seigneur Dieu, souffrez que nous nous retirions plutôt en un cloître.

— Eh ! madame, ne sera-ce pas pour vous gentil cloître que ce lieu ? Vous le trouverez tel sûrement, car il est en même état qu'autrefois, sauf gardes et gens ; mais à cela nous allons pourvoir sur-le-champ, afin que dès demain vous en puissiez prendre possession.

Ce fut en proie à une terreur secrète et invincible que Jeanne se laissa conduire le lendemain à cet hôtel et dans cette tour qui lui rappelait les joies et les crimes dont elle subissait l'expiation.

A partir de ce moment, elle ne devait plus avoir un moment de repos : il lui fallut manger à cette table où elle avait passé tant d'instants en proie à la double ivresse de l'amour et du vin ; à cette table où s'étaient assis près d'elle le gentil page Olivier, et tant de jeunes seigneurs ou écoliers de bonne mine ; ce fut dans le lit où ils étaient entrés frémissants de plaisir, et d'où ils n'étaient sortis que pour aller à la mort, qu'elle dut dès lors attendre le sommeil que les remords en tenaient sans cesse éloigné.

Là, était la chambre où l'on égorgeait ; c'é-

tait dans la pièce voisine que se tenaient Orsini et les assassins à sa solde ; c'était de cette fenêtre qu'elle avait vu Buridan s'élancer dans le fleuve !... La malheureuse ne pouvait faire un pas, ses regards ne pouvaient s'arrêter sur un seul objet, sans que son cœur bourrelé se sentît saisi par les griffes de fer du remords. C'était, pendant le jour, une torture horrible et incessante, et les nuits étaient plus terribles encore : si parfois la fatigue lui fermait les yeux, elle était aussitôt tourmentée des songes les plus affreux ; elle ne voyait que sang et cadavres, et le récit était souvent impuissant à faire cesser ces épouvantables visions. Alors Jeanne s'élançait hors du lit, et tombait à genoux en criant grâce et s'efforçant vainement d'écarter de la main les spectres hideux qu'elle voyait autour d'elle près de la saisir.

— Priez pour moi ! criait-elle à ses gens, priez pour la grande pécheresse. Et elle-même tentait d'élever vers Dieu sa pensée et sa voix, mais la terreur qui la tenait haletante ne lui laissait pas assez de liberté d'esprit pour que cette élévation fût possible, et souvent, après avoir passé la nuit entière prosternée, elle s'évanouissait et demeurait en cet état jusqu'à ce que ses femmes vinssent la secourir.

Blanche, bien qu'étant complètement rentrée en grâce près de son mari, n'avait pas la conscience moins troublée ; elle venait de temps en temps visiter sa sœur ; mais toutes deux ne pouvaient que se souvenir.

— Ma sœur, dit un jour Jeanne à Blanche, puisqu'en ce lieu de douleur je suis recluse, ne pourriez-vous, pour moi, obtenir de monseigneur le roi qu'il me permît de convertir cet hôtel en monastère ? Il me semble qu'alors les sanglantes ombres qui m'assiègent me feraient répit, et il serait temps que cela arrivât, car il n'est force humaine capable de tenir plus longtemps aux maux que j'endure.

— Nous le ferons volontiers, répondit Blanche, mais nous ne saurions espérer de succès d'un tel message, le roi ayant à dessein voulu que toutes choses ici restassent en l'état où elles étaient au temps où madame Marguerite nous y mena pour la première fois.

— Est-il donc si courroucé que rien ne le puisse fléchir, et qu'il ne veuille permettre que nous demandions à Dieu le pardon que lui nous refuse ? Qu'alors donc il nous donne de nouveaux juges et nous fasse mettre à mort, car nous souffrons ainsi mille trépas au lieu d'un.

Le roi, ainsi que l'avait prévu Blanche, ne voulut pas permettre qu'il fût rien changé à l'hôtel.

Il dit que, si la reine, sa femme, était innocente, ainsi que les juges et le roi Philippe le Bel l'avaient prononcé, cette demeure ne pouvait lui être déplaisante ; et que, s'il en était autrement, la punition ne serait jamais trop sévère. Il ajouta que, dans tous les cas, il y aurait profanation à convertir un tel lieu en monastère, et qu'autant vaudrait mettre le paradis au lieu et place de l'enfer.

Jeanne continua donc d'endurer ces affreuses tortures. Cette femme, naguère encore si fraîche, si belle, n'était plus qu'un squelette : jeunesse et beauté s'étaient évanouies ; au travers de sa peau jaune et ridée se dessinaient ses muscles et ses os ; les prunelles de ses yeux, enfoncés dans leurs orbites, ne jetaient plus qu'une pâle et funèbre lueur ; ses cheveux avaient blanchi, et ses longues mains, sèches et osseuses, qui se crispaient incessamment, achevaient de lui donner l'aspect le plus hideux.

Un événement que nous devons rapporter vint encore augmenter ses terreurs, ce qu'on eût pu croire impossible.

C'était vers 1321. Il y avait alors, dans les prisons du Châtelet, un personnage peu important par son nom et sa naissance, mais qui, ayant été successivement intendant de plusieurs riches seigneurs, avait, par toutes sortes de moyens, amassé une fortune considérable, grâce à laquelle il avait cru pouvoir en user envers les manants comme en usaient les grands feudataires envers leurs vassaux ; de telle sorte qu'un jour, impatienté des réclamations d'un fermier qu'il avait tondu de trop près, et qui

jurait d'en avoir raison par justice ou autrement, il envoya, d'une estocade en pleine poitrine, le pauvre diable porter ses réclamations en l'autre monde.

Cela, toutefois, ne se fit pas sans causer grand tumulte : aux cris du mourant, bon nombre de gens du peuple accoururent, et, ayant appris ce qui venait d'arriver, ils commencèrent à saccager la maison de ce vilain qui tuait ainsi gens de même farine que lui ; plus, l'ayant trouvé caché dans un réduit, ils s'emparèrent de sa personne et le livrèrent au guet, qui, selon sa coutume, arriva quand tout fut fini.

Le crime était patent ; cent témoins l'attestaient ; le coupable n'était pas noble ; donc l'affaire était des plus simples : il fut condamné à être pendu.

Nous ne savons quel impudent coquin enrichi a dit : « On ne pend pas un homme qui a cent mille livres de rente ; » il paraît que c'était aussi l'opinion de celui dont il est question ici ; car, après qu'on lui eut lu sa sentence, au lieu de demander un prêtre, il envoya près du prévôt de Paris pour le prier de le venir entendre.

Le prévôt, qui s'appelait *Capetal* ou *Chapperel* (1), n'était pas riche ; mais il était en bonne position pour le devenir, et fort disposé à n'en pas manquer l'occasion.

Il alla donc trouver le condamné, qui, tout d'abord, lui représenta combien il était ridicule qu'on pût songer à attacher au gibet un homme de son importance.

— Eh ! fit le prévôt, nous y avons vu de plus grands seigneurs que vous, quand ce ne serait que monseigneur Enguerrand de Marigny.

— Monseigneur de Marigny, dit le condamné, avait affaire au roi Louis le Hutin, et mal devait lui advenir, ce sire ne démordant jamais de ce qu'il avait voulu ; mais tel n'est mon cas : la cour et le roi notre sire n'ont rien à voir ici. C'est à vous, messire, qu'il ap-

(1) Les historiens ne sont pas d'accord sur le nom de ce personnage.

partient d'arranger cette affaire; et s'il vous agrée trois mille livres de bonne et forte monnaie...

— Hum! fit le prévôt, dont le parti était déjà pris, trois mille livres sont légères ayant pour contre-poids vie d'homme; car, la condamnation étant parfaite, il faudra toujours l'exécution.

— Ah! messire, manque-t-il si fort de soufreteux bons à tuer, que vous soyez embarrassé sur ce point?

Et il disait vrai, ce misérable: les gens bons à tuer ne manquaient pas alors; mais la justice, bien que plus expéditive que de nos jours, était encore fort lente, de sorte qu'il n'y avait pas alors dans les prisons un condamné de bas étage qu'il fût possible d'exécuter au lieu et place de cet homme qui pouvait compter avec le bourreau, et même avec les juges.

C'était une grave difficulté.

L'intendant toutefois ne s'en effraya pas outre mesure, comprenant bien qu'au point où en étaient les choses il ne s'agissait plus que de grossir le chiffre posé d'abord pour lever toutes les difficultés.

— Messire, dit-il, mettons quatre mille livres en écus d'or de bon aloi, et vous vous chargerez de trouver manant à pendre en mon lieu et place.

— Ce n'est pas chose aussi facile que vous vous l'imaginez, reprit le prévôt après avoir réfléchi quelques instants; car encore il faudra lui lire sa sentence par ministère de greffier, en présence du bourreau, et le manant ne manquera pas de crier qu'il n'est pas l'homme mentionné en icelle; et encore qu'il n'en dirait rien, il faudrait gagner le bourreau, qui connaît gens à pendre comme palefrenier ses palefrois, et aussi faire garder silence au moine confesseur du patient.

— Nous mettrons donc cinq mille livres à raison de cela; nous ne pourrions faire plus, car nous n'en possédons pas davantage, et encore nous faudra-t-il emprunter pour parfaire la somme.

— Gardez le silence, et nous aviserons, dit Capetal.

Le soir même où cette convention fut faite, le prévôt, enveloppé dans un manteau et le chaperon rabattu sur les yeux, entrait dans une barque à peu de distance de l'hôtel Saint-Paul, et se faisait conduire à l'île Saint-Louis, qui n'était alors qu'une espèce de marais où s'élevaient quelques huttes de terre couvertes de roseaux et habitées par de pauvres pêcheurs.

Ces malheureux, que la fièvre dévorait pendant six mois de l'année, avaient souvent maille à partir avec les gens du roi, le produit de leurs pénibles travaux étant insuffisant pour nourrir leurs familles quand ils se tenaient dans les limites de la légalité. Les rixes étaient fréquentes entre eux et les agents de l'autorité. Or, dans une de ces rencontres, un de ces pêcheurs, nommé Pierre Chanoux, avait eu le malheur de blesser grièvement un agent. Arrêté à la suite de cet accident, le malheureux s'était tout d'abord livré au désespoir; il laissait dans sa hutte sa femme affaiblie par les privations et trois jeunes enfants: ne pouvant supporter l'idée que ces infortunés, sur lesquels se concentraient toutes ses affections, allaient peut-être mourir de faim, il avait tenté de se pendre dans la prison.

C'était la famille de ce prisonnier que Capetel allait ainsi visiter à la nuit close; il s'était dit que, puisque cet homme avait voulu se tuer alors que sa mort n'eût fait qu'aggraver la position de sa pauvre famille, il n'hésiterait certainement pas à se laisser pendre volontairement pour améliorer le sort de sa femme et de ses enfants, qui lui étaient si chers, et c'était pour commencer à négocier cette affaire qu'il se rendait à l'île Saint-Louis.

S'étant fait indiquer la hutte de Pierre Chanoux, il y arriva bientôt, et, comme il s'y attendait, il trouva la mère et les enfants grelottant sur un lit de roseaux secs, et dévorant, à la lueur d'une lampe d'argile accrochée au mur, quelques débris de poisson. Tirant alors de dessous son manteau du pain et quelques provisions dont il s'était muni, le prévôt, sans se faire connaître, les leur offrit, et quand ils furent rassasiés, il continua son œuvre de séduction.

— Femme, dit-il, je vous ai pris tous en affection, et je vous veux puissamment aider à mener meilleure vie que vous n'avez fait jusqu'à ce jour. Voici quelque trentaine de sous parisis qui vous feront attendre mieux ; mais il faudrait, pour que mieux advienne, engager Chanoux à suivre nos conseils, et nous remettre quelque objet qu'il sût être vôtre, et nous faire reconnaître de lui comme étant tel qui vous veut du bien.

Et il mit en effet l'argent dont il parlait dans la main de la pauvre femme, qui, lorsque la surprise et la joie lui eurent permis de répondre, tira de son doigt un mince anneau d'argent, seul bijou qu'elle eût jamais possédé ; c'était l'anneau nuptial qu'elle avait reçu de son mari, et que ce dernier ne pouvait manquer de reconnaître ; elle le remit à Capetal, et le cauteleux prévôt la quitta après lui avoir recommandé d'aller voir le prisonnier dès le lendemain, lui promettant qu'elle arriverait jusqu'à lui sans difficulté.

Le lendemain, en effet, la pauvre femme arrivait près de son mari, et lui racontait ce qui lui était arrivé la veille, le conjurant de suivre religieusement les conseils de cet homme dont la venue miraculeuse avait jeté un rayon de joie dans leur misérable cabane.

Chanoux était doué d'une de ces organisations d'élite et primitives qui poussent l'homme à obéir aux impulsions du cœur, et à leur donner le pas sur celles de l'esprit.

— Femme, dit-il, béni soit ce sauveur, et puisse-t-il promptement venir à moi. S'il lui faut mon sang et ma vie, je les lui donnerai joyeusement, pourvu qu'il me donne assurance qu'en mon ancien gîte n'y aura disette.

Le malheureux était loin d'imaginer que c'était sa vie en effet que voulait acheter le prétendu bienfaiteur ; mais il ne devait pas tarder à savoir à quoi s'en tenir : à peine sa femme fut-elle partie pour retourner près de ses enfants, qu'on vint prendre le pêcheur pour le conduire devant le prévôt, lequel lui dit tout d'abord que son affaire était mauvaise, l'homme qu'il avait blessé étant mort, et qu'il pouvait s'attendre à être pendu.

— J'ai eu pitié de toi, garçon, ajouta-t-il, à cause de ta femme et tes enfants, et il n'a pas tenu à moi que le roi, notre sire, te fît grâce ; mais monseigneur Philippe est si grandement irrité, que furieusement il nous a repoussé.

— Pauvre Thérèse ! s'écria le prisonnier, ce n'était pas l'heure de te réjouir !

— Là-dessus, garçon, nous voulons et pouvons te rassurer : ta femme a reçu de nous somme suffisante pour ses présents besoins, et il ne tient qu'à toi de la faire héritière de vingt bons écus d'or que nous allons te compter sur l'heure et que tu lui feras tenir par l'office du garde-notes que nous ferons appeler sur l'heure.

— Ah ! monseigneur, que monseigneur Dieu vous donne grande et bonne place au paradis, si vous faites ainsi.

— A cela nous ne mettons qu'une condition, c'est que tu ne répéteras rien de ce qui est dit ici, et que tu te laisseras pendre comme homme sans peur, souffrant, le cas échéant, qu'on t'appelle d'autre nom que le tien.

— Monseigneur, je suis à vous corps et âme, et je vous montrerai qu'un vilain peut tenir parole autant qu'un homme noble. Vingt écus d'or !..... avez-vous dit, vingt, monseigneur ?

— Et nous n'en voulons rien rabattre, pourvu que tu montres obéissance. Et encore nous te voulons prouver que nous sommes de bon conseil, et que nous n'avons pas attendu cejourd'hui pour te venir en aide, ayant reçu ceci en signe de reconnaissance, et nous te le présentons afin que tu n'aies doute de nos bonnes intentions.

Et le misérable montra au prisonnier l'anneau d'argent qui devait le faire reconnaître comme le bienfaiteur dont sa femme lui avait parlé.

Cela ne pouvait qu'affermir la résolution du malheureux : il promit tout ce que voulut l'infâme prévôt, reçut la somme promise, et, après avoir pris toutes les mesures convenables pour qu'elle fût remise intégralement à sa femme, il se prépara courageusement à mourir.

Les choses se passèrent d'abord à la satisfac-

tion de Capetal : moyennant une somme pareille à celle qu'il avait comptée au pêcheur, il s'assura le concours du bourreau qui, d'ailleurs, lui devait obéissance absolue.

Chanoux pâlit en entendant la lecture de l'arrêt; il entrevit une partie de la vérité et parut près de parler; mais le prévôt, qui était

S'efforçant vainement d'écarter de la main le spectre hideux qu'elle voyait autour d'elle.

présent, lui montra l'anneau d'argent, et le malheureux se tut. Que lui importait d'ailleurs qu'on le pendit pour un autre, puisque, dans tous les cas, le prévôt était le maître de son sort et que de toute manière sa mort était assurée ?

Capetal fixa l'heure de l'exécution, puis il écrivit l'ordre de mise en liberté de Pierre

Chanoux, le pêcheur, et, ayant fait amener chez lui l'ex-intendant, il échangea cet ordre contre les cinq mille livres promises.

Deux heures après on conduisait Chanoux à la potence.

Le malheureux ne proféra pas une plainte; arrivé au pied de l'échelle, il en monta les échelons sans hésiter; et le bourreau, lui ayant passé la corde au cou, le lança dans l'éternité. En ce moment un cri terrible se fit entendre au milieu de la foule qui assistait à ce spectacle ; puis on vit une femme se faisant jour au milieu des archers, en criant : Chanoux !... c'est lui !... mon Dieu, ils l'ont pris pour un autre !... Pierre ! coupez la corde !...

Mais Pierre était mort, et la pauvre femme épuisée tomba au pied de la potence.

En quittant son mari, le matin, elle avait parcouru une partie de la ville pour faire quelques emplettes, et elle retournait près de ses enfants lorsque, entraînée par la foule qui croyait assister à l'exécution de l'ex-intendant, elle s'était trouvée assez près du gibet pour reconnaître son mari.

Quelques femmes du peuple l'ayant secourue, elle reprit bientôt connaissance et cria de nouveau que c'était Pierre Chanoux qu'on venait de pendre.

De grandes clameurs s'élevèrent alors parmi le peuple ; on cria *sus au bourreau* ; mais déjà ce dernier avait disparu, et s'était rendu près du prévôt pour lui faire part de ce qui venait d'arriver.

— La peste étouffe cette chienne ! s'écria Capetal. Allons, compère, fais en diligence enterrer le corps du manant, et, au préalable, le défigure si bien qu'on le puisse reconnaître.

L'exécuteur se disposait à obéir, lorsque de grands cris arrivèrent de nouveau jusqu'à lui. Le prévôt, ayant envoyé voir ce qui se passait, on vint lui dire que c'était le peuple, qui, s'étant emparé du cadavre du supplicié, le portait vers le Louvre en criant justice.

— Voici qui va mal, dit Capetal, car jamais il n'y eut sire aimant à plus mettre les choses au clair que monseigneur le roi.

— Alors, monseigneur, il m'est avis que nous n'avons mieux à faire que de gagner au large, tirant chacun de notre côté.

— Et où trouverai-je asile sûr dans cette cité où chacun me connaît ?

Le bourreau réfléchit quelques instants, puis il dit :

— Monseigneur, prenez en hâte tout ce que vous avez d'or et d'argent, et en faites deux parts, afin que nous soyons également chargés, moyennant ce, je vous mènerai en lieu sûr où nous serons, vous et moi, sous telle haute protection qu'aucun mal ne vous y adviendra.

Ces paroles n'étaient que médiocrement rassurantes, et Capetal ne comprenait guère que, en telle occurrence, le bourreau trouvât plutôt que lui une protection efficace ; mais, comme il n'avait pas le choix des moyens, il se résigna. Le trésor du prévôt fut donc partagé, et, ainsi lestés, les deux misérables arrivèrent bientôt près de l'hôtel de Nesle.

— Traître ! s'écria le prévôt en voyant que son compagnon se disposait à frapper à la porte de cette royale demeure, me veux-tu donc livrer pieds et poings liés ?

— N'ayez crainte, monseigneur ; nous ne saurions être nulle part autant en sûreté qu'ici ; car nous y serons sous la surveillance de madame la reine elle-même.

Il frappa, la porte s'ouvrit ; tous deux entrèrent, et le bourreau demanda résolûment à être conduit devant la reine ; on lui répondit que madame Jeanne ne voulait recevoir personne.

— Ce n'est pas ordre qui me regarde, dit-il, et, quand vous aurez appris à madame la reine que Landry, qui fut autrefois fidèle serviteur de messire Orsini, demande à lui dire des choses importantes qu'elle seule doit entendre, il n'est point douteux qu'elle nous fasse appeler incontinent.

Jeanne était aimée de ses serviteurs ; car, ainsi qu'on l'a vu, elle avait complètement changé d'humeur et de conduite ; on craignit de la priver d'un avis utile en se conformant trop strictement à ses ordres, et on alla lui rapporter les paroles de ce personnage.

A ces noms d'Orsini et de Landry, qu'elle n'avait pu oublier, la reine ne put maîtriser un mouvement de frayeur, et néanmoins elle donna ordre d'introduire cet homme, qui parut bientôt.

— Madame la reine, dit-il en se prosternant devant Jeanne, pardonnez à votre serviteur indigne d'être assez osé pour réclamer votre protection royale.

— C'est mal choisir, répondit la royale recluse; car je n'ai nul pouvoir de vous servir. Pourtant dites de quoi il s'agit, afin que nous vous donnions preuve de bon vouloir.

— Madame, j'ai nom Landry, et des serviteurs de messire Orsini j'étais celui en qui le savant mire avait le plus confiance. Ce docte homme, ayant été frappé de malemort, j'échappai par fortune aux gens du roi, et, pour trouver un asile sûr, je me fis serviteur du bourreau de Paris...

Jeanne se leva comme si elle eût été poussée par un ressort, et s'éloigna de deux pas.

— Madame la reine, reprit Landry sans s'émouvoir, veuillez songer que j'obéissais alors à la nécessité, et qu'ici j'avais fait telle besogne qui à ce m'avait dûment préparé.

— Maudit! s'écria Jeanne, es-tu venu pour nous déchirer le cœur par de telles paroles?

— Madame, ce n'est pas au roi que nous voulons dire telles choses, encore qu'il les pût volontiers entendre, et que peut-être nous ferait-il grâce pour raison de sincérité, et à moins que vous vouliez nous y contraindre...

— Parle, parle! fit Jeanne, dont les lèvres pâlirent et les traits se contractèrent.

— Madame, je vous dirai donc que de serviteur je suis devenu maître, et ai présentement charge et office de bourreau.

Jeanne se recula encore, plus effrayée et presque défaillante; elle crut un instant que sa dernière heure allait sonner.

Landry continua.

— Or, madame la reine, le bourreau n'est pas plus infaillible qu'autres gens, voire même ceux de lignée royale, et il est advenu que par erreur, cejourd'hui, et par ordre de monseigneur le prévôt errant pareillement, j'ai pendu et mis à mort certain manant qui par jugement devait être mis en liberté, tandis que devenait libre le condamné devant être mis au gibet. De tout quoi le peuple s'est ému, et monseigneur le roi moult fâché, et nous serions sûrement pendus, par son ordre, monseigneur le prévôt et moi, si vous n'avisiez à nous donner bonne et sûre retraite en cet hôtel.

— Arrière! arrière! cria Jeanne éperdue; le bourreau!... l'enfer!... monseigneur Dieu, pitié pour nous!

Et, les forces lui manquant, elle se laissa tomber sur un fauteuil. Landry, quittant alors la posture respectueuse qu'il avait prise, et redressant la tête en homme qui passe de la prière à la menace, dit audacieusement :

— Sur ce, nous allons demander grâce à monseigneur le roi, et, comme nous la voulons entière pour le passé et le présent, nous confesserons hautement tous nos méfaits, étant justice que nous n'ayons souci de ce qui en pourra advenir à gens qui nous abandonnent.

Jeanne était dans un état affreux : un tremblement convulsif agitait tout son corps; une sueur froide inondait son visage anguleux et décrépit avant l'âge.

Toutefois sa raison ne l'abandonna pas; elle frappa sur un timbre, et ordonna qu'on fît entrer le prévôt, afin de se concerter sur le parti à prendre en si périlleuse circonstance.

Tandis que cela se passait, l'émeute grondait de l'autre côté de l'eau, sous les murs du Louvre, où la foule avait apporté le cadavre du supplicié.

Le roi, voulant savoir de quoi il s'agissait, ordonna que l'on fît entrer et qu'on lui amenât quelques-uns de ceux qui paraissaient avoir le plus d'influence dans les groupes dont ils faisaient partie, et il sut bientôt toute la vérité; car déjà l'ex-intendant, échappé au gibet, était tombé aux mains du peuple, et, pour se disculper du crime qu'on lui imputait, il avait dit toute la vérité, protestant qu'en achetant du prévôt sa liberté il ignorait qu'un autre dût être pendu à sa place, et peut-être était-ce la vérité.

Or, une des grandes qualités de Philippe le Long était l'amour de la justice : par une des premières ordonnances qu'il rendit en montant sur le trône, défense était faite aux maîtres du parlement, présidents ou autres, d'interrompre le cours de la justice sous quelque prétexte que ce fût; par un édit plus remarquable encore, il avait fait défense expresse aux juges d'avoir égard aux lettres, missives, fussent-elles du roi lui-même, et de n'écouter d'autre autorité que celle du droit.

Un prince capable de se mettre ainsi en garde contre ses propres faiblesses ne pouvait laisser un tel crime impuni ; aussi, s'étant montré au balcon, il donna sa parole royale que bonne et prompte justice serait faite, et qu'il ne prendrait pas de repos que les coupables ne fussent arrêtés.

Cette capture était moins difficile à opérer qu'on pourrait le croire tout d'abord; car Philippe, sachant tout ce que peut la corruption en pareille matière, et voulant qu'en tout temps la vérité pût arriver jusqu'à lui, avait créé une sorte de police particulière ne relevant que de lui-même, et ayant mission de lui signaler tout déni de justice, exactions, passe-droits, etc., afin qu'il pût aussitôt y remédier et frapper les délinquants de punition exemplaire.

Pour les gens composant cette légion secrète, c'était le cas de faire preuve de zèle, et ils n'y manquèrent point : l'un avait vu le bourreau se réfugier chez le prévôt; un autre avait, à distance, suivi prévôt et bourreau jusqu'à l'hôtel de Nesle, et un troisième, ayant pénétré jusque dans cet hôtel, avait acquis la certitude que tous deux étaient arrivés jusqu'à la reine.

Tout cela fut promptement rapporté à Philippe, qui entra dans une furieuse colère en entendant le récit de ces faits, et en vérité de plus sages que lui en eussent été exaspérés. A l'exemple de Philippe le Bel, son père, il voulut surprendre les coupables en flagrant délit, et le jour finissait à peine lorsqu'il se présenta à l'hôtel de Nesle, bien accompagné.

La reine Jeanne, en ce moment, écoutait le prévôt Capetal, lequel lui remontrait que toutes choses violentes ayant une prompte fin, il con-

venait de faire patte de velours pour laisser passer l'orage, se réservant, lui prévôt, bien lesté comme il l'était, ainsi que le bourreau son compère, de faire négocier sa rentrée en grâce par gens à ce experts.

Quelque peu rassurée, la reine songeait à mettre ces hôtes malencontreux en lieu sûr, ce qui paraissait facile dans ce vaste hôtel, dont une grande partie demeurait constamment inhabitée, lorsque ces mots :

— Monseigneur le roi! monseigneur le roi! répétés de proche en proche, vinrent jeter la terreur dans l'âme de ces trois personnages.

— Perdue! s'écria Jeanne en se tordant les bras; voici venir ma dernière expiation.

— Madame, madame! fit le prévôt, ne vous troublez pas ainsi, ou vous êtes perdue avec nous. N'y a-t-il donc ici tel lieu prochain qui nous puisse recéler sûrement pour quelques instants?

— Ici! ici! dit Jeanne éperdue en ouvrant la porte de son oratoire.

Les deux fugitifs s'y précipitèrent, et au même instant le roi entra.

— Madame, dit-il à Jeanne sans autre préambule, si nous avons refusé de faire de ce lieu un cloître à votre usage, nous n'avons pas voulu pour cela qu'il redevînt séjour de ribaudes et de tueurs comme il fut jadis. Ainsi nous vous ordonnons de nous livrer sur l'heure les criminelles gens, prévôt et bourreau, que vous avez faits sans vergogne compagnons de reine de France.

Jeanne était à bout de forces; ses genoux fléchissaient; les paroles du roi lui démontraient l'impossibilité de soustraire les deux misérables à la colère du monarque, et son effroi était au comble en songeant aux révélations que Landry pourrait faire, sinon pour se sauver, au moins pour se venger de n'avoir pas été par elle efficacement protégé.

— Sire, dit-elle d'une voix presque éteinte et en tombant à genoux, nous n'avons pas appelé ces gens; d'eux-mêmes ils sont venus, nous croyant quelque crédit près de votre personne royale, et disant que de leur fait il n'y a eu qu'erreur et non mauvais vouloir. Sire, en cela nous ne sommes coupable que de compassion et charité, et nous ne croyons pas avoir mérité votre colère.

Philippe était trop ami de la justice pour ne pas comprendre qu'en effet il ne pouvait y avoir de la part de la reine complicité en cette affaire, et il regretta l'éclat qu'il avait fait.

— Nous voulons vous croire, madame, dit-il en relevant Jeanne ; mais il n'en est pas moins chose douloureuse pour nous d'être obligé de venir prendre tels gens en votre demeure où, faisant sagement, vous ne les eussiez pas reçus. Dites-nous donc incontinent où ils sont, afin qu'il n'y ait plus long scandale.

Jeanne ne pouvait plus parler; du doigt et du regard elle indiqua la porte de son oratoire, et, retombant sur son siége, elle s'évanouit.

Sans plus s'en occuper, Philippe la laissa aux mains de ses femmes, et, appelant son capitaine des gardes, il lui ordonna de faire prendre les deux meurtriers dans le lieu où ils s'étaient réfugiés, ce qui fut fait sur-le-champ et en présence du monarque.

Capetal était atterré, anéanti; il se laissa prendre sans dire un mot; mais Landry ne se montra pas de si bonne composition.

— Sire, cria-t-il en passant devant le roi, ne vous étonnez pas de me trouver en cette tour de Nesle, car c'est le lieu qui me fut autrefois familier, et j'y ai vu telles choses importantes à votre honneur et que je dirai si vous me faites grâce de la vie comme vous le devez faire, n'ayant été, dans ce qui est arrivé cejourd'hui, qu'obéissant à monseigneur le prévôt comme je le devais être.

Grande fut la surprise de Philippe; son regard plus courroucé que jamais se tourna vers Jeanne, qui, heureusement pour elle, était toujours évanouie ; puis il ordonna que les deux prisonniers fussent enfermés dans la tour du Louvre, qui servait de prison aux gens arrêtés dans cette royale demeure, et des affaires desquels le roi se réservait la connaissance.

Le lendemain, à plusieurs reprises, il les fit comparaître devant lui.

Comment Capetal essaya-t-il de se justifier ; quelles révélations fit l'ancien serviteur d'Orsini? personne ne le sut; mais il est présumable que ces révélations furent accablantes pour Jeanne; car dès lors elle fut étroitement gardée dans la tour de Nesle, sans qu'il lui fût possible d'en sortir, même pour se rendre dans quelque autre partie de l'hôtel, et jamais depuis le roi ne voulut la revoir.

Toutefois ces révélations, de quelque nature qu'elles fussent, ne sauvèrent aucun des deux scélérats dont le crime avait jeté tant d'émotion dans le peuple : tous deux furent pendus trois jours après leur arrestation : on les avait bâillonnés avant de les conduire au supplice, ce qui fit penser que l'autorité royale avait quelque intérêt à les empêcher de parler au peuple ; mais le roi ayant fait annoncer que les biens du prévôt étaient par lui donnés à la famille du malheureux Chanoux, cela acheva de calmer l'irritation populaire, et bientôt il ne fut plus question de cette affaire.

Peu de temps après, Philippe V mourut (1321), laissant la couronne à son frère Charles IV, dit le Bel; mais ce changement de règne n'améliora pas le sort de Jeanne : elle continua, par ordre du nouveau roi, à être aussi étroitement gardée que par le passé, et ses terreurs, ses remords, ne firent que s'accroître jusqu'à sa mort, arrivée en 1329.

Par un article de son testament, fait quatre ans auparavant, elle ordonna que l'hôtel de Nesle fût vendu, et qu'on en consacrât le prix à la fondation d'un collège qui serait appelé collège de Bourgogne. Il est permis de croire que c'était là un acte d'expiation, et que cette grande coupable, pour diminuer un peu l'intensité de ses remords, avait cru devoir consacrer aux écoles ce lieu où de malheureux écoliers avaient été sacrifiés à ses plaisirs.

Quoi qu'il en soit, l'hôtel de Nesles fut

vendu en 1330, à Philippe de Valois, moyennant la somme de dix mille livres de bonne et forte monnaie.

Tel fut le dernier acte de ce long drame dont Marguerite de Bourgogne avait été le principal personnage; mais d'autres souillures étaient réservées à cet hôtel, et particulièrement à cette tour de Nesle, et nous verrons, à deux siècles de distance, deux princesses renouveler en ce lieu les scènes horribles de débauche et de meurtre que nous avons racontées. Nous verrons cette demeure habitée tour à tour par Charles le Mauvais et par Isabeau de Bavière, la trahison et la luxure personnifiées, livrée au pillage et à la dévastation. Nous dirons sa splendeur et sa décadence jusqu'à son entière destruction, afin que notre œuvre soit complète, et mérite le succès que nous en espérons.

VIII.

Le roi Jean à l'hôtel de Nesle. — Raoul, comte d'Eu et de Guignes, connétable de France, est emprisonné dans la tour de Nesle. — Condamnation et exécution de Raoul. — Charles le Mauvais s'empare de l'hôtel de Nesle. — Splendeur de l'hôtel de Nesle, devenu la demeure du duc de Berri, beau-frère de Charles V.

Philippe de Valois, oncle de Charles le Bel, étant devenu roi, donna l'hôtel de Nesle à son fils Jean, qui y établit sa résidence ordinaire, l'embellit, l'agrandit considérablement, et en fit une demeure vraiment digne d'un roi.

Ce fut dès lors un palais, ainsi que l'appelle Sauval (1); mais il garda néanmoins le nom d'hôtel de Nesle.

Rien de remarquable ne se passa dans cette habitation pendant le règne de Philippe de Valois (1328 à 1350); mais, peu de temps après la mort de ce roi, il devint le théâtre d'un événement qui mérite d'être rapporté, et qui nous oblige à rétrograder de quelques années.

C'était en 1346; la France était épuisée par des guerres incessantes; les finances n'avaient jamais été dans un si déplorable état. Philippe

(1) *Antiquités de Paris*, tome II.

de Valois venait de convoquer les états généraux pour en obtenir de nouveaux subsides, lorsque le roi d'Angleterre Édouard, rompant traîtreusement la trêve, débarque en Normandie à la tête d'une armée considérable, et va attaquer la ville de Caen, laquelle, comptant sur la foi des traités, n'avait d'autre garnison que les bourgeois.

Dans la citadelle, également gardée par les bourgeois, se trouvaient le connétable Raoul et plusieurs autres grands seigneurs.

Les habitants de la ville se défendirent vigoureusement : forcés d'abandonner les remparts, où les archers anglais, qui étaient les soldats les plus redoutables de cette époque, faisaient pleuvoir une grêle de flèches, ils se retranchèrent dans les rues, firent de chaque maison une forteresse, et se battirent en désespérés.

Les Anglais pénétrent dans la ville, s'emparent de plusieurs quartiers, qu'ils livrent aux flammes.

A la vue de leurs maisons en feu, les habitants redoublent d'énergie et d'intrépidité; ils se battent comme des lions, jonchent les rues de cadavres ennemis, et reprennent les remparts qu'ils avaient été forcés d'abandonner.

Ceux de la citadelle n'avaient pas montré moins d'énergie, et la victoire semblait assurée, quand tout à coup le connétable assemble les principaux des bourgeois, et leur propose de se rendre au roi d'Angleterre. Cette ouverture est repoussée avec indignation : on crie à la trahison; vingt hallebardes sont dirigées contre le connétable; mais les autres seigneurs arrivent, le dégagent, sortent avec lui par une poterne, et tous vont lâchement se livrer aux Anglais.

Malgré cette incroyable défection, les braves Normands ne se laissèrent pas intimider, et ils firent si bien, que l'armée d'Édouard fut obligée de se retirer.

On comprend que, après l'abominable trahison dont il s'était rendu coupable, Raoul n'eut garde de rester en France; il passa en

Angleterre, et y demeura quatre ans, ne cessant de mener un train de grand seigneur, bien qu'il fût réputé prisonnier, ce qui achevait de démontrer qu'il s'était vendu à Édouard.

Tant que vécut **Philippe VI**, le traître connétable se tint de l'autre côté du détroit; mais, le roi étant mort, il se rassura, et, pensant que Jean, qui venait de succéder à son père, ne manquerait pas de bien accueillir un personnage de son importance, il vint à Paris, et se présenta à l'hôtel de Nesle, que Jean, devenu roi, continuait d'habiter.

Le nouveau monarque n'en pouvait croire ses oreilles quand on lui annonça que le comte d'Eu et de Guignes demandait à lui être présenté.

— Vrai Dieu! dit-il en se tournant vers son capitaine des gardes, qui était présent, puisque le félon se livre, je ne le lâcherai qu'à bon escient. Avisez à ce qu'il ne puisse sortir, et revenez promptement céans, afin que, sur le signe que nous vous ferons, vous vous empariez de sa personne et le mettiez sous bonne garde en la tour du bord de l'eau.

Cela dit, il ordonna qu'on introduisît le connétable.

— Sur notre âme, beau cousin, reprit-il lorsque le comte parut, nous sommes ravi de voir en nos États un si grand homme de bien que nous vous savons être, et nous aurions désiré que vous y fussiez revenu plutôt, vous voulant montrer comment nous prisons vos mérites.

— Sire, répondit le connétable, je serais venu plus tôt, si l'Anglais ne m'eût demandé si grosse rançon.

— Et présentement **vous** avez payé cette rançon?

— Non, sire, je ne suis libre que sur parole.

— Et il nous plaît qu'il en soit ainsi, car nous avons la volonté de vous en dégager sans qu'il vous en coûte aucune somme.

— Ah! sire, je saurai me montrer reconnaissant de tel bienfait. Présentement nous venons vous jurer foi et hommage.

— Comme vous avez fait au feu roi notre père?

— Oui, sire.

— Merci, connétable, nous n'en voulons à tel prix.

— Sire, je vous offre mes services et ne veux pas vous les vendre.

— Sur mon âme! s'écria le roi en se levant, jamais vit-on en toute la chrétienté si grand et outrecuidant félon!... Croyez-vous donc, messire, que nous n'ayons pas eu de vos nouvelles par les bourgeois de Caen?

Raoul demeura stupéfait; puis, la colère l'emportant sur la crainte, il mit la main sur la poignée de son épée en s'écriant:

— Sire, prenez garde que vous parlez au premier gentilhomme du royaume!...

Il n'avait pas achevé ces paroles, que le capitaine des gardes, sur un signe du roi, lui saisissait la main et le sommait de rendre son épée et de le suivre. Presque en même temps, dix gardes l'entourèrent et rendirent toute résistance impossible.

Quelques instants après, il était enfermé dans une des chambres de la tour de Nesle, alors convertie en prison, et gardé à vue de manière à ne pouvoir rien entreprendre pour sa délivrance.

Jusque-là le roi Jean avait agi dans les limites de son droit et de la justice. Il y fût resté encore en faisant juger le connétable par ses pairs, ou en le déférant au parlement; mais il n'eut pas cette bonne inspiration. Trois jours s'étaient écoulés depuis l'arrestation de Raoul, lorsque ce dernier fut réveillé, au milieu de la nuit, par les gardes qui se tenaient près de lui.

— Que me veut-on? dit-il; le roi est-il si mal avisé qu'il veuille me mettre à mort secrètement?

— Ne craignez rien, monseigneur, lui répondit le garde, vous serez tout à l'heure en noble compagnie.

Bientôt il arriva dans une salle toute resplendissante de lumière; là, sur une petite estrade, est assis le roi entouré de plusieurs seigneurs de sa cour.

— Connétable, dit Jean, nous avons voulu vous épargner la honte d'avouer vos méfaits devant grand nombre de gens, et aussi l'ennui de garder longtemps la prison, ainsi qu'il arrive en pareille occurrence ; mais nous voulons entendre de votre bouche la vérité entière, seule chose pouvant nous disposer à la clémence.

Ce début n'avait rien d'effrayant, et Raoul crut devoir profiter des bonnes dispositions du monarque. Sa trahison, d'ailleurs, était trop patente pour qu'il lui fût utile de la nier.

— Sire, répondit-il, si par malheur j'ai fait tort à monseigneur le feu roi votre père, je m'en repens sincèrement, et n'ai d'autre désir que de vous faire oublier le passé par bons et loyaux services.

— Ainsi, vous avouez vous être vendu à l'Anglais ?

— Sire, le roi Édouard est grand séducteur de gens de guerre, et a pour les éblouir pièges et rubriques de toutes sortes.

— Et vous vous êtes laissé prendre à ses piéges ?

— Ce qui ne serait arrivé s'il ne m'avait promis de faire avec monseigneur le feu roi bonne et prompte paix.

— Et pour ce il vous a compté quelque grosse somme ?

— Las ! sire, il n'est gentilhomme, en Angleterre non plus qu'en France, pouvant faire honorable figure sans finances.

— Vous l'entendez, messires ? dit le roi en s'adressant aux gentilshommes qui l'entouraient.

— Monseigneur le roi ! s'écria le comte, vous m'avez demandé paroles sincères et je les ai dites telles, ainsi que mieux pouvais faire.

— Oui, messire, et nous serions disposé à nous en contenter ; mais ce ne peut être satisfaction suffisante aux fidèles bourgeois de Caen, que vous avez fait brûler en leurs demeures ; et si nous pouvons faire grâce en notre nom, nous ne le devons à l'endroit de ces braves gens. Sur ce, connétable, avisez à vous mettre en état de grâce ; car, en cette affaire, nous n'avons plus rien à voir.

À ces mots, le roi se leva et sortit suivi des seigneurs qui l'entouraient, tandis que, par une autre porte, entraient un prêtre chargé d'offrir au comte les consolations de la religion, et l'exécuteur, dernière expression de la volonté royale.

Le connétable voulut mourir en homme de cœur : il se confessa sans montrer ni faiblesse ni forfanterie, reçut l'absolution, fit une courte prière ; puis, se tournant vers le bourreau, il dit :

— L'ami, il est temps maintenant de faire ton office, et je suis prêt à te suivre.

— Nous ne sortirons point d'ici, monseigneur. Demeurez, s'il vous plaît, à genoux et baissez un peu la tête.

— Est-ce ainsi ? demanda le comte en se conformant à cet avis.

À peine avait-il proféré ces mots, que sa tête, séparée du tronc, roulait aux pieds du prêtre, qui s'était éloigné de quelques pas.

Tel fut le premier acte d'autorité de ce roi qu'on surnomma le Bon. Cet événement eut pour la France les suites les plus désastreuses. Le roi d'Angleterre se montra fort irrité de cette exécution, prétendant que le comte d'Eu s'était engagé à lui payer une forte rançon, qu'il ne pouvait maintenant demander à ses héritiers.

De son côté, Jean se plaignait de la protection accordée par Édouard à Charles de Navarre, surnommé le Mauvais. Ce dernier, gendre de Jean, avait fait poignarder Charles d'Espagne, favori du roi, parce qu'il lui attribuait le refus que faisait ce monarque de lui payer la dot promise à sa fille.

Bientôt la France voit descendre sur son territoire trois armées anglaises. Jean court audevant de l'ennemi avec soixante mille hommes ; mais il est battu et fait prisonnier à la bataille de Poitiers.

Cet événement ayant nécessité la convocation des états généraux, les bourgeois commencèrent à faire au gouvernement, dont le dauphin Charles avait pris les rênes, une opposition d'autant plus violente, que le malheur des temps rendait leur intervention plus nécessaire : ils prirent pour chef le fameux Marcel, prévôt des marchands de Paris, et ils exigèrent que la situation des affaires fût soumise à leur appréciation. Pour résister à ces prétentions, le dauphin Charles s'appuya sur la noblesse, qui bientôt lui fit défaut, et les exigences du tiers-état devinrent telles, que le prince dut se hâter de dissoudre l'assemblée.

Mais cela, loin de modifier l'esprit d'opposition qui s'était emparé de la classe moyenne,

Une armée nombreuse à la tête de laquelle il parut bientôt sous les murs de la Capitale.

ne fit que l'exalter. Quant au peuple proprement dit, il était compté pour rien.

Cependant l'Anglais était arrivé sous les murs de Paris. Marcel, le prévôt des marchands, s'empare du gouvernement de la ville, il la fortifie, fait armer les citoyens, et impose à l'ennemi, tandis que le dauphin convoque de nouveau les états, altère les monnaies et a recours à tous les moyens désastreux employés avant lui.

Paris tout entier se soulève alors contre le dauphin ; les insurgés pénètrent dans son palais, égorgent sous ses yeux les maréchaux de Champagne et de Normandie, et ne l'épargnent lui-même que parce que Marcel, voyant le danger qu'il courait, lui avait mis sur la tête son chaperon blanc et bleu, couleur adoptée par les insurgés.

La noblesse et le clergé des états, effrayés de ce mouvement, prennent la fuite ; les bourgeois choisissent pour leur capitaine général Charles le Mauvais, roi de Navarre, après l'avoir tiré de la prison où le roi Jean l'avait fait enfermer.

Ce fut alors que ce prince, devenu plus puissant que le dauphin, résolut de s'emparer de l'hôtel de Nesle, qu'il trouvait à sa convenance : sa position contre la muraille et entre deux portes de la ville, dit un historien, lui assurait le moyen de sortir de Paris sans danger, d'y rentrer avec facilité, et d'exécuter ainsi ses mauvais desseins. Il recherchait aussi la proximité du Pré-aux-Clercs, où il pouvait rassembler les bourgeois et le populaire pour les haranguer.

Charles de Navarre était bien assez puissant pour s'installer à cet hôtel de son autorité privée ; mais, sachant bien que le dauphin n'oserait le lui refuser, il se rendit près de ce dernier, qui habitait alors l'hôtel Saint-Paul.

— Beau-frère, lui dit-il, en l'état où sont les finances, nous ferions conscience d'augmenter vos embarras par réclamation d'argent, et c'est pourtant chose déplaisante et non équitable que jusqu'à cejourd'hui je n'aie obtenu, en guise de dot promise à madame la reine ma femme, qu'exil et dure captivité.

— Cher sire, répondit le dauphin alarmé par ce début, c'est chose qui sera certainement réglée à votre satisfaction aussitôt que monseigneur le roi, notre père, sera de retour dans ses États.

— Ce pourrait être longue attente, répliqua audacieusement le roi de Navarre, pourquoi je suis venu vous proposer le moyen d'acquitter cette dette sans que vous soyez obligé de tirer un écu de vos coffres.

— Vous nous ferez donc généreuse remise de la dette ?

— Je le ferai volontiers, beau-frère ; mais aussi je vous représenterai que je n'ai à Paris aucune demeure telle que la doit avoir le gendre du roi de France, tandis qu'en l'hôtel de Nesle nul n'habite présentement.

Nous venons donc requérir de vous don gracieux dudit hôtel, qui nous plaît par raisons diverses.

Le dauphin n'aimait pas à donner, et la demande lui déplut fort, tant par la forme que par le fond. Il allégua que cet hôtel étant la demeure du roi son père, il ne pouvait en disposer sans l'assentiment de ce dernier, et dit qu'il en écrirait en Angleterre.

— C'est mauvais moyen de promptement mettre à fin cette affaire, dit Charles de Navarre d'un ton qui annonçait son mécontentement, et nous voyons bien qu'il nous faudra demander aux bourgeois de Paris demeure suffisante pour leur capitaine général.

C'était là une menace positive de sédition, et le dauphin n'était pas assez fort pour la braver.

— Cher sire, dit-il, ne savez-vous pas aussi bien que nous que les bourgeois sont mauvais donneurs ?

— Non envers gens capables de les bien servir, beau-frère.

— Nous est avis que c'est jeu dangereux et dont vous pourriez plus tard vous repentir. Donc ne voulant pas qu'il en soit ainsi, nous vous donnerons cet hôtel de Nesle qui vous plaît tant ; mais à ce don nous voulons mettre une condition, c'est que, dans le cas où vous iriez de vie à trépas n'ayant pas d'enfant mâle, ledit hôtel retournerait au domaine de la couronne de plein droit.

Le dauphin Charles n'imposait cette condition que pour avoir l'air de ne pas céder trop facilement : le roi de Navarre le comprit, et il l'accepta.

Chacun d'eux faisait sur ce point des restrictions mentales, le dauphin se proposant de reprendre le plus tôt possible le bien qu'on lui extorquait ainsi, et Charles le Mauvais étant bien résolu à le garder toujours.

Ce dernier alla donc s'installer dans la demeure royale ; le Pré-aux-Clercs devient sa place d'armes : il y passe des revues, y fait des harangues, et ne néglige rien de ce qui peut lui assurer le pouvoir.

Cette humeur belliqueuse des bourgeois ne pouvait manquer de propager dans les campagnes l'esprit d'insurrection : bientôt, à leur tour, les paysans prirent les armes contre leurs seigneurs et contre les bourgeois eux-mêmes ; il éclata une guerre horrible, que l'on nomma la *Jacquerie*, à cause de *Jacques Bonhomme*, que les bourgeois et les nobles donnaient par dérision aux paysans.

Ces derniers se livrèrent aux plus épouvantables excès, brûlant, pillant, dévastant les châteaux, les bourgs et les villes qui tombaient en leur pouvoir, et en égorgeant les habitants sans distinction d'âge ni de sexe.

Charles de Navarre crut le moment favorable pour s'emparer tout à fait du pouvoir : par ses soins les armes s'amoncellent dans l'hôtel de Nesle ; à sa voix, bourgeois, artisans, manants, accourent au Pré-aux-Clercs ; il fait distribuer des armes à qui en manque, et, à la tête d'une armée formidable qui se trouve en quelque sorte improvisée, il marche contre les insurgés et les anéantit.

Fort de ce succès, le roi de Navarre se croit le maître de la France, et il revient trôner à l'hôtel de Nesle.

Mais, dans le même temps, le dauphin, forcé de quitter Paris, était parvenu à réunir une armée nombreuse, à la tête de laquelle il parut bientôt sous les murs de la capitale, où la disette ne tarda pas à se faire sentir.

Les murmures éclatent dans les rangs des bourgeois : à leur capitaine général, qui les appelle aux armes, ils répondent en demandant à grands cris du pain. Une foule tumultueuse se rassemble au Pré-aux-Clercs ; des cris, des imprécations, se font entendre contre Charles de Navarre, qu'on accuse de trahison ; l'hôtel de Nesle est investi par des bandes furieuses.

Charles se défend courageusement, et sa de-

meure est assez bien fortifiée pour qu'il puisse y tenir longtemps ; mais, grâce à lui, le peuple a appris à faire la guerre : du haut de la muraille, dont ils sont maîtres, les bourgeois font pleuvoir sur toutes les parties de l'hôtel de Nesle une grêle de flèches auxquelles sont attachées des matières enflammées. En un instant l'incendie se manifeste sur dix points différents, et bientôt la place n'est plus tenable.

Charles se réfugie dans la tour du bord de l'eau, espérant pouvoir de ce côté opérer une retraite facile au moyen des embarcations amarrées au pied de cette tour ; mais les bourgeois et les écoliers ont tendu en travers du fleuve les grosses chaînes destinées à en interdire l'accès. Alors le roi de Navarre rassemble tous les combattants qui lui restent, puis il fait ouvrir la porte principale de l'hôtel, et, donnant tête baissée sur les insurgés, il parvient à se faire jour et à gagner la campagne, non toutefois sans être vigoureusement poursuivi et sans perdre beaucoup de monde.

Après cet événement, Marcel, prévôt des marchands, se trouva investi du pouvoir dictatorial ; mais sa position devenait de plus en plus difficile : sentant que, privé de l'appui du roi de Navarre, il lui serait impossible de résister au dauphin, dont il redoutait la vengeance, il traite en secret avec Charles le Mauvais, et s'engage à lui livrer Paris.

En effet, dans la nuit du 1er août 1358, il tente de lui en faire ouvrir les portes, mais sa trahison est découverte par un bourgeois nommé Jean Maillard, qui lui fend la tête d'un coup de hache avant qu'il ait pu accomplir son dessein.

Bien que forcé d'abandonner la capitale, le dauphin y avait néanmoins conservé un parti nombreux, dont la mort de Marcel releva le courage ; les partisans du prévôt n'osèrent plus se montrer, et le dauphin Charles entra sans coup férir dans Paris.

Son premier soin fut de confisquer tous les biens de Charles le Mauvais, y compris l'hôtel de Nesle, qui avait peu souffert, les bourgeois, après leur victoire, étant parvenus assez promptement à éteindre le feu.

Cet hôtel royal, à partir de ce moment, demeura inhabité jusqu'en 1360, époque où le traité de Brétigny permit au roi Jean de rentrer dans ses États. Par ce traité, Jean cédait aux Anglais l'Aquitaine et la ville de Calais en toute souveraineté, et il s'engageait en outre à payer trois millions d'écus d'or, somme fabuleuse pour le temps, et qu'il lui fut tout à fait impossible de réaliser, malgré les efforts et les sacrifices qu'il fit pour y parvenir.

Le roi Jean donna alors une preuve de loyauté qui doit lui faire pardonner bien des fautes : il quitta de nouveau cet hôtel de Nesle qu'il aimait tant, et retourna en Angleterre se constituer prisonnier d'Édouard (1363). Il mourut l'année suivante sans avoir recouvré sa liberté. Ce prince avait coutume de dire que, si la bonne foi était bannie du reste du monde, elle devrait se retrouver dans le cœur d'un roi. Sentiment très-louable, mais insuffisant pour faire un bon roi.

Il ne parut pas que le dauphin, fils aîné de Jean, eût hérité du goût qu'avait son père pour l'hôtel de Nesle ; car, devenu roi sous le nom de Charles V, il ne l'habita jamais, et maintint sa résidence à l'hôtel Saint-Paul.

La royale demeure du roi Jean resta inhabitée jusqu'en 1380 époque à laquelle Charles V, un peu avant sa mort, la donna au duc de Berry, son frère. Ce don fut confirmé, la même année, par le nouveau roi Charles VI. A peine le duc fut-il en possession de cette royale demeure, que, ne la trouvant pas au gré de sa magnificence, il y commença de dispendieux embellissements.

Avant ces travaux, l'hôtel de Nesle avait déjà pris la forme d'un immense triangle rectangle dont le sommet regardait le midi ; l'un des côtés était formé par l'enceinte de la ville, et l'autre par la ligne principale des bâtiments ; celle-ci partait de l'église du couvent des Grands-Augustins, et se dirigeait vers la muraille, sur laquelle elle tombait presque perpendiculaire-

ment ; la base du triangle, parallèle à la rive de la Seine, était occupée par des corps de logis irréguliers et isolés les uns des autres.

Le duc de Berry transforma en chapelles ces édifices séparés, et les réunit les uns aux autres par des constructions qui contenaient de vastes salles et une bibliothèque.

Cette nouvelle ligne de bâtiments fut jointe à l'ancienne par un bouquet de tourelles à toits pointus ; l'espace triangulaire compris entre ces deux lignes et la muraille était occupé par un jardin et planté de vieux arbres ; le duc fit ajouter des galeries aux nouveaux bâtiments du côté du jardin et tout le long de la muraille, comme il en existait déjà dans l'ancienne ligne de bâtiments ; de sorte que les trois côtés de ce jardin triangulaire furent garnis de voûtes et de piliers qui lui donnaient l'aspect d'un cloître.

A l'angle qui regardait la tour de Nesle, on construisit un jeu de paume où l'on pouvait se rendre de tous les points de l'hôtel, sans traverser le jardin, en marchant sous les galeries.

Outre ces importantes améliorations, le duc de Berry fit encore des agrandissements : il acheta une partie du collège des abbés de Saint-Denis et du jardin des Arbalétriers, et plaça ainsi l'ancienne partie de son hôtel entre deux jardins, afin que la verdure réjouît les yeux de l'opulent châtelain, de quelque côté qu'il les portât.

Comme il avait beaucoup de chevaux, avec de nombreux écuyers, palefreniers, etc., il acheta, pour les loger, deux tuileries avec deux arpents et demi de terre, situés hors de l'enceinte des murailles et appelés le Petit-Pré-aux-Clercs ; il y fit construire des écuries, un manége et tous les corps de logis nécessaires au logement des domestiques et à l'éducation des chevaux. Ces nouvelles constructions reçurent le nom de *Séjour de Nesle.*

On ouvrit dans la muraille une porte garnie d'une herse et d'un pont-levis pour établir la communication entre l'hôtel et le Séjour, à travers le fossé profond que remplissaient les eaux de la Seine. Ce fossé avait été creusé en 1356, par les soins d'Étienne Marcel, prévôt des marchands, pendant la captivité du roi Jean.

Les embellissements intérieurs répondirent à la magnificence du dehors. Les chapelles furent ornées de vitraux peints aux couleurs demandées, de boiseries aux sculptures représentant des scènes pieuses, d'autels couverts de dorures et de riches ornements, de magnifiques reliquaires aussi remarquables par le travail que par la matière : car le duc était grand amateur de pierres fines, de bijoux, et surtout de reliques des saints ; outre celles qu'il avait achetées, il en reçut plusieurs de la main du pape, qui résidait à Avignon ; il les déposa en grande partie dans les chapelles de la tour de Nesle, et fit transporter les autres dans la Sainte-Chapelle qu'il avait fondée à Bourges.

Les appartements, vastes et bien disposés, étaient ornés de draperies et de vitraux peints qui ne laissaient pénétrer qu'une lumière douce et colorée. Les meubles étaient grands et riches, tout couverts de délicieuses sculptures. On y trouvait en quantité des lits si vastes, qu'ils pouvaient contenir jusqu'à douze personnes, tellement couverts de draperies avec broderies en argent et or, qu'on les aurait pris pour des trônes ; d'énormes dressoirs à quatre échelons, chargés de vaisselle d'or et d'argent incrustée de pierres précieuses ; des siéges avec un marchepied dont le nombre et la hauteur des degrés variaient suivant la qualité des personnes qui devaient s'y asseoir ; des salles dont chacune avait une destination particulière, mais qui le cédaient toutes en étendue à la salle des festins ; des salles d'armes, dont les murs étaient couverts d'épées longues et à deux tranchants, de courts poignards à lames tordues, appelés *miséricordes*, de masses et de haches d'armes, de lances, de flèches, d'arbalètes, de casques, de cuirasses, brassards, cuissards, genouillères et de toutes les autres pièces qui composaient l'armure des chevaliers du xive siècle. Plu-

sieurs de ces armures étaient couvertes de dessins en or et en argent, et damasquinées avec un art parfait ; elles avaient été apportées par des marchands de pays lointains ou prises sur des champs de bataille.

Pour suffire à de si grandes dépenses, il aurait fallu posséder une fortune considérable.

Cependant le duc de Berry n'avait reçu, en vertu de l'ordonnance sur les apanages, rendue à Melun, au mois d'octobre 1374, par Charles V, qu'une terre de la valeur de douze mille livres tournois, avec le titre de comte, et quarante mille francs en deniers pour monter sa maison ; aussi fut-il obligé d'avoir recours plusieurs fois au trésor royal. Son neveu, Charles VI, lui fit présent de quatre mille francs d'or en 1391 et de neuf mille en 1393.

Ce qui procura surtout des ressources inépuisables au duc, ce fut son gouvernement de Languedoc : ses exactions payèrent les dépenses de l'hôtel de Nesle, mais provoquèrent des révoltes cruellement réprimées, des remontrances au roi, peu flatteuses pour le duc, et enfin lui firent perdre le gouvernement de cette riche province.

Pendant la régence, qu'il partagea avec les ducs d'Orléans et de Bourgogne, il s'appropria d'énormes sommes tirées du coffre royal, il accabla les villes d'impôts, dont une partie resta dans ses mains ; enfin il se fit donner les biens confisqués de plusieurs condamnés à mort ou au bannissement.

Ces abus durèrent longtemps et furent exercés et maintenus au nom du roi, à qui l'on faisait signer les plus ruineuses ordonnances avec la plus grande facilité, car il était fou.

Au reste, toutes ces onéreuses magnificences n'étaient point prodiguées dans un but égoïste.

Le duc de Berry avait, comme le roi son frère, le goût des bâtisses, et trouvait une jouissance intérieure à édifier et à embellir; mais il aimait encore davantage à mener joyeuse vie. S'il avait fait d'énormes dépenses à l'hôtel de Nesle, c'était pour y recevoir ses hôtes avec tous les agréments que peut procurer l'opulence. Prodigue de son bien, et par suite fort désireux d'en acquérir, il en donnait largement ; il recevait toujours nombreuse compagnie, traitant ses amis avec la recherche la plus raffinée et passait avec eux les jours et les nuits en festins et joyeux divertissements.

Lorsqu'un seigneur étranger arrivait à la cour du roi de France, le duc était toujours le premier à l'inviter, et le régalait magnifiquement. Si l'étranger était riche, pouvait faire jeter au jeu de grosses sommes et faire jeter de l'argent à pleines mains par ses hérauts d'armes, le duc faisait avec lui assaut de richesses, et une longue lutte de dépenses s'engageait sans finir de sitôt. Si la magnificence du duc ne trouvait pas à s'exercer à l'égard d'un étranger, elle s'adressait aux seigneurs français.

Les nombreux démêlés des ducs d'Orléans et de Bourgogne lui fournirent mainte occasion d'étaler son luxe. Dès qu'une querelle s'élevait entre eux, ce qui arrivait fréquemment, le duc de Berry s'interposait aussitôt, les régalait l'un après l'autre, puis tous deux ensemble, et, quand il les avait raccommodés, c'étaient des festins et des fêtes sans nombre ; l'hôtel de Nesle, retentissait le jour et la nuit des chants de table et des grosses plaisanteries des fous titrés, qui provoquaient un rire inextinguible.

Une immense domesticité avec des livrées brillantes augmentait l'éclat de ces fêtes continuelles. La maison du duc se composait d'une multitude de varlets et de pages classés d'après une rigoureuse hiérarchie.

On comptait, à l'époque de sa mort, qui n'était pas celle de sa plus grande opulence, onze chambellans, onze chapelains, des confesseurs, des aumôniers pour distribuer les aumônes aux pauvres ; une chambre aux deniers avec ses trésoriers, ses contrôleurs et autres employés ; plusieurs maîtres des requêtes ; un clerc des joyaux, un tailleur de robes, des médecins et des chirurgiens, trois ordres d'écuyers, trois ordres de clercs, des hérauts, des huissiers, des ménétriers, des harpeurs, des échansons, des panetiers, quatre maîtres d'hôtel, une quantité de sommeliers, une foule de petits pages et enfants de salle, des souffleurs de cuisine, des hasteurs, potagers, sauciers, bûchers, fruitiers, varlets de torches et de sommiers, chevaucheurs, et une multitude d'autres domestiques de tout nom et de tout étage, qu'il serait fastidieux d'énumérer. Si l'on ajoute les archers, les hommes d'armes, les chevaliers, qui habitaient la demeure du duc, on aura une idée du nombre immense d'hommes dont l'hôtel de Nesle était rempli aux jours de gala, et de l'énorme dépense que devait entraîner une maison si richement montée (1).

A ce tableau si vrai de l'hôtel de Nesle, à la fin du xive siècle, nous croyons devoir joindre un précis rapide de la situation des affaires publiques, afin de compléter l'exposition nécessaire à l'intelligence des faits que nous avons à rapporter.

Charles VI n'étant âgé que de douze ans, lors de la mort de son père (1380), il lui fallait un régent ; au lieu d'un, il en eut quatre, savoir les ducs d'Anjou, de Berry, de Bourgogne et de Bourbon, qui formèrent un conseil de régence, dont le duc d'Anjou fut le président, et par conséquent le membre le plus influent.

Charles V avait fait des économies importantes ; le conseil de régence les dissipa en peu de temps, et fut bientôt dans la nécessité de chercher de nouvelles ressources ; il établit alors une taxe sur les vivres. Ce nouvel impôt provoqua immédiatement un soulèvement général à Paris : le peuple pilla l'arsenal et s'arma de maillets de plomb, ce qui fit donner aux insurgés le nom de *maillotins*.

Les Flamands, qui songeaient toujours à prendre une revanche de leur dernière défaite, crurent le moment favorable pour courir les chances de la guerre ; ils se réunirent sous le commandement de Philippe Arteveld, qui était

(1) JULES CHATEAU. — *L'Hôtel de Nesle.*

alors plus populaire encore que son père ne
l'avait été, et formèrent une armée formidable,
au-devant de laquelle les Français marchèrent
avec résolution, et qu'ils attaquèrent avec leur
impétuosité ordinaire, près de Roosebeke.

L'armée flamande, composée de plus de
quarante mille hommes, était disposée en un
seul carré, et avec si peu d'intelligence, que les
trois quarts des soldats qui la composaient se
trouvèrent dans l'impossibilité de faire usage
de leurs armes.

Le combat fut court et la victoire décisive.
Arteveld fut tué, et les débris de l'armée flamande se dispersèrent.

Au retour de cette campagne, le roi, qui
venait d'atteindre sa majorité, crut le moment
favorable pour écraser l'esprit de révolte qui se
montrait si fréquemment à Paris : les principaux des maillotins furent exécutés, leurs biens
confisqués ; on désarma les bourgeois, la charge
de prévôt des marchands fut supprimée. Paris
perdit ses franchises, on créa de nouveaux impôts plus vexatoires que tous les précédents, les
remparts de la capitale furent abattus et l'on vit
s'élever dans son sein les tours de la Bastille.

La plupart des grandes villes de la France
furent traitées à peu près de la même manière :
la terreur était à son comble.

Bientôt les Flamands s'insurgent de nouveau ; ils prennent et pillent quelques villes
après en avoir chassé les garnisons françaises.
Le roi marche contre eux en personne, et cette
guerre se termine par la mort de Louis, comte
de Flandre, que le duc de Berry fait assassiner.

Les Anglais avaient, à cette époque, une minorité non moins orageuse que celle de France.
Richard II, fils du prince de Galles, avait succédé à Édouard, et il avait, comme Charles VI,
pour tuteur et régent des oncles ambitieux.

Les rivalités de ces princes les empêchaient
de profiter de la division des nôtres. Le peu de
troupes qu'ils avaient encore dans nos provinces de la Loire n'agissaient que mollement,
et l'on peut dire que la minorité de Richard
sauva celle de Charles VI.

Rome n'était pas dans une agitation moins
violente : les papes Urbain VI et Clément VII
se disputaient la tiare, et cette rivalité divisait
toute la chrétienté en deux camps.

Le roi, quoique majeur, n'en était pas moins
gouverné par ses oncles, et particulièrement
par le duc de Bourgogne.

Ce prince crut le moment favorable pour
porter un coup terrible et décisif à l'Angleterre, engagée alors dans une guerre contre
l'Écosse : une armée française, envoyée dans ce
pays, est battue ; une autre expédition, envoyée
en Castille contre le duc de Lancastre, n'est
pas plus heureuse.

Ces désastres n'empêchaient pas les fêtes
brillantes et ruineuses de se succéder à la
cour, et le peuple était plus que jamais écrasé
d'impôts.

Enfin, en 1391, Charles VI secoue le joug
de ses oncles, choisit de nouveaux conseillers,
à la tête desquels il place le connétable Olivier
de Clisson, et il commence à s'occuper active-
ment des affaires intérieures. Tout faisait espérer d'utiles et prochaines réformes, lorsqu'un
évènement désastreux vint affliger le pays.

Montfort, duc de Bretagne, après avoir fait
assassiner le connétable Olivier de Clisson avait
donné asile à l'assassin. Charles demande que
ce dernier lui soit livré ; le duc refuse et le roi
arme pour aller châtier ce vassal rebelle.

C'était au mois de juillet 1392, la chaleur
était excessive. On s'aperçut pendant la route
de quelque désordre dans l'esprit de Charles.

L'expédition continuait néanmoins à s'avancer vers la Bretagne, lorsque à la sortie de la fo-
rêt du Mans, le 1er août, un homme s'élance
vers le roi, saisit la bride de son cheval et s'é-
crie :

— *Où allez-vous, prince ? on vous trahit !*

A peine ces paroles sont-elles prononcées
que Charles est saisi d'un accès de folie furieuse ; il met l'épée à la main, frappe tous
ceux qui l'entourent, et finit par tomber épuisé
de fatigue.

Dès lors le mal était incurable. L'infortuné

monarque eut pourtant plus tard quelques instants lucides dont il profita pour nommer régent du royaume le duc Louis d'Orléans, son frère, et lui adjoindre la reine, Isabeau de Bavière.

« Louis d'Orléans était un beau jeune prince galant, adoré des femmes, qui protégeait les doctes et encourageait les arts, le tout aux dépens du trésor public. Il avait épousé, pour son argent, la fille du riche duc de Milan, Valentine Visconti, aimable et vertueuse épouse, qui, par un doux ascendant, soumettait le furieux Charles VI, son beau-frère, aux volontés du duc d'Orléans. Le peuple accusait de magie et d'empoisonnement la pauvre Italienne, et son mari lui faisait de continuelles infidélités. Elle, douce et résignée, lui élevait son bâtard Dunois parmi ses enfants. Louis d'Orléans, tout entier aux plaisirs et aux fêtes, n'avait qu'un souci, l'argent. Il lui arriva de faire établir un impôt, et la nuit de forcer le trésor avec une bande de gens armés pour en enlever le produit. Il s'était arrangé avec les faux monnayeurs, et partageait avec eux (1). »

Au milieu de ces événements, Isabeau de Bavière se livrait aux plus monstrueux désordres.

Nous avons particulièrement à nous occuper ici de cette femme, dont les crimes devaient dépasser de beaucoup ceux de Marguerite de Bourgogne, et qui, à l'exemple de cette dernière, faisait de la tour de Nesle le théâtre de ces abominables orgies.

IX

Isabeau de Bavière et le duc de Berri. — Les appartements secrets de l'hôtel de Nesle. — Isabeau de Bavière et Louis, comte d'Évreux et d'Étampes. — Isabeau surprise par Louis dans la tour de Nesle. — Mort du comte d'Évreux au milieu d'une orgie. — Le duc d'Orléans et Isabeau de Bavière à l'hôtel de Nesle. — Les faux-monnayeurs. — Nouvelles scènes de mort dans la tour de Nesle.

Les mœurs et les goûts du duc de Berry, ce fastueux seigneur qui avait fait de l'hôtel de Nesle le palais le plus splendide qui fût alors,

(1) MICHELET, Précis de l'histoire de France.

s'accordaient trop bien avec ceux de la reine ; il y avait entre eux une trop grande affinité pour que ces deux personnages ne se liassent pas promptement de la manière la plus intime, et ce fut ce qui arriva.

Isabeau dès les premiers jours de son mariage avait trouvé mesquin l'hôtel Saint-Paul, qui avait été la résidence habituelle de Charles V, et qui était aussi celle de Charles VI ; en revanche, les splendeurs de l'hôtel de Nesle l'avaient séduite.

Le duc de Berry, à l'occasion du mariage du roi son neveu, avait donné de grandes fêtes dans sa magnifique demeure. Les bals, les tournois, les chasses, les festins interminables dont le duc s'occupait sans cesse contrastaient trop fortement avec la monotonie de la résidence royale, pour que l'esprit d'une femme ardente, passionnée pour le plaisir comme l'était Isabeau, n'en fût pas vivement frappé.

Le duc, de son côté, s'aperçut promptement de l'impression produite par sa magnificence sur la jeune et belle reine ; il redoubla de soins et de zèle, montra une ardeur toute juvénile, et fit si bien, qu'Isabeau, se livrant à toute l'impétuosité de son tempérament, oublia bientôt que ce séducteur était l'oncle de son mari.

— Cher duc, lui dit-elle un jour, vous êtes si aimable hôte et faites si bien en votre belle demeure, qu'après y être entré on n'en voudrait sortir.

— Madame, répondit le duc, il n'est merveille qu'on ne puisse faire pour plaire à si majestueuse souveraine, et ce serait pour moi grand bonheur que Votre Majesté (1) fît ici long et plaisant séjour. Pour ce je m'empresserai de vous offrir gentils et mignons appartements, où nul autre que moi ne pénètre.

— C'est donc bien mystérieuse chose ?

— Ce sera chose mystérieuse et divine tant qu'il plaira à madame la reine.

(1) Le titre de majesté ne fut donné en général aux rois et reines que sous Charles VII ; mais dès les commencements du règne de Charles VI, le duc de Berry avait tenté de le mettre en usage à la cour de France.

— Cher duc, nous n'y pouvons aller de ce pas sans être suivi de gens importuns.

Ces paroles furent dites avec un accent de regret qui n'échappa point au fastueux seigneur.

Sûr de son triomphe, il devint audacieux.

— Madame, dit-il en pressant doucement les doigts effilés d'Isabeau, votre majesté peut, dès aujourd'hui, s'y rendre sans que personne autre que vous et moi puisse le soupçonner.

— Que ferons-nous pour cela ?

— Chose simple et facile : qu'à la tombée de la nuit, madame la reine, se promenant seule dans le jardin de l'hôtel Saint-Paul, monte dans une barque close qui l'attendra sur la rive et la conduira à la porte d'eau de la tour de Nesle.

— Et vous serez là pour nous recevoir !

Les amours du duc de Berry et d'Isabeau de Bavière.

— Et je serai votre seul, unique et bienheureux serviteur.

— N'est-ce pas démarche trop aventureuse ?

— Belle reine, nous aimerions mieux mille fois mourir que vous exposer au moindre danger.

— Il faut donc dire oui ?

— Pour me rendre fou de bonheur.

— Eh bien ! qu'ainsi soit, et que jusque-là il n'en soit plus dit mot.

Le duc de Berry avait en effet de délicieux petits appartements où lui seul et deux serviteurs d'un dévouement à toute épreuve pouvaient pénétrer ; lui-même avait présidé à leur construction, distribution et ameublement : c'était une suite de charmants boudoirs, de petits mystérieux temples où quelques déités choisies par le maître ne pénétraient de temps en temps qu'endormies ou les yeux voilés. Un passage secret conduisait de cet appartement à la tour du bord de l'eau, dont les chambres étaient meublées avec la même voluptueuse recherche, et qui avait une porte sur l'eau comme au temps de Marguerite de Bourgogne.

Il était d'autant plus facile à Isabeau de suivre les instructions du duc, qu'en ce moment Charles VI marchait sur la Flandre, où les Anglais venaient de débarquer; aussi, après le coucher du soleil, ayant renvoyé ses femmes, à l'exception d'une sur la discrétion de laquelle elle croyait pouvoir compter, elle descendit au jardin, gagna le bord de l'eau, et, après s'être assurée qu'elle ne pouvait être vue de personne, elle entra dans la barque, qui, par les soins du duc, l'attendait en cet endroit.

Une demi-heure après, elle abordait sans bruit à la porte d'eau, et, soutenue par son fastueux hôte, elle arriva bientôt à l'une des chambres du premier étage.

— Ceci est fort bien, dit-elle, émerveillée du luxe et du bon goût de l'ameublement; mais il nous semble que ces gentils réduits ne sont pas si secrets que vous le disiez, n'étant autres, à notre avis, que ceux affectionnés jadis par Marguerite de Bourgogne et ses belles-sœurs.

— Très-chère reine, si la tour vous plaît, vous y pourrez venir et demeurer tant que vous le voudrez, et je le jure sur ma tête que nul ne vous y viendra troubler; mais ce n'est pas ici le lieu dont j'ai tantôt parlé.

Il porta à ses lèvres la main d'Isabeau, et, ouvrant la porte du passage secret, il la conduisit dans la mystérieuse retraite que nous avons décrite, et où se trouvait servi un souper composé des mets les plus délicats dressés sur des plats d'or.

— Sur ma foi, duc, dit Isabeau ravie, vous êtes un enchanteur fieffé.

— S'il en était ainsi, chère reine, nous vous enchanterions si bien, que jamais vous ne sortiriez de céans, où nous voudrions vous tenir compagnie jusqu'à la fin du monde.

— Méchant! vous ne nous avez déjà que trop enchantée.

Le duc était au comble de la félicité. Il est vrai que la conquête était glorieuse; car ce galant seigneur frisait alors la cinquantaine, et la jeune reine était la plus jolie personne de sa cour : la faste, la gaieté, l'esprit, la bonne humeur de ce noble hôte avaient suffi pour éblouir cette femme, qui, un siècle plus tôt, eût été la digne émule de la reine de Navarre, et l'ivresse du plaisir lui eût bientôt fait tout oublier.

Au point du jour, Isabeau fut reconduite jusqu'à la barque qui l'avait amenée, et grâce à laquelle elle rentra à l'hôtel Saint-Paul aussi secrètement qu'elle en était sortie.

Ces visites nocturnes à l'hôtel de Nesle n'empêchaient pas Isabeau de s'y montrer souvent pendant le jour.

C'est que là, comme nous l'avons dit, il y avait toujours nombreux cortège de brillants chevaliers, de hardis et vigoureux écuyers, de jeunes et charmants pages dont un noir duvet commençait à ombrager les lèvres.

Isabeau n'avait pas tardé à remarquer que, sur le visage encore frais et toujours riant du duc, les rides commençaient à se multiplier; mais ce prince était si bien entouré, que cela avait fort peu ému l'impétueuse jeune femme, dont les sens parlaient trop haut pour qu'elle fût plus fidèle à son amant qu'à son mari, et aux cinquante ans du duc de Berry l'entourage de ce prince lui offrait de faciles compensations.

Le premier rival heureux qu'eut le duc fut Louis, comte d'Évreux et d'Étampes, qui vint à l'hôtel de Nesle deux mois après la première visite nocturne qu'y avait faite Isabeau.

Louis passait à juste titre pour un des seigneurs les plus galants de son temps; il avait eu une foule d'aventures amoureuses qui l'avaient mis fort à la mode dans les hautes régions de l'aristocratie, et, bien qu'il ne fût plus jeune, il lui restait de ces galantes prouesses une sorte d'auréole à laquelle il devait plus d'une bonne fortune.

Louis se montra tout d'abord très-empressé

près de la jeune reine, et saisit avidement toutes les occasions de lui être agréable; il y parvint aisément, et son succès fut aussi complet
que rapide.

Isabeau, dès les premiers jours de sa liaison
intime avec le duc de Berry, avait pris possession de la tour de Nesle, en prévision de ce
qui devait arriver. Les appartements du duc
étaient délicieux sans doute, et elle y faisait toujours de fréquentes apparitions ; mais elle avait
témoigné le désir d'avoir pour elle seule cette
tour, d'où la vue s'étendait au loin, afin d'y
goûter parfois les charmes de la solitude.

Le duc s'était empressé de satisfaire cette
fantaisie, et la jeune reine avait placé dans
cette tour des gens à elle, sur la discrétion et
le dévouement desquels elle savait pouvoir
compter ; car cette femme, née pour l'intrigue,
avait, aussitôt arrivée à Paris, commencé à
étudier son entourage, et elle s'était fait des
créatures privilégiées, pouvant tout espérer
d'elle, et ne pouvant rien gagner à la trahir.

La tour du bord de l'eau devint donc pour
le comte ce que les appartements secrets étaient
pour le duc ; mais Louis s'aperçut bientôt qu'il
n'y était pas seul admis, et il eut l'imprudence de se montrer jaloux.

Le duc avait aussi bien vu que lui ; mais il
avait la sagesse de se taire, et il s'était contenté
du partage, de peur de perdre le tout.

— Chère reine, dit un jour Louis à Isabeau,
pourquoi les portes de ce lieu divin ne se sont-
elles pas ouvertes pour moi, hier soir, alors
que dans cette chambre où nous sommes bril-
laient de si vives lumières ?

La reine, qu'il tenait dans ses bras en lui
faisant cette question, se dégagea brusquement.

— Beau cousin, dit-elle, plus émue de colère que de crainte, vous nous faites donc
épier ?

— A Dieu ne plaise ! ma tant chérie souveraine, qu'une telle pensée nous soit jamais
venue ; mais, en sortant du Louvre après le
couvre-feu, nos yeux ont été fortuitement frappés de l'éclat de cette lumière.

— Et, après nous avoir soupçonnée, vous
doubliez l'injure en nous demandant de nous
justifier.

Le comte d'Évreux, en effet, n'avait encore
que des soupçons ; mais la manière dont sa
question était accueillie les confirma.

Il s'efforça toutefois de ne laisser rien paraître de ce qui se passait dans son esprit.

— Oh ! bien-aimée de mon cœur, suis-je
donc si mauvais parleur aujourd'hui que j'aie
pu vous faire entendre des paroles mal sonnantes ? S'il en est ainsi, vous me pardonnerez,
et en cela vous me ferez justice, car je n'ai
d'autre désir, vœu et bonheur, que de vous
plaire toujours.

Isabeau se calma subitement ; mais elle ne
donna aucune explication.

Le soir de ce jour, le duc de Berry et le
comte d'Évreux soupaient ensemble tête à tête ;
ils vinrent à parler de la reine, et bientôt,
comme les augures de Rome, ils ne purent se
regarder sans rire.

— Beau cousin, disait le comte, m'est avis
que c'est grand bonheur pour vous d'être si
souvent visité par cette perle royale de l'hôtel
Saint-Paul.

— Eh ! cher comte, si c'est bonheur pour
nous, il nous semble que ce n'est pas malheur
pour vous.

Louis se piqua au jeu ; car il s'en fallait qu'il
fût, sur ce point, d'humeur aussi facile que
son illustre hôte.

— Ce n'est pourtant pas chose à nous satisfaire également, dit-il en cessant de rire.

— Beau cousin, la vie est trop courte pour
que nous la voulions employer en chagrins
superflus ; donc prenons le plaisir d'où qu'il
nous vienne, et fermons les yeux sur toutes
choses mal plaisantes.

Le comte n'insista pas ; mais il se promit
bien d'éclaircir complétement ses soupçons,
non qu'il projetât rien contre le duc, auquel il
croyait avoir enlevé sa maîtresse ; mais pour
s'assurer si un autre n'en avait pas agi de
même envers lui, ce qui lui paraissait infini-

ment probable, et avec la résolution d'y mettre ordre, car on n'est pas impunément l'amant d'une reine de France, et Louis, qui était encore plus ambitieux qu'amoureux, avait des projets auxquels il n'était pas homme à renoncer si facilement.

Le duc devina probablement ce qui se passait dans l'esprit de son hôte; car, cessant de rire à son tour, il lui dit gravement:

— Cousin, ne songeons pas à chose dangereuse et malaisée; mais plutôt buvons et faisons nargue à Cupido, qui nous voudrait mettre en mauvaise voie.

— Buvons ! répéta le comte.

Mais c'était inutilement qu'il tentait ainsi de faire lâcher prise aux serpents de la jalousie et de l'ambition qui lui mordaient le cœur; la tâche était au-dessus de ses forces, et il y renonça.

Ce soir-là même, après le souper, il traversait la rivière, et la chambre de la tour, où il avait passé de délicieux instants vers le milieu du jour, lui parut, comme la veille, resplendissante de lumière.

— Vois cela, Fernand, dit-il à l'écuyer qui l'accompagnait.

— Quoi, monseigneur? la tour de Nesle?

— Oui, la tour d'abord, et puis cette fenêtre qu'éclaire une si belle lumière intérieure.

— Bien aveugle qui ne verrait tout cela.

— Eh bien! écoute, à toi, homme adroit et osé, promettons de te faire incontinent armer chevalier, te faisant don d'armure, éperons d'or, destrier et cinq cents livres en or, si demain à même heure tu es caché en cette chambre, en bahut, armoire ou autre meuble, de telle sorte que, revenu près de nous, tu nous puisses dire ce qui se sera passé en ce lieu.

— C'est chose malaisée, monseigneur; mais il n'est rien de si difficile que nous ne soyons prêt à entreprendre pour vous servir.

— Nous allons donc revenir sur nos pas, car il n'est point utile d'aller plus loin.

Tous deux rentrèrent donc à l'hôtel de Nesle. Fernand passa la nuit à songer aux moyens

de satisfaire le comte : la récompense promise était magnifique, et l'écuyer se promettait bien de ne la pas laisser échapper.

Le jour venu, il se dirigea vers cette aventureuse demeure prédestinée à tant d'amoureux et sanglants événements; étant parvenu non sans peine jusqu'à l'huis intérieur, où par fortune il trouva un sien compagnon de jeunesse devenu l'un des serviteurs de la reine :

— Vertu Dieu ! Guillaume, lui dit-il, nous nous rencontrons à propos; car m'est avis, bien qu'étant en bon lieu, que deux cents livres tournois seraient bien venues en ton escarcelle.

— Oui-da ! Fernand; mais ce ne sont pas oiseaux qui tout rôtis tombent du ciel.

— Et pourtant ainsi tomberont-ils pour toi, l'ami.

— Pour cela que demandes-tu ?

— Presque rien.

— Alors c'est beaucoup trop.

— Comment?

— Ah! vois-tu, on apprend force choses à la cour, et là j'ai appris que souvent, si ce n'est toujours, *presque rien* veut dire *beaucoup trop*.

— Peste! maître Guillaume, êtes-vous devenu si grand clerc qu'en mots si simples vous puissiez trouver merveilleuses choses ?........ Voyons, garçon, il ne faut ici faire piètre mine à beau jeu, et ainsi parlerai-je sans détours, et d'abord je te demanderai qui demeure la nuit ou le soir seulement en cette chambre du deuxième étage, dont la grande fenêtre donne sur l'eau.

Guillaume fronça le sourcil, réfléchit un instant; puis il répondit :

— Compaing, sur ce je dois garder lèvres closes.

— Bon; mais au moins, pour la récompense promise, me montreras-tu ladite chambre, et encore te donnerai-je pour ce, à compte, ces trois écus d'or que voici.

C'est à tort que l'on a appelé le canon l'*ultima ratio regum*, la suprême raison des rois;

car cette raison sans réplique, à l'usage des sujets aussi bien qu'à celui des rois, c'est l'argent.

Les trois écus d'or levèrent toutes les difficultés; seulement il fut convenu que Fernand ne demeurerait qu'un instant dans la chambre désignée ; mais aux difficultés faites par son camarade, l'écuyer avait compris qu'il s'agissait de chose bien plus importante qu'il ne l'avait pensé d'abord, et il avait résolu de pénétrer à tout prix ce secret, d'où désormais dépendait sa fortune.

De son côté, Guillaume était tranquille, car il n'y avait en ce moment dans la tour qu'une partie des fidèles serviteurs d'Isabeau, et il était convaincu que la visite de Fernand ne pouvait avoir aucune conséquence fâcheuse.

Tous deux montèrent donc à ce deuxième étage qu'avait indiqué Fernand ; Guillaume ouvrit la porte et entra le premier ; son compagnon le suivit de près, et, après être entré, il se mit contre la porte, dont la clef était restée en dehors.

— Eh ! fit Guillaume en se tournant vers lui, ne veux-tu voir comme d'ici la vue s'étend en Seine et au loin sur ces monts ?

— Hâte-toi donc de voir toi-même, s'écria Fernand en se précipitant vers lui, car tu ne verras plus rien désormais.

Et, tandis que d'une main il le saisissait par l'épaule, de l'autre il lui plongeait sa dague dans la poitrine. Le malheureux s'affaissa sur lui-même, et expira presque aussitôt. Alors Fernand le cacha sous le lit immense qui était le meuble principal de cette chambre, puis il s'accroupit dans un coin de manière à être caché dans les immenses rideaux descendant du plafond, et, le cœur à la fois agité de crainte et d'espérance, il attendit.

Isabeau avait pris goût à ces pérégrinations navales dont l'idée lui avait été donnée par le duc de Berry, et elle s'y livrait avec d'autant plus d'ardeur, que l'absence du roi lui donnait toute sécurité. Ses déportements avaient, en quelques jours, pris des proportions immen-

ses : elle ne tuait encore personne, parce qu'elle trouvait plus simple et plus commode de demeurer inconnue à la plupart des jouvenceaux auxquels chaque jour elle demandait nouveaux plaisirs. Trois mots toutefois demeuraient gravés au fond de sa pensée : *Malheur aux indiscrets !*

Ce fut dans ces sentiments que, ce soir-là, elle arriva à la tour de Nesle, où un gentil page, désigné par elle la veille, venait d'être introduit.

Le page était timide; mais Isabeau avait de l'audace pour deux ; ce fut elle qui, de la pièce où ils s'étaient rencontrés, l'entraîna dans celle où Fernand, dans une anxiété facile à comprendre, attendait le dénoûment de l'aventure dans laquelle il s'était si audacieusement jeté. Le cœur lui battit à lui rompre la poitrine, lorsque, au bruit de la porte qui venait de s'ouvrir et de se refermer, succéda le bruit des baisers ; écartant doucement le rideau qui le cachait, il reconnut parfaitement le page, qui s'appelait Arnold, et Isabeau de Bavière, qu'il avait vue cent fois.

Un doux entretien s'était engagé entre ces amants d'un jour ; il cessa bientôt, et l'écuyer espéra que les lumières allaient s'éteindre, et que, pendant le sommeil de la reine et de son jeune élève, il lui serait facile de sortir de cette chambre, de justifier sa présence dans la tour près des gens qu'il pourrait rencontrer, en leur disant confidemment qu'il y avait été introduit par la reine elle-même, et de se faire ainsi ouvrir la porte extérieure.

Le reste l'inquiétait peu ; car, une fois près du comte d'Évreux, dont la fidélité à sa parole était connue de tout le monde, il n'avait plus rien à craindre.

Mais un long temps s'écoula; les lumières ne s'éteignirent pas, et l'entretien des deux amants, de temps en temps interrompu, se ranimait toujours.

Enfin, après plusieurs heures, la respiration calme et mesurée du page et de sa royale maîtresse annoncèrent à Fernand que tous deux étaient endormis, et, bien que les lumières ne fussent pas éteintes, il résolut de sortir sans attendre davantage. Il quitte donc doucement sa cachette, met l'épée à la main, et, marchant avec précaution, il s'avance vers la porte ; il allait l'atteindre, lorsque tout à coup Isabeau s'éveille et pousse un cri d'effroi.

Le page, éveillé à son tour, s'élance hors du lit et court vers l'écuyer, qui l'arrête en lui présentant la pointe de son épée.

— Je ne veux mal à personne, dit-il d'une voix assurée ; mais malheur à qui tenterait de m'empêcher de sortir d'ici !

Pendant que cela se passait, Isabeau avait jeté un manteau sur ses épaules ; une porte secrète s'ouvrait sous la pression de sa main :

— A moi, André ! cria-t-elle d'une voix perçante.

André était le gardien sûr qu'elle avait placé dans ce lieu, où avec quatre hommes choisis par lui, il veillait tant qu'Isabeau demeurait à la tour.

Fernand, ne pouvant parvenir à ouvrir la porte près de laquelle il est arrivé, fond sur le page pour l'obliger à reculer, et il se précipite vers l'issue secrète ; avant qu'il soit arrivé, cinq hommes, armés de piques et d'épées, paraissent et lui en défendent l'accès.

— Rends-toi ou tu es mort ! lui crie André.

— Non, non, dit Isabeau, qui se tient derrière ces hommes, c'est vivant qu'il me le faut livrer.

— Et vivant vous l'aurez, madame.

A ces mots, et tandis que l'épée impuissante de l'écuyer tente d'écarter les piques dirigées contre sa poitrine, André se jette de côté, s'élance sur Fernand comme un tigre sur sa proie, le terrasse et le désarme ; on le garrotte ensuite, et, par ordre de la reine, il est transporté dans une pièce voisine, tandis qu'André et deux de ses hommes fouillent la chambre afin de s'assurer que cet audacieux intrus n'avait point de complices cachés.

Bientôt ils retirèrent de dessous le lit le cadavre sanglant de Guillaume, qu'ils transpor-

tèrent dans cette même pièce où tout le monde se trouva réuni, car le page, pendant la dernière partie de cette scène, avait pu reprendre ses vêtements, et, ayant ramassé l'épée arrachée à l'écuyer, il s'était empressé de rejoindre sa belle maîtresse.

— Présentement, dit la reine, il faut faire bonne et prompte justice à cet égorgeur, qui sûrement voulait attenter à la vie de notre personne.

— Madame la reine, dit Fernand, qui avait conservé toute sa présence d'esprit, je ne suis pas tueur de profession comme vous croyez, et si j'avais voulu mal faire, au lieu de vous éveiller, je vous aurais aisément fait passer du sommeil au trépas ; car j'étais en cette chambre quand vous y êtes entrée avec le gentil page Arnold.

— Et c'est là, damné, que vous avez tué ce malheureux ? demanda Isabeau en montrant du doigt le cadavre de Guillaume.

— Madame, il y avait entre lui et moi querelle à vider ; pour ce faire j'étais venu en ce lieu, et j'en serais sorti depuis longtemps si j'avais trouvé libre issue.

— Écoute, maudit, reprit la reine, rien ne te peut sauver ; mais tu peux éviter un cruel supplice en disant toute la vérité.

D'un signe Isabeau ordonna à André de faire sortir ses hommes, et un autre signe invita Arnold à les suivre, puis elle ajouta quand il n'y eut plus là qu'elle, André et l'écuyer !

— Maintenant, il te faut choisir entre une mort prompte et les mille tourments que tu endureras par notre ordre avant de trépasser ; peut-être même te ferons-nous grâce de la vie s'il nous paraît y avoir lieu.

Fernand, comme on l'a vu, était brave et résolu, et il ne reculait devant rien pour atteindre le but qu'il s'était proposé ; il chercha donc, malgré la situation désespérée dans laquelle il se trouvait, de donner le change sur la cause de sa présence dans la chambre de la reine, et il répéta, en l'allongeant pour la rendre plus vraisemblable, la fable d'une querelle qu'il aurait eue avec Guillaume, et qui se serait vidée dans cette chambre.

— Tu mens, dit Isabeau, après l'avoir écouté. Allons donc commencer par te faire taillader bras et jambes, et en ces taillades verser sel et vinaigre, à cette fin de te rendre bonne mémoire.

A peine avait-elle achevé, qu'André, tirant du fourreau l'épée à deux tranchants qu'il portait, et saisissant d'un poignet vigoureux l'écuyer garrotté, lui porta plusieurs coups de son arme aux bras et aux cuisses. Le sang jaillit ; Fernand poussa un cri terrible ; puis il dit en jetant sur la reine un regard suppliant :

— Madame, vous avez sûrement le cœur trop tendre pour souffrir qu'en votre présence on traite si cruellement un brave écuyer qui jamais ne vous a voulu du mal.

— Parle donc, si tu ne veux pas souffrir ! s'écria Isabeau, dont les regards flamboyaient à l'aspect du sang qui ruisselait sur les membres de Fernand.

— Et moyennant cela, aurai-je la vie sauve ?

— C'est à quoi nous aviserons ensuite.

L'écuyer comprit qu'il était perdu ; mais, à la pensée des souffrances nouvelles qu'on se préparait à lui faire endurer, sa résolution s'affaiblit ; l se dit qu'il ne devait aucun ménagement au comte qui l'avait poussé dans cet enfer, et, d'une voix affaiblie, il raconta tout ce qui s'était passé entre Louis et lui, et comment il était parvenu à s'introduire dans la chambre à coucher.

— Et maintenant, dit-il en terminant, si vous me faites grâce de la vie, vous me trouverez prêt à dire et à répéter la vérité partout où besoin sera, et à jeter gage de bataille à qui me donnera démenti.

Cette promesse était impuissante à le sauver ; il avait pénétré trop profondément les secrets d'Isabeau pour qu'elle pût se résoudre à le laisser vivre ; c'eût été une épée suspendue sur sa tête, et la crainte désormais eût mêlé son amertume aux plaisirs dont elle était si avide.

Elle dit à voix basse quelques mots à André, puis elle disparut.

Presque au même instant dix coups de l'épée d'André clouaient sur le plancher le malheureux écuyer, qui expira aussitôt.

Après cette exécution, ce bourreau si bien choisi passa dans la pièce où étaient ses hommes et le jeune page. Ce dernier avait voulu se retirer pendant qu'on décidait du sort de l'écuyer ; mais les hommes d'André s'y étaient opposés, prétendant que nul ne devait sortir que sur l'ordre exprès de la reine.

La discussion s'animait lorsque André parut.

— Messire, dit ce dernier à Arnold, c'est fâcheuse chose que vous vous soyez trouvé en si déplaisante affaire ; mais madame la reine vous sait dévoué à elle, et est bien sûre que vous donneriez joyeusement votre vie pour son service.

— C'est justice me rendre, répondit le page : car je n'ai une goutte de sang qui ne soit à elle.

— Eh bien ! messire, faites votre prière, car l'heure est venue de faire ce sacrifice à madame la reine.

Le page pâlit et fit quelques pas en arrière.

— Tu mens ! la reine Isabeau n'en peut vouloir à ma vie.

André se tut ; il attendait que ce premier mouvement eût fait place à la résignation.

Arnold, de son côté, s'imagina que c'était une épreuve que voulait lui faire subir sa royale maîtresse, afin d'être bien sûre à l'avenir de sa discrétion et de son dévouement.

Sous l'empire de cette idée, il reprit :

— Ce que madame la reine veut, je le veux ; mais, si par son ordre il me faut mourir, qu'au moins ordre m'en soit donné par sa royale bouche.

— Ce n'est pas chose possible, messire ; donc recommandez à Dieu votre âme.

Arnold, tour à tour effrayé par le langage sinistre de son interlocuteur, et rassuré par la pensée qu'il ne s'agissait que d'une épreuve, s'agenouilla et pria ; sa prière terminée, il se relevait en faisant le signe de la croix, lorsque quatre piques s'abaissèrent vers lui et le jetèrent mort aux pieds d'André.

N'eût-on pas dit que l'âme de Marguerite de Bourgogne fût passée tout entière dans le corps de la femme de Charles VI.

L'infâme ne devait plus s'arrêter dans cette voie, et, ce jour-là même, elle devait immoler une nouvelle victime.

Déjà, plusieurs fois dans la matinée, le comte d'Évreux avait inutilement envoyé quelques gens à lui à la recherche de l'écuyer Fernand, lorsqu'il fut mandé par le duc de Berry pour se mettre à table ; car dîner et souper étaient toujours les grandes affaires de ce prince, qui était certainement le plus grand banqueteur de son temps. Le duc d'Orléans était le troisième convive invité à la table du duc de Berry, où aucune grande dame ne devait s'asseoir ce jour-là, l'amphitryon ayant l'intention de prolonger les plaisirs du festin, en faisant apparaître, au dessert, des joueuses de harpe et des danseuses espagnoles qui faisaient alors l'admiration des grands seigneurs, et dont les poses et les mouvements lascifs avaient pour résultat de transformer en orgies les banquets qu'elles égayaient et auxquels elles finissaient par prendre part ; en un mot, il s'agissait d'une débauche complète, d'une orgie échevelée, en petit comité, comme il s'en faisait alors chez tous les grands vassaux du roi très-chrétien.

Tout se passa d'abord selon le programme : danseuses et musiciennes parurent sur l'ordre du maître. Les harpes résonnaient et les danses étaient commencées, lorsque tout à coup il se fit au dehors un certain bruit auquel succédèrent ces mots répétés de proche en proche :

— « Madame la reine ! »

Le duc de Berry fit taire les harpes et cesser les danses, espérant que ce n'était qu'une fausse alerte, et peut-être Isabeau ne passait près de là que pour se rendre aux petits appar-

tements ou bien à sa tour de Nesle, devenue son séjour de prédilection ; mais, à peine le silence avait-il succédé au bruit, que la porte de la salle s'ouvrit, et Isabeau parut.

— Beau cousin, dit-elle au duc, qui s'était levé précipitamment, c'est plaisir de venir en cette demeure, d'où la joie n'est jamais bannie.

— Très-chère reine, nous serions bien heureux que ce séjour vous fût toujours si grandement agréable.

— Et pour cela, duc, danses et chansons, ne sont pas de trop... Ne voulez-vous pas me faire place au banquet ?

Le duc de Berry s'empressa de la conduire à sa propre place, et il s'assit à sa gauche, de sorte qu'Isabeau se trouvait placée entre lui et le comte d'Évreux.

Danses et musiques recommencèrent, et l'exaltation de la reine dépassa bientôt celle des autres convives. Son sein se soulevait avec effort et rapidité, ses yeux lançaient des éclairs, et parfois, dans les frémissements de son corps, ses droits crispés se prenaient à la table.

Les danses devenaient de plus en plus lascives ; la musique plus rapide ; les vins les plus recherchés coulaient à flots.

— Ah ! dit l'ardente reine en poussant un brûlant soupir, il me semble que pour la première fois le plaisir me pénètre par tous les pores !

Et elle se pencha mollement sur l'épaule du duc de Berry, tandis que, sur un signe de ce dernier, deux des plus charmantes danseuses, Andalouses aux yeux noirs et veloutés, vinrent prendre place près du duc d'Orléans et du comte d'Évreux ; mais ce dernier, blessé de la préférence donnée par Isabeau au duc, se dégagea dédaigneusement des étreintes de la belle Espagnole ; incapable d'avoir en ce moment la moindre retenue, il prit la main de la reine, et, l'attirant à lui, il dit en frémissant plus de colère que d'amour :

— Belle amie, ne tournerez-vous pas votr

visage vers moi, afin que j'achève de m'enivrer du feu de vos beaux yeux ?

Isabeau se releva comme un arc tendu dont la corde se brise.

— Comte, dit-elle, nos bonnes grâces ne vous sont pas inféodées ; mais nous vous admettons seulement au partage que nous en voulons faire.

— Madame la reine, répondit Louis, il est des droits acquis qu'un homme de mon nom

Après quoi ils s'étaient enfuis dans toutes les directions en criant : Au meurtre!

ne se laisse pas si aisément ravir, et le comte d'Évreux ne doit être le jouet de personne, voire de madame la reine du ciel.

Isabeau fut prise à son tour d'un violent accès de fureur.

— Deux fois, depuis hier, s'écria-t-elle, vous nous avez fait un sanglant outrage ; mais nous voulons vous le pardonner pour raison de votre folle tête. Buvez donc à la reine et lui dites merci.

Pendant qu'elle parlait, une de ses mains s'était glissée sous ses vêtements ; elle l'en tira pour prendre sa coupe à demi pleine, au dessus de laquelle elle remua imperceptiblementles doigts, et qu'elle présenta à Louis.

Ce dernier se crut triomphant : il porta la santé d'Isabeau, et d'un trait il vida la coupe qu'elle lui avait présentée ; mais cette coupe, à peine vide, s'échappa de sa main défaillante ; ses yeux s'ouvrirent démesurément, sa poitrine se souleva avec effort, puis sa tête s'abaissant graduellement se posa sur la table.

Les deux ducs le crurent ivre.

— Beau cousin, lui dit l'amphitryon, c'est mal boire, et je vous croyais meilleur compagnon de plaisir.

— Vertu Dieu ! dit le duc d'Orléans, faute d'un moine, abbaye ne doit chômer.

— C'est bien dire, duc ! s'écria Isabeau, dont le visage un instant assombri venait de reprendre tout son éclat, et vous aurez pour ce mot double part de nos bonnes grâces. Sur ce nous vous invitons à venir prendre la place de ce mal plaisant convive.

Deux serviteurs enlevèrent le comte sur son fauteuil et le portèrent à l'extrémité de la salle, et le duc d'Orléans s'empressa de se rendre à la flatteuse invitation de la reine.

Ce qui se passa alors est indescriptible dans le langage épuré de nos jours. Un chroniqueur en a écrit le récit en latin. Quant à nous, nous croyons devoir nous borner à dire que cette orgie dépassa de beaucoup tout ce qui se fit de plus monstrueux en ce genre sous la Régence, cette longue orgie qui succéda à la bigoterie des dernières années du règne de Louis XIV.

Mais les forces humaines ont des bornes que toutes les surexcitations imaginables ne sauraient reculer. Vers le milieu de la nuit, Isabeau, haletante, épuisée, se fit porter dans la tour de Nesle, afin d'y prendre quelque repos ; ce fut alors seulement que les ducs d'Orléans et de Berry songèrent au comte d'Évreux, qu'ils croyaient endormi. Le duc de Berry s'approcha de lui :

— Beau cousin, lui dit-il, c'est trop prendre de repos pour avoir fait si petite besogne ; ouvrez les yeux et rentrez chez vous.

Louis ne répondant point, le duc lui prit la main ; elle était roide et glacée ; effrayé, il essaya de lui soulever la tête, qu'il laissa aussitôt retomber sur la poitrine.

— Il est mort ! s'écria-t-il en reculant effrayé.

On appela des médecins, qui déclarèrent que la mort du comte avait dû avoir lieu plusieurs heures auparavant, et ils l'attribuèrent à une attaque d'apoplexie foudroyante.

Le duc d'Orléans, qui était ivre, recouvra subitement sa santé d'esprit en entendant cette déclaration ; il venait de se souvenir que le malheureux comte s'était affaissé sur lui-même immédiatement après avoir vidé la coupe que lui avait présentée la reine, et il se rappelait le mouvement de doigts de cette dernière qu'il avait remarqué ; la vérité lui apparaissait : il demeura convaincu que Louis avait été empoisonné ; mais il n'en dit rien, et il se retira en se proposant de garder bonne note de cet événement.

La mort du comte d'Évreux par apoplexie était assez vraisemblable pour ne pas éveiller les soupçons ; d'un autre côté les cadavres de Guillaume, de Fernand et d'Arnold avaient été jetés à la Seine nus et complétement défigurés, et c'en était assez pour assurer le repos de cette femme, qui, la conscience chargée de trois assassinats et le corps brisé par l'orgie, dormait paisiblement afin de se préparer à de nouvelles débauches.

Le duc de Berry, comme on l'a vu, était peu scrupuleux en toutes choses, et particulièrement en amour ; déjà il s'était facilement résigné au partage des faveurs d'Isabeau, et il lui importait assez peu qu'elle se fût donnée au duc d'Orléans pourvu qu'il demeurât en de bons termes avec elle.

De son côté le duc d'Orléans était trop profondément corrompu pour rechercher autre chose en amour que le libertinage effréné qui seul pouvait éveiller ses sens, et, alors même qu'il en eût été autrement, le souvenir de la mort du comte d'Évreux eût été suffisant pour qu'il se montrât plein de condescendance aux volontés et à la dépravation de la jeune reine.

Un événement vint bientôt resserrer les liens qui unissaient Isabeau au duc d'Orléans.

Aussitôt que la démence de Charles VI fut constatée, ses oncles s'emparèrent du pouvoir Cet événement ne pouvait que favoriser les désordres d'Isabeau ; mais en même temps il diminuait sa puissance, et les rivalités des princes empêchaient souvent qu'ils se livrassent au plaisir avec le même abandon qu'autrefois.

La reine résolut de faire changer cet état de choses : de froide et dédaigneuse qu'elle s'était montrée envers le roi, depuis qu'il avait perdu la raison, elle devint tout à coup empressée auprès de lui, attentive à lui plaire. Les soins qu'elle lui prodigua ne tardèrent pas à avoir la plus heureuse influence : les ténèbres qui enveloppaient l'intelligence du monarque parurent se dissiper, et il recouvra assez de raison pour pouvoir s'occuper des affaires de son royaume.

Alors Isabeau redoubla de soins.

— Mon cher seigneur, lui dit-elle un jour, mes prières pour votre rétablissement sont sûrement montées vers Dieu, puisqu'il vous rend à mon amour. Les querelles de vos oncles m'ont affligée pendant tout le temps de votre maladie. Nous vous supplions donc, bien cher sire, d'aviser à ce qu'il n'en soit pas ainsi pour le cas où vous auriez besoin de complet repos.

Le roi comprit parfaitement ce qu'elle voulait dire ; car, chose étrange, même pendant sa démence, il avait la conscience de son état, et il lui arrivait même d'assister au conseil de régence et d'y faire preuve de vues très-sages ; mais le moindre incident suffisait pour que la nuit se fît de nouveau dans son cerveau.

— Ma très-chère femme, répondit-il, vous dites chose juste et sage, et, puisque vous êtes de si bon conseil, nous voulons avoir votre avis pour le choix du régent, en cas que Dieu nous envoie affliction nouvelle.

Par une bizarrerie inexplicable, Isabeau, qui ne s'était d'abord donnée au duc d'Orléans

que par dépravation et pour assouvir les désirs charnels qui la dévoraient, s'était ensuite véritablement et violemment éprise de ce prince, au point qu'elle lui eût sacrifié sans hésiter tous ses autres amants, s'il l'eût exigé. Elle dit donc à Charles que, de tous les princes du sang, nul ne lui semblait plus capable de bien et sagement gouverner que le duc d'Orléans.

— Nous allons faire édit royal en ce sens, dit le roi ; mais nous voulons, ma très-chère reine, que vous lui soyez adjointe dans ce cas, et que vous ayez un pouvoir égal, de sorte que rien ne se puisse faire sans accord parfait entre vous.

Isabeau avait bien pensé à cela, et elle fut enchantée que le roi prît l'initiative sur ce point.

L'édit fut donc rendu, et peu de jours après le roi tomba dans la démence la plus complète.

Dès ce moment, Isabeau fit de son temps deux parts, toutes deux consacrées au plaisir ; le château de Vincennes fut réputé sa résidence ordinaire, et là, en effet, elle tenait sa cour ; mais elle faisait de fréquentes apparitions à l'hôtel de Nesle, et c'était en ce dernier lieu que se tenaient le plus habituellement ses conférences avec le duc d'Orléans. Le duc de Berry y était souvent admis. Il ne fut plus dès lors que le confident de la reine, et son amour de la paix et d'une vie toute sensuelle fit qu'il se contenta facilement de ce rôle.

Nous avons dit plus haut quelle avait été la conduite du conseil de régence pendant la minorité de Charles VI, et particulièrement celle du duc d'Orléans, qui pillait, à main armée, les caisses publiques, et se faisait le complice des faux-monnayeurs.

Malgré tout cela, et quoiqu'il possédât d'immenses biens, ce prince était continuellement sans argent, tant étaient grandes ses prodigalités.

Isabeau, de son côté, avait de nombreuses et coûteuses fantaisies, et la nécessité où elle s'était mise d'avoir des serviteurs dévoués et discrets l'obligeait à les payer chèrement. Devenus tous deux maîtres de la France, ils s'occupèrent d'abord d'établir de nouveaux impôts, bien que le peuple en fût déjà écrasé, car, outre les impositions ordinaires, il y avait encore les *aides mises pour la guerre, les tailles, subsides, gabelles, guet et arrière-guet* (1).

Mais il ne suffisait pas de décréter des impôts, il fallait les lever, et il devenait fort difficile de faire payer des gens à qui on avait tout pris, de sorte que la reine et le duc en étaient sans cesse aux expédients.

Un jour qu'ils tenaient conseil chez le duc de Berry, ce dernier, appelé à donner son avis sur les moyens à prendre pour se procurer de l'argent, parla d'altérer les monnaies, expédient désastreux auquel on avait eu recours sous les règnes précédents.

Isabeau accueillit le projet ; mais le duc d'Orléans le repoussa.

— Ce ne peut être que ressource faible et de courte durée, dit-il ; car force nous sera ensuite de recevoir les pièces d'or et d'argent au taux où nous les aurons portées, ou de toutes parts nous aurons émeutes et séditions coûtant plus à réprimer que l'expédient n'aura produit.

— Ce n'est pas une raison qui nous doive arrêter, répondit la reine ; car il n'y a sédition chez le peuple sans que riches bourgeois ou seigneurs s'en mêlent, et chez ceux-là nous ne pouvons perdre nos droits, y ayant toujours beaucoup à prendre : il ne faut que bien faire les choses pour que sédition vaille impôt.

— Et, de quelque manière que vous en usiez, fit observer le duc de Berry, vous ne saignerez pas les gens sans les faire crier.

— Et c'est là pourtant où nous en voulons venir, répliqua le régent.

— Ah ! bel ami, s'écria Isabeau, je vous baiserai sur les deux yeux, si vous faites si belle besogne.

(1) FÉLIBIEN, *Histoire de la ville de Paris.*

— C'est une dette que ma chère mie peut payer d'avance ; car la chose est des plus faciles, ainsi que vous l'allez voir.

Or, il y avait en ce moment dans les prisons du Châtelet un faux-monnayeur fameux qui semblait ne pouvoir échapper au gibet. C'était un ancien *frère de l'hôtel du Louvre*, ainsi qu'on appelait alors les ouvriers monnayeurs, parce qu'alors la monnaie se faisait au Louvre. Il s'appelait Papelon.

Jeune, intelligent, audacieux, il avait acquis de grandes connaissances en métallurgie, et s'en était servi pour faire une grande et rapide fortune en travaillant pour son compte à la fabrication de toutes sortes de monnaies dans lesquelles l'or et l'argent n'entraient qu'en très-petite quantité, et qui avaient néanmoins le poids requis, grâce à un alliage dont lui seul avait le secret.

Malheureusement pour lui, Papelon était un de ces hommes remuants et insatiables qui ne savent jamais s'arrêter en temps utile. A mesure qu'il s'était enrichi, il avait étendu ses relations, et était devenu le chef d'une bande nombreuse qui opérait sur plusieurs points du royaume et à l'étranger, ce qui l'obligeait à faire de longs et incessants voyages ; car, ne voulant confier son secret à personne, il fallait qu'il assistât à la fonte de la matière dans les divers ateliers mystérieux qu'il avait établis.

Plusieurs fois déjà des hommes de sa bande, ayant été pris, avaient fait des révélations qui avaient permis à l'autorité de s'emparer de quelques-uns de ces ateliers clandestins, et cela n'avait pas empêché Papelon de continuer ses opérations ; il fut enfin surpris en flagrant délit, et, malgré une résistance désespérée qui avait coûté la vie à deux des agents chargés de l'arrêter, on parvint à se rendre maître de lui et à le conduire au petit Châtelet, d'où il ne pouvait espérer de sortir que pour être pendu.

C'était cet homme que le duc d'Orléans avait la plantureuse idée de charger du ravitaillement des coffres royaux.

Il ordonna donc qu'on le lui amenât sur-le-champ, ne voulant, disait-il, faire mystère des détails de cette entreprise ni à sa mie la reine ni à son oncle de Berry.

Grande fut la surprise de Papelon quand on le fit sortir de prison sans lui avoir lu sa sentence, mais elle fut bien plus grande encore quand il se vit à l'hôtel de Nesle, en présence de la reine et des deux ducs, qu'il connaissait parfaitement, les ayant vus plusieurs fois au Louvre, où il avait travaillé.

Isabeau jeta d'abord sur lui un regard scrutateur, qui lui fut favorable, car c'était un beau garçon de vingt-huit ans au plus; des yeux vifs et bien fendus adoucissaient l'air de son visage légèrement bruni ; ses traits étaient réguliers et fortement accentués, et sa tête bien posée sur de larges épaules, toutes choses devant faire impression sur une femme de l'humeur de la belle reine.

— Çà, maître larron, lui dit le duc, nous voulons savoir de toi quelles sommes de pièces faussées ont passé de tes mains aux escarcelles des sujets du roi, voire même aux coffres de l'Etat.

— Monseigneur, répondit Papelon sans paraître intimidé, je n'ai eu le loisir ni la volonté d'en tenir registre, ne croyant pas que ce fût chose qui pût vous être agréable ; mais le tout, me semble, peut bien aller à cent mille écus d'or et à trois cent mille livres en argent.

— Peste ! s'écria le duc de Berry, mon gouvernement de Languedoc ne m'a pas, en dix ans, valu si beau denier.

— C'est métier précieux, en effet, dit le régent, qui en savait quelque chose par expérience, et qui mènerait loin s'il n'arrivait qu'on rencontrât la corde en chemin.

— C'est un bien rude châtiment, dit Isabeau qui se sentait disposée à pardonner beaucoup à ce grand coupable, et à quoi devraient mieux songer les faux-monnayeurs.

— Oh ! madame la reine, répliqua Papelon, monseigneur le duc sait bien qu'on ne les pend pas tous.

Isabeau partit d'un grand éclat de rire.

— Bon, dit tout bas le duc de Berry, le manant a de l'esprit, il ne lui manquait plus que cela pour devenir tout à fait l'associé du bel ami.

— Toujours est-il, gibier du diable, dit le régent, que les gens de ta sorte ne sont bons qu'à cela.

— Et à autre chose encore, si vous voulez bien , monseigneur , sans quoi je n'aurais l'heure d'être mis cejourd'hui en présence de si nobles personnes.

Le hardi coquin avait compris, en effet, qu'on ne l'eût pas amené en si haut lieu, si l'on n'eût eu quelque chose à obtenir de lui.

— Allons, dit Isabeau, il faudra laisser la vie à ce garçon, pourvu qu'il promette de s'abstenir de nouveaux méfaits.

— Très-chère mie, ne vous déplaise, s'écria le régent, c'est tout le contraire que nous lui voulons demander... Voyons, mécréant, fais-tu promesse de nous servir comme nous l'entendrons, si nous t'accordons la vie sauve ?

— Monseigneur, je n'ai si grand désir que de vous être agréable.

— Dis-nous donc, ayant mis en cours si grosse somme, ayant à te garder de justice, combien de temps il te faudrait pour parfaire et émettre somme double et de même aloi, n'ayant à craindre huissiers, sergents et bourreaux.

— Si vous me donnez assistance, monseigneur, c'est chose faisable en moins de moitié de l'année.

— Nous ferons comme il convient, et nous allons, dès ce jour, t'établir dans notre hôtel des Tournelles, où nous n'avons que peu de meubles et point de gens.

— Et vous me ferez sûrement, monseigneur, convenable salaire, car j'aurai des aides à payer, et aussi faut-il qu'ensuite puissé-je vivre en homme de bien.

— La peste étouffe le larron, qui de diable se veut faire ermite à nos dépens. Allons, vilain, nous pourvoirons à tout comme nous serons content de ton office.

Quelque incroyable que cela paraisse, rien n'est plus exact, et nous pourrions citer bon nombre d'autorités qui confirment ces faits. Les principaux historiens s'accordent à présenter le duc d'Orléans, pendant la démence de Charles VI, comme un voleur de grands chemins et le complice des plus fameux faux-monnayeurs de cette époque, et les chroniques sont pleines de détails à ce sujet.

L'hôtel des Tournelles, dont nous venons de parler, était situé rue Saint-Antoine, en face de l'hôtel Saint-Pol ou Saint-Paul, sur l'emplacement qui aujourd'hui est en partie occupé par la place Royale. Pierre d'Orgemont, chancelier de France, l'avait fait bâtir en 1390 ; Pierre d'Orgemont, son fils, évêque de Paris, le vendit, par acte du 16 mai 1402, au duc de Berry, frère de Charles V et propriétaire de l'hôtel de Nesle, pour la somme de quatorze mille écus d'or. Ce duc laissa l'hôtel des Tournelles inhabité, et, peu de temps après, le céda au duc d'Orléans, qui en 1417 le vendit au roi.

Ce fut donc dans cet hôtel que le duc installa le faux-monnayeur Papelon et ses aides.

Tous les jours on leur apportait des provisions de bouche abondantes, car le duc leur avait fait défense, sous peine de mort, de sortir sans une permission expresse de sa part.

Les choses allèrent à la satisfaction du trio gouvernant : en moins de quatre mois, la France et une partie de l'Allemagne furent inondées de fausse monnaie.

Les receveurs et percepteurs, auxquels on avait eu soin d'enseigner le moyen de reconnaître cette monnaie, n'en recevaient point, de sorte que des sommes énormes venaient aux mains d'Isabeau et des deux ducs sans que les caisses de l'État en souffrissent.

Jamais l'hôtel de Nesle ne fut plus splendide qu'à cette époque ; jamais l'or et l'argent n'y furent plus royalement prodigués.

Les débauches d'Isabeau avaient atteint des proportions fabuleuses : elle donnait les jours au château de Vincennes et les nuits à la tour de Nesle. Parfois pourtant, elle passait plusieurs jours et plusieurs nuits sans sortir de ce dernier lieu, où le duc d'Orléans se montrait son digne émule.

A l'instar de Marguerite de Bourgogne, cette nouvelle Messaline attirait ou faisait enlever de vive force des écoliers, de jeunes seigneurs qui n'entraient dans ce lieu et n'en sortaient que les yeux couverts d'un voile épais ; le duc en usait de même envers les jeunes filles qui avaient le malheur de flatter ses regards ; tous se réunissaient, et ce qui se passait alors, nulle plume ne saurait le rapporter.

Il est vrai que ces deux infâmes n'en étaient pas encore venus à faire égorger quotidiennement les malheureux instruments de leurs hideux plaisirs ; mais, sauf cela, la reine de Navarre était par eux dépassée de beaucoup.

Tel était l'état des choses, lorsqu'un concert de malédictions et d'imprécations s'éleva de tous les points du royaume : le peuple, duquel les agents de finances refusaient impitoyablement de recevoir la monnaie fabriquée à l'hôtel des Tournelles et jetée à profusion dans le commerce, avait enfin appris à reconnaître les pièces de cette fabrique ; le bruit s'était bientôt répandu que, puisque les coffres des traitants avaient été seuls à l'abri de ce désastre, et que la justice n'avait pas atteint les coupables, c'est que le coup était parti de la cour, gouffre toujours ouvert où s'engloutissaient incessamment les sueurs de la multitude et les épargnes de la bourgeoisie. Des plaintes, on passa promptement aux menaces, et des révoltes partielles éclatèrent.

Force fut au duc d'Orléans de faire relâche et de renoncer, sinon pour toujours, au moins pour un certain temps, à l'honnête métier qu'il avait exercé pendant quatre mois.

Il envoya donc à Papelon et à ses aides l'ordre de déguerpir, fit mettre l'outillage dans les caves et fermer l'hôtel.

Mais cela ne faisait pas le compte de Papelon, qui n'avait reçu en monnaie de bon aloi qu'une rémunération insuffisante pour satisfaire les exigences de ses aides, et devenir homme de loisir.

Papelon était furieux ; il jura qu'il aurait raison de ce déloyal procédé, et ce que ce personnage avait résolu de faire, il le faisait, quoi qu'il pût en arriver.

Un jour que le trio gouvernant délibérait dans ce même cabinet du duc de Berry où le faux-monnayeur avait été amené en sortant de prison, un huissier vint dire au duc d'Orléans qu'un seigneur très-richement vêtu, qui refusait de dire son nom, demandait à lui parler sur-le-champ, l'affaire dont il voulait l'entretenir étant de la plus haute importance pour le salut de l'État. Le prince allait répondre, lorsqu'on vit entrer l'inconnu, qui avait écarté les gardes comme si c'eût été des jouets d'enfant, et s'avançait fièrement la main sur la poignée de son épée.

Grande fut la surprise de la reine et des ducs, quand, en la personne de ce prétendu seigneur, ils reconnurent Papelon.

— Oses-tu bien, larron maudit ! s'écria le régent, te présenter devant nous sans en avoir obtenu permission ?

— Monseigneur, répondit le hardi coquin, comme certainement vous m'auriez refusé cette permission, il n'était pas d'autre moyen.

— C'est chose bien osée, dit la reine, mais nous voulons pardonner à ce garçon, s'il apporte un bon avis.

Isabeau était encore plus vivement frappée que la première fois de la bonne mine de cet homme, qui, dans les riches habits qu'il s'était procurés, avait tout à fait l'air d'un grand seigneur ; aussi sa parole était aussi affectueuse que celle du duc avait été rude et menaçante.

— Bien chère mie, reprit le régent, nous est avis que ce fils du diable a regret de n'avoir pas été pendu, et il vient demander qu'on lui fasse justice.

— Vous avez bien dit, monseigneur, répliqua l'ancien frère de l'hôtel du Louvre, et je n'ai autre chose à demander que justice, et

c'est la faire mauvaise que parler gibet à un loyal serviteur.

— Chien maudit ! tu vas sur l'heure expirer sous le bâton.

— Ni sous l'un ni sous l'autre, monseigneur ; car si je ne sortais d'ici libre et dispos comme j'y suis entré, monseigneur le connétable d'Armagnac ne manquerait pas d'entrer incontinent et bien accompagné en l'hôtel des Tournelles, où serait fait bonne capture de certaines choses que trouverait peu édifiantes monseigneur le roi, qui, par fortune, est en état de santé cejourd'hui.

Isabeau fut presque effrayée de ces paroles ; car le comte dont parlait Papelon était son ennemi déclaré ; il vivait près du malheureux Charles VI, qui avait pour lui une telle affection qu'il ne pouvait sans peine s'en séparer un instant, et que, dans ses moments de lucidité, il l'investissait toujours d'une grande autorité.

— Voici un vilain bien mal avisé ! s'écria-t-elle.

— Madame la reine, respectueusement je vous requiers et supplie de me juger.

Isabeau se radoucit subitement, car ses regards venaient de rencontrer ceux de ce hardi coquin, et elle sentait se raviver l'ardeur de ses sens apaisée par les débauches de la veille. Sur un signe qu'elle lui fit, Papelon reprit :

— En me faisant grâce de la vie, monseigneur le duc d'Orléans avait promis qu'elle me serait douce, moyennant soumission à ses volontés et discrétion complète. En rien je n'ai enfreint lesdites volontés, et voici que je suis sans sou ni maille en la ville de Paris, monseigneur ayant perdu mémoire de son serviteur..... Madame la reine, je vous demande grâce et merci, et, si vous me condamnez, je le tiendrai comme bon et juste, ayant joie au cœur d'aller au gibet y étant envoyé par si belle et noble dame.

A ces mots, Papelon tomba à genoux devant Isabeau.

C'en était plus qu'il n'en fallait pour mettre

le feu aux poudres ; Isabeau se contenait à peine.

— Beau frère, dit-elle en se tournant vers le régent, nous avons été témoin des promesses faites à ce bon serviteur, et, si vous ne les tenez pas, nous voulons vous suppléer, afin que justice soit faite.

— Ah ! mauvais larron, fit le duc, forcé de faire bonne mine à mauvais jeu, sûrement es-tu parent de celui qu'envoya en paradis notre seigneur Dieu. A ces causes nous te faisons grâce et t'octroyons mille écus d'or, que te comptera cejourd'hui notre trésorier.

Le duc d'Orléans, en cela, ne dérogeait pas à ses habitudes, et se montrait successivement rapace et prodigue selon les circonstances et l'état de ses finances.

Papelon, avant de se relever, appuya ses lèvres brûlantes sur la main qu'Isabeau lui tendit ; puis, sans se presser, et avec toute la bonne grâce d'un grand seigneur en bonne fortune, il sortit.

Quelques instants après, Isabeau partit pour retourner à Vincennes, et bien lui en prit ; car le roi qui, ainsi que l'avait dit Papelon, était dans un de ses jours lucides, y arriva quelques instants après elle. Obéissant à l'influence du connétable, qui l'accompagnait, il se montra grondeur, mécontent de tout, et il demanda assez rudement à la reine ce qu'on faisait à l'hôtel de Nesle.

— Cher sire, répondit Isabeau, on n'a souci en ce lieu que de la gloire de votre nom, et je ne souffrirais pas qu'il en fût autrement.

— C'est que, madame, reprit Charles, nous avons avis qu'il se dit d'étranges choses en notre capitale, touchant les faits et gestes de nos chers frère et oncle les duc d'Orléans et de Berry, et nous ne voudrions à aucun prix que votre honneur souffrît atteinte de tels injurieux bruits.

La reine voulut répliquer ; mais déjà cette pauvre intelligence était rentrée dans les ténèbres, et Isabeau en fut quitte pour cette alarme d'un instant, à laquelle sa première pensée fut de chercher une compensation.

Le lendemain, Papelon, plein de joie de son succès, car les mille écus d'or lui avaient été comptés, se disposait à quitter la capitale, de crainte que sa fortune ne se fondît trop promptement au soleil de ses puissants protecteurs, et il courait Paris pour faire quelques emplettes, lorsqu'au détour d'une rue un homme l'aborda, et, sans autre préambule, lui dit :

— Messire, si vous êtes homme de cœur comme vous avez montré l'être en récentes circonstances, vous aurez ce soir une merveilleuse aventure.

— Par monseigneur le diable, dit Papelon, tout gonflé de sa nouvelle fortune, je ne suis curieux pour l'heure d'aucune aventure.

— Vous en userez à votre gré, messire, reprit l'inconnu ; mais toujours est-il que, si vous voulez, au couvre-feu, vous laisser conduire en gentil lieu, vous y trouverez la plus gente dame du royaume, ayant, par fortune, grand désir de vous entretenir.

A peine ces mots furent-ils prononcés, que la vérité apparut à Papelon comme un éclair, mais, comme un éclair aussi, elle disparut ; c'est-à-dire que l'audacieux aventurier se rappela tout à coup le doux frémissement de la main d'Isabeau lorsqu'il l'avait portée à ses lèvres, et que, presque aussitôt, il repoussa cette idée comme trop extravagante.

— Et qui me conduira en ce lieu ? demanda-t-il.

— Je ferai cet office, si vous le trouvez bon, messire, et, ce acceptant, n'ayez souci du reste ; car vous ne sortirez toujours que trop tôt du paradis où nous voulons vous mener.

— Donc encore celle-ci ! dit l'ex-frère de l'hôtel du Louvre, et dites-nous où nous vous trouverons.

— Au Pré-aux-Clercs, si vous n'avez pas crainte d'y être à cette heure.

— Je n'ai crainte de rien, messire, et je le ferai voir s'il y a lieu.

L'inconnu n'en demanda pas davantage, et, le soir même, Papelon, qui n'était pas homme à laisser pendante une affaire de ce genre, le retrouvait au Pré-aux-Clercs.

Isabeau, comme nous l'avons dit, avait depuis longtemps jeté le masque à l'égard de ses deux complices, les ducs de Berry et d'Orléans, et elle était maîtresse suzeraine de la tour de Nesle, devenue le théâtre de ses épouvantables déportements. Là, malgré toute sa puissance, le duc d'Orléans lui-même n'était reçu que quand il plaisait à la reine, ce qui, comme nous l'avons dit, arrivait assez fréquemment, ces deux personnages ayant mêmes goûts et dépravation.

Le duc toutefois ne passait volontiers à Isa-

On ne laissa pas que d'en pendre quelques-uns de temps en temps.

beau toutes ses fantaisies que parce qu'elles étaient de peu de durée, et que presque toujours il en était le confident et le complice ; mais il lui importait fort que cette femme s'en tînt là et ne contractât pas de liaison sérieuse, cela pouvant porter atteinte au pouvoir qu'il partageait avec elle. Or, il avait surpris les regards échangés entre elle et le faux-monnayeur ;

il avait vu le frémissement d'Isabeau, et, comme il savait ce que cela signifiait, il s'en était alarmé, Papelon ne lui paraissant pas devoir être un de ces jouets ordinaires qu'on jette ou qu'on brise après s'en être amusé un instant.

Il avait donc fait épier cet homme, bien résolu qu'il était à le faire disparaître dans le cas où la fantaisie de la reine aurait les suites qu'il redoutait.

Capable de tout, excepté de manquer à sa parole, Papelon ne manqua pas donc de se trouver au rendez-vous à l'heure indiquée; l'inconnu y était déjà.

— Suivez-moi, messire, dit ce dernier, et ne craignez d'avoir à faire un long trajet.

Tous deux arrivèrent au bord de la Seine, où les attendait un batelet, qui, dès qu'ils y furent entrés, se dirigea vers la tour de Nesle.

Papelon était violemment ému; car la pensée qu'il avait repoussée d'abord lui était revenue, et le chemin qu'il suivait la fortifiait de plus en plus.

Quelque résolu qu'il fût, l'idée de devenir l'amant d'une belle et puissante reine le troublait, et, sans rien perdre de son énergie, il éprouvait une anxiété qui jusque-là lui avait été inconnue.

On arriva à la porte d'eau.

Papelon fut introduit dans ce lieu maudit, comme l'avaient été tant d'autres depuis un siècle, et bientôt, dans la chambre où on le laissa seul, apparut Isabeau.

Le reste se devine.

Mais tout cela ne s'était pas fait sans que le duc d'Orléans en fût instruit; ses craintes étaient devenues plus vives, et elles n'étaient que trop fondées; car, par une bizarrerie singulière, la reine s'était réellement éprise du faux-monnayeur; ce n'était pas un caprice, mais une passion véritable et durable. Aussi Papelon, un peu avant le point du jour, sortit-il sans encombre de la tour, après s'être engagé à y revenir le soir à la même heure que la veille.

Dès lors les orgies cessèrent, et, bien que le duc d'Orléans demeurât l'amant en titre, il ne put plus que très-rarement user des droits que lui donnait cette qualité.

— Très-chère mie, dit-il un jour à Isabeau, vous savez que je ne suis pas homme à troubler vos plaisirs; mais je ne me puis résoudre à perdre votre affection et à vous voir si forte-

ment attachée à un misérable de tel étage. C'est pourquoi je vous supplie de reprendre vos joyeuses coutumes, et je redeviendrai pour ce le ministre de vos volontés.

La requête déplut fort à la reine; car Papelon, au lieu de perdre du terrain, en acquérait chaque jour : Isabeau en avait fait un de ses écuyers, et il ne la quittait presque plus.

— Duc, répondit-elle au régent, ce ne sont là affaires d'État sur lesquelles nous ayons à nous entendre. Faites sur ce point à votre guise et je ne vous troublerai pas, comme aussi je ne veux être troublée.

— Chère reine, vous ne voulez donc pas songer à la bassesse de cet homme?

— N'avons-nous donc pas puissance de l'élever? Toutefois nous ne le ferons qu'avec mesure pour ne vous point alarmer, et afin que nous restions bons amis, n'ayant qu'à perdre l'un et l'autre à ce qu'il en soit autrement.

Ces paroles n'étaient pas de nature à satisfaire le régent.

Il n'insista pas, sentant qu'il n'y gagnerait rien; mais il n'en demeura pas moins résolu à mettre fin à cette liaison, dont les suites lui paraissaient de plus en plus redoutables.

Un matin, Papelon, qui venait de visiter Isabeau, prit l'escalier de la tour afin de sortir, selon sa coutume, par la porte d'eau, et de gagner les bâtiments nouveaux appelés *Séjour de Nesle*, où il avait son logement, sans être obligé de traverser l'hôtel. Arrivé dans la salle basse, deux hommes, qui semblaient l'attendre au passage, fondirent sur lui la pique à la main; à peine eut-il le temps de se jeter de côté et de tirer son épée pour parer les premiers coups.

— Arrière, mauvais tueurs! cria-t-il, car si vous m'obligez à appeler à l'aide, c'en est fait de vous.

Il n'avait pas achevé de parler, qu'un violent coup de pique traversait ses habits en glissant sur ses côtes. Papelon saisit le bois de cette arme, et d'un coup de son épée il abattit l'homme qui la portait; pouvant se mesurer à armes égales avec son second adversaire, il le chargea vigoureusement, et d'un coup mortel l'envoya tomber sur le seuil de la porte, au moment où celle-ci s'ouvrait pour livrer passage à deux autres assassins armés comme les premiers. Sans leur donner le temps d'entrer, l'intrépide écuyer se précipita sur eux afin de n'en avoir qu'un de front à combattre, et, après les avoir renversés tous les deux, il s'élança vers la porte d'eau et sauta dans la barque qui l'attendait.

Papelon était sauvé ; mais cet événement lui révélait qu'il avait un ennemi puissant ; il voulut le connaître, et, quelques heures après, il racontait à la reine ce qui lui était arrivé, lui déclarant que, si celui qui avait fait attenter à sa vie demeurait impuni, il quitterait le royaume.

La fureur étincelait dans les yeux d'Isabeau pendant que l'écuyer parlait.

— Demeure et ne t'effraye pas davantage, ami, lui dit-elle ; car, si tu n'as pas satisfaction prompte, tu l'auras sûrement complète.

C'est qu'elle avait aisément deviné d'où ce coup était parti, et dès ce moment la perte du duc d'Orléans était résolue.

X

Disons d'abord quel homme était Jean-sans-Peur, duc de Bourgogne, dont nous allons avoir à nous occuper longuement.

« Jean-sans-Peur, dit M. Michelet, avait plus d'ambition que le duc d'Orléans. Il se voyait plus puissant encore que son père (mort en 1404). L'un de ses frères était duc de Limbourg et de Brabant, l'autre comte de Nevers ; de ses trois sœurs, la première était mariée au fils du comte de Hainaut, la seconde à Frédéric d'Autriche, la troisième au duc de Savoie. Toute cette puissance l'encourageait à la plus grande entreprise qu'on pût faire alors, re-

prendre Calais sur l'Anglais ; c'est celle qui immortalisa le grand Guise. Faute d'argent, l'expédition manqua (1406). Jean revint à Paris, la honte et la rage dans le cœur. Il y trouva son rival (le duc d'Orléans) qui se vantait d'avoir obtenu les bonnes grâces de la duchesse de Bourgogne. Alors Jean résolut sa mort. Un soir qu'il rentrait de chez la reine, où il avait soupé (c'était Vieille-rue-du-Temple, au coin de la rue Barbette), des hommes d'armes fondent sur lui et le hachent en morceaux (1407) (1). »

Il serait difficile de faire un précis à la fois plus rapide et plus complet des événements de ce temps ; mais les détails qui n'y peuvent trouver place ont aussi leur prix.

Par malheur, c'est dans les chroniques qu'il faut chercher ces détails, et c'est recherche d'autant plus laborieuse, que, là, les vérités et les erreurs sont presque toujours entassées pêle-mêle.

C'est ce chaos que nous tâchons ici de débrouiller.

Le duc de Bourgogne était revenu à Paris peu de jours avant la tentative d'assassinat à laquelle Papelon avait échappé. Il se peut qu'alors le duc d'Orléans se soit vanté d'avoir obtenu les faveurs de la femme de Jean-sans-Peur ; mais il paraît certain que le bruit de cette intimité se propagea par les soins de la reine Isabeau, qui s'était rapprochée tout à coup du duc de Bourgogne, pour lequel elle avait eu jusque-là une indifférence approchant fort de l'inimitié, en vue de secouer complètement l'ascendant que le duc d'Orléans avait eu sur elle.

Quoi qu'il en soit, ces bruits, vrais ou faux, envenimèrent considérablement la querelle de ces princes rivaux qui, depuis longtemps déjà, se disputaient le pouvoir. Plus d'une fois le duc de Berry, homme de plaisir avant tout, était parvenu à amener entre eux un semblant de réconciliation ; mais ces replâtrages étaient

(1) MICHELET, *Précis de l'histoire de France.*

toujours de peu de durée, grâce à Isabeau, qui
avait accordé à Jean-sans-Peur ses entrées à la
tour de Nesle, et qui, sans vouloir rompre ouvertement avec le duc d'Orléans, avait résolu
de s'en débarrasser à tout prix.

La dernière de ces apparentes réconciliations
se fit de la manière la plus solennelle.

Le duc de Berry avait réuni chez lui les
deux rivaux; il les avait splendidement traités,
selon sa coutume, et, à la fin d'un long festin,
grâce à l'éloquence de l'amphitryon et à l'expansion causée par ses excellents vins, les deux
rivaux s'étaient embrassés avec une effusion
toute fraternelle.

Le lendemain, ils communièrent ensemble
dans l'église des Grands-Augustins, et parta-
gèrent la même hostie. Le duc de Berry, qui
assistait à cette pieuse cérémonie, les ramena
à l'hôtel de Nesle, où il voulait les traiter plus
magnifiquement encore que la veille; mais,
en traversant le jardin, Jean-sans-Peur aperçut
Isabeau à un des balcons, et il ne fallut qu'un
regard de cette femme pour rallumer sa colère
et raviver la soif de vengeance dont il était
depuis longtemps tourmenté.

Au moment de prendre place au banquet,
son visage se rembrunit, ses poings se crispè-
rent, et peu s'en fallut qu'il n'éclatât; mais le
duc de Berry, auquel ce mouvement n'avait
pas échappé, lui adressa des paroles si affec-
tueuses, qu'il s'efforça de se contenir pour ne
pas troubler les plaisirs de ce prince, qui lui
était si bienveillant.

Le soir même, la reine recevait Jean dans
sa retraite favorite. Que se passa-t-il dans cette
entrevue? nul ne le pourrait dire; pourtant il
paraît certain qu'une convention secrète y fut
conclue, car, dès que le duc fut sorti, elle annonça qu'elle ne retournerait pas à Vincennes,
d'où elle était venue le matin même, et qu'elle
irait passer quelques jours à l'hôtel Barbette,
qui lui appartenait, et qui était situé dans la
Vieille-rue-du-Temple.

En même temps, elle donna l'ordre à Papelon de se rendre le lendemain près du duc de

Bourgogne, et d'obéir à ce dernier en tout ce
qu'il lui commanderait, ajoutant qu'en se faisant, lui, Papelon, agirait dans son propre
intérêt.

Les choses se firent comme elle le voulait, et,
le lendemain, tandis qu'elle allait s'installer
à l'hôtel Barbette, l'écuyer se rendait à l'hôtel
Saint-Paul où se trouvait Jean-sans-Peur, qui
l'accueillit favorablement et comme un homme
dont la visite est attendue.

— Ami, dit le duc, nous savons que vous
êtes homme de courage et très-fidèle; à cause
de ce, nous voulons vous donner comme lieutenant au capitaine Raoul d'Ocquetonville en
qui nous avons entière confiance, et que nous
avons chargé d'une expédition pour laquelle
il est besoin d'hommes de forte trempe.

Ce Raoul d'Ocquetonville était en effet une
des âmes damnées de Jean-sans-Peur, un de
ces hommes ne craignant ni Dieu ni diable, et
capables de mettre tout un royaume à feu et à
sang, en vue d'y faire convenable butin.

Bien qu'il ne connût pas Papelon, il le reçut comme une vieille connaissance.

— Je suis aise d'avoir si bon compagnon,
lui dit-il, et je veux m'en réjouir en vous me-
nant à l'hôtellerie de l'Image de Notre-Dame
où nous deviserons entre pots et gobelets.

Papelon ne se fit pas prier; et, quelques
instants après, tous deux étaient dans l'hôtellerie, buvant et causant mystérieusement.

Au bout d'une heure, ces deux hommes se
quittèrent en se donnant rendez-vous au même
lieu pour le soir même. De là Papelon se rendit à l'hôtel Barbette, où il se faisait un grand
mouvement, car la reine, en y arrivant, avait
été prise du mal de l'enfantement.

Elle accoucha peu d'instants après, et l'é-
cuyer ne put la voir. Cela toutefois ne l'empêcha pas de se rendre le soir à l'Image de Notre-
Dame, où il retrouva Raoul.

— Buvons, lui dit ce dernier; car nous
n'aurons ce soir à faire la besogne dont s'agit,
étant chose remise à cause de l'accouchement
de madame la reine; mais ce n'est pas remise

lointaine, et je vous ferai donner bon avis quand approchera l'heure.

Plusieurs jours s'écoulèrent sans que cet avis fût donné à Papelon.

Pendant tout ce temps, le duc d'Orléans s'était abstenu de voir la reine, afin de ne pas donner un aliment nouveau aux mauvais bruits qui couraient sur tous deux : « De tous ces galants seigneurs, dit un historien, nul ne faisait à cette femme impudique une cour plus assidue que son beau-frère le duc d'Orléans ; aussi l'accusait-on d'être le père de l'enfant adultérin dont elle venait d'accoucher. »

Cependant Isabeau, dont les couches avaient été très-heureuses, s'était promptement rétablie, elle fit savoir alors au duc d'Orléans qu'elle était très-mécontente de ne l'avoir vu en des circonstances qui devaient tout particulièrement l'intéresser ; et, comme une longue abstention pouvait avoir les mêmes effets qu'un trop vif empressement, le duc lui fit répondre qu'il se rendrait chez elle le soir même.

C'était le 22 novembre 1407. Une heure après le soleil couché, il y avait à l'hôtellerie de l'Image de Notre-Dame nombreuse réunion d'hommes armés au milieu desquels se trouvaient Raoul d'Ocquetonville et Papelon. Le premier, outre la longue épée qui pendait à son côté, portait à sa ceinture une hache brillante et bien aiguisée ; l'écuyer était armé d'une épée et d'un long poignard ; tous les autres portaient dagues et bâtons.

Bien que tous ces gens parlassent à voix basse, la conversation était fort animée lorsqu'on entendit le pas de plusieurs chevaux qui passaient dans la rue. Un homme qui appartenait évidemment à la même réunion, et qui se tenait en sentinelle sur le seuil de la porte extérieure, rentra aussitôt.

— C'est lui messire, dit-il à demi-voix.

Aussitôt un autre homme de la réunion sortit de l'hôtellerie et se mit à courir à toutes jambes sur les traces des cavaliers qui venaient de passer, et se dirigeaient vers l'hôtel Barbette.

— Du vin ! cria Raoul à l'hôtelier.

— Messire, lui dit tout bas Papelon, me ferez-vous l'honneur de me laisser porter à ce félon le premier coup ?

— Ce sera au plus prompt et au plus adroit, répondit le capitaine ; mais toujours me plaît-il de vous voir en telles bonnes dispositions. Buvons donc pour que le temps ne nous soit tant long ; car il m'est avis que le maudit ne reparaîtra de sitôt.

Il devait, en effet, s'écouler un assez long temps avant que reparût l'homme qui s'était élancé sur les traces des cavaliers ; car ces derniers n'étaient autres que le duc d'Orléans et sa suite, qui se rendaient près de la reine, et Isabeau, bien que faible encore, avait mis en œuvre ses plus douces séductions pour retenir le duc à souper.

Il était un peu plus de dix heures ; l'hôte de l'Image de Notre Dame avait invité les buveurs à se retirer, invoquant les ordonnances, qui ne permettaient pas qu'il tînt maison ouverte passé l'heure du couvre-feu ; mais Raoul d'Ocquetonville lui avait chaque fois imposé silence, et, comme il était le plus fort, l'hôtelier s'était résigné.

Tout à coup l'homme qui avait suivi les cavaliers arriva tout essoufflé.

— Il vient ! dit-il en se laissant tomber sur un banc.

— Debout, garçons ! fit aussitôt le gentilhomme normand.

A ces mots, il se dirigea vers la porte et sortit ; tous le suivirent et allèrent se ranger derrière lui sous un hangar qui se trouvait dans cette rue.

Déjà l'on voyait au loin s'avancer une sorte de cortège éclairé par des torches que portaient des valets.

— Raoul ! fit une voix qui semblait partir de la porte de l'hôtellerie.

Le capitaine quitta ses compagnons et s'avança vers un personnage qui se tenait immobile, enveloppé dans un ample manteau.

— N'est-ce pas lui que je **vois** venir ? dit

ce personnage quand le gentilhomme normand fut près de lui.

— C'est lui, monseigneur, et j'en suis bien
averti; ne demeurez davantage.

L'homme au manteau s'évanouit comme
une ombre, et le capitaine retourna se mettre
à la tête de ses hommes.

Onze heures sonnèrent au couvent des
Blancs-Manteaux; les flambeaux qu'on avait
d'abord aperçus au loin n'étaient plus qu'à
une faible distance de Raoul et de ses gens.
En avant de ces flambeaux s'avançaient deux
écuyers montés sur le même cheval. L'animal,
comme s'il eût flairé quelque guet-apens,
s'arrêta à la hauteur du hangar et fit mine de
se cabrer, puis il s'élança comme un trait, et
disparut avec ses cavaliers.

Les valets portant les torches arrivent à
leur tour; derrière eux s'avance un homme
monté sur une mule.

— Sus! sus! s'écrie Raoul.

Et, s'élançant le premier, il saisit d'une
main la bride de la mule, et de l'autre il abat
d'un coup de sa hache le poignet du cavalier
appuyé sur le pommeau de la selle.

— A moi! s'écrie le blessé; je suis le duc
d'Orléans!

— Nous le savons de reste, dit Papelon en
le frappant d'un coup de poignard au milieu
de la poitrine, et, pour ce, nous te traitons,
comme tueur et larron, car ainsi es-tu.

Alors tombèrent comme grêle sur le corps
du duc coups de dague, de bâton, de hache,
et déjà depuis plus d'un quart d'heure il avait
cessé de vivre, que les assassins le frappaient
encore.

Cependant l'escorte du prince, un moment
contenue ou dispersée par les assaillants, ne
tarda pas à se rallier; mais déjà les assassins,
pour faire diversion, avaient mis le feu à l'hôtellerie de l'Image de Notre-Dame, après quoi
ils s'étaient enfuis dans toutes les directions
en criant :

— Au meurtre!

Aux premiers cris toutes les fenêtres des
maisons voisines s'étaient ouvertes; aux lueurs
de l'incendie les bourgeois accoururent, et,
tandis que les uns travaillaient à éteindre le
feu, les autres se groupaient autour des gens
du duc d'Orléans, qui relevaient le cadavre de
leur maître horriblement mutilé : les deux
bras étaient coupés, l'un au-dessus du poignet, l'autre au-dessus du coude; la tête avait
été ouverte d'un coup de hache, et le corps
criblé de coups gisait dans le ruisseau, couvert de boue, de sang et de débris de cer-
velle.

Bientôt les parents et toute la maison du
duc, instruits de ce qui venait d'arriver, accoururent sur le lieu de cette horrible scène :
mais vainement cherchèrent-ils les coupables;
ils ne trouvèrent que le cadavre défiguré du
prince, qu'ils firent transporter à l'hôtel du
maréchal de Rieux, situé près de là.

Lorsque Papelon rentra à l'hôtel Barbette,
un peu après minuit, on lui dit que la reine
l'avait mandé plusieurs fois, et que sûrement
elle l'attendait avec grande impatience. Il
s'empressa donc de se rendre près d'elle, et,
bien qu'elle fût au lit, on l'introduisit sans
difficulté.

— Es-tu vengé, ami? demanda Isabeau
quand ils furent seuls.

— Le traître est mort, madame, répondit
l'écuyer.

Puis, tirant son poignard, il ajouta :

— Et nous pouvons vous montrer la couleur
de son sang.

L'aspect de cette arme ensanglantée ne causa
pas à la reine une grande émotion : elle se fit
raconter tous les détails de l'événement, et
s'endormit paisiblement après les avoir entendus.

Le lendemain, le duc de Bourgogne se rendit à l'hôtel Barbette, où il fut accueilli comme
un sauveur.

— Madame, dit-il après un entretien très-
animé, il ne faut pas rester en si beau chemin. Nous n'entendons pas avoir tiré le vin
pour le laisser boire à nos ennemis.

— Eh ! cher duc, ne sommes-nous pas maîtres présentement?

— Non, madame; car je ne suis rien, et vous-même vous n'avez qu'un pouvoir incertain et non complet.

— Notre aimé Jehan, oubliez-vous que maintenant nous sommes seule régente du royaume?

— Ne vous déplaise, très-charmante reine, il n'y aura régence que de nom, tant que sera près du roi ce maudit Bernard d'Armagnac, qui met si bien à profit les moments de raison qu'a parfois notre sire Charles sixième.

Isabeau, cette fois, fut effrayée; à la pensée d'un nouveau meurtre, il s'opéra une sorte de réaction dans son esprit.

Le comte d'Armagnac était, il est vrai, son ennemi; il excitait sans cesse le roi contre elle, et, dès qu'il revenait à ce pauvre monarque, qu'il ne quittait pas plus que son ombre, une lueur de raison, il en profitait pour en obtenir de nouvelles faveurs, une plus grande puissance, et pour achever de perdre Isabeau, en la peignant des couleurs les plus noires aux yeux de ce malheureux insensé. La reine savait tout cela; mais en ce moment elle était rassasiée de meurtres, et puis peut-être aussi s'effrayait-elle de l'audace toujours croissante de Jean-sans-Peur, et qui ne pouvait tarder à être menaçante à l'endroit de son autorité à elle-même.

Jehan, dit-elle après quelques instants, ce chemin dont vous parlez n'est pas si beau qu'il vous paraît, et le comte Bernard n'est pas pour vous si redoutable que les d'Orléans, Valentine Visconti, que vous avez faite veuve, pouvant bien plus que lui sur l'esprit troublé du roi. Nous ne pouvons, en conscience, consentir à faire de la cour un lugubre cimetière. Cherchons plutôt la paix, qui est un moyen plus sûr et moins terrible d'abattre l'orgueil de nos ennemis. Aussitôt l'entier rétablissement de notre santé advenu, nous irons voir le duc de Berry; le très-cher oncle nous tient rigueur, car nous ne l'avons pas vu ici à l'oc-

casion de nos couches; mais nous le ramènerons, et nous le savons trop grand faiseur de paix pour douter qu'il ne vienne volontiers en aide en cette occurrence.

Le duc de Bourgogne ne fut pas du tout convaincu par ces raisons; il persista à croire que les morts sont les seules gens qu'on n'ait pas à craindre, et, bien qu'il n'en dît rien en se retirant, il était plus résolu que jamais à mettre à exécution ses sanguinaires projets, et à marcher droit au but qu'il se proposait, le pouvoir suprême. Mais, alors qu'il songeait à continuer ses attaques, force lui fut tout à coup de songer à se défendre. On l'accusait tout haut d'être l'auteur de l'assassinat du duc d'Orléans; Valentine de Visconti, veuve de ce dernier, avait fait jurer à ses enfants, sur le corps sanglant de leur père, de n'accorder ni paix ni trêve au meurtrier, et de tirer de ce crime une vengeance éclatante. Le comte d'Armagnac, dont la fille devait épouser le nouveau duc d'Orléans, se joignit à cette princesse, et le dauphin, quoique bien jeune encore, se fit le chef de ce parti puissant.

Jean-sans-Peur, ne se sentant pas assez fort en ce moment pour soutenir la lutte, se disposa à quitter Paris; mais il voulut auparavant faire preuve d'audace, et il se déclara ouvertement l'auteur du crime qu'on lui imputait; puis, escorté des gens de sa maison et d'une partie de la troupe d'égorgeurs commandée par Raoul d'Ocquetonville, il sortit de la capitale se dirigeant vers ses États, où il arriva sans coup férir.

Isabeau fut épouvantée du vide qui se fit autour d'elle après cet événement, et, à peine rétablie, malgré l'extrême rigueur du froid, elle se fit transporter à l'hôtel de Nesle, espérant trouver là au moins un visage ami; mais le duc de Berry la reçut avec une sorte de contrainte, qui put faire juger sur-le-champ des dispositions de son esprit.

Ce n'était pas que ce prince valût beaucoup mieux que ses neveux; mais il était las de ces querelles, qui troublaient ses plaisirs; et puis il avait espéré que la mort du duc d'Orléans lui rendrait quelque influence dans les affaires, et lui permettrait de rétablir ses finances délabrées, et rien de tout cela n'était arrivé, la toute-puissance étant demeurée au comte d'Armagnac, qui n'était pas homme à s'en dessaisir facilement.

—Belle nièce, dit-il à Isabeau, c'est chose bien mal plaisante que tous nos efforts pour vous être agréable n'aient abouti qu'à me rendre la vie chagrine, alors que vous avez tant favorisé ceux qui ont pris un chemin contraire.

— Cher oncle, répondit-elle, il n'a pas tenu à nous que vous soyez plus satisfait : mais il n'est temps perdu, Dieu merci, et, si vous restez de mes amis, nous nous entendrons mieux sur cela que par le passé.

Le duc comprit qu'on avait besoin de lui, et il songea à se faire valoir.

— Nous n'avons jamais cessé d'être votre serviteur dévoué, reprit-il ; mais c'est chose véritable que nous avons toujours perdu nos peines à vouloir vous plaire, et ne croyons être en cela plus puissant aujourd'hui que naguère.

— Bel oncle, vous ne pouvez être tant ami de la paix entre les hommes pour vouloir faire la guerre à une femme. Donc vous unirez certainement vos efforts aux nôtres pour que la guerre n'éclate pas entre Armagnacs et Bourguignons, et pour forcer chacun à rester dans les limites de son droit. Pour cela, nous vous donnerons pleins pouvoirs, et aussi pour autres faits, si, avec votre aide, nous conservons la puissance que nous a légitimement concédée le roi.

Le duc commença à se montrer plus traitable.

Se croyant le plus habile diplomate de son temps, — et peut-être l'était-il en effet, — il entrevit à travers les difficultés de la situation de grands et faciles succès. Il dit que c'était choses sur lesquelles il fallait sagement conférer, et, à cause de l'extrême froidure, il engagea la reine à demeurer à l'hôtel de Nesle,

afin qu'ils pussent, sans trop pénible dérangement, se voir tous les jours.

L'hiver en effet sévissait avec une rigueur inouïe. On en pourra juger par l'extrait suivant des *Registres du Parlement* du mardi 31 janvier 1408 :

« Cejourd'hui aucuns conseillers ne juges
« ne sont advenus au Palais, à cause du dan-
« gier des grandes et horribles glaces qui, dès
« hier au soir, commencèrent à descendre et
« couler par les ponts de Paris, et par spécial
« par les petits ponts et non sans cause ; car,
« puisque la saison et le temps ont été si
« froids, et a eu des gellées, puis la Saint-Mar-
« tin dernière passée, et par spécial a été cette
« froidure et si aspre et si urgent par les deux lu-
« naisons dernières passées, que nul ne pouvoit
« besogner. Le greffier même, combien qu'il
« eust pris feu de lez lui en une pelette pour
« garder l'encre de son cornet de geller, toutes
« voyes l'encre se gelloit en sa plume, de deux
« ou trois mots en trois mots, et tant que enre-
« gistrer ne pouvoit ; et que par icelles gellées
« eussent été gellées les rivières, et en spécial
« Seine, tellement que l'en cheminoit et venoit
« et alloit et l'en menoit voitures par dessus
« la glace, et que eusse été si grande abon-
« dance de neiges que l'en en eust vu de mémoi-
« re d'homme, et tant qu'à Paris avoit grande
« nécessité, tant de bois que de pain pour les
« moulins gellés. Se n'eust été des farines que
« l'on y amenoit des pays voisins, et que les-
« dittes gellées, glaces et froidures se fussent
« amodérées dès le vendredi dernier passé
« pour la nouvelle conjonction lunaire, et que
« les glaces se fussent dissolues par parties et
« glaçons. Iceux glaçons, par leur impétuosité
« et heurt, ont ce jourd'hui abattu les deux
« petits ponts (le Petit-Pont et le pont Saint-
« Michel) : l'un étoit de bois, joignant le petit
« Châtellet ; l'autre, de pierre, appelé le
« *pont Neuf*, qui avoit été fait puis vingt-
« sept ou vingt-huit ans, et aussi toutes les
« maisons qui estoient dessus, qui estoient

« plusieurs et belles, en lesquelles habitoient
« moult ménagiers de plusieurs estats et mar-
« chandises et mestiers, comme taincturiers,
« escrivains, barbiers, couturiers, esperon-
« niers, fourbisseurs, frippiers, tapissiers,
« chasubliers, faiseurs de harpes, libraires,
« chaussetiers et autres. N'y a eu personnes
« perillées, Dieu merci ! »

Ce fut au plus fort de ce rude hiver que la
reine Isabeau, se rendant au désir du duc de
Berry, alla de nouveau s'installer à la tour de
Nesle, qui avait été précédemment son séjour
de prédilection, et fut pour elle une sorte de
prison pendant ces tristes jours, tant son isolement était grand ; car, à l'exception des visites
que lui faisait le duc de Berry, elle n'avait

Le pilori sous Charles VII.

d'autre société que celle de ses femmes et de
Papelon, toute la cour s'étant ralliée aux Armagnacs, dont la puissance semblait se conso-
lider de plus en plus.

Cependant le duc de Berry négociait pour
opérer la réconciliation de la reine avec Bernard d'Armagnac, seul moyen de faire reconquérir à Isabeau le pouvoir qui lui était
échappé, — car elle n'était plus régente que de
droit, — et, bien que cela présentât de grandes

difficultés, il avait encore foi en son habileté de
diplomate, lorsqu'un événement vint ruiner
toutes ses espérances.

Après l'honnête opération au moyen de laquelle le duc d'Orléans avait rempli ses coffres
en inondant de fausse monnaie la France et
une partie de l'Allemagne. Papelon, ainsi que
nous l'avons dit, avait quitté ses compagnons.

Ces derniers, on le pense bien, n'avaient pas
quitté, les poches vides, l'hôtel des Tournelles ;

mais, par malheur, la monnaie dont elles étaient pleines venait de leur fabrique, et l'émission en était devenue aussi difficile que dangereuse. Tant bien que mal pourtant, ils en tirèrent parti.

Le plus difficile n'était pas là ; il consistait, une fois les poches vidées, à les remplir, les outils leur manquant pour reprendre complétement l'exercice de leur honorable industrie.

Tous se réunirent d'abord afin de mettre en commun les expédients qui pourraient surgir de l'esprit de chacun. Après de longues délibérations, il fut convenu qu'on tenterait de s'emparer de l'outillage que l'on savait être dans les caves de l'hôtel des Tournelles.

L'expédition était périlleuse, mais des hommes qui frisent le gibet trois cent soixante-cinq fois par an ne sauraient être arrêtés par des considérations de cette nature; pour eux, il ne s'agissait pas de savoir si cela était dangereux, mais si cela était possible, et l'opération fut jugée telle.

Un soir, un pèlerin à barbe blanche se présente au concierge de l'hôtel des Tournelles, qui, avec quelques palefreniers et autres varlets de bas étage, composait en ce moment tout le personnel de cette vaste maison.

Le dévot vieillard vient, dit-il, de la Terre-Sainte, où il a fait ample provision de reliques, grâce auxquelles il a opéré, chemin faisant, une foule de guérisons miraculeuses qui lui ont valu l'hospitalité chez une foule de gens de bien, et lui ont permis d'arriver sain et sauf à Paris, bien qu'il ne possédât pas un denier, car il a fait vœu de ne pas toucher une seule pièce de monnaie pendant tout son long pèlerinage. C'est pourquoi, dénué d'argent comme il l'est, il s'est enquis, en entrant dans la capitale, d'une maison où il pût trouver un peu de pain et un asile pour la nuit seulement, se proposant de partir le lendemain de bon matin, et on lui avait dit que l'hôtel des Tournelles étant presque entièrement inhabité, les pèlerins y étaient toujours bien accueillis, la place ne manquant point, et les gardiens dudit lieu étant gens de foi, honnêtes et secourables.

Or, un pèlerin revenant de la Terre Sainte était alors par toute l'Europe un personnage digne de respect et de vénération ; on se prosternait devant les reliques qu'il rapportait, et on l'écoutait avec avidité, car il n'en était pas un qui ne fit récits plus merveilleux les uns que les autres.

Héberger de si saints hommes était donc un des devoirs qu'on remplissait avec le plus d'empressement.

Il était donc à peu près certain que celui dont il est ici question serait bien accueilli à l'hôtel des Tournelles, où il y avait large place, et dont les gardiens désœuvrés faisaient alors bonne chère et grand feu.

Ce fut ce qui arriva.

Le saint personnage n'eut pas seulement un peu de pain, comme il l'avait demandé, mais on lui fit prendre place à une bonne table où les pots de vin se succédèrent rapidement en vue de lui délier la langue, ce qui était, du reste, chose très-facile, le vieillard étant, sur ce point, admirablement préparé.

Le pèlerin parla bien et longtemps; pourtant, comme il n'est chose qui ne doive prendre fin, ses yeux, au dernier récit, commencèrent à se fermer.

On le pressa alors d'aller se mettre au lit qu'on lui avait préparé ; mais, comme il était alors étendu dans un large fauteuil de bois, près de l'âtre, où pétillait un bon feu, il dit qu'accoutumé à coucher sur la dure et à ne pas quitter ses vêtements, rien ne saurait lui être plus agréable que de passer la nuit sur ce siége où il se trouvait si bien : satisfaction qu'on n'eut garde de lui refuser.

Une heure après minuit venait de sonner à l'église Saint-Paul. Ce coup unique et retentissant ne troubla point le sommeil des gens de l'hôtel des Tournelles; mais il fut pour le prétendu pèlerin le signal d'une opération fort peu édifiante, et à laquelle il se livra néanmoins avec une ardeur toute juvénile.

Sans s'inquiéter de sa belle barbe blanche,

qui s'était fortuitement et tout d'une pièce détachée de son menton, il se leva doucement de son large siége, tira de sa poche certains engins tels que cordes et bâillons, dont il orna si bien la personne endormie de son hôte bienveillant, que l'honnête hébergeur de pèlerins se trouva, en un instant, dans l'impossibilité de faire un mouvement et de pousser un cri ; puis de là, ses poches étant larges et profondes, ses instruments nombreux et ses poignets d'une solidité remarquable, il alla garrotter de la même manière les autres serviteurs, qui rêvaient temple de Jérusalem et jardin des Oliviers.

Cela fait, à certaines gens qui attendaient, blottis sous le porche de l'hôtel pour échapper aux yeux très-médiocrement scrutateurs du guet, il alla ouvrir la porte extérieure.

Alors ce fut une folle joie, une sorte de délire, pour tous ces gens qui, on le devine, n'étaient autres que les anciens compagnons de Papelon ; ils firent bombance d'abord, vidant force pots et mettant à nu le garde-manger ; après quoi, sans perdre la tête, et comme de braves voleurs qu'ils étaient, ils emplirent leurs poches, si piteusement vides depuis quelque temps ; puis ils descendirent aux caves et en enlevèrent tout l'outillage de monnayeurs qui s'y trouvait, et, comme leurs mesures avaient été habilement prises, ils parvinrent à transporter tout ce matériel dans les Tuileries, nom d'un hameau sauvage, situé au delà du vieux Louvre, et qui devait son nom à quelques fabriques de tuiles établies sur son territoire.

Là, l'honnête association avait établi son quartier général dans une masure assez vaste et à demi souterraine.

L'autorité ne se risquait guère à explorer ces lieux, parfaitement gardés d'ailleurs par des sentinelles presque invisibles, et la retraite, en cas d'attaque, était si habilement ménagée, qu'on y pouvait être en sécurité.

Ces hommes qui, comme on voit, avaient fait un tout de leurs forces physiques et intelligentes, ne tardèrent pas à reconnaître que tout cela était insuffisant pour arriver au but

qu'ils se proposaient ; quelques-uns d'entre eux, qui croyaient avoir surpris le secret de Papelon, ne tardèrent pas à confesser leur impuissance ; alors s'éleva parmi ces hommes ce cri qui proclamait la puissance absente : « Où est Papelon ? »

Où est Papelon, c'est ce qu'il n'était pas facile de découvrir, car il n'y avait pas alors de journaux contenant le compte rendu des faits et gestes de messieurs les bandits, voleurs, chauffeurs, faux-monnayeurs et le récit des pendaisons qui terminaient régulièrement leur carrière. Le maître coquin avait du reste si rapidement changé de condition, qu'il était à peu près impossible à ses anciens amis de retrouver ses traces ; mais les gens de cette trempe ne se découragent pas facilement.

— Cherchons, se dirent-ils, et nous trouverons.

Sur ce, ils commencèrent à parcourir tavernes et tripots, coupant par-ci par-là quelques bourses pour s'entretenir la main et subvenir aux besoins du moment.

Chaque soir, au couvre-feu, tous se réunissaient, et l'on mettait en commun le butin du jour ; mais c'était chose maigre, à cause du malheur des temps, et les infortunés larrons en étaient réduits à la portion congrue, ce qui est la pire des conditions pour gens de cette étoffe.

Cependant, loin de diminuer, l'intensité du froid augmentait chaque jour ; la misère était horrible parmi le peuple de la capitale. Hommes, femmes, enfants, chassés par la faim hors de leurs taudis, tombaient d'inanition aux coins des rues, au milieu des carrefours, où leurs cadavres gelés étaient abandonnés.

Alors se produisirent des faits monstrueux, et qui seraient tout à fait incroyables s'ils n'avaient été constatés par les écrivains du temps, et s'ils ne se trouvaient consignés dans le *Journal de Paris* du règne de Charles VI. D'innombrables bandes de loups firent irruption dans Paris par la rivière, qui était gelée, et dévorèrent non-seulement les morts dont les cadavres étaient abandonnés, mais aussi les vivants.

« Et prenoient les chiens, » dit l'auteur du journal que nous citons, « et si mangèrent un « enfant, de nuit, en la place aux Chats, der- « rière les Innocents... En celui temps espé- « cialement tant comme le roi fut à Paris, les « loups étoient si enragés de manger chair « d'hommes, de femmes et d'enfants, que, « en la dernière semaine de septembre, estran- « glèrent et mangèrent quatorze personnes, « que grands que petits, entre Montmartre et « la porte Saint-Antoine, dans les vignes et « marais. Et, s'ils trouvoient un troupeau de « bestes, ils assailloient le berger et laissoient « les bestes... Ils vinrent soudainement à Paris « et estranglèrent quatre femmes mesnagières « et, le vendredi ensuivant, ils en affolèrent « (mordirent) dix-sept, dont il en mourut onze « de leurs morsures. »

« Mais les loups, pour les Parisiens, dit Du- laure, étaient moins redoutables que les che- valiers, les seigneurs et les brigands appelés *escorcheurs*, qui marchaient à leur suite, et qui venaient rançonner, incendier et tuer jusque dans les faubourgs de Paris. »

A tous ces fléaux, il faut ajouter le droit de *prise*, d'après lequel les gens du roi étaient au- torisés à faire main basse sur tout ce qui était à leur convenance dans les lieux où le monar- que résidait. On peut juger de ce qu'était ce prétendu droit, par une ordonnance de Char- les V, qui avait tenté, sans y réussir, de mo- dérer cette exaction. Voici le préambule et les principales dispositions de cette curieuse or- donnance :

« Plusieurs personnes se sont plaintes des « prises que depuis longtemps on a faites à « Paris, et que l'on fait encore aujourd'hui. « Les charrettes, le blé, le vin, le foin, l'avoine, « la paille, le fourrage, les matelas, les cous- « sins, les draps, les couvertures, les couvre- « chefs, le bétail, la volaille, les tables, les « bancs et autres objets, sont pris pour la pro- « vision de notre hôtel, pour celle des hôtels « de la reine, de nos frères, de notre conné-

« table et d'autres personnes de notre parenté « et autres maisons : ce qui empêche les den- « rées et les marchandises d'être transportées « à Paris, et cette ville d'être approvisionnée. « Plusieurs bons habitants des faubourgs sont « sur le point d'en partir, et d'abandonner « leurs maisons, à cause des dommages et des « pertes graves qu'ils éprouvent par lesdites « *prises*. Les habitants de la campagne ne veu- « lent point travailler la terre, ni en retirer « aucun fruit ; plusieurs terres et grandes « propriétés restent en friche, parce qu'on y « enlève les chevaux, le foin, l'avoine et autres « fourrages destinés à les nourrir, parce qu'on « y enlève les voitures, les charrues, le bétail, « la volaille, et autres biens nécessaires à la « nourriture des laboureurs.

« Si un tel abus durait plus longtemps, et si « ceux contre qui il s'exerce n'étaient bientôt « préservés des *preneurs*, ces malheureux aban- « donneraient le pays, ou seraient réduits au « dernier état de misère.

« Ayant pitié et compassion du pauvre « peuple, ordonnons que toutes espèces de « *prises* cesseront à l'avenir ; qu'aucuns *pre- « neurs* ni officiers quelconques ne prendront « ni ne feront, par eux ni par autres, pour « quelque cause que ce soit, prendre dans notre « bonne ville de Paris, ni dans ses faubourgs, « ni dans autres lieux du royaume, pour la « provision de notre hôtel et des hôtels des « princes de notre parenté, aucun des objets « ci-dessus déclarés ; excepté seulement les « matelas et coussins pour notre chambre, le « foin, paille et avoine pour les chevaux de « notre corps, et pour ceux de la reine et des « princes.

« Voulons que lesdits foin, paille et avoine « soient payés sur-le-champ et à juste prix, et « que l'on paye aussi le loyer des matelas et « coussins.

« Et parce qu'à Paris on peut facilement « trouver du foin, de l'avoine et autres choses, « sans recourir à des *prises*, nous voulons qu'en « cette ville, ainsi qu'en la vicomté, il ne soit

« fait aucune prise que du consentement de
« ceux auxquels appartiennent les objets, et en
« les payant à juste prix, sur-le-champ, et
« avant de les emporter.

« Mandons à tous *preneurs*, etc. »

Cette ordonnance, qui n'était point exécutée,
peut, comme nous l'avons dit, donner une idée
du désordre et de la misère de cette époque. Il
n'y avait abondance de biens que dans les
hôtels de grands seigneurs. Or, la faim, qui, selon le proverbe, avait chassé les loups hors du
bois, ne pouvait manquer de chasser aussi bientôt de leurs parages habituels les anciens compagnons de Papelon.

Un jour qu'affamés et consternés ces honnêtes gens délibéraient dans leur masure sur
les moyens à prendre pour ne pas mourir de
faim, un d'eux, qui était à la fois le plus in-
ventif et le plus audacieux de la bande, et qui,
tout en écoutant les autres, regardait par la lu-
carne près de laquelle il était placé, s'écria
tout à coup en montrant la tour de Nesle, qu'on
apercevait de là :

— Ah ! compaings, nous n'aurions pas tant
besoin de penser à chercher victuailles, si
nous pouvions sourdinement entrer en cette
tour où se sont faits si grands péchés et aussi
de tant mignons.

— Que dis-tu là, Ferluche, lui répondit un
de ceux auxquels il s'adressait ; est-ce des lieux
si bien gardés qu'il nous convient de montrer
visage ?

— Hum ! fit Ferluche, il n'est chien qui
aboie s'il a à mordre.

— Autant vaudrait, dit un autre, parler de
mettre à sac le Louvre.

— Compaing, répliqua Ferluche, il ne faut
dire non de rien ; car il n'est chose si difficile
que grande volonté ne puisse mettre à bon fin.

Pendant ce colloque, le maître larron continuait à diriger ses perçants regards vers la
fameuse tour ; il en examinait les diverses issues, et son attention était surtout attirée par
une longue corde passant sur une poulie faisant saillie à l'étage supérieur, destinée à pui-

ser de l'eau dans la rivière pour les besoins de
la demeure, et aussi par la porte d'eau très-
abordable en ce moment, la Seine continuant
à être gelée de manière à porter chariots et
chevaux.

— Ah ! fit-il, si je me pouvais seulement
hisser en ce nid d'où pend la corde !

Mais cela paraissait impossible ; car la corde
ne pendait pas de plus d'une brasse en dehors,
la gelée empêchant d'en faire usage.

Toutefois, avant de rejeter tout à fait l'idée
qui avait surgi dans son cerveau, il résolut
d'examiner les choses de plus près, et, laissant
ses compagnons livrés à leurs réflexions, il
sortit pour faire ce qu'il avait résolu.

Bientôt il arriva devant la tour ; mais, plus
il en était près, et plus il lui semblait difficile
de pénétrer dans l'intérieur, et il allait se retirer fort peu satisfait de son examen, lorsque
la porte d'eau, près de laquelle il se trouvait,
s'ouvrit brusquement, et livra passage à un
écuyer, dont les éperons dorés résonnaient sur
la glace comme ils eussent fait sur les dalles
ou sur le pavé.

Ces deux personnages, se trouvant face à
face, s'arrêtèrent en même temps.

— Papelon ! s'écria l'explorateur.

— Ferluche ! fit l'écuyer sur le même ton.

— Ah ! maître, reprit Ferluche, en admi-
rant le brillant costume de l'ancien faux-monnayeur, je ne m'étonne plus de ne vous avoir
pas trouvé aux lieux où je vous cherchais,
puisque de si bonne heure vous sortez en cet
équipage de cette demeure princière.

— Eh ! pourquoi me cherchiez-vous, Ferluche ?

— C'est que, sans vous, maître, nous n'a-
vons que des bras, et de vous tête point.

— Et comme par la tête on pend gens de
votre sorte, bien vous en prend de n'en avoir
point.

— Et pourtant on nous pendra bientôt si
vous ne voulez nous être en aide, et encore par
trop n'aurons à nous en plaindre, car il n'es
bourreau si terrible que la faim.

— Oui-da ! compaings, ne vous ai-je point fait loyale et large part des deniers échappés aux griffes de monseigneur d'Orléans, que messire le diable ait en son gîte ?

— Eh||l maître, il n'est monnaie qui ne s'use, voire celle sortant du Louvre, et frappée au coin de monseigneur le roi par les frères de l'hôtel ; donc c'est usée la nôtre, qui ne venait de si bon lieu, et dont pourtant nous étions si satisfaits, que nous ne demanderions pas autre chose pour le moment que d'en pouvoir garnir nos escarcelles.

Papelon fronça le sourcil, car il devinait ce qu'on voulait de lui, et il n'était plus du tout disposé à braver le gibet pour si mince pécule, lui qui nageait dans les grandes eaux royales, et qui, par la grâce de la belle et fastueuse Isabeau, puisait abondamment dans ce Pactole.

— A chacun sa charge, Ferluche, dit-il après un instant de silence ; trop longtemps nous avons eu la plus lourde, et ne voulons pas recommencer si rude besogne.

— Maître, vous ne pouvez être roi en l'hôtel de Nesle, et vous serez roi seul et absolu parmi nous.

— Ferluche ! fit Papelon en se dressant de toute sa hauteur, nous sommes roi où il nous plaît.

Le rusé compagnon demeura quelques secondes sans pouvoir répliquer ; une partie de la vérité venait de lui apparaître : Papelon, si richement vêtu, sortant dès le matin, et par l'issue la moins praticable de la tour de Nesle, où l'on savait que la reine se tenait en ce moment, tout cela avait une certaine signification.

— Sire, dit-il effrontément, puisque roi vous êtes, nous vous demandons largesse comme bons, amés et féaux vos serviteurs.

— Et ainsi nous ferons, garçon, si tu jures, par la croix de notre Seigneur-Dieu, de garder sur ce entier silence.

Ferluche avait l'estomac trop complétement vide pour songer à sa conscience, instrument trop élastique d'ailleurs pour qu'il pût craindre de lui imposer lourde charge.

Il promit donc, il jura même tout ce que voulut son ancien chef, lequel, agissant magnifiquement, tira dix écus d'or de son escarcelle, et les mit dans la main de son ancien complice.

Ferluche était encore en admiration devant les pièces probantes de cet acte de munificence, que déjà l'écuyer favori d'Isabeau avait gagné au pied, et disparaissait sur la grève qui conduisait au séjour de Nesle. Mais le drôle avait découvert la source ; il l'avait fait jaillir, et il n'était pas homme à la laisser tarir faute de stimulants.

Son premier soin toutefois fut, en bon compagnon qu'il était, de courir à la masure où il avait laissé ses amis, et d'étaler à leurs yeux éblouis le pécule qu'il devait moitié au hasard, et moitié à la crainte qu'avait inspirée à l'ancien chef de la bande la rencontre de ce personnage.

— Garçons ! dit-il, buvons, mangeons ; puis nous raisonnerons, et, par monseigneur le diable ! il viendra ensuite meilleure aubaine.

— Ferluche ! as-tu donc trouvé en quelque ornière coche engelé, et au dedans gens morts de froidure ?

— Compaings, n'ayez souci ni de froid, ni de chaud. Vive Dieu ! et que le diable soit pour tous !

Tant que l'abondance dura dans la digne compagnie, on ne pensa pas à autre chose, et l'on fit bombance sans songer à l'avenir ; mais, précisément à cause de cela, le bon temps passa vite, et l'adversité revint promptement terrible et menaçante.

Déjà Ferluche était trois fois revenu à la charge, et, à chaque fois, indépendamment des quelques écus qu'il avait obtenus, ses observations s'étaient agrandies, au point qu'après la troisième fois il savait à très-peu de chose près à quoi s'en tenir sur la situation de son ancien chef.

De son côté, Papelon, il faut en convenir, s'était quelque peu endormi dans les délices de Capoue.

D'abord il avait songé à écarter violemment de lui et pour toujours ces fâcheux compagnons d'une autre époque de sa vie; puis il s'était laissé amollir et séduire par Ferluche, qui lui avait représenté que sa royauté *in partibus* ne pouvait avoir de plus solides soutiens que ces hommes déterminés qu'il connaissait, et qui seraient toujours prêts à jouer leur vie pour lui.

Cela ne pouvait durer : Papelon se sentait atteint aux entrailles par ce chancre rongeur, en même temps que l'argent devenait de plus en plus rare dans les coffres d'Isabeau de Bavière.

Il fallait en finir, et l'audacieux écuyer résolut de précipiter le dénoûment.

— Ami, dit-il à Ferluche, nous avons, outre ces quelques écus, bons avis à vous donner: à savoir que, si vous ne vous hâtez de déguerpir du royaume, et plutôt aujourd'hui que demain, vous aurez certainement maille à partir avec les gens du roi, qui sont furieux de ne vous pouvoir saisir, ce dont, de bonne part, je suis averti.

Ferluche avait tout le savoir nécessaire pour traduire ces phrases en langage vulgaire, et, en ce langage, cela voulait dire : « Partez au plus vite; gaguez au large, si vous ne voulez qu'incessamment je vous fasse mettre à la potence, que vous avez cent fois méritée. »

La situation était critique: fallait-il accepter la guerre, ou faire acte de soumission pour conserver la paix?

On tint conseil sur ce point; et, sur l'avis de Ferluche, on se résolut à la guerre; guerre cauteleuse, bien entendu, toute de piéges, de surprises et de trahisons.

En conséquence, Ferluche prit, pour lui et les siens, l'engagement de quitter la bonne ville de Paris et ses environs, avec la résolution bien arrêtée de demeurer dans l'asile qu'ils s'étaient procuré au milieu des Tuileries; et, en même temps que cette promesse était formulée, des préparatifs se faisaient pour la violer.

— Garçons, disait Ferluche à ses compagnons, les ressources sont épuisées, et, plus que jamais, Papelon nous est un guide nécessaire. Ce n'est pas toutefois chose suffisante pour qu'il consente à revenir à nous, si nous ne l'y obligeons; donc il faut ici l'amener de vive force, ou tendre le cou au collier de chanvre que vous savez.

— Eh! comment l'amener? cria-t-on en chœur, quand on ne sait s'il est sur terre ou en enfer?

— Compaings, silence sur cela! Si nous vous avons en ces derniers temps fourni vêtements, gîte et victuailles, c'est que nous savions mieux que vous à quelle porte heurter pour trouver bon visage; et encore saurai-je nous sortir du mauvais pas où nous sommes par malencontre retombés, si vous me promettez obéissance.

La promesse fut faite par acclamation, et Ferluche prit ses dispositions pour reconquérir le chef dont l'absence compromettait l'avenir de tous ces honnêtes gens.

Dès sa première rencontre avec Papelon sur les eaux gelées de la Seine, il était demeuré persuadé qu'à un moment donné il lui faudrait nécessairement rompre en visière avec cet écuyer si magnifique, par la raison que sa magnificence finirait nécessairement par se lasser de pourvoir aux besoins d'une troupe de bandits qui ne pouvaient lui rendre aucun service, et dont l'existence pouvait compromettre sa sûreté, et il était d'autant mieux préparé à l'opération qu'il allait accomplir.

Papelon, en effet, commençait à se fatiguer singulièrement des fréquentes apparitions de son ancien compagnon, et il n'eût pas été fâché d'apprendre que la bande tout entière fût tombée entre les mains des gens du roi. Peut-être même eût-il volontiers concouru à amener ce résultat, et déjà il avait fait épier le rusé Ferluche, afin de savoir où le trouver, lui et les autres, dans le cas où il prendrait la résolution de s'en débarrasser.

La Seine présentant toujours une surface

solide, Ferluche disposa son monde de manière à ne pas éveiller les soupçons ; tous ses
hommes furent disséminés à une certaine distance ; les uns blottis sous l'avant ou l'arrière
des bateaux pris dans les glaces, les autres
cachés dans les broussailles de l'île aux Va-
ches, qui occupait alors l'emplacement du
terre-plein du Pont-Neuf, s'avançant en aval
jusqu'à une très-petite distance de l'endroit où
est aujourd'hui le pont des Arts, et qui était
bordée de saules et de peupliers. Quant à lui,
Ferluche, qui s'était constitué chef de l'expédition, il allait d'une rive à l'autre, enveloppé
dans un ample manteau de grosse toile grise.

A un signal du chef, tous les bandits devaient sortir de leurs cachettes, accourir à lui ;
mais presque toute la journée s'était écoulée et
aucun signal n'avait été donné. Il gelait à
quinze degrés ; tous ces malheureux se mouraient de froid ; mais aucun ne songeait à quitter la partie, car le coup devait être décisif : il
s'agissait pour eux d'être ou de n'être pas.

Bientôt le jour s'assombrit ; le vent du nord
redoubla de violence, et l'intensité du froid
augmenta ; mais chacun put au moins quitter
sa cachette, et se dégourdir les membres, fa-
culté dont la plupart usaient lorsqu'enfin, la
nuit étant tout à fait venue, le signal si impa-
tiemment attendu se fit entendre.

En un clin d'œil tous furent réunis autour
de Ferluche, qui était alors face à face avec
Papelon.

— Peste ! garçons, disait ce dernier, c'est
trop souvent venir à la rescousse ; le trésor de
monseigneur le roi n'y saurait suffire.

— Et pour cela nous ne voulons plus rien
demander, répondit Ferluche, et nous venons vous prier, maître, de nous être en aide,
non de votre escarcelle, mais de votre science.

— Oui-da ! mauvais larrons, prenez-vous
les écuyers de madame la reine pour gens de
sac et de corde ainsi que vous êtes ?

Et, comme il se voyait serré de près, en
parlant ainsi il voulut tirer son épée hors du
fourreau ; mais, à peine en avait-il touché la

garde, que Ferluche lui jeta sur la tête l'ample manteau de grosse toile qu'il portait ; en
même temps, deux hommes le saisissaient par
derrière, tandis que deux autres lui prenaient
chacun un bras, et qu'un autre encore préparait les fortes cordes dont il était muni. Moins
d'une minute après, Papelon, roulé, ficelé
dans le manteau, et hors d'état de faire le
moindre mouvement, était emporté, comme
ballot de marchandise, sur les épaules des
deux plus robustes compagnons de la bande,
et bientôt il arrivait dans la masure où ses anciens associés avaient établi leur domicile.

— Maître, lui dit Ferluche en dénouant les
cordes qui comprimaient ses membres, vous
êtes trop homme capable pour ne pas nous
faire grâce à l'endroit de ce qui vient d'arriver,
sachant bien que nécessité est loi dépassant
toutes les autres.

— Ah ! fit Papelon qu'on avait prudem-
ment désarmé, c'est nécessité d'écorcher
comme vous faites les gens dont vous avez
reçu largesse !

— Voyez, maître, reprit Ferluche, si ce
n'est pas grand'pitié que nous soyons obligés
de tendre la main, ayant, pour travailler, si
bel outillage !

A ces mots il ouvrit une porte pratiquée
dans un mur de refend qui séparait la masure
en deux pièces assez vastes, et il fit voir à l'é-
cuyer tous les outils et ustensiles qu'ils avaient
enlevés de l'hôtel des Tournelles.

— Que ne travaillez-vous donc ?

— Ainsi nous ferions certainement si vous
vouliez nous dire le procédé par lequel vous
opérez si miraculeusement le changement du
cuivre et du plomb en or et argent.

— Garçons, c'est chose dont nous avons fait
serment de ne nous point départir.

— Il faudra donc que vous restiez ici, dit
Ferluche, jusqu'à ce que vous ayez parfait assez grosse somme pour que nous ne soyons
pas obligés de recommencer de longtemps.

— Mort du diable ! s'écria Papelon furieux,
faites place et me livrez passage sur l'heure,

ou je vous étrangle comme chiens enragés.

Il serrait les poings et semblait chercher du regard quelque objet à sa portée dont il pût se faire une arme, lorsque Ferluche frappant du pied sur le sol fit jouer une trappe; l'écuyer, qui se trouvait dessus, disparut aussitôt et alla rouler au fond d'une espèce de cave dont les bandits faisaient leur dortoir et qui était en conséquence jonchée de paille et de foin.

— Maître! lui cria l'adroit coquin, quand vous voudrez vous mettre à l'œuvre, vous n'aurez qu'à élever un tantet la voix; et il ne faudrait trop tarder à ce faire, car nous n'avons que pain et eau pour victuailles aujourd'hui, et demain le pain manquera.

Papelon était un gaillard trop rusé pour

Larrons, coupeurs de bourses, tire-laines, égorgeurs, parcouraient librement les rues de la capitale.

prolonger cette lutte; obéissant à la nécessité, il résolut de faire bonne mine à mauvais jeu. S'étant donc relevé de dessus la paille où il était tombé sans se blesser, quoique la secousse eût été rude :

— Garçons! cria-t-il, tendez l'échelle, et nous vous octroierons bonne paix.

La trappe s'ouvrit et l'échelle descendit; Papelon reparut au milieu de ses compagnons dont plusieurs, armés jusqu'aux dents, gardaient les issues de la masure.

— Çà! dit-il, qu'on allume les fourneaux et qu'on me livre les matières; puis, arrière tout le monde, et qu'on n'avise pas à surprendre mon œuvre, ou, sur mon âme, il arrivera malheur.

Bientôt la masure s'illumina d'une lueur rouge et ardente, la matière entra en fusion dans de vastes creusets, et Papelon, à demi nu, commença à opérer ses alliages.

La nuit entière fut employée à ce travail.

Au point du jour, à l'exception des sentinelles placées intérieurement de manière à prévenir toute surprise, tous les travailleurs descendirent à leur dortoir. Papelon était accablé de fatigue, pourtant il ne s'endormit point. Bien que fort peu craintif de son naturel, ainsi que nous l'avons vu, il pressentait quelque mauvaise fin à cette aventure; aussi fut-il le premier debout lorsque se firent entendre les cris : *Alerte ! sus aux gens du roi !*

XI.

La police sous Charles VI. — Prise et évasion de Papelon. — Le comte d'Armagnac et Isabeau de Bavière. — Papelon est enlevé de l'hôtel de Nesle. — Mort de Papelon. — Retour du duc de Bourgogne à Paris. — Isabeau et Boisbourdon.

La police de Paris, sous Charles VI, était chose singulièrement organisée. Grâce à elle tous les larrons, coupeurs de bourse, tirelaines, égorgeurs, parcouraient librement et tête levée les rues de la capitale; il n'y avait là de danger que pour ceux qui étaient sans argent, et ils étaient rares, car le pillage était devenu chose simple et n'entraînant point déshonneur; aussi les grands seigneurs s'y livraient-ils avec une ardeur toute particulière et l'exemple, ainsi donné de haut, était suivi par les autres classes.

Les choses en vinrent au point que, vers la fin du XIVe siècle, les faubourgs, plus exposés au pillage que les rues de l'intérieur, devinrent inhabitables, ainsi que le prouve une ordonnance royale de ce temps où il est dit :

« Les demourans es-diz lieux appelés for« bourgs ont esté moult grevez, et sont plu« sieurs d'iceux retraiz de y habiter, demou« rer et conserver; et pour ce ont esté et sont « moult empirés, et cheuz en ruines plusieurs « bonnes et grans maisons, habitacions et man« sions qui y étoient. »

La chose la plus curieuse, c'est que, pour repeupler les parties de la ville ainsi ravagées, l'autorité royale n'imaginait rien de mieux que d'amnistier tueurs, voleurs et bandits de toute espèce, afin qu'ils pussent s'établir aux lieux et places de ceux qu'ils avaient dépouillés. C'est ce qui résulte d'une autre ordonnance que voici :

« Pour bien repeupler cette ville dépeuplée « tant par les guerres, mortalités ou autre« ment, que quelques gens, de quelques na« tions qu'ils fussent, pussent, de là en « avant, venir demeurer en ladite ville, et ez « faubourgs et banlieue, et qu'ils pussent « jouir de toutes franchises, de tous cas par « eux commis, comme meurtres, vols, lar« cins, piperies et de tous les autres cas, ré« servé le crime de lèse-majesté. »

Ainsi encouragés, messieurs les voleurs n'avaient garde de se corriger : aucun d'eux ne songeait à abandonner un si bon métier rapportant honneur et profit, et leur nombre augmentait sans cesse.

« La police de cette ville, dit Dulaure (1), mal ordonnée, mal exécutée par des sergents ou archers qui n'agissaient que lorsqu'ils y voyaient un intérêt personnel, n'était guère propre à tranquilliser les habitants sur la sûreté de leurs personnes et de leurs propriétés. Ainsi chaque bourgeois était muni d'armes et veillait à sa conservation personnelle.

« Si les archers saisissaient des voleurs, des meurtriers, ils avaient l'espérance d'obtenir une partie de l'amende à laquelle ces criminels devaient être condamnés; mais, le plus souvent, ils les relâchaient sur-le-champ, moyennant quelque argent. »

C'était, comme on voit, l'âge d'or des bandits, et il n'est pas étonnant qu'il y en eût autant alors dans une ville où on les traitait si bien.

Pourtant on ne laissait pas d'en pendre quelques-uns de temps en temps; mais cet accident n'arrivait guère qu'à ceux qui étaient pris sans argent, ou bien encore à ceux dont les méfaits avaient assez de retentissement pour qu'on s'en occupât en haut lieu.

(1) *Histoire de Paris.*

Or la bande de faux-monnayeurs dont nous nous occupons était précisément dans ce dernier cas.

Le comte d'Armagnac, alors tout-puissant, était instruit de leurs prouesses; il savait que cette bande avait eu autrefois pour complice le duc d'Orléans, car cela se disait tout haut parmi le peuple. Le dernier exploit de ces honnêtes gens, à l'hôtel des Tournelles, lui avait été également rapporté; et, afin d'augmenter sa popularité, il avait donné les ordres les plus sévères pour qu'ils fussent recherchés, afin qu'on en fit un grand exemple. Archers et sergents s'étaient donc mis en campagne, et, après bon nombre d'infructueuses explorations, ils avaient enfin découvert la retraite de la bande, au moment même où le métal en fusion était préparé par l'ancien chef de la société.

Trop peu nombreux lors de leur découverte pour cerner l'infernal atelier de manière à ce qu'aucun des travailleurs ne pût leur échapper, les sergents avaient été chercher du renfort. Ils revenaient maintenant nombreux et déterminés, et voilà la cause des cris d'un des bandits placé en sentinelle: *Alerte! sus aux gens du roi!*

Quelque promptitude qu'eussent mise les bandits à répondre à ce cri d'alarme, leur atelier était déjà envahi par les archers, lorsqu'ils arrivèrent au rez-de-chaussée. Saisi à la fois par quatre poignets herculéens, Papelon fit un effort désespéré pour se dégager; il y parvint, et d'un bond il atteignit la porte; mais, là, deux hallebardes se croisèrent sur sa poitrine, tandis que les poignets auxquels il avait échappé le ressaisissaient par derrière. Toute résistance était devenue impossible: il fallut se rendre, et bientôt la bande entière, les mains liées sur le dos, se mit en marche entre deux haies de piques pour la prison.

— Garçon, avait dit tout bas Papelon au sergent qui le garrottait, ne serre pas si fort et fouille dans mon escarcelle; je ne me plaindrai point, et te fais don de ce que tu y trouveras.

Et le sergent se montra sensible au procédé, de sorte qu'une porte de salut lui restait, et l'on sait s'il était homme à en profiter.

Le cortège s'avançait donc vers le Châtelet, au milieu d'un très-petit nombre de curieux, grâce à l'extrême rigueur du froid; déjà on était arrivé près du Louvre, lorsque Papelon, qui n'avait cessé d'observer son entourage, jeta un coup d'œil furtif sur la tour de Nesle, à la hauteur de laquelle on se trouvait en ce moment; presque en même temps ses liens furent brisés, un sifflement aigu partit d'entre ses lèvres, et, de deux violents coups de coude renversant les soldats qui l'escortaient, il s'élança comme un trait sur la rivière gelée.

Dix archers se mirent à sa poursuite; mais, avant qu'ils eussent fait les premiers pas, l'écuyer de la reine avait déjà traversé la moitié du fleuve; bientôt il atteignit la porte d'eau de la tour, qui s'ouvrit devant lui, et qui se referma aussitôt qu'il eut pénétré dans l'intérieur.

L'officier qui commandait le détachement s'avança alors, et, *au nom du roi*, il ordonna d'ouvrir. La porte resta fermée; mais le guichet dont elle était munie s'ouvrit, et laissa passer ces paroles venant de l'intérieur:

— Arrière, messire! ce n'est pas ici lieu de votre juridiction.

— Et aussi, ne voulons-nous pas y entrer, répondit l'officier, mais nous voulons qu'on nous livre le fuyard qui s'est réfugié là, et nous le demandons au nom de monseigneur le roi.

— Et au nom de madame la reine régente, nous vous sommons de faire soumission à son autorité en vous éloignant incontinent.

L'officier n'osa pousser plus loin le conflit; mais comme, au dire des autres coupables qui se voyaient abandonnés de leur chef, ce dernier était le plus coupable et l'âme des entreprises précédentes, un rapport fut fait en ce sens au comte Bernard d'Armagnac.

Le roi se trouvait précisément alors dans un de ces rares moments de lucidité qui venaient de temps en temps furtivement dissiper les ténèbres de son intelligence, et dont le comte ne manquait pas de profiter pour augmenter sa puissance.

— Sire, dit-il au roi en lui montrant le rapport, est-il maintenant si étrange que sur les terres de votre obéissance soient tant de gens mal contents et entreprenant sur votre autorité royale, alors que madame la reine donne sans vergogne tel exemple?

— Beau cousin, répondit Charles, c'est chose bien dite ; nous ne voulons souffrir telle outrecuidance, et, pour faire répression suffisante, nous vous octroyons tout pouvoir, à cette fin que telle chose ne se reproduise en notre royaume.

Cependant Papelon était arrivé près de la reine et lui avait raconté sans déguisement l'aventure qui avait failli lui être si funeste.

— Mon gentil écuyer, répondit Isabeau après avoir complaisamment écouté tout le récit du maître larron, nous ne voulons pas qu'on vous puisse demander si rude compte de vos péchés de jeunesse, et à cette fin nous allons faire bonne ordonnance.

Et l'orgueilleuse et intrépide Messaline fit comme elle l'avait dit ; mais, tandis qu'elle ordonnançait d'un côté, le comte d'Armagnac faisait ordonnancer de l'autre.

Le conflit ne pouvait manquer d'éclater, et il éclata : le lendemain de l'audacieuse évasion de Papelon, la tour de Nesle fut investie du côté de la rivière, toujours gelée, en même temps qu'une troupe nombreuse se présentait à la principale porte de l'hôtel de ce nom, demandant à parlementer au nom du roi, avec le duc de Berry.

Ce duc était brave ; il l'avait prouvé dans plus d'une circonstance ; mais il ne pouvait souffrir que l'on troublât son repos et ses habitudes voluptueuses ; aussi reçut-il assez mal le parlementaire.

— Que le cher neveu, dit-il en parlant de Charles VI, se tienne tant qu'il voudra en son hôtel de Saint-Paul ou ailleurs, nous ne voulons l'aller troubler ni déranger ; mais nous entendons avoir même privilége en notre demeure.

L'officier protesta alors de son profond respect pour l'oncle du roi, et, ayant raconté ce qui s'était passé la veille à la tour de Nesle, et comment la reine avait pris sous sa protection un malfaiteur arrêté en flagrant délit, il déclara que pas un homme de sa troupe n'entrerait dans l'hôtel si le fugitif lui était livré ; mais que, s'il en était autrement, il devait, par commandement exprès du roi, ne reculer devant aucun obstacle pour que force demeurât à justice, et pénétrer de vive force chez la reine elle-même pour en arracher le coupable.

Le duc répliqua qu'il allait en référer à la reine ; et, en effet, il se rendit près d'Isabeau, qu'il trouva en proie à une de ces colères terribles qui la rendaient capable de tout.

— Ne savez-vous pas, bel oncle, s'écria-t-elle en interrompant dès les premiers mots le fastueux châtelain, ne savez-vous pas que le roi notre époux est en démence, que nous sommes reine et régente de France, et qu'il ne peut être loi plus puissante que notre volonté?

— Nous le savons et tenons pour vrai, madame, et nous voulons vous garder respect : mais il n'en est pas ainsi du comte d'Armagnac, que vous avez laissé trop complaisamment s'établir en maître au préjudice de vos amis éprouvés, et que vous ne sauriez faire rentrer dans le devoir, n'ayant à lui opposer bonne et grande armée. A donc nous croyons qu'il vous faut prendre conseil de prudence plutôt que de colère, étant d'ailleurs très-fâcheuse et mal plaisante chose que soient si grands débats à propos d'un coupeur de bourses que vous avez eu le malheur de trop grandement prendre en faveur.

— Nous favorisons qui nous plaît, répliqua Isabeau furieuse, et les hommes vaillants plutôt que les couards.

— Vrai Dieu! madame, ne parlez pas ainsi à notre endroit ; car nous n'avons pas désappris à manier lance et épée, et nous le ferons voir à ce maître égorgeur Jean de Bourgogne, sur lequel vous avez grand tort de tant compter.

— Ce n'est pas lui, messire, qui nous prêcherait obéissance envers un sujet félon.

En ce moment parut Papelon, qui, d'une pièce voisine, avait entendu ce colloque.

L'audacieux coquin avait compris tout le danger de sa situation; car il était évident que les quelques hommes d'armes composant la garde de la reine ne pouvaient résister aux troupes chargées de s'emparer de sa personne; il ne pouvait y avoir de salut pour lui que dans la ruse unie à l'audace; mais, sous ce rapport, il était en fonds.

Le drôle entra donc sans être appelé, et, s'adressant au duc de Berry, stupéfait de tant d'impudence :

— Monseigneur, dit-il, c'est trop grand débats pour si chétive cause, et je ne souffrirai pas que madame la reine ait si grand souci à propos de moi, son humble et soumis serviteur. Donc, tout innocent que je suis des méfaits articulés contre moi, je me veux livrer aux gens chargés de me prendre. Seulement, comme il est certain que je n'aurai loisir de tester en la gehenne où l'on me veut mettre, je demande qu'il me soit accordé deux heures de trêve, promettant, au bout de ce temps, de ne faire résistance aucune.

Satisfait de ce dénoûment inattendu, le duc s'engagea à obtenir ce sursis, et il retourna dans l'hôtel, où l'attendait le parlementaire. Les deux heures furent accordées, et Papelon se mit en devoir de les employer tout autrement qu'à faire ses dispositions testamentaires.

La reine lui ayant donné pleins pouvoirs pour agir comme il l'entendrait, il fit faire grand feu dans les deux cheminées de l'étage le plus élevé de la tour. Le bois fut jeté par brassées dans ces vastes âtres, d'où s'élevèrent bientôt des colonnes de flamme. En même temps on arrachait des murs d'énormes pierres qu'on traînait au milieu de ces fournaises.

Cela dura un peu plus d'une heure.

Papelon déployait une activité prodigieuse, et il était merveilleusement secondé par les gardes mis à sa disposition.

Tout à coup, sur son ordre, les fenêtres donnant sur la rivière s'ouvrent, et toutes ces pierres incandescentes sont lancées sur les soldats qui investissent la tour. La glace est brisée par ces énormes projectiles, et presque tous ces malheureux sont broyés ou engloutis dans l'abîme qui s'ouvre sous leurs pieds.

Papelon sort alors par la porte d'eau en sautant légèrement sur un énorme glaçon, et il gagne rapidement le milieu de la rivière; mais, de là, il aperçoit quelques soldats qui ont échappé au désastre, et qui se rallient sur l'autre rive. Alors, au lieu de se diriger vers la terre, il remonte le fleuve, et va se réfugier sous le pont Neuf (aujourd'hui pont Saint-Michel), où il se propose d'attendre que la nuit vienne protéger sa retraite.

Cependant, dès la nuit précédente, la température s'était de beaucoup adoucie; une pluie fine tombait depuis quelques heures, et tout annonçait une débâcle prochaine; mais l'épaisseur de la glace était telle, que le fugitif ne croyait avoir rien à craindre.

Tout à coup, un craquement épouvantable se fait entendre. Papelon sent bondir la glace sous ses pieds; elle éclate de toutes parts. L'intrépide bandit s'élance alors vers la grève, et, telle est son agilité, qu'il parvient à l'atteindre.

Mais là sont les soldats, qui l'ont suivi de loin, et qui l'entourent dès qu'il a touché la terre.

L'épée à la main, il essaye de se faire jour, il tombe presque aussitôt, mortellement atteint d'un coup d'arquebuse.

Cette débâcle, ainsi qu'on l'a vu plus haut, fut des plus désastreuses : la Seine, au milieu d'énormes glaçons, charriait les débris des ponts renversés. La plus grande partie du vieux Paris fut inondée, et un grand nombre de maisons s'écroulèrent.

La tour de Nesle elle-même fut menacée de

ruine, battue qu'elle était par les poutres, les glaces, les arbres déracinés qui couvraient la surface du fleuve.

En vertu de l'axiome *morte la bête, mort le venin*, l'affaire de Papelon n'eut pas d'autre suite, sinon que ses compagnons furent pendus.

Mais Isabeau ne devait pas se laisser si facilement enlever le pouvoir suprême.

Dès que les communications entre les deux rives de la Seine furent rétablies, elle alla s'installer au château de Vincennes, d'où elle commença à entretenir avec le duc de Bourgogne une correspondance des plus actives.

Jean-sans-Peur, de son côté, n'avait pas besoin d'être stimulé pour agir en maître, et tendre ouvertement à l'usurpation du trône de son suzerain. De retour dans ses États, après l'assassinat du duc d'Orléans, son premier soin avait été de rassembler des troupes, car il s'attendait à être prochainement attaqué. Voyant qu'il n'en était rien, il comprit qu'on avait peur de lui, et les messages d'Isabeau l'ayant confirmé dans cette opinion, il résolut de pousser l'audace jusqu'au bout.

Il se mit donc en marche sur Paris à la tête de trente mille combattants, arriva sans rencontrer d'obstacles sous les murs de la capitale, et, de là, accompagné d'une nombreuse suite de seigneurs, il se rendit à l'hôtel Saint-Paul, où le roi le reçut.

— Très-cher sire, dit le duc, il n'est si sage seigneur et prud'homme qui ne puisse être induit en tentation, à cause de grande malice et vilaine méchanceté du diable, et ainsi il m'est advenu, au grand dommage de mon beau cousin Louis d'Orléans, mis à mort de mon fait. Toutefois nous entendons vous montrer que nous n'avons pas agi sans cause, ledit duc d'Orléans étant pour certain grand magicien, sorcier passé maître en toutes méchantes diableries, tueur et empoisonneur de bonnes gens. Nous vous prions donc, sire, de faire grande assemblée de seigneurs, clercs et bourgeois, afin que par devant elle nous puissions faire

dire et montrer qu'en cette affaire nous avons fait justice, et que la mort dudit duc ne nous peut être justement imputée à crime.

— Beau cousin, répondit Charles, il sera fait ainsi que vous le désirez ; mais, en cette occurrence, vous ne devez pas oublier que feu Louis d'Orléans fut notre frère bien-aimé.

— Ainsi ferons-nous, sire, voulant vous garder respect.

Mais Jean de Bourgogne, malgré cette promesse, se montra fort peu respectueux dans l'assemblée convoquée ; il se fit assister, en guise d'avocat, par un docteur en théologie nommé Jean Petit, lequel, dans une longue et emphatique dissertation, s'efforça de démontrer que la magie était crime de lèse-majesté divine et humaine, et que les sorciers et empoisonneurs devaient tous être brûlés vifs, d'où il conclut après un déluge de phrases que le duc d'Orléans avait dû s'estimer heureux d'être occis par le fer quand il eût dû mourir par le feu.

Il est vrai qu'après avoir démontré la nécessité de brûler les magiciens il avait négligé de prouver que Louis d'Orléans se fût occupé de magie ; mais il suppléa à cette formalité en déclarant *qu'il est toujours permis de tuer les princes que l'on croit être tyrans.*

Qui le croirait ! cette monstrueuse apologie de l'assassinat, condamnée par l'évêque de Paris, fut solennellement approuvée par trois cardinaux ; Charles VI adopta l'avis de ces derniers, et il pardonna à Jean-sans-Peur, qui, ainsi rentré en grâce, commença à battre en brèche la faveur dont jouissait le comte d'Armagnac.

Ce dernier, afin de mieux soutenir la lutte, s'allia aux fils du duc d'Orléans, qui avaient juré de venger leur père ; et il était parvenu à entraîner le dauphin dans son parti.

La France entière se trouva ainsi divisée en Armagnacs et Bourguignons. Deux fois la guerre civile éclata, et deux fois la paix se fit par les soins du duc de Berry, qui avait repris son rôle de conciliateur ; mais la dernière de

ces paix, signée à Vincestre (aujourd'hui Bicêtre), château appartenant alors au duc de
Berry, fut violée presque aussitôt que conclue.

« Les deux partis aspiraient à la puissance
souveraine, aux finances de l'État ; aucun d'eux
ne pensait au bonheur de la France ; chacun
d'eux avait pour soutiens des seigneurs, des
chevaliers, des gentilshommes, qui, par leurs
brigandages continuels et leurs actes de férocité, devinrent le fléau des campagnes et des
villes (1). »

« Tous ces mouvements d'hommes d'armes,
dit un autre écrivain, ne différaient point pour
le peuple d'une guerre ouverte ; amis et ennemis, compatriotes et étrangers, Bourguignons
et Armagnacs, tous pressuraient à l'envi les
habitants des villes et des campagnes. Des
bandes armées parcouraient le pays dans tous
les sens, rançonnaient les riches, tuaient les
pauvres, violaient les femmes, pillaient les
maisons, puis les incendiaient ; chaque lieu où
une de ces nombreuses bandes avait passé une
seule nuit ressemblait, le matin, à un champ
de bataille abandonné : les moissons avaient
été foulées aux pieds des hommes et des chevaux ; les bois étaient brûlés, les habitations
détruites ; et, lorsque la famine, amenée par
ces ravages, obligeait les gens d'armes à chercher un canton moins ruiné, les habitants du
canton abandonné mouraient de faim et de
misère.

« Au milieu de cette désolation, quelques
points du territoire échappèrent d'abord à la
calamité universelle : c'étaient les monastères,
seuls asiles ouverts au bourgeois pacifique qui
voulait mettre en sûreté son or et sa vie. Dans
la suite, ces lieux vénérés furent aussi en
proie à la rapacité des hommes d'armes, qui
mirent à rançon les couvents et les abbayes.
Le pauvre peuple luttait en vain contre tous
ces fléaux par son travail et son industrie. Un
cri général de douleur et de désespoir s'élevait

de cette malheureuse terre de France (1). »

Que faisait, au milieu de ces désastres, l'ardente et cruelle Isabeau ? En proie à un nouvel et violent amour que lui avait inspiré un
jeune seigneur, nommé Boisbourdon, elle tenait, au château de Vincennes, cour d'amour
et de plaisir, et de là, parfois, descendant sur
l'eau jusqu'à la tour de Nesle avec son nouveau favori, elle venait s'enfermer en cette retraite.

Là, dérobés à tous les regards, les deux
amants passaient parfois des jours entiers.
Boisbourdon, qui était à la fois jeune, spiri-
tuel et beau, avait séduit la reine autant par
l'esprit que par les sens, et il avait amené
cette impérieuse princesse à un tel degré de
soumission, que, agenouillée près de lui, dans
certains moments d'extase, elle épiait le moindre signe de sa volonté pour s'y soumettre
aussitôt. Pour eux le temps s'envolait rapidement dans ce séjour, et tel était leur aveugle-
ment, que l'orage qui grossissait à l'horizon
ne leur apparaissait que comme un point dans
l'espace. Cet orage, qui éclatait à quelque
temps de là, devait être long et terrible ; par
lui le duc de Bourgogne devait arriver au
pouvoir suprême, et, de concert avec Isabeau,
son infâme complice, vendre la France aux
Anglais.

Toutefois, nous n'entrerons pas plus avant
dans ces détails historiques, qui se trouvent
consignés en autre lieu (2) ; et nous nous bornerons à dire que Boisbourdon ayant été arrêté et mis à mort par ordre du roi, Isabeau,
n'ayant plus d'autres ressources, se jeta dans
les bras du duc de Bourgogne, qui devint ainsi
l'arbitre des destinées de la France.

Au milieu de toutes ces abominations, de
tous ces désastres, le duc de Berry, qui n'était
certes ni sans peur ni sans reproche, se ressouvint pourtant des jours de sa jeunesse, qui
n'avaient pas été sans quelque gloire ; il s'in-

(1) JULES CHATEAU. — L'hôtel de Nesle.
(2) Histoire du Donjon de Vincennes, 1re livraison. —
Paris, Boisgard, éditeur.

digna de voir la France en proie à une Messaline soutenue par un assassin ; peut-être aussi
était-il profondément blessé du dédain que
montraient pour ses lumières les gouvernants
qui lui devaient tant ; il prit donc la résolution de se rendre à Angers, où étaient convoqués tous les seigneurs du parti des Armagnacs ou des d'Orléans, qui ne faisaient qu'un,
et de combattre dans leurs rangs pour renverser Jean-sans-Peur.

Pour premier acte d'hostilité, le vieux duc
commença par chasser de la tour de Nesle les
gens de la reine, qui s'y tenaient toujours,
bien que leur souveraine parût avoir entièrement abandonné cette retraite, puis il mit
tout en œuvre pour recruter des partisans.

Une chose, au milieu de ces préparatifs, lui
broyait le cœur : Blanche, sa fille bien-aimée,
son unique héritière, ange de seize ans, à la
blonde chevelure, aux formes aériennes, à
l'âme aimante et à la voix enchanteresse,
Blanche, à peine convalescente d'une grave
maladie, était dans l'impossibilité de quitter
l'hôtel de Nesle.

C'était chose navrante pour le duc que de laisser ainsi son enfant chérie à la merci de ses ennemis ; pourtant il se rassurait quelque peu à
la vue des fortifications dont cet hôtel était environné, et qui en faisaient en quelque sorte
une des clefs de Paris.

— Beau fils, disait-il à Thomas de Merq, brave
gentilhomme qui aspirait à la main de Blanche, sa fille, nous allons laisser ici bonne garde
que nous retrouverons bientôt ; car nous ferons
courte et heureuse campagne certainement.

— Monseigneur, répondait Thomas, peu
amoureux de famille en ce moment, guerre et
jeu sont choses chanceuses, et nul ne peut dire
sur quelle face le dé tombera.

— Avez-vous crainte, messire ?

— Ah ! monseigneur, ne me faites pas telle
injure, je suis tout entier à vous et à damoiselle Blanche, votre bien-aimée fille.

— Et vous me suivrez donc à Angers ?

— Je vous suivrais en enfer, monseigneur,
s'il vous plaisait aller en lieu si maudit... mais
à quand les noces, monseigneur ?

— A la paix, beau fils ; et ce ne sera pas
chose longue, s'il plaît à Dieu.

Quelque rassuré qu'il fût par ces paroles,
Thomas de Merq n'osa pas montrer d'hésitation, et il se disposa à partir.

Blanche fut frappée de terreur lorsqu'elle
apprit que son père se préparait à partir pour
la guerre.

— Bien-aimé père, lui dit-elle en fondant
en larmes, n'avez-vous pas autrefois assez glo-
rieusement combattu pour vous abstenir présentement de prendre part à de telles querelles, et me voulez-vous abandonner en ce
lieu tout environnée d'ennemis ?

— Calme-toi, enfant, répondit le duc ; nous
te laissons bonne et formidable garde, et nous
avons renforcé tellement nos murailles, que le
bourguignon n'y saurait mordre, encore qu'il
fût à la tête de cinquante mille lances, et, en
cas de surprise, nous avons mis la tour du
bord de l'eau en tel état de défense, qu'elle te
serait un refuge assuré.

— Et que me fera d'être en sûreté quand je
vous saurai engagé dans ces batailles sans fin
où ne se font quartier ni merci ?

— Blanche, faites-vous si bon marché de
l'honneur de notre maison que vous puissiez
souffrir l'insolence de ces félons qui prétendent être maîtres du royaume, et nous repousser de l'administration des affaires alors que
nous devrions en être seul chargé ?

— Cher père, je ne saurais songer à autre
chose en cela qu'aux dangers que vous allez
courir.

— Allons, enfant, fais montre de plus grand
cœur, et prends pour exemple la duchesse
d'Orléans faisant jurer à ses enfants, sur le
corps de leur père, de tirer vengeance de sa
mort.

— Souffrez que nous vous disions, cher
père, que ce n'est pas là querelle à vous.

— Blanche, chère enfant, ne te laisse pas
ainsi troubler par la crainte : encore que le

Bourguignon ne ferait tel mépris de nous que l'hôtel Saint-Paul nous soit interdit, nous ne pourrions oublier entièrement l'abominable assassinat par lui commis sur la personne de notre neveu bien-aimé. A défaut du roi privé de raison, nous ne pouvons recourir qu'à Dieu et à notre épée, et ainsi ferons-nous pour avoir l'honneur sauf.

Rien ne put ébranler cette résolution du duc de Berry ; son orgueil froissé l'emporta sur son amour du plaisir ; et, le jour fixé pour le départ, il descendit tout armé de ses apparte-

Blanche suppliant le duc de Berry son père, de ne pas quitter Paris.

ments pour monter à cheval sans avoir vu Blanche, dont il redoutait les larmes.

Mais la jeune fille avait entendu le bruit des armures, le piaffement des chevaux ; elle accourut tout éplorée, arriva près de son père au moment où il allait enfourcher son cheval de bataille, et, se jetant aux pieds du vieux duc, elle embrassa ses genoux en le suppliant de ne point l'abandonner.

C'était un spectacle attendrissant que cette jeune fille échevelée, fondant en larmes, ainsi prosternée au milieu de tous ces guerriers bardés de fer, et le duc en fut vivement ému ; mais moins que jamais il lui était possible de reculer. Il se borna donc à prodiguer les consolations à cette chère enfant, qui, désespérée, fut entraînée chez elle par ses femmes, accourues sur ses traces.

Aussi, loin de s'éteindre, les querelles s'envenimaient chaque jour; tout espoir de paix avait disparu. Le splendide hôtel de Nesle était transformé en forteresse, et sur la tour du bord de l'eau étincelaient les lances des sentinelles tenant pour les Armagnacs, tandis que sur les tours de l'hôtel Saint-Paul se montraient celles des Bourguignons. Il ne fallait alors qu'une étincelle pour embraser Paris.

XII.

Les Goys et les Cabochiens. — Insurrection suscitée par le duc de Bourgogne. — Le duc de Berry sollicite des cabochiens la permission de rentrer dans l'hôtel de Nesle. — Toute-puissance du boucher Caboche. — Les cabochiens marchent contre l'hôtel de Nesle. — Blanche se réfugie dans la tour du bord de l'eau.

Le départ du duc de Berry pour Angers causa au duc de Bourgogne une vive inquiétude; la coalition des princes, déjà si redoutable, allait devenir plus puissante encore, car Jean de Berry avait de nombreux vassaux; malgré sa prodigalité, ses ressources financières étaient loin d'être épuisées, et, tandis que le malheureux Charles VI, confiné à l'hôtel Saint-Paul, était obligé de vendre sa vaisselle pour vivre, son fastueux oncle continuait à prodiguer l'or, et ne changeait rien à ses somptueuses habitudes.

Il n'en fallait pas davantage pour attirer autour de lui la plus grande partie de la noblesse de France, et particulièrement les jeunes seigneurs qui faisaient la principale force du pays.

Jean-sans-Peur comprit qu'il ne pourrait soutenir la lutte qu'en s'appuyant sur le peuple, et il commença par établir à Paris une compagnie dite *milice royale*, commandée par trois bouchers nommés *Goys*, milice dont l'indiscipline et l'avidité augmentèrent encore les maux dont Paris et ses environs étaient accablés.

Ce n'était partout que pillage, massacre et incendie. Saint-Cloud et Saint-Denis, pris et repris successivement par les deux partis, furent les théâtres de scènes épouvantables.

Rien toutefois ne fut alors entrepris contre l'hôtel de Nesle; car le duc de Berry était assez généralement aimé des Parisiens, et, bien qu'il eût pris parti pour les Armagnacs, et qu'il tînt la campagne à la tête de bandes nombreuses, les gardes qu'il avait laissés à sa royale demeure observaient une sorte de neutralité, refusant également de faire cause commune avec les Bourguignons et de seconder les Armagnacs, dont les nombreux partis se montraient souvent jusque sous les murs de cette magnifique habitation.

Plus convaincu que jamais qu'il ne pourrait jamais arriver à ses fins qu'avec l'aide des Parisiens, Jean-sans-Peur, sans s'émouvoir des horribles excès auxquels se livraient les Goys, songea à leur donner des auxiliaires, et ce fut encore parmi les bouchers qu'il en choisit les chefs.

« Ce duc leva dans cette ville (Paris) une troupe de bouchers et d'écorcheurs de bêtes, dont le capitaine était un nommé Simonet Caboche; il fit soulever la classe inférieure des habitants; et cette armée, commandée par le sire de Jacqueville, et dirigée par un médecin appelé Jean de Troyes, partit de l'Hôtel de Ville, marcha vers la rue Saint-Antoine, arriva devant l'hôtel où demeurait le duc de Guyenne, fils du roi, où se trouvait aussi le duc de Bourgogne. Là, cette troupe menaçante demande qu'on lui livre la plupart des officiers du duc de Guyenne. Ils sont livrés et conduits prisonniers à l'hôtel d'Artois, et de là à la tour du Bois, près du Louvre. Le dauphin exigea du duc de Bourgogne, son beau-frère, son serment sur une *croix de fin or*, qu'il ne serait fait aucun mal aux prisonniers. Pierre Desessarts, qui commandait la Bastille, rendit cette forteresse à ce même duc, qui, par serment, lui promit toute sûreté; mais, aussitôt que Desessarts en eut ouvert les portes, il fut saisi, em-

prisonné, accusé de divers crimes et décapité (1).

Le duc de Berry, en quittant la capitale,
avait compté sur quelque prochaine bataille
rangée et décisive; aussi fut-il cruellement
désappointé lorsqu'il vit qu'il ne s'agissait que
d'une guerre de partisans, dont le pillage semblait être le principal et souvent l'unique but.
Il demeura pourtant parmi les confédérés tant
qu'il put espérer que les choses prendraient
une autre tournure; mais, au bout de dix-huit
mois, voyant que, de part et d'autre, on en
était toujours au même point, et que les hostilités menaçaient d'être interminables, la guerre
dégénérant en vols à main armée, dans lesquels
il n'y avait de victorieux que les plus adroits
ou les plus hardis larrons; lorsque le duc de
Berry vit cela, disons-nous, le dégoût le prit
au cœur; il commença par regretter de s'être
jeté dans ce parti où les pillards étaient en si
grande majorité, et il se sentit tourmenté du
désir de reprendre la douce vie de sybarite
dans son hôtel, qu'il se repentait d'avoir quitté.

Mais c'était chose peu facile, car l'exaspération de la milice parisienne était à son comble;
le boucher ou écorcheur Caboche était devenu
le maître absolu de Paris, et il ne se passait
pas de jour qu'il ne se fit dans la capitale
quelque sanglante exécution d'Armagnacs,
sans jugement préalable, et sur la simple dé-
cision de Caboche, qui disposait souveraine-
ment de la vie et des biens des citoyens.

Caboche, qui avait déjà pillé ou fait piller
bon nombre d'hôtels, dont les propriétaires
absents étaient réputés Armagnacs, n'avait
pourtant, ainsi que nous l'avons dit, rien
tenté sur l'hôtel de Nesle; mais, en cela, il
n'avait fait qu'obéir aux ordres de son seigneur
et maître, le duc de Bourgogne, qui voulait
laisser une porte ouverte aux dissidents, espérant que, de guerre lasse, les plus exaltés fini-
raient par lui revenir.

(1) DULAURE, — *Histoire de Paris.* — *Histoire de la
Bastille.* Boisgard, éditeur.

Instruit de tous ces détails, le duc de Berry
écrivit à Jean-sans-Peur :

« Beau neveu, point n'ai besoin de vous dire
que j'ai toujours fait grande estime de votre
personne, et si nous avons été malheureusement
divisés sur quelques points, ce n'est faute que
de nous bien entendre. Avisant pour remédier
à cela, nous vous faisons savoir que, satisfait de votre gouvernement que vous menez
sagement de concert avec madame la reine,
nous sommes résolu à revenir en notre hôtel
de Nesle, et, pour ce, nous vous prions que
les voies nous soient libres, et qu'à celle fin vos
gens ne s'opposent.

« Moyennant quoi, beau neveu, nous vous
tiendrons pour cher et amé nôtre. »

Rien plus que cette soumission ne pouvait
être agréable à Jean-sans-Peur; mais, précisément à cause de l'importance qu'il y attachait, il ne voulut pas l'admettre avec une trop
grande facilité. Il répondit donc au duc de
Berry que, quant à lui, il croyait aux nouveaux sentiments de son cher oncle, et les
louait fort; mais que, à cause du malheur des
temps, il n'était pas le seul maître, et qu'il lui
fallait compter avec le capitaine général de la
milice parisienne, Simonet Caboche, qui seul
disposait des forces de la capitale.

Demander à cet écorcheur la permission de
rentrer chez soi, c'était une grande honte,
qu'à aucun prix le duc de Berry n'aurait souf-
ferte autrefois; mais il était vieux maintenant,
et la dernière campagne l'avait autant affaibli
au moral qu'au physique.

Il se décida donc à envoyer un héraut d'armes à messire le capitaine général, pour en
obtenir cette faveur que Jean-sans-Peur se disait trop peu puissant pour lui accorder.

Tandis que le héraut chevauchait vers Paris,
le duc de Bourgogne faisait mander Simonet.

— Compère, lui dit-il, vous avez fait rude
et bonne besogne en ces derniers temps; il ne
faut pas vous arrêter en si beau chemin.

— Monseigneur, nous n'avons si grand désir que de faire votre volonté en toutes choses,

et, pour ce, nous ne le cédons ni aux Goys, ni aux Sainctyon, ni aux Tiber.

Ces personnages, dont parlait Caboche, étaient, comme lui, de riches bouchers qui avaient leurs partisans, et qui, dans certaines circonstances, balançaient la puissance du capitaine général.

Caboche, bien qu'en agissant de concert avec eux, redoutait leur influence, et ne négligeait rien pour les amoindrir.

— Nous savons, reprit le duc, que vous êtes tous bons et fidèles défenseurs de notre cause, qui est celle du roi notre sire, de madame la reine et du duc de Guyenne, fils du roi, que, malgré lui, nous voulons défendre contre les entreprises des Armagnacs, parmi lesquels il s'est malheureusement jeté par la faute du traître et félon connétable Bernard d'Armagnac. Et, pour ce, vous aurez certainement bonne récompense; car incessamment nous voulons rendre à la ville de Paris ses droits et franchises, rétablir le prévôt des marchands et les échevins en leurs biens, honneurs et dignités (1); mais nous ne le pouvons faire qu'autant que les Armagnacs seront réduits à com-

(1) Ces franchises avaient été enlevées aux Parisiens vingt-neuf ans auparavant, à propos de l'insurrection dite des *Maillotins*. En 1381, le duc d'Anjou, oncle du roi, ayant voulu établir de nouveaux impôts, contrairement à la promesse qu'il avait faite d'alléger les charges du peuple, les Parisiens se soulevèrent et jurèrent de mettre à mort tous les percepteurs de l'impôt, serment qui ne fut que trop bien tenu.

Le lendemain, 1er mars 1381, les rues retentissent de cris séditieux; on court aux armes; ceux qui en manquent vont enfoncer les portes de l'Hôtel de Ville, y saisissant les maillets de plomb fabriqués par ordre de Charles V.

Les portes des prisons sont brisées, les détenus mis en liberté, les procédures enlevées et déchirées. On assomme sans pitié les percepteurs de l'impôt. Un d'eux se réfugie, comme en un asile sacré, dans l'église Saint-Jacques-de-l'Hôpital, au pied du grand autel; il en est arraché et mis à mort.

Le pillage suivit les massacres; les maisons de ceux qu'on avait tués furent démeublées, brûlées ou abattues.

Sa fureur assouvie, le peuple commence à redouter les suites de ces désordres; l'Université de Paris fut chargée d'aller à Vincennes solliciter près du roi le pardon des coupables. Ce pardon fut accordé en apparence; mais, en conséquence d'ordres secrets, le prévôt de Paris fit arrêter pendant la nuit un grand nombre d'insurgés et les fit jeter à la Seine pieds et poings liés.

Tout semblait terminé; mais, l'année suivante, Char-

plète impuissance; et il n'en serait ainsi, si les plus considérables entraient en cette ville sous prétexte de paix quand ils ont la rage au cœur. Ainsi voudrait faire le duc de Berry venant d'Auvergne, où, à la tête d'un parti d'Armagnacs, il a fait mettre à mort et pillé sans pitié ni merci grand nombre de paysans. Nous avons avis qu'il se propose de négocier, et rentrer en grâce près du roi. Or, ce n'est pas de lui que vous auriez à espérer franchises, car à lui est due leur suppression, et il n'est pas homme à vouloir détruire son ouvrage.

— Par saint Janvier! monseigneur, nous lui montrerons que nous avons souvenir de ses méfaits, et nous vous promettons de ne le point souffrir en la ville de Paris.

— Pour cela, compère, il vous faut tenir en bonne garde; car il n'est si fécond prince en toutes sortes de ruses, et il est homme à prendre les plus fins comme moineaux à la glu.

— N'ayez crainte, monseigneur, qu'il prenne ainsi les bouchers de Paris. S'il revient, nous saurons où le prendre, et nous lui montrerons que son hôtel de Nesle n'est pas forteresse aussi peu abordable qu'il le croit.

— Allez donc, compère, et montrez-vous toujours bon serviteur et ami du peuple; de ceci nous vous tiendrons bon compte.

les VI, revenant de Flandre à la tête de son armée victorieuse, songe à tirer des Parisiens une vengeance éclatante. Le 11 janvier 1382, les princes et le jeune roi partent de Saint-Denis à la tête de trois corps d'armée et s'avancent sur la capitale. A cette nouvelle, le prévôt des marchands et les échevins vont au-devant d'eux et déposent aux pieds du roi les présents d'usage et les clefs de la ville. Ces offrandes sont repoussées avec mépris; c'est en brisant les portes que les princes veulent entrer dans Paris.

Bientôt leurs nombreuses troupes occupent les principales rues et places de la capitale; trois cents des plus riches bourgeois sont arrêtés, égorgés; on enlève les chaînes qu'on avait coutume de tendre dans les rues pendant la nuit; et il est ordonné aux Parisiens, sous peine de mort, de déposer leurs armes au Louvre. Enfin, par une ordonnance, le roi abolit la prévôté des marchands, l'échevinage; il abolit les maîtrises et communautés de tous les métiers; il supprima les quarteniers, cinquanteniers et dixainiers établis pour la défense de la ville, etc.

Le duc de Berry avait pris une grande part à ces actes de vengeance que nous ne pouvions nous dispenser de rappeler pour l'intelligence des faits subséquents qui concernent ce prince.

Tout fier d'être si avant dans les bonnes grâces de ce prince, Caboche revint au parvis Notre-Dame, où était située sa boutique, et où bientôt, au son de la trompe, ses confrères se pressèrent autour de lui. Afin de se faire entendre de tous, le capitaine monta sur son étal, et, d'une voix de stentor, il leur fit cette allocution :

— Compagnons, il n'est heure de dormir quand veille l'Armagnac, et qu'à notre encontre se trafiquent force trahisons.

— Bourgogne !... Bourgogne !... Mort aux Armagnacs !... crièrent les bouchers.

— C'est bien dit, enfants, reprit Caboche ; mais vous devez savoir que mauvaises bêtes ne sont pas aisées à tuer. Donc nous devons faire bonne garde ; car je sais de source certaine que certains seigneurs, parmi ceux qui ont tant saigné le pauvre peuple, le veulent saigner encore et sans merci ; pour cela ils font semblant d'abandonner les Armagnacs, afin de nous mieux trahir et de nous livrer plus facilement.

— Sus ! sus aux Armagnacs !... cria la foule.

— C'est à cause de ces trahisons, continua Caboche, que nous venons vous demander de doubler la garde de la porte de Nesle, ce point étant, de l'avis de tous, le plus accessible.

L'enthousiasme des bouchers fut quelque peu refroidi par ces dernières paroles de leur capitaine.

Tuer, piller, faire menace et tapage, c'était pour eux choses plaisantes les divertissant fort ; mais monter tristement la garde en soufflant sur ses doigts leur semblait passe-temps beaucoup moins agréable, et aux cris de mort commençaient à succéder des murmures de mécontentement, quand un autre orateur se hissa à la tribune improvisée par Caboche, et s'écria :

— Gloire aux bouchers du parvis ! Mais, pour ce qu'ils font bonne guerre, il n'est pas juste qu'ils aient toute charge et d'autres point. Donc, nous faisons requête que ceux de Sainte-Geneviève et du Châtelet, étant nôtres pour la bataille, le soient aussi pour garder les portes et les remparts.

De bruyantes acclamations accueillirent ces paroles, et l'on se mit en devoir d'envoyer des députations aux autres bouchers de Paris.

Pendant que cela se passait, le héraut d'armes envoyé par le duc de Berry s'était présenté à la porte de Nesle, non qu'elle fût plus accessible, ainsi que l'avait dit Caboche, mais parce qu'il pouvait, de là, échanger des signaux avec les gardes de l'hôtel, et pénétrer jusqu'à Blanche, qu'il avait mission d'instruire du prochain retour de son père.

Il y pénétra en effet, d'autant plus facilement que, du haut de la tour du bord de l'eau où elle se promenait, la jeune fille l'avait reconnu à ses couleurs.

— Ah ! s'écria-t-elle en apprenant la réponse que Jean-sans-Peur avait faite au duc de Berry, pourquoi mon bien-aimé père s'est-il laissé entraîner par les d'Orléans ! Est-il chose plus triste et mal plaisante que d'avoir à demander merci à ces écorcheurs !

— Damoiselle, dit l'envoyé, monseigneur le duc sait bien qu'il n'a rien à espérer de telles gens ; aussi ne veut-il que gagner du temps, afin de rentrer furtivement en cet hôtel, et y attendre la fin des troubles ; car il ne saurait nulle part ailleurs être plus en sûreté.

— Allez donc vers ces égorgeurs, et Dieu vous garde !

Quelques instants après le héraut remonta à cheval, et se dirigea vers la Cité.

Blanche, de la plate-forme de la tour où elle était retournée, le suivit des yeux aussi loin que possible. De sinistres pressentiments agitaient le cœur de la jeune fille ; il lui semblait que cette apparente soumission de son père dût amener quelque terrible catastrophe, et elle se promit de ne pas quitter ce jour-là la tour, où son père lui avait affirmé que, quoi qu'il arrivât, elle serait toujours en sûreté.

Les bouchers étaient encore assemblés sur le parvis de Notre-Dame lorsque le héraut y

arriva ; au lieu de mettre pied à terre pour pénétrer dans cette foule, il piqua sa monture au
risque de froisser et renverser hommes, femmes ou enfants, car toutes les habitations voisines s'étaient vidées et tout le monde était
accouru entendre les motions de Caboche et
des siens.

Des cris et des imprécations s'élevèrent aussitôt contre le malencontreux cavalier ; mais
lui, sans paraître s'en occuper, se dressa sur
ses étriers, et, d'une voix formidable qui do-
mina le tumulte, il demanda où était l'écorcheur Caboche.

Aussitôt un homme aux formes herculéennes, les bras nus, armé d'un long couteau
taché de sang, s'avance au milieu de la foule,
qui s'ouvre avec empressement devant lui, et
saisissant d'une main la bride du cheval tandis que de l'autre il tient son couteau levé :

— Je suis, dit-il, le boucher Caboche, capitaine des bourgeois de Paris et écorcheur
d'Armagnacs et autres malfaisantes bêtes. Dis
maintenant qui tu es, toi, et prends garde à
mentir, car, ce faisant, pourrais-tu mourir
sans confession.

Le héraut se raffermit en selle ; mais ne
parut point troublé : c'était un vaillant homme
de guerre, incapable d'être effrayé pour si peu.

— Capitaine boucher, dit-il, je ne serais
pas ici si ton maître le duc de Bourgogne n'en
avait montré le désir.

— Messire, dit Caboche subitement calmé,
si vous venez à nous de la part de monseigneur Jean-sans-Peur, ami du peuple et du
roi, nous vous écouterons respectueusement.

— A Dieu me plaise que j'appartienne au
Bourguignon, répliqua le héraut en faisant
cabrer son cheval pour écarter la foule. Je suis
à monseigneur le duc de Berry, qui, de l'avis
de son neveu Jean de Bourgogne, vous demande de le laisser paisiblement rentrer dans
son hôtel de Nesle, s'engageant à ne plus désormais prendre aucune part à vos querelles.

Il y eut un murmure de satisfaction dans
la foule : le duc de Berry, à cause même de

sa magnificence et de sa prodigalité, qui s'alimentaient des sueurs du peuple, était aimé des
classes marchandes, auxquelles son luxe était
profitable, et il leur semblait que son retour
dût avoir sur tous la plus heureuse influence.

— Voire ! s'écria Caboche ; héraut maudit,
tu nous prends pour autres que nous sommes !
crois-tu que nous ne sachions la trahison du duc
ton maître, qui de Bourguignon s'est fait Armagnac, et depuis plus d'un an comme tel
tient campagne ?

— Et nous ne voulons dire le contraire,
messire capitaine boucher. Monseigneur le
duc de Berry fait comme il lui plaît et toujours
c'est bonne et respectable chose. Or il lui plaît
à cette heure de vous faire savoir qu'il ne veut
plus batailler ni pour ni contre Armagnacs et
Bourguignons ; mais vivre en paix avec tous,
et selon sa coutume faire grand'largesse aux
nécessiteux.

Un nouveau mouvement favorable se manifesta dans l'auditoire ; les mains de quelques-
uns des principaux bouchers se tendirent vers
le héraut, et les cris : *Berry ! Berry !* commencèrent à se mêler à ceux de *Bourgogne !* Cela
ne faisait pas le compte du capitaine, qui
voulait remplir ses engagements. Il sauta donc
de nouveau sur son étal en s'écriant :

— Compagnons ! si vous voulez aller faire
connaissance de messire le diable, vous ne
pouvez prendre meilleur chemin que de tendre
la main aux Armagnacs, qui tous sont excom-
muniés par bulle de monseigneur le pape
Urbain cinquième.

— Ne parlez pas de cette fausse bulle, dit
l'envoyé du duc ; car il n'est docteur en l'université qui ne la sache de mauvais aloi et
fausse de tout point.

— Tu mens ! cria Caboche, et nous trouverons cent docteurs contre un pour la soutenir.

L'audacieux boucher jouait de bonheur ;
car, au moment même où il prononçait ces
paroles, toutes les cloches de Notre-Dame se
mirent en branle ; toutes les portes de la basi-

lique s'ouvrirent, et la foule se précipita dans le temple.

Là, devant le maître-autel, environné de tout le clergé, l'évêque de Paris prononça solennellement l'excommunication des Armagnacs.

Caboche, qui était resté sur son étal, sut bientôt ce qui se passait dans le temple, et dès lors la joie rayonna sur son visage.

— Enfants! cria-t-il de toute la force de ses poumons et en montrant du doigt l'envoyé du duc de Berry, voulez-vous présentement faire alliance avec le diable? Pour cela n'aurez-vous grand'peine, car le voici en personne qui vient vous induire en tentation.

— Arrière, Satan! crièrent quelques voix.

— Et maintenant, frères, reprit Caboche, ne voyez-vous pas que Jean de Berry, l'Armagnac, traître au roi notre sire, ne vous demande l'entrée de son hôtel de Nesle que pour livrer la ville à ses frères en diableries et maléfices, et nous faire égorger tous, hommes, femmes et enfants?... Par Saint-Jacques! nous avons flairé le piège!... sus au traître! à mort! à mort!

Et du doigt il désignait le héraut, qui était demeuré calme au milieu de cette tempête, et venait seulement, aux derniers mots du boucher, de mettre l'épée à la main.

— Holà! manants, fit-il, je venais vous apporter merci, et je suis aise que vous l'ayez rejeté, car vous avez besoin de faire rude pénitence, et celle-ci ne vous manquera.

A ces mots, il tourna bride, piqua des deux et disparut, laissant Caboche maître du terrain.

Ce dernier était à la fois trop audacieux et trop habile pour ne pas tirer tout le parti possible de circonstances si favorables.

— Enfants! s'écria-t-il, laissez partir le félon; nous le trouverons bientôt, et, passant par lui, nous arriverons bien au delà. Point de merci aux traîtres!... A nous l'hôtel de Nesle!... car, si le duc félon y peut rentrer,

ainsi il se rendra maître de cette porte, et nous serons surpris et exterminés!

Et le peuple se prit à crier : — Sus! sus! à l'hôtel de Nesle!

— Silence, enfants! reprit Caboche, qui voulait saisir l'occasion pour s'assurer de sa toute-puissance, laissons libre voie aux imprudents, et que les prudents et sages marchent à rangs serrés; pour ce les Goys, Sainctyon et Tiber, dont nous parlions tout à l'heure, ne seront pas de trop. Avisez donc, nos confrères, afin que nous marchions ensemble et faisions rude et utile besogne; car ce n'est pas chose si facile que prendre et mettre à sac cet hôtel dont le duc de Berry a fait un château fort.

Les députations partirent, et tous ceux qui étaient venus là sans armes allèrent s'armer.

Le plus grand nombre des bouchers n'avaient que de longs et larges couteaux; mais c'étaient dans leurs mains habituées à verser le sang de terribles armes, ainsi qu'ils l'avaient prouvé plus d'une fois; plusieurs avaient de longues et lourdes épées que l'on manœuvrait à deux mains, et quelques-uns étaient armés d'arquebuses.

Ceux-ci se placèrent en tête de la colonne, qui bientôt se mit en marche.

Conduite par Caboche, son chef, elle descendit la rue Saint-Christophe, la rue de la Calandre et passa le petit bras de la Seine sur le pont Saint-Michel, récemment réparé. Arrivée sur la rive gauche, elle fut rejointe par la colonne des frères Goys, chefs de la boucherie de Sainte-Geneviève, et, peu après, par celle de Sainctyon et de Tiber, chefs de la grande boucherie du Châtelet.

Caboche fit faire halte au bas du pont, monta sur une borne, et, après avoir fait signe qu'il voulait parler, afin d'obtenir le silence, il dit:

— Enfants, c'est aujourd'hui que nous allons regagner nos franchises et libertés que le roi notre sire nous enleva, il y a tantôt trente années, par le conseil de son oncle le duc de

Berry, qui toujours fit grand mépris des bourgeois et les donnerait volontiers à manger à
ses chiens s'ils n'avaient autres victuailles.

— Bourgogne! Bourgogne! à mort l'Armagnac, cria toute la troupe brandissant ses
armes.

— Et il ne nous a pas seulement, cet infâme duc, ravi nos franchises et nos droits,
mais il a mis nos pères à si grosse rançon,
dans ce même temps, que beaucoup sont morts
de faim, après qu'on les eut fait sortir de prison (1). Donc en même temps que nos franchises, il est juste que nous reprenions notre
bien ; et nous pouvons sans vergogne faire
bon butin ; car, prissions-nous dix fois autant
de richesses qu'en contient son hôtel de Nesle,
nous serions encore en retour avec ce traître
Armagnac.

Ces paroles eurent un succès prodigieux :
la perspective d'un immense et riche butin
acheva d'exalter toutes les têtes ; les plus ti-
mides ou les plus scrupuleux furent rassurés
par cette considération qu'ils ne feraient, en
pillant, que reprendre une partie des biens
que le duc de Berry avait enlevés à leurs pères,
et ce fut dans toute cette foule un concert de
cris et d'acclamations.

Caboche, voyant son monde disposé comme
il le voulait, descendit de sa tribune improvi-

(1) « On relâcha les prisonniers; mais ce ne fut pas
sans qu'il leur en coûtât ce qui est le plus cher après la
vie; car il leur fallut payer comptant une amende qui égalait la valeur de tous leurs biens... Semblable exaction fut
faite sur tous les bourgeois qui avaient été centeniers,
soixanteniers, cinquanteniers ou dizainiers pendant la sédition, ou bien qu'on savait être fort riches. On envoya
chez eux, au nom du roi, des satellites affamés qui em-
portaient tout pour la taxe ; et, comme elle était plus
grande qu'ils ne la pouvaient supporter, ils voyaient ravir
leurs biens sans oser se plaindre du malheur de se voir réduits à la dernière misère. Des sommes immenses arrachées
ainsi aux Parisiens, il ne parvint qu'un tiers dans les coffres du roi ; les autres deux tiers furent donnés aux seigneurs de l'armée pour être distribués aux gens d'armes,
afin qu'ils s'abstinssent de piller les campagnes et qu'ils
se retirassent; mais les seigneurs gardèrent tout pour eux,
et les gens d'armes, comme à leur ordinaire, rançonnèrent
tous les habitants des environs de Paris, pillèrent les villages, et se livrèrent à toutes sortes d'excès. »

Chroniques de Saint-Denis, citées par DULAURE.

sée, et les bandes se remirent en marche, se
recrutant à chaque pas d'artisans, d'ouvriers,
de marchands ambulants et surtout d'écoliers,
gent la plus turbulente qui fût alors, et qu'on
était sûr de trouver partout où il y avait horions à donner et recevoir, et butin à faire.

XIII.

Les cabochiens attaquent l'hôtel de Nesle. — L'hôtel de
Nesle est pris d'assaut et livré au pillage. — Traits de
courage et de férocité. — Les bouchers pénètrent dans la
tour du bord de l'eau. — Terreur de Blanche. — Blanche
est sauvée par Caboche.

Blanche était demeurée sur la plate-forme,
attendant avec anxiété le retour du héraut ;
mais ce dernier, poursuivi par le peuple, qui
lui lançait des pierres, avait gagné la rive
droite, et était en toute hâte sorti de Paris pour
rejoindre le duc de Berry, qui l'attendait à
Saint-Cloud. Bientôt la jeune fille aperçut au
loin la foule armée qui s'avançait sur la rive
gauche de la Seine en poussant de grands cris,
et elle fut saisie d'effroi, car au milieu de ces
cris elle avait pu distinguer ceux de : *Mort à
l'Armagnac ! sus à l'hôtel de Nesle.*

En même temps il se faisait un grand mouvement dans l'hôtel, les gens du duc se pré-
paraient à faire une vigoureuse résistance, car
ils savaient qu'il n'y avait point de quartier à
espérer de ces bandes furieuses, dont la férocité était devenue proverbiale.

D'habiles archers furent placés sur les tours
et à toutes les fenêtres donnant sur la ville ;
on fit provision d'eau pour le cas où les assaillants parviendraient à incendier quelque partie des bâtiments, et l'on consolida les portes
en arc-boutant derrière de grosses poutres
ferrées.

Blanche se réfugia en toute hâte dans la
chambre la moins accessible de la tour, où,
tremblante et entourée de ses femmes, elle
tomba à genoux et se mit en prière.

Bientôt les bouchers, qui avançaient toujours, se trouvèrent à portée de la voix ; mais,

sachant bien qu'il n'y avait pas à parlementer avec de tels adversaires, les gens du duc leur envoyèrent, en guise d'avertissement, une grêle de traits qui abattirent une douzaine d'hommes des premiers rangs. Les gens armés d'arquebuses, qui marchaient immédiatement derrière Caboche, ripostèrent aussitôt. Ces premières hostilités n'arrêtèrent pas la marche des bouchers, qui arrivèrent bientôt près de la porte principale.

— En avant les Goys! cria une voix formidable.

Presque aussitôt les trois frères de ce nom, armés de masses de fer servant à abattre les

Pillage de la tour de Nesle par les Cabochiens.

bœufs, s'élancèrent sur la porte accompagnés de plusieurs de leurs confrères armés comme eux, et tous commencèrent à frapper sur cette porte à coups redoublés.

Leurs coups retentissaient au loin; les murs en étaient ébranlés; mais en même temps, de toutes les fenêtres partaient des projectiles qui diminuaient le nombre des assaillants, dont la plupart ne pouvaient riposter qu'en lançant des pierres; et la porte, solidement barricadée, résistait à la violence des coups.

Caboche alors passe son long couteau dans sa ceinture, saisit une hache que portait un homme placé près de lui, et, s'élançant vers la porte, il fit du premier coup une large ouverture.

— Gloire aux bouchers! à nous l'hôtel! cria-t-il en continuant à frapper.

L'ouverture fut bientôt assez large pour qu'un homme pût y passer; un des plus hardis le tenta; mais son corps y demeura engagé, tandis que sa tête roulait à l'intérieur; car des hommes, armés d'épées à larges lames, étaient placés intérieurement de chaque côté de la porte, l'arme haute et prête à frapper les premiers qui se présenteraient.

Caboche, voyant ce corps immobile, le tira à lui; au même instant, une flèche partie de l'intérieur passa par cette ouverture ainsi dégagée, et vint frapper à l'épaule le terrible capitaine, qui poussa un rugissement horrible, arracha le trait en déchirant les chairs, et recommença à frapper de sa hache.

Trois fois le passage fut tenté sans succès, et les bouchers, décimés par les archers du duc, commençaient à reculer, lorsque l'un des chefs de la grande boucherie du Châtelet s'écria:

— Au feu! au feu sur l'eau! et brûlons les Armagnacs!

Et, courant vers la rivière, il atteignit bientôt un bateau chargé de paille et de foin amarré sur la grève.

Son idée fut comprise, une bande nombreuse le suivit; en un instant, paille et foin furent emportés, amoncelés devant la porte, et les flammes qui s'en élevèrent dépassèrent les étages supérieurs.

Un quart d'heure après, les débris enflammés de la porte tombèrent avec fracas.

Caboche, rugissant comme un lion, se jeta tête baissée dans ce brasier; les plus intrépides le suivirent, et un combat terrible s'engagea dans la cour. Les cabochiens, comme un mur vivant, se jetaient sur les piques des soldats, et chacun de ceux qui tombaient frayait ainsi le passage à un autre, qui, pénétrant dans les rangs, y faisait un carnage épouvantable.

A chaque instant, le nombre des défenseurs de l'hôtel diminuait, tandis que celui des assaillants devenait de plus en plus considérable; car le bruit de cette expédition s'était promptement répandu dans Paris, et de tous les coins accouraient de nouvelles bandes pour prendre part à la curée.

Tandis que les Tiber, les Goys, les Sainctyon achèvent de massacrer dans la cour les derniers gens d'armes qui l'ont vainement défendue, Caboche et les siens pénètrent dans les appartements, tuant, massacrant les nombreux domestiques, hommes, femmes, enfants, qu'ils se défendissent ou non. Partout les meubles, les vitraux, les objets d'art, volaient en éclats; les riches étoffes étaient mises en lambeaux ou livrées aux flammes, et, de temps en temps, quelques-uns de ces hommes, couverts de sang, s'esquivaient chargés de vases précieux, de vaisselle d'or et d'argent. Des tonneaux enlevés des caves avaient été défoncés dans la cour où le vin coulait à flots, tandis que retentissaient de toutes parts les cris des gens qu'on égorgeait,

— Çà, compaings, s'écria tout à coup un des frères Goys, qui autour de lui n'avait plus personne à tuer, nous ne sommes pas venus tout exprès pour ouvrir les portes à d'autres, et nous avons fait assez grande besogne pour nous montrer en la chambre aux deniers et y chercher récompense.

Parler d'or à ces bandits gorgés de sang et de vin, c'était jeter de l'huile sur un brasier ardent.

— Sus! sus! crièrent-ils en s'élançant vers un des principaux escaliers.

Et les voilà parcourant de larges corridors, de vastes appartements, et détruisant tout sur leur passage.

Enfin, ils arrivèrent devant une porte plus solide que celles qui avaient été brisées ou renversées jusque-là.

C'était celle du lieu qu'ils cherchaient; là était la trésorerie, dans laquelle s'étaient enfermés trésoriers, contrôleurs et autres employés à l'administration des finances.

Celui des Goys qui marchait en tête de la bande déchargea un coup terrible de la hache qu'il portait sur cette porte, et l'arme rebondit sur le fer dont elle était garnie; au second coup la hache se brisa; mais cela ne fit qu'exciter la convoitise, l'avidité de ces bandits: ils comprenaient que 'ce lieu devait renfermer de grandes richesses, puisqu'on en avait si solidement défendu l'accès.

On alla dans les pièces voisines arracher aux grilles des balcons des barreaux de fer dont on pût faire des leviers, puis vingt bras vigoureux réunirent leurs efforts, et, sous cette énorme pression, les larges pierres dans lesquelles étaient scellés les gonds commencèrent à éclater; puis, les efforts redoublant, les ferrures se tordirent, et la porte tombant avec fracas livra passage à cette horde de forcenés qui se ruèrent à l'intérieur en poussant des hurlements de joie et des cris de mort.

D'abord ils massacrèrent les premiers employés qui leur tombèrent sous la main; puis ils coururent aux coffres, dont ils brisèrent les serrures... tous étaient vides!

Alors la rage des pillards n'eut plus de bornes; en un clin d'œil ils eurent massacré, haché tous ceux des employés qui avaient échappé à leurs premiers coups.

Un seul restait, c'était le maître des finances, vieillard septuagénaire, nommé Marcelon. Assis dans son large fauteuil de bois sculpté, la tête haute, le regard assuré, il attendait la mort avec calme, car il semblait impossible qu'il échappât à ces cannibales, et déjà l'un d'eux tenait son couteau levé pour le frapper, lorsque Goys lui arrêta le bras.

— Par le diable! maître Mahu, s'écria-t-il, saurais-tu faire parler les morts?

— Sur mon âme! je ne suis et ne veux être si expert en diablerie.

— Adonc! compaing, peux-tu dire, si nous mettons à mort ce vieux larron, quel autre nous pourra dire où sont les trésors du duc de Berry, le maudit Armagnac?

— Messire, dit le trésorier en secouant les cheveux blancs qui flottaient sur ses épaules, que cela ne vous arrête pas, car, ainsi que vous l'avez vu, il n'y a ici que coffres vides.

— Oui-da! fit le Goys; mais n'est-il ailleurs de coffres pleins? C'est ce que nous prétendons te faire dire, maître écorcheur de pauvres gens.

— Ne prétends rien, manant, et frappe s'il te plaît: quoi qu'il advienne, tu ne saurais dérober un grand nombre de jours à qui n'en a tantôt plus.

Le Goys se redressa de toute sa hauteur.

— Oh! maître affameur de gens, dit-il, nous n'avons nul souci du temps que tu peux vivre, mais bien de te faire la vie et la mort comme tu les a gagnées.

— A votre aise, maître tueur, dit le vieillard.

— Non, répliqua le boucher, ton maître nous a tellement saignés par l'escarcelle, que nous devons le traiter en même sens. Donc, tu nous diras présentement où sont les deniers confiés à ta garde.

Marcelon regarda le boucher avec dédain comme s'il se se fût demandé: *Cet homme sait-il ce qu'il dit?*

— Allons, reprit le Goys, ce ne sont pas paroles qu'il nous faut.

— Et pourtant, répliqua le trésorier, nous n'avons autre chose à vous offrir.

— Fils de Satan! s'écria le boucher, nous allons te brûler à si petit feu, que tout à l'heure tu chanteras autre antienne. Sus, garçons, qu'on lui lie pieds et poings, et nous allons lui faire belle fête.

Le vieillard avait laissé tomber sa tête sur sa poitrine, et il paraissait donner audience à ses pensées sans tenir le moindre compte de ce qui se passait autour de lui.

Comme les bandits allaient le saisir, il se leva, et se tournant vers le Goys:

— Ecoute, lui dit-il, j'ai fait serment de ne révéler ce que tu veux savoir qu'à une seule personne, dans le cas où je serais en danger de mort, et alors que j'aurais obtenu d'elle-même serment de discrétion. Veux-tu jurer sur les saints Évangiles que pas un autre que toi ne pénétrera au lieu sacré que tu veux connaître?

— Par le diable mon maître! ne dirait-on pas

que je dois soumission à ce vieux damné, et non lui à moi !

— Je n'en dirai pas davantage, reprit Marcelon sans rien perdre de son calme. Tu peux donc me tuer présentement, et, ce faisant, tu ne voleras que peu de jours ; mais, serais-tu plus sorcier que le diable ton maître, ainsi que justement tu l'appelles, que toi, non plus qu'aucun des tiens ne trouverez jamais ledit lieu, encore que vous rasiez cette royale demeure et qu'en retourniez les fondements pendant cent ans et plus.

Le Goys réfléchit un instant, puis, s'adressant à ses hommes :

— Garçons, dit-il, ce vieux chien d'enfer ferait comme il dit, et alors nous serions mal partagés ; car, tandis que nous jouions du couteau au dehors, les autres faisaient céans si bonne raffe, que nous ne saurions maintenant nous en prendre qu'aux murs, ce qui serait maigre pitance. Donc je ferai à ce damné le serment qu'il demande, et vous réponds de lui sur ma tête, pour le cas où il ne nous ferait satisfaction bonne et entière. Et, quand je connaîtrai la cachette, je ferai si bien que vous serez tous contents.

Un murmure de mécontentement s'éleva de toutes parts.

— Adonc, reprit le chef, faites, s'il vous plaît, rôtir ce vieux pourceau, et le mangez, puisque vous ne voulez faire plus grand'chère.

Les mécontents s'apprêtaient de nouveau à saisir Marcelon pour le traîner dans la cour où brûlaient meubles et tentures, lorsqu'ils furent encore arrêtés par l'un d'eux qui n'était pas d'humeur à se contenter de si maigre pitance.

— Compaings, dit-il, les Goys n'ont fait larcin ni tromperie, et, pour ce qui est de ce gibier de messire le diable, nous saurons bien le retrouver et lui briser les os, si par lui nous ne faisons suffisant butin. Que Goys lui fasse serment comme c'est son bon vouloir, et sûrement il nous fera bonne et juste part.

— C'est parler d'or, garçon, s'écria le chef,

car je ne veux emporter rien plus qu'aucun de vous.

— Viens donc, dit Marcelon.

Et d'un pas ferme il s'avança vers la porte au milieu de ces forcenés.

Goys, le coutelas à la main, et prêt à le frapper, le suivit de manière à ce qu'il ne pût lui échapper, promettant de revenir promptement, et toute la bande se mit à fouiller et briser le reste des meubles, et à dépouiller les morts en attendant mieux.

Marcelon descendit dans la cour, et, toujours suivi de près par le boucher, il se dirigea vers la principale des chapelles que le duc de Berry avait fait ériger à grands frais dans cette demeure, ainsi qu'on l'a vu plus haut.

— Ecoute, lui dit le Goys quand il fut près de ce saint lieu, si tu crois m'échapper en te mettant sous la protection de monseigneur Dieu, il n'est besoin de prendre cette peine ; car fallût-il pour ce donner ma part du paradis, que je te hacherais menu sur le maître-autel, si tu ne faisais à moi et aux compaings entière satisfaction.

— Promesse est dette, répondit le vieillard, et ce n'est pas à toi qu'il convient d'en faire remontrance à un homme de bien.

— Donc tu me mènes au lieu où sont les deniers de l'Armagnac ?

— Maître larron, es-tu si pressé de larronner, que déjà te manque souvenance de nos conventions ?

— Dépêchons donc, car ce ne sont ici choses à mener longuement.

Marcelon entra dans la magnifique chapelle pour l'ornement de laquelle le duc de Berry avait déployé toute sa magnificence.

Là, sur les marches du maître-autel, étaient agenouillés le grand aumônier du prince et les dix autres chapelains. Devant le tabernacle ouvert, « de beaux anges d'or tenaient des « cierges d'argent aux deux côtés d'un grand « crucifix fait d'ivoire et d'or enrichi de rubis « et de saphirs (1). »

(1) JULES CHATEAUX. — *L'Hôtel de Nesle.*

La sainteté du lieu avait sauvé toutes ces richesses ainsi que les vases sacrés tout en or et les précieux reliquaires enrichis de pierreries du plus grand prix. Les pillards savaient bien que l'or et l'argent resplendissaient de toutes parts sous ces voûtes sacrées ; mais telle était alors la puissance de la religion et les effets de la foi, que ces hommes, qui égorgeaient sans pitié les fidèles serviteurs du prince, et pour lesquels le pillage et l'incendie n'étaient que peccadilles, n'auraient pas osé faire tomber un cheveu de la tête d'aucun de ces prêtres, et que pas un d'eux n'eût eu l'audace de lever les yeux sur les vases sacrés, ni de toucher du doigt aucun des somptueux ornements de ce magnifique temple.

Goys lui-même n'avait fait qu'une fanfaronnade en menaçant le trésorier de l'égorger dans ce saint lieu ; car, à peine y eut-il pénétré, qu'il s'arrêta, baissa les yeux et laissa tomber son couteau ensanglanté, de sorte que sa victime eût parfaitement pu lui échapper ; mais Marcelon l'avait dit, promesse était dette pour lui, et puis, comme on le verra tout à l'heure, il avait son projet.

Ce vieillard s'avança donc vers le grand aumônier, et dit en s'inclinant profondément :

— Mon père, afin qu'en ce moment suprême nous ayons l'heur de ne point offenser notre seigneur Dieu par outrage à la vérité ou manquement à nos promesses, nous vous supplions de recevoir le serment de cet homme sur les saints Évangiles.

L'aumônier tourna la tête et leva les yeux sur le boucher, qui, debout près de la porte, paraissait fort embarrassé de sa contenance, et qui déjà eût renoncé à sa part de butin pour être loin de là, si ce sacrifice eût pu le dégager envers ses compagnons.

Marcelon raconta succinctement au prêtre ce qui était arrivé, et, après avoir ajouté à ce récit quelques mots à voix basse, il fit signe à Goys d'approcher.

Sur un des côtés de l'autel était le livre des Évangiles tout ouvert ; car les chapelains n'avaient rien négligé de ce qui pouvait imposer à la multitude.

— Levez la main et l'étendez sur ce saint livre, dit le prêtre.

Goys tremblait ; une sueur froide coulait sur son visage pâli, lorsqu'en étendant la main il vit qu'elle était rouge de sang.

— Cher frère, lui dit l'aumônier qui s'aperçut de son trouble, ce serait ici le lieu et le moment de vous repentir, et demander pardon à Dieu, qui nous voit et nous entend.

Le boucher faillit tomber à la renverse ; mais, à la pensée de ses compagnons et de l'engagement qu'il avait pris envers eux, il fit un effort sur lui-même et se remit quelque peu.

— Dépêchons, dit-il ; messe et bataille ne se sauraient tenir de si près.

— Mon père, dit le trésorier, laver telle conscience serait trop longue affaire, et nous n'avons pas eu l'intention de vous donner telle charge.

Puis, s'adressant à Goys :

— Tu jures devant Dieu, sur ton salut, de ne faire connaître à aucun le lieu où nous avons pris engagement de te conduire ?

— Je jure et engage ma foi, dit le boucher d'une voix altérée et qui révélait le trouble de son âme et la violence qu'il se faisait pour paraître résolu.

Marcelon se prosterna, fit une courte prière, puis il se leva et se dirigea vers la porte.

Goys, en le suivant, ramassa le long couteau ensanglanté qu'il avait laissé tomber, et, reprenant toute son énergie et sa férocité de bandit à mesure qu'il s'éloignait de l'autel, il poussa violemment le vieillard dehors.

— Tu ferais mieux de me tuer, lui dit ce dernier, car ainsi je serais dégagé sans subir grand'perte.

— Ne raisonne pas tant et fais vitement, ou, par la mort Dieu, je te ferai payer cher tout ce temps perdu.

— Temps suffisant ne te manquera pas pour t'achever de damner.

— Ah ! si je ne craignais mes compagnons, comme, avec ce couteau, je te ferais rentrer tes paroles dans la gorge.

— Ne t'en fais pas faute, l'ami ; monseigneur le duc n'en sera pas plus pauvre, et rude épreuve me sera ainsi épargnée.

Goys le poussa de nouveau, mais il n'osa le frapper.

— Ne te presse pas tant, reprit le vieillard, que rien ne semblait pouvoir troubler ; car, dans le chemin que nous avons à suivre, torche ou flambeau nous est nécessaire.

Le boucher, qui bondissait d'impatience, s'élança vers un homme occupé à mettre le feu à un monceau de meubles brisés ; il lui arracha la torche dont il se servait, et retournant comme un trait vers le vieillard, il dit, en lui piquant les reins de la pointe de son couteau :

— A cheval rétif ne doit manquer l'éperon. Marche, maintenant, nous allons entrer en fête.

Marcelon tira de dessous ses vêtements un trousseau de clefs, prit la torche que lui tendait le bandit, et traversant la cour, il s'enfonça sous une longue voûte à l'extrémité de laquelle il s'arrêta devant une petite porte.

— Si ce sont là les deniers, dit Goys, tu as menti par la gorge en les disant si difficiles à trouver.

— Veux-tu rompre le marché ? demanda le trésorier, qui venait d'ouvrir la porte.

— Non ; mais, la voie m'étant maintenant connue, je ne me ferai pas faute de te clouer contre le mur et de t'y laisser pourrir.

— Ne te hâte de faire telle besogne ; car il n'est guide qui, en cent ans, te puisse mener où tu veux aller, alors que tu aurais déjà fait les trois quarts du chemin.

A ces mots, le vieillard descendit lentement un escalier tournant qui semblait s'enfoncer dans les entrailles de la terre.

Goys le suivit en silence ; ils arrivèrent bientôt dans une salle souterraine absolument nue, et qui semblait n'avoir d'autre issue que celle par laquelle ils étaient entrés.

— Qu'avons-nous à faire ici ? demanda le boucher en sondant avec son couteau les murs enduits d'une humidité visqueuse.

— Tu vas le voir, répondit Marcelon en se dirigeant rapidement vers le fond de la salle.

Goys, pensant qu'il voulait lui échapper, s'élança vers lui, et l'atteignit au moment où, ayant introduit une de ses clefs dans une sorte d'interstice, le vieillard faisait tourner sur elle-même une porte de pierre dont, lorsqu'elle était fermée, personne n'eût pu soupçonner l'existence.

— Si tu as peur, dit Marcelon, je ne te fais point obligation de me suivre.

— Marche ! marche ! La peur est inconnue aux bouchers de Paris, et ainsi ils l'ont fait et le feront voir.

Ils parcoururent un nouveau corridor, au bout duquel s'ouvrit une autre porte de pierre, sans que le bandit pût voir le mouvement qu'avait fait son guide pour la faire mouvoir ; puis plus loin, une troisième fut ouverte de la même manière : mais elle était si basse, qu'il fallut que le boucher se courbât jusqu'à terre pour en franchir le seuil.

Quand il se releva la porte en était fermée ; la torche s'était éteinte, et le trésorier avait disparu.

— Traître ! c'en est fait de toi ! s'écria Goys.

Et il s'élança en avant : mais à peine eut-il fait quatre ou cinq pas, qu'il se heurta violemment contre un mur et tomba à la renverse.

Revenu de l'étourdissement que lui avait causé cette chute, Goys, qu'environnaient les plus épaisses ténèbres, se releva, et, marchant lentement, les bras tendus, il chercha une issue ; mais partout il ne rencontra que des murs, et le sol qu'il frappait du pied ne rendait qu'un son mat qui annonçait un isolement complet.

Çà et là étaient des tonneaux vides et deux ou trois qui semblaient pleins. Le boucher perça avec son couteau un de ces derniers ; il n'en sortit rien, et la lame, en pénétrant dans l'intérieur, rendit un son métallique.

C'est que le maître pillard était bien en effet dans le lieu où Marcelon avait déposé les espèces confiées à sa garde; mais il n'avait guère lieu de s'en réjouir, car il se trouvait pris comme dans une souricière.

Cependant ce lieu devait avoir plusieurs issues, puisque Marcelon, entré le premier, avait disparu sans revenir sur ses pas.

Cette réflexion que fit le prisonnier le rassura un peu, et il recommençait à sonder les murs, enfonçant son couteau çà et là dans les interstices des pierres. Après quelques tâtonnements, la lame du couteau se brisa, et ce fut le seul résultat qu'il obtint.

Désespéré, se croyant condamné à mourir de faim, et à pourrir dans ce tombeau, cet homme qui, au grand jour, eût affronté mille fois la mort, pleura comme un enfant; puis il se mit à pousser des cris terribles en frappant des pieds et des mains jusqu'à ce que, épuisé, les poings ensanglantés, il tombât sur le sol.

Comment donc Marcelon avait-il disparu? C'est qu'en effet le caveau dans lequel étaient déposées les espèces avait deux issues : à l'une on arrivait en suivant l'itinéraire que nous venons de retracer; l'autre donnait dans une pièce souterraine voisine, d'où, par un petit escalier, taillé dans l'épaisseur d'un mur, on arrivait aux appartements secrets du duc. Ces deux issues étaient fermées par des portes de pierre, qui, au moyen d'un ingénieux mécanisme, s'ouvraient et se fermaient pour ainsi dire à la parole devant ceux qui en avaient le secret, et qui, fermées, n'offraient aucune solution de continuité entre elles et les murs dont elles semblaient faire partie intégrale.

Après avoir monté le petit escalier taillé dans le mur, le trésorier s'arrêta près de la porte secrète donnant chez le duc ; là, il s'assit sur la dernière marche, afin d'attendre que les clameurs qui s'élevaient encore de toutes parts eussent cessé, et que l'obscurité de la nuit lui permit de quitter cette retraite et d'échapper aux bandits qui achevaient leur œuvre de destruction.

Pendant que cela se passait, Caboche et ses gens continuaient à piller et dévaster ; mais le nombre de ceux qui entouraient le terrible capitaine diminuait à chaque instant depuis que les pillards ne trouvaient plus rien à prendre.

Caboche, et ceux qui étaient le moins chargés de butin, eurent alors la fantaisie de visiter la tour de Nesle, ce monument, qui, depuis plus d'un siècle, avait acquis une si funèbre célébrité, où quelques-uns supposaient que le duc de Berry avait déposé une partie de ses richesses, opinion à laquelle l'état de défense dans lequel le prince avait mis cette tour donnait un certain poids.

Quelques heures auparavant, l'accès de ce monument eût été difficile, sinon impossible, et bien du sang eût coulé avant que les plus hardis des assaillants eussent pu y pénétrer; mais du haut de la plate-forme, par les fenêtres et les meurtrières, les gardes chargés de défendre ce point avaient vu égorger tous leurs camarades; ils avaient été témoins de toutes les scènes horribles qui s'étaient accomplies, et, convaincus de l'impossibilité de résister, ils avaient cherché leur salut dans la fuite en s'esquivant par la porte d'eau, soit en s'emparant de quelques barques, soit en traversant la rivière à la nage.

Il n'y avait donc plus que des portes à briser pour pénétrer dans cette retraite où pleurait et priait la belle et douce Blanche, abandonnée de ceux que son père avait le plus spécialement chargés de la garder.

Cela toutefois n'était pas d'exécution facile, rien n'ayant été négligé pour que ces portes pussent résister aux coups les plus furieux.

De même qu'à l'assaut donné à la chambre aux deniers, les haches et les masses furent d'abord inutilement employées ; le feu ne pouvait non plus y trouver grande prise, tant elles étaient complétement bardées de fer. On eut donc de nouveau recours aux leviers, à l'aide desquels on arracha quelques pierres, et l'on parvint ainsi à renverser la première de ces lourdes masses.

Il semblait que la pauvre Blanche se sentît frappée au cœur par chaque coup qui, en retentissant, lui annonçait l'approche de ces furieux.

Bientôt il lui fut impossible de prier : la frayeur altérait sa raison. Ses femmes, non moins effrayées, couraient éperdues d'un étage à l'autre, appelant au secours, et ne recevant pour réponse que les cris et les ricanements des pillards.

Au bruit de la chute de la seconde porte, qui tomba avec fracas, entraînant une partie du mur et écrasant plusieurs des assaillants, toutes ces malheureuses femmes se précipitèrent dans la chambre où leur jeune maîtresse, en proie au désespoir, se tordait les bras et se meurtrissait le visage.

— Perdues ! perdues ! criaient-elles, voici venir notre dernière heure !

— Au nom de notre seigneur Dieu et de madame la Vierge, ne m'abandonnez pas ! criait Blanche.

Mais elles ne l'entendaient pas, et elles répétaient sans cesse :

— Ils ont tout tué ! ils vont nous égorger comme les autres... Perdues !... Perdues !...

Et les coups continuaient à retentir sur les portes et à ébranler les murailles, et, à chaque instant, ce bruit terrible se rapprochait ; car la difficulté ne faisait qu'augmenter la rage de ces furieux.

Une porte, la dernière, résistait encore ; mais déjà une partie des ferrures en avaient été arrachées, elle ne pouvait tarder à céder.

En ce moment, il se fit dans l'esprit de Blanche une révolution singulière : ses larmes cessèrent de couler, une sorte de calme solennel se peignit dans ses traits ; elle répara rapidement le désordre de ses vêtements.

— C'est trop accorder à ces égorgeurs, dit-elle d'une voix assurée en s'avançant au milieu de ses femmes éplorées ; je ne veux plus pleurer ni trembler. Mon père a cou-

tume de dire que n'est tant effrayante chose que le danger vu de loin. Suivez-moi donc, et allons le voir de près.

Toutes crurent qu'elle avait entièrement perdu la raison, et s'efforcèrent de la retenir ; mais d'un geste impérieux elle leur imposa silence, et, sortant de la chambre où elle s'était réfugiée, elle s'avança vers l'escalier.

— Messires, cria-t-elle dans un moment où les coups semblaient se ralentir, n'avez-vous pas aujourd'hui fait assez grande tuerie, et voulez-vous parfaire la victoire en prenant d'assaut cette tour, où nous ne sommes que des femmes auxquelles tous gens de guerre braves et glorieux doivent respect et protection ?

— Sur mon âme ! dit Caboche en tenant sa hache levée, voici gentil rossignol et plaisant gazouillement. Compaings, il m'est avis que, cherchant fortune, nous n'avons trouvé que nid de tourterelles.

Il y eut alors explosion de colère parmi les gens du capitaine ; mais ce dernier se retournant vers les mécontents :

— Par la mort Dieu ! s'écria-t-il, si quelqu'un de vous croit que j'ai fait meilleur butin que lui, qu'il vienne me regarder en face. Maître diable ! j'entends rire quand cela me plaît ; et je ne sais si bien jouer du couteau que pour me faire obéir. Le premier qui bouge, je l'envoie incontinent dans la chaudière du diable.

Ces paroles eurent plus d'effet que n'en eût pu avoir un éloquent discours ; il se fit silence parmi la troupe, ce dont Blanche profita de nouveau pour élever la voix :

— Messires, dit-elle, laissez-nous en paix, nous vous tiendrons pour braves et courtois, ce qu'autrement nous ne pourrions faire en conscience.

— Noble dame, répondit Caboche de sa voix la plus gracieuse, qui ne différait guère du mugissement d'un taureau, nous vous promettons merci, vie sauve et liberté, sauf rançon.

La concession était énorme pour gens de cette trempe et en telle circonstance ; mais Ca-

boche, se sentait repu de sang et quelque peu
fatigué de tuerie ; il avait besoin de distraction, ce grand capitaine.

— Ne frappez donc pas davantage, reprit
Blanche, afin que nous vous recevions de
notre plein gré.

Et, les coups ne se renouvelant pas, elle
fit en effet, de ses mains blanches et mignonnes, jouer les lourds verrous de la
porte, qui s'ouvrit devant les assaillants.

Blanche était si jeune et si belle, que le
terrible capitaine des bourgeois, à son aspect,

Caboche sauve Blanche de Berry.

parut terrifié et ne put faire un pas. Les femmes de la jeune fille étaient tombées à genoux et demandaient grâce ; mais elle était
restée debout.

— Messire, dit-elle à Caboche, vous êtes
sûrement le chef de vaillants défenseurs
qui nous viennent garder, et, comme tels,
nous vous recevons.

— Damoiselle, répondit le boucher tout

troublé, si nous ne sommes pas venus pour
cela, nous n'en ferons pas moins bien cet
office, et nous vous garderons envers et
contre tous, fussent le grand diable d'enfer
et ses sujets.

Mais les gens qui marchaient sous les
ordres du terrible capitaine n'étaient pas, à
beaucoup près, dans de si bonnes dispositions.

— En avant! en avant! crièrent plusieurs d'entre eux ; nous ne sommes pas ici pour chanter lais d'amour. En avant! En avant!

Caboche, se sentant pressé par derrière, se retourna vivement.

— Compaings, dit-il d'un ton menaçant, je ne suis pas votre capitaine général pour recevoir de vous commandement ; donc ne répétez pas de telles paroles, ou, par les tripes de Satan, je vous montrerai que je suis votre maître.

Caboche était certainement redoutable et très-redouté ; mais il y avait en ce moment trop d'exaltation parmi ces hommes, ivres de sang et de vin, pour que ces menaces pussent les intimider. Il venait d'ailleurs d'apercevoir les femmes de Blanche, toutes jeunes et belles, et cette nouvelle surexcitation était peu propre à les rendre dociles.

— En avant! en avant! crièrent-ils de nouveau en brandissant leurs armes avec frénésie.

Plusieurs, en même temps, s'élançant entre le mur et Caboche, se précipitèrent au milieu des femmes comme des loups dans un bercail. En un clin d'œil, plusieurs de ces infortunées furent saisies et emportées dans les appartements. Caboche alors, se retournant de nouveau vers les autres qui se disposaient à suivre cet exemple, commença à faire de terribles arabesques avec la lame de son coutelas, dont le mouvement était si rapide, qu'on eût cru en voir jaillir des étincelles.

— Mille diables! criait-il ; à vous, chiens de ribauds : que la peste noire m'étouffe si je n'éventre tout jusqu'au dernier !

Et, joignant l'exécution à la menace, il allait frappant à coups redoublés, jetant à chaque coup un de ses hommes à la renverse, ce qui lui était d'autant plus facile, que, l'escalier n'étant pas large, il n'avait toujours en face qu'un ou deux adversaires.

Sa bouche écumait, ses yeux semblaient près de sortir de leurs orbites ; le sang ruis-

selait autour de lui ; ses bras nus en étaient inondés, et il frappait toujours en rugissant comme un lion.

En un instant, l'escalier se trouva tellement encombré de cadavres et de décombres, qu'il eût été impossible de franchir, sans un long travail, ces barricades improvisées.

Les derniers hommes de la bande, ayant vu tomber tant de leurs compagnons, ne jugèrent pas à propos de courir la même chance ; ils s'enfuirent précipitamment, laissant le furieux capitaine entouré de morts et de mourants.

Blanche, qui s'était d'abord tenue derrière Caboche, s'était ensuite retirée près d'une des fenêtres donnant sur la rivière ; puis elle était montée sur l'appui de cette fenêtre, bien résolue à se précipiter dans le fleuve plutôt que de se résigner au sort que subissaient ses femmes, dont les cris arrivaient jusqu'à elle.

Caboche, n'ayant plus personne à tuer, s'arrêta un instant, passa sur son front une de ses mains ensanglantées comme pour rappeler ses souvenirs ; puis, s'avançant vers Blanche, la pointe de son arme tournée vers le sol et le chaperon à la main :

— Damoiselle, dit-il, vous ne craindrez pas, j'espère, un serviteur tel que moi ; mais je ne puis tout seul vous défendre suffisamment en tel lieu présentement sans portes ni grilles.

— Au nom de notre Seigneur Dieu ! dit la jeune fille, nous vous supplions de porter secours à mes compagnes, dont vous pouvez d'ici entendre les cris.

Caboche se ressouvint alors que plusieurs de ses hommes avaient enlevé les femmes qui demandaient grâce à genoux, et, sa fureur se ranimant tout à coup, il s'élança vers le lieu d'où partaient les cris.

— Chiens de damnés ! criait-il, par saint Michel ! vous ne retomberez en tel péché, si ce n'est en enfer !

Bientôt aux cris des femmes succédèrent des rugissements, des blasphèmes, un cliquetis d'armes et de longs gémissements : c'était Caboche qui achevait son œuvre, et qui, peu d'instants après, revint près de Blanche, suivi des belles victimes qu'il avait délivrées.

— Damoiselle, dit-il, nous ne vous demandons pas qui vous êtes, l'ayant deviné déjà. Or, si nous avons fait ainsi, vous sachant fille d'Armagnac, traître au roi et à monseigneur le duc de Bourgogne, vous ne devez pas avoir crainte de vous confier à nous.

Blanche ne pouvait voir sans effroi cet homme dont l'aspect était vraiment épouvantable ; car de plusieurs blessures qu'il avait reçues son sang coulait abondamment et se mêlait à celui de ceux qui étaient tombés sous ses coups.

Toutefois, l'audace lui avait trop bien réussi pour qu'elle se laissât de nouveau aller à la crainte. Faisant donc un effort sur elle-même, elle ordonna à ses femmes d'apporter de l'eau et du linge, et, de ses mignonnes mains quelque peu tremblantes, elle commença à laver les blessures du terrible boucher, les touchant avec tant de délicatesse, que le rude compagnon n'en sentait rien ; mais il voyait, et se croyait transporté dans un autre monde.

— Ah ! fit-il avec un soupir formidable, tous les anges ne sont pas au paradis. Il n'est Armagnac qui tienne, et pour si gente dame est plaisante chose de se faire rompre les os.

Blanche rougit, et ses mignonnes mains tremblèrent un peu plus qu'auparavant.

De quelque part qu'elles viennent, de telles paroles sont douce musique pour des oreilles féminines, et ce n'était pas petit triomphe que d'avoir ainsi apprivoisé ce tigre.

Le pansement continuait, et Caboche eût voulu qu'il ne finît jamais.

— Messire, lui dit Blanche, qui sentait le moment propice pour obtenir toutes choses, puisque vous savez qui nous sommes, et que néanmoins vous nous voulez du bien, nous vous supplions de nous donner escorte pour nous conduire près du roi notre sire, nous voulant mettre sous sa royale protection jusqu'au retour du prince notre père.

Caboche fit un mouvement terrible ; ses poings se serrèrent, son front se crispa et ses yeux étincelèrent.

— Son retour ! cria-t-il d'une voix de tonnerre.

Blanche recula de deux pas, et l'aiguière d'argent que tenait une de ses femmes tomba aux pieds du capitaine, qui se calma subitement et reprit de sa voix la moins rude :

— Damoiselle, nul ne sait aujourd'hui ce qui adviendra demain. De demain ne parlons donc pas, mais bien de l'heure présente. Or, je n'ai pas le moyen de vous donner escorte, étant seul demeuré en ce lieu ; et, d'autre part, l'hôtel Saint-Paul où vous demandez à être conduite ne serait pas pour vous présentement un asile sûr et convenable.

— Oh ! messire, dit Blanche en joignant les mains, n'avez-vous fait tant nobles promesses en notre faveur que pour nous laisser en si pitoyable état ?

— Damoiselle, ce que j'ai fait, je le ferais derechef tout à l'heure, le cas échéant ; mais je ne suis roi ni prince, et si j'ai des serviteurs, je ne puis d'ici leur faire commandement.

— Mon Dieu ! mon Dieu ! fit Blanche d'un air désolé.

Et cependant elle se rapprocha du capitaine pour achever de panser ses blessures.

Caboche ne comprenait rien à ce qu'il éprouvait : cette tour à demi ruinée, où venaient de se passer de si sanglantes et épouvantables scènes, lui semblait un lieu de délices d'où il eût voulu ne jamais sortir.

— Allons, dit-il comme s'il venait de

prendre tout à coup une grande résolution, il est des choses étranges en paix qui ne le sont pas en guerre, et en guerre nous sommes pour l'heure, et nous le serons tant qu'Armagnacs et Bourguignons auront du sang dans les veines. Donc je ne puis mieux faire que vous offrir asile en ma maison, au parvis Notre-Dame.

Blanche frissonna.

— Ah ! certes, ce n'est pas une demeure princière, dit le capitaine auquel le mouvement de la jeune fille n'avait pas échappé ; puis il reprit aussitôt :

— Je vous supplie, mademoiselle, de n'avoir nulle crainte. Les Caboche n'ont logis royal ni princier, mais il n'y manque rien du nécessaire, et vous y trouverez de bonnes gens, entre autres ma mère et ma sœur pour vous servir, et même vos dames, s'il vous plaît de les mener à votre suite.

Blanche fit de nouveau appel à tout son courage ; car elle sentait bien qu'elle ne pouvait rester dans l'hôtel, ainsi saccagé, sans courir à chaque instant les plus grands dangers, et elle avait à craindre, en persistant à se rendre à l'hôtel Saint-Paul, d'y être traitée en ennemie et gardée prisonnière, en même temps qu'elle perdrait la protection de Caboche, qui déjà avait tant fait pour elle, et qui était le seul homme de résolution sur lequel elle pût compter en ce moment.

— Messire, lui dit-elle d'une voix caressante, vous êtes homme trop brave pour n'être pas loyal, et, pour ce, en vous je veux avoir toute foi. Nous irons donc toutes en votre logis s'il vous plaît nous y mener, et si vous avez quelque moyen de nous y transporter, afin que nous n'attirions l'attention de gens mal avisés à notre endroit.

Le capitaine général des bourgeois, ou plutôt des bouchers de Paris, devint radieux, et, un instant après, il s'opéra en lui une transformation complète.

— Noble damoiselle, reprit-il du ton que dut avoir Hercule en tournant le fuseau d'Omphale, demeurez à cette fenêtre afin de me faire incontinent entendre votre tant angélique voix pour le cas où il surviendrait céans quelque malencontre, pendant que nous allons préparer toutes voies pour qu'il soit fait comme vous le voulez.

Blanche se reprit à trembler en songeant qu'elle allait rester seule avec ses femmes au milieu de ces cadavres dont le sang fumait encore.

— Par monseigneur Dieu, dit-elle en joignant les mains, ne tardez pas à revenir.

Il partit comme un immense éclair de joie des yeux de ce terrible homme ; il ne put répondre : le bonheur le suffoquait, mais l'expression de son visage fut mille fois plus éloquente que toutes les phrases possibles.

Il s'élança dans l'escalier, franchit en bondissant les barricades formées de cadavres et de décombres, et arriva en un clin d'œil à la porte d'eau. Il n'y avait là aucune espèce de véhicule, la garnison de la tour s'en étant emparée pour gagner au large ; mais les débris de meubles, de tentures, jetés à l'eau par les furieux qui venaient de dévaster l'hôtel, et dont le fleuve était couvert, avaient attiré des barques de pêcheurs, qui recueillaient ce butin.

— Garçon ! fit Caboche au patron de celle de ces barques qui était la plus rapprochée de la tour, aborde ici, et tu gagneras meilleur salaire qu'à écumer l'eau.

Le batelier, pensant avoir affaire à quelqu'un des chefs des pillards ayant fait riche butin, ne se fit point prier, et il accosta la porte d'eau.

— Reste là, lui dit le boucher, et je vais donner gentil chargement à mener en amont jusqu'à Notre-Dame, et cela te vaudra l'écu d'or que voici, et un autre encore, voire deux autres au débarquement, si nous sommes satisfait de ton savoir à mener ta nef.

En parlant ainsi, Caboche avait mis un

écu d'or dans la main du batelier, et ce dernier avait été confirmé dans son idée première, en remarquant les linges ensanglantés qui couvraient les blessures du capitaine.

Caboche remonta rapidement à la chambre où il avait laissé Blanche et ses femmes.

— Ne tardons pas, s'il vous plaît, dit-il ; nous avons en bas bonne barque et fort rameur pour nous mener sans encombre dans la Cité.

Blanche, s'avançant alors vers l'escalier, donna le signal du départ ; le boucher se jeta au-devant d'elle pour déblayer autant que possible le chemin, et, grâce à sa force herculéenne, que le sang qu'il avait perdu ne semblait pas avoir affaiblie, Blanche et son escorte féminine arrivèrent bientôt à la barque qui les attendait, et dans laquelle Caboche entra lui-même dès qu'elles y furent toutes placées.

C'était une étrange nature que celle de cet homme, ou plutôt c'était la nature humaine dans toute sa contexture primitive. Tout à l'heure il eût bravé Dieu et le diable, tenté d'escalader le ciel et l'enfer ; il venait de briser des têtes, de jeter au vent les entrailles de tous ceux qui avaient tenté de lui résister, et maintenant il épiait d'un regard humble et soumis le moindre signe de crainte, de mécontentement ou de satisfaction se manifestant sur les traits d'une frêle jeune fille qu'il eût broyée sans pitié quelques heures auparavant.

La barque remontait le fleuve assez rapidement, car, tandis que le batelier faisait force de rames, Caboche, à l'aide d'un long croc, poussait de toutes ses forces, impatient qu'il était de se retrouver chez lui et de penser en liberté aux suites que pourrait avoir toute cette affaire.

Enfin on arriva à l'extrémité orientale de l'île de la Cité, un peu après le coucher du soleil. La barque s'arrêta, tous les passagers mirent pied à terre, et Caboche, à travers les ruelles fangeuses et fétides qui du parvis aboutissaient à la rivière, conduisit Blanche et ses compagnes, dont les pieds mignons glissaient à chaque instant dans la fange ou se heurtaient contre les pierres anguleuses qui, en quelques endroits, tenaient lieu de pavé.

— Damoiselle, dit-il à Blanche, qui déjà avait fait entendre quelques exclamations de douleur ou d'effroi, ce n'est pas ici un terrain disposé pour vos pieds si mignons, et je n'ai monture à vous offrir, sinon mes bras, qui, si vous le voulez, vous feront douce litière.

Blanche rougit jusqu'au blanc des yeux, non pas que telle proposition lui fût faite, mais parce qu'elle mourait d'envie de l'accepter, ses pauvres petits pieds s'étant déjà cruellement meurtris au contact des pierres. Heureusement Caboche, d'accord en cela avec la sagesse des nations, pensait que *qui ne dit mot consent*, et Blanche n'ayant pas répondu, il la prit dans ses bras musculeux et l'emporta jusqu'en son logis, où il fut accueilli par les cris de joie de tous les siens, qui l'avaient cru mort.

— Mère, dit-il en déposant Blanche dans l'arrière-boutique, d'où s'exhalait une odeur de sang corrompu qui faillit asphyxier la pauvre Blanche, mère, sachez et n'oubliez sur votre salut que vous avez en ce moment heur et honneur de voir sous notre toit princesse de royale lignée, et s'il vous plaît, comme telle la traitez de votre mieux et aussi ses dames suivantes.

La mère Caboche s'inclina respectueusement devant la jeune fille, et la sœur du capitaine s'empressa d'aller préparer la plus belle chambre de la maison, tandis qu'une servante apportait des escabeaux pour tout le monde, et que Caboche lui-même appelait ses garçons, et leur ordonnait de dresser la table et d'apporter du vin.

Tout cela se fit promptement ; mais Blanche et ses compagnes ne purent ni manger ni boire, broyées qu'elles étaient par les terribles émotions de la journée.

— Damoiselle, disait Caboche attristé, je ne suis roi ni prince· et je vous l'avais bien dit ; mais, par grâce, ne faites fi du bourgeois, qui voudrait vous voir reine du ciel !

Blanche, touchée de ces paroles, lui tendit la main ; le capitaine la saisit avec ardeur, et, mettant un genou en terre, il la pressa sur ses lèvres. Tout à coup une pâleur mortelle couvrit son mâle visage, ses yeux se fermèrent ; ses mains défaillantes errèrent dans le vide, et il tomba évanoui.

Blanche, effrayée, jeta un cri perçant ; un des robustes garçons qui venaient de dresser la table prit son maître dans ses bras, et l'emporta dans une pièce voisine.

— Bah ! dit-il en revenant quelques minutes après, le capitaine était las... Et vraiment il en a tant tué !

Le front de Blanche se rembrunit ; mais elle jugea convenable de se taire, et ce fut en silence qu'elle et ses femmes suivirent la sœur de Caboche, lorsque cette dernière vint leur offrir de les conduire dans les chambres qu'elle leur avait préparées.

XIV

Marcelon et Goys. — Blanche et Caboche. — Blanche et Isabeau de Bavière. — Il est bon d'avoir des amis partout. — Retour du duc de Berry à l'hôtel de Nesle. — Caboche et Thomas de Mercq.

Marcelon, le trésorier que nous avons laissé sur la dernière marche de l'escalier conduisant aux appartements secrets du duc de Berry, y resta, ainsi que nous l'avons dit, jusqu'à ce que, le bruit ayant cessé dans l'hôtel, il pût espérer de ne pas faire de mauvaises rencontres.

Vers le milieu de la nuit, le plus profond silence ayant succédé au tumulte, il poussa un bouton qui fit glisser un panneau de la boiserie, et silencieusement il s'avança, tendant les bras, prêtant l'oreille, et s'arrêtant au moindre murmure du vent. Il arriva ainsi dans les cours, où régnait maintenant un silence de mort ; et, comme il était de des plus anciens serviteurs du duc de Berry, et que les êtres de l'hôtel lui étaient parfaitement connus, il gagna les cuisines, et, au milieu des ténèbres, malgré la dévastation et le pillage dont aucune partie de cette demeure n'avait été exempte, il parvint à trouver quelques provisions de bouche, dont il usa pour lui d'abord, et dont il fit provision autant ample que possible, en vue de la disette qu'ils pourraient avoir à subir, lui et son prisonnier ; car il n'entrait pas du tout dans les vues de ce brave homme de laisser mourir de faim le prisonnier qu'il avait fait si adroitement ; il fallait au contraire, pour l'exécution de son projet, que le terrible boucher Goys continuât à vivre.

Donc, après avoir apaisé sa faim et s'être réconforté d'un peu de vin, Marcelon regagna l'escalier secret qui conduisait des mystérieux caveaux aux appartements du duc ; il le descendit et ouvrit une espèce de guichet pratiqué dans la porte de pierre qui s'était si merveilleusement fermée pour mettre entre lui et Goys une barrière infranchissable.

Le boucher était étendu sur le sol, en proie à une sorte de fureur latente, qui n'attendait qu'une cause déterminante quelconque pour faire explosion.

— Holà ! messire, dit Marcelon d'une voix parfaitement calme, il m'est avis que tout repu que vous êtes du sang de beaucoup de braves gens, vous devez à cette heure avoir faim et soif.

Le boucher bondit comme un tigre en poussant un terrible cri de rage, et il se jeta tête baissée vers le point d'où la voix qui l'interpellait semblait venir ; mais, comme la première fois, il alla se heurter contre un mur, et il tomba à la renverse.

— Ça, messire, reprit le brave trésorier, qui avait parfaitement deviné, au bruit de ce qui venait d'arriver, ce n'est pas le moment de montrer une pareille outrecuidance ; car, en agissant ainsi, vous décourageriez certainement tous ceux qui veulent vous venir en aide. Donc, écoutez ceci : moi, Marcelon, trésorier que vous avez si rudement mené dans la chambre aux deniers, dans la chapelle et jusqu'à l'endroit où vous êtes maintenant, par justice divine, je ne veux ni vous laisser mourir, ni vous faire souffrir ; j'entends seulement vous garder comme otage, afin de ménager à monseigneur le duc de Berry un retour heureux et la réparation pleine et entière des dommages que vous et les vôtres lui avez causés aujourd'hui.

Le boucher s'était relevé ; cette fois il se dirigea lentement et à tâtons vers l'endroit d'où semblait venir la voix ; mais, lorsqu'il y arriva, le guichet était fermé, et il ne trouva toujours que le mur, ce dont il se consola quelque peu en ramassant au pied de ce mur un pain tout entier et une dame-jeanne pleine d'excellent vin.

Marcelon passa la nuit le moins mal possible au milieu des ruines. Au point du jour, il parcourut tout l'hôtel, qu'il trouva complétement abandonné, puis il se mit en quête pour tâcher de découvrir ce qu'était devenue la fille bien-aimée du prince ; car, après avoir parcouru la tour de Nesle, où il savait que Blanche s'était réfugiée, n'y ayant trouvé que les cadavres d'un certain nombre de pillards, il avait aisément deviné la plus grande partie de la vérité, et le reste ne pouvait lui échapper.

Étant sorti de l'hôtel par les bâtiments appelés le *séjour de Nesle*, il gagna le bord de l'eau, prit des informations près des *passeurs* ou bateliers, et il sut bientôt comment Blanche et ses compagnes, échappées comme par miracle au massacre général, avaient remonté la Seine dans une barque, sous la garde et la conduite du boucher Caboche, capitaine général de la milice parisienne.

— Voire ! fit-il, je ne suis pas le seul bien avisé qui aie songé à faire bonne prise d'otages. Alors, ce sera facile échange, et j'aurai la joie de rendre mademoiselle Blanche à monseigneur son père.

Une heure après, le brave Marcelon se faisait annoncer chez le capitaine général, lequel ne fut pas peu surpris d'entendre que le trésorier du duc de Berry eût la double outrecuidance d'être encore en vie, et d'oser se présenter devant lui.

Caboche était en ce moment fort malade ; plusieurs des blessures qu'il avait reçues étaient graves : une fièvre ardente le dévorait, et il était à peu près incapable de quitter son lit ; mais la visite de Marcelon était, à son avis, chose si surprenante, qu'il voulut le recevoir, et il ordonna qu'on l'amenât près de lui.

— Maître rançonneur et écorcheur de pauvres gens, dit-il en apercevant le trésorier, me venez-vous réclamer la corde qui a fait défaut pour vous pendre ?

— Ce serait chose déshonnête, messire, et, nous ne sommes émus que de bon désir de vouloir.

— Ah ! maudit ! vous ne venez pas sûrement nous apporter les clefs du trésor de votre maître ?

— Pourquoi non, messire ? N'avez-vous donc pas prouvé hier que les dites clefs seraient en vos mains autant en sûreté qu'aux miennes ?

— Par le diable ! fit Caboche en se dressant avec effort sur son séant, voulez-vous dire que je sois Armagnac traître et maudit, moi, criant Bourgogne et portant croix de Saint-André ?

— Je ne veux pas dire une chose qui vous serait offensante, capitaine, mais il est pourtant chose vraie que, des richesses de monseigneur le duc de Berry, avez-vous sauvé la plus grande, n'ayant nulle envie de la garder.

Caboche comprit que le trésorier avait découvert la retraite de Blanche, et il se trouva très-embarrassé ; car il n'avait rien résolu sur ce point, et il se sentait fort incapable de prendre une résolution quelconque. D'abord il avait obéi à un impérieux désir de faire respecter la jeune fille, puis il avait ressenti une immense joie de la savoir chez lui, en songeant à la reconnaissance qu'elle lui devait. A deux ou trois reprises, ces pensées l'avaient presque transformé, et ce fut ce qui arriva de nouveau, la fièvre ne pouvant qu'aider à cela.

— Messire, dit-il, nous avons fait ce qu'il fallait, et n'en demandons ni louange ni blâme.

— Mais ne pouvez avoir la pensée de garder en votre maison de boucher damoiselle de si haute lignée, qu'est l'unique héritière de l'oncle de monseigneur le roi ?

— Et pourquoi non, messire ? droits de guerre valent droits de paix, et voire sont de plus étroite obligation.

— Mais en ceci, ne comptez donc pour rien l'autorité de monseigneur le duc de Bourgogne ?

— Et si le respectons justement à cause de son grand amour de justice, et ce n'est lui qui ordonnera relâche sans rançon de riches prisonniers.

Ce mot de rançon qui, dans toute autre circonstance, eût été horrible au vieux trésorier, résonna agréablement à ses oreilles ; il se sentit sur son terrain, car lui aussi pouvait exiger rançon, et il lui tardait un peu de se poser aussi en vainqueur.

— Eh ! capitaine, fit-il, ce n'est pas le duc mon maître qui vous refuserait rançon, s'il n'avait à vous en demander une dépassant toutes les autres.

— A nous ? fit Caboche.

— A vous, dit tranquillement Marcelon.

— Aux bouchers de Paris ? s'écria le capitaine en se dressant comme un spectre.

— Aux bouchers de Paris, répéta Marcelon impassible.

— Tu mens, chien ! et pour cela nous allons te garder jusqu'à ce que, par bonne et juste sentence tu ailles au gibet expier tes méfaits.

— Messire, reprit le trésorier sans plus s'émouvoir, la fièvre et la colère sont des conseillères maudites, et présentement elles vous serrent la gorge pour vous laisser libre arbitre, pourquoi nous vous convions à plus de modération, ayant à vous faire savoir chose de haute importance à l'endroit de la puissante corporation des bouchers dont vous êtes le si vaillant chef.

Caboche sourit : il crut que Marcelon allait lui parler du rétablissement, de par le duc de Berry, des droits et franchises de la commune de Paris, et, comme la même promesse lui avait été faite par le duc de Bourgogne, ainsi qu'on l'a vu plus haut, il jouissait à l'avance du désappointement du trésorier.

— Messire, reprit ce dernier, toujours aussi calme, en l'état où vous êtes, vous n'avez pu, sans doute, apprendre tout ce qui est advenu touchant l'hôtel de Nesle ?

— Mille diables ! j'y suis entré le premier, dans ce repaire d'Armagnacs, et n'en suis sorti que le dernier ; donc il ne s'y est rien fait sans moi.

— Et pourtant, vous ne m'avez trouvé sur votre passage ?

— Oh ! maître couard, pour certain, vous étiez alors trop bien caché !

— Pourtant, messire, de ma peu sûre main, et sans que de ma tête un de mes cheveux blancs soit tombé, j'ai fait capture d'un des vôtres, que je tiens présentement sous bonne garde, et que je ne rendrai qu'à bon escient, lequel, afin que vous n'en ignoriez, est l'aîné des frère Goys, qui, en richesse et renommée, ne le cèdent à aucun autre boucher de la capitale.

— Et de cela, fou maudit, vous osez vous vanter ?

— C'est que, sur cela, je suis sans peur comme sans reproche ; car nul autre que moi ne saurait pénétrer dans le lieu où il est, et que, s'il m'arrivait malheur, le digne bourgeois mourrait certainement de faim si, par désespoir, il ne se brisait la tête sur les murs.

Caboche n'entendit pas ses paroles sans

Les massacres continuèrent.

éprouver une sorte de satisfaction, car, entre lui et l'aîné des Goys, il y avait rivalité de profession, rivalité de fortune, et c'en était assez pour qu'ils se détestassent mutuellement.

Pensant donc qu'il serait toujours temps de consentir à cet échange, s'il arrivait qu'il y fût contraint, il ne songea qu'à gagner du temps, et, laissant retomber sa

tête sur l'oreiller, il dit qu'il était trop souffrant en ce moment pour traiter convenablement cette affaire, et qu'il avait besoin de quelques jours pour se remettre avant de s'en occuper. Marcelon voulut insister; mais, sans plus de cérémonie, le boucher lui montra la porte.

Pourtant ce n'était pas seulement en haine de Goys que Caboche désirait garder Blanche près de lui ; un autre sentiment, qu'il ne s'avouait pas, le poussait à en agir ainsi.

Blanche était si jolie ! sa douce voix, qu'il croyait encore entendre, avait tant de charmes ! Caboche, bien qu'il se fût fait tuer plutôt que d'en convenir, Caboche était amoureux !... amoureux de la fille d'un prince du sang, lui, le boucher !... fille naturelle à la vérité, mais adorée de son père, qui avait hautement annoncé l'intention de la légitimer. C'était pour lui une délicieuse pensée que cette charmante enfant se fût mise sous sa protection, et qu'elle fût là, sous le même toit que lui.

Aussi, malgré sa faiblesse et les douleurs qu'il ressentait, se leva-t-il dès que Marcelon fut parti pour aller demander des nouvelles de sa jeune et belle hôtesse.

Blanche avait passé une nuit fort agitée ; elle était au milieu de ses femmes, toutes fort tristes, lorsque la mère de Caboche vint lui demander si elle voulait bien permettre à son fils de venir s'informer de sa santé.

Blanche répondit, en baissant les yeux, que messire le capitaine étant chez lui, n'avait de permission à demander à personne pour y faire à sa volonté.

Presque aussitôt, Caboche parut.

C'était un singulier tableau que celui de cette modeste et timide jeune fille, rouge et tremblante d'émotion, en face de cette énergique figure du boucher, qui, plus embarrassé de sa contenance que cette douce colombe, roulait son chaperon dans ses larges mains, sans oser faire un pas et sans trouver un mot à dire. Des deux, Blanche fut la plus audacieuse.

— Messire, lui demanda-t-elle de sa plus douce voix, me venez-vous annoncer la liberté ?

— Damoiselle, répondit Caboche, vous n'avez jamais été plus libre que vous ne l'êtes en ce moment ; et vous pouvez, pour en avoir assurance, nous faire tel commandement

qu'il vous plaira, car vous n'avez ici que des serviteurs.

— Eh bien ! puisque vous voulez tant être de nos amis, nous vous prions d'aviser aux moyens de faire savoir au duc de Berry ce qui est arrivé, à cette fin qu'en cette occurrence nous nous conformions à sa volonté, et qu'il vous soit payé telle rançon que vous demanderez.

— Rançon ! fit le capitaine en se redressant vivement, ô damoiselle, ne souffrez pas si vilain mot dans si gentille bouche. Dites votre volonté, et nous la ferons toujours joyeusement. Mais vous ne pouvez ignorer que monseigneur de Berry et moi ne marchons pas sous la même bannière.

Blanche poussa un profond soupir, et Caboche se demanda mentalement s'il était bien sûr que les Bourguignons valussent mieux que les Armagnacs, ce dont il n'avait jamais douté jusque-là.

Comme on vient de le voir, il s'en fallait de beaucoup que ses idées fussent nettes. D'abord il avait parlé de rançon au vieux trésorier ; maintenant il s'indignait d'entendre prononcer par Blanche ce vilain mot, et, à la manière dont ses robustes mains tourmentaient son chaperon, il était facile de reconnaître la perplexité à laquelle il était en proie. Ce qu'il désirait le plus en ce moment, c'était de gagner du temps ; les choses, tout anormales qu'elles étaient, lui semblaient être pour le mieux dans le meilleur des mondes possibles.

Il n'imagina donc rien de mieux que de dire à sa charmante prisonnière que, puisque telle était sa volonté, il s'y conformerait, quelque danger qu'il pût courir de passer pour un traître ; mais qu'il était à peu près impossible de savoir, pour le moment, en quel lieu se trouvait le duc de Berry.

— Oh ! je le sais, moi ! s'écria Blanche.

Caboche se mordit les lèvres ; mais il ne pouvait retirer ses paroles. La jeune fille reprit :

— Hier, il tenait la campagne près de Saint-Cloud, et il m'a fait savoir que, sûrement avant huit jours, il ne quitterait pas ce lieu, ayant pris résolution de faire avec les Bourguignons bonne et honorable paix.

— J'irai, dit Caboche avec résignation.

Mais, comme il s'était tenu debout pendant cet entretien, et que la grande perte de sang qu'il avait éprouvée la veille l'avait considérablement affaibli, à peine eut-il prononcé ces derniers mots, que ses genoux fléchirent, ses yeux se voilèrent; il étendit les bras comme pour chercher un appui, et il tomba évanoui aux pieds de la jeune fille.

Aux cris de cette dernière et de ses femmes, la mère, la sœur de Caboche accoururent; on lui jeta de l'eau sur le visage, ce qui fut suffisant pour lui rendre l'usage de ses sens ; puis, appuyé sur deux de ses robustes garçons, le boucher capitaine regagna sa chambre, laissant Blanche bien inquiète de voir en cet état le seul personnage qui pût la faire sortir de la singulière position où elle se trouvait.

Mais elle se trompait en pensant que le robuste capitaine fût le seul homme qui s'occupât d'elle. Après avoir échoué près de Caboche, le trésorier Marcelon ne s'était pas tenu pour battu, et il s'était aussitôt dirigé vers l'hôtel Saint-Paul, résolu à s'adresser au duc de Bourgogne lui-même, et se proposant, s'il n'en obtenait satisfaction, d'aller trouver les frères de son prisonnier, afin qu'ils avisassent aux moyens d'obliger Caboche à accepter l'échange proposé.

Jean-sans-Peur reçut Marcelon avec bienveillance.

Ce que ce prince avait voulu dans cette affaire, c'était anéantir le reste de popularité que pouvait avoir conservé le duc de Berry, et, sur ce point, il avait eu pleine et entière satisfaction ; mais que, de son autorité privée, le capitaine général des bour-

geois voulût garder chez lui la fille du duc, il ne le pouvait souffrir.

Il fit donc appeler son capitaine des gardes et lui donna des ordres pour que Blanche fût amenée sur-le-champ près de lui, ce qui fut aussitôt exécuté, au grand désespoir de Caboche, lequel, tout faible qu'il était, s'emporta contre le duc de Bourgogne, se plaignant de son ingratitude et menaçant de l'en faire repentir.

— Présentement, messire, dit Jean-sans-Peur au trésorier qu'il avait retenu près de lui, allez rendre incontinent la liberté au bon et fidèle sujet Goys, et vous pouvez faire savoir au duc de Berry, votre maître, que n'ayant pour lui, notre cher oncle, que bons sentiments, nous sommes marri que le héraut envoyé par lui ait provoqué si fâcheuse querelle ; mais que, nonobstant cela, nous allons certainement arranger toutes choses pour que, sans nul encombre, il puisse rentrer à Paris, dont avec grand regret nous l'avions vu s'éloigner.

Rendre la liberté à Goys n'était pas chose facile ; car Marcelon ne voulait laisser pénétrer personne dans ces lieux mystérieux, où, comme on l'a vu, étaient déposés des barils remplis d'or et d'argent, et, en se présentant seul devant son prisonnier, il courait grand risque que ce dernier, furieux d'avoir été ainsi pris au piége, se vengeât cruellement.

Mais Marcelon était homme de ressource; son sang-froid ne l'abandonnant jamais, il n'était pas de danger qu'il ne fût capable de braver pour atteindre le but qu'il s'était proposé.

Il retourna donc à l'hôtel de Nesle, descendit dans les caves par l'escalier secret et alla ouvrir le guichet de pierre à travers lequel il avait fait passer à son prisonnier du pain et du vin.

Goys venait d'achever de vider sa damejeanne, lorsqu'il sentit un air frais lui courir sur le visage.

Il quitta aussitôt le baril sur lequel il s'était assis et s'avança vers le point d'où cet air extérieur semblait venir.

— Ecoute! lui cria Marcelon, qui l'entendit marcher, ne fais pas un pas de plus avant d'avoir entendu ce que je veux te dire.

Le prisonnier s'arrêta. Jusqu'ici la violence lui avait si mal réussi, qu'il voulut essayer de la docilité.

— Parlez donc! répondit-il en s'arrêtant.

— Dans une heure, reprit le trésorier, suivant de la main les murs du malplaisant réduit où par ta faute tu es retenu, tu trouveras une ouverture par laquelle, ayant passé, tu te trouveras en autre réduit semblable, d'où, agissant de même, tu passeras dans un troisième et de là gagneras l'escalier qui te mènera en la cour par un chemin de toi connu. A cela es-tu consentant?

— Par messire le diable ! c'est demander à malade s'il veut la santé.

— Mais, en t'octroyant liberté, reprit Marcelon, nous entendons y mettre des conditions.

— Dis-les donc sur-le-champ, maudit !

— Premièrement, maître pillard et tueur de gens, tu ne larronneras rien du bien d'autrui maintenant sous ta main.

— En tel lieu ne peuvent être que richesses de Satan, et pour cela je n'y toucherai pas, ne voulant, à tel prix, perdre mon âme.

— Secondement, tu ne feras à moi ni autre violence aucune.

— Ah ! pour cela, bien me faudra quelque peu mordre les poings, et ainsi je ferai pour t'épargner.

— Troisièmement, tu ne porteras à personne nulle plainte de ce qui est arrivé, et tu ne révéleras le lieu où tu es présentement, ainsi que sur les saints Evangiles tu en as fait le serment.

— Je n'ai d'autre désir que d'en sortir pour n'y rentrer jamais, et c'est chemin d'enfer par lequel je ne ferai passer personne.

— Tu le jures ?

— Sur mon salut et ma part de paradis.

— Maintenant silence et ne bouge pas avant une heure,

Le captif n'était pas sans quelque crainte d'une mystification ; mais l'espérance dominait, et le raisonnement lui venait en aide; car, puisqu'on le tenait si bien, et qu'il était si facile de le faire passer de ce caveau aux champs immenses de l'éternité, à quoi eût servi de lui donner des vivres et de lui promettre une liberté sur laquelle il ne comptait plus?

Il attendit donc, et, comme il n'avait d'autre moyen de mesurer le temps, il tira de sa poche un chapelet à gros grain, objet dont bourgeois et manants ne se séparaient jamais en ce temps, et il pria, sachant précisément, par une longue expérience, combien de temps durait chaque prière.

L'heure écoulée, il se leva, suivit de droite à gauche les murs du caveau, et, à peine eut-il fait quelques pas, que, à sa grande joie, il rencontra l'ouverture qui lui avait été annoncée. Le programme, pour le reste, fut ponctuellement suivi, et, un peu avant le coucher du soleil, Goys qui s'était cru enterré pour toujours sous les ruines de cette demeure royale, en sortait par le pont conduisant au *séjour de Nesle*.

Une heure après il embrassait ses frères, qui l'avaient cru mort.

Cependant Blanche avait été conduite près du duc de Bourgogne, et de là, chez la reine Isabeau, qui, sachant ce qui était arrivé à l'hôtel de Nesle, voulait voir *cette pauvrette* dont l'*honneur* avait couru si grand danger.

— Mignonne, dit Isabeau en souriant, vous avez eu grand'peur, m'a-t-on dit, quand vous vous êtes vue aux mains de ces rudes jouteurs, messires les bouchers de Paris, vaillants hommes qui jettent flammes par toutes voies?

— Madame la reine, la peur m'est venue avant; mais elle n'a pas duré, et au plus fort du danger je me suis trouvée calme et résolue, ce dont peut me rendre témoignage messire le capitaine Caboche.

— Oui, oui! Simonet Caboche, ce terrible tueur..... Mignonne, n'est-ce pas qu'il est beau ?... Enfant, ne baissez pas ainsi les yeux et laissez en liberté battre ce jeune cœur... Caboche est beau, n'est-ce pas ?

La pauvre Blanche devint rouge comme une cerise, et elle baissa les yeux sans pouvoir répondre.

Isabeau n'insista point; cette pure enfant lui imposa : c'était la domination de l'innocence. Mais le soir même un envoyé de l'hôtel Saint-Paul se présentait à la maison du capitaine des bourgeois, et le lendemain, Caboche, après une longue audience qu'il avait eue de la reine, descendait la rivière dans une barque qui de l'hôtel Saint-Paul le transportait chez lui.

Tandis que tout cela se passait, le duc de Berry, qui, fort découragé, se tenait dans les environs de Saint-Cloud, recevait successivement la visite de Marcelon et celle d'un envoyé spécial du duc de Bourgogne, qui, tous deux, lui annonçaient qu'il était libre de rentrer dans son hôtel de Nesle, où, malheureusement il ne trouverait que des ruines.

Toutefois, à son dire, le fidèle trésorier ajouta quelques mots que le duc ne put entendre sans que son visage s'illuminât d'un éclair de joie.

— Tout? demanda-t-il à Marcelon.

— Tout, monseigneur.

— Partons donc, reprit le duc; car j'ai grand'fatigue, et il me tarde de reprendre cette bonne vie qu'à mon âge n'aurais dû quitter.

Mais Marcelon insista si bien, que le duc consentit à attendre quelques jours, afin que quelqu'une des parties de son ancienne demeure fût disposée pour le recevoir.

Grande fut la joie causée par le retour de ce prince ; il n'avait fallu que quelques jours pour qu'une réaction complète s'opérât dans l'esprit du peuple. On criait vive *Berry !* et l'on eût crié *vive Armagnac!* pour peu que le duc l'eût autorisé ; Isabeau ramena Blanche dans les bras de son père, et, montrant du regard le chevalier de Mercq, qui était présent, elle demanda à quand les noces.

Blanche, cette fois, ne rougit pas ; mais des larmes perlèrent sous ses longs cils.

Le retour du duc de Berry dans son hôtel de Nesle fut une véritable fête ; mais, comme toutes les fêtes, elle dura peu : les désordres de la cour étaient au comble, c'était du délire : les troubles devinrent incessants, et la guerre civile fut permanente.

Rien ne saurait donner l'idée des monstruosités qui se produisirent alors, et combien devait être puissant l'esprit de nationalité qui lutta si longtemps contre tant d'éléments de dissolution et finit par les anéantir.

Ici nous citerons l'histoire qui se lie si intimement au sujet que nous traitons.

Henri V, roi d'Angleterre, profitant des crimes, de la faiblesse et des désordres de la cour de France, demanda, en 1415, à Charles VI, sa fille Catherine en mariage, un million de dot et les provinces cédées à l'Angleterre par le traité de Bretigny.

La France négociait, temporisait.

Le roi d'Angleterre, à la tête d'une armée de cinquante mille hommes, débarqua sur nos côtes le 25 octobre. La bataille d'Azincourt accrut les malheurs de la France et la haine des deux partis.

Les Parisiens, indignés des ravages et des excès que commettaient, dans les environs de leur ville, les troupes du parti des *Armagnacs* ou du *dauphin*, avaient conçu pour ce prince une haine qu'alimentaient et fortifiaient les intrigues du duc de Bourgogne. Cette haine reçut un nouveau degré d'accroissement lors de la violation du traité de Pontoise. Cette violation, commise par le connétable d'Armagnac, fut le prélude et le prétexte de scènes affreuses, dont Paris devint le théâtre, et le duc de Bourgogne le principal moteur.

Quelques Parisiens, poussés par la faction bourguignonne, allèrent secrètement, au nombre de six ou huit, trouver à Pontoise le seigneur de l'Isle-Adam, qui tenait cette place pour le parti des Bourguignons et convinrent avec lui du jour, de l'heure, du lieu où il se présenterait sous les murs de Paris avec toutes les troupes qu'il pouvait rassembler.

Dans la nuit du 28 au 29 mai 1418, l'Isle-Adam, à la tête d'environ huit cents hommes, arrive sans être aperçu et s'approche de la porte de Saint-Germain. Périnet Leclerc ou le Féron, fils de celui qui gardait les clefs de cette porte, était parvenu à les soustraire de dessous le chevet de son père ; il ouvrit cette porte aux troupes de l'Isle-Adam.

Ces troupes, favorisées par l'obscurité de la nuit, s'avancent en silence jusqu'auprès du Châtelet, où les attendaient douze cents Parisiens armés. Alors, de concert, ils crièrent tous : *Nostre-Dame la paix ! Vivent le roi et le dauphin et la paix !* ajoutant que ceux qui voulaient la paix n'eussent qu'à s'armer et joindre à eux. Ils proclamaient la paix en allumant les feux de la guerre civile. Tel était le manège employé par le duc de Bourgogne pour décevoir les Parisiens.

Les séditieux, dont le nombre allait toujours croissant, se portèrent à l'hôtel Saint-Paul, en brisèrent les portes, parlèrent au roi, et le déterminèrent à monter à cheval et à se mettre à leur tête.

A la nouvelle de cette entrée, les partisans des Armagnacs furent saisis d'effroi. Le connétable de ce nom, chef de ce parti, se réfugia dans la maison d'un pauvre homme maison voisine de son hôtel.

Tanneguy-Duchâtel, prévôt de Paris, courut à l'hôtel du dauphin, éveilla ce prince, qui depuis régna sous le nom de Charles VII, et, l'enveloppant dans ses draps, le transporta à la Bastille de Saint-Antoine, puis le conduisit à Melun. Plusieurs personnes du même parti se retirèrent dans cette bastille ; mais beaucoup d'autres n'en eurent pas le temps.

Les uns se cachèrent dans des caves, des celliers ; d'autres, pris dans leurs lits, furent traînés dans les prisons du Louvre, du Châtelet, etc. De ce nombre était le chancelier.

Peu d'heures après cette entrée, tous les Parisiens portèrent sur leurs habits la croix de Saint-André, qui formait le blason du duc de Bourgogne.

« On eût trouvé à Paris gens de tous « estats, dit un témoin oculaire, comme « moines, ordres mendiants, femmes por- « tant la croix de Saint-André... plus de « *deux cent mille*, sans les enfants. »

En même temps Guy de Bar, de la faction des Bourguignons, fut nommé prévôt de Paris.

Bientôt les Armagnacs retirés à la Bastille s'y fortifièrent, firent venir du dehors environ seize cents gendarmes ; avec cette force ils entreprirent une sortie dans la ville. S'étant avancés dans la rue Saint-Antoine jusqu'à la rue Tiron, et se croyant assurés de la victoire, ils crièrent :

— A mort ! à mort !... ville gagnée !... Vivent le roi et le dauphin ! Tuez ! tuez tout !...

Chaque parti, pour séduire le peuple, invoquait les noms du roi et du dauphin.

Alors, Guy de Bar, nouveau prévôt de Paris, arrive à la tête de sa troupe, arrête les Armagnacs, les combat, les met en déroute, et, après leur avoir tué environ trois cents hommes, force le reste à se réfugier dans la Bastille. Les corps morts des vaincus furent jetés à la voirie.

Cette tentative des Armagnacs enflamma la colère des partisans du duc de Bourgogne, qui se portèrent dans toutes les maisons où ils croyaient trouver des ennemis cachés ; ils en découvrirent plusieurs, les pillèrent et les traînèrent dans les prisons, qui en furent encombrées.

Le roi, qui, suivant un contemporain, n'était pas alors *bien sensible*, c'est-à-dire n'était pas dans son bon sens, ne gouvernait pas. Les ennemis de sa couronne, les Bourguignons, firent en son nom publier à son de trompe, dans les rues de Paris, un ordre portant que tous ceux ou celles qui sauraient les lieux où les partisans du connétable d'Armagnac se tenaient cachés, vinssent, sous peine d'être arrêtés ou privés de tous leurs biens, les déclarer au prévôt de Paris. Cet ordre détermina le pauvre homme qui recélait le connétable dans sa maison à venir en faire la déclaration. Le prévôt, aussitôt, ordonne qu'il soit arrêté et traduit dans les prisons du palais.

« Tous les conseillers du roi, dit Jean « Lefèvre, et autres tenant le parti d'Ar- « magnac, furent pillés, pris ou tués cruel- « lement. »

En cette circonstance, le collège de Navarre fut entièrement pillé, et on n'y laissa que la bibliothèque.

On ne se bornait pas au pillage : on massacrait.

Dans cette même journée, on compta les cadavres d'hommes, femmes et enfants étendus dans les rues, et leur nombre s'éleva à *cinq cent vingt-deux*, sans y comprendre ceux des personnes égorgées dans l'intérieur des maisons ou noyées dans la Seine.

La fureur était calmée, la vengeance satisfaite, et les Parisiens en seraient restés là s'ils n'eussent, par le génie malfaisant des agents du duc de Bourgogne, été poussés à des excès plus violents encore.

Ces agents imaginèrent, pour les diriger plus facilement, de réunir les Parisiens en confrérie. En conséquence, dans l'église de Saint-Eustache, fut instituée une confrérie de Saint-André. Chaque confrère devait orner sa tête d'une couronne de roses : on en fabriqua soixante douzaines en douze heures. Quoiqu'elles manquassent au zèle des associés, ces fleurs furent assez abondantes pour parfumer l'église de Saint-Eustache.

Qui croirait que cette fête printanière, que ces roses, symbole du jeune âge et des amours, fussent le prélude des scènes les plus atroces?

Trois jours après, le 12 juin 1418, des cris d'alarme se font entendre sur divers points de Paris; on répand le bruit que les portes Bordet et Saint-Germain-des-Prés sont attaquées; on s'arme, on s'attroupe, on marche vers ces portes, et l'on s'assure qu'aucun ennemi ne s'y est présenté. Ici se laisse voir la main perfide qui dirigeait les Parisiens. Les agitateurs sentirent le besoin de les tromper pour les disposer à prendre les armes.

Alors paraît un nommé Lambert; il se met à la tête de l'attroupement, et l'excite à le suivre aux prisons de la ville.

La troupe, conduite vers celle de la Conciergerie du palais, en enfonce les portes, et fait entendre ces cris affreux : *Tuez, tuez ces chiens! ces traîtres Arminaz!...*

Les prisonniers, parmi lesquels se trouvaient le comte d'Armagnac, connétable de France, le chancelier de Marle, son fils, l'évêque de Coutances, et plusieurs autres personnes détenues pour des causes étrangères aux affaires publiques, sont tous massacrés, et leurs corps dépouillés restent exposés aux outrages d'une foule furieuse.

Du palais les massacreurs se portent à la prison de Saint-Éloi, où tous les prisonniers sont tués à coups de hache. Un seul put échapper à cette boucherie. Ce fut Philippe de Vilette, abbé de Saint-Denis; il se vêtit de ses habits sacerdotaux, et se mit à genoux devant l'autel de cette prison, tenant en main l'eucharistie. Ce stratagème le sauva.

Les prisons du Petit et du Grand-Châtelet sont ensuite assaillies. Ceux qui les gardaient en refusent l'entrée à la foule ; mais bientôt, trop pressés, ils consentent à en faire sortir les prisonniers, qui, passant par le guichet, sont l'un après l'autre percés de coups.

Les prisons de Fort-l'Evêque, de Saint-Magloire, de Saint-Martin des Champs, du Temple, de Tiron, furent les théâtres de semblables horreurs.

Le nouveau prévôt de Paris et le seigneur de l'Isle-Adam se réunirent dans les premiers moments de ces massacres pour en arrêter le cours ; ils paraissaient vouloir éteindre l'incendie qu'ils avaient allumé ; ils employèrent le raisonnement et même les prières. On leur répondit : *Maugré bien, sire, de votre justice, de votre pitié, de votre raison ! Maudit soit de Dieu celui qui aura pitié de ces faux traîtres Arminaz, Anglois, ce ne sont que des chiens ! ils ont détruit, gasté le royaume de France, et l'ont vendu aux Anglois.*

Le prévôt, voyant ses remontrances inutiles, n'osa plus insister.

Les massacres continuèrent. Quand les meurtriers ne pouvaient pénétrer dans les prisons, ils y mettaient le feu, et les prisonniers périssaient étouffés par la fumée ou dévorés par les flammes. Une seule prison fut respectée, celle du Louvre, parce que le roi habitait alors ce château.

Le nombre des prisonniers de Paris qui, pendant douze heures consécutives, perdirent la vie par l'eau, par le feu et le fer, se montait alors à *mille cinq cent dix-huit,* « entre lesquels, dit l'auteur du *Journal de* « *Paris,* furent trouvés tués quatre évêques « du faulx et dampnable conseil, et deux « présidents du parlement. »

Les massacres cessèrent enfin, et firent place aux calamités qui suivent ordinairement les grands excès.

Le parti des *Armagnacs* continuait de ravager, de piller, d'incendier, de tuer aux environs et jusqu'aux portes de Paris, et privait cette ville de toutes ses ressources alimentaires. Bientôt il s'y fit sentir une affreuse disette, qui ralluma la colère des habitants ; ils voulurent se venger des Armagnacs du dehors sur d'autres Armagnacs que, depuis peu de temps, on avait traduits dans les prisons de Paris.

Déjà, au mois de juillet de la même année 1418, les massacreurs avaient tenté une seconde expédition contre les Armagnacs ; on ne sait pourquoi ils en furent détournés. La partie fut remise au 21 août suivant, époque d'un soulèvement nombreux et terrible.

En ce jour, les Parisiens vinrent mettre le siége devant le Grand-Châtelet, dans l'intention d'en égorger les prisonniers.

Ceux-ci, instruits du péril qui les menaçait, soutinrent l'assaut en lançant des tuiles et des pierres sur leurs ennemis ; faible moyen de résistance ! Des échelles posées sur plusieurs points favorisèrent l'escalade.

Les assaillants égorgèrent une partie des prisonniers, tandis que les autres étaient jetés vivants du haut des fenêtres et des tours. Au Petit-Châtelet les mêmes scènes se répétèrent.

Les Parisiens, ou plutôt les agitateurs de la faction bourguignonne, se plaignaient de ce que les Armagnacs enfermés dans la bastille Saint-Antoine échappaient à leur fureur ; ils disaient qu'on les laissait secrètement évader hors de la ville, moyennant une forte rançon. C'est pour mettre fin à ces évasions achetées qu'ils vinrent assiéger cette forteresse : à coups de pierres, de flèches, de boulets de canon, ils parvinrent à en enfoncer les portes.

Le duc de Bourgogne, instigateur de tous ces meurtres, arrivé depuis peu de jours à Paris, voulut se faire l'honneur de paraître

en arrêter le cours; il se présenta pour calmer la fureur populaire, et n'y réussit point;
il consentit à livrer à la troupe armée les
vingt prisonniers détenus dans cette Bastille, à condition qu'on ne leur ferait aucun
mal. Il fut résolu que ces prisonniers seraient
transférés à la prison du Grand-Châtelet. On
opéra leur translation au moment où cette
prison était assiégée par des meurtriers.

Ces malheureux prisonniers, en appro-

Assassinat de Jean-Sans-Peur.

chant du Grand-Châtelet, furent arrachés
des mains de ceux qui les escortaient, et
mis en pièces par le peuple.

On continua, pendant le jour suivant, les
massacres à domicile: plusieurs femmes, et
même des femmes enceintes, furent égorgées;
le bourreau, homme alors considéré, convaincu d'être le principal auteur des atrocités
de cette dernière espèce, fut arrêté, condamné et décapité par son valet, auquel,
avant l'exécution, il donna une leçon dé-
taillée sur l'art d'abattre adroitement une
tête. Ce bourreau, appelé *Capeluche*, était
l'agent favori du duc de Bourgogne.

Les bouchers Goys, Saint-Yon et Caboche faisaient aussi partie des massacreurs. L'auteur de l'*Histoire chronologique de Charles VI* dit : « Or, estoient conducteurs de si cruelle « besogue et d'un tel mesfait ledit sire de « l'Isle-Adam, messire Jean de Luxembourg, « messire Charles de Lens, messire Claude « de Chatelus et messire Guy de Bar; les- « quels faisoient meurtrir dedans les pri- « sons, ou bien saillir par les fenêtres ou « par-dessus les murs, par le bourreau de « Paris et un tas de portefais et de brigands « des villages des environs de Paris; et en « furent bien noyés et tués de la sorte jus- « ques au nombre de trois mille (1). »

Cependant la disette occasionnée par les pillages et les incendies qu'exerçaient les Armagnacs dans les environs de Paris allait toujours croissant dans cette ville : elle fut, comme à l'ordinaire, suivie d'une maladie contagieuse qui se manifesta au mois de septembre suivant, et qui fit de si prompts ravages, que, dans l'espace de cinq semaines, on vit mourir cinquante mille habitants.

C'est au milieu de ces divers événements que le duc de Berry avait repris possession de son hôtel de Nesle.

Ce prince avait alors un peu plus de soixante et onze ans, et les fatigues de la guerre l'avaient beaucoup affaibli : en outre, un poignant chagrin lui avait brisé le cœur à la vue de cette demeure royale, naguère si somptueuse, si resplendissante, si pleine de vie et de joie, et maintenant saccagée, délabrée, ruinée de fond en comble, à l'exception des chapelles, le peuple, ainsi que nous l'avons dit, n'ayant pas osé pénétrer dans ces asiles sacrés.

Toutefois, malgré **son** grand âge et ces désastres qui l'affligeaient si profondément, le duc, encouragé par sa chère Blanche, si heureuse de le revoir; par Thomas de

Mercq, toujours considéré comme son gendre futur, et surtout par son trésorier Marcelon, qui put mettre sur-le-champ, et malgré le malheur des temps, des sommes immenses à sa disposition, le duc, disons-nous, non-seulement se consola, mais il se mit à l'œuvre avec tant d'ardeur, que quelques mois lui suffirent pour tout réparer et rendre à l'hôtel de Nesle son ancien éclat.

Il y reçut même de nouveau la visite d'Isabeau, qui voulait revoir son cher réduit de la tour de Nesle, et qui le revit en effet, mais qui ne voulut ou n'osa l'enlever à Blanche, la charmante enfant paraissant plus éprise que jamais de cette retraite, depuis les dangers qu'elle y avait courus, et la manière presque miraculeuse dont elle en avait été préservée.

Blanche était devenue soucieuse, mélancolique, dans ces derniers temps; elle recherchait la solitude, et elle avait toujours une foule d'excellents prétextes pour s'affranchir des visites opportunes du chevalier de Mercq, et pour remettre à une époque de plus en plus éloignée son mariage, dont son père lui parlait quelquefois.

Le chevalier, au contraire, paraissait fort impatient de terminer cette grande affaire, et, sur ce chapitre, il ne tarissait pas en doléances auprès du prince.

— Vous n'oublierez, j'espère, monseigneur, lui disait-il, que j'ai tout sacrifié pour vous suivre en cette malheureuse guerre, et que je me suis fait l'ennemi des miens pour vous plaire et pour vous servir.

— Si bons services ne s'oublient pas, chevalier, répondait le duc; nous en aurons toujours bonne mémoire, et si, à cause de cela, vous vous trouvez en mauvaise fortune, encore saurons-nous y suppléer.

— Monseigneur, je ne demande que chose promise, à savoir la main de damoiselle Blanche, votre fille bien-aimée, qui, depuis tantôt deux ans, devrait être dame de Mercq.

---

(1) DULAURE, *Histoire de Paris*. — ANQUETIL, *Histoire de France*. — *Chronique de Saint-Denis*, etc.

— Ne vous montrez pas si pressé, beau fils, et vous aurez à point ce que vous saurez attendre... Blanche est bien jeune, et de santé souffreteuse... Le soleil d'été ravivera cette tendre fleur.

Mais au soleil d'été succéda celui d'automne, puis l'hiver vint et s'écoula sans que le chevalier en fût plus avancé.

C'est que Blanche, de son côté, rappelait à son père la promesse qu'il lui avait faite de ne plus l'éloigner de lui.

— Très-cher père, lui disait-elle de cette voix douce et câline qui lui convenait si bien et lui réussissait toujours, pourquoi songer à me faire quitter cette demeure, alors que, près de vous, je m'y trouve si heureuse ?

— A Dieu ne plaise que tu me quittes jamais, enfant ; le lieu est assez vaste pour que le chevalier en trouve bon partage, et tous deux vous tiendrez ici tant que me battra le cœur.

— Cher père, oubliez-vous donc que mari est maître ?

— Vrai Dieu ! je ne suis d'humeur à souffrir ici d'autre maître que moi !

— Pourquoi donc me vouloir donner à messire de Mercq, dont la volonté devra m'être loi ?

— Enfant, j'ai fait promesse à ce vaillant chevalier.

— Eh bien ! cher père, accordez-moi répit et je vous en dégagerai.

Et le duc accordait tout ce que voulait Blanche ; et tout ce qu'elle voulait nous ne saurions le dire, par la raison qu'elle ne le savait pas elle-même.

Mais, si la charmante enfant ne savait pas tout ce qu'elle voulait, elle savait parfaitement ce qu'elle ne voulait pas, et ce qu'elle ne voulait, c'était devenir dame de Mercq.

Pourquoi ne le voulait-elle pas ?

A ce pourquoi, nous supposons qu'il y avait une foule de *parce que* ; mais nous n'en dirons rien, attendu qu'en si grave matière, il est prudent de ne rien avancer qu'à bon escient.

Toutefois, les conjectures sont permises, et nous en userons.

Ainsi, nous remarquerons d'abord, chez la jolie Blanche, cet amour de la solitude, ce charme que semblait avoir pour elle la tour de Nesle, alors qu'il eût été naturel que ce séjour lui inspirât de la frayeur ; et, soulevant certains voiles incompris du vulgaire, nous nous demanderons si ce courage de lion, qu'en ce lieu avait montré Caboche, n'était pas pour quelque chose dans cette affaire anormale...

Mais que faisait-il lui-même, ce terrible capitaine, ce boucher pur sang, saignant naguère hommes et bêtes avec la même volupté ?...

Il continuait à égorger, à massacrer, comme on vient de le voir dans les quelques fragments de l'histoire de Paris cités plus haut ; il figurait dans toutes ces grandes et horribles scènes de carnage qui rougissaient incessamment les eaux de la Seine.

Mais il lui arrivait aussi, parfois, de passer plusieurs jours sans sortir de sa maison du parvis Notre-Dame ; alors il s'enfermait dans la chambre qu'avait occupée Blanche, il se mettait à genoux près du lit dans lequel elle avait dormi, et il restait dans cette attitude pendant des heures entières.

Puis, tout à coup, il se levait en rugissant comme un lion, et, d'une voix qu'il s'efforçait de refouler dans sa poitrine, il disait :

— Thomas de Mercq ! à moi ton sang ! à moi ta vie !... Oh ! chevalier maudit, que ne t'ai-je donc encore trouvé sur mon chemin !... Je te trouverai, damné, pour ce dussé-je t'aller quérir au fond de l'enfer..... Monseigneur de Bourgogne, vous avez, à mon endroit, fait jeu déloyal, et à mon heure je vous en demanderai bon compte... Mais Blanche ?... Blanche aime-t-elle donc cet Armagnac, fils du diable, qu'on lui veut donner pour époux?... Blanche!... Blanche! j'irai le demander à vous-même, et de ce j'ose jurer de Dieu.

C'était vraiment quelque chose de prodigieux que la crainte de Dieu en ces âmes de damnés; mais tels étaient les terribles égorgeurs de cette époque, que toutes choses où n'apparaissait pas le nom de Dieu n'étaient pour eux que vétilles dont, sans vergogne, ils se passaient la fantaisie.

Un soir, le chevalier de Mercq revenait de Vincestre (Bicêtre), château appartenant au duc de Berry, son futur beau-père; suivi d'un écuyer, il se dirigeait vers le *séjour de Nesle*, chemin le plus court et le plus convenable pour pénétrer dans l'hôtel après le coucher du soleil, lorsque son cheval s'arrêta tout à coup en piaffant, et se cabra, refusant de passer outre.

Déjà le chevalier lui avait, à plusieurs reprises, enfoncé les éperons dans le ventre sans pouvoir le faire obéir, lorsqu'un homme, sortant à quelques pas de là de derrière une masure abandonnée, s'avança, saisit d'une main la bride près du mors, et, de l'autre, brandissant un large coutelas, il s'écria :

— Holà! chevalier de Mercq, qui fais si jolie figure aux minois féminins, nous te sommons de mettre pied à terre, à celle fin de mesurer ta longue épée contre cette bonne lame, dont nous te voulons faire connaître la singulière vertu.

— Arrière, manant! cria Thomas de Mercq en mettant l'épée à la main.

A peine avait-il poussé ce cri, que le coutelas de l'assaillant entrait jusqu'au manche dans la poitrine du cheval, qui s'abattit aussitôt.

Le chevalier, malgré la pesanteur de son armure, se releva promptement; mais, dans la chute, son épée s'était brisée.

Caboche, car c'était lui, saisissant alors au corps le fiancé de Blanche, le renversa de nouveau, et, lui tenant un genou sur la poitrine, il allait lui enfoncer son long couteau dans la gorge, lorsqu'une patrouille de Bourguignons, accourant au bruit de la lutte, et flairant butin à faire, vint séparer les combattants.

— Sus à l'Armagnac! cria Caboche, furieux de voir sa victime lui échapper.

— Maître, dit le bourgeois commandant la patrouille, n'avez-vous plus déjà souvenance que le roi notre sire, par l'intercession de notre bien-aimé duc de Bourgogne, ne nous a rendu nos droits et franchises qu'à la condition de ne nous plus faire justice par nos mains?

— Arrière! arrière!... cria Caboche furieux de voir sa proie lui échapper.

Mais déjà il était entouré et désarmé.

Cependant, comme on l'avait reconnu, et que son autorité était toujours grande, on lui rendit ses armes, et il fut décidé que le chevalier de Mercq serait conduit au Châtelet, pour y être mis à la disposition de la justice du roi.

— Compaings! dit le terrible capitaine, vous m'en répondez sur votre tête et par votre sang..

— Et sur le salut de notre âme, ajouta le commandant de la patrouille, qui fit mettre en marche aussitôt la troupe emmenant le prisonnier.

Une heure après, Thomas de Mercq, blessé grièvement, les membres et les côtes broyés par son armure faussée, était enfermé dans un des plus lugubres cachots souterrains du Châtelet, tandis que le capitaine Caboche, descendant le long du séjour de Nesle jusqu'au bord de la rivière, entrait dans la barque d'un passeur, et lui ordonnait de le conduire sous les fenêtres de la tour du bord de l'eau, ce à quoi le pauvre batelier n'eut garde de se refuser; car il avait reconnu tout d'abord le capitaine des bourgeois, qui depuis si longtemps déjà était la terreur de Paris, et il l'eût conduit en enfer plutôt que de braver sa colère.

Caboche était pourtant en ce moment de

très-bonne composition. Arrivé sous les fenêtres de la tour, il fit signe au batelier d'arrêter, et lui mit en même temps un écu d'or dans la main.

— Compaing, dit-il, l'air est si suave et doux ; y voulons passer quelques instants.

En guise d'ancre, le batelier descendit au fond de l'eau une grosse pierre attachée à une corde ; la barque s'arrêta, et les yeux du boucher, comme deux lames étincelantes, se dirigèrent vers les fenêtres de Blanche.

Quelques instants s'écoulèrent ainsi, et déjà le batelier cherchait à se poser le plus commodément possible sur l'avant de sa barque pour se livrer au sommeil, lorsque le boucher, se précipitant vers lui, le secoua rudement en lui disant d'une voix sourde et montrant du doigt la porte d'eau de la tour :

— Aborde ! aborde !...

Cette porte, en effet, venait de s'entr'ouvrir pour livrer passage à un messager envoyé par Blanche à la reine, devenue sa protectrice ; car Isabeau, par un de ces caprices assez communs dans les organisations de cette nature, s'était émue de savoir cette pauvre petite menacée d'être livrée à un homme qu'elle n'aimait point, et elle avait promis de lui venir en aide en cas de danger pressant. Or, vers la fin du jour, le duc de Berry avait annoncé à sa fille qu'un plus long délai étant devenu impossible, le contrat serait dressé le lendemain matin.

Une barque sortit donc portant le messager de la douce Blanche, que personne n'eût certainement cru si osé, et la porte allait se refermer, lorsqu'elle fut violemment heurtée par une autre barque venant de l'extérieur.

Cette dernière était celle que montait Caboche.

D'un bond, le capitaine s'élança jusqu'au milieu de l'escalier tournant, et les gens chargés de la garde de la tour, de ce côté, n'étaient pas encore revenus de leur surprise, que Simonet Caboche arrivait au premier étage.

Écartant de ses bras musculeux les serviteurs qui tentaient de l'empêcher d'aller plus avant, il pénétra sans peine jusqu'à la pièce voisine de celle où se trouvait Blanche, et il vint tomber comme une bombe au milieu des femmes de la gentille damoiselle, lesquelles, effarouchées comme une volée de caillettes, firent mine de s'enfuir en appelant à l'aide.

— Blanches colombes, fit Caboche, sans chercher à maîtriser un sourire peu courtois, il m'est avis, sur ma foi, que vous n'avez mené si grand bruit le jour où j'ai eu le bonheur de vous délivrer des mains de ces maudits, qui si mal prenaient leur temps pour vous faire fête.

Ces paroles suffirent pour calmer les belles effrayées ; elles comprirent la nécessité de faire bonne mine à mauvais jeu, et toutes se rapprochèrent, un peu émues, baissant les yeux et rougissant le plus possible ; car elles avaient reconnu leur intrépide libérateur, et, si elles n'avaient plus peur, elles se sentaient assez mal à l'aise sous le feu de ce regard satanique.

— Damoiselles, dit-il, je ne sais, sur ma foi, comment il se fait que je sois ici ; mais y étant, je n'en sortirai point sans être allé plus avant.

Et déjà il se dirigeait vers la chambre voisine, lorsque la porte de cette pièce s'ouvrit : Blanche parut, et Caboche s'arrêta comme s'il eût été frappé de la foudre.

XV

Caboche surpris près de Blanche par le duc de Berry. — Caboche offre son appui au père de Blanche. — Caboche et Isabeau de Bavière. — Tentative d'évasion de Thomas de Mercq. — Thomas de Mercq est tué par Caboche. — Nouvelle visite de Caboche à Blanche. — Mort du duc de Berry.

— Damoiselle, dit Caboche, n'ayant eu le bonheur de vous voir depuis le jour où monseigneur le duc de Bourgogne vous fit déloyalement prendre en mon logis et par hasard ayant aujourd'hui trouvé ouverte la porte de céans, j'ai pris la liberté de vous venir vous assurer de mon respect, ce dont je vous demande pardon et merci.

— Ce n'est pas en ce lieu, messire, répondit Blanche, que nous pourrions nous plaindre de vous voir; car si vous ne vous y étiez pas montré en autre occasion, nous ne serions certainement pas en vie à cette heure. C'est chose que nous n'oublierons jamais, messire capitaine.

— C'est besogne que je recommencerais de grand cœur, le cas échéant, et pour la couronne de France je ne consentirais pas à vous laisser et abandonner seule en ce lieu par ce temps de si grandes émotions comme fit le chevalier de Mercq, votre fiancé.

Blanche devint rouge comme une cerise; elle baissa tout à fait les yeux et dit d'une voix très-émue :

— Ne parlez pas ainsi, messire : le chevalier de Mercq ne nous est rien.

— Le félon a donc menti par la gorge, car il va se disant gendre futur de monseigneur votre père.

— C'est peut-être la volonté de monseigneur mon père qu'il dise cela.

— Et ce n'est pas la vôtre? s'écria le capitaine, dont un éclair de joie illumina subitement les traits accentués.

Il se passa quelques secondes sans que la douce jeune fille répliquât; puis, relevant un peu la tête sans oser pourtant regarder en face son interlocuteur, elle dit :

— Je dois obéissance à mon très-cher et auguste père, messire, et en aucun cas je ne puis l'oublier.

Le ton dont ces paroles furent prononcées les rendait tellement transparentes, que le capitaine ne put s'y tromper : il comprit que Blanche n'aimait pas Thomas de Mercq, et une joie immense inonda son cœur.

— Oh! s'écria-t-il en prenant une des mains de la jeune fille, votre volonté doit être la première ici, et ainsi sera : sur ma vie, sur mon âme, sur mon salut, Thomas de Mercq ne sera pas votre époux; de cela fais ici le sacré et solennel serment.

Blanche releva tout à fait la tête; il lui semblait que de nouveau Caboche venait de l'arracher à un immense péril; elle leva vers lui ses grands yeux humides de joie, et il lui parut beau comme un ange.

— Comment pouvez-vous affirmer cela? demanda-t-elle.

— Parce que, n'étant pas votre volonté, si déplaisante chose ne saurait être la mienne.

— Vous avez donc quelque pouvoir sur le chevalier.

— J'ai le pouvoir de la force, et point ne m'en faut autre pour faire serment que jamais Thomas de Mercq ne reparaîtra en l'hôtel de Nesle.

Il serra les poings; les muscles de son visage se contractèrent, ses yeux s'injectèrent de sang.

Blanche eut peur.

— Vous aimez donc ce maudit? demanda d'une voix stridente Caboche, qui s'aperçut de son effroi.

— Ai-je dit cela, messire?

— Oh! dites, par monseigneur Dieu, dites que vous ne l'aimez point.

— Est-ce donc parole qui puisse tant vous plaire? demanda Blanche en baissant de nouveau les yeux.

— C'est une parole qui me peut ôter la mort du cœur, répliqua le capitaine en se radoucissant subitement.

La frayeur de Blanche diminua, mais son émotion s'accrut d'autant.

— Vous m'avez si bien secourue, messire, dit-elle presque bas, que je ne pourrais sans ingratitude, vous refuser telle satisfaction. Je vous dirai donc que le chevalier de Mercq n'a place aucune en mon affection.

La joie de Caboche fut si grande, qu'il

bondit pour aller tomber à genoux devant la jeune fille.

— Merci! merci! disait-il en baisant avec une sorte de frénésie le bas de sa robe.

— Messire, messire, levez-vous!

— O Blanche! laissez-moi, par grâce, baiser la poussière de vos pieds.

— Par madame la Vierge, levez-vous! Il me semble qu'il se mène grand bruit près d'ici.

Le capitaine se releva, prêta l'oreille et entendit, en effet, un grand bruit de pas.

Voici ce qui était arrivé... Les gardes, malgré lesquels il avait pénétré dans la tour de Nesle, s'étaient d'abord mis à sa poursuite; bientôt, instruits par les femmes de Blanche de la manière dont cette dernière avait accueilli ce singulier visiteur, ils ne jugèrent pas nécessaire de pousser plus loin. Mais, comme le mouvement qu'ils s'étaient donné avait causé une certaine sensation parmi les serviteurs de l'hôtel, le duc avait été promptement instruit de cet événement; il s'en était beaucoup plus ému que les gardes, et, afin de savoir de quoi il s'agissait, il venait en personne près de sa fille.

Caboche s'était à peine relevé lorsque le duc parut.

Un peu surpris de trouver ainsi Blanche en tête-à-tête avec un inconnu d'assez mauvaise mine, le vieux prince fit d'abord signe aux gens qui le suivaient de s'éloigner; puis, s'adressant à sa fille en fronçant légèrement le sourcil:

— Chère fille, qu'est-il donc advenu pour que vous soyez présentement tant émue?

C'est une remarque triviale à force d'être juste, que les femmes, quelle que soit la position critique dans laquelle elles se trouvent, ont toujours l'esprit du moment. Caboche, qui n'avait jamais eu peur de rien, n'osait pourtant en ce moment lever les yeux sur le prince, et, s'il lui eût fallu répondre à la question si simple que venait de faire ce dernier, il n'eût probablement eu d'autre

ressource que de tâcher de se mettre en colère. Blanche, au contraire, cette timide colombe, n'hésita pas un instant.

— Cher père, dit-elle, vous me permettrez d'abord de vous présenter messire le capitaine général des bourgeois, à qui je dois la vie, lequel, fortuitement passant en barque devant la tour, en aperçut la porte ouverte, et est entré pensant que par là des larrons s'étaient introduits.

Elle mentait ici avec une grâce toute charmante, la belle innocente, et Caboche en fut si ravi, qu'il eut toutes les peines du monde, le féroce boucher, à s'empêcher de tomber à ses pieds pour la seconde fois.

C'est que ce mensonge disait une foule de choses des plus délicieuses pour lui.

L'amour rend intelligent, et Caboche était amoureux fou.

Le duc de Berry, malgré sa longue expérience en pareille matière, prit le mieux du monde la chose au pied de la lettre; ses sourcils reprirent leur état normal, et, se tournant vers le boucher:

— Messire le capitaine, dit-il, vous avez été bien avisé de venir céans, où vous vous êtes montré si brave et loyal défenseur de notre chère fille, et si ne vous ai encore remercié comme il convient, le veux faire cejourd'hui. Vous dis donc merci du fond du cœur, et pouvez compter partout et toujours sur notre amitié.

Simonet Caboche se crut transporté dans un autre monde; jamais une si grande joie n'avait fait battre son cœur.

— Monseigneur, dit-il dans son transport, à vous et à damoiselle Blanche sont mon sang et ma vie; mais je puis et je veux vous offrir davantage, et je vous ferai, si vous l'agréez, seul et vrai maître de Paris.

Blanche jeta sur le capitaine un long regard, et le remercia ainsi dans la plus douce et la plus suave des langues.

— Maître de Paris? fit le duc.

— Maître de la France, répliqua Caboche : à qui a le cœur appartiennent les membres, et ce sera bonne et juste chose, car avec vous nous n'aurions crainte des machinations, traîtrises et félonies pouvant nous amener l'Anglais, ainsi que nous le pouvons justement craindre en l'état présent.

La perspective d'un si grand pouvoir raviva subitement l'ambition presque éteinte du vieux duc ; son cœur se dilata à la pensée du pouvoir suprême, qu'il avait brigué si longtemps sans parvenir à le saisir.

— Messire capitaine, dit-il, il m'est avis que ce serait là grande et rude tâche, et néanmoins, à vrai dire, nul à cela ne saurait avoir plus grand droit que l'oncle du roi Charles sixième.

— Monseigneur, reprit Caboche, dont l'exaltation allait croissant, il n'est tâche si grande et si rude que je ne sois en état de remplir pour votre service, et sur cela je ne veux être jugé qu'à l'œuvre. Donc, si dites oui, n'en demanderai davantage.

— Ne tenez-vous pas donc compte de Jean-sans-Peur et de ses Bourguignons ?

— Je les sais être ce qu'ils sont, et je ne m'en soucie que ce qu'il faut.

— Et que faudra-il faire, messire, pour vous être en aide, dans une si grande entreprise ?

— Dire oui, monseigneur, et écarter de vous tous les traîtres et félons ou ayant tendance à le devenir, et de ce nombre est le chevalier Thomas de Mercq.

Blanche frissonna ; le duc fit un mouvement de surprise.

— Thomas de Mercq ! s'écria-t-il.

— Lui, monseigneur.

— Ne savez-vous donc pas que nul ne nous a si loyalement servi en paix et en guerre ?

— Monseigneur, je ne puis ignorer ni les services, ni la récompense promise, le chevalier s'en vantant assez haut en tout lieu. De cela, d'ailleurs, vous ne serez plus importuné ; car ledit chevalier ne viendra pas s'en plaindre.

Le vieux prince trouva cela quelque peu obscur, mais il crut prudent de ne pas chercher à l'éclaircir, de peur d'y trouver choses propres à troubler sa conscience, laquelle pourtant, comme on l'a vu, ne s'alarmait pas aisément.

— Messire, dit-il, nous sommes grandement satisfait de vous trouver aussi habile que vous êtes brave et fort. Notre hôtel vous est ouvert ; vous nous y trouverez toujours prêt à conférer avec vous, et de vos avis nous ferons en tout cas grande estime.

Caboche sentit que l'entretien avait assez duré, et, comme il ne pouvait espérer que le duc le laissât seul près de Blanche, il prit congé, et alla retrouver la barque qui l'avait amené.

Le redoutable capitaine ne s'était pas trop vanté en se disant capable de faire changer le pouvoir de mains ; car il était en ce moment, et plus que jamais, le maître de Paris.

A sa voix, et sans être obligé de déduire les raisons qui le faisaient agir, bourgeois, artisans et écoliers couraient aux armes, élevaient des barricades, tuaient et se faisaient tuer, à tort ou à raison.

C'est que Caboche était à la fois aimé et redouté de tous : redouté, à cause de sa férocité sans égale ; aimé, à cause de son incroyable désintéressement. Dans les émeutes, les massacres, les dévastations qui se renouvelaient chaque jour, le butin était toujours la dernière chose à laquelle il songeait, et il n'y songeait que pour augmenter l'attachement de cette sanguinaire milice qui lui obéissait, et qui devenait chaque jour plus nombreuse et plus redoutable.

Sa part était toujours par lui distribuée à ceux que la fortune avait le moins favorisés.

Le lendemain du jour où il s'était rencontré avec le duc de Berry dans la tour de Nesle, Caboche se rendit à Vincennes, où se trouvait en ce moment Isabeau de Bavière.

La belle reine s'ennuyait, et l'hercule arrivait à propos.

— Messire, dit la messaline de son air le plus gracieux, ces mal avisés bourgeois vous donnent-ils telle besogne que vous ayez si rarement une heure à donner à vos amis ?

— Madame la reine, c'est chose très-vraie que je ne puis souvent faire ce qui m'est le plus plaisant; car si je le pouvais et que vous le permettiez, je ne sortirais guère du lieu où il me plairait d'être.

Nous remarquerons en passant que pres-

Sors !... assez de tueries.

que tous les historiens ont peint le boucher Caboche comme un homme sans intelligence, n'obéissant qu'aux plus mauvais, aux plus grossiers instincts. C'est là une grande erreur : il fallait, certes, une intelligence peu commune pour, au milieu des intrigues qui se croisaient, s'emparer d'un pouvoir aussi grand que celui qu'il exerçait, et surtout pour le conserver.

Caboche était certainement un homme féroce, capable des plus grands crimes, mais il raisonnait presque aussi bien qu'il se battait, et le duc de Bourgogne avait reconnu plus d'une fois à ses dépens qu'il n'était pas prudent de jouer au plus fin avec cette espèce de dogue, qui avait l'entendement aussi facile et aussi prompt que le poignet solide. Il ne faisait rien qu'il ne l'eût médité, et qu'il n'en eût prévu toutes les conséquences.

Rien ne l'étonnait, et on l'eût fait roi de France que la chose lui eût paru toute simple. Et puis, s'il faut tout dire, il n'en était pas arrivé à être maître de Paris sans se frotter par-ci par-là aux grands de cette époque, et il est très-probable que plus d'une grande dame avait concouru à son éducation.

Toujours est-il que c'était un dogue bien apprivoisé partout ailleurs qu'à la tête de la milice qu'il commandait.

Isabeau, par expérience, savait déjà tout cela ; aussi avait-elle usé de toutes les séductions possibles pour s'emparer de ce personnage et en faire son serviteur aveugle ; mais elle n'avait réussi qu'à moitié, et encore cela avait-il peu duré.

Le rude jouteur s'était bien vite aperçu qu'en suivant cette pente si douce que lui faisait la belle reine, il ne serait qu'un jouet dans ses royales mains, ou plutôt un des nombreux jouets de ce genre, qu'elle prenait, quittait ou brisait selon son caprice ; et, bien qu'ayant d'abord succombé à la tentation, il s'était ensuite tenu sur la défensive, faisant peu pour obtenir beaucoup, et ne se faisant nul scrupule de tout promettre avec l'intention bien arrêtée de ne rien tenir.

C'est dans ces dispositions d'esprit qu'il s'était rendu à Vincennes.

— Au moins, vous nous resterez tout aujourd'hui, dit Isabeau.

— A si gente ordonnance, très-gracieuse souveraine, je serai toujours heureux d'obéir.

— Dites-nous donc d'abord quelles nouvelles vous apportez de Paris.

— Nouvelles plutôt mauvaises que bonnes, madame. Les choses sont en méchante allure, et pires deviendront-elles, s'il n'y est mis ordre promptement.

— Oh ! capitaine, avez-vous donc fait un mauvais rêve que vous nous tenez d'abord un langage si lamentable ?

— Il n'y a songe ni rêve, madame la reine, mais chose certaine, que tel que vous croyez être votre plus puissant ami est votre ennemi le plus redoutable.

Caboche, comme on voit, commençait la guerre contre Jean-sans-Peur, et ouvrait assez résolûment la tranchée.

La reine eût mieux aimé sans doute que l'entretien s'engageât sur toute autre matière ; mais, une fois commencé ainsi, elle le trouva assez important pour ne pas le rompre promptement.

— Oh ! fit-elle sans dissimuler la surprise que lui causaient ces paroles, voilà bien rude estocade à l'endroit de notre puissant vassal Jean de Bourgogne.

— Estocade plus ferme ne serait de trop, madame ; car, marchant de ce pas, Monseigneur le duc de Bourgogne sera bientôt à portée de main de l'Anglais, non pour le battre, mais pour lui livrer le royaume de France.

Cela était vrai. Isabeau le savait, car c'était de son aveu qu'il en était ainsi ; mais elle sentait combien il était important qu'on ne pût la soupçonner d'entrer dans une si horrible trahison, les Parisiens étant capables de se porter à tous les excès imaginables envers ceux qu'on leur signalerait comme entretenant des intelligences avec les éternels ennemis de la France.

— La la ! capitaine, fit-elle, calmons un peu ce grand courroux.

— Je n'ai nul courroux, madame, et n'en pourrais avoir que contre les traîtres qui devers vous ourdissent si lourdes trames.

— Si vous me restez ami, je ne veux plus rien craindre.

— Et ainsi veux-je faire, très-chère souveraine. Je vous resterai quand même, envers et contre tous ; mais, pour ce faire efficacement, il me faudrait royale ordonnance signée et scellée en lacs de soie.

— Et il ne vous faut autre chose ? demanda Isabeau radieuse.

— Pour le succès, non ; mais si j'osais demander primitive récompense ?

— Nous vous ôtons la parole, messire capitaine, dit la reine en lui mettant avec la plus charmante familiarité la main sur les lèvres.

Caboche baisa dix fois cette jolie main ; mais, entre deux baisers, il trouva le temps de dire :

— Vous signerez donc l'ordonnance de cette tant belle main ?

— Tout de suite, méchant rebelle, répondit Isabeau en accompagnant ces paroles du plus charmant sourire.

Et elle écrivit en effet une ordonnance portant que les habitants de Paris seraient tenus désormais de n'obéir qu'aux ordres qui leur seraient transmis par le capitaine général de la milice bourgeoise, et qui, vu l'état de santé du roi, déclarait coupable du crime de lèse-majesté quiconque, sous prétexte d'ordonnance autre et à celle-ci contraire, ferait acte de désobéissance.

Cela fut promptement fait ; mais la formalité du scel demandait un assez long temps. Caboche en prit courageusement son parti, et, en vérité, c'était douce pénitence, car Isabeau était encore alors la plus jolie femme de son temps.

Cependant Thomas de Mercq, de la prison du Châtelet où il avait été conduit et emprisonné sans cause bien précise, mettait tout en œuvre pour recouvrer sa liberté.

Son premier soin fut d'avertir le duc de Berry de la situation dans laquelle il se trouvait ; il disait, dans son message, qu'il ne devait sa captivité qu'au dévouement qui l'avait poussé à prendre parti pour les Armagnacs, afin de ne se point séparer de son futur beau-père, et il suppliait ce dernier de ne rien négliger pour lui faire promptement rendre la liberté.

Mais déjà, comme on l'a vu, le duc de Berry nageait dans d'autres eaux.

— Peste ! fit-il après avoir lu ce message, ce capitaine des bourgeois est homme vraiment habile et qui a bien vu les choses... Par notre dame la Vierge, beau chevalier, je ne puis rien pour vous en telle occurrence... Et puis quel diable vous poussait à faire toujours l'Armagnac, voyant que les Bourguignons étaient les plus forts ?... Par Dieu ! cher chevalier, bien vous prend d'être brave et de n'avoir nul souci de la mort, car vous me paraissez être en piteux cas, dont, pour raison d'État, je ne puis vous tirer.

C'était puissamment raisonner, mais ce n'était pas répondre, et Thomas de Mercq attendait une réponse ; le duc le savait et il ne répondit point.

Le vieux prince recommençait son ancien jeu ; il s'isolait afin d'être toujours maître de ses mouvements et de se ranger du parti du plus fort.

Il avait d'ailleurs maintenant une grande confiance en Caboche, et plus que jamais il caressait l'idée du pouvoir suprême remis entre ses mains.

Thomas de Mercq, bien qu'il fût jeune encore, avait beaucoup vécu ; il était rompu aux mœurs, coutumes et gentillesses de toutes sortes des grands de la terre. Ne recevant pas de réponse du duc, il comprit sur-le-champ qu'il s'agissait de quelque nouvelle complication politique, et qu'il n'avait absolument rien à attendre de ce côté. Mais, comme il avait bon nombre de parents bien posés, et entre autres Mathieu de Mercq, son frère aîné, renommé comme grand batailleur et pourfendeur, il s'empressa de recourir à eux et particulièrement à ce dernier, qu'il savait capable de mettre le royaume en feu pour avoir raison d'une injure ou d'une injustice.

Mathieu de Mercq, qui appartenait aux Bourguignons, devint furieux en apprenant ce qui s'était passé.

— Oui da ! s'écria-t-il, il m'est avis qu'à cette heure ces chiens veulent manger leurs bergers !... Nenni, beaux sires ! il n'en sera ainsi sur mon âme !

Après cette première explosion, le brave chevalier songea aux moyens de rendre la liberté à son frère, et tout d'abord il n'en trouva de plus expéditif et de plus prompt que de réunir ses amis et ses serviteurs, et de prendre la prison d'assaut ; mais bientôt l'exaltation tomba, la raison reprit son empire, et Mathieu de Mercq convint *in petto* qu'il ne serait pas facile de prendre le Châtelet de vive force, et que, pour arriver sûrement aux fins qu'il se proposait, la ruse ne serait pas de trop.

Ceci admis, le reste coula de source, car Mathieu de Mercq n'était pas seulement brave par excellence, c'était en outre un esprit fin et très-délié, se prêtant volontiers à toutes sortes d'intelligentes combinaisons.

Après avoir mûrement réfléchi, il se dirigea vers la prison, non pour y voir son frère ; mais pour y faire visite au chapelain du lieu, brave homme assez embarrassé de sa position présente, et craignant fort de servir alternativement Dieu et le diable en obéissant successivement aux divers partis qui se disputaient et s'arrachaient le pouvoir.

— Mon père, lui dit Mathieu après s'être assuré qu'ils étaient seuls, monseigneur Dieu est certainement le Dieu des armées puisqu'ainsi le disent les saintes Écritures ; mais il est aussi certainement le protecteur des cœurs bons, généreux.....

— Messire, fit le bon chapelain, c'est la saine et bonne doctrine.

— Mais, reprit le chevalier, il m'est avis qu'il ne suffit pas de croire ou de dire *je crois*, et que la pratique est par-dessus tout recommandable.

— Oh! messire, vous paraissez être maître clerc, et je ne puis mieux faire que vous donner complète approbation.

— Donc, cher père, si visiter et secourir les prisonniers est œuvre pie, c'est chose meilleure encore de les délivrer.

Le bon chapelain fit un soubresaut, et Mathieu continua.

— De les délivrer alors qu'ils sont innocents devant Dieu et devant les hommes.

— Certainement : à l'innocent ne doit être imposée nulle peine ; mais pour déclaration d'innocence il faut jugement.

— Et, pour juger, mon père, encore faut-il entendre celui qu'on accuse. Or, vous tenant pour le meilleur et plus sûr jugé, je vous supplie de requérir que tantôt Thomas de Mercq, mon frère, vous soit amené en la chapelle pour par vous être exhorté et confessé, et, afin que les siens lui puissent venir en aide par ferventes prières, je vous supplie en outre de nous faire savoir le moment où il sera dans la chapelle en jetant une pierre dans les vitraux... Oh ! que cela ne vous effraye pas : voulons à l'avance réparer le dommage, et pour ce vous prions de recevoir ces vingt écus d'or qui ne seront la dernière marque de notre reconnaissance.

Et les vingt écus passèrent de la main du chevalier dans celle du chapelain. Tous les autres arguments avaient leur prix, mais le dernier était incontestablement le meilleur. Ce fut l'avis du chapelain, qui, après avoir mis les vingt écus en lieu sûr, promit de se conformer aux instructions qu'on lui donnait.

C'était vers le milieu du jour, Thomas de Mercq, qu'on avait jeté dans un cachot souterrain d'où il n'avait pu qu'avec des peines infinies faire connaître sa situation à sa mille et au duc de Berry, Thomas de Mercq, étendu sur le sol humide, et luttant contre la faim, ressentit une immense joie, quand, après le bruit des verrous et la voix du gardien, il entendit celle du chapelain qui lui dit :

— Venez, frère, et suivez-nous en la chapelle, où nous voulons vous réconcilier avec monseigneur Dieu, si tant est que vous l'ayez si grièvement offensé que vous en êtes accusé.

Pour comprendre la joie du prisonnier, il faut savoir qu'à cette époque les partis qui s'entr'égorgeaient se refusaient mutuellement les secours de la religion : il ne leur suffisait pas de tuer le corps, ils voulaient tuer l'âme, et ils croyaient y parvenir ainsi.

Thomas de Mercq savait parfaitement cela ; car lui-même, plus d'une fois, avait usé de ce procédé, envers les Bourguignons tombés entre ces mains alors qu'il guerroyait sous les ordres du duc de Berry.

Il pensa donc que, puisqu'on lui envoyait un prêtre, sa position n'était pas désespérée. Et puis, il avait remarqué dans l'accent du chapelain quelque chose qui semblait lui dire qu'on travaillait à sa délivrance.

Mathieu de Mercq, en effet, y travaillait avec ardeur : il avait réuni parents, amis, bien armés, bien montés, pourvus de toutes choses propres à l'escalade, et tous étaient allés s'embusquer aux environs du Châtelet, tandis que le chevalier Mathieu se tenait près des murs de la prison de manière à avoir en face les vitraux de la chapelle donnant sur l'extérieur.

Tous étaient ainsi postés depuis quelque temps lorsqu'un bruit de vitres brisées se fit entendre, et presque au même instant un caillou tombait aux pieds de Mathieu de Mercq.

C'était le signal convenu.

Un coup de sifflet retentit : tous les hommes embusqués se réunirent, des échelles furent dressées. Enfoncée à coups de hache, une des fenêtres de la chapelle tomba avec fracas ; les hardis assaillants pénétrèrent par cette brèche, et bientôt on les vit reparaître emportant comme en triomphe le prisonnier. Un cheval avait été amené pour lui; il l'enfourcha aussitôt, et tous, piquant leur monture, s'éloignèrent rapidement.

Caboche, de son côté, n'était pas demeuré oisif. Muni de l'ordonnance qu'il avait obtenue de la reine, il avait sur-le-champ fait arrêter et mettre au Châtelet toutes les personnes qu'il croyait capables de nuire à l'exécution de ses projets ; puis il s'était rendu en personne chez le bourreau Capeluche.

— Compère, lui dit-il, vous aurez aujourd'hui plus grasse journée que vous n'aviez espéré.

— Il m'est avis pourtant, répondit Capeluche, qu'il n'a été fait hier jugement ni sentence.

— C'est chose vraie ; mais à ce défaut nous allons pourvoir, et par ordonnance de madame la reine, nous allons envoyer au gibet certains Armagnacs et autres traîtres mis en prison hier par volonté royale. Sus, compère, baillez-moi de quoi écrire et nous vous donnerons incontinent ordre nécessaire dont vous serez, pour l'exécution, responsable sur votre tête.

Capeluche ne fut que médiocrement surpris de ce langage, car l'anarchie, le désordre étaient tels, que, plus d'une fois déjà, les prisonniers avaient été non-seulement massacrés par les furieux ameutés, mais conduits par eux aux lieux ordinaires des exécutions et pendus ou décapités par les bourreaux sans aucune forme de procès. L'ordre d'exécution et la liste des victimes furent donc écrits par Caboche, qui ajouta en remettant le tout au bourreau :

— Et, pour qu'il ne se rencontre aucun empêchement, nous allons vous accompagner.

Quelques instants après, on voyait en effet Caboche et Capeluche, à la tête d'une compagnie de bouchers bien armés, se diriger vers la prison du Châtelet, où ils arrivèrent au moment même où Thomas de Mercq, ayant enfourché sa monture, s'éloignait en compagnie de ses libérateurs, Caboche le reconnut aussitôt, et, s'élançant sur ces traces :

— Sus ! sus ! garçons ! s'écria-t-il ; à mort l'Armagnac ! aux barricades !...

Et en criant ainsi il courait de toutes ses forces, perdant du terrain à chaque seconde, car les cavaliers, entendant ces cris, enfonçaient leurs éperons dans le ventre de leurs chevaux et brûlaient le pavé ; mais, à la voix bien connue du terrible boucher, toutes les fenêtres s'ouvrirent, et de toutes parts commencèrent à pleuvoir sur les fugitifs pierres, briques et pots cassés. En même temps, de toutes les boutiques sortaient maîtres, garçons et apprentis armés de bâtons, de piques, de haches, de barres de fer et lançant au-devant des cavaliers tout ce qui pouvait arrêter leur marche, tandis que, plus loin, d'autres élevaient des barricades.

Les premières de ces barricades furent franchies par les fugitifs sans beaucoup de peine, car elles n'étaient qu'ébauchées ; mais, à mesure qu'ils avançaient, les obstacles devenaient plus grands ; quand ils furent arrivés à la hauteur des halles, ils trouvèrent de tous côtés le passage intercepté.

— Amis ! cria Mathieu de Mercq, tournons bride, et haro sur ces chiens !

Et, joignant l'exemple au conseil, il fit face à Caboche et à ses hommes, qui n'avaient cessé de courir, et qui n'étaient plus qu'à quelques pas de lui. Ses frères et ses amis l'imitèrent aussitôt, tandis que, de son côté, le terrible capitaine se disposait à les attaquer résolûment.

En un instant la mêlée devint effroyable : l'avantage fut d'abord pour les cavaliers, qui, la bride aux dents, manœuvraient à deux mains leurs longues et lourdes épées, dont chaque coup renversait un homme. Caboche, selon sa coutume, se battait en désespéré. S'apercevant que ses hommes avaient le dessous, parce que leurs coups se dirigeaient vers les cavaliers, qu'ils ne pouvaient atteindre, il fit volte-face en s'écriant :

— Garçons ! aux chevaux !... sus aux chevaux, et nous aurons ainsi bon marché de ces damnés !

Il avait à peine prononcé ces paroles, que, d'un coup de son large coutelas, il fendit la tête du cheval de Thomas de Mercq lui-même. Le chevalier, n'étant pas blessé, se dégagea lestement, et, levant sa longue épée à deux tranchants au-dessus de la tête du capitaine, il allait lui en décharger un coup terrible, lorsque Caboche, se baissant, lui passa son large couteau au travers du corps.

Le féroce boucher poussa un rugissement de joie en voyant tomber son ennemi ; ses forces se centuplèrent, de même qu'au sac de l'hôtel de Nesle et dans la tour du bord de l'eau, il était devenu invincible.

Mathieu de Mercq, qui s'était élancé pour secourir son frère, arriva trop tard pour le sauver, mais assez tôt pour se trouver en face de Caboche, que le sang commençait à enivrer, comme cela lui arrivait toujours en pareille occurrence.

— A toi, chien d'écorcheur ! cria-t-il en poussant son cheval contre le boucher.

— Si je suis écorcheur, je t'écorcherai comme une bête mauvaise et malfaisante, répondit le capitaine.

Et, se jetant de côté, il passa sous le cheval, l'éventra et bondit de l'autre côté pour venir tomber sous le chevalier, qui eut le même sort que son frère.

Quelques-uns seulement des cavaliers parvinrent à échapper à la mort en escaladant une barricade ; tous les autres périrent ; car, en telles rencontres, il était bien rares qu'on fît des prisonniers.

Caboche, toutefois, n'était pas complétement satisfait.

— Ça, compère, dit-il à Capeluche, vous n'en aurez qu'un de moins à expédier ; mettez-vous donc à l'œuvre, et faites bonne besogne.

Capeluche n'était homme qu'il fallût solliciter pour qu'il fît largement son office. Il y eut donc pour lui grasse journée, ainsi que le lui avait promis le capitaine, sans que tout cela eût fait grande sensation dans Paris. On était déjà habitué à ces tueries quotidiennes ; c'était presque l'état normal de la cité.

Caboche était donc complétement victorieux ; ses mains et ses habits étaient tout souillés du sang des frères de Mercq ; il crut qu'il ne lui restait plus qu'à se montrer à la tendre et fantasque Blanche pour obtenir d'elle le plus doux aveu ; de même qu'il lui semblait impossible que le duc de Berry refusât son alliance, quand il lui aurait montré l'ordonnance de la reine qui le faisait si puissant.

Il courut donc vers l'hôtel de Nesle, dont les portes lui étaient désormais ouvertes, sans songer seulement à réparer le désordre de ses vêtements ensanglantés.

Un silence lugubre régnait dans cet hôtel lorsque Caboche s'y présenta ; on voyait les gens du prince aller et venir, l'air effaré, parlant bas. Toutes les chapelles étaient resplendissantes de la lumière d'innombrable cierges, et à l'église des Petits-Augustins, voisine de l'hôtel, sonnait un glas de mort.

Caboche, après s'être fait reconnaître, pénétra dans l'intérieur, et il se dirigea vers la tour de Nesle, voulant avant tout parler à Blanche.

— On ne passe pas ! lui dit la première sentinelle qu'il rencontra.

— Arrière, garçon ! un tel ordre n'est pas fait pour le capitaine général des bourgeois de Paris.

— L'ordre est pour tous, messire.

— Il nous faudra donc en référer à damoiselle Blanche ?

— Damoiselle Blanche n'est pas en cette tour, messire, mais bien près de son père, monseigneur le duc de Berry, présentement en danger de mort.

Ces paroles produisirent sur Caboche un effet terrible ; peu s'en fallut qu'en les entendant il tombât à la renverse.

C'est qu'en effet la mort du duc de Berry ruinait en ce moment toutes ses espérances.

— Par messire le diable ! il ne faut pas qu'il meure ! s'écria-t-il.

Et, s'étant fait indiquer les appartements du prince, il y courut. A mesure qu'il s'en approchait, une sorte de murmure lugubre bourdonnait plus distinctement à ses oreilles ; il voyait passer près de lui des gens pâles et effarés, mais qui n'avaient pas une larme aux cils : les larmes sont rares en pareil cas. Enfin le capitaine arriva dans la chambre mortuaire, car le duc était réellement mort ; atteint d'une attaque d'apoplexie, il avait succombé sans avoir le temps de se reconnaître.

Près du lit était agenouillée Blanche, tenant une des mains de son père qu'elle couvrait de baisers et arrosait de larmes. A cet aspect, Caboche, cet homme sans entrailles, cet égorgeur impitoyable, se sentit profondément attendri ; lui aussi tomba à genoux, et ce fut les mains jointes et le front prosterné qu'il attendit un regard de Blanche. Pour lui ce regard vint trop tôt ? car la jeune fille ne vit tout d'abord que ces mains et ces vêtements ensanglantés ; elle fut saisie d'horreur, et une révolution complète s'opéra en elle.

— Est-ce bien vous, messire capitaine ? dit-elle.

— Moi-même, damoiselle, et je venais vous annoncer une bonne nouvelle, à savoir que Thomas de Mercq ne vous importunera désormais.

— Ah ! mon Dieu !... le chevalier !...

— Est mort, damoiselle Blanche.

Blanche se leva en proie à une violente exaltation.

— Arrière ! arrière !... cria-t-elle. Oh ! c'est trop, c'est trop !... Plus ne veux de tueurs... c'est trop ! c'est trop !...

A ces mots, elle chancela et tomba sur le

parquet en se tordant les membres et poussant des cris inarticulés.

Caboche était atterré ; il semblait que ses genoux fussent cloués au parquet qu'ils touchaient, et il ne parvint à s'en détacher que lorsqu'on eut emporté Blanche pour la confier aux soins de ses femmes.

Cela se passait le 14 juin 1416. Le duc de Berry, né en 1340, avait donc alors soixante-seize ans. « La mort de ce prince, dit un « chroniqueur, fut grand dommaige pour le « royaulme ; car il avoit esté en son temps « vaillant prince et honorable, et se délectoit « fort en pierres précieuses ; festoyait moult « voulentiers les estrangiers, et leur don- « noit du sien largement. Ses funérailles « furent aussi magnifiques que l'avoit esté sa « vie : il y eut grand concours de seigneurs, « de bourgeois et de populaire ; ses innom- « brables domestiques de tous les degrés « y assistèrent ; tous furent vêtus de longues « robes de deuil fournies aux dépens de « la succession ; on y vit aussi une multi- « tude de pauvres auxquels on distribua, en « aumônes, une somme de douze mille écus « d'or, d'après la volonté exprimée par le « défunt duc dans le testament qu'il avoit « fait huit jours avant sa mort.

« Par ce testament, il ordonna une resti- « tution fort louable, et qui a beaucoup de « mérite, eu égard aux idées de son siècle. « Il étoit d'usage que, lorsqu'un homme étoit « condamné à mort pour certains crimes, « ses biens fussent confisqués au profit d'un « seigneur, et au détriment de ses héritiers « légitimes et même de ses enfants. Les « princes du sang eux-mêmes ne rougis- « soient pas de s'enrichir avec de telles dé- « pouilles, et plus d'une fois on vit des « exécutions qui n'avaient d'autres motifs « que le désir de s'emparer des richesses « du condamné innocent. C'est ainsi que, « lors de l'exécution de Jean de Montagu, « ses joyaux furent confisqués au profit du « duc de Berry ; mais celui-ci, par son tes-

« tament, ordonna de les restituer aux « filles et aux héritiers de ce malheureux « *grand maître de l'hôtel du roi.*

« Le corps du duc fut embaumé, déposé « dans la tour de Nesle, et de là transporté « à Bourges, et inhumé dans la Sainte « Chapelle, qu'il avoit fait construire pour « y être enterré.

« Avant de choisir cette sépulture, le « duc avoit voulu être enterré au portail mé- « ridional de l'église des Saints-Innocents « à Paris. Aux quatre extrémités de ce « portail, il avoit fait graver et peindre ses « armoiries. Par ses ordres et à ses frais, « un habile imagier y sculpta aussi la lé- « gende *des trois vifs et des trois morts.* Au- « dessous de chacun des personnages étoient « gravées les paroles versifiées que la lé- « gende met dans leur bouche en forme « de conversation. Une autre inscription « en vers annonçoit que le duc avoit fait « choix de ce lieu pour sa sépulture.

> « En l'an mil quatre cent huict,
> Johan, duc de Berry très-puissant,
> En toutes vertus bien instruit,
> Et prince en France florissant,
> Par humain cours lors cognoissant
> Qu'il convient toute créature,
> Ainsi que nature consent,
> Mourir et tendre à pourriture,
> Fit tailler ci sa sépulture.
> Des trois vifs aussi des trois morts.
> Et de ses deniers la facture
> En paya par justes accorts, etc. (1) »

Huit jours après la mort de son père, Blanche se retira dans l'abbaye de Maubuisson, où un siècle auparavant Jeanne et Blanche de Bourgogne avaient été enfermées ordre de Philippe le Bel à propos des dés- dres auxquels elles s'étaient livrées dans la tour de Nesle, ainsi que nous l'avons raconté plus haut.

Une révolution complète s'était opérée dans l'esprit et dans le cœur de la jeune

(1) *L'Hôtel de Nesle,* par JULES CHATEAU. — *Antiquités de Paris,* par le R. P. S. JACQUES DE BREUIL.

Blanche de Berry. Caboche maintenant lui faisait horreur, et elle prit le voile l'année suivante sans manifester le moindre regret pour le monde, qu'elle quittait ainsi si jeune et si belle.

Jean de Berry étant mort sans enfants mâles, l'hôtel de Nesle et ses dépendances firent retour au domaine de la couronne. Alors il cessa pendant quelque temps d'être une demeure seigneuriale.

La France était déchirée par la guerre civile.

La guerre contre les Anglais ayant donné à Paris un aspect tout militaire, l'hôtel de Nesle devint une forteresse avec garnison, la position étant d'aussi bonne défense que le Louvre et la bastille Saint-Antoine, forteresses qui étaient alors réputées imprenables.

Caboche rugit de fureur en apprenant que

Blanche était entrée en religion, et l'on a vu plus haut, dans le récit des événements politiques auxquels il prit part, qu'il continua à être le plus épouvantable des égorgeurs qui, pendant vingt ans, ensanglantèrent la capitale.

XVI

Mort du duc de Bourgogne Jean sans Peur. — Honte
et désastres. — Les Anglais à la tour de Nesle. —
L'hôtel de Nesle sous Charles VII, Louis XI et
Charles VIII. — L'hôtel de Nesle sous François Ier.
— Benvenuto Cellini à l'hôtel de Nesle. — La du-
chesse d'Étampes à la tour de Nesle.

. La France, déchirée, torturée par la
guerre civile, tentait vainement de faire
face à l'Anglais. Charles V, roi d'Angleterre,
profitant des troubles intérieurs, prend
Rouen et marche victorieux sur Paris.

Le dauphin et le duc de Bourgogne, en
présence d'un si grand danger, songent à
se rapprocher pour repousser l'ennemi commun ; ils se donnent rendez-vous sur le pont
de Montereau, et tous deux s'y rendent, en
effet, avec une suite peu nombreuse ; mais,
à peine le duc de Bourgogne a-t-il paru,
qu'il tombe mortellement frappé par Tanneguy-Duchâtel, un des dix officiers qui ac-
compagnaient le dauphin.

Toute conciliation devient ainsi impossible ; Philippe le Bon, fils de Jean sans
Peur, ne songe plus qu'à venger la mort de
son père : il traite avec le roi d'Angleterre
Henri V ; de concert avec la reine Isabelle,
qui trahissait ainsi à la fois son époux, son
roi, son fils et son pays, il introduit les Anglais dans Paris, et le parlement, s'associant
lâchement à cette infâme trahison, rend un
arrêt qui déclare le dauphin déchu de ses
droits à la couronne, et reconnaît Henri V
comme seul légitime héritier de Charles VI.

Dès lors les Anglais furent donc maîtres
absolus du royaume, à l'exception de la petite partie que le dauphin, à la tête de quelques hommes de cœur, défendait de manière
à se faire pardonner les fautes et les faiblesses de tout genre dont il se rendait coupable.

Cependant, malgré la présence de l'ennemi dans leurs murs, les Parisiens se gardaient encore militairement ; ils occupaient
le Louvre, la Bastille, l'hôtel de Nesle.

Le zèle des bourgeois semblait augmenter
à mesure que la position devenait plus difficile, et peut-être n'eût-il fallu qu'un élan de
leur part pour reconquérir la France, lorsque le roi d'Angleterre obtint de Charles VI
un ordre aux habitants de la capitale de
mettre bas les armes, et de livrer à ses amis
et bons soutiens les Anglais les forts qu'ils
occupaient.

Ce jour fut pour Paris un jour de honte
et de cuisante douleur : la milice qui gardait la porte de Nesle, l'hôtel et la tour du
même nom, refusa d'abord d'obéir à l'ordonnance royale, et lorsque les Anglais parurent sur ce point, ils y furent accueillis à
coups d'arquebuse. Mais les munitions de
ces braves citoyens furent bientôt épuisées ;
ils manquaient de vivres, et le parlement
déclarait crime de lèse-majesté toute résistance à Henri V. Il fallut obéir : la garnison bourgeoise de l'hôtel de Nesle sortit de
cette place avec armes et bagages, et alla
se ranger tristement sous les murs.

Tout à coup, il se fit parmi ces braves gens
une explosion d'indignation ; ils s'élancent
vers la tour, où vient d'être arborée la bannière anglaise, s'emparent de ce drapeau et
le traînent dans la fange. Puis, ne pouvant
riposter aux archers qui du haut des murailles font pleuvoir sur eux une grêle de
traits, ils brisent leurs armes et se disper-
sent.

Jamais tant de maux à la fois n'avaient
accablé la France : « On ne pouvoit labou-
« rer ni semer nulle part, dit l'auteur du
« Journal de Paris, souvent on s'en plai-
« gnoit aux seigneurs et princes, qui ne
« faisoient qu'en rire et s'en moquer, et
« faisoient leurs gens pis que devant, dont
« la plupart des laboureurs cessèrent de la-
« bourer et furent comme désespérés, et
« laissèrent femmes et enfants en disant

« l'un à l'autre : Que ferons-nous ? Mettons
« tout en la main du diable. Ne nous chault
« (ne nous importe) que nous devenions ; au-
« tant vaut faire du pis que l'on peut comme
« du mieux. Mieux nous voulsist (vaudrait)
« servir les sarrazins que les chrétiens, et
« pour ce faisons du pis que nous pourrons.
« Aussi bien ne peut-on que tuer ou que pen-
« dre ; car, par le faux gouvernement des traî-
« tres gouverneurs, il nous faut renier fem-
« mes et enfants, et fuir dans les bois comme
« bêtes égarées. »

Au mois d'août 1422, Henri V meurt, ne
laissant qu'un fils âgé de quelques mois ;
cette mort est suivie à peu de distance de
celle de Charles VI, et les Anglais, toujours
maîtres de Paris, font proclamer Henri VI
roi de France.

La situation du dauphin semblait désespérée ; cependant il parvint à se faire cou-
ronner à Poitiers, sous le nom de Charles VII,
en même temps qu'il ramenait dans son parti
le duc de Bretagne ; mais cela n'arrêta point
les succès des Anglais, qui, réunis aux Bourguignons, vinrent mettre le siége devant
Orléans, une des quelques villes qui tenaient
encore pour Charles.

Tout paraissait perdu, lorsque trois femmes
vinrent en aide à la patrie et au roi :
c'étaient la reine Marguerite de France,
Agnès Sorel et Jeanne d'Arc.

Les deux premières, animées par l'amour
de la patrie, font passer leur courage dans
l'âme de Charles VII et des capitaines qui
le suivent ; la troisième se présente devant
le roi, lui, raconte une vision céleste dans
laquelle Dieu l'a choisie pour délivrer son
pays de l'invasion étrangère, et demande à
marcher sur-le-champ contre les Anglais.
Rien de plus sublime que cette humble fille
de Domremy, qui se croit appelée par le ciel
même à devenir l'instrument de la victoire et
du salut de son pays.

Jeanne accomplit en effet toutes les
promesses de son enthousiasme ; elle bat les
Anglais, les force à lever le siége d'Orléans,
et mène Charles à Reims, où il se fait sacrer.

A l'issue de cette cérémonie, Jeanne, sur-
nommée la Pucelle d'Orléans, à cause de ses
premiers exploits dans cette ville, s'approcha
de Charles et lui dit : « Gentil roi, or est
exécuté le plaisir de Dieu, qui vouloit que
vous vinssiez à Reims recevoir votre digne
sacre, en vous montrant que vous êtes vrai
roi, et celui à qui le royaume doit appar-
tenir. » Elle ajouta que maintenant sa
mission était terminée et demanda la permission de se retirer ; mais le roi refusa de
la laisser partir ; il sentait que sa présence
était encore nécessaire à l'armée pour y
nourrir l'espoir et la confiance du soldat.

Elle y demeura et continua à combattre ;
mais le temps approchait où un cruel revers
devait lui faire expier ses succès : le 25 mai
1430, moins d'un an après le sacre du roi,
Jeanne d'Arc, qui s'était enfermée dans la
ville de Compiègne, assiégée par les Bourguignons, fut faite prisonnière dans une sortie, après avoir combattu avec sa valeur
ordinaire. Les Bourguignons la vendirent
aux Anglais, qui l'amenèrent à Rouen,
l'accusèrent de sorcellerie et la condam-
nèrent à être brûlée vive.

Elle subit son supplice en présence de ces
mêmes Anglais que son drapeau blanc, toujours en tête de l'armée, avait tant de fois
effrayés. Le bûcher fut pour la victime un
autel d'où elle s'élança pour aller à l'immortalité, tandis que l'infamie de ce supplice flétrit à jamais ses bourreaux.

On se sent saisi d'indignation en songeant
que Charles VII abandonna cette infortunée
à laquelle il devait sa couronne, et ne fit
point la moindre tentative pour l'arracher
des mains des ennemis, sur lesquels son admirable courage lui avait tant de fois donné
la victoire. Ce crime toutefois ne fit qu'accé-
lérer la ruine des Anglais en France. Toutes
les provinces se levèrent par un élan spon-
tané pour marcher contre eux ; le duc de

Bourgogne lui-même les abandonna, et un traité de paix entre lui et Charles VII fut signé à Arras en 1435.

La mort de la reine Isabeau de Bavière, arrivée à la même époque, fut encore un obstacle de moins au rétablissement de la paix ; cependant ce ne fut que deux ans après que Paris ouvrit ses portes au roi.

« Les habitants étaient fatigués des factions, et se trouvaient alors courbés sous le joug de l'inquisition la plus soupçonneuse et la plus cruelle. Quelques bourgeois courageux prirent le temps où le connétable de Richemont venait de battre les Anglais à Saint-Denis pour traiter avec lui. Ils n'eurent besoin, pour s'accommoder, que de quelques pourparlers. Ils demandèrent une amnistie générale pour leurs concitoyens et la confirmation de leurs privilèges. Tout ayant été accordé par le roi à jour convenu, ils favorisent l'escalade des remparts, rompent les chaînes des pont-levis, et introduisent le connétable par la porte Saint-Jacques.

« — Mes amis, dit le connétable aux bourgeois, qui le saluaient par des cris de joie, le bon roi Charles vous remercie cent fois, et moi de par lui, de ce que si doucement lui avez rendu la maîtresse cité de son royaume, et si aucun, de quelque état qu'il soit, a mesprins pardevers monsieur le roi, soit absent ou autrement, il lui est tout pardonné.

« Le lendemain, tout était tranquille dans Paris, et les vivres y arrivaient en abondance. Le même jour, par ordre du connétable, en attendant que le roi en eût autrement ordonné, la justice reprit son cours. Le parlement n'eut pourtant son complément que quelques mois après par la réunion des magistrats de Poitiers.

« Cependant la garnison que les Anglais tenaient à Paris s'était en grande partie réfugiée à la Bastille. « Mais, dit un chroniqueur, ils se trouvèrent moult ébahis « quand ils se virent enfermés là-dedans, car

« ils estoient tant que tout estoit plein, et « ils eussent été tantost affamés s'ils n'eus- « sent obtenu du connétable qu'ils s'en « iroient sains et saufs par sauf-conduit, et « ainsi vidèrent la place le mardy dix-sep- « tième jour d'avril. »

La garnison anglaise de l'hôtel de Nesle n'en fut pas quitte à si bon marché : les écoliers, qui s'étaient rassemblés au Pré-aux-Clercs, voulaient que les Anglais se rendissent à discrétion, et tous les efforts du connétable pour empêcher une collision furent inutiles.

— Jetez vos armes ! criait aux soldats cette turbulente milice, ou nul d'ici ne sortira vivant.

Le commandant refusant de se rendre ainsi pieds et poings liés, l'assaut fut résolu, non un assaut régulier, médité, dont toutes les chances sont prévues, mais un assaut à la parisienne, sans ordre, sans ensemble, mais foudroyant, irrésistible.

On n'avait pas une échelle en commençant l'attaque, et, dix minutes après, il y en avait cinquante dressées contre les murailles ; les armes manquaient, mais on avait des pierres, des bâtons, des pieds, des poings, des ongles et des dents, et tous en usèrent avec une telle ardeur, qu'après deux heures de combat les murailles étaient escaladées, les portes brisées, et que ceux des Anglais qui n'étaient pas tombés sous les coups des vainqueurs fuyaient par toutes les issues, et gagnaient la campagne comme des lièvres poursuivis par une meute affamée.

Ainsi délivré de la domination étrangère, l'hôtel de Nesle devint, par une sorte de compensation, le prix de la valeur et des succès guerriers : Charles VII, par lettres datées de Russili, près de Chinon, le 21 mai 1446, donna cette magnifique demeure à son neveu, le comte de Richemont, duc de Bretagne, pour le récompenser des services qu'il lui avait rendus pendant la guerre.

Ce duc étant mort sans enfants mâles, l'hôtel de Nesle retourna de nouveau au domaine de la couronne.

Le 18 septembre 1461, Louis XI fit don de ce palais au petit-fils de Jean sans Peur, Charles, comte de Charolais et duc de Bourgogne, qui accepta la donation, et alla s'établir dans ce splendide hôtel, qui reprit alors tout son éclat; mais, seize ans plus tard, ce duc ayant été tué devant Nancy, le roi reprit le don qu'il lui avait fait.

A partir de cette époque jusqu'en 1540, l'hôtel de Nesle fut complétement abandonné. Nul seigneur n'était désormais assez puissant pour entrer en lutte avec l'autorité royale, et, par conséquent, n'avait besoin d'une demeure fortifiée dans Paris. Le dernier représentant de la féodalité étant mort, personne ne se trouva plus digne d'habiter un hôtel féodal qui, par son aspect de force et de grandeur, rappelait une époque de fer et de lutte, et faisait trop sentir leur infériorité aux élégants et efféminés seigneurs du seizième siècle.

Sous le règne de François Ier, le prévôt de Paris, Robert d'Estourville, trouvant à son gré l'hôtel de Nesle, s'en empara sans en avoir demandé la permission à personne; mais, comme il n'avait pas domestique assez nombreux pour occuper ce vaste palais, il s'installa au *Séjour de Nesle*, appelé alors le Petit-Nesle, et il garda néanmoins le Grand-Nesle, afin de jouir de ses magnifiques jardins, du jeu de paume qu'y avait fait construire le duc de Berry, et d'avoir aussi une sortie sur la rivière.

« Ah! dit M. Alexandre Dumas dans ses *Mémoires*, si quelques écrivains avaient fait pour les siècles passés ce que j'essaye de faire pour le dix-neuvième siècle, que de peines, d'études, de recherches, ils m'eussent épargnés! »

Cela veut dire, si nous ne nous trompons, que M. Alexandre Dumas eût pris sans difficulté, dans les écrits de ces écrivains, ce qui eût été à sa convenance, sauf à dire comme Molière: *Je prends mon bien où je le trouve.*

Nous devons donc croire que le célèbre auteur d'*Antony* trouvera bon que nous en usions envers lui comme il eût voulu en user envers ses prédécesseurs; qu'il nous permettra de raconter, sinon avec sa verve inimitable, au moins avec sa véracité d'historien, comment l'hôtel et la tour de Nesle furent enlevés à ce prévôt de Paris, et qu'il ne s'offensera pas si nous prenons parfois la liberté de le citer textuellement.

« En 1520, dit M. Dumas, la tour de Nesle, de sanglante et luxurieuse mémoire, avait été séparée de l'hôtel pour former le quai, le pont sur le fossé et la porte de Nesle, de sorte que la sombre tour était demeurée sur la rive du fleuve, isolée et morne comme une pécheresse qui fait pénitence.

« Mais ce séjour était heureusement assez vaste pour que cette suppression n'y parût pas. L'hôtel était grand comme un village : une haute muraille, percée d'un large porche ogive et d'une petite porte de service, le défendaient du côté du quai. On entrait d'abord dans une vaste cour tout entourée de murs ; cette seconde muraille quadrangulaire avait une porte à gauche et une porte au fond. Si l'on entrait par la porte à gauche, on trouvait un charmant petit édifice dans le style gothique du quatorzième siècle : c'était le Petit-Nesle, qui avait au midi son jardin séparé. Si l'on passait, au contraire, par la porte du fond, on voyait à main droite le Grand-Nesle, tout de pierres, et flanqué de deux tourelles, avec ses toits aigus bordés de balustrades, sa façade anguleuse, ses hautes fenêtres, ses vitres coloriées et ses vingt girouettes criant au vent : il y avait là de quoi loger trois banquiers d'aujourd'hui.

« Puis, si vous alliez toujours en avant, vous vous perdiez dans toutes sortes de jardins et de basses-cours, et vous trouviez dans les jardins un jeu de paume, un jeu de bague, une fonderie, un arsenal; après quoi venaient les basses-cours, les bergeries, les étables et les écuries; il y avait là de quoi loger trois fermiers de nos jours. »

Tel était l'hôtel de Nesle en 1540, lorsque Benvenuto Cellini, le célèbre orfèvre, l'artiste inimitable dont François Ier s'honorait d'être le protecteur et l'ami, pria le roi de lui donner cette vaste demeure.

« — Sire, lui dit-il un jour que le monarque était venu le visiter, je suis mal à l'étroit dans cet hôtel pour travailler. Un de mes élèves a trouvé un emplacement mieux disposé que celui-ci pour les grands ouvrages que mon roi pourra me commander. Cette propriété appartient à Votre Majesté : c'est le Grand-Nesle. Elle est à la disposition du prévôt de Paris, mais il ne l'habite pas; il occupe seulement le Petit-Nesle, que je lui laisserais volontiers.

« — Eh bien! soit, Benvenuto, dit François Ier; installez-vous au Grand-Nesle, et je n'aurai que la Seine à traverser pour aller causer avec vous et admirer vos chefs-d'œuvre. »

Benvenuto Cellini, s'étant fait signer l'acte de donation, se rendit à l'hôtel de Nesle, et commença par faire le tour de la place, afin d'en reconnaître les côtés faibles; car il avait déclaré hautement que, si le prévôt refusait de lui livrer cette demeure, il la prendrait de vive force.

Averti de ce qui se passait, Robert d'Estourville s'était mis sur ses gardes; car, si l'artiste avait résolu de prendre l'hôtel, il était bien décidé, lui, à ne pas l'y laisser entrer, et à se défendre vigoureusement, ce qui était facile, le Grand-Nesle « ayant créneaux et machecoulis, double mur du côté de la grève, et de plus les fossés et les remparts de la ville du côté du Pré-aux-Clercs.

« C'était bien une de ces imposantes mai- sons féodales qui pouvaient parfaitement se défendre par leur seule masse, pourvu que les portes en fussent solidement fermées, et repousser, sans secours du dehors, les tire-laines et les larroneurs, et même les gens du roi; car il en était ainsi à cette amusante époque, où l'on était le plus souvent forcé de se servir à soi-même de police et de guet. »

Le prévôt avait d'ailleurs continuellement près de lui, outre ses serviteurs, vingt-quatre sergents d'armes, tandis que l'artiste n'avait guère pour le seconder qu'une douzaine d'élèves.

Mais Benvenuto Cellini était doué de cette force de volonté qui suffit presque toujours à vaincre les plus grands obstacles. Quand il eut terminé sa reconnaissance, il alla donc frapper à la petite porte de l'hôtel. Un guichet s'ouvrit, et un sergent de planton à l'intérieur demanda à l'artiste ce qu'il voulait. Benvenuto répondit tranquillement que le roi lui ayant fait don de l'hôtel de Nesle, il venait en prendre possession, et, afin qu'on ne pût douter de ce qu'il disait, il remit au travers du guichet l'acte de donation au sergent afin qu'il allât le montrer à son maître.

Robert d'Estourville lut l'acte, le déchira et ordonna au sergent d'en remettre les morceaux à l'audacieux Italien en lui disant qu'il n'avait à lui faire d'autre réponse.

De retour chez lui, l'artiste réunit ses élèves, leur raconta ce qui venait de se passer, leur fit part de la résolution qu'il avait prise de recourir à la force et leur demanda s'il pouvait compter sur eux pour le seconder dans cette entreprise.

Tous ayant répondu affirmativement et avec enthousiasme, on prépara des échelles, des cordes, des armes, et il fut décidé que le lendemain, dimanche, à l'issue de la messe, on irait mettre le siège devant le Grand-Nesle.

Tout le monde fut sur pied de bon matin;

l'heure venue, Benvenuto passa sa petite troupe en revue, et l'on se mit en marche deux par deux, et assez éloignés les uns des autres pour ne pas éveiller l'attention, et bientôt l'on arriva devant l'hôtel de Nesle. Là, Benvenuto Cellini frappa de nouveau à la porte et demanda qu'on le mît en possession de cette demeure ; puis, le guichet s'étant refermé sans qu'on lui eût répondu, il mit son mouchoir au bout de son épée, et l'agitant en l'air, il s'écria :

« A toi, Robert d'Estourville, seigneur de Villebon, prévôt de Paris, moi, Benvenuto Cellini, orfèvre, statuaire, peintre, mécanicien et ingénieur, fais savoir que Sa Majesté le roi François Ier m'a librement, et comme c'était son droit, donné en toute propriété le Grand-Nesle. Or, comme tu le détiens insolemment, et que, contre le désir royal, tu refuses de me le livrer, je te déclare donc, Robert d'Estourville, seigneur de Villebon, prévôt de Paris, que je viens te prendre par force. Ainsi défends-toi, et, si mal arrive de ton refus, apprends que c'est toi qui en répondras sur la terre et dans le ciel, devant les hommes et devant Dieu.

Cela fut dit en pure perte, car on n'y répondit point, et personne ne parut. Alors Benvenuto sépara sa troupe de dix hommes en deux corps, dont l'un tourna l'hôtel pour l'attaquer du côté du Pré-aux-Clercs, tandis que l'autre l'attaquerait du côté de la ville.

Ici nous nous séparerons de M. Alexandre Dumas, par la raison qu'à partir de ce point il se jette à corps perdu dans le roman, ce qui est son droit, à lui, qui fait de si jolis romans, et que rien ne nous autorise plus à lui rien emprunter, nous qui faisons de l'histoire.

Il est vrai que nous pourrions, à la rigueur, emprunter quelque chose à Benvenuto Cellini lui-même, qui a laissé des Mémoires intéressants ; mais, entre nous, lecteurs, nous soupçonnons fort lesdits Mémoires d'être de la famille des romans de M. Dumas, et

comme, sur un point aussi délicat, nous n'osons rien hasarder, nous vous dirons simplement ce que nous savons, c'est que Benvenuto Cellini et ses élèves, tant par force que par ruse, parvinrent à se rendre maîtres du Grand-Nesle. M. le prévôt se contenta du Petit-Nesle, ce qui ne lui coûta aucun dérangement, puisqu'il n'avait jamais réellement occupé le grand.

Au milieu de ces débats, la tour de Nesle était restée en quelque sorte neutre ; mais, comme les neutres ne peuvent manquer d'être, tôt ou tard, la proie des forts, l'intrépide orfèvre se l'appropria, et établit un de ses ateliers sur la plate-forme à cause du beau jour qu'il y faisait, et de l'immense panorama qui de là se déroulait sous les yeux.

Sept ans s'écoulèrent, pendant lesquels il se fit des merveilles d'art en ce domaine : le génie de Benvenuto Cellini semblait grandir tous les jours, et le maître était admirablement secondé par ses élèves, qui étaient eux-mêmes d'habiles artistes.

François Ier, qui, ainsi qu'il l'avait dit, n'avait plus que la Seine à traverser pour aller admirer les chefs-d'œuvre de *son ami*, se donnait fréquemment ce plaisir, et sous les regards vivifiants du monarque s'accomplissaient des prodiges.

Les intrigues de cour furent pourtant quelquefois de la partie ; Benvenuto Cellini, bien qu'il fût assez adroit courtisan, avait eu le malheur de déplaire à la duchesse d'Etampes, maîtresse du roi, et celle-ci ne négligea rien pour lui nuire : elle avait pris sous sa protection l'audacieux prévôt, Robert d'Estourville, seigneur de Villebon, et elle mit tout en œuvre pour lui faire restituer l'hôtel de Nesle tout entier ; mais Benvenuto osa déclarer qu'un ordre du roi lui-même ne pourrait l'en faire déguerpir vivant, et que son premier coup d'escopette serait pour celui qui lui ferait sommation d'en sortir, et le prévôt, bien qu'il ne manquât pas de courage, finit par penser qu'il y aurait folie à jouer ainsi incessamment sa vie contre un homme si déterminé à propos d'une demeure qu'il ne pouvait réellement occuper, et dont il avait même laissé les jardins en friche, tant qu'ils avaient été sous sa dépendance, et des rapports de bon voisinage finirent par s'établir entre ces deux adversaires.

Le plus extraordinaire dans cette affaire, c'est que François Iᵉʳ, qui de son balcon, au Louvre, avait pu assister au siége du Grand-Nesle, où il y eut plusieurs tués ou blessés, ne parut pas s'en occuper plus que si la chose se fût passée à deux mille lieues de son royaume. Cela plut sans doute à l'esprit aventureux de ce prince, qui aimait les bagarres et faisait cas de ces donneurs de grands coups d'épée, étant lui-même le plus intrépide ferrailleur de son temps.

La belle duchesse elle-même finit par s'humaniser à l'endroit de l'artiste italien, qui pour elle enchâssait si merveilleusement les perles et les pierres précieuses dans l'or et l'argent, et en faisait des aigrettes, des fleurs, des colliers, qui rehaussaient si bien les charmes de la belle et royale courtisane, et plus d'une fois on la vit, sortant des bras du monarque, traverser la rivière dans une élégante nacelle pour se rendre dans les ateliers de l'orfèvre.

Ces visites, il est vrai, avaient parfois une autre cause que l'amour de l'art. Indépendamment de ses affaires de cœur, qui furent nombreuses, la grande dame avait aussi des fantaisies, des caprices; elle aimait à se faire admirer par ces jeunes et beaux artistes qui pullulaient dans les ateliers du maître, à provoquer leurs regards connaisseurs, à voir ces regards s'animer, la rougeur du désir couvrir ces jeunes et mâles visages, à deviner le battement de ces cœurs chaleureux.

De ces fantaisies vinrent probablement quelques aventures, et peut-être M. Dumas s'est-il inspiré de la suivante, rapportée dans une chronique du temps.

C'était dans l'après-midi d'une belle journée de juin; la duchesse d'Etampes était depuis une heure en tête-à-tête avec Clément Marot; le gentil et galant poëte lui lisait ses nouveaux vers, dont bon nombre avaient été inspirés par elle-même : à demi couchée sur un sofa, elle écoutait et rêvait à la fois, tandis que ses doigts se jouaient dans les cheveux du poëte, assis à ses pieds.

Ce passe-temps lui était sans doute fort doux, car elle fut visiblement contrariée lorsque l'on vint annoncer le roi.

Clément Marot se leva comme pour se retirer; mais la duchesse le retint du geste et du regard, et elle-même resta dans la position où elle se trouvait; seulement, ses jolis doigts cessèrent de se perdre voluptueusement dans les boucles de la chevelure de Marot.

Parce qu'il avait fait en sa vie quelques mauvais vers comme ceux-ci :

> Souvent femme varie,
> Bien fol est qui s'y fie.

parce que, disons-nous, il avait fait quelques chefs-d'œuvre de cette sorte, François Iᵉʳ se croyait quelque chose comme premier poëte de son temps; il est vrai qu'il rachetait ce travers par la protection qu'il accordait aux lettres comme aux beaux-arts; s'il n'était pas poëte, il aimait et protégeait les poëtes, circonstance atténuante dont il faut lui tenir compte. Et puis les pauvres vers qu'il enfanta, et qui auraient dû être oubliés aussitôt que produits, sont demeurés pour être transmis à la postérité, et c'est une punition assez rude pour faire pardonner le péché.

— Ma bien chère Anne, dit le monarque, ce m'est double bonne fortune de vous trouver si belle et si bien accompagnée.

— Sire, c'est de la flatterie en ce qui me concerne : je dois être laide, car je souffre.

— Vous avez donc pris notre maître poëte pour médecin ?

— Sire, dit Marot, j'étais venu dire quelques nouveaux vers à madame la duchesse, qui, souffreteuse cejourd'hui, les a néanmoins voulu entendre, tellement madame Anne est bonne et charitable autant que belle.

— Puisque vous êtes tant charitable, chère Anne, vous ne nous refuserez pas la grâce d'écouter avec vous ces nouveau-nés de si gente muse.

Louis XI fit don de ce palais au petit-fils de Jean sans Peur.

La duchesse n'osa refuser ; mais son charmant visage, qui s'était rembruni à l'arrivée du roi, se rembrunit de nouveau : Marot le vit bien ; mais François Ier ne s'en aperçut point, les plus intéressés en pareil cas étant toujours les plus aveugles.

— Allons, gentil poëte, dit-elle en s'efforçant de sourire, par ordre exprès du roi.

Le monarque se plaça sur le tabouret que Marot avait quitté, et ce dernier reprit sa lecture ; François prit une des mains de la duchesse, qui le laissa faire et soupira.

— Maître Marot, dit le roi après quelques instants, ce sont vrais enfants du Parnasse auxquels ne manquera brevet d'immortalité.

— Jamais si gracieux mots ne furent si gentement accouplés, dit madame d'Etampes en passant la main sur ses yeux comme si elle eût été accablée de fatigue.

— Bien-aimée Anne, reprit François, nous est bien douloureuse chose de vous voir ainsi souffrir.

— Sire, je ne voudrais pas vous le laisser voir, mais je ne saurais nier si évidente vérité.

— A notre grand regret, nous vous laisserons donc en repos.

A ces mots, le roi baisa la main de la duchesse, qu'il tenait toujours dans les siennes, et il se leva pour sortir ; au même instant, des yeux de madame d'Étampes partit un éclair à l'adresse du poëte ; mais, soit que ce dernier ne voulût ou n'osât comprendre, il sortit derrière le roi.

C'était là le premier acte d'un petit drame qui devait se dénouer quelques heures plus tard.

La duchesse, on l'a deviné sans doute, ne souffrait pas le moins du monde, à moins qu'on ne veuille donner le nom de souffrance à ces fantaisies, ces caprices auxquels elle était très-sujette, comme nous l'avons vu plus haut.

Lorsqu'elle fut seule, elle ne songea donc pas à se mettre au lit ; mais elle se demanda par quelle agréable distraction elle pourrait compenser l'ennui que lui avait causé son royal amant, et, comme ce jour-là même elle avait reçu une délicieuse aigrette perles et or émaillée des plus riches couleurs, présent du roi et œuvre de Benvenuto Cellini, l'idée vint d'aller complimenter l'artiste à l'occasion de ce nouveau chef-d'œuvre.

Quelques instants après, une barque s'arrêtait à la porte d'eau de la tour de Nesle.

Le batelier frappa à cette porte ; un élève de Benvenuto Cellini vint l'ouvrir, et une femme charmante et élégamment vêtue sortit de l'embarcation et foula de ses pieds mignons la première marche de l'escalier que l'orfèvre avait fait récemment réparer.

Cette élégante personne, c'était la duchesse d'Étampes ; l'élève qui lui avait ouvert la porte était le bien-aimé de Benvenuto Cellini. La chronique ne dit pas son nom ; peut-être s'appelait-il Ascanio, ainsi que le nomme M. Alexandre Dumas ; mais, comme c'est dans un roman que le célèbre écrivain a nommé ainsi l'élève préféré de Benvenuto, nous n'osons affirmer qu'il s'appelât ainsi.

Ce qui est certain, c'est que cet élève était un beau garçon de vingt ans, à l'œil noir et bien fendu, à la démarche assurée, aux formes bien dessinées et parfaitement accentuées.

— Ah ! madame la duchesse, dit-il en s'inclinant respectueusement, le maître sera désespéré.

— De me voir chez lui ? demanda Anne en souriant gracieusement.

— De ne pas vous y voir, au contraire, madame ; car il est absent en ce moment.

— J'en suis vraiment désolée.

La grande dame mentait : elle n'était pas désolée le moins du monde, et le langage de ses yeux donnait sur ce point un démenti formel à celui de ses lèvres.

— Heureusement, reprit-elle, le logis n'est pas désert, et l'on pourra me conduire dans les ateliers où le roi m'a dit avoir vu nouvellement choses belles et merveilleuses.

— Pour ce, madame, je suis à vos ordres, auxquels je serai heureux de respectueusement obéir.

— Commençons donc par visiter ce que vous avez fait de nouveau en cette tour, dont le haut se voit maintenant tout couvert de vitres.

— Là, en effet, le maître a établi son atelier de dessin et de gravure, à cause du beau et grand jour qui y luit.

La duchesse, se tournant vers la barque, fit signe aux femmes qui l'avaient accompagnée d'y rester ; puis, s'appuyant doucement sur le bras du jeune homme, elle commença à monter l'escalier.

— Vraiment! dit-elle en arrivant au premier étage, ce lieu n'est pas si lugubre qu'on l'a dit, et Marguerite de Bourgogne, non plus que madame la reine Jeanne et madame Isabeau de Bavière, n'ont pas été si mal avisées d'en avoir fait leur passagère retraite.

Au doux contact de la main d'Anne, l'élève de Benvenuto Cellini avait été vivement ému ; la duchesse sentait avec volupté battre ce jeune et ardent cœur contre lequel sa main était placée.

Madame d'Étampes reprit :

— Ce sont temps loin de nous, et plus n'est besoin ici présentement de gardes ni de sbires.

— Il est vrai, madame la duchesse, répondit le jeune artiste ; car nul autre que moi maintenant ne loge en cette tour, le maître n'y venant que pour travailler.

— Ah ! vous logez ici... seul ?

— Seul, madame ; le maître m'ayant donné la seule chambre qui fût meublée, et qui est celle qu'occupèrent, dit-on, madame la reine Isabeau de Bavière, et, en dernier lieu, damoiselle Blanche, fille du duc Jehan de Berry.

— Ce sont des souvenirs qui vous doivent donner de vives émotions.

Le mot était bien risqué ; mais la duchesse elle-même cherchait des émotions, et une grande dame est bien audacieuse en pareil cas. Le jeune artiste ne répondit pas ; son cœur battait de manière à lui rompre la poitrine, et madame d'Étampes, dont la main était toujours placée sur le bras de son conducteur, comptait ces battements avec une sorte de ravissement.

— Mais peut-être, reprit-elle, ignorez-vous ce qui se passait ici du temps des reines Jeanne et Isabeau ?

— Je sais, madame la duchesse, que les heureux qu'elles faisaient en ce lieu payaient de leur vie ce bonheur.

— C'était trop cher, n'est-ce pas ?

— Oh ! madame...

— Pourquoi hésiter à dire oui ?

— C'est, madame la duchesse, que je ne sais dire que ce que je pense.

— Et que pensez-vous donc touchant ces belles reines, messire ?

— Je pense, madame, qu'il est des faveurs sans prix ; qu'il est certaines heures pour lesquelles on peut faire sans hésiter le sacrifice de la vie...

— M'est avis, jeune homme, que vous subissez l'influence du lieu. Heureusement les princesses ne font plus tuer présentement les gens qu'elles aiment.

— Madame la duchesse pense donc que la mort est toujours un malheur ?

— Oh ! enfant, ne nous embarquons pas en si lugubre nef.

On montait toujours, mais très-lentement, madame d'Étampes s'arrêtant à chaque marche, et approchant le plus possible son charmant visage de chaque meurtrière, afin que le jeune homme pût s'enivrer du feu de ses regards.

Tous deux arrivèrent ainsi au deuxième étage.

— C'est trop longue montée, dit la duchesse, et ne saurais aller plus loin sans reprendre haleine.

— Madame, est justement ici la demeure de votre humble serviteur.

Et du doigt il montrait la porte de sa chambre.

— Ici ? dit la duchesse en baissant les yeux.

— Ici, madame la duchesse... c'est lieu historique...

— Mon Dieu ! que la curiosité est chose traîtresse...

Elle semblait n'oser avancer vers cette porte que lui montrait son guide et qu'elle mourait d'envie de voir s'ouvrir. Le visage du jeune homme était en feu ; il tremblait cependant, et n'osait, qu'à la dérobée, lever les yeux sur ceux de la belle duchesse. Enfin, il fit un effort suprême, et dit :

— Madame, puisqu'avez besoin de vous reposer, permettez, par grâce, que vous offre un siége.

Sans attendre de réponse, il s'avança vers la porte, fit jouer la serrure ; puis, avec l'anxiété d'un homme qui joue toute sa fortune sur une carte, il se retourna vers madame d'Etampes, qui, en souriant, s'était avancée derrière lui.

— C'est vraiment gentil réduit, dit-elle en penchant un peu la tête.

— Oh ! madame, ne pouvez en bien juger d'ici, et, si vouliez approcher de cette fenêtre donnant sur l'eau...

— Allons, dit-elle, ne serai curieuse à demi, et vous, messire, aurez à vous accuser de nous avoir induite en tentation.

— Madame la duchesse, ce n'est pas péché de visiter les pauvres.

— Oh ! êtes riche de génie, messire ! s'écria madame d'Etampes, qui était entrée, et et dont les regards venaient d'être frappés d'une foule d'objets d'art en cours d'exécution.

Elle s'avança d'un pas plus assuré, regarda avec admiration tous les petits chefs-d'œuvre dont le jeune artiste s'était plu à décorer sa chambre, et c'était à chaque pas de nouveaux éloges qu'elle prodiguait à l'élève aimé de Benvenuto Cellini.

— Vraiment, dit-elle, lorsqu'elle fut près de la fenêtre, que ces belles reines du temps jadis aient pensé au plaisir en si gentil lieu, ne suis tant inhumaine que leur en fasse crime ; mais y songer à tuer ! ne saurais le croire.

Elle s'assit et fit asseoir près d'elle le jeune homme, qui s'enhardissait peu à peu.

— Madame la duchesse, dit-il, suis-je donc si heureux que ces ébauches fassent naître en vous si doux pensers?

— Ne parlez ainsi, enfant ; car ne saurais en vérité dire toutes les pensées me venant en ce séjour merveilleux.... Telles choses, parfois, ne vous ont-elles fait rêver ?

— Oh ! souvent, madame.

— Eh bien ! nous dites ces rêves.

Le jeune artiste se reprit à rougir de plus belle.

— C'est que..... madame la duchesse.....! dit-il en balbutiant.

— Ce sont donc bien grands mystères ? manda la délicieuse courtisane en imprégnant ses paroles de toute la séduction imaginable.

— Madame, les rêveurs sont gens si osés.

— Eh bien ! enfant, l'audace nous plaît, et les audacieux sont nôtres. Donc, si l'êtes, le montrez en nous disant vérité tout entière.

— Et me pardonnerez.....

— Vous pardonnons par avance; et, s'il y a péché, le prenons sur notre conscience.

La tentation était vraiment trop forte; le jeune artiste sentit tout à coup disparaître la timidité qui l'avait jusque-là à demi paralysé, et, se laissant glisser de son siége, il tomba aux genoux de la séduisante Anne.

— C'est donc une confession? dit-elle en rougissant un peu.

Peut-être en effet était-ce une confession; mais nous ne le saurions affirmer, non plus que nous ne pourrions dire le temps qui s'écoula jusqu'au moment où un nouveau personnage apparut en ce lieu.

De même que sa belle maîtresse, François Ier s'ennuyait quelquefois, — car l'ennui est le mal infligé par Dieu aux heureux de la terre. Or, ce jour-là, s'ennuyant un peu plus que de coutume, le roi chevalier errait dans les vastes appartements de son Louvre. Las de fouler le parquet, il se mit au balcon, et grande fut sa surprise en apercevant de loin la barque qui emportait la duchesse d'Étampes vers la tour de Nesle. D'abord il douta; puis, ne pouvant récuser le témoignage de ses yeux, il se dit que probablement la belle Anne allait commander à Benvenuto Cellini quelque bijou nouveau. Toutefois il demeura au balcon, et sa surprise n'eut plus de bornes lorsqu'il vit apparaître à une fenêtre de la tour le buste de la duchesse, qu'il reconnut parfaitement, bien qu'elle n'y fût demeurée qu'un instant.

— Mais c'est impossible! disait-il rentrant dans ses appartements ; cette chère Anne était si souffrante il y a une heure !

Et il se frappait le front pour trouver le mot de cette énigme, sans pouvoir y réussir. Il lui eût suffi pourtant, pour y parvenir, de se rappeler ces deux vers, écrits par lui sur une vitre avec un diamant, et que nous avons déjà cités :

> Souvent femme varie,
> Bien fol est qui s'y fie.

Telle était en effet l'explication de ce mystère : *Souvent femme varie...* Or, la duchesse d'Étampes, étant femme par excellence, variait très-souvent ; et voilà pourquoi, après s'être récréée avec le poète Clément Marot, et s'être ennuyée avec le roi de France, elle était allée chercher de nouvelles distractions dans la tour de Nesle.

Ces distractions, il paraît que la grande dame les avait trouvées près de l'élève de prédilection de Benvenuto Cellini ; car il s'écoula une heure entière avant qu'elle reparût à la fenêtre, où son royal amant la vit de nouveau ; mais, cette fois, il vit encore autre chose, à savoir un jeune et frais visage d'homme, dont une brune moustache commençait à ombrer la lèvre supérieure.

Il paraît que cette fois le roi comprit ou crut comprendre, car il pâlit et rougit successivement, frappa du pied, et demanda qu'on lui préparât une barque, en même temps qu'il ordonnait à son capitaine des gardes de se disposer à le suivre.

— Par la mort Dieu! murmurait-il en se rendant sur la grève, montrerons à tous que, par ce côté, nous ne ressemblons pa à ce pauvre insensé Charles sixième, mais que nous sommes plutôt de l'humeur de Louis le Hutin.

Le monarque serrait les poings ; ses yeux étincelaient, et peut-être n'était-ce pas sans raison ; mais il avait tort de comparer cet accident à ceux qu'avaient eus à subir plusieurs de ses prédécesseurs ; car il était roi, et ce n'était pas la reine qui était en ce moment à la tour de Nesle, et encore celle qui y était n'avait assurément aucun projet homicide. C'est qu'en pareil cas il n'est roi ni berger qui jouisse d'une grande lucidité d'esprit. François était en ce moment amoureux et jaloux : le moyen d'avoir le sens commun sous l'influence de ces sentiments !

Bientôt la barque royale s'arrêta à la porte de la tour, qui s'ouvrit presque aussitôt ; car c'était le chemin que le roi prenait ordinairement pour se rendre au Grand-Nesle, et ses visites étaient assez fréquentes pour qu'on ne s'étonnât point de le voir arriver inopinément.

— Benvenuto est-il en cette tour? demanda-t-il brusquement.

— Non, sire, répondit un des élèves du grand artiste, et il sera bien marri de ne s'y être trouvé cejourd'hui.

— Lui est-il donc venu, avant la nôtre, quelque visite importante ?

— Sire, nous avons eu l'honneur de recevoir madame la duchesse d'Etampes, qui, de même que Votre Majesté, était venue voir le maître.

Le roi sentit un léger frisson lui parcourir les veines. Jusque-là il lui était resté l'espoir de s'être trompé, et il s'était cramponné mentalement à cette branche de salut. Maintenant le doute n'était plus possible : c'était Anne qu'il avait vue ; c'était sur une des blanches épaules de cette maîtresse adorée qu'il avait vu doucement appuyé le visage d'un jouvenceau.

— Et, n'ayant rencontré Benvenuto, madame la duchesse s'est retirée ? demanda-t-il de l'air le plus indifférent qu'il put prendre.

— Madame la duchesse, sire, a voulu visiter l'atelier de dessin et de gravure que le maître a établi au sommet de cette tour, et n'est pas encore descendue.

— C'est heureuse rencontre ! reprit le roi, qui voulut sourire, et fit une laide grimace. Qu'on nous mène en ce lieu.

Et, sans attendre le guide qu'il demandait, François s'élança dans l'escalier, et le gravit rapidement.

Heureusement il s'était écoulé un assez long temps entre la première apparition de madame d'Etampes à une des fenêtres de la tour et l'arrivée du roi en ce lieu, de sorte que la grande dame que nous avons laissée avec le jeune artiste, en proie à toutes sortes de douces émotions, dans la chambre qui avait été celle de Marguerite de Bourgogne et d'Isabeau de Bavière, était maintenant, toujours en compagnie de l'élève aimé de Benvenuto, dans l'atelier de dessin établi sur la plate-forme.

A la demande de la duchesse, le jeune artiste avait pris ses crayons pour esquisser quelques fleurs. Anne admirait ; on eût dit que son âme tout entière avait passé dans ses yeux.

— Oh ! la gentille et gracieuse chose ! disait-elle. Enfant... nous voulons garder cette chère petite image.

Et ses jolis doigts se jouaient dans la noire chevelure de l'artiste, comme ils s'étaient joués quelques heures auparavant dans celle du poëte.

Telle était la situation lorsque le roi parut. Une femme ordinaire, entraînée par un premier amour, se fût difficilement tirée d'un pas si critique ; mais Anne n'était pas une femme ordinaire. C'était une grande, une très-grande dame, qui à son premier amour en avait vu succéder une foule d'autres ; et son expérience était maintenant si grande, l'habitude des dangers du même genre l'avait

tellement aguerrie, qu'à peine, à l'aspect du roi, laissa-t-elle voir une légère surprise.

— Ah ! sire, fit-elle, que Votre Majesté est mal inspirée de nous venir surprendre ainsi !

— C'est malheur fréquent pour nous ce-jourd'hui, madame ; mais nous nous en consolons en voyant combien promptement êtes revenue en santé.

— Sire, pour cela j'ai usé d'un remède dont je savais la puissance, l'ayant souvent fois expérimenté.

Elle disait vrai, la belle courtisane : le procédé lui était très-connu, et elle en avait fréquemment usé ; mais il fallait qu'elle fût bien audacieuse pour entrer tout d'abord si vertement au cœur de la question. François 1er était près d'éclater.

— Madame, fit-il d'une voix altérée par la colère qu'il ne pouvait plus maîtriser, nous sommes curieux de connaître tel bon remède faisant si belles merveilles.

— Ah ! sire, vous le devriez promptement deviner.

Et elle accompagna ces paroles d'un de ces longs et irrésistibles regards qui eussent fait tomber les saints à ses pieds. Mais le roi était dans une situation d'esprit à ne pas se laisser désarmer si facilement.

— Serait-ce donc, madame, dit-il, que vous trouveriez soulagement à tous les maux à promener vos belles mains dans les cheveux de nos poëtes et artistes ?

— Sire, ce que vous dites est l'effet ; la cause est bien autrement élevée, grande, glorieuse, aimable et aimée.

Le roi ne comprit point ; mais l'assurance avec laquelle parlait sa belle maîtresse fit néanmoins quelque peu tomber son grand courroux. Il se dit qu'à la rigueur il se pouvait que tout ce qu'il avait vu, et même ce qu'il n'avait pas vu, pouvait être parfaitement innocent, et il commença à se repentir de n'être pas entré en matière sur un autre ton.

— Et sûrement vous nous direz cette cause ? reprit-il d'une voix fort radoucie.

— Puisque vous l'exigez, sire, je vous dirai qu'il n'est vapeurs noires, maux de l'âme ou du cœur, que je ne parvienne à dissiper en m'occupant du plus grand roi du monde, d'un prince dont la valeur et la puissance égalent le génie, et dans le cœur duquel je n'ai malheureusement que très-petite place.

Le coup d'encensoir était vigoureux. Tout habitué qu'il était aux rudes atteintes de ce genre, François Ier en fut étourdi ; mais sa modestie ne souffrit point, et il ne douta pas un instant qu'il ne fût ce plus grand roi du monde à la seule pensée duquel les duchesses se trouvaient guéries de noires vapeurs. La vérité est qu'il en avait guéri quelques-unes ; mais il y avait longtemps de cela, et le monarque adoré frisait maintenant la cinquantaine, âge où ni rois ni autres ne font plus guère de tels prodiges.

— Quoi ! chère Anne, dit-il modestement, c'est de nous que vous vous occupiez céans ?

— Sire, pour me guérir, j'avais demandé au gentil poëte Marot de nouveaux vers en l'honneur de Votre Majesté, et je n'ai pas voulu les lui laisser dire devant vous, me proposant de les dire moi-même. Votre venue ayant rompu la conférence, j'ai eu l'idée de venir demander pour vous quelque chef-d'œuvre à votre grand artiste, et ne l'ayant pas trouvé, j'ai voulu mettre à l'épreuve le talent de son meilleur élève... Mais, voyez donc, sire, comme ces jolies fleurs s'épanouissent sous cet habile crayon !

Et, prenant le dessin, devant lequel l'heureux élève de Benvenuto était demeuré immobile et fort peu rassuré, elle le présenta au roi en ajoutant :

— N'est-ce pas que ces roses seront délicieuses quand Benvenuto les aura reproduites en or émaillé ?

L'esquisse était en effet très-belle. Fièvre d'amour avait surexcité le génie de l'artiste, et il s'était surpassé.

— Oh ! bien chère Anne, fit le roi, que je suis coupable !

La duchesse, dont le visage s'était quelque peu rembruni, devint radieuse. Attaquée à l'improviste, elle avait vaincu ; la victoire était entière, complète,.. le vaincu demandait grâce !

C'était bien glorieux !

Et remarquez qu'elle disait vrai en grande partie, cette belle Anne. Elle avait réellement mis à l'épreuve le talent du jeune artiste ; les preuves étaient là, et François ne pouvait les récuser. Marguerite de Bourgogne, ses complices et Isabeau de Bavière n'avait été qu'ardentes et cruelles en ce lieu ; madame d'Étampes s'y montrait habile, et où les premières avaient échoué elle triomphait.

Après un instant de silence, pendant lequel la royale courtisane savoura délicieusement son triomphe, le roi reprit, en s'adressant au jeune artiste, dont l'illusion venait de s'évanouir, et dont la contenance était de plus en plus embarrassée :

— Nous ne voulons vous pas interrompre davantage, messire apprenti, qui touchez de si près le maître. Ce n'est pas à nous d'ailleurs qu'il convient de rien ordonner pour cette œuvre, madame d'Étampes étant à ce bien plus habile que nous ne le saurions être.

Dès lors, tout était pour le mieux dans le meilleur des mondes possibles, pour le roi et la duchesse bien entendu. Pour l'élève de Benvenuto Cellini, au contraire, venait un hideux réveil après le plus délicieux des rêves : tout est déception dans cette vie où le pauvre enfant ne faisait que d'entrer ; ce fut une fureur terrible, un désespoir immense, qu'il ressentit en voyant la duchesse, au bras du roi, s'éloigner gaiement sans même songer à payer d'un regard les tortures qu'elle lui faisait endurer.

Ce fut au Louvre que François reconduisit

la royale courtisane, qui, sous une satisfaction apparente, cachait une secrète et bien vive inquiétude, dont voici le motif. Elle avait parlé de nouveaux vers, en l'honneur du roi, demandés par elle à Clément Marot. Or, elle n'avait rien demandé de semblable au poëte, qui, naïf et vrai comme tous les hommes d'une généreuse nature, eût été très-embarrassé de répondre à la question la plus simple que François pouvait lui adresser à ce sujet, ou, s'il n'eût pas été embarrassé, il eût, en répondant simplement, ouvert un abîme sous les pieds de madame d'Etampes.

Le cas était grave; il s'aggrava encore.

— Ma très-charmante Anne, dit le roi lorsqu'ils furent de retour en la royale demeure, plus n'est besoin de mystère; souffrez donc que nous fassions quérir le gentil poëte que d'ordinaire vous inspirez si bien.

— Oh! mon cher roi, je ne veux présentement aucun témoin de mon grand bonheur.

— Mais un poëte, Anne chérie, ce n'est pas un témoin, ce n'est pas un homme... C'est l'inspiration, le souffle divin, quelque chose qui transporte, exalte, dilate le cœur... Et puis, Anne, ne veux-tu pas qu'il me dise ces vers qu'à ma gloire il a faits pour toi?

La situation pour madame d'Etampes redevenait excessivement grave: François était tenace, elle le savait; mais elle n'était pas femme à succomber sans combattre en pareille occurrence.

— Cher sire, dit-elle d'une voix qui semblait presque défaillante tant elle semblait émue, si tant vous plaît la poésie, soyons cejourd'hui poëte à nous deux seulement; car, à moins que vous ne me chassiez, je ne veux vous quitter que demain.

François Iᵉʳ, qui faisait de si beaux distiques, n'avait pas fait celui-ci:

> Ce que femme veut,
> Dieu le veut.

Il ne l'avait pas fait; mais cela ne le dispensait pas de s'y montrer obéissant, et ainsi fit-il en se rendant aux désirs de la duchesse d'Etampes, laquelle acheva de parer à toutes les éventualités en demandant le lendemain à Clément Marot les vers que le roi était si curieux d'entendre, les croyant faits alors que l'idée même n'en avait pas été conçue.

Comment finit cette intrigue de la belle Anne? C'est ce que la chronique ne dit point; mais il est probable que les choses restèrent dans le même état jusqu'à la mort de François Iᵉʳ, arrivée en 1547.

Que devinrent alors Benvenuto Cellini et les autres habitants de l'hôtel de Nesle? C'est ce que nul ne saurait dire d'une manière certaine. Sans doute ils retournèrent en Italie, cette éternelle patrie des beaux-arts. Sur ce point, les détails certains nous manquent. Ce qui est hors de doute, c'est que, à la mort de François Iᵉʳ, l'hôtel de Nesle fit de nouveau retour au domaine de la couronne, ainsi que le prouvent les ordonnances de Henri II, en 1550, portant création, en l'hôtel de Nesle, de plusieurs forges pour la confection des pièces de deux sous six deniers, pièces auxquelles le peuple donna le nom de *six blancs* qui existe encore aujourd'hui, bien que les pièces de deux sous et demi aient disparu depuis longtemps.

XVII

Les ordonnances de Henri II touchant l'hôtel de Nesle prouvent que les opinions et les projets de ce monarque, de même que les projets et opinions de ceux qui l'avaient précédé et de ceux qui lui ont succédé allaient quelque peu au gré du vent, l point d'appui leur manquant essentiellement. Ainsi nous venons de voir ce monarque ordonnant, en 1550, que des forges fussent établies en l'hôtel de Nesle pour la fabrication des pièces de deux sous six deniers.

Les forges furent établies ; mais, soit par le manque de matière première ou autre cause, elles ne servirent guère, car, par une autre ordonnance du mois de janvier 1552, le même Henri II ordonnait que l'hôtel de Nesle et ses dépendances fussent vendus à l'encan par lots, portions et places.

Oh! Robert, quelles laides paroles sur gentilles lèvres!

Telle est la dernière ordonnance de ce monarque touchant le monument dont nous faisons l'histoire. L'hôtel de Nesle va disparaître ? Oh! doucement! les rois ordonnent, mais Dieu subordonne, et à ce dernier tribunal l'arrêt de l'hôtel et de la tour de Nesle n'avait pas encore été prononcé ; il demeura donc debout, non-seulement sous le règne de Henri II, mais sous celui de François II, son successeur, qui avait épousé la trop célèbre Marie Stuart.

Trop célèbre en effet, car ses malheurs n'ont pu effacer ses crimes.

Nous ne suivrons pas cette royale sirène en Ecosse ; nous ne rappellerons pas ses adieux à la France, sa nouvelle patrie :

Adieu, tant doux pays de France!...

Nous ne dirons rien de l'assassinat de son second mari, de son mariage avec l'assassin : tout cela est hors de notre cadre ; mais ce qui y rentre parfaitement, c'est le rôle qu'eut cette belle reine dans la conjuration d'Amboise, rôle qui se joua en partie à l'hôtel de Nesle.

Cela nous oblige à entrer de nouveau et résolûment dans l'histoire de France, de laquelle l'histoire de l'hôtel et de la tour de Nesle n'est en quelque sorte qu'un fragment.

La France, sous Henri II, avait reconquis Calais ; mais c'était là une faible compensation aux maux de toutes sortes qui affligeaient le pays. La dette était alors de 43 millions, et elle allait grossissant de 2 millions et demi chaque année, sans qu'il fût possible de prévoir où cela s'arrêterait.

François II, n'ayant que seize ans lorsqu'il succéda à Henri II, son père, était peu capable d'améliorer la situation. Les Guise, sous ce faible prince, demeuraient les maîtres du gouvernement. Ils crurent affermir leur puissance en se montrant implacables envers les calvinistes : une chambre du parlement fut spécialement chargée de juger les hérétiques, et le fanatisme dont elle fit preuve dans la reddition de ses arrêts lui valut le surnom de *Chambre ardente*. Une des premières victimes de cette institution fut le conseiller Anne Dubourg, arrêté vers la fin du règne précédent : condamné à mort, il subit sa peine avec autant de courage que de résignation, et du haut de l'échafaud il proclama à haute voix qu'il mourait *pour l'Evangile de Dieu.*

Les calvinistes et les luthériens, que l'on comprenait alors sous le nom injurieux de *huguenots*, voyant qu'ils n'avaient rien à attendre de leur soumission aux lois, formèrent une vaste conspiration dont un gentilhomme, nommé la Renaudie, était le chef, et qu'on appela *conjuration d'Amboise*. Le but que se proposaient les conjurés était l'anéantisse-ment des Guise, alors tous-puissants. On se proposait de les enlever de la cour, qui était alors à Amboise, de les réduire à l'impuissance, soit par l'assassinat, soit par la séquestration, et de mettre les rênes de l'Etat entre les mains du prince de Condé. -

Or, Marie Stuart avait alors pour amant un sien cousin, au quatrième ou cinquième degré, qui s'appelait Robert Stuart, lequel était un des plus ardents conjurés ; car la reine Marie Stuart, toute catholique qu'elle était ou qu'elle paraissait être, favorisait, autant qu'elle le pouvait, les réformés, non en haine de la religion qu'elle professait, mais en haine des Guise, qui ravissaient au roi, son époux, la toute-puissance qu'elle eût voulu exercer elle-même.

A Robert Stuart, comme parent de la reine de France, on avait donné pour séjour le Grand-Nesle, dont il n'occupait pourtant qu'une faible partie, les seigneurs assez riches et assez puissants pour habiter de telles demeures devenant dès lors de plus en plus rares.

Robert Stuart, en sa qualité de chef de parti, et de chef le plus ardent, comme nous l'avons dit, avait d'abord songé à s'assurer d'un lieu convenable pour les conciliabules indispensables en pareilles matières, et, tout bien examiné, il avait pensé qu'il n'en était pas de plus isolé, de plus facile à garder, et, par conséquent, de plus sûr que cette tour de Nesle, qui, selon l'expression de M. Dumas, solitaire sur la rive, semblait y pleurer ses fautes.

Ce fut donc là qu'il réunit ses amis et partisans, la Renaudie, de Soucelles, de Saint-Aignan, et une foule d'autres, que tous il trouvait trop tièdes, exalté qu'il était par sa belle et royale maîtresse. En proie à une sorte de fièvre d'amour et de guerre, le jeune chevalier (il n'avait pas vingt-cinq ans) se consumait en colères impuissantes. Parfois, faisant sur lui-même de prodigieux efforts pour comprimer son ardeur, il n'y parvenait que pour voir avec désespoir l'impossibilité d'arriver aux fins qu'il se proposait par les moyens routiniers dans lesquels se traînaient les conjurés.

Il se désolait; mais souvent, une heure ou deux après le coucher du soleil, une barque, glissant de la rive droite à la rive gauche à la hauteur du Louvre, amenait une gracieuse et divine femme à la tour de Nesle: c'était Marie Stuart, qui là venait prendre un bain d'amour et raffermir la foi de son cher cousin Robert.

— Marie! s'écria un jour Robert dans un de ces tête-à-tête, m'est avis que nous faisons fausse route.

— Oh! Robert, quelles laides paroles sur gentilles lèvres!

— Tu hais les huguenots?

— C'est vrai.

— Tu veux leur anéantissement?

— Oui.

— En cela nous sommes donc, malgré nous, les partisans des Guise, qui ne veulent autre chose que l'anéantissement des huguenots.

— Enfant! les Guise veulent anéantir les réformés à leur profit.

— C'est vrai.

— Et nous les voulons anéantir au nôtre... Ainsi feras-tu, Robert?

— Oh! ma reine bien-aimée, je le ferai envers et contre le diable, et, s'il le faut, je le tenterai envers Dieu lui-même!

— Ne blasphème pas, ami; il me suffit de ton vouloir... Ecoute, mort aux réformés! mais, d'abord, mort aux Guise!

— Et ils mourront, Marie!

Et Robert Stuart n'était pas de ces gens n'ayant que des paroles au service de leurs amis: c'était un homme d'action par excellence, parfaitement disposé à payer de sa personne et à faire face aux plus épouvantables éventualités.

Ce que nous allons raconter est horrible; mais, malheureusement, cela est, tant il est vrai que l'esprit de parti n'a pas de bornes, ne s'arrête à rien, et amènerait volontiers l'écroulement ou la combustion du monde tout entier.

C'était par une lugubre soirée; les conjurés, rassemblés par Robert Stuart à la tour de Nesle, semblaient plus sombres que de coutume. Tout à coup Robert, qui présidait, comme toujours, ce conciliabule, s'écria:

— Il n'y a pas moyen d'en finir, si nous ne frappons un coup décisif; et, plus nous tarderons à le faire, plus nous serons affaiblis: les prisons sont pleines de nos frères; nos plus intrépides compagnons sont enfermés au donjon de Vincennes, et le même sort nous est réservé si nous différons davantage.

Et sur ce, l'honnête gentilhomme, le cousin de la reine de France, proposa tout simplement de mettre le feu aux quatre coins de Paris, de s'emparer des Guise à la faveur du tumulte, et de les pendre sans autres formes de procès. L'avis ne fut pas adopté; mais il donna naissance à la conjuration dite d'Amboise. La cour et les Guise étant à Blois, il fut décidé que les calvinistes se rendraient en cette ville, au nombre de deux mille, en suivant des chemins différents; qu'on s'emparerait des Guise, et qu'on supplierait le roi, *très-humblement avec l'épée au poing*, de se montrer plus doux aux réformés.

Bien que les conjurés fussent très-nombreux, le secret fut bien gardé jusqu'à la veille du jour fixé pour l'exécution; mais alors un avocat, nommé d'Avenelles, ami de la Renaudie, chef apparent de l'entreprise, dévoila tout au duc de Guise.

Aussitôt ce dernier prend ses mesures: sur son avis, le roi et sa cour vont s'enfermer au château d'Amboise; en même temps les conjurés, qui arrivaient de toutes parts au lieu du rendez-vous, sont impitoyablement massacrés; d'autres, arrêtés chez eux, sont livrés aux bourreaux, pendus sur les remparts d'Amboise ou noyés dans la Loire. Il en périt ainsi plus de douze cents.

Robert Stuart, toutefois, échappa à cette catastrophe, et voici comment.

Un soir, après le dernier conciliabule tenu pour achever de régler tous les détails de l'entreprise, l'audacieux conspirateur, demeuré seul à la tour de Nesle, se tenait pensif près d'une des fenêtres, lorsque tout à coup, de l'autre côté de la rivière, une vive lumière lui apparut : c'était celle d'une lampe qui venait d'être placée tout près d'une des vitres de la chambre de la reine.

— Je suis à vous, belle cousine ! s'écria-t-il.

Et, descendant rapidement, il alla sauter dans une barque qui l'attendait et qui, quelques instants après, le déposait sur la rive droite du fleuve.

Cette lampe, placée près des vitres, était le signal qui lui annonçait l'heureux moment où il pouvait se rendre près de sa belle maîtresse ; car Marie, prétextant un dérangement de santé pour ne pas accompagner le roi, était demeurée à Paris, où elle usait largement de la liberté que lui donnait l'absence de presque toute la cour.

Robert fut bientôt près d'elle ; il la trouva triste, inquiète. C'est qu'à cette belle reine, âgée alors de dix-huit ans, à cette tendre épouse, qui trompait si bien son premier mari, en attendant qu'elle fît assassiner le second ; à cette tant douce et chaste princesse, il était venu des scrupules religieux. Elle voulait bien toujours perdre les Guise, dût-on pour y parvenir brûler Paris, ainsi que l'avait proposé son cousin bien-aimé ; mais la pensée de servir la cause des hérétiques l'effrayait, bien que son amant fût lui-même un des chefs hérétiques les plus ardents.

C'était sans doute une étrange contradiction ; n'a-t-on pas dit que le cœur de la femme n'est qu'un assemblage de contradictions ?

— Qu'est-il donc arrivé, ma divine Marie ? demanda le jeune homme en portant à ses lèvres l'une des mains de la reine.

— Rien de nouveau, ami.

— Et pourtant ces beaux yeux sont encore humides de larmes.

— C'est que je pensais à vous, Robert.

— Suis-je donc, pour ma tant belle reine, l'objet d'affligeantes pensées ?

— Non pour le temps présent, mais l'avenir... Mon Robert, j'ai peur de l'enfer.

— O ma bien-aimée Marie ! c'est trop lointain pays pour que savamment nous en puissions parler ; mieux vaut n'y pas songer.

— C'est impossible, ami ; cette pensée importune me revient sans cesse, et j'ai le cœur déchiré en songeant que mon Robert bien-aimé sera damné.

— Marie ! qu'importe l'avenir, quand je goûte près de toi toutes les joies du ciel ?

— Oh ! ne parle pas ainsi, enfant !

— Est-ce donc que ma chère et belle Marie veuille entreprendre ma conversion ?

— Ah ! mon Robert, je serais si heureuse de te savoir catholique !

— Marie, ma bien-aimée, ne parlons pas de cela.

— C'est pour en parler, ami, que je t'ai appelé.

— Marie, tu peux me faire mourir de désespoir ; il ne faudrait pour cela que m'ôter ton amour. Tu peux disposer de moi à ton gré, me demander jusqu'à la dernière goutte de mon sang ; mais, je t'en conjure, ne me demande pas de trahir ma foi et mes frères ; car c'est la seule chose que je ne te puisse sacrifier.

— Méchant ! ne t'ai-je donc rien sacrifié, moi ?

— Marie, ma reine chérie...

— Tu parles de ta vie ! Ne t'ai-je pas fait le sacrifice de la mienne ? En te donnant mon cœur, n'ai-je point fait un premier pas vers la mort ?

— Chère âme, au nom de Dieu, n'insiste pas !

— Ingrat !

— Moi, ingrat !... moi qui t'aime de toute la puissance de mon âme !

Robert tomba à genoux ; des larmes brûlantes roulaient sur son visage. Marie Stuart le releva et le fit asseoir près d'elle.

— Voyons, ami, dit-elle en quittant le ton solennel qu'elle avait eu jusque-là, parlons des choses de ce monde, puisque tu le veux. Nous nous sommes jetés peut-être en bien dangereuse entreprise.

— Le danger ne saurait être pour ma belle reine.

— Plus grand peut-être est-il pour moi que pour d'autres, ce qui n'empêche que je le veuille braver ; mais au moins faudrait-il que le succès nous fût profitable.

— Les Guise renversés, ma reine, je te veux faire toute-puissante.

— Eh ! gentil ami, vous comptez donc pour rien madame la reine notre belle-mère, d'une part, et, d'autre part, Condé, le roi de Navarre et tous autres hérétiques influents qui, les Guise tombés, voudront se mettre en leur lieu ?

— Nous serons plus forts qu'eux, ma divine reine.

— Et il nous faudra donc lutter contre les huguenots après avoir marché sous leur bannière ?

— Peut-être ; mais en cela alors les affaires de la religion ne seront pour rien.

— Que plutôt elles n'y soient pour rien maintenant. Faut-il donc une armée pour faire tomber deux têtes ?

La craintive princesse, on le voit, avait dès lors du penchant pour les expédients héroïques : il ne lui fallait que deux têtes, mais elle les voulait au meilleur marché possible.

— Marie, reprit tristement Robert, faire que le mouvement n'ait nul avantage pour mes frères, c'est les trahir.

— Et n'est-ce pas me trahir que de les faire puissants contre moi ?

— Contre toi, ma bien-aimée reine, nul d'eux ne sera sans me trouver en face.

— Ainsi, Robert, tu ne veux rien changer aux voies et moyens ?

— Et quand je le voudrais, cela me serait impossible : les choses sont trop avancées ; nos hommes sont en marche, et moi-même je dois partir demain.

— Oh ! le méchant, qui ne m'accorde rien !

— Marie, je t'en prie, pardonne-moi.

— Il le faut bien, damné.

— Oh ! tu seras toute-puissante, ma belle reine ; je le veux, je le veux !...

— Et alors c'est toi qui seras tout-puissant, ami.

— Et tu m'aimeras toujours ?

— Toujours.

La discussion s'éteignit ainsi. Deux heures plus tard Robert sortait du Louvre ; il s'avançait vers l'endroit où sa barque devait l'attendre, lorsqu'il fut tout à coup assailli par quatre cavaliers venant au galop de deux points opposés. Il mit l'épée à la main ; mais, avant qu'il pût en faire usage, il fut saisi au corps par quatre bras vigoureux, désarmé et terrassé, bâillonné, puis hissé et garrotté sur un cheval, et placé entre les quatre cavaliers, qui se remirent en selle aussitôt, et l'entraînèrent ainsi à toutes brides vers le faubourg Saint-Antoine. A leur approche, la porte Saint-Antoine s'ouvrit, et, dès lors, Robert comprit qu'il avait affaire à l'autorité.

En effet, il entrait une heure après au donjon de Vincennes, où, après lui avoir rendu l'usage de ses membres et de la parole, on le jeta dans une chambre à peu près nue.

Cette version de l'arrestation de Robert Stuart diffère de celle adoptée par plusieurs historiens ; mais elle est la plus vraisemblable, si l'on admet que la reine Marie Stuart, femme de François II, ait trempé dans la conjuration d'Amboise, et d'après les documents que nous avons compulsés, ce fait est à peu près incontestable. Il semblerait même que Marie, effrayée des dangers auxquels son amant allait être exposé, aurait voulu l'en garantir malgré lui, et que Robert aurait été arrêté par ordre de la belle maîtresse des bras de laquelle il venait de sortir. Sans doute elle avait songé aux moyens de lui rendre la liberté lorsque le danger serait passé ; mais les choses tournèrent autrement qu'elle ne l'avait prévu, comme on l'a vu plus haut, et ce fut sans son assistance que l'audacieux conjuré parvint à rompre ses fers.

Nous avons raconté ailleurs cet épisode, qui eût fini par l'exécution du prince de Condé, si la mort inattendue de François II ne l'eût arraché au supplice auquel il avait été condamné.

Nous avons dit que l'ordre donné par Henri II de vendre l'hôtel de Nesle n'avait pas été exécuté. Cet ordre fut renouvelé par Charles IX en 1570. Charles avait besoin d'argent pour payer les Suisses, qu'il voulait licencier, et qui refusaient de retourner chez eux les poches vides. Cette fois, ce n'était point : *Pas d'argent, pas de Suisses*, mais au contraire : *De l'argent ou des Suisses*. Or, de l'argent, dans les coffres de l'Etat, il n'y en avait que par exception ; la viduité était, depuis des siècles, leur état normal.

Charles IX avait donc songé à l'hôtel de Nesle pour faire ressource ; mais il avait, sur ce point, compté sans son entourage, et surtout sans Ludovic de Gonzague, duc de Nevers, qui occupait la plus grande partie de l'hôtel de Nesle, s'y trouvait bien et entendait y rester ; sans Henriette de Clèves, femme de Gonzague, duchesse de Nevers, qui s'était éprise de cette vieille tour de Nesle, en avait fait restaurer l'intérieur, et y recevait ses amants sans beaucoup plus

de mystère que n'en mettait autrefois dans ses amours Isabeau de Bavière ; il avait compté encore sans sa sœur Marguerite, femme future du roi de Navarre, et que l'on appela la reine Margot, laquelle était l'amie intime de la duchesse de Nevers, qui avait mis une partie de la tour à sa disposition pour en faire le même usage qu'elle-même ; enfin il avait encore compté, ledit monarque, sans les amants de ces deux princesses, et ce n'était pas petite partie, car ils étaient nombreux, jeunes, forts, braves et très-amoureux.

L'édit royal ordonnant la vente de l'hôtel de Nesle provoqua donc un concert de plaintes et de réclamations. Catherine de Médicis elle-même se mit de la partie : elle fit un appel au cœur du roi, son fils, et lui représenta qu'il fallait bien passer quelques petits travers à cette chère Margot, qui avait tant de bonnes qualités.

— Eh ! fit Charles impatienté, notre chère sœur n'a-t-elle pas place au Louvre, dans nos autres châteaux, et voire dans ceux qui lui appartiennent ?

— Il n'est ni châteaux ni palais qu'elle soit prête à donner pour garder une place dans ce réduit, et lui devez merci pour son respect de votre royale demeure.

Le mot était vif, et le roi n'était pas tendre. Charles résista à toutes les réclamations, à toutes les supplications ; le duc de Nevers échoua comme les autres, et l'édit fut maintenu. Mais il ne suffisait pas de le maintenir, il fallait le faire exécuter, ce qui, comme on va le voir, était infiniment plus difficile.

Après avoir vainement supplié, la duchesse de Nevers et la princesse Marguerite résolurent de résister : un conseil fut convoqué dans la tour de Nesle même, c'est-à-dire que les deux princesses et l'amant en titre de chacune d'elles s'y réunirent un soir. Cette réunion était fréquente ; mais, cette fois, il s'agissait autant de guerre que d'amour : c'était un plan de défense qu'il fallait arrêter.

Henriette de Clèves exposa d'abord tous les avantages de la position : on ne pouvait être nulle part plus isolé et en si grande sécurité ; de là, sans chevaux ni litières, sans fouler le pavé, sans s'exposer aux regards de passants indiscrets, on pouvait se rendre sur presque tous les points de Paris. L'on n'était qu'à quelques pas du Louvre, et des deux rives les princesses entretenaient une correspondance par signaux, ce qui serait impossible partout ailleurs ; et puis il semblait qu'il y eût en ce lieu de l'amour dans l'air : on aimait davantage ; on le prouvait mieux.

Marguerite, s'animant à l'énumération de tous ces avantages qu'elle appréciait aussi bien que la duchesse, s'écria que le roi, son frère, était un barbare qui se plaisait à torturer les cœurs, et que cela lui porterait malheur.

Coconas, amant de la duchesse de Nevers, et Lamole, amant de Marguerite, se trouvèrent être parfaitement de l'avis de ces princesses. C'étaient deux gentilshommes sans fortune, mais qui avaient tout ce qu'il fallait alors pour réussir à la cour. Tous deux étaient jeunes, beaux, braves, peu scrupuleux, et fort disposés à briser sans pitié tous les obstacles qu'ils pourraient rencontrer.

Lamole était le favori du duc d'Alençon, frère du roi, et, en cette qualité, il était mêlé à toutes les intrigues de la cour, ce qui était à la fois un avantage et un danger : un avantage, parce que cela le mettait en situation de faire payer cher ses services ; un danger, parce que le duc d'Alençon, auquel il était attaché, était un prince qui à une ambition désordonnée joignait la lâcheté et la perfidie les plus insignes : il tremblait comme un enfant devant sa mère Catherine de Médicis, et il eût laissé égorger tous ses amis plutôt que d'oser dire un mot

en leur faveur, ainsi que Lamole devait en faire plus tard la tragique expérience.

Coconas, cadet de Gascogne dans toutes les acceptions du mot, était, moins bien lancé que son ami ; il ne devait la figure qu'il faisait qu'à l'*amour*, — nous nous abstenons d'un mot moins honnête, — qu'à l'amour de la duchesse de Nevers ; mais, pour se créer d'autres ressources, il n'attendait que l'occasion, bien résolu à la saisir n'importe par où, pourvu qu'elle lui laissât les mains pleines. Ce fut lui qui prit la parole après la princesse Marguerite.

— Le roi notre sire, Charles neuvième, dit-il, a sûrement grand tort ; mais il y a moyen de le satisfaire sans abandonner un pouce de terrain.

— Et vous l'avez trouvé ? demanda Henriette de Clèves.

— Vite, vite, ce moyen, Coconas ! s'écria l'impétueuse Marguerite.

— Le roi veut vendre l'hôtel de Nesle ?..

— Il le veut et n'en démordra pas ; je le connais..... Mais dis donc le moyen, maudit !

— Eh bien ! puisqu'il veut le vendre, reprit le Gascon avec le plus grand sang-froid, il faut le lui acheter.

Ce fut une explosion d'indignation.

— Messire, s'écria la duchesse, vous vous riez de notre affliction ; cela est indigne d'un gentilhomme !

— Prends garde, Coconas ! dit Lamole ; tu vas me faire souvenir de ce coup d'épée dont tu me gratifias lorsque nous fîmes connaissance, et que je songe quelquefois à te rendre.

— Explique-toi sur-le-champ, dit de son côté la reine Margot, ou je t'arrache les yeux. L'hôtel de Nesle vaut plus de 200,000 livres, et tu sais bien que nous n'avons présentement pareille somme à notre disposition.

— Mordiou ! répliqua Coconas sans s'émouvoir, voilà bien du bruit pour un mot que je n'ai pas dit !

— Tu as dit : *Il faut le lui acheter.*

— Vraiment oui, mais je n'ai pas dit qu'il fallût le lui payer. On met l'hôtel en vente ; moi, Coconas, je me mets au nombre des enchérisseurs, et j'enchéris, j'enchéris, et marche donc! jusqu'à ce que je n'aie plus de concurrents. L'hôtel m'est adjugé ; il est à moi, personne ne peut dire le contraire. Quant au payement, c'est une petite affaire à régler entre moi et le contrôleur général des finances.

— Mais le roi veut de l'argent ! dit la duchesse en frappant le parquet de son petit pied.

— Vrai Dieu! je ne dis pas le contraire ; le roi veut de l'argent, mais ce n'est pas à Coconas qu'il en demandera ; il sait trop bien que les domaines de mon père ne sont pas à ma disposition.

— Et quand ils y seraient, dit Lamole en riant, la créance ne vaudrait guère mieux.

— Vous allez dire, continua le Gascon sans plus s'émouvoir, que le roi s'adressera au contrôleur général, et que ce dernier m'invitera à payer sans délai... A la bonne heure ! c'est son droit ; il lui est parfaitement permis de me faire cette invitation, pourvu que ce soit en bons termes ; mais, de mon côté, j'ai aussi le droit de l'inviter à attendre, et à chercher quelque autre moyen de satisfaire le roi Charles neuvième, notre très-honoré sire.

— Alors, dit la duchesse, il s'adressera à la justice.

— La justice, mordiou ! il oserait menacer un Coconas de la justice !... Non, il ne le fera pas, parce que, au premier mot, je lui dirai que la justice, pour un gentilhomme, est dans le fourreau de son épée, et que ma justice est toute prête à se mesurer avec la sienne.

Coconas était capable de soutenir la thèse pendant deux heures sur ce ton, et, chose plus extraordinaire, il était aussi capable de faire ce qu'il disait.

Le projet, d'ailleurs, n'était pas aussi insensé qu'il le paraissait. A cette époque où les finances de l'État étaient administrées par des hommes avides qui avaient à redouter la lumière, et qui achetaient à beaux deniers comptant l'amitié des favoris du monarque, il ne fallait pas au gentilhomme gascon, dans la situation où il se trouvait, une trop grande audace pour user du moyen qu'il avait imaginé ; pourtant, comme le succès était au moins douteux, on chercha un autre expédient, et, après une longue conférence, il fut résolu qu'on userait d'intimidation, mais d'une manière autre que celle indiquée par Coconas.

Dès le lendemain, la duchesse de Nevers se plaignait amèrement au duc son époux de l'injustice du roi, et elle lui faisait à ce sujet une bonne querelle, prétendant que Charles IX n'eût pas osé tenter de le déposséder s'il avait montré plus de fermeté.

— Il n'y a à la cour qu'une voix sur ce point, disait-elle. Ah ! les seigneurs français ont bien dégénéré.

— Voudriez-vous, madame, que je fisse la guerre au roi ?

— Je dis, monsieur le duc, que gens de si haute lignée que vous êtes doivent défendre leurs droits envers et contre tous.

— Mais que puis-je contre la volonté du roi ?

— Vous pouvez résister, au moins.

— Eh bien! je résisterai, madame, et je ferai pendre aux créneaux le premier qui osera me faire sommation de déguerpir.

L'adroite duchesse était parvenue à faire mettre en colère cette excellente pâte de mari ; mais cela ne suffisait pas : il fallait que le duc fût lié de manière à ne pouvoir revenir sur ce qu'il avait dit.

— C'est généreuse résolution, mon cher seigneur et maître, et de ce faut que sur l'heure tous vos serviteurs soient instruits, afin qu'ils fassent bonne garde.

Sans attendre de réponse, elle donna aussitôt l'ordre de rassembler tous les gens de l'hôtel, et leur déclara que quiconque tenterait d'enlever au duc sa princière demeure devrait être incontinent pendu aux créneaux, telle était la volonté de monseigneur.

Le but que se proposait Henriette de Clèves en agissant ainsi était que le bruit de cette résolution du duc se répandît,

LE DUC D'ALENÇON

afin de refroidir les acquéreurs qui auraient pu se présenter, et ce but fut atteint : on savait le duc de Nevers puissant, et nul n'était tenté de s'en faire un ennemi.

En même temps la princesse Marguerite faisait appeler le célèbre astrologue Côme Ruggieri.

— Maître Côme, lui dit-elle, vous m'avez toujours trouvée disposée en votre faveur pour les grâces que vous avez voulu obtenir de madame la reine ma mère et de mon frère le roi !

— Et c'est chose, madame, dont j'ai respectueuse reconnaissance envers Votre Altesse.

— Vous me trouverez toujours même, maître Côme ; mais cejourd'hui nous voulons de vous un service, à savoir que vous donniez connaissance aux gens qui vous consultent que, dans le cours de l'année, mourra quiconque tentera de se rendre acquéreur de tout ou partie de l'hôtel de Nesle.

Ruggierri comprit parfaitement de quoi il s'agissait ; car, à raison de sa double profession de médecin et d'astrologue , il n'était pas un secret de cour auquel il ne fût initié.

Il ne pouvait refuser le service que lui demandait Marguerite ; mais il lui importait de sauver sa dignité.

— Et je le ferai d'autant plus volontiers, répondit-il, qu'en cela je ne ferai point dommage à la vérité, le séjour dudit hôtel devant être nécessairement funeste à grand nombre de gens nés sous certaines constellations, ainsi que je l'ai vérifié et que le confirment les événements historiques.

Bien que, comme les femmes de son temps, Marguerite fût profondément superstitieuse, ces paroles de l'astrologue ne l'effrayèrent point, tant était évidente la raison qui les dictait ; et elle renvoya Ruggierri très-satisfait.

De leur côté, Lamole et Coconas s'étaient aussi mis à l'œuvre, et avaient dit à tout venant que, le duc de Nevers étant leur ami, mal en prendrait à qui lui ferait déplaisir ; et, comme ils passaient à juste titre pour les deux plus intrépides ferrailleurs de leur temps, personne ne se souciait de se les mettre sur les bras.

Le résultat de tout cela fut tel que l'avaient prévu les conjurés, c'est-à-dire qu'il ne se présenta point d'acquéreur pour l'hôtel de Nesle, et que Charles IX dut chercher ailleurs l'argent dont il avait besoin.

Ce monarque avait d'ailleurs à s'occuper en ce moment de toutes autres choses, pour l'intelligence desquelles nous devons quelque peu revenir sur nos pas.

Charles IX n'avait que dix ans lorsqu'il succéda à son frère François II, sous la régence de sa mère, Catherine de Médicis.

Cette princesse, justement alarmée de la puissance des Guise, travailla tout d'abord à l'amoindrir : elle fit mettre en liberté le prince de Condé, rendit au connétable de Montmorency la faveur dont il avait été privé dès le commencement du dernier règne, et le roi de Navarre, naguère prisonnier des Guise, fut par elle nommé lieutenant général du royaume.

La régente assembla ensuite les états généraux, d'abord à Orléans, puis à Pontoise. Dans ces assemblées, comme toujours, on parla beaucoup, et l'on fit peu de chose. Toutefois, le vertueux chancelier Michel de l'Hospital s'y montra très-éloquent ; il s'efforça d'amener une réconciliation entre les papistes, les luthériens, les calvinistes, etc., mais c'était là une tâche au-dessus de ses forces.

La régente crut mieux réussir en provoquant des conférences publiques ; elles eurent lieu à Poissy, d'où vient qu'elles sont connues dans l'histoire sous le nom de *colloque de Poissy.* On y discuta beaucoup, mais sans résultat.

La guerre civile était imminente. Le connétable de Montmorency commença les hostilités en attaquant les protestants et en brûlant leurs temples. A ces violences, le prince de Condé et l'amiral de Coligny répondent en s'emparant d'Orléans ; ils sont soutenus par les protestants d'Allemagne. D'un autre côté, les Espagnols viennent au secours des Guise. La noblesse se divise en deux partis, et les hostilités commencent. Vainqueur dans une bataille livrée près de Dreux, le duc de Guise court assiéger Orléans, qui était considéré comme le boulevard des réformés ; mais il est assassiné sous les murs de cette ville, et sa mort amène le traité de paix connu sous le nom de *convention d'Amboise.*

Catherine de Médicis, en vue de conserver le pouvoir, se montrait favorable tantôt aux catholiques, tantôt aux protestants, jetant ainsi son appui dans le plateau de la balance qui pesait le moins, en vue de maintenir l'équilibre qui faisait toute sa puissance ; mais ce système de bascule ne pouvait durer. Entraînée par les Montmorency, la reine ne tarda pas à effrayer les protestants par des mesures exceptionnelles ; on courut de nouveau aux armes de part et d'autre, et les deux partis se livrèrent bataille dans la plaine Saint-Denis, sans que cette affaire, où le connétable de Montmorency fut tué, amenât aucun résultat décisif.

Il n'en fut pas de même à la bataille de Jarnac, où les protestants furent battus ; ils le furent de nouveau à la journée de Moncontour. Heureusement pour eux, Coligny, leur chef, n'était pas homme à se laisser abattre pour si peu ; doué d'une activité infatigable, il répara ses pertes comme par enchantement, et il marcha résolûment sur Paris. Cette manœuvre audacieuse suffit pour faire perdre aux catholiques tous les avantages résultant de leurs dernières victoires. Le parti de la cour commença à faire entendre des paroles de paix, et Coligny se mit en mesure d'en dicter les conditions. Il exigea que l'on donnât aux protestants, comme places de sûreté, les villes de la Rochelle, Montauban, Cognac et la Charité ; qu'en outre leur culte fût libre dans deux villes par province, et qu'ils fussent déclarés aptes à toutes les charges. On lui accorda tout cela, et la paix fut signée à Saint-Germain (1570).

« Les catholiques frémirent d'un traité si humiliant après quatre victoires ; les protestants eux-mêmes, y croyant à peine, ne l'acceptèrent que par lassitude, et les gens sages attendaient de cette paix hostile quelque épouvantable malheur (1). »

En effet, une conjuration terrible contre les protestants ne devait pas tarder à s'organiser. Catherine de Médicis, qui leur avait été favorable autrefois, ne songeait mainte-

nant qu'à les exterminer. Il ne fallait qu'un prétexte pour réunir les victimes qu'on se proposait de frapper : on le trouva bientôt. Une des conditions de la paix signée à Saint-Germain était le mariage de Marguerite, sœur de Charles IX, avec le jeune roi de Navarre, qui professait la religion réformée. On décida que ce mariage serait célébré à Paris au mois d'août 1572, de grands préparatifs furent faits pour cette cérémonie, à laquelle on invita tous les chefs des protestants, et notamment le prince de Condé, qui ne pouvait manquer d'avoir une suite nombreuse.

Le mariage fut célébré le 17 août. Cinq jours après, le 22, l'amiral Coligny, au moment où il sortait du Louvre pour se rendre chez lui, fut atteint d'un coup d'arquebuse et grièvement blessé. Cet événement devait naturellement faire naître des craintes parmi les protestants : afin de rassurer ceux qui auraient pu prendre des précautions et se tenir sur leurs gardes, Charles IX s'empresse de visiter le blessé ; il lui témoigne la plus vive douleur en présence des seigneurs protestants réunis près de lui, et il promet de faire bonne et prompte justice de l'assassin. La journée du 23 fut calme ; mais les conjurés étaient prêts, et n'attendaient que le signal de l'horrible massacre qui avait été résolu.

Le secret avait été si bien gardé, que Lamole et Marguerite, ordinairement mêlés à toutes les intrigues de cour, n'avaient pas le moindre soupçon de ce qui se préparait. Coconas lui-même, connu pour un homme d'action, un tueur intrépide et un catholique ardent, n'avait pas été mis dans la confidence, Catherine, par excès de prudence, se proposant de ne l'initier à ce mystère, ainsi que Lamole, qu'au dernier moment, alors qu'il faudrait agir et que toute réflexion serait tardive.

La tranquillité était telle le 23, que Marguerite, qui, depuis son mariage, n'avait

(1) MICHELET, *Précis de l'Histoire de France.*

pas fait une seule petite visite à la tour de
Nesle, et à laquelle le temps semblait bien
long, quoiqu'il ne se fût écoulé qu'une semaine entre ce jour et celui de ses noces ;
l'ardente Marguerite, disons-nous, avait provoqué, pour le soir du 23, une de ces réunions galantes qu'elle aimait tant, et, dès
un peu avant la fin du jour, elle arrivait
dans cette tour de *luxurieuse mémoire*,
comme dit M. Dumas, où déjà étaient réunis
Henriette de Clèves, Lamole et Coconas.

— Voilà donc ma belle infidèle qui me
revient ? dit Lamole en allant tout ému au-
devant d'elle.

— Je ne suis ni inconstante ni infidèle, ami,
car je ne me suis point donnée, et n'ai cédé
qu'à la nécessité et à une volonté plus puissante que la mienne.

Peut-être disait-elle vrai, et les suites
de ce mariage semblent prouver qu'on avait,
pour le conclure, consulté plutôt la raison
d'État que les sentiments des deux époux.

— Ces fêtes, ma belle Marguerite, m'ont
mis le poignard au cœur.

— Et moi, crois-tu que je les ai subies
sans souffrir ?

Nous ne savons quelle était, sur ce point,
l'opinion de Lamole, car il ne put répondre,
la duchesse de Nevers ayant sur-le-champ
pris la parole pour changer le sujet de l'entretien.

— Ça, fit-elle avec le charmant air mutin
qu'elle savait toujours prendre à propos,
nous ne sommes, ce me semble, après souper,
pour mener si grand babil. Nous dirons
tantôt ces douces choses d'autant mieux que
pour ce mois aurons pris forces suffisantes.

C'était parfaitement l'avis de Coconas et
des deux autres amants, qui mentalement
ne demandaient pas mieux que de laisser où
il en était leur colloque quelque peu hypo-
crite ; de sorte qu'une heure après, dans
cette tour isolée, de joyeux éclats se mêlaient au bruit des coupes qui s'entre-
choquaient.

Cependant, la nuit étant venue, Catherine
de Médicis avait envoyé chercher Coconas et
Lamole : le moment était arrivé où elle
pouvait sans crainte les initier au secret du
terrible projet qu'elle avait conçu, et dont
l'exécution prochaine lui causait de violentes
émotions.

Mais ce fut vainement que ses envoyés
cherchèrent les deux gentilshommes, dont
les bras bien plus que l'intelligence pouvaient la servir dans cette circonstance : ils
étaient absents, et personne ne pouvait dire
où ils se trouvaient en ce moment.

Ce qu'on ne pouvait lui dire, Catherine le
soupçonna lorsqu'elle sut que sa fille Marguerite, qu'elle avait aussi mandée près
d'elle, était également absente, et ses soupçons se changèrent en certitude lorsque,
s'étant placée à un des balcons du Louvre,
elle vit d'éclatantes lumières briller à travers les vitres de la tour de Nesle.

— Ils sont là, se dit-elle, et là je ne puis
envoyer un messager sans provoquer des
tempêtes. Or, en ce moment suprême, le
succès dépend surtout de l'union, de l'ensemble d'exécution.

Grande était l'anxiété de la reine mère ;
elle attendit pourtant, espérant à chaque
instant voir paraître sur la Seine quelque
nef se dirigeant de la tour de Nesle vers le
Louvre. Une heure s'écoula, et rien ne
parut.

La reine mère était sur des charbons
ardents : non-seulement Lamole et Coconas,
qui avaient tant d'amis, allaient lui faire
défaut, mais encore elle sentait qu'ils allaient
être tous là, dans cette tour, exposés aux
plus épouvantables dangers, dangers d'autant
plus grands pour Marguerite, sa fille chérie,
qu'étant maintenant la femme d'un hugue-
not, le roi de Navarre, elle était réputée
par les massacreurs hérétique au premier
chef, et, comme telle, bonne à tuer pour
son âme livrée au diable.

Enfin la reine mère, broyée par l'inquiétude, prit un parti violent : par ses ordres, une barque fut préparée pour elle et deux serviteurs fidèles, et sur cet esquif, sans flambeaux ni lumière d'aucune sorte, par une nuit sombre et orageuse, elle se fit conduire à la tour de Nesle. La barque traverse silencieusement le fleuve, arrive au pied de la tour, et les serviteurs de Catherine frappent violemment à la porte d'eau.

Un *qui vive?* se fait entendre de l'intérieur.

— La reine mère ! répondit Catherine en se levant vivement du banc où elle était assise ; ouvrez sur-le-champ ; au moindre retard, c'est fait de vous !

Henriette de Clèves était bien servie, car elle payait libéralement son entourage.

Presque tous ses serviteurs, et surtout ceux initiés aux mystères de la tour, lui étaient dévoués ; ils eussent affronté une armée pour la défendre ou seulement pour la servir. Mais la reine mère, Catherine de Médicis, c'était alors, pour le vulgaire, bien plus qu'une armée, bien plus que la loi, bien plus que le roi : c'était une femme implacable, ayant pour tout ce qui l'entourait, sauf quelques rares exceptions, le plus profond mépris, et toujours aussi disposée à briser l'obstacle qu'à le tourner.

On comprend que, la voix d'un tel personnage ayant été entendue des gardiens de l'intérieur, elle fit précisément au milieu d'eux l'effet d'une bombe.

Ce fut un *sauve qui peut* général, une panique sans pareille, sous l'impression de laquelle tous songèrent d'abord à gagner au large ; mais, au bout de quelques instants, les plus braves, ou les moins timorés, eurent recouvré assez de raison pour se dire que la fuite ne les sauverait pas, et que mieux valait rester et obéir.

Ils revinrent donc sur leurs pas, et ouvrirent la porte avec les apparences de la plus complète soumission.

Catherine s'élança à l'intérieur sans demander de guide, car elle aussi connaissait les êtres de ce luxurieux réduit.

Comment les avait-elle appris ?

C'est ce que nous ne pourrions dire d'une manière certaine ; mais il est permis de le deviner, et chacun, sur ce point, peut user de son libre arbitre. Toujours est-il qu'arrivée à la porte de la salle du festin elle l'ouvrit, et apparut comme la statue du commandeur aux convives, qu'elle glaça d'effroi.

— La reine !

— La reine !

— La reine !

— La reine !

Telle fut la quadruple exclamation qui interrompit brusquement les joyeux et amoureux toasts qui se portaient en ce moment.

— Oui, dit gravement Catherine ; oui, c'est la reine, enfants, qui vient vous sauver quand avez déjà un pied en enfer !

— O ma mère ! s'écria Marguerite, dont la tendresse était quelque peu surexcitée par les fumées du vin, ne me tiendrez-vous nul compte de ma soumission ?

— Madame la reine, dit la duchesse de Nevers, qui n'admettait pas que reine ou roi eussent le droit de pénétrer chez elle avec ce sans-façon ; madame la reine, sommes ici chez nous ; nous y recevons nos amis, mais nous les invitons au préalable.

Or, Catherine n'ayant pas été invitée, la conséquence de ces paroles était qu'on l'invitait à tourner les talons.

La reine mère le comprit parfaitement ; mais elle n'en fit rien : c'était une femme trop supérieure pour attacher la moindre importance à ces colères d'enfant gâté, elle dont les colères allaient faire trembler le monde.

— Duchesse, dit-elle, quittez cet air et faites-nous gentil minois, car vous ne pouvez être qu'en cela victorieuse.

Et la duchesse sourit, tant il est vrai que

le visage humain excelle dans le grand art de la trahison ; car, en même temps qu'elle souriait, la belle duchesse de Nevers jurait mentalement de faire expier à la reine mère cette terrible injure.

De son côté, Catherine comprenait parfaitement tout cela ; mais elle ne s'en occupait point, dominée qu'elle était par une idée grande et terrible.

— Enfants, reprit Catherine, ce n'est pas présentement l'heure du plaisir : l'orage gronde sur nos têtes, et à nos pieds un orage plus terrible encore va bientôt éclater.

Lamole et Coconas étaient muets de surprise.

— Eh ! mes gentilshommes, continua la reine mère en posant une de ses mains sur l'épaule de Coconas, s'il vous plaît, ne me gardez pas rancune ; car je ne viens vous tirer d'ici que pour vous mettre au beau milieu du chemin de fortune.

Coconas bondit de joie ; mais Lamole demeura à peu près indifférent : il y avait dans la parole de Catherine de Médicis quelque chose de strident qui lui semblait annoncer une catastrophe ; et, bien qu'il ne fût guère plus scrupuleux que son ami Coconas, son laisser-aller sur certaine pente était beaucoup moins grand. Il regarda d'une certaine façon Marguerite, qui le comprit.

Malgré ses désordres, elle l'aimait réellement ; il n'était pas son seul amant, mais il était son amant de prédilection ; distinction qui pourra paraître subtile à quelques lecteurs, mais que beaucoup d'autres comprendront facilement, en faisant acception du temps et de la position des personnages.

— Ce qu'il y a de clair en cela, dit la jeune reine de Navarre, c'est que nous ne sommes pas en sûreté ici.

— Chez moi ? cria l'impérieuse duchesse.

— Chez vous pas plus qu'ailleurs, madame ! dit Catherine d'une voie lugubre ; chez vous tout à l'heure étaient l'amour et la joie ; chez vous, dans une heure peut-être, seront le désespoir et la mort.

La duchesse pâlit.

— Partons ! continua la reine mère ; l'orage qui gronde annonce de grandes choses. Songeons à la gloire de Dieu!

En prononçant ces dernières paroles, Catherine de Médicis avait jeté un rapide regard sur sa fille et sur les deux gentilshommes.

— Partons ! répétèrent ces derniers en se levant et prenant leurs épées.

Henriette de Clèves, tremblante de ce qu'elle avait entendu, dit en se penchant à l'oreille de Coconas :

— Reste, ami, je le veux !

Le gentilhomme gascon bondit comme une balle élastique.

— Eh ! chère âme, fit-il sur le même ton, veux-tu donc m'interdire le chemin de fortune qu'a préparé pour nous madame la reine ?... Mordiou ! nous y voulons paraître des premiers, et nous ferons beau jeu à qui nous voudra barrer la voie.

La duchesse n'osa pas insister. Ce qui se passait autour d'elle était tellement étrange, exhalait un tel parfum de violente commotion, que cela oblitérait, en quelque sorte, son intelligence si fine et si déliée ; de sorte que lorsque, sur un signe de Catherine de Médicis, Marguerite et les deux gentilshommes se levèrent pour la suivre, Henriette de Clèves demeura comme clouée sur son siége.

D'épais nuages continuaient à rouler dans l'atmosphère, pendant que la reine mère, sa fille et les deux gentilshommes traversaient la rivière pour regagner le Louvre, où ils arrivèrent bientôt.

Au moment où ils mettaient le pied sur la rive droite du fleuve, Marguerite, saisissant violemment Lamole par le bras, lui dit :

— Au nom de Dieu ! ne me quitte pas !

— Mais la reine mère? fit Lamole.

— Es-tu à la reine mère ou à moi !

— A toi ! ma vie, mon âme !...

— Donc, suis-moi, et ne t'occupe d'autre chose.

Catherine, de son côté, avait pris le bras de Coconas.

— Mon gentilhomme, vous faites estime, sans doute, de Henri le Balafré?

— Monseigneur le duc de Guise, dit le Gascon, c'est, après Votre Majesté, la personne qui peut, le plus sûrement, compter sur ma foi et mon dévouement ; avec monseigneur de Guise, j'irais en enfer, s'il lui plaisait m'y mener.

— Eh bien ! tout à l'heure, vous l'irez trouver de notre part, et bientôt vous nous servirez sous ses ordres...Vous êtes bon catholique, mon fils ?

— Catholique, apostolique et romain, madame la reine. Bon bras et bonne épée, le tout au service de Votre Majesté.

— Bon, Coconas ! les grandes choses ne sauraient se faire sans enthousiasme, et je vois que votre cœur n'est pas froid. Appelez donc Lamole, et lui dites que notre volonté est que vous alliez tous deux, incontinent, vous mettre aux ordres du duc de Guise, à l'effet d'en finir avec ces damnés hérétiques qui incessamment mettent le royaume en combustion.

Coconas avait des instincts sanguinaires : ces paroles de la reine mère suffirent pour lui faire flairer bataille et butin, deux éléments par lesquels il était, en tout lieu, en tout temps, impérieusement attiré. Ses narines se dilatèrent, ses yeux s'ouvrirent démesurément, ses prunelles s'injectèrent de sang.

— Madame la reine, dit-il, c'est donc bataille ?

— Bataille décisive, messire. Demain, la France saura si elle est catholique ou huguenote.

Elle mentait, madame la reine ; ce ne devait pas être bataille, mais massacre horrible, épouvantable assassinat, immonde et exécrable trahison. Le gentilhomme gascon, toutefois, n'en savait rien ; et, d'ailleurs, il l'eût su que cela n'eût pu l'empêcher d'aller tuer là où il y avait à tuer.

— Et où trouverons-nous, demanda-t-il, monseigneur Henri de Guise, sous les ordres duquel il plaît à Votre Majesté de nous placer?

— Dans les appartements du roi... Allez, et que l'ange exterminateur guide votre bras.

Coconas n'avait pas besoin d'excitation : les approches du massacre qui se préparait produisaient sur lui l'effet que produit sur les oiseaux de proie les dispositions d'une bataille. Son premier soin, en quittant la reine mère, fut de chercher Lamole, qu'elle lui avait recommandé d'emmener ; mais, aux abords du Louvre, Marguerite et Lamole avaient disparu.

— Lamole ! Lamole ! criait le Gascon dans les corridors du palais, que la peste t'étouffe !... Ne veux-tu donc pas qu'ensemble nous devenions riches et puissants?

Et, Lamole ne répondant point, Coconas courut ainsi jusqu'aux portes de l'appartement de Marguerite, où il frappa sans plus de cérémonie ; car, une fois lancé, il eût été capable d'aller jusqu'en enfer sans reprendre haleine.

Mais, quelque disposé qu'il fût à franchir toutes les barrières, il dut s'arrêter là, la garde ordinaire étant doublée à l'intérieur, et l'officier qui commandait menaçant de le faire clouer contre le mur s'il ne tournait les talons.

Il fallut bien que l'enragé Gascon en prît son parti.

Ce ne fut pas, toutefois, sans faire ses réserves.

— Ah ! il se cache !... disait-il en revenant sur ses pas ; lui aussi est donc hérétique ?... Eh ! mordiou, sa maîtresse n'est-

elle pas maintenant la femme d'un hérétique ? La conséquence n'était certainement pas rigoureuse ; mais Coconas était
alors ivre de vin, d'amour, et il flairait
autour de lui du sang et de l'or ; il y avait
là dix fois plus qu'il ne fallait pour lui
troubler le cerveau, cerveau de Gascon,
toujours prêt à prendre feu.

Des appartements de la reine Marguerite,
où il n'avait pu pénétrer, Coconas se dirigea
vers les appartements du roi, où il fut reçu
sans difficulté, quand il eut dit de quelle
part il venait, et qu'il eut répondu au mot
d'ordre selon les instructions de Catherine.

Henri de Guise était là, entouré d'officiers, soldats et autres hommes d'un aspect
étrange, et qu'on eût dit plutôt appelés à
une partie de plaisir qu'à un massacre, si,
dans leurs riches ceintures, n'eussent été
longues épées et poignards acérés.

C'étaient les gentilshommes de la maison
de Guise, qui, comme les autres, attendaient
que sonnât l'heure de la curée.

— Çà, mon gentilhomme, dit Henri le
Balafré en s'avançant vers Coconas, il m'est
avis que vous voulez compter parmi les tard
venus ?

— Monseigneur, si j'ai été tardivement
averti, je n'en ferai pas moins bonne besogne, et, s'il plaît à Dieu, vous me verrez à
l'œuvre.

— Je suis garant de ce qu'il dit, monsei-
seigneur, s'écria un nommé Besme, favori
du duc et ami de Coconas.

Il était alors un peu plus de minuit, et le
duc de Guise s'impatientait fort.

— Cœur de poule ! marmonnait-il en marchant à grands pas, la peur l'aura pris, et il
aura retiré sa parole !... Catherine pourtant
ne doit pas le quitter, et le cœur ne lui manque pas à elle... Mais si la trahison... Par
le Dieu vivant ! si elle nous trahissait !...

Et, pendant qu'il murmurait ainsi, sa
main se crispait sur la poignée de son
épée.

Ce n'était pas sans peine que Charles
avait consenti à l'épouvantable massacre
se préparait, et Catherine, sa mère, qui
avait déterminé, n'était pas sans crainte
le voir changer de résolution ; aussi, aussi
après son retour de la tour de Nesle, s'éta
elle rendue chez le roi, bien déterminée
n'en pas sortir qu'elle n'eût entendu le
gnal de l'exécution.

Ce n'était pas que Charles fît grand c
de la vie des hommes : il était dur, cruel,
on pouvait dire, à la lettre, qu'il n'aim
rien ; mais il avait peur de l'enfer, et com
il n'avait pu consulter les casuistes sur l'h
rible crime qui se préparait qu'indirec
ment et sans dire de quoi il s'agissait pos
vement, sa perplexité était grande.

Enfin on était parvenu à lui persuader,
jour-là seulement, que le sang des héré
ques ne pouvait être qu'agréable à Dieu,
qu'en montrant un si grand dévouem
pour l'Eglise, il s'ouvrait infailliblement
portes du ciel. Cette conviction tardive
plique comment, peu d'heures seulem
après avoir visité Coligny et lui avoir pro
de faire bonne et prompte justice des ass
sins qui l'avaient frappé, il consentait à
laisser égorger.

C'était donc au nom de la religion qu'al
s'accomplir cet épouvantable crime. Jam
on n'avait si horriblement abusé de la
sainte chose.

Enfin, un peu avant deux heures du ma
la cloche de l'église Saint-Germain-l'Au
rois commença à tinter lentement ; celle
la tour du Palais, appelée *tour de l'horloge*
répondit à ce signal ; puis les cloches
toutes les églises se firent entendre.

— Amis ! s'écria Henri de Guise,
m'aime me suive !

Et il s'élança vers l'hôtel de l'amiral
ligny, situé à peu de distance du Louvre

(1) Quelques historiens prétendent que le pre
signal du massacre de la Saint-Barthélemi par
cette tour, qui vient d'être artistement restaurée.

En un instant, lui et les cinquante force-nés qui le suivent pénètrent dans la cour de l'hôtel de Coligny.

—Six braves de bonne volonté pour monter là! dit le Balafré en montrant de la pointe de son épée les fenêtres de l'amiral,

— A moi cet honneur! dit Besme en se précipitant vers l'escalier avec cinq des siens.

Avant que Besme eût prononcé ces mots, Coconas avait fait un mouvement pour le devancer; mais le duc le retint,

Les massacres de la Saint-Barthélemi.

— Restez près de moi, lui dit-il, et vous n'y serez pas de trop; car ces chiens de huguenots ne laisseront pas si aisément tuer leur maître damné, et allons sûrement avoir maille à partir avec le gros de ses gens.

Le gentilhomme gascon obéit, quoique à regret: on allait tuer; il était là dans son élément, et le plus tôt pour lui dans ce cas était le meilleur.

Cependant Besme, après avoir inutilement frappé à la porte de l'appartement de l'amiral, l'avait enfoncée, et bientôt il pénétra dans la chambre à coucher de l'illustre blessé. Ce dernier, qui s'était levé, s'avance avec calme vers ces furieux.

— Que demandez-vous ? leur dit-il.

— L'amiral ; nous voulons être conduits près de lui.

— C'est moi qui suis l'amiral, répond Coligny sans s'émouvoir.

— Toi ? dit Besme presque désarmé par ce froid courage.

— Moi, jeune homme, et j'espère qu'au moins vous respecterez mes cheveux blancs.

Besme se tait; il baisse vers le parquet la pointe de son épée, et les hommes qui l'accompagnent demeurent immobiles. Alors, de la tour, se fait entendre une voix terrible qui crie :

— Qu'attends-tu donc ? tue ! tue !...

Cette voix est celle de Henri de Guise, et à peine est-elle arrivée jusqu'à Besme, que les battants de la porte s'ouvrent de nouveau, et livrent passage à Coconas, que rien n'a pu retenir. Besme n'hésite plus ; il craint d'être devancé, effacé, et, relevant son épée, il la passe au travers du corps de l'amiral, sans défense et presque nu.

Le vieillard tombe, et Coconas, qui d'un bond s'est élancé jusqu'à lui, le frappe à plusieurs reprises. La meute alors se précipite sur le cadavre du vieillard, l'accable de coups qu'il ne peut plus sentir; puis tous le saisissent, et, ouvrant une fenêtre, ils le lancent dans la cour.

— Ah ! fit Henri de Guise, le voici donc ce frère et associé de monsieur le diable ! Damné ! c'est œuvre pie que te traiter en gibier d'enfer, et n'y faudrai point.

S'approchant alors du cadavre de l'amiral, il lui cracha au visage et le foula aux pieds, pendant que la tourbe des égorgeurs, se répandant dans l'hôtel, le pillait et le saccageait.

Ce ne fut pas sans peine que le duc Henri de Guise parvint à rassembler de nouveau autour de lui tous ces forcenés pour les mener ailleurs.

Coconas marcha ainsi pendant plusieurs heures sous les ordres du Balafré, et il tint la parole qu'il avait donnée à ce dernier en se montrant le plus implacable et terrible tueur qui fût au monde.

Bientôt pourtant il se lassa, non de tuer, mais de faire trop maigre butin ; car Henri de Guise ne donnait guère carrière à l'avidité des hommes qu'il commandait. Piller ce n'était pas tuer, et, pour le succès de l'entreprise dont il était l'un des chefs, il fallait tuer d'abord, tuer encore, tuer toujours, jusqu'à ce qu'enfin on pût se reposer sur un monceau de soixante mille cadavres.

— Mordiou ! se disait Coconas au point du jour, je n'ai pas besoin d'être commandé en telle occurrence, et je ferai seul meilleur besogne qu'en compagnie de gens qui semblent des chevaux échappés, ne songeant pas qu'au bout de la course leur manquera l'avoine, s'ils ne la récoltent chemin faisant.

Et comme l'aube commençait à poindre, il fit demi-tour au coin d'une des nombreuses ruelles du vieux Paris, que parcourait la bande du duc, et bientôt il se trouva seul ; mais à peine eut-il fait quelques pas en songeant à quelle riche maison huguenote il allait mettre le pied sur la gorge, que ces mots, répétés par une voix formidable, vinrent frapper son oreille :

— Saignez ! saignez !... La saignée est aussi bonne en août qu'en mai !...

Ces cris de chacal étaient poussés par Tavannes, un des chefs de la conjuration, qui, moins scrupuleux ou moins pressé que Henri de Guise, donnait à ses gens le temps de dépouiller ceux qu'ils avaient égorgés.

— Saignons ! saignons ! répéta Coconas en allant se ranger aux côtés de Tavannes.

Et, prêchant d'exemple, il se précipita successivement dans des maisons, où il fit un carnage horrible et un riche butin.

Vers midi, Coconas était rayonnant ; ses bras jusqu'aux coudes étaient rouges de sang, et ses poches crevaient sous le poids de l'or et des bijoux qu'il y avait entassés.

— Ah! vrai Dieu! s'écriait-il, voilà la guerre, la vraie guerre, la bonne guerre !... Encore quelques bonnes estocades, et nous irons nous rafraîchir près de notre chère mie, qui ne nous sait sûrement en si beau chemin de fortune.

En pensant ainsi, il se dirigeait instinctivement vers la rivière, afin de se rapprocher de ce lieu de repos dont il commençait à avoir un très-grand besoin; il entendit tout à coup éclater assez près de lui un feu très-vif de mousqueterie. Ce bruit ne pouvait être que musique agréable à l'oreille d'un homme de cette trempe.

— Bon! fit-il, je tombe en plein champ pour finir la moisson.

Et, comme en ce moment il débouchait sur le quai du Louvre, il aperçut Sa Majesté Charles neuvième, armé d'une arquebuse, tirant de son balcon sur les huguenots, qui, surpris sur la rive droite de la Seine, se jetaient à la nage pour gagner la rive gauche, où les égorgeurs étaient moins nombreux que de l'autre côté.

Heureusement Sa Majesté était fort maladroite dans l'exercice des armes à feu. Ce brave roi ajustait tant bien que mal, et, au moment de faire feu, il détournait la tête, de sorte que, ses bras recevant l'impulsion de ce mouvement, et le coup partant en même temps, la balle allait où elle pouvait.

— Sire, fit Coconas en s'avançant jusqu'au pied du balcon, ne tirez si dru, s'il vous plaît, et m'allez voir atteindre les réprouvés bien autrement que ne sauraient le faire feu ou plomb.

— Alerte, mon fils! répondit le roi, et ne vous faites pas faute; mais ne cesserons-nous pas cependant, car, sur méchantes bêtes, deux coups valent mieux qu'un.

Les armes à feu n'étaient pas alors capables d'intimider les gens de la trempe de Coconas; elles étaient très-imparfaites.

L'usage des pistolets, inventés en 1545, était encore presque inconnu; la poudre était mal fabriquée, et, sur dix coups de mousquet, il était rare qu'il y en eût deux capables de tuer un homme. Donc, bien que le roi continuât de tirer sur les malheureux qui tentaient de se sauver à la nage, cela n'empêcha pas le gentilhomme gascon de se mettre à la poursuite de ces derniers, dont plusieurs étaient de riches seigneurs appartenant à la religion réformée, venus à Paris pour les fêtes qui venaient d'avoir lieu, et qui, au bruit des cris de mort, s'étaient enfuis des hôtelleries situées autour du Louvre, et tâchaient de gagner la rive gauche.

Coconas arrive au bord de l'eau furieux; il aperçoit un passeur qui, en bon catholique, et sachant parfaitement ce qui se passait, dormait étendu dans son bateau aussi tranquillement que si Paris eût été à l'aurore d'un jour de fête.

— Holà, manant! cria Coconas en sautant dans la barque, pousse au large, mordiou! et tâche que ces écus te donnent des forces.

Et, prenant à pleine main dans sa ceinture, il jeta les écus au pied du passeur, qui, après les avoir rapidement ramassés, commença à faire jouer vigoureusement ses rames.

En quelques minutes, la barque atteignit trois ou quatre huguenots, que le Gascon hacha de coups d'épée, et qu'il hissa ensuite dans son bateau comme des épaves humaines; et il continuait cette hideuse chasse sans ressentir la moindre fatigue, tant il était âpre à la curée.

Mais, de son côté, ainsi que nous l'avons dit, Charles IX continuait à jouer de l'escopette. Deux pages, placés derrière lui, chargeaient les longs mousquets dont il se servait, et dont la plupart des coups se perdaient dans les eaux de la Seine. Cela, sans doute, n'ôtait rien à l'odieux de l'acte, et nous ne le mentionnons que par respect pour la vérité.

Coconas riait dans sa barbe de ce bruit que faisait le roi ; il se disait que ce Jupiter ferait bien mieux de tonner en petit comité dans quelque coin de son Louvre que de tenter de faire sa partie en tel concert ; mais au moment même où le gentilhomme gascon se disait cela, une balle l'atteignit au défaut de l'épaule, et le jeta sans connaissance au fond de la barque. Or, cette balle qui arrivait si à propos, ou si mal à propos, sortait d'un des deux mousquets de l'honnête monarque Charles IX, lequel, continuant à tirer sur les fuyards et tournant la tête à chaque coup, frappait, sans s'en inquiéter, amis et ennemis.

> A tort et à travers,
> Punissons le pervers.

C'est un système comme un autre ; seulement il est exécrable et à l'usage particulier des scélérats.

Cependant la duchesse de Nevers était dans une grande perplexité. Le duc son époux était parti la veille, se rendant dans une de ses terres, où il devait passer le reste de la belle saison ; et la charmante femme, à partir des premières heures du jour, avait fait les signaux convenables pour donner au Louvre, à qui de droit, connaissance de cet événement ; signaux qui voulaient dire en même temps : « Venez, le plaisir vous appelle. »

Mais ces signaux n'avaient pas été vus, et cela est facile à comprendre. La reine Margot, mariée depuis six jours seulement, avait sur les bras un mari hérétique, le roi de Navarre, que les massacreurs avaient juré de ne pas épargner, et que par respect humain, et peut-être quelque autre raison encore, elle voulait sauver.

Puis elle avait ce pauvre Lamole, qui, par cela seul qu'il était l'amant de la femme d'un hérétique, devait être considéré lui-même comme hérétique.

Tout cela peut paraître bien étrange à trois siècles de distance ; il est difficile, même avec la meilleure volonté, de se faire une idée juste des mœurs et des passions de cette époque ; mais c'est du vrai, et non du vraisemblable, que l'historien doit se préoccuper, et ainsi faisons-nous.

Henriette de Clèves, duchesse de Nevers, était donc fort inquiète, d'abord parce que nul signal partant du Louvre ne répondait aux signaux qu'elle faisait, et ensuite parce qu'elle avait appris ce qui se passait, et que les nouvelles qu'elle en avait se confirmaient à chaque seconde par le bruit des armes et les cris de mort qui arrivaient jusqu'à elle.

La femme qui aime est intrépide, c'est une vérité dont nous faisons un axiome. Or, en vertu de cet axiome, Henriette de Clèves avait ce jour-là un courage de lion : d'abord, parce qu'elle aimait ; ensuite, parce que celui qu'elle aimait courait évidemment de grands dangers. Vingt fois, malgré ses femmes qui voulaient la retenir, malgré les balles qui, partant du Louvre, venaient de temps à autre s'aplatir sur les pierres de la tour, elle s'était mise à la fenêtre de sa chambre pour voir au dehors.

Pour la vingtième fois, elle invoquait Dieu en faveur de Coconas absent, lorsqu'elle vit le gentilhomme gascon sauter dans une barque et courir sus aux hérétiques qui tentait de gagner l'autre rive à la nage. Un instant, les bras tendus, elle le suivit des yeux ; puis elle le vit tomber.

— Arrière ! arrière ! cria-t-elle aux femmes qui l'entouraient.

Et, se précipitant dans l'escalier qui conduisait à la rivière, elle se jeta dans une barque, en dénoua l'amare, et, saisissant de ses mignonnes mains les rames rudes et grossières, elle dirigea l'esquif vers la barque qui emportait en dérive son bien-aimé presque mourant.

Au moment où elle l'atteignit, Coconas venait de rouvrir les yeux.

— Ami! ami! lui cria-t-elle, ta vie sauve, ne m'importe le reste... Viens, chère âme! je te mettrai en lieu sûr et garderai moi-même.

— Henriette, fit le Gascon, dont le sang coulait à flots, vous venez à point, ma bien-aimée, pour réparer les malvisées de monseigneur le roi.

— Tais-toi, ami... il y a de la mort dans l'air!

— Mordiou! nous le savons de reste, belle amie; là nous en avons mis pour qui de droit; mais monseigneur le roi n'y regarde de si près, et ainsi tue-t-il les siens comme les autres.

A peine eut-il prononcé ces paroles, qu'il s'évanouit de nouveau; mais alors on était arrivé à la tour. La duchesse fit transporter Coconas dans sa chambre, s'établit comme garde près de lui, et envoya chercher le médecin de l'hôtel.

Dès le lendemain le calme était rétabli, et la reine de Navarre, sortant enfin de la cachette où elle s'était tenue avec Lamole, put voir les signaux de la tour de Nesle.

— Ami, dit-elle à Lamole, ils sont heureux, puisqu'ils nous appellent; allons partager leur bonheur.

Lamole était quelque peu honteux du rôle que, malgré lui, il avait joué dans ce grand événement, mais précisément à cause de cette intimité à laquelle l'avait momentanément réduit sa condescendance.

— Allons, dit-il. Pourtant, je crains fort que vous ne trouviez pas là visages amis, ainsi que vous l'espérez.

Ces paroles timorées ne pouvaient être un obstacle, et bientôt Lamole et Marguerite arrivèrent à la tour de Nesle près du blessé et de sa charmante gardienne.

Cependant le cadavre de l'amiral Coligny avait été traîné à Montfaucon et attaché au gibet.

Le roi, qui deux jours auparavant avait visité l'illustre vieillard dans son lit, et

l'avait assuré de son affection, voulut se repaître de la vue de ses dépouilles sanglantes, et il résolut de se rendre en grand cortége au pied du gibet. Là devaient être toutes les dames de la cour; le roi le voulait, et, il faut bien le dire, le plus grand nombre d'entre elles étaient très-charmées que le roi le voulût. L'ordre fut donc en conséquence envoyé à toutes, et cet ordre vint atteindre Marguerite et Henriette de Clèves près du lit de douleur de Coconas. Henriette de Clèves le lut tout haut, puis, froissant la lettre, elle dit:

— O roi! qui, pour ton plaisir, as failli tuer mon bien-aimé, ne me demande rien... Rien: ni rire, ni larmes; car pour toi je n'ai et ne puis avoir que mépris!

— Belle cousine! s'écria la reine Margot en lui mettant ses jolis doigts sur la bouche, gardez cette colère pour heure plus opportune. En ce moment nous n'avons qu'une porte de salut, et cette porte est *obéissance*.

— Chère âme, dit à son tour Coconas, il me semble œuvre pie d'aller montrer les dents à cet amiral méchant et damné, et ainsi le roi fait sagement, et vous feriez folie de ne vous pas rendre à cette royale invitation.

— Tu le veux, Coconas?

— Je t'en prie, chère âme!

La balle que le Gascon avait dans l'épaule ne lui faisait pas perdre la tête; sa blessure l'ayant empêché de recueillir tous les fruits possibles de la victoire, ou plutôt de l'assassinat, il faisait ainsi ses réserves.

— C'est lugubre promenade, hasarda Lamole.

Il n'avait pas achevé, que Marguerite lui appliquait ses jolis doigts sur les lèvres avec tant de vivacité, que cela ressemblait plutôt à un soufflet qu'à une caresse.

— Il le faut, méchant!... dit-elle, et je vous y traînerai si n'y voulez venir.

— Oh! ma belle reine, vous ne serez pas si terrible?

— Terrible, implacable, sans pitié !...
Ami, ne vois-tu pas que toi, moi, le roi de
Navarre, nous avons chacun un pied dans la
tombe ? Encore un jour comme celui d'hier,
et nous ne compterons plus au nombre des
vivants... Et je veux vivre, ami ! vivre pour
t'aimer, pour te le dire, pour te le prouver !

— Marguerite ! dit Lamole en la pressant
sur son cœur, mille morts plutôt que te
déplaire !

— Nous irons donc à ce gibet, dit la
duchesse de Nevers en affectant une gaieté
charmante. Et voyez le grand mal que trois
ou quatre barbons ou manants aient pour
visiteurs gentilshommes et gentilles dames,
le roi en tête ! Ces damnés huguenots n'ont-
ils pas assez troublé nos plaisirs pour que
les payions un peu de retour ?

Il faut bien le dire, ce ne fut pas comme
contraintes et forcées que les dames de la
cour se rendirent, à la suite du roi, au gibet
de Montfaucon ; ce fut avec joie, avec
enthousiasme, avec délire, qu'elles firent
ce hideux pèlerinage.

Il y avait parmi ces visiteurs de morts
un air de fête ; les rires des jolies femmes
se mêlaient là au croassement des corbeaux.

Le roi toutefois semblait être dans son
élément ; il marchait à petits pas, s'arrêtait
souvent, regardait en souriant tous ces cadavres taillés, hachés. Mais ce fut surtout devant celui de l'amiral Coligny qu'il
s'arrêta avec complaisance : il semblait que
toutes les horribles plaies qui couvraient ce
corps fussent pour lui une image délicieuse,
de laquelle ses yeux ne pouvaient se détacher.

— Sire, lui dit Henri le Balafré, qui se
tenait près de lui, Votre Majesté ferait bien
de s'éloigner un peu, car tous ces corps de
damnés puent.

— Cher duc, répondit le roi, les corps
d'ennemis morts sentent toujours bon.

Ce mot n'était pas de lui, le pauvre sire !

il l'empruntait à un empereur romain ; mais
il n'en valait pas mieux pour cela.

La visite fut de longue durée. Les dames
de la cour, qui avaient fait toilette pour
venir là, voulaient qu'elle servît au moins
à quelque chose, et il s'établit sous le gibet
une sorte de carrousel où chacun et chacune
passa et repassa cent fois, jusqu'à ce que,
de guerre lasse, ces dames sentissent le
besoin de prendre un peu de repos.

Il y eut dans cette épouvantable journée
du 24 août des actes d'une incroyable férocité et d'autres d'un admirable courage.
Ainsi Charles IX, quelques instants avant
de se montrer au balcon et de se joindre
aux massacreurs, avait fait venir près de
lui le prince de Condé, un des chefs des
protestants, et le roi de Navarre, son beau-
frère.

— Beau-frère, et vous, monsieur le prince,
leur dit-il, c'est trop vous damner par mauvaises croyances, et nous ne voulons pas
souffrir que vous affrontiez plus longtemps
monseigneur Dieu. Il vous faut donc sur-
le-champ choisir entre la messe ou la
mort.

— Sire, répondit le prince de Condé, ne
me suffit-il pas d'être sujet fidèle de Votre
Majesté ?

— La messe ou la mort ! répéta Charles
en élevant la voix.

Aussitôt quatre hommes, sortant de derrière une tapisserie, apparurent le poignard
à la main, n'attendant qu'un signe du roi
pour frapper ; et ce signe Charles IX allait
le faire, car déjà ses yeux s'injectaient de
sang, ce qui était chez lui l'indice d'un prochain accès de fureur. Jeune, brave et ardent, le roi de Navarre porta la main à son
épée. Si Charles l'eût vu, c'en eût été fait de
lui et du prince ; mais ce dernier, plus prudent que Henri, se jeta au-devant de lui, et
lui dit avec soumission :

— Sire, la messe n'est pas chose que
nous ayons jamais eue en mépris, et nous

l'entendrons dévotement si tel est votre plaisir.

Il parlait encore lorsque des cris terribles se firent entendre non loin des appartements royaux.

— Ah ! ah ! fit Charles, ce sont les galants de notre sœur Margot qui, de notre part, sont envoyés à M. le diable, et pour ce vous nous devez merci, beau-frère.

C'était en effet un gentilhomme protestant, l'un des favoris de Marguerite, qui, poursuivi par une bande d'égorgeurs, et connaissant parfaitement les êtres, était arrivé en fuyant jusque dans la chambre à coucher de cette princesse, tandis que cette dernière poussait Lamole dans une armoire et l'y enfermait.

— Arrière ! arrière ! s'écria Marguerite, saisie d'effroi. Osez-vous bien pénétrer ainsi chez la sœur du roi ?

— Nous avons commission de monseigneur le roi de ce faire, madame, répondit celui des tueurs qui semblait commander aux autres.

Et, comme pendant qu'il parlait le gentilhomme s'était réfugié dans la ruelle du lit, les assassins s'élancèrent sur le lit même, et de là clouèrent à coups de hallebarde le malheureux gentilhomme sur le parquet.

Henri, voyant qu'on égorgeait ainsi jusque dans le Louvre et chez lui-même, comprit que tout son courage serait impuissant à le sauver ; il se résigna donc à suivre l'exemple du prince de Condé, et déclara qu'il était prêt à entrer dans le giron de l'Église catholique.

— Adonc, fit Charles IX, nous en aurons deux de moins à tuer. Passons aux autres.

Et, après avoir fait signe aux quatre assassins de se retirer, il courut au balcon pour s'y livrer à la chasse des malheureux qui se jetaient dans la Seine pour tenter de gagner l'autre rive.

Tavannes renchérissait encore sur la cruauté du roi : il achetait à ses hommes les huguenots qu'ils avaient pris, afin de les torturer à plaisir, et il se vantait d'en avoir ainsi tué à petits coups plus de trente dans la journée.

Le lendemain 25, une aubépine ayant refleuri dans le cimetière des Innocents, le peuple cria au miracle. Il fut décidé que cette floraison anormale était un signe évident de satisfaction et d'approbation divine ; le fanatisme fut ranimé, et le massacre recommença.

« Une chose aussi horrible que la Saint-Barthélemi, dit M. Michelet, c'est la joie qu'elle excita. On en frappa des médailles à Rome, Philippe II félicita la cour de France. Il croyait le protestantisme vaincu. Il associait la Saint-Barthélemi et les massacres ordonnés par le duc d'Albe au glorieux événement de la bataille de Lépante, dans laquelle les flottes de l'Espagne, du pape et de Venise, commandées par don Juan d'Autriche, fils naturel de Charles-Quint, avaient, l'année précédente, anéanti la marine ottomane (1). »

Mais, ainsi que nous l'avons dit, il y eut aussi des traits d'un admirable courage. Ainsi le chancelier de l'Hospital, ayant appris ce qui se passait, voulut qu'on ouvrît toutes les portes de son hôtel, et que les massacreurs, s'il s'en présentait, fussent aussitôt conduits jusqu'à lui. Mais sa réputation de vertu était telle, que pas un des assassins n'osa entrer dans sa demeure, dont rien ne défendait l'accès. L'illustre chancelier n'en fut pas moins une des victimes de ce jour. La douleur qu'il en ressentit fut telle, qu'il en tomba malade, et mourut après avoir langui pendant six mois.

Quelques gouverneurs des principales villes du royaume auxquels le roi avait envoyé l'ordre de faire, le même jour, égorger tous les protestants qui se trouvaient dans leur gouvernement, refusèrent d'obéir,

_____

(1) MICHELET, *Histoire de France.*

et l'un d'eux, le vicomte d'Orthez, gouverneur de Bayonne, fit au roi cette noble réponse : « Sire, j'ai trouvé dans la ville beaucoup de braves soldats et de bons citoyens, « mais pas un seul bourreau. »

Au reste, Charles IX ne fut pas longtemps sans ressentir les atteintes de la vengeance divine.

« Le roi Charles, dit un écrivain de ce « temps, oyant le soir du même jour et tout « le lendemain conter les meurtres et tueries qui s'y étoient faits des vieillards, « femmes et enfants, tira à part maître « Ambroise Paré, son premier chirurgien, « qu'il aimoit infiniment, quoiqu'il fust de « la religion, et lui dit : « Ambroise, je ne « sçay ce qui m'est survenu depuis deux ou « trois jours ; mais je me trouve l'esprit et « le corps grandement esmeus, voire tout « aussi que si j'avois la fièvre, me semblant « à tout moment, aussi bien veillant que « dormant, que ces corps massacrez se pré- « sentent à moy les faces hydeuses et cou- « vertes de sang. Je voudrois que l'on n'y « eust pas compris les imbécilles et les in- « nocents. »

Dès lors il ne fit plus que languir.

Ainsi qu'on devait s'y attendre, le massacre de la Saint-Barthélemi eut pour résultat presque immédiat la guerre civile. De toutes parts, les calvinistes coururent aux armes ; il s'enfermèrent dans la Rochelle, la seule place forte qui leur restât, et dans la petite ville de Sancerre.

Après s'être défendue pendant sept mois avec un courage inouï, cette dernière se rendit, mais à la condition que la liberté de conscience serait accordée à tous ses habitants. Les défenseurs de la Rochelle firent mieux encore : assiégés par une armée formidable que commandait le duc d'Anjou, ils l'écrasèrent dans des sorties continuelles.

Effrayé de tant de revers, voyant son armée presque entièrement détruite, il offrit aux assiégés une capitulation avantageuse, et ces derniers ne l'acceptèrent qu'à la condition que ces avantages, conquis par leur valeur, seraient étendus aux villes de Montauban et de Nîmes.

En même temps, tous les genres de désordres régnaient à la cour : athéisme et superstition, méchanceté et débauche, fourberie et cruauté. Les mœurs y étaient aussi atroces que corrompues. On y employait le meurtre, le poison, et l'on n'y rougissait de rien.

Pendant que tout cela se passait, Coconas, à la tour de Nesle, continuait à être l'objet des plus tendres soins. Marguerite et Lamole, qu'elle avait presque miraculeusement sauvé, avaient repris leurs habitudes de rendez-vous en ce lieu, où étaient aussi fréquemment appelés maître Ambroise Paré, premier chirurgien du roi, et Côme Ruggieri. Le gentilhomme gascon néanmoins s'ennuyait fort de la lenteur de sa convalescence ; il lui semblait impossible que le roi ne le récompensât pas brillamment, d'abord à cause du nombre de huguenots qu'il avait occis, et ensuite à raison de la blessure qu'il devait à la maladresse de Sa Majesté.

— J'espère au moins, disait-il un jour à Lamole, que le roi parle quelquefois de moi ?

— Le roi, répondit Lamole, est beaucoup plus malade que toi, et est chose douteus qu'en l'état où il est il pense à d'autre que lui.

— Malepeste ! au moins, ce n'est pas mo qui l'ai mis en piteux état, et lui n'en sau rait dire autant de moi.

— Allons, calme-toi ; n'as-tu pas fait bo butin sur les mécréants ?

— C'est loi de guerre, bagasse ? et je l' suivie de tout point. Mais n'est de bon guerre de tirer sur ses troupes, et, si le r ne le sait, le lui dirai en face.

— Que direz-vous au roi, Coconas ? D

manda la duchesse de Nevers, qui entra en ce moment.

— Je lui dirai, ma belle duchesse, que, fût-on roi de France, on ne frappe sans vergogne les gens par derrière, à moins qu'ils ne fuient ; que Coconas n'a jamais fui ;

qu'ainsi la balle qui l'a frappé venait d'un traître ou d'un trembleur, et qu'en ce moment il ne venait de balles en la rivière que celles partant du balcon royal, et qu'ainsi de toutes manières il m'est dû réparation.

— Tu ne diras pas cela, ami.

LA REINE MARGOT

— Mordiou ! je dirais à monseigneur Dieu le père en personne !

— Ne vous échauffez pas ainsi, messire, dit Ambroise Paré, qui était présent, et nous laissez vous guérir. Vous serez libre ensuite de vous mettre sur les bras telle mauvaise affaire comme celle que vous méditez.

— Et vous aussi, maître Ambroise, niez mon bon droit ?... Vrai Diou !...

— Je ne nie rien, messire ; mais j'affirme qu'en l'état où est le roi, Sa Majesté ne pourrait entendre qu'avec un amer déplaisir traiter le sujet dont voulez l'entretenir.

— Ouais ! maître Paré, je ne suis pas de

ces gens à qui on en donne à garder, et je ferai ce qui convient quand vous m'aurez suffisamment guéri, ce qui trop tarde.

Il n'y avait pas moyen d'obtenir autre chose de cette mauvaise tête : il fallait le payer parce qu'il avait tué, puis encore parce qu'on avait failli le tuer. Il ne sortait pas de là.

Cela n'empêchait pas que la tour de Nesle fût fréquemment le théâtre de joyeuses soirées qui ne contribuaient guère au rétablissement du blessé, mais qui lui faisaient prendre son mal en patience. Et puis Lamole le tenait au courant des intrigues de la cour, qui s'enchevêtraient de plus en plus.

Henri, roi de Navarre, depuis Henri IV, et le prince de Condé, qui n'avaient échappé au massacre de la Saint-Barthélemi qu'en abjurant la religion réformée, étaient également impatients de prendre leur revanche, et ils applaudissaient en secret au succès des huguenots, n'attendant qu'une circonstance favorable pour se joindre à eux, et grossir leurs rangs des nombreux partisans qu'ils avaient à la cour.

En attendant, tous deux réunissaient leurs efforts pour se créer un point d'appui solide au cœur du royaume, en déterminant le duc d'Alençon à se mettre à la tête du mouvement, et Lamole s'était fait l'intermédiaire entre eux et le duc d'Alençon, dont, comme nous l'avons dit, il était le favori.

Les choses étaient en cet état lorsqu'on apprit le prochain retour du duc de Nevers. La belle duchesse Henriette de Clèves ne craignait guère, ainsi qu'on l'a vu, monseigneur son époux, qui croyait ne faire que selon ses propres volontés alors qu'il obéissait aveuglément à celles de sa femme. Mais, pour une femme de cette sorte, un mari, même le plus nul, est chose gênante, surtout dans la situation où l'on se trouvait alors à la tour de Nesle.

On suspendit donc les réunions qui, de l'avis d'Ambroise Paré et de Côme Ruggieri,

retardaient la guérison complète du blessé. Mais les intrigues continuèrent, et Lamole ne laissa pas de tenir son ami au courant de ces choses ; car on comptait sur l'intrépidité bien connue du gentilhomme gascon pour lever un grand nombre de difficultés. L'horizon néanmoins se rembrunissait chaque jour, et la maladie du roi empirait. On marchait vers un dénoûment prochain.

XVIII

Coconas et Charles IX. — Colère de Coconas et ses suites. — Henriette de Clèves et le duc d'Alençon. — Lâcheté du duc d'Alençon. — Catherine de Médicis et le duc d'Alençon.

Coconas guérit enfin, et il était temps ; car, le jour même où il se trouva en état de sortir de la tour de Nesle, le duc de Nevers arrivait à Paris. En tout état de cause, il n'y eût pas eu conflit, madame la duchesse étant trop merveilleusement adroite pour que cela arrivât ; mais toujours est-il bon que les choses s'arrangeassent d'elles-mêmes, et la belle duchesse fut doublement enchantée en voyant son ami de cœur sur pied, vêtu comme un prince, et dont le visage, d'une pâleur mâle, eût fait l'admiration de tous les yeux féminins.

— Oh ! que te voilà beau, ami ! disait la duchesse en arrangeant les plis de sa fraise. C'est pour moi, n'est-ce pas, que Dieu t'a fait ainsi ?

— Oui, pour toi, Henriette ; car je suis à toi partout et toujours. Pourtant, m'est avis que les forces me sont un peu revenues à l'adresse de monseigneur le roi, lequel, en ces derniers temps, ne m'a donné de ses nouvelles comme il le devait faire. C'est compte à régler entre lui et moi, et, pour ma part, je n'y faudrai.

— Ami, ne veux-tu donc tenir aucun compte de la raison ?

— Si bien, belle amie. Mais où donc est la raison de Charles IX, ne s'occupant de moi non plus que d'un mécréant pourri au gibet de Montfaucon ?... Vrai Diou ! je me ferai couper en morceaux avant de subir telle offense !

— Ainsi, messire, vous ne pensez qu'à vous en cette occurrence?

— O Henriette !..,

— Et vous sacrifiez qui vous aime à votre implacable amour-propre ?

— Ma bien-aimée ! je t'en conjure...

— Et de quoi me conjurez-vous, messire ? reprit froidement la duchesse en changeant de ton, avez-vous à nous demander quelque grâce ?

— Oh ! oui, chère âme... je te demande de m'aimer toujours !

— Vous ai-je donc aimé ? demanda-t-elle d'un ton à la fois dégagé et dédaigneux.

— Je ne sais, Henriette ; mais je l'ai cru.

— Et vous le croyez encore ?

— Oui.

— Tiens, Coconas, promets-moi de ne rien dire au roi du passé ?

— De quel passé, ma belle duchesse ?

— Du temps qui s'est écoulé depuis la Saint-Barthélemi jusqu'à ce jour.

— Impossible, Henriette. Le roi notre sire est tout-puissant ; il n'est ordre donné par lui que je n'exécute à l'instant, dussé-je y laisser ma vie ; mais de ce ne s'agit, et avons entre lui et moi autre chose à débattre.

Il fallut bien que la belle duchesse se le tînt pour dit ; car sa jolie tête eût éclaté au contact de ce cerveau ossifié, que rien ne pouvait modifier. Coconas sortit donc de cette tour, qui lui avait été un si doux asile, et, bien vêtu, la moustache retroussée et la démarche aisée, comme il convient à tout gentilhomme de Gascogne, il se dirigea vers le Louvre pour assister au lever du roi.

Nombreux étaient les courtisans ; mais Coconas n'était pas homme à tenir compte de si légères difficultés. Il était là, le jarret tendu, le nez en avant, la prunelle roulante et incessamment ramenée sur un point : le roi.

C'est qu'il n'attendait rien que du roi ; c'était le roi qui devait entendre ses doléances, et y faire droit immédiatement. Il eût été impossible de lui faire comprendre qu'il en pût être autrement.

Cependant Charles IX, dont le sang suintait par tous les pores de la peau, sortit faible, chancelant, des mains de ses valets de chambre, pour recevoir les courtisans, et quelques-uns des plus illustres l'entourèrent d'abord ; puis ils firent place à d'autres. Mais c'était déjà trop pour Coconas, qui ne se trouvait pas même au troisième rang, et courait ainsi grand risque d'être confondu dans la foule, et de n'avoir du monarque ni un regard, ni une parole.

Pour un homme de cette trempe, la position n'était pas tenable ; aussi ne voulut-il pas la tenir davantage, et, se faisant jour à travers les rangs pressés des courtisans qui se trouvaient devant lui, il arriva devant le roi, qu'il salua profondément.

— Qu'est-ce ? dit Charles. Que me voulez-vous ?

— Sire, répondit le Gascon en se relevant fièrement, il n'y a pas si longtemps que nous ne nous sommes vus, que vous ne puissiez reconnaître le chevalier de Coconas.

— Coconas? fit le roi.

— Coconas, sire.

— Ce nom, en effet, ne nous est pas tout à fait inconnu.

— Vrai Diou! je le crois, sire, et le gentilhomme qui le porte serait par vous bien plus aisément reconnu, si par... par erreur, Votre Majesté ne lui eût logé une balle en l'épaule le jour de la Saint-Barthélemi, alors que ce gentilhomme courait sus aux huguenots jusqu'au beau milieu de la rivière.

Or, depuis cette horrible journée, Charles IX, ainsi que nous l'avons vu, était malade précisément à cause des épouvantables récits qu'on lui avait faits des massacres accomplis en ces quelques heures. Il ne pouvait souffrir qu'on lui en dît un mot ; le nom seul du saint de ce jour néfaste suffisait parfois pour le faire défaillir.

— Jusqu'au milieu de la rivière ? fit-il en relevant dédaigneusement la lèvre supérieure ; vous étiez donc bien pressé de tuer, messire ?

— J'étais pressé, sire, d'obéir aux ordres de Votre Majesté, et n'était là si simple besogne, puisque le roi bien y voulut mettre la main.

— Cet homme est fou ! fit Charles en se tournant vers ses gentilshommes.

Cela mit le feu aux poudres. Coconas avait bien voulu, pour plaire au roi, égorger des huguenots ; il ne voulait pas se plaindre trop fort de ce qu'une balle royale lui eût brisé l'épaule. Mais méconnaître de tels services, traiter avec un tel dédain un Coconas, voilà ce que le gentilhomme gascon était incapable de souffrir.

— Sur mon âme ! sire, s'écria-t-il, vous m'avez maladroitement cassé l'épaule d'une balle envoyée à l'aventure, et c'est chose que loyalement devez reconnaître.

— Arrière ! fit le roi en tournant la tête sur son épaule.

Coconas se tut, mais il ne bougea pas : on eût dit qu'il attendait que le roi fût seul pour lui demander raison de cette injure, et il était vraiment bien capable de le faire ; mais en ce moment arriva Lamole, envoyé par la duchesse de Nevers, qui, se faisant jour au milieu de la foule, parvint jusqu'à son ami, le prit par le bras et l'attira doucement.

— Ah ! c'est toi, Lamole ! cria le Gascon hors de lui ; eh bien ! il ne me reconnaît pas... un Coconas !

— Tais-toi, ami !

— Me taire ?

— Oui, je te commande de te taire au nom des gens qui t'aiment... en mon nom, au nom d'Henriette de Clèves.

— Merci ! merci !... Ô mon Henriette bien-aimée !... Mais, vois-tu, Lamole, c'est trop grosse injure ; je mourrais s'il me la fallait garder.

— Nous parlerons de cela ailleurs.

— Parlons-en tout de suite, ami ! C'est que, vois-tu, j'ai des paroles qui me brûlent la gorge ; il faut que je parle, que je dise à ce cher sire...

Lamole colla une de ses mains sur la bouche de l'excentrique Gascon, et il parvint, non sans peine, à l'entraîner hors des appartements royaux.

— Merci, Lamole, merci ! dit Coconas lorsque le grand air lui eut un peu rafraîchi le sang. J'étais fou, c'est vrai ; mais qui ne deviendrait fou en entendant de telles choses ? Oh ! je me vengerai. N'est-ce pas, ami, nous nous vengerons ?

— Peut-être, dit Lamole en souriant ; mais il faudrait, le cas échéant, être plus calme que tu ne l'es.

— Oh ! je serai calme... je serai tout ce que tu voudras, pourvu que je me venge.

— Commence donc par te taire.

— Pourquoi ?

— Parce que, entre la menace et la vengeance, il y a un monde.

— Pas pour moi, au moins !

— Pour tout le monde. Tâche de m'écouter, Coconas. Le roi t'a traité outrageusement ?...

— Et il me fera raison.

— Tout beau ! le roi ne te fera pas raison ; mais tu pourras te la faire toi-même.

— C'est comme cela que je l'entends.

— Non, tu ne l'entends pas ainsi, car tu caresses la poignée de ton épée, et ce n'est pas par l'épée que tu peux te venger, au moins quant à présent.

— Eh bien ! parle, parle, Lamole ; tiens, je me livre à toi corps et âme, pourvu que tu me donnes le moyen de lui dire son fait, à ce roi couard...

— Mais tais-toi donc, malheureux !

— Que je me taise !... Couard, je le répète, et, s'il te plaît de soutenir le contraire...

— Très-bien ! C'est à moi maintenant que tu vas chercher querelle ?

— Non, non, ami... Tiens, le roi avait raison sur ce point : je suis fou ; mais c'est lui, le méchant sire, qui m'a brouillé la raison.

— Eh bien, si tu sais te taire, de ce nous le ferons repentir.

— Vrai, Lamole ?

— Sur mon honneur !

— Ah ! cher ami, quand je pense que j'ai failli te tuer !

— Et tu as bien fait de faillir ; car, s'il en était autrement, tu serais présentement dans un piteux cas.

— Moi ?

— Toi.

— Oh ! mordiou ! si tu veux me faire deviner tes énigmes...

— Énigmes pour toi, oui ; que je veuille te les faire deviner ici, non ; mais ce soir, à la tour de Nesle, je t'en donnerai le mot si tu es capable de l'entendre.

— Hein ? Est-ce qu'il y a des choses qu'un Coconas soit incapable d'entendre ?

— Ce n'est pas ce que je veux dire, fou ; mais je ne veux pas que Coconas entende ces choses ici.

— A ce soir donc.

— Au couvre-feu.

— Oh ! comme je vais t'attendre !

— Ta belle duchesse te rendra le temps court.

— A propos...

— Quoi ?

— La duchesse sera donc dans le secret ?

— Sans doute, car elle pourra nous être d'un grand secours.

— Écoute, Lamole, tu ne me trompes pas ?

— Triple fou !

— Et tu m'aideras à me venger de ce roi sans cœur !

— C'est-à-dire que c'est toi qui nous aideras à lui faire faire pénitence.

— Lamole, tu es mon sauveur !

Et l'intrépide Gascon se jeta dans les bras de son ami, qui ne tint compte de cette démonstration qu'autant qu'il le devait, habitué qu'il était à cette chaleureuse humeur gasconne, qui le plus souvent s'allumait trop vite pour s'éteindre trop tôt.

Ce fut dans ces termes qu'ils se séparèrent. Coconas retourna à la tour de Nesle, qu'il s'était tout doucement habitué à regarder comme son domicile ; et là, tout d'abord, il éclata en imprécations contre ce roi félon qui, pour récompense des services qu'il avait rendus, persistait à s'en tenir à la balle par lui logée dans l'épaule de cet énergique serviteur.

— Oui, ma bien-aimée Henriette, disait-il à la duchesse, oui, il m'a souri avec dédain ; il m'a tourné le dos, et il m'a regardé par-dessus l'épaule, ce triste sire, ce roi de neige, qu'un seul de mes regards ferait fondre. Il m'a traité comme un homme de rien, moi, un Coconas, aimé de la duchesse de Nevers !

— Eh ! pauvre fou, est-ce donc aujourd'hui que tu connais notre sire Charles IX ?

— Je crois que oui, ma chère âme ; avant, je l'avais trop bien jugé... Mais, sur mon âme, le cher sire changera de ton...

— Silence !

— Y a-t-il donc gens assez près de nous pour nous entendre ?

— Ami, en telle occurrence, pour n'être pas entendu, il ne faut pas parler.

— Voire ! ma belle duchesse, vous vous entendez donc avec Lamole, que tous deux vous tenez même langage ?

— Et quand cela serait ?

— Ah ! oui... sans doute ; mais c'est que,

vois-tu, Henriette, il me semble que je voudrais que cela ne fût pas.

— Eh bien! cela n'est pas, jaloux! Je sais seulement que Lamole doit nous faire ce soir une communication importante.

— Oui, très-importante, à ce qu'il dit.

— Tu ne devines donc pas?

— Belle amie, suis en effet très-mauvais devin; mais ce que sais le sais bien, et nul ne m'en ferait départir, tant grand fût-il.

Le reste du jour fut charmant, car la duchesse avait à distraire son amant pour lui faire oublier sa déconvenue, et elle était en fonds pour cela, la belle Henriette.

Le soir, après le couvre-feu, arriva Lamole; mais, contre l'ordinaire, il n'accompagnait pas Marguerite. C'est que l'adroit courtisan était beaucoup plus ambitieux qu'amoureux, contrairement à son ami Coconas, qui était à la fois excessivement amoureux et excessivement ambitieux.

— Ah! s'exclama le Gascon à la vue de son ami, enfin nous allons savoir ce grand mystère.

— Peut-être, ami.

— Comment! peut-être?

— Oui. C'est que, si tu n'es pas plus sage ce soir que tu ne l'étais ce matin, tu ne sauras rien.

Coconas avait grande envie de se mettre en colère; mais la duchesse le contint, et Lamole reprit:

— Écoutez, ce n'est pas si grande gloire d'avoir tué tant de gens trouvés dans leurs lits ou surpris sans défense.

— Hein! fit Coconas, as-tu passé aux huguenots, mon fils?

— Je suis resté où j'étais, ami, et, si je n'ai pas fait cause commune en cette lugubre journée avec monseigneur le roi, c'est que j'avais la vue moins courte que d'autres allant se jeter sous l'arquebuse de Sa Majesté.

— Va, Lamole, va, je ne t'en veux pas pour cela, car je l'ai bien mérité.

— Bon! voilà que la raison te revient.

— La raison, bagasse! c'est mon élément! s'écria Coconas en entourant amoureusement de ses deux bras la taille de la belle duchesse.

— Madame la duchesse, fit Lamole en souriant, en répondez-vous?

— Sur mon salut, messire.

— Je n'en veux pas davantage, et vais dire le reste. Donc Sa Majesté Charles neuvième a voulu exterminer les huguenots, et en ce n'était dans son droit.

— Oh! fit le Gascon.

— Il n'était pas dans son droit, reprit Lamole avec fermeté; car la force ne se donne à coups de hallebarde ou arquebuse.

— Eh! vraiment, est difficile à croire que bonne croyance entre ainsi à travers la peau.

— Et puis, continua le séducteur, ne voyez-vous pas que le roi s'est mis ainsi à la discrétion des Guise, lesquels ont formé une ligue?

— Ouais! fit Coconas, voici qui change singulièrement la question; mais nous avons tué pour monseigneur le roi, et de ce nous ne pouvons avoir tache sur la conscience.

— Vrai Dieu! Coconas, il s'agit bien ici de la conscience d'un cadet de Gascogne!

— A la bonne heure! Il s'agit donc de moins que cela? Parle, ami, parle.

— Si tu veux que je parle, écoute donc, damné!

— J'écoute.

— Bien vrai?

— Sur mon salut.

— En l'état présent, c'est mince garantie; mais j'y veux croire.

— Tu parleras donc?

— Il le faut bien. Voyons, du silence et du calme.

— Tout ce que tu voudras.

— Oui, Lamole, fit la duchesse d'un air suppliant, tout ce que vous voudrez, pourvu que nous disiez la vérité tout entière.

— Oh! madame la duchesse, je ne suis si mal avisé que de vous rien celer. Seulement, dès à présent, vous aurez charge de contenir ce fou qui toujours veut franchir les bornes.

— Je me tairai, fit Coconas en mettant la main sur ses yeux.

— Oh! tu le dis, fit Lamole, mais je n'en crois rien.

— Tu me donnes un démenti, mordiou!

— Je n'en sais rien, mais c'est possible. Cela veut dire, mauvais ami, que je ne te crois pas capable d'apporter l'attention nécessaire à ce que je veux te dire.

— C'est donc bien grave?

— Il ne s'agit guère, cher ami, que d'un changement de règne.

— Un changement de règne? fit la duchesse. Oh! dites donc, Lamole; dites, je vous en conjure.

Lamole n'avait pas besoin d'être conjuré, car il brûlait du désir de faire des ouvertures, qui, il le pressentait, ne pouvaient qu'être bien accueillies.

— Eh bien? mes chers enfants, dit-il en affectant un certain air de domination naturelle, je vais tout vous dire; vous savez, de reste, comment notre sire le roi en a usé, en ces derniers jours, envers messeigneurs le roi de Navarre et le prince de Condé?

— Oui, vraiment! fit Coconas.

— Et de ce faire pourtant ledit sire n'avait nul droit, dit Lamole. Charles neuvième, qui jamais n'a su dire en entier ses patenôtres, est-il donc si grand clerc qu'il puisse ainsi décider les affaires de conscience?

— Pourtant, s'écria Coconas, il est certain que les huguenots seront damnés.

— Et comment cela est-il certain, ami?

— C'est que... je ne sais; mais ils sont sûrement les compères du diable, car sur ce il n'y a qu'une voix.

— Eh bien! Coconas, à cette voix unique la mienne se joindra pour faire deux; et en cela je ne serai pas trop outrecuidant, car

déjà voyons-nous les gens *de la religion* prendre des villes et battre les troupes du roi.

— Achève donc, ami, car ainsi me tiens-tu sur des charbons ardents.

— Donc, ami, le roi de Navarre et le prince de Condé, ayant été si rudement froissés, songent à prendre une revanche.

— Vrai Dieu! j'y songe bien, moi!

— Très-bien; mais je parle du roi de Navarre et du prince de Condé, et puis je vais parler d'un autre: à savoir le duc d'Alençon.

— Oh! fit la duchesse de Nevers, si nous avions le duc d'Alençon!...

— Il est à vous, madame la duchesse; il ne s'agit que de le prendre.

— Eh bien! nous le tenterons, dit Henriette en jetant à Coconas un regard d'amour.

Et elle tint parole, la belle duchesse, c'est-à-dire que, dès ce moment, elle ne négligea rien pour se faire aimer du duc d'Alençon, et s'emparer de son esprit. C'était chose facile d'ailleurs; ce pauvre prince, n'ayant ni force ni volonté, était à la merci de la première intelligence voulant s'emparer de lui. Ce fut donc chose aisée pour Henriette de Clèves, qui était alors la plus séduisante femme de la cour. Aussi faut-il dire qu'elle s'était livrée sans réserve et avec un certain succès. Grâce à elle, ce duc d'Alençon, pâte molle, gardant toujours l'impression du dernier venu, avait enfin pris une résolution: le roi de Navarre se posa pour lui en tuteur, et tout fut bientôt formidablement organisé pour faire arriver ce prince au trône de France.

Les obstacles étaient à peu près nuls: Charles IX était presque mourant; le duc d'Anjou, élu roi de Pologne, trônait à Varsovie. Il n'y avait donc, pour le dernier des fils de Catherine de Médicis, que peu d'obstacles à vaincre pour arriver au trône de France, que la mort allait rendre vacant.

Jamais conjuration n'avait été mieux préparée, n'avait reposé sur des bases plus

solides. Le roi de Navarre avait fait merveilles : un nombre considérable de seigneurs avaient répondu à son appel, et se
tenaient prêts à prendre les armes. Il n'y
avait plus, en quelque sorte, pour le duc
d'Alençon, qu'à monter à cheval et dire :
Je suis roi !

Oh ! mais c'est qu'il faut une terrible volonté pour dire cela, et que peu de gens
sont doués d'une volonté semblable. Comment donc ce pauvre prince l'aurait-il eue,
lui qui tremblait au moindre bruit ?

Tout était prêt : la duchesse de Nevers
était assise à côté de ce jeune prince, en
l'âme duquel elle s'efforçait en vain d'insuf-
fler quelque ardeur.

— Cher sire, disait-elle en pressant dans
ses divines mains les mains du jeune
prince, vous allez être roi, et ce me sera
douce chose d'être votre humble sujette.

— Oh ! madame la duchesse, les choses
en sont-elles à ce point ?

— Sire, montez à cheval, et criez : *Je suis
roi !* De toutes parts alors, vous entendrez
crier : *Vive le roi !*

Cela était vrai, et le succès paraissait
tellement certain, que Coconas, et Lamole
lui-même, agissaient presque ouvertement,
recrutant des partisans de toutes mains.

Qu'avait à faire le duc d'Alençon ? Presque rien, monter à cheval, se rendre dans
la ville dont il portait le nom ; c'était tout.
Là une cour se formait autour de lui ; son
armée grossissait ; les huguenots l'accla-
maient roi de France, — et il était roi ! —
Quoi qu'on en puisse dire, c'est ainsi que
toujours se sont faits les nouveaux rois, — et
toujours ainsi ils se feront.

Mais, pour faire un roi, il faut d'abord
un homme, un homme au grand cœur, prêt
à payer de sa personne. Or, le duc d'Alençon était, comme nous l'avons dit, un homme
sans énergie, un malheureux crétin, capable de toutes les ambitions et de toutes
les lâchetés.

Tout était prêt ; on sellait le cheval qui
devait emporter le duc d'Alençon dans la
ville de ce nom, lorsque Catherine de Médicis apprit par ses espions que son plus
jeune fils allait monter à cheval pour quitter
Paris.

La reine mère sentit qu'il fallait frapper
ferme ; elle envoya au jeune duc son capitaine des gardes, portant ordre pour ce fils
de France de se rendre près de sa mère.

Le duc d'Alençon avait le pied à l'étrier
lorsque le capitaine des gardes arriva près
de lui. En l'état où se trouvaient les choses,
c'était bien certainement le cas pour le duc
d'Alençon d'enfourcher sa monture et de
piquer des deux, et ainsi aurait fait un
homme de cœur ; mais, entre le duc d'Alençon et un homme de cœur, il y avait une
distance immense. Ce pauvre crétin, au
moment de quitter Paris, sentit le cœur lui
faillir, et il s'arrêta.

— Mordiou ! monseigneur, s'écria Coconas, qui tenait l'étrier, nous voulons-vous
faire marquer comme couards et félons ?

— Monseigneur, disait de son côté Lamole, nous sommes vos loyaux serviteurs,
et nul n'arrivera méchamment à vous avant
de nous avoir broyé les os !

Et il disait vrai, le brave garçon ; car, au
milieu des intrigues de ce temps, il y avait
çà et là des élans de cœur inappréciables,
des bouffées de fraternité chrétienne qu'on
sent et qu'on n'analyse pas.

A ces cris si éloquents, le duc d'Alençon
fut sourd. Le cœur lui manqua ; il se fit
porter sur son lit, et ce fut là que vint le
trouver la reine mère, qui déjà savait les
principales choses de la conspiration.

— Cher enfant, lui dit-elle, ne faites pas
mystère de ce qui est arrivé ; l'état où vous
êtes nous est une preuve de votre repentir : aussi ne voulons-nous punir que les
félons qui vous ont entraîné en tel piège.

Ces paroles commencèrent à rassurer
quelque peu le lâche prince ; il fit des aveux ;

mais d'après ces aveux mêmes, la conjuration parut à Catherine de Médicis tellement formidable, qu'elle crut devoir prendre des mesures extraordinaires.

La cour était réunie à Saint-Germain ; mais elle ne crut pas ce lieu assez sûr : elle voulut que la cour se transportât à Vincennes, et les préparatifs se firent en conséquence.

Le roi de Navarre, instruit trop tard de la

Les hommes demandaient plus que la bienséance ne permettai:.

trahison du prince royal fut arrêté au moment où il allait quitter la cour, et conduit devant la reine mère.

— Beau-fils, lui dit Catherine, vous avez fait mauvais jeu en ces derniers temps, et pourtant nous vous pardonnons ainsi qu'à notre cher fils le duc d'Alençon ; mais le pardon ne doit être tel qu'il vous permette de recommencer l'offense. Par ainsi, vous et notre cher fils le duc d'Alençon, vous monterez incontinent en notre coche, et nous accompagnerez où il nous plaît aller.

Il n'y avait pas de résistance possible : Henri le comprit parfaitement ; aussi se résigna-t-il sans peine. Il monta dans le coche, tourna autant que possible le dos au duc

d'Alençon son beau-frère, placé près de lui,
et arriva ainsi au château de Vincennes,
lieu de sûreté choisi par Catherine de
Médicis.

Henri, jusque-là, ne s'était pas cru réellement prisonnier; aussi fut-ce pour lui une
grande surprise, quand il mit pied à terre,
de se trouver dans la cour du donjon, entouré d'officiers qui semblaient n'attendre
qu'un mot de la reine pour s'emparer de sa
personne (1).

— Que me veut-on, madame? demanda-
t-il en se tournant résolûment vers Catherine; ai-je donné dans un piége?

— Beau-fils, répondit-elle, le roi et moi
ne voulons que votre bien, comme aussi
celui de notre fils d'Alençon, et nous n'avons
pris quelques mesures que pour vous garder
près de nous.

— Ce qui veut dire que nous sommes
prisonniers, reprit Henri en s'adressant au
duc.

D'Alençon baissa la tête, et ne répondit
point; mais la reine répliqua :

— Ce vous sera prison douce, beau-fils;
car vous aurez ici toute liberté, et n'y verrez
que de plaisants visages, en même temps
qu'on vous y fera bonne justice.

Mais ces doucereuses paroles ne pouvaient
déguiser complétement la vérité. Les princes
étaient réellement prisonniers, et le duc
d'Alençon commença à se repentir de sa
lâcheté lorsqu'il apprit que le roi avait
nommé une commission composée de Chris-
tophe de Thou, premier président du parlement, et de plusieurs autres magistrats,
pour instruire cette affaire et décider du
sort des deux captifs. Ce fut en tremblant
qu'il comparut devant ses juges; on lui fit
entendre que sa qualité de frère du roi le
mettait à l'abri de toute violence, et, dès
lors, il s'avoua coupable, sans être arrêté

par la crainte de livrer au bourreau ses amis,
dont il avait fait ses complices.

Henri tint un tout autre langage : s'adressant à la reine, qui était présente, il lui
reprocha sa duplicité, et dit qu'il était prêt
à se faire tuer mille fois plutôt que de supporter de nouveaux outrages de cette femme
qui l'avait tant outragé, et qui déjà une fois
avait voulu le livrer aux égorgeurs.

— Beau-fils, dit Catherine, vous oubliez
que c'est vous que l'on accuse.

— Je n'oublie rien, madame, et ce que je
viens de dire prouve que je tiens mémoire
de tout. Je sais où tend toute cette intrigue;
mais, sur mon âme, vous n'aurez pas aussi
bon marché de moi que vous l'avez espéré.

La reine ne répliqua point, et l'interroga-
toire cessa; mais, dès ce moment, les deux
princes commencèrent à ressentir quelque
peu les rigueurs de la captivité.

Catherine n'ignorait pas que le roi de
Navarre avait des amis puissants, et les
menaces que Henri lui avait faites un peu
trop imprudemment avaient augmenté ses
craintes. Les plus redoutables de ces amis
sur lesquels Henri comptait étaient les maréchaux de Montmorency et de Cossé.
Catherine apprit qu'ils avaient convoqué
une assemblée des principaux du parti, dans
laquelle on avait décidé que, aussitôt
Charles IX mort, on ferait reconnaître roi
le duc d'Alençon. C'était là précisément ce
que redoutait la reine mère, qui n'avait
d'affection réelle que pour son fils Henri,
duc d'Anjou, et maintenant roi de Pologne.

Il y avait donc pour elle de nouveaux
coups à frapper; mais cela demandait beaucoup d'adresse et de circonspection. Catherine fit si bien, que le roi, chaque jour plus
malade, témoigna le désir de voir ses maréchaux près de lui. Ils vinrent sans défiance
à Vincennes; on les logea au donjon, où
ils furent gardés à vue, et lorsque, s'apercevant qu'ils n'étaient plus libres, ils firent
mine de vouloir se retirer on leur déclara

_____

(1) *Histoire du Donjon de Vincennes.*

qu'ils étaient prisonniers, et on les conduisit à la Bastille.

Les preuves manquaient contre les maréchaux, qui, d'ailleurs, n'avaient rien entrepris contre le roi et ne s'étaient occupés que d'éventualités. Charles IX, de plus en plus souffrant, était fatigué de tant d'intrigues.

— Ne voyez-vous pas, madame ma mère, disait-il un jour à Catherine, qu'en voulant me si bien garder vous m'enlevez tous mes amis ? Le maréchal de Montmorency ne peut être mon ennemi, et je ne vois dans toute cette affaire que vous faites si grosse que d'imprudentes paroles. Ne dois-je donc plus avoir un moment de repos ? C'est ma volonté que cela finisse promptement.

La reine mère ne pouvait avouer à Charles qu'en tout cela elle ne travaillait qu'à sauvegarder les intérêts de son fils Henri. Il fallait donc qu'il crût à une conspiration contre sa personne, afin qu'elle pût déjouer les projets des amis du duc d'Alençon. Or, cette conspiration existait toujours, et elle avait pour agents les plus actifs, comme on l'a vu, Lamole, la duchesse de Nevers et Coconas, capable de remuer ciel et terre pour renverser ce roi qui avait fait preuve envers lui d'une si horrible ingratitude.

La lâcheté du duc d'Alençon, l'arrestation des maréchaux, du roi de Navarre et du duc d'Alençon lui-même, n'avaient fait qu'irriter Coconas. En vain Lamole lui représentait-il qu'il fallait maintenant être très-réservé, faire le mort en quelque sorte, pour attendre une occasion favorable de renouer les fils à moitié rompus de l'intrigue ; le Gascon n'était pas d'humeur à souffrir que les choses traînassent ainsi en longueur. — Nul ne pouvait prévoir ce qui est arrivé, disait Lamole ; mais il est si difficile de cacher quelque chose à cette endiablée de reine mère !

— Et pourtant, disait Coconas, cette maîtresse femme n'a fait que des crétins, des lâches, des traîtres !...

— C'est trop dire, ami ; le duc d'Alençon a été faible, j'en conviens, mais seulement quand il s'est vu découvert.

— Bon ! c'est-à-dire qu'il a cessé d'être brave quand il a vu le danger ; c'est ce que je veux dire.

— Il ne faut rien exagérer, Coconas ; les princes ne peuvent ressembler complétement aux autres hommes.

— Vraiment ! c'est chose que sais de reste.

— Oui ; mais il y a d'autres choses que tu ignores, et que je sais, moi !

— Touchant ton prince ?

— Oui, monseigneur le duc d'Alençon.

— Eh bien ! tu me diras tout ce que tu voudras ; mais ce garçon-là n'a guère que le courage d'une fille.

— Tu te trompes, ami.

— C'est mon opinion personnelle : je ne t'oblige pas à la partager.

— Et je te dis, moi, que ton opinion n'a pas le sens commun.

— Ah ! tu dis cela ?

— Et je le répéterai au besoin.

— Vous allez voir que son duc d'Alençon est un César !

— Pourquoi pas ?

— Ah ! pourquoi ? c'est que malheureusement pour ton cher prince, les Césars ne sont pas faits de la même pâte que ces femmelettes.

— Je te dis que tu te trompes. Ecoute, le duc lui-même me disait hier :

« — Lamole, je sais que l'on me juge mal, et que les aveux que j'ai faits à la reine ont fait dire que je manquais de cœur.

« — Ma foi, monseigneur, lui répondis-je, j'avoue que les apparences sont contre vous, et qu'en vous jugeant selon elles...

« — Et toi aussi, Lamole, tu me crois un lâche ?

« — Oh ! monseigneur ! Dieu me garde de vous faire une telle injure !

« — Si, si, reprit-il vivement ; je suis sûr que tu penses ainsi, parce que, comme les autres, tu me juges d'après les apparences, et l'on me jugerait encore plus sévèrement si l'on savait tout ; car on croit qu'en avouant je n'ai fait que céder aux sollicitations de madame la reine ma mère, tandis que c'est de mon propre mouvement que je me suis rendu près d'elle pour lui tout dire.

« — Ah ! monseigneur, est-il possible que vous ayez fait cela ?

« — Oui, Lamole, je l'ai fait. Mais c'est que je savais qu'elle avait tout découvert, et que j'ai voulu lui faire croire que cela s'était fait sans mon aveu. Mornay, Buhi et Guitri, qui devaient s'emparer de la ville de Mantes, avaient échoué dans l'exécution de ce projet. Turenne, une des plus fortes têtes de l'entreprise, déclara que tout était perdu, et que madame ma mère avait certainement éventé l'affaire. Il ajouta qu'il n'y avait plus qu'une ressource pour les plus compromis : c'était de se ranger en apparence du parti de la reine, afin de frapper le coup plus tard, au moment où l'on y songerait le moins. C'est ce qu'il a fait lui-même, et c'est ce que j'ai fait ; mais l'heure n'est pas loin où je me réhabiliterai. Donc, si tu m'aimes, tiens-toi prêt ; car, bien que gardé à vue, le roi de Navarre a tout préparé d'ici. »

— Voilà, ami Coconas, où en sont les choses. Crois-tu encore que le duc d'Alençon soit une femmelette ?

— Hum, fit le Gascon, cela change un peu l'aspect des choses.

— Ce n'est pas tout. Aujourd'hui même le duc m'attend pour achever de tout régler. Il faut que ce soir la duchesse et toi soyez à la tour ; Marguerite s'y rendra ; j'irai vous joindre en quittant le prince, et j'amènerai le physicien Côme, qui déjà nous a bien servis, et qui, par son art, peut nous rendre de nouveaux services en cette conjoncture.

— Mordiou ! voilà qui remet du baume au cœur !

— Ainsi donc de ce tu donneras avis à madame de Clèves.

— J'y vais de ce pas, afin de prévenir tout empêchement.

Et il courut en effet à la tour de Nesle, d'où il fit le signal convenu pour donner avis de sa présence à la duchesse de Nevers et l'avertir qu'il avait des nouvelles à lui apprendre.

La belle Henriette ne se fit pas attendre ; car le danger qu'avait couru Coconas avait eu pour résultat d'augmenter encore la véritable passion que lui avait inspirée ce gentilhomme. Elle pouvait avoir, et elle avait en effet, ainsi que nous l'avons dit, d'autres liaisons ; mais ce n'étaient que des caprices, des distractions, de petites flammes passagères, qui s'évanouissaient presque aussitôt qu'elles étaient nées.

Madame de Nevers se montra fort satisfaite de ce que lui apprit son amant touchant les dispositions du duc d'Alençon, d'abord, parce qu'elle gardait rancune à Catherine de Médicis, qui l'avait quelque peu traitée en petite fille la veille de la Saint-Barthélemi ; ensuite parce qu'elle détestait le roi, qui avait failli tuer l'homme qu'elle aimait ; et, enfin, parce que, pour les femmes de cette humeur, l'intrigue est toujours chose divertissante.

Lamole eut en effet ce jour-là une entrevue avec le duc d'Alençon, qui était au donjon de Vincennes, mais peu étroitement gardé.

— Le roi est mourant, dit le prince à son confident, et la reine ma mère entretient une correspondance très-active avec mon frère Henri, présentement roi de Pologne ; c'est à lui qu'elle veut que revienne la couronne de France, ce qui est injuste, puisque Henri a solennellement accepté celle de Pologne, et qu'il trône présentement à Varsovie. Heureusememt avons de bons amis formant un parti puissant. Le roi de Navarre, tout prisonnier qu'il est, ainsi que moi en ce moment, mène admirablement la chose. D'après ses conseils, le maréchal de Damville vient de se mettre à la tête des réformés dans le Languedoc. Ma ville d'Alençon soupire après ma présence, et sous ses murs je trouverai bonne et brave armée pour marcher sur Paris. Mais, pour m'y rendre, il faudrait d'abord que la cour retournât au Louvre, ce qui ne manquera pas d'arriver dès que le roi aura cessé de vivre, c'est-à-dire dans quelques jours, à moins d'un miracle. Ainsi, ami Lamole, tiens-toi prêt avec tes amis, afin que, l'heure venue, nous partions bien accompagnés.

Les choses, en effet, étaient en cet état ; seulement le roi n'était pas si près de sa fin que le croyait son très-cher frère ; mais Lamole avait songé à cet inconvénient, et c'était pour y parer que déjà il avait fait plusieurs visites à Côme Ruggieri, et qu'il devait le voir encore le soir même et l'amener à la tour de Nesle.

Cela était parfaitement dans les mœurs de ce temps, mœurs dont on peut se faire une idée par ces lignes d'un des historiens le plus justement estimés :

« On remarquait encore des traces de l'ancienne galanterie, mais dégénérée dans les deux sexes. Les femmes, au lieu de ces sentiments qui inspiraient autrefois l'héroïsme, tiraient vanité des preuves de dévouement outré que la frénésie de la passion inspirait à leurs amants. Il était beau, au premier signal de sa maîtresse, de se précipiter dans une rivière sans savoir nager, d'affronter les bêtes féroces, de faire ruisseler son sang avec la pointe d'un poignard pour marquer la disposition où l'on était d'aimer sa dame jusqu'à la mort.

« Selon l'esprit du temps, Henri III, écrivant de Pologne à la belle Renée de Rieux-Châteauneuf et à la princesse de Condé qu'il aimait, « tirait du sang de son doigt, et

« rouvrait et fermait la piqûre à mesure « qu'il fallait remplir sa plume. » Les hommes, en récompense du sacrifice de leur raison au caprice des femmes, demandaient plus que la bienséance ne permettait, et n'obtenaient que trop dans une cour si licencieuse.

« De là les jalousies, les espionnages, les confidences, les rapports, les inimitiés, les éclats qui déshonoraient le monarque et sa famille à la face du royaume.

« Mais ou les grands se souciaient peu alors de l'estime publique, ou ils n'avaient pas les mêmes idées que nous du respect qu'ils se doivent à eux-mêmes. Rien de si commun que les courses tumultueuses du roi avec toute sa cour, tantôt dans les foires qu'il parcourait, dansant, chantant, insultant marchands et curieux, exposé lui-même aux huées d'une populace insolente ; tantôt chez les bourgeois, à l'occasion d'une noce, d'un baptême, ou de quelque autre réjouissance. Il s'y commettait des désordres qui devenaient la matière des plaisanteries du jour.

« A ces débauches publiques succédaient des actes de religion éclatants, tels que des messes solennelles, des processions augustes et pompeuses. Mais, pour un mélange profane, ceux qui venaient d'assister à ces dévotions avec tout l'extérieur du recueillement se transportaient de là chez l'astrologue et le devin, espèce de gens mis à la mode par la crédulité de Catherine de Médicis.

« Hommes et femmes s'y donnaient des rendez-vous clandestins. On y composait des philtres pour se faire aimer, des charmes pour se venger.

« Le plus fameux de ces astrologues était un nommé Côme Ruggieri, Florentin ; il passait aussi pour habile empoisonneur. La reine mère et plusieurs seigneurs le protégeaient ouvertement. De là vinrent sans doute des soupçons multipliés, qu'à peine une personne de marque mourait-elle sans qu'on publiât qu'elle avait été empoisonnée. Pour les ennemis d'un autre rang, on s'en défaisait par l'assassinat : nul temps, nul lieu, n'était respecté (1). »

Nous devons ajouter à ce précis que l'une des principales opérations auxquelles on se livrait chez les astrologues, et dont ces derniers étaient les inventeurs, s'appelait l'*envoûtement*. Voulait-on se défaire d'un personnage quelconque, on l'*envoûtait*, c'est-à-dire que l'astrologue faisait l'image en cire de la personne qu'on voulait faire mourir ; puis, sur cette figure, se faisaient des conjurations très-compliquées, après quoi l'astrologue la livrait aux gens qui la lui avaient demandée, non sans la faire payer très-cher. Il est vrai qu'il y joignait des instructions d'un grand prix. Voulait-on que la personne représentée par la figurine se portât bien, on mettait cette figurine sous verre, à l'abri de tout accident, et dès lors la personne représentée n'éprouvait aucun mal. Si on voulait que cette personne devînt aveugle, on enfonçait des épingles dans les yeux de la figure de cire ; pour la rendre sourde, on lui perçait les oreilles, et on la rendait infailliblement muette en lui perçant les deux lèvres avec la même épingle. Enfin, quand on voulait tuer la personne représentée, on enfonçait dans l'image une épingle à l'endroit du cœur, et la mort était assurée.

C'était, comme on voit, un moyen fort commode de se débarrasser des importuns, et le procédé avait bien son prix. Ajoutons encore que très-fréquemment les choses arrivaient comme l'astrologue les avait prédites, surtout quand il était bien payé. Mais il faut dire aussi, pour l'intelligence des faits, que ces honnêtes astrologues étaient médecins, et que les principaux d'entre eux s'entendaient comme larrons en foire. Cela, croyons-nous, est explicite et

(1) ANQUETIL, *Histoire de France*.

donne la clef de ces prétendues sorcelleries.

Revenons maintenant à Lamole. Ce gentilhomme était de son temps, c'est-à-dire crédule, superstitieux et très-peu scrupuleux. Selon ce que lui avait dit le duc d'Alençon, le roi était à l'extrémité ; mais il pensait que, sur ce point, le duc d'Alençon ne pouvait savoir que ce qu'on lui disait, et déjà, même avant ce jour, l'idée lui était venue d'aider un peu à la chose, et c'était pour cela qu'il se proposait d'aller trouver Côme Ruggieri. Le personnage pourra sembler mal choisi d'après ce que que nous avons dit, à savoir qu'il était ouvertement protégé par la reine mère ; mais il faut remarquer que les astrologues, magiciens et sorciers de ce temps-là, étaient absolument dans les mêmes conditions que les avocats de ce temps-ci, lesquels, comme c'est leur droit, défendent, de deux adversaires, celui qui paye le plus.

Disons en passant que ce n'est pas une mauvaise querelle que nous faisons aux avocats : nous savons parfaitement qu'en revêtant leur magistral caractère ils font serment de ne point défendre une cause qui leur paraîtrait injuste ; mais nous savons aussi que rien n'est variable comme le point de vue, et que l'*optique logique*, qu'on nous passe le mot, est excessivement impressionnable à certains agents.

Donc Lamole, vers la fin du jour, se rendit chez Ruggieri.

— Maître, fit-il, je n'ignore pas que vous êtes le protégé de madame la reine mère ; mais ce néanmoins je vous crois homme de cœur et incapable de me trahir.

— Messire, répondit l'astrologue, j'ai servi beaucoup de gens, et oncques trahison ne m'a été reprochée.

— Et puis, maître, nous voulons vous généreusement indemniser.

— Bien, bien, messire ! il n'est besoin de tant de paroles à qui sait les entendre.

— Voyons, maître, reprit Lamole en déposant une bourse assez rondelette sur la table près de laquelle il était assis, dites-nous d'abord ce que vous pensez de l'état du roi, notre sire, Charles neuvième.

— Euh ! fit Ruggieri, le mal est grand.

— Ben ! mais il touche à sa fin, n'est-ce pas ?

L'astrologue couvrit son visage de ses deux mains, et il parut réfléchir profondément ; puis, relevant la tête :

— Mon fils, dit-il, il y a, chez monseigneur le roi, lutte entre deux principes suprêmes ; mais je ne saurais dire quel l'emportera, n'ayant pas de près examiné la chose.

— Examinez-la donc, maître, car c'est chose de première importance.

— Eh ! messire, vous ne tenez donc nul compte des dangers de ce résultant ?

Lamole comprit que la bourse qu'il avait pesée sur la table n'était pas suffisamment gonflée, et il en glissa une seconde à côté de la première pour lever les difficultés.

Ruggieri se leva ; il alla pousser les verrous de la porte de son cabinet ; puis, revenant près de Lamole, il dit à demi-voix :

— Nous travaillons maintenant pour monseigneur le duc d'Alençon.

— Ah ! vous devinez, maître ?

— C'est mon métier, messire.

— Servez-nous donc en cette occurrence, et vous vous en trouverez bien.

— Et ainsi je ferai, messire ; mais il faut de la prudence, car madame la reine mère est fine au diable.

— Mais elle ne saurait être tellement puissante qu'elle pût neutraliser vos charmes ?

— Sur ce, messire, nous ne reconnaissons point de maître. Et, pour faire tout d'abord preuve de notre science, nous vous dirons, sans plus de discours, que vous venez céans pour *envouter* le roi.

Lamole pâlit : Ruggieri disait vrai ; mais le courtisan n'était pas préparé à entendre la vérité si rudement exprimée.

— Et si cela était ? fit-il.

— Messire, je suis devin ; mais il faut que telles choses soient dites nettement.

— Sommes-nous seuls, maître ?

— A cent pieds de distance de nous, il n'y a gens nous pouvant entendre.

— Eh bien ! maître, le roi notre sire étant définitivement condamné, qu'est-ce qu'un jour de plus ou de moins ?

— Un jour, messire ! c'est quelquefois moins qu'une seconde, et quelquefois plus qu'un siècle.

— Ah ! fit Lamole, qui ne comprenait pas.

— Oui, messire, dit Ruggieri, qui jugeait de l'intelligence du gentilhomme, un jour est chose immense en pareille affaire. Eh bien ! la chose peut être avancée comme vous le voulez ; mais, en telle occurrence, il faut se bien entendre.

— Eh bien ! maître, faites le chemin, et nous y marcherons les yeux fermés.

— Avant ? fit le rusé charlatan.

— Avant, pendant et après, maître, car tous, tant que nous sommes, nous vous tenons pour une puissance suprême et nous vous obéirons quoi qu'il arrive.

De telles paroles ne pouvaient être indifférentes à l'astrologue : il était dévoué à Catherine de Médicis ; mais, depuis quelque temps, Catherine ne payait point ; l'argent manquait à la cour, et les juifs, dont on eût eu tant besoin, se tenaient cachés comme des taupes.

C'était véritablement désastreux, surtout pour les gens de l'humeur de Côme Ruggieri, qui vendaient leurs services au poids et à la mesure, et ne se souciaient de faire crédit.

Donc, entre Catherine qui ne payait plus et Lamole qui venait de payer deux fois, le choix ne pouvait être douteux, et Ruggieri déclara qu'il était prêt à se rendre partout où Lamole voudrait le conduire. Or, on sait où Lamole devait se trouver ce soir-là.

Coconas, Henriette de Clèves et la reine de Navarre étaient réunis dans la tour de Nesle lorsque Lamole y arriva, traînant en quelque sorte à la remorque l'astrologue fort ému.

— Maître Côme, fit le gentilhomme gascon, qui avait l'excellente habitude de ne douter de rien, puisque vous êtes des nôtres, l'affaire doit aller vite et bien. Vous nous allez donc dire premièrement le jour où doit trépasser le roi Charles neuvième.

— Messire, répondit Ruggieri, je ne saurais le dire sans, au préalable, avoir consulté les astres, et nous ne sommes pas ici convenablement placés pour cela. Mais je puis affirmer que le roi, bien qu'il soit mortellement atteint, peut encore languir une année, et plus.

— Une année ! fit Coconas.

— Oui ; mais, par humanité, nous pouvons vous donner les moyens d'abréger les souffrances de ce très-honoré sire, et nous sommes, pour cela, pourvu d'objets nécessaires.

— Oh ! dit la duchesse de Nevers, nous vous savons expert dans la composition des philtres ; mais il n'est toujours facile d'en user.

— Nous ne voulons parler de philtre, madame la duchesse, mais de chose plus merveilleuse que nous avons seul le don de préparer, et qui donne toute-puissance à qui nous la remettons, sans qu'il soit besoin d'approcher des gens sur lesquels on la veut exercer. Mais il se faut entendre d'abord, et, ainsi que je vous l'ai dit, messire, ajouta-t-il en se tournant vers Lamole, c'est nettement qu'il me faut parler pour obtenir succès.

— Et ainsi vais-je faire, maître. Ma tant chère Marguerite, nous ne sommes pas des enfants à nous effrayer de paroles, et madame la duchesse nous a déjà montré qu'elle sait à propos faire preuve de courage.

Marguerite ne répondit point ; c'était la vie du roi que l'on mettait ainsi en question, et, quelque corrompue que fût la reine de Navarre, elle tremblait à la pensée de se rendre complice de l'assassinat de son frère. La duchesse était beaucoup plus énergique.

— Quand on veut la fin, dit-elle, il faut vouloir les moyens.

— D'autant, reprit Lamole, que ce sont moyens doux dont on peut à son gré retarder l'effet.

L'astrologue s'était aperçu de l'hésitation de Marguerite ; il craignit de s'être trop avancé ; car il savait que, si Catherine de Médicis était souvent en mauvaise intelligence avec sa fille, il n'était pas rare de les voir se rapprocher à l'occasion de quelque intrigue, et que plus d'une fois Marguerite avait poussé la complaisance jusqu'à se faire l'espionne de sa mère.

Mais comme, d'un autre côté, il n'était pas homme à rendre l'argent qu'il avait reçu et à laisser échapper l'occasion de grossir la somme, il chercha un biais pour se mettre à l'abri de toute indiscrétion.

— Qu'attendez-vous donc, maître, pour commencer l'opération ? demanda Lamole.

— J'attends, répondit tranquillement Côme, que madame la reine, madame la duchesse et vous, messires, soyez prêts à faire le serment, sans lequel il ne peut y avoir aucun succès à espérer.

— J'en ferai dix s'il le faut ! s'écria Coconas, et les tiendrai tous comme il convient.

— Ce n'est pas chose à nous arrêter en tel chemin, dit la belle Henriette. N'est-il pas vrai, ma chère reine !

— Au point où j'en suis, reprit Lamole d'une voix altérée, si quelqu'un de nous faiblit, je n'ai d'autre ressource, pour échapper au bourreau, que de me passer mon épée au travers du corps.

— Que dis-tu, ami ? s'écria Marguerite épouvantée.

— La vérité, ma chère âme : la partie est belle, mais elle n'est pas gagnée ; et, si nous la perdions, ma tête serait certainement le premier enjeu.

— Oh ! nous la gagnerons... Oui, oui ; tu as raison, ta vie est menacée : deux fois déjà ils ont voulu te tuer... Tu ne mourras pas, Lamole, ou nous mourrons ensemble.

Votre Majesté sait que... toutes dames sont curieuses de l'avenir..

Lamole, en effet, n'avait échappé que par miracle aux embûches du roi, qui le détestait doublement comme favori du duc d'Alençon et comme amant de sa sœur.

« On rapporte, dit Anquetil, que Charles IX, outré des liaisons peu décentes que Marguerite sa sœur entretenait dans le Louvre et jusque sous ses yeux avec Lamole, voulut un jour en faire justice lui-même, et qu'il distribua au duc de Guise et à d'autres confidents des cordes pour étrangler cet audacieux, à qui le hasard seul fit éviter l'embuscade. »

La maladie de Charles IX l'avait seule

Saint-Germain. — Imprimerie D. BARDIN.

empêché de faire de nouvelles tentatives pour se débarrasser de cet homme, qu'il haïssait, et son retour à la santé eût certainement fait courir de nouveaux dangers à l'amant de Marguerite, ce qui explique l'ardeur avec laquelle Lamole s'était jeté dans la conspiration qui avait pour but de mettre le duc d'Alençon sur le trône.

— Vous ferez donc le serment, ma belle reine ? demanda-t-il en portant à ses lèvres la main de Marguerite.

— Oui, oui... Ils veulent ta mort, et je veux te défendre.

— Faites donc la formule du serment, maître, reprit Lamole.

Ruggieri se leva, fit le tour de la chambre en tenant les mains levées vers le ciel et en prononçant des paroles n'appartenant à aucune langue connue ; puis il se plaça au milieu des quatre personnages, et, d'une voix lugubre, il dit :

— Vous qui êtes ici présents, jurez sur votre salut, devant l'esprit invisible qui est maintenant au milieu de vous, de ne jamais révéler par paroles, écrits ou actes quelconques, ce qui s'est passé depuis notre arrivée en ce lieu, ce qui s'y passera tout à l'heure, et les faits qui en résulteront.

— Je le jure ! je le jure ! s'écrièrent en même temps Lamole et Coconas.

— Je le jure ! dit la belle duchesse en levant sa mignonne et blanche main, que le Gascon saisit et baisa avec transport.

— Je le jure ! dit à son tour Marguerite d'une voix émue.

— Esprit ! s'écria l'astrologue, nous t'ordonnons de retenir ces paroles !

A ces mots, il tourna sur lui-même ; les lumières s'éteignirent ; une sorte de spectre de flamme apparut, s'élevant vers le plafond, et disparut presque aussitôt ; en même temps les flambeaux se rallumèrent comme d'eux-mêmes.

Hommes et femmes étaient frappés de terreur. Cette fantasmagorie, qui aujourd'hui n'effraie même plus les enfants, avait, à cette époque de semi-barbarie, une influence immense sur l'imagination de ceux dont elle frappait les yeux.

— Maître Côme ! s'écria Marguerite, au nom de Dieu, délivrez-nous !

La duchesse était pâle, tremblante, presque évanouie ; Coconas avait mis l'épée à la main. Lamole seul avait gardé son sang-froid, non qu'il crût moins que les autres à la puissance de l'astrologue, mais au contraire parce que cette puissance le rassurait sur le résultat de la dangereuse entreprise dans laquelle il s'était jeté corps et âme.

— Rassurez-vous, dit Ruggieri ; l'esprit que vous avez vu n'est à craindre que pour les parjures.

Il fit de nouveau le tour de la chambre, comme la première fois, puis il tira de dessous sa robe une baguette magique et un rouleau de parchemin ; du bout de cette baguette, il toucha successivement le front des quatre personnes présentes, puis il l'appuya sur son propre front.

— Et maintenant, dit-il, vous et moi, sommes liés d'un lien indestructible pour le succès de l'entreprise dont il s'agit : le premier de nous qui faillira entraînera les autres.

Il détourna le parchemin, qui était tout couvert de signes hiéroglyphiques, et il l'étendit sur une table ; puis, se tournant successivement vers chacun des quatre points cardinaux, il fit de nouvelles conjurations en une langue ignorée, après quoi il s'écria d'une voix bien accentuée :

— Souvenez-vous de votre serment !

— Nous ne voulons nous en départir, répondit Coconas ; marchez donc maître, alors qu'êtes en si belle voie.

Ruggieri n'eut pas l'air de faire grande attention à ces paroles ; il savait maintenant que ces quatre personnages étaient à lui, qu'il en obtiendrait tout ce qu'il voudrait ; et, comme il y avait parmi eux une reine et une duchesse, il se sentait disposé à vouloir beaucoup.

S'étant assis devant la table où était étendu son parchemin, il en examina minutieusement tous les signes, puis il les combina en les assemblant horizontalement, verticalement, triangulairement.

Enfin il tira encore de dessous sa robe deux petites figures de cire à peine ébauchées, et une fine lame de pur acier avec laquelle il acheva de les modeler. Cette opération terminée, il appela sur ces figurines l'attention des quatre personnages.

— C'est mon frère! c'est ma mère! s'écria Marguerite.

C'est qu'en effet Côme Ruggieri avait un merveilleux talent de statuaire ; mais, comme il était plus amoureux d'or que de gloire, voilà l'usage qu'il en faisait.

— Oh ! c'est bien le roi ! fit la duchesse.

— Et c'est bien aussi, dit Coconas, madame la reine mère qui nous est venu quérir céans, et nous a dédaigneusement rejetés dès qu'elle n'a plus eu besoin de nous.

— Ecoutez, fit l'astrologue, je vous livre la reine mère et le roi son fils ; les voici : vous est loisible désormais de leur infliger plusieurs maux, voire de leur ôter la vie ; mais, pour chacune de ces choses, il faudra la coopération de tous quatre ; c'est quatre coups d'épingle qu'il faudra pour réussir, soit aux yeux, aux oreilles, aux lèvres ou au cœur.

La reine de Navarre, la duchesse et leurs amants demeuraient muets ; chacun d'eux se demandait mentalement en quelles mains allaient demeurer ces terribles figurines.

Lamole, qui était le plus compromis, fit alors un effort surhumain et déclara qu'il garderait chez lui ces figures, et que, pour chaque opération, qui devait être collective, il les rapporterait à la tour de Nesle.

Tout cela avait demandé beaucoup de temps : ce ne fut que vers le milieu de la nuit que Ruggieri sortit de la tour ; non

sans avoir reçu de la duchesse et de la reine de Navarre de nouvelles preuves de munificence.

Quant à Lamole et à Coconas, ils devaient rester là jusqu'au point du jour: le programme avait été ainsi réglé, et personne n'avait le désir d'y contrevenir.

Côme n'était pas sorti par la porte d'eau ; il n'était pas brave, le digne astrologue ; il se disait qu'il ne faut qu'un instant pour noyer un homme, et il se rendait la justice de penser que bon nombre de gens devaient le maudire, ce qui était vrai.

Il sortit donc de la tour par la porte donnant sur le quai, laquelle ne s'ouvrait jamais, tant étaient nombreux les verrous, barres de fer et engins de toutes sortes qu'il fallait déplacer avant de la pouvoir faire rouler sur ses gonds.

Enfin elle s'ouvrit pour lui, et il se mit à marcher à grands pas pour gagner le pont Saint-Michel, traverser la Cité, passer le pont au Change et gagner, en descendant la rive droite, sa demeure située près du Louvre. Il accomplit ce trajet sans faire aucune rencontre, ce qui était rare à cette époque, et il arriva chez lui sain et sauf ; mais là l'attendait une terrible épreuve.

Catherine de Médicis ne savait au juste ce qui se tramait ; seulement certains indices lui avaient donné des soupçons, et, depuis quelques jours, elle faisait espionner Lamole de manière à ce qu'il ne pût faire un pas sans qu'elle en fût instruite. Elle savait donc que, à son retour de Vincennes, Lamole s'était rendu chez Ruggieri et avait emmené ce dernier à la tour de Nesle.

Un instant elle eut le dessein de se rendre en ce lieu, comme elle l'avait fait la veille de la Saint-Barthélemi ; mais elle songea ensuite que l'intimidation était un mauvais moyen pour pénétrer dans le complot qu'elle soupçonnait, et elle se rendit chez Ruggieri, décidée à l'attendre jusqu'au lendemain s'il fallait, pour en obtenir les éclaircissements qu'elle désirait.

Ce fut avec une bien vive satisfaction que Côme, arrivé à la porte de sa maison, saisit le heurtoir et en frappa deux coups bien distincts.

— Madame la reine, dit la vieille gouvernante de l'astrologue, laquelle était initiée à toutes sortes de mystères, voici maître Côme.

— Allez ouvrir, répondit la reine, et sur votre tête, ayez bouche close!

La gouvernante obéit scrupuleusement, car, comme tout le monde, elle savait que la reine mère ne menaçait pas en vain, de sorte que Ruggieri, en traversant le petit salon où il recevait d'ordinaire les clients d'un certain ordre, fut tout surpris de se trouver face à face avec Catherine de Médicis.

— Madame la reine! fit-il.

— Nous-même, maître Côme; vous ne vous attendiez pas à telle visite, et le savons de reste; car nous sommes aussi quelque peu sorcière, et ne pouvons ignorer que, pour le présent, vous nagez en certaines eaux devant la tour de Nesle.

L'astrologue fut frappé de terreur; il se crut perdu: puisque Catherine savait d'où il venait, n'était-il pas probable qu'elle sût quelque chose de ce qu'il y avait de fait?

— Est-ce donc chose si étrange, reprit la reine, qui s'aperçut de son trouble, que nous ayons quelque peu profité de vos leçons?

— Madame la reine, je vous sais la plus habile personne du monde, et il n'est merveille de votre part qui me puisse surprendre.

— Trêve de sottes paroles, maître Côme; nous savons ce que nous valons, et n'avons besoin qu'on nous le dise; ce que nous voulons savoir pour le présent, c'est ce que vous êtes allé faire en cette tour maudite qui toujours fut lieu de maléfices.

— Votre Majesté sait que... toutes dames sont curieuses de l'avenir...

— Et nous savons en outre que vous savez lire en ce livre; mais de ce ne s'agit: là étaient Lamole, Coconas, cette gente duchesse qui semble devoir trépasser au premier mot et qui tiendrait tête à dix hallebardiers, et enfin notre fille la reine de Navarre. Une telle réunion pour si petit motif que vous voudriez le faire croire... Côme, je veux savoir la vérité... la vérité tout entière; et, me la tairiez-vous, que je l'apprendrais d'autre part. Mais vous êtes mien, et vous veux garder comme tel; donc c'est de vous que je la veux apprendre.

Ruggieri sentait qu'il allait être forcé dans ses derniers retranchements, et la frayeur le paralysait; une sueur froide ruisselait sur son visage; ses genoux fléchissaient. La reine mère eut pitié de lui.

— Allons, maître Côme, dit-elle, ne vous effrayez pas ainsi hors de propos: malgré ce qui est arrivé, nous vous tenons toujours pour notre loyal serviteur, et sûrement vous allez vous montrer tel en disant toute la vérité.

Il n'en fallut pas plus pour faire croire à l'astrologue que Catherine était instruite de tout ce qui venait de se passer: comment l'avait-elle appris, c'est ce qu'il ne pouvait deviner, tout sorcier qu'il prétendait être; mais il n'en était pas moins persuadé qu'elle savait tout ou du moins la plus grande partie de ce qui s'était passé.

Dès lors, un aveu adroitement enchâssé pouvait seul le sauver; ce fut à cet expédient qu'il eut recours.

— Madame la reine, dit-il, nous vous aurions tout dit demain, si jusque-là comme nous l'espérions, il nous eût été permis d'attendre. Nous aurions su tout alors, tandis que ne pouvons vous dire que partie.

— Bien, bien! nous devinerons le reste, maître... à moins que ne le sachions déjà, ce qui est chose peu douteuse.

Ces paroles achevèrent d'anéantir Côme Ruggieri ; il se jeta aux pieds de Catherine en protestant de son dévouement, et il raconta tout ce qui s'était passé, en ayant soin de se poser en serviteur fidèle de la reine mère, qui n'avait trempé dans ce complot que pour en connaître toutes les ramifications et dévoiler le tout à sa bien-aimée souveraine.

— Ainsi Côme, dit Catherine, vous avez prêté les mains à ces monstrueuses choses.

— Pour en instruire Votre Majesté. J'ai d'ailleurs pris toutes mes mesures pour que le roi, notre sire bien-aimé, n'éprouve aucun mal, non plus que vous madame la reine, de tout ce qui a été fait : les actes les plus indispensables de l'envoûtage ont été par moi omis à dessein ; c'est une opération nulle et qui a, pour Votre Majesté et monseigneur le roi, cet avantage, que les conjurés, la croyant complète et bonne, ne recourront à aucun autre coupable moyen.

— Nous y mettrons bon ordre, Côme, et de tout ce vous tiendrons bon compte ; mais vous ne pouvez rester où vous en êtes : il vous faut suivre cette affaire, et nous en bien instruire jusqu'à ce que nous trouvions convenable d'y mettre fin, et, ce moment venu, nous vous dirons ce que vous devrez faire.

Ruggieri promit tout ce que la reine voulut.

Il savait bien qu'en somme les conspirateurs n'avaient péché que par intention, et que l'envoûtage n'était que misérable jonglerie ; qu'ainsi il allait traîner sur l'échafaud des gens, sinon innocents, au moins plus sottement crédules que coupables ; mais cela était aussi dans les mœurs du temps : on allait à la fortune par tous les moyens possibles, sauf à faire ensuite pénitence.

Catherine de Médicis avait eu d'abord l'intention de faire arrêter les conjurés en flagrant délit lors de leur prochaine réunion ; mais, bien qu'elle ne fût pas tendre, elle recula à la pensée que sa fille Marguerite serait ainsi livrée par elle à la colère du roi, déjà furieux des désordres de sa sœur.

Elle connaissait le caractère chevaleresque de Coconas et de Lamole pour être sûre qu'ils ne compromettraient pas leurs maîtresses quoi qu'il pût arriver, et elle résolut de se contenter de ces deux victimes, sauf à admonester sévèrement la reine de Navarre, et à chercher un peu plus tard le moyen de perdre la belle duchesse de Nevers.

Les choses suivirent donc leur cours ; les réunions à la tour de Nesle étaient devenues de plus en plus fréquentes ; Ruggieri y assistait sous le prétexte de continuer les conjurations, et de juger, par l'aspect des figurines, des progrès de l'entreprise.

— Cela va bien, dit-il un jour ; à demain le dernier coup d'épingle, et, avant la fin de la semaine, nous pourrons dire : *Le roi est mort, vive le roi !* Quant à madame la reine mère...

— Oh ! maître, interrompit Marguerite, n'est-ce pas assez d'un trépas ?

La duchesse frappa du pied avec impatience :

— Chère reine, dit-elle, vous oubliez qu'il ne s'agit de venger seulement vos injures, mais aussi un peu les nôtres.

— Et ainsi sera fait, reprit l'astrologue ; mais chaque chose en son temps. Madame la reine Catherine et son fils le roi ne sont nés sous la même constellation ; à chacun d'eux il faut conjuration différente. Nous ne mettrons à la reine mère, pour cette fois, que l'épingle aux oreilles.

Il s'agissait, pour le lendemain, de porter le dernier coup au roi moribond. Lamole arriva de bonne heure avec les figures de cire ; il trouva dans la tour Henriette de Clèves et Coconas qui ne se quittaient presque pas, afin de mettre à profit les derniers jours de l'absence du duc de Nevers.

Ruggieri ne se fit pas attendre.

Marguerite arriva la dernière ; elle était pâle, et il était aisé de voir, à la rougeur de ses yeux, qu'elle avait pleuré. C'est que sa raison s'épouvantait à la pensée du crime qui allait s'accomplir, et luttait violemment contre sa passion pour Lamole.

Ruggieri n'avait pas non plus son calme habituel. C'est qu'il savait ce qui devait arriver à l'issue du conciliabule, et qu'il craignait à la fois la vengeance de ceux qu'il trahissait et la nécessité dans laquelle Catherine de Médicis pourrait se croire de le comprendre au nombre des conjurés.

— Allons, maître, dit Lamole en tirant les figurines de la boîte où elles étaient enfermées, ne perdons un temps précieux.

L'astrologue prit les figurines, et répéta les conjurations qu'il avait déjà faites à plusieurs reprises ; puis, prenant des mains de la duchesse une épingle d'or très-acérée qu'elle avait fait faire tout exprès, il la toucha de sa baguette à la pointe et à la tête, et la jeta à plusieurs reprises sur un parchemin constellé étendu devant lui ; puis il dit :

— Maintenant il faut qu'une main mâle et sûre porte le coup à l'endroit précis qu'allons indiquer.

Coconas et Lamole s'avancèrent en même temps, le bras tendu.

— Mordiou, dit le Gascon, voici une main qui n'a jamais tremblé.

— Doucement, fit Lamole, ce mauvais sire a failli te tuer, c'est vrai, mais par maladresse et sans volonté de le faire, tandis que moi, il a voulu me faire étrangler comme chien lépreux.

— C'est vrai, répliqua Coconas, mais, s'agirait-il d'un coup de poignard ou d'épée, je ne te céderais pas le pas, néanmoins.

Les regards des deux gentilshommes étaient enflammés ; à voir la contraction de leurs muscles, leurs mains serrées, leur attitude menaçante, on eût dit deux athlètes prêts à en venir aux mains.

Lamole prit l'épingle, et, sur l'indication de Côme, il en perça la figurine de part en part.

Un cri retentit aussitôt ; c'était la reine de Navarre qui, ne pouvant plus contenir son émotion, avait voulu s'éloigner de quelques pas, et qui venait de tomber évanouie.

Cependant Catherine de Médicis avait averti le roi mourant de ce qui se passait ; mais elle en avait été assez mal accueillie.

Déjà, lorsqu'elle l'avait fait transporter en litière de Saint-Germain à Vincennes, sous prétexte de conspiration, le royal moribond s'était amèrement plaint des souffrances inutiles que lui imposait ainsi madame sa mère.

— Ne pouvait-on attendre que je fusse mort ? avait-il dit.

Et plus tard il avait accusé Catherine d'avoir calomnié le roi de Navarre et le duc d'Alençon, et de les avoir persécutés sans posséder les preuves du fait qu'elle leur imputait.

Cette fois, il se montra dans les mêmes dispositions.

— Madame, dit-il aux premiers mots de conspiration que Catherine fit entendre, nous ne savons si l'on peut nous mettre à mort par magie et maléfices ; mais ce nous que savons certainement, c'est que, avec ces soupçons et inquiétudes, vous abrégez sûrement nos jours.

— Mais, sire, cette fois nous avons des preuves, et nous vous les montrerons, et vous verrez alors que si à votre grand mal maître Ambroise Paré ne sait aucun efficace remède, c'est que ce n'est pas une maladie naturelle qui vous tient.

— Et que nous fait cela, si néanmoins nous en devons mourir ?

— Mais précisément c'est que ne voulons pas que tel malheur arrive, et pour cela nous faisons bonne garde autour de vous et ailleurs. Et nous devons vous dire encore que vous étiez bien inspiré au temps où vous vouliez faire mettre à mort ce traître Lamole.

— Est-ce donc lui aujourd'hui qui nous veut faire passer de vie à trépas ?

— Il y a aussi ce Coconas, mignon de madame de Nevers, qui par vous se dit offensé.

— Ah ! maudit Gascon ! que ne lui ai-je mis en la tête la balle qui lui a écorché l'épaule !

— Il y en a d'autres encore, sire, et vous auriez vu vilaines choses si nous n'avions tenu de si près notre fils d'Alençon et notre gendre, le roi de Navarre. Sur ce, dans deux jours nous vous en dirons davantage.

— Allons, vous ne voulez nous faire grâce de rien ?

— Nous voulons vous garder des méchants traîtres, et vous nous direz merci quand nous vous aurons montré les preuves de leurs méfaits.

Charles était tellement affaibli par la perte de son sang, qui suintait de toutes parts à travers les pores de sa peau, qu'il ne désirait autre chose que le repos ; mais sa mère avait de l'activité pour deux.

Revenons à la tour de Nesle.

On s'était empressé de secourir la reine de Navarre ; mais Ruggieri n'était parvenu qu'avec beaucoup de peine à lui faire reprendre l'usage de ses sens, et il déclara l'accident tellement grave, qu'on ne pourrait sans danger transporter cette princesse chez elle. Or, comme elle avait, ainsi que nous l'avons dit, une chambre à elle dans cette tour, on l'y transporta ; puis, l'opération pour laquelle on s'était réuni étant terminée, Henriette de Clèves alla se mettre au chevet de son amie. Côme se retira presque aussitôt. Lamole et Coconas demeurèrent quelques instants encore pour s'assurer que l'accident n'aurait pas d'autres suites ; puis ils sorti-

rent de compagnie par la porte du quai en s'entretenant à demi voix de ce qu'il y aurait à faire le lendemain. A peine avaient-ils fait quelques pas, que dix hommes armés, qui semblaient sortir de dessous terre, les enveloppent en les sommant, au nom du roi, de rendre leurs épées.

— Mordiou ! fit Coconas, je ne l'ai jamais montrée aux gens que par la pointe !

Et il se mit bravement en garde.

Lamole en fit autant ; mais, tandis qu'ils croisaient ainsi le fer avec les adversaires qu'ils avaient en face, d'autres, par derrière, les saisirent à bras-le-corps et les désarmèrent ; puis on les conduisit au donjon de Vincennes, où étaient déjà le duc d'Alençon et le roi de Navarre ; ils y furent enfermés séparément et traités avec la plus grande rigueur.

Pendant qu'on arrêtait Coconas et Lamole, Ruggieri, instruit d'une partie de ce qui devait arriver, regagnait en toute hâte sa demeure. Il y arriva bientôt ; mais, cette fois, ce ne fut pas Catherine qu'il y trouva ; à peine eût-il franchi le seuil, qu'un officier des gardes lui apparut, accompagné de plusieurs gens d'armes.

— Vous êtes le physicien Côme Ruggieri ? demanda l'officier.

— Oui, messire, et en cette qualité j'avais l'honneur de recevoir céans, il y a quelques heures, Sa Majesté madame la reine mère.

— De ce n'avons à nous enquérir, et nous bornerons à vous donner ordre de nous suivre.

— Moi ! fit Côme pâlissant et effrayé.

— Eh ! maître devin, dit l'officier en riant, il paraît que vous n'aviez deviné ceci ?

Ces paroles sarcastiques remirent Ruggieri dans la voie hors de laquelle il venait de se jeter.

— Oh ! fit-il en s'efforçant de paraître calme et fort, c'est question jetée au vent, et je ne veux vous interroger davantage, sinon en ce qui concerne le roi... Car je me suis fait son gardien contre ses ennemis de ce monde et ceux de l'autre. Dites-moi donc, le roi a-t-il dormi en cette dernière nuit?

— Pendant plusieurs heures, répondit l'officier auquel maître Côme commençait à imposer.

— Dieu soit loué!.,. Et Sa Majesté n'a-t-elle pas vomi hier?

— Non.

— Victoire!... Et Sa Majesté ne perd cejourd'hui plus de sang que les jours précédents?

— C'est toujours même chose.

— Et c'est excellent indice. Je suis à vous, messire, et vous suivrai où il vous plaira me conduire, vous demandant pour toute grâce de faire savoir à madame la reine mère où je serai détenu, et que j'ai chose des plus importantes à lui faire entendre.

Sans doute, cela était tout à fait en dehors des instructions de l'officier, car il n'y répondit point, et il se borna à faire au physicien signe de marcher au milieu des hommes dont il l'avait fait entourer. On arriva ainsi à la Conciergerie, où Côme passa la nuit pour être conduit le lendemain matin au donjon de Vincennes, où étaient ses complices.

Cette rigueur donna à l'astrologue de vives inquiétudes; mais, comme il était au plus fort de ses craintes, une voix souffla ces mots à son oreille:

— Tenez ferme, maître, non pour nier, pour tout dire ce qui est à la charge de Lamole et Coconas. Ne leur faites aucun quartier, et ne vous inquiétez du reste, et, si êtes menacé de la question, répondez que la subirez volontiers pour l'amour du roi, ce dont vous serez récompensé, car ladite question sera toute benoîte, et suivie de votre mise en liberté.

Inutile de dire ici que Ruggieri avait une intelligence très-développée; il comprit donc que cet avis venait de la reine mère, et, précisément à cause de cela, il s'y conforma de tout point; de sorte que Lamole et Coconas se trouvèrent sous le poids des charges les plus accablantes. Ruggieri, pourtant, n'était pas tranquille, et ses inquiétudes devinrent excessivement vives lorsqu'on lui annonça que, le premier de tous, il allait être soumis à la question.

— Ah! fit-il, est-il possible que madame la reine nous abandonne ainsi?

— Vous n'êtes pas abandonné, messire, lui souffla de nouveau une voix à l'oreille, et n'aurez aucun mal pourvu que disiez à propos la vérité.

Il n'en fallut pas davantage pour rassurer complétement l'astrologue; et les choses tournèrent, en effet, pour lui, aussi bien qu'il pouvait l'espérer, car on ne le soumit à la question que pour la forme, et il en sortit sans avoir perdu un cheveu, sans avoir souffert la moindre pression.

Mais le misérable avait horriblement chargé Lamole et Coconas, tous en ménageant Marguerite, reine de Navarre, et Henriette de Clèves, d'après l'avis que très-probablement lui avait fait donner Catherine de Médicis.

Ici nous nous trouvons dans la nécessité de répéter ce que nous avons écrit ailleurs (1), avec des variantes pourtant; car le temps est un grand maître dont les enseignements sont de chaque jour, presque de chaque heure, et grâce auquel nous pouvons aujourd'hui rectifier quelques erreurs importantes.

Enfermés séparément dans le donjon, ce fut aussi séparément que Coconas et Lamole comparurent devant les juges qu'il avait plu à Catherine de leur donner; tous deux montrèrent une admirable fermeté.

— Le duc d'Alençon, dit Lamole, me

(1) *Histoire du Donjon de Vincennes.* — Boisgard, éditeur.

commanda sur sa vie que je ne dise rien de ce qu'il voulait faire. Je lui dis : Oui, monseigneur, à la condition que vous ne ferez rien contre le roi.

On lui montra alors les figures de cire qu'on avait saisies sur lui, en lui disant que c'était là une preuve sans réplique qu'il avait voulu envoûter le roi et la reine mère.

—Non, répondit-il, ces figures ont été faites, sur ma demande, par un physicien

La reine de Navarre visitant La Mole dans son cachot.

fameux ; mais je n'avais d'autre but que de me faire aimer d'une dame dont j'étais épris, et d'en écarter un rival redoutable. C'est une affaire d'amour qui ne devait nuire à personne,

Alors on lut les déclarations précises qu'avaient faites Ruggieri.

— Oh ! le double traître, s'écria-t-il, a été sûrement payé par quelqu'un de mes ennemis pour mentir si vilainement ; car, par malheur j'ai des ennemis puissants, qui, par plusieurs fois déjà, m'ont voulu faire tuer, ainsi que le sait bien monseigneur le roi lui-même.

Coconas ne fit non plus aucun aveu de ce qui s'était passé dans la tour de Nesle. Il dit, comme son ami, que Ruggieri était un traître et un menteur, et qu'on ne l'avait fait venir à la tour que pour récréer un peu les dames qui s'y trouvaient, par ses horoscopes et prédictions. Comme Lamole, il poussa la discrétion au point de ne pas nommer une seule fois Marguerite, non plus que la duchesse de Nevers.

On crut qu'on leur en ferait dire davantage par les tortures, et tous deux furent conduits dans la salle de la question, où ils se revirent pour la première fois depuis leur arrestation. Les malheureux ne pouvaient croire qu'on voulut réellement les livrer aux tourmenteurs ; il leur semblait impossible que les femmes riches et puissantes dont ils étaient aimés ne parvinssent à les sauver.

Quelques tentatives avaient été faites dans ce but, en effet ; ainsi Henriette de Clèves avait pénétré jusqu'au roi, malgré l'espèce de cordon sanitaire dont Catherine de Médicis l'avait entouré, et elle avait conjuré ce prince de rendre la liberté aux prisonniers, qui, disait-elle, avaient bien pu être entraînés dans quelque projet d'escapade par le duc d'Alençon, mais qui, certainement, n'auraient pas souffert que l'on eût entrepris quelque chose contre la vie ou la sûreté du roi.

Mais déjà la reine mère avait montré à son fils les figures de cire saisies sur Lamole, et elle lui avait fait lire les déclarations de Ruggieri.

— Madame la duchesse, répondit Charles, nous savons qu'en cela sont mêlées affaires de cœur très-condamnables, et c'est raison de plus pour que nous persévérions en notre volonté de faire bonne et prompte justice, puisque en cela nous agirons dans les intérêts de notre beau-frère, le roi de Navarre, et du duc de Nevers, votre époux, aussi bien que dans le nôtre propre.

— Sire, répliqua Henriette, je ne sais si le duc de Nevers a demandé quelque faveur à Votre Majesté ; mais en ce moment vous lui faites grande injure ainsi qu'à moi, le tout sans raison, car je ne suis venue vous demander la vie et la liberté de ces deux gentilshommes qu'à cause de leur dévouement à Votre Majesté. N'aurez-vous au moins quelque pitié de celui que vous avez failli tuer au jour de la Saint-Barthélemy, et qui n'a eu d'autre récompense de ses services en cette journée qu'un coup d'arquebuse tiré par votre royale main ?

— Oh ! madame, vous l'avez assez doucement consolé de cet accident.

Madame de Nevers était furieuse ; elle voulut pourtant insister ; mais Charles lui dit qu'il était trop souffrant pour pouvoir l'entendre davantage, et il lui tourna le dos.

De son côté, la reine de Navarre faisait une tentative du même genre près de Catherine de Médicis, sa mère. Mais cette dernière ne se montra pas plus que son fils disposée à la clémence.

— Osez-vous bien, répondit-elle, nous demander merci pour ces coupables, après ce qui s'est fait sous vos yeux ?

Marguerite tenta de protester de son innocence. Elle dit que Lamole avait bien pu être animé contre le roi, qui, sans motif l'avait voulu faire tuer ; mais que, pour l'amour d'elle, il avait renoncé depuis longtemps à toute pensée de vengeance. Catherine demeura inflexible, et laissa sa fille en proie au désespoir.

Les deux gentilshommes n'en pouvaient croire leurs yeux lorsqu'ils se virent au milieu des instruments de torture. Lamole passa le premier aux mains des tourmenteurs.

— Certainement, s'écria-t-il pendant qu'on l'attachait sur une chaise de fer, c'est à l'insu de madame la reine mère qu'on nous fait tel traitement, et vous aurez à vous repentir d'avoir contrevenu à sa volonté.

Aux premières questions qu'on lui fit après avoir enfoncé deux coins entre les brodequins de fer qu'on lui avait mis aux jambes, il répéta ce qu'il avait dit devant ses juges. Au troisième coin, les chairs de ses jambes commencèrent à crever, puis le craquement de os se fit entendre, et, comme on lui représentait que les figures trouvées sur lui étaient celles du roi et de la reine mère, et que la première avait le cœur percé d'une épingle, il s'écria:

— Si nous avions voulu les tuer l'un ou l'autre, ce n'est pas au cœur que les eussions frappés, les sachant invulnérables de ce côté.

Il fut impossible d'obtenir de lui le moindre aveu. Comme on ôtait les liens qui le retenaient sur le siége fatal ;

— Eh quoi ! dit-il, ne me ferez-vous pas la grâce de m'achever de tuer?

Et, comme on lui répondit que le jugement qui le condamnait à la peine de mort devait être exécuté selon sa forme et teneur, il s'écria :

— Femmes sans cœur, soyez maudites !

Il faisait probablement allusion à la reine de Navarre, sa maîtresse, et à la duchesse de Nevers, ne sachant pas qu'elles avaient essayé de les sauver. Il est vrai qu'elles s'étaient découragées bien promptement, et qu'elles n'avaient tenté aucun moyen d'évasion, bien que plusieurs eussent eu des chances de succès.

— Pauvre Lamole, dit Coconas, qui n'avait cessé de prodiguer des consolations à son ami, tu espérais donc de ce côté?

— Il ne faut donc croire à rien? reprit Lamole.

— Je crois, mordiou ! que c'est le plus sage.

Puis, s'adressant aux tourmenteurs, il dit :

— Quant à moi, j'espère qu'on m'épargnera d'inutiles tourments, étant résolu à dire dès à présent toute la vérité. Donc,

hautement, je déclare que le roi Charles neuvième m'ayant failli tuer en récompense de mes bons services, et m'ayant fait l'injure de ne vouloir m'entendre, je lui aurais très-volontiers, audit roi Charles, passé mon épée au travers du corps, et que, si ne l'ai fait, c'est que l'occasion ne s'est point trouvée ; et, pour ce, n'aurais eu besoin de second, ni de recourir aux sorcelleries et maléfices. — Voilà qui est chose claire ; et, puisqu'on me veut faire dire que ai voulu tuer le roi, dis et répète qu'en effet l'ai voulu tuer, et n'ai de ce donné avis à personne. Vous ne pourriez certainement, par la torture, me rien faire dire de plus clair et précis; donc vous en abstiendrez, et me mènerez tuer le plus tôt possible en reconnaissance de la peine que je vous évite.

Coconas, malgré cette espèce de franchise, fut à son tour placé sur la chaise de fer; mais on le traita moins cruellement que son ami, et, bien qu'en sortant des mains des tourmenteurs il ne pût se tenir debout, il n'avait subi aucune fracture.

De la salle de la question, les deux condamnés furent transportés dans la chapelle où les attendaient deux confesseurs qui devaient les accompagner jusqu'à la place de Grève, lieu de l'exécution. Quand ils eurent achevé de se confesser, on les fit monter dans un tombereau qui prit aussitôt la route de Paris.

Cependant le duc d'Alençon avait, comme la première fois, tout avoué à sa mère, sans même demander préalablement, ni après, la moindre grâce pour ceux qui avaient agi en son nom et dans le dessein de l'obliger.

« Le roi de Navarre, qui connaissait son caractère, dit Anquetil, ne s'y trompa point: le voyant renfermé avec Catherine, il dit au duc de Bouillon : « Notre homme dit tout. » Pour Henri, il se défendit, comme d'un déshonneur, des aveux humiliants qu'on voulait tirer de lui. Au lieu de répondre, il se rejeta fièrement sur les mauvais procédés qu'on avait à son égard, et se plaignit surtout de l'espèce de captivité dans laquelle on le retenait, ajoutant que, quand il aurait cherché à s'en tirer, on n'avait pas à s'en plaindre, et qu'il était disposé à quitter la cour toutes les fois qu'il en trouverait l'occasion. « Cette fermeté lui fit honneur, ajoute Anquetil, mais ne sauva point ceux qu'on voulait sacrifier. »

Le tombereau qui portait les deux condamnés arriva à Paris vers midi, au milieu d'une foule immense, avide d'émotions et peu disposée à plaindre les gens de cour, quelle que fût la cause qui les mit aux mains du bourreau.

Il fallut porter sur l'échafaud Lamole, dont les jambes avaient été brisées. Lui qui s'était montré si résolu au milieu des plus affreux tourments, sembla avoir perdu, à ce moment suprême, toute sa force d'âme : sa tête était penchée sur sa poitrine, son regard était éteint, et un tremblement convulsif agitait ses membres. Déjà, dans la foule, on l'accusait de lâcheté lorsque, par un effort surhumain, il releva fièrement la tête, promena autour de lui un regard assuré, et, d'une voix ferme, il dit :

— Marguerite de France, je vous pardonne !... Honneur aux dames !

Puis il baisa le crucifix que lui présenta son confesseur, et, appuyant sa tête sur le billot, il s'écria :

— Frappe !

Sa tête tomba aussitôt et bondit sur l'échafaud.

Au même instant un cri de femme se fit entendre, cri de désespoir et d'horreur dont nous reparlerons tout à l'heure.

Coconas avait été témoin de tout cela sans en paraître ému ; il s'avança alors vers la balustrade qui entourait l'échafaud, et, s'adressant à quelques courtisans qu'il avait reconnus dans la foule, il dit : — Vous voyez que les petits sont pris, et que les grands qui ont fait la faute demeurent ;

eh bien ! mordiou ! j'aime encore mieux être dans ma peau que dans la leur.

Puis, se tournant vers le bourreau, il ajouta :

— Ça, l'ami, ne me traite pas comme M. de Tavannes traitait ces chiens d'hérétiques qu'il achetait à ses gens le jour de la Saint-Barthélemi, pour les tuer à son aise et à petits coups. Suis bon catholique, non à vendre ni acheter, et donne mon âme à monseigneur Dieu.

Cela dit, il s'agenouilla et fut, selon son désir, décapité d'un seul coup.

Un cri de femme, semblable au premier, se fit encore entendre : l'un avait été arraché à la reine de Navarre par la vue du supplice de son amant ; l'autre venait d'être poussé par la duchesse de Nevers : toutes deux assistaient à cet affreux spectacle.

Le matin de ce jour, elles s'étaient rendues à Vincennes pour faire une nouvelle tentative en faveur de leurs amants.

Tandis que Marguerite insistait près de la reine mère, Henriette de Clèves, grâce à certaines intelligences habilement ménagées, avait pénétré jusqu'au duc d'Alençon, moins étroitement gardé depuis les nouveaux aveux qu'il avait faits.

— Monsieur le duc, lui disait-elle, vous ne laisserez sûrement pas livrer au bourreau des gentilshommes qui vous ont si courageusement servi. Songez que de ce sera tenu registre en l'histoire.

— Eh ! madame, répondit le lâche prince, je ne puis pas plus empêcher historiens d'écrire que bourreaux de tuer.

— Vous le pouvez et le devez en cette occurrence, monsieur. Dites à madame la reine votre mère qu'ils ne sont pas coupables ; faites-lui serment de ne plus jamais rien entreprendre contre son autorité, à la condition qu'elle leur laisse la vie.

— Madame la duchesse, nous ne pouvons faire tel serment.

— Quand il ne s'agit que de cela pour sauver vos amis?...

— Madame, guerre et conspiration sont choses semblables ; nul ne saurait s'en mêler sans courir risque de la vie.

— Ainsi, vous les abandonnez? c'est vous qui voulez qu'on les tue?

— Je ne fais rien de cela ; mais ne puis non plus rien empêcher.

— Vous le pouvez, monsieur !

— Prenez garde, madame ; vous venez de donner un démenti au frère du roi de France !

— Oh ! monsieur le duc, répliqua-t-elle en souriant amèrement, nous n'avons pas crainte que pour ce votre épée sorte du fourreau où vous avez soin de la si bien tenir.

Le sarcasme était acéré ; mais ce pauvre prince avait l'épiderme si épais, qu'il le sentit à peine, et n'y répondit point.

Quelques instants après, il terminait l'entretien par ces paroles :

— Après tout, c'est leur faute et non la nôtre : il ne fallait pas qu'ils se laissassent prendre.

Marguerite n'avait pas été plus heureuse près de sa mère, et, lorsque les deux princesses se rejoignirent, elles apprirent que les condamnés venaient d'être soumis à la question, et qu'ils allaient être menés à Paris pour y être exécutés.

Toutes deux alors avaient devancé le funèbre cortége, non pour tenter de nouveau de sauver les deux patients : il n'y fallait plus songer ; mais pour satisfaire un singulier caprice qui leur était venu à toutes deux en même temps : elles avaient possédé ces deux hommes vivants ; elles voulaient les voir mourir et les posséder morts, afin, probablement, que ces malheureux, qui avaient été complices de leurs désordres pendant leur vie, en fussent les témoins après leur mort.

Ce fut la duchesse de Nevers qui fit la première ouverture de ce projet.

— J'y pensais, lui répondit Marguerite, qui, des deux, était la plus timorée ; mais je n'oserais me montrer aux fenêtres de l'Hôtel de Ville.

— Je n'y veux pas paraître non plus, répondit la duchesse ; mais je sais un autre lieu où nous serons parfaitement placées : c'est en la maison d'un honnête orfèvre, qui est fournisseur de notre maison, et que nous avons quelquefois visité pour voir les curieuses choses qu'il fabrique.

La maison dont parlait madame de Nevers était située sur la place de Grève ; aujourd'hui (mai 1852) il en reste encore une tourelle : dans quelques jours, il n'en restera plus rien. C'est cachées dans cette tourelle que les deux amies assistèrent à l'exécution ; c'est de là qu'étaient partis les cris dont nous avons parlé.

Nous avons raconté ailleurs comment, le soir de ce jour, la reine de Navarre et la duchesse avaient acheté du bourreau la tête de Coconas et celle de Lamole (1). Il nous reste à dire ce qu'elles firent de ces singulières reliques.

En sortant de chez le bourreau, où elles s'étaient rendues accompagnées seulement de quelques gens sûrs, elles se firent conduire chez Côme Ruggieri, qu'elles n'avaient pas revu depuis le dernier conciliabule qui s'était tenu à l'hôtel de Nesle.

L'astrologue, ainsi que nous l'avons dit, n'avait été mis à la question que pour rire, et il avait recouvré la liberté sans qu'on lui eût fait le moindre mal ; mais il lui importait de faire croire qu'il avait beaucoup souffert, afin de ne pas perdre sa clientèle, qui l'eût abandonné s'il avait été soupçonné de trahison.

Ce fut donc l'air mourant et paraissant

(1) *Histoire du Donjon de Vincennes.* — Boisgard, éditeur.

pouvoir à peine se soutenir, qu'il reçut les deux princesses.

— Maître Côme, lui dit la reine de Navarre, vous ne devez pas vous plaindre d'avoir eu mauvais succès en vos dernières opérations, car vous êtes la principale cause de ce qui est arrivé.

Ruggieri crut que Marguerite avait découvert la vérité, et il commença à trembler réellement ; mais il se rassura lorsqu'elle eut ajouté :

— Oui, maître, nous devons vous le dire, vous avez manqué de prudence en négligeant de lire dans l'avenir chaque jour, à chaque heure : vous eussiez su ainsi ce qui devait arriver, et conjuré le mal. Mais nous ne voulons pas vous faire d'autre reproche d'un événement dont avez été une des victimes.

— Oui, madame la reine... et je ne veux pas m'en plaindre, me tenant honoré d'avoir souffert pour votre service.

— Et nous venons vous demander de nous servir encore, messire. Voyez, ajouta-t-elle, ce que contiennent ces sacs qu'en entrant nous avons posés sur cette table.

Ruggieri se dirigea en chancelant vers la table que Marguerite lui indiquait du doigt ; il prit un des sacs, délia la corde de cuir qui le fermait, et, le saisissant par l'autre extrémité, il fit rouler sur la table la tête fraîchement coupée qu'elle contenait.

— Ah ! fit-il en reculant avec effroi.

— C'est la tête de l'infortuné Lamole, reprit Marguerite, qui se sentait défaillir ; celle de Coconas est dans l'autre sac, et venons vous demander de les embaumer.

Elle n'en put dire davantage ; ses forces étaient épuisées : elle s'évanouit.

— C'est trop d'émotions en un jour, dit Ruggieri après lui avoir fait reprendre l'usage de ses sens, et je ne suis pas moi-même en état présentement d'accomplir l'œuvre que vous me demandez ; mais c'est chose se pouvant faire demain aussi bien que cejourd'hui.

— Eh bien ! dit la duchesse de Nevers, qui s'était tue jusque-là ; demain, à pareille heure, nous vous attendrons à la tour de Nesle.

— Et vous me laissez ces têtes ? demanda l'astrologue effrayé.

— Pourquoi non, maître Côme ? demanda Marguerite.

— C'est que, madame la reine, j'ai maintenant le malheur d'être suspect à madame la reine mère en la pensée de laquelle je sais parfaitement lire : peut-être la nuit ne se passera pas sans qu'ici soit faite longue perquisition par gens d'armes et gens de justice, qui, trouvant ces têtes fraîchement coupées, ne manqueraient de m'imputer mauvais desseins.

— C'est vrai, dit la duchesse, et puis je veux goûter cette amère volupté de passer la nuit devant ce visage qui fut si beau ; devant ces beaux yeux éteints et ce cerveau naguère si inflammable, et qui maintenant ne pense plus ! Donc à demain, comme il est dit, maître Côme, et emportons nos bien-aimés.

Marguerite étant complétement remise, toutes deux se retirèrent, emportant leurs amoureuses reliques. La reine de Navarre rentra au Louvre, et madame de Nevers se retira à la tour de Nesle pour y jouir de cette amère volupté dont elle avait parlé, et que pouvait seule goûter une imagination dépravée.

Le lendemain, à l'heure convenue, Côme arriva à la tour de Nesle ; la duchesse y était, agenouillée devant un prie-Dieu sur lequel était placée la tête livide de Coconas.

— Maître, dit-elle, apportez-vous tout ce qui est nécessaire ?

— Tout, madame la duchesse, et nous pouvons commencer incontinent l'opération.

— Attendons pour ce la reine de Navarre, qui ne saurait tarder.

Madame de Nevers se trompait ; la reine de Navarre, au contraire, ne devait pas venir. Beaucoup plus impressionnable que son amie, les émotions de la veille l'avaient broyée ; une fièvre violente lui donnait le délire. Les personnes qui l'entouraient, la voyant en cet état, en avaient recherché les causes : nul n'ignorait ses amours avec Lamole, et la mort de ce dernier pouvait paraître suffisante pour produire cet effet ; mais on trouva bientôt une autre cause de l'effroyable exaltation de la reine en ouvrant le sac de cuir qu'elle avait déposé sur un meuble. Par mesure de prudence, on fit d'abord porter et inhumer cette tête au plus prochain cimetière ; puis des soins furent prodigués à la malade, qui fut plusieurs jours en danger de mort.

La duchesse de Nevers et Côme Ruggieri attendirent donc la reine pendant assez longtemps ; mais, ne la voyant pas venir, et des symptômes de putréfaction commençant à se manifester sur le visage de Coconas, le physicien déclara qu'il fallait procéder sans plus de retard à l'opération de l'embaumement, sous peine de n'y point réussir.

Pendant que l'astronome disposait ses instruments et ses préparations pharmaceutiques, la duchesse se mit en prières, et y demeura tant que dura l'opération. Tout étant terminé, elle mit la précieuse relique dans une cassette d'ébène, et la déposa dans une armoire placée près de son lit. Quel étrange amalgame de foi, d'amour, de dépravation !

Un écrivain moderne, en rapportant ce fait, ajoute :

« Il y a peu de femmes de notre temps capables d'un tel héroïsme d'amour, et la tête des hommes est souvent vouée à d'autres soins. »

Nous croyons en effet, pour l'honneur de notre époque, qu'il existe maintenant peu de femmes de cette humeur. Sans doute la débauche n'a pas disparu de ce monde ; mais on ne la met plus sous le patronage des plus saintes choses.

Le 30 mai de cette même année (1574), Charles IX fit expédier pour Catherine, sa mère, des lettres de régence. Il mourut quelques heures après, laissant la France en proie à la guerre civile la plus épouvantable qui l'eût jamais affligée.

XXIX

Henri III fait vendre l'hôtel et la tour de Nesle. — Louis de Gonzague et la tête de Coconas. — Prétentions des moines de Saint-Germain des Prés sur l'hôtel et la tour de Nesle. — L'hôtel Guénégaud et l'hôtel Conti. — Décisions de l'édilité parisienne relatives à l'hôtel de Nesle. — Destruction de l'hôtel et de la tour de Nesle.

L'histoire de l'hôtel de Nesle n'étant autre qu'un fragment de l'histoire de France, force nous est de faire de temps en temps le tableau de la situation du pays, afin de rendre, par l'ensemble des événements, le récit de certains faits plus intelligibles.

Henri III trônait à Varsovie lorsqu'il reçut la nouvelle de la mort de son frère, quatorze jours après cet événement. Craignant que les grands de Pologne s'opposassent à son départ, il quitta Varsovie clandestinement et se rendit à Vienne. Puis, au lieu de se diriger directement sur Paris, il parcourut une partie de l'Allemagne, de l'Italie, et n'arriva au Louvre que trois mois après la mort de Charles IX, ce qui pourrait suffire pour donner une idée de son indolence.

Ce prince était alors âgé de vingt-trois ans, et, malgré ses goûts efféminés, il avait fait preuve, en certaines circonstances, de quelque valeur ; mais la dissolution toujours croissante de ses mœurs et son inaptitude aux affaires annihilèrent promptement le peu de bonnes qualités qu'on lui avait reconnues, et l'enchaînèrent sous la tutelle absolue de sa mère, Catherine de Médicis, dont l'influence avait été si fatale à la France pendant les deux règnes précédents.

La dernière paix entre les catholiques et les protestants ne pouvait être durable ; les deux partis, qui en étaient également mécontents, n'attendaient qu'un prétexte pour reprendre les armes : Catherine le leur fournit bientôt, en faisant juger et exécuter Montgommery, qui avait eu le malheur de tuer Henri II par accident. L'innocence de Montgommery était incontestable ; mais il était un des principaux chef des protestants, dont cette princesse avait juré l'anéantissement.

Le roi de Navarre (depuis Henri IV), qui n'avait échappé au massacre de la Saint-Barthélemi qu'en abjurant la religion réformée, profite de cette circonstance pour s'enfuir de la cour, où il était gardé à vue ; il abjure le catholicisme, et va rejoindre le prince de Condé, qui, à la tête des protestants, marchait sur Paris. Cet exemple est suivi par le duc d'Alençon, qui avait quitté la cour en même temps que Henri de Navarre, et, sous ces trois chefs, se réunissent en peu de jours des forces imposantes, qui se montrent bientôt sous les murs de la capitale.

Henri III, ou plutôt Catherine de Médicis, reconnaissant l'impossibilité de résister à cette formidable armée, dont les religionnaires allemands venaient chaque jour grossir les rang, il fallut de nouveau songer à faire la paix ; elle fut conclue en 1576. Par ce traité, le roi accordait aux protestants le libre exercice de leur culte partout ailleurs qu'à Paris ; il leur donnait, comme places de sûreté, les villes d'Angoulême, Bourges, la Charité, Mézières, Niort, Saumur, et il s'engageait à payer les garnisons qu'ils y tiendraient. La mémoire de l'amiral Coligny fut réhabilitée ; les chefs de l'armée protestante furent déclarés sujets fidèles, et l'on ajouta à l'apanage déjà considérable du duc d'Alençon l'Anjou, le Berri, le Maine et la Touraine.

« Puisque Henri III se déterminait à la guerre, dit Anquetil, il était naturel de penser que ce monarque allait se mettre lui-même à la tête de ses armées, et poursuivre à outrance ses ennemis ; mais, par une inconséquence dont on trouvera bien d'autres preuves dans sa conduite, il s'amusa pour ainsi dire à chicaner avec ses sujets, en faisant un jour des offres qu'il rétractait le lendemain, en tâchant, non de les ramener au devoir, mais de les détruire les uns par les autres. Ce manége n'aboutit qu'à faire soupçonner sa bonne foi, et à lui attirer, dès le commencement, des marques publiques de mépris. »

« Montbrun, gentilhomme du Dauphiné, le premier du royaume qui, quinze ans auparavant, avait pris les armes pour la religion réformée, sommé, de la part du roi, de rendre quelques prisonniers, eut l'audace de répondre : « Comment ! le roi m'écrit comme roi, et comme si je devais le reconnaître ! Je veux bien qu'il sache que cela serait bon en temps de paix ; mais en temps de guerre, qu'on a le bras armé et le cul sur la selle, tout le monde est compagnon. » Fait prisonnier l'année suivante, Montbrun paya son insolence de sa vie. Les assiégés de Livron, petite ville du Languedoc, aussi coupables, furent plus heureux. Le roi avait envoyé son armée devant cette place ; voyant qu'elle s'y morfondait sans avancer, il vint lui-même au camp avec ses courtisans. Du haut de leur murailles, les assiégés les accablèrent d'injures : « Lâches ! leur criaient-ils, assassins ! que venez-vous chercher ? Croyez-vous nous surprendre dans nos lits et nous égorger, comme vous avez fait à l'amiral ? Paraissez, jeunes mignons ! venez éprouver à vos dépens que vous n'êtes pas seulement capables de tenir tête à nos femmes. » On vit, pendant les attaques, une vieille femme assise sur la brèche filer tranquillement et narguer les assiégeants. Comme si le roi ne fût venu que pour essuyer cette insulte, il se retira et le siège fut levé.

« Tout déclinait dans les armées, comme dans le conseil, parce que les ministres instruits et les anciens généraux, voyant leur crédit absorbé par les jeunes favoris, se retiraient. Loin d'être touché de cette désertion, Henri s'en applaudissait. Débarrassé

Saisissant la tête de Coconas, il la lança dans la Seine.

de ces hommes graves, il se trouvait moins gêné dans ses plaisirs, et les titres qu'ils laissaient vacants lui servaient à décorer ses *mignons*.

« En passant à Avignon, le roi assista à la procession des *Pénitents*, gens de dévotion que l'exemple de la cour rendit commun en France. On se revêtait d'un espèce de sac qui descendait jusqu'aux talons ; il était surmonté d'un capuchon qui enveloppait la tête et couvrait le visage, et percé seulement à l'endroit des yeux pour laisser la vue libre.

Il y avait des pénitents noirs, blancs,

verts et bleus, ainsi nommés de la couleur du sac. A la ceinture, ils portaient un grand chapelet de têtes de mort, et une longue discipline, dont quelques-uns faisaient usage. Dans les pays chauds, comme l'Italie, où ces confréries furent d'abord établies, elles faisaient leurs processions le soir ou la nuit : elles retinrent cette coutume dans les pays plus tempérés où elles s'introduisirent. La dévotion consistait à aller d'église en église, récitant à deux chœurs des litanies et des psaumes chantés d'un ton lugubre. On sent combien sous ce déguisement, favorisé par les ténèbres, il pouvaient se commettre de désordres. C'est cette facilité, souvent suivie de l'effet, qui attirait les jeunes gens de la cour. Chacun voulut en être pour complaire au monarque, jusqu'au roi de Navarre, que le roi disait en riant « n'être guère propre à cela. »

En sortant d'une de ces processions, le cardinal de Lorraine fut attaqué d'une maladie qui l'emporta précipitamment à la fin de décembre. Ce prélat était trop considérable pour qu'on ne soupçonnât pas qu'il avait été empoisonné. Sa mort occupa la cour pendant quelques jours.

La reine mère s'imaginait le voir comme un grand fantôme pâle qui lui faisait des reproches. Visions effrayantes, qui n'attaquent guère une âme ferme et une conscience pure ! Un affreux orage, qui désola presque toute la France le lendemain de sa mort, fut, selon les catholiques, un signe certain du courroux du ciel, jusqu'alors apaisé par les prières de ce grand homme. Les religionnaires dirent au contraire que c'était le sabbat des démons qui venaient le chercher. . . . .

« ... En quatorze mois, Henri III se vit réduit à faire une trêve honteuse avec ses sujets ; il fut obligé de souffrir les étendards des révoltés sur les remparts de ses villes ; il perdit la couronne de Pologne,

dont la nation assemblée le priva avec une brusquerie qui tenait du mépris...

« Du Gua, favori impérieux qui, fier de la protection de son maître, se croyait à l'abri des revers, éprouva dans ce temps ce que peut une femme irritée. Marguerite, reine de Navarre, se plaignait depuis longtemps d'être en butte à sa malveillance..... Cette princesse sans crédit, indifférente à sa mère, méprisée de son mari, haïe du roi, attaqua ce colosse de puissance, et l'abattit. Elle cherche un assassin, surmonte ses craintes et ses scrupules dans une entrevue qu'elle lui ménage pendant la nuit aux dépens de sa réputation, et fait poignarder du Gua presque sous les yeux du roi, qui se contente de le plaindre et n'ose le venger.

« Ces événements n'altéraient que faiblement la tranquillité de Henri III, le plus facile des hommes à se consoler de ses disgrâces. On a cru que c'était pour faire diversion à ses chagrins qu'il se livrait à des occupations et à des amusements si disparates, et qui l'occupaient tellement qu'ils paraissaient alors sa principale affaire.

Le journal de sa vie présente une infinité de ces sortes d'actions, quelquefois excellentes en elles-mêmes, quelquefois puériles, mais presque toujours faites à contretemps. « Nonobstant toutes les affaires de « guerre et de la rébellion que le roi avoit « sur les bras, il alloit ordinairement en co- « che avec la reine son épouse, par les rues « et maisons de Paris, prendre les petits « chiens qui leur plaisoient ; alloient aussi « par tous les monastères de femmes, aux « environs de Paris, faire pareilles quêtes « de petit chiens, au grand regret des dames « qui les avoient ; faisoient lire la gram- « maire et apprendre à décliner. »

« Le même prince, en octobre et novembre, pendant que les rebelles se fortifiaient à l'ombre de la trêve, « fit mettre sus par les « églises de Paris, les oratoires, autrement

« dits les paradis, où il alloit tous les jours
« faire des aumônes et prières en grande
« dévotion, laissant ses chemises à grands
« goderons, dont il étoit auparavant si cu-
« rieux, pour en prendre le collet renversé
« à l'italienne. Il fit faire procession gé-
« nérale et solennelle, en laquelle il fit
« porter les saintes reliques de la Sainte-
« Chapelle, et assista tout du long, disant
« son chapelet, en grande dévotion... Par
« son ordre, la ville et la cour y assistèrent,
« hormis les dames, que le roi ne voulut
« pas qu'elles s'y trouvassent, disant qu'il
« n'y avoit dévotion où elles étoient... »

« Pendant que la trêve se publiait d'un
côté, elle se rompait de l'autre. Si les chefs
supendaient les hostilités, les inférieurs se
croyaient permise une petite guerre qui ne
déplaisait pas aux princes, parce qu'elle
tenait les troupes en haleine. Les gouverneurs de Bourges et d'Angoulême, villes accordées aux confédérés par le traité, ne
voulurent point les céder. La cour feignit
d'en être fâchée, et donna en échange aux
réformés Cognac et Saint-Jean-d'Angély. On
ne parla pas seulement de livrer Mézières
aux reîtres, selon les conventions. Il aurait
été, en effet, bien imprudent de leur livrer
une ville située sur la frontière du royaume,
qui aurait servi d'appui aux Allemands
qu'on aurait voulu introduire en France.
Le roi levait aussi des troupes étrangères,
sujet de plainte pour les confédérés...

« Comme si les hommes n'eussent pas mérité qu'on mît au moins de l'art à les tromper, le duc d'Alençon écrivit hardiment au
parlement qu'une armée étrangère allait
entrer en France, qu'il en était fâché, mais
comptait ne s'en servir que contre les ennemis de l'Etat. Il priait, en conséquence, les
magistrats d'interposer auprès de son frère
leurs bons offices pour lui faire connaître la
justice de sa cause. Le duc écoutait en même
temps les propositions avancées par la reine,
tendantes à une paix générale. Il envoyait,

de concert avec elle, des courriers chargés
de retarder la marche de Casimir, et, sous
main, il le pressait d'avancer.

« Ces instances secrètes eurent leur effet.
Casimir et Condé entrèrent en Champagne,
en février, traversèrent la Bourgogne, passèrent la Loire et l'Allier, et, le premier
jours de mars, se joignirent, dans le Bour-
bonnais, au duc d'Alençon, qui fut déclaré
généralissime. Les forces réunies se trouvèrent monter à trente mille hommes.
Suisses, Allemands et Français. Elles avaient
été suivies dans leur marche par une armée
royale sous le commandement du duc de
Mayenne, frère cadet du duc de Guise ;
mais il ne jugea pas à propos de les attaquer, soit qu'il ne fût pas assez fort ou qu'il
n'eût pas des ordres assez précis de la cour,
dont les délibérations étaient toujours tra-
versées par de nouveaux événements.

« Henri, roi de Navarre, vivait au milieu
des troubles en homme indifférent... Loin
d'envier le rôle brillant qu'allait jouer le
duc d'Alençon quand il quitta la cour pour
paraître à la tête des confédérés, il ne vit
dans cet événement qu'un rival de moins
auprès de la dame de Sauve (qu'ils aimaient
tous deux), et dont la reine se servait pour
les retenir.

« Mais le remède vint d'où venait le mal.
Cette même femme qui le captivait lui fit
connaître qu'on le méprisait ; qu'on ne l'avait
employé dans aucune occasion, malgré ses
offres ; que le commandement des armées
était donné à d'autres qui ne le valaient
pas, et que, pendant qu'il s'énervait dans
une molle oisiveté, le duc d'Alençon allait
se couvrir de lauriers, où, s'il voulait se
prêter à la paix, obtenir la lieutenance générale du royaume. Ces discours émurent le
roi de Navarre ; son courage se réveilla ;
mais la prudence lui servit de guide : il ac-
coutuma de longue main ses surveillants à
ne point s'inquiéter des absences qu'il faisait
de temps en temps, sous prétexte de chasse,

et, à la première occasion favorable, il se
sauva de la cour.

« Ce n'est, pour ainsi dire, que de ce moment que commence la vie du grand Henri.
Il alla d'abord d'une traite à vingt lieues de
Paris, où il rassembla quelques amis qui
avaient le mot, et se retira avec eux, à
grandes journées, dans son gouvernement
de Guyenne. Sans doute la crainte de n'y
être qu'en second l'empêcha de joindre
l'armée des confédérés que le duc d'Alençon
commandait; mais il envoya des députés à
une espèce de diète qu'ils tinrent à Moulins,
dont le résultat fut une longue requête au
roi : elle contenait en détail les demandes
des intéressés.

« Si le roi les eût accordées, c'en était
fait de la religion catholique et de la couronne. Outre les anciennes concessions,
telles que la liberté de conscience et des
places de sûreté, les réformés demandaient
qu'on partageât toutes les églises et les
dîmes entre le clergé romain et leurs ministres, et qu'on augmentât l'apanage de
Monsieur (le duc d'Alençon), avec des clauses
qui l'auraient rendu une vraie souveraineté
dans le royaume; entre autres, qu'on lui
donnât une garde toujours subsistante de
six cents hommes de cavalerie et trois mille
d'infanterie, entretenue aux dépens du roi.
Chacun fit ensuite ses propositions en particulier. Le prince de Condé exigeait la jouissance du gouvernement de Picardie, dont
il n'avait eu jusque-là que le titre, aussi
bien que la disposition absolue de Boulogne-
sur-Mer. Le roi de Navarre voulait une autorité presque indépendante dans son gouvernement de Guyenne, la souveraineté dans
ses domaines de France, le payement des
anciennes pensions accordées à sa famille,
de la dot de sa femme et des arrérages. Ceux
qui ne purent faire entrer leurs prétentions
dans la requête générale eurent soin d'en
charger les députés qu'on envoya à la cour.
Il est clair que, si ces articles eussent passé,

il se serait établi dans toutes les parties de
la France une multitude de petites républi-
ques qui, ayant le même intérêt, se seraient
réunies au premier signal contre l'autorité
légitime.

« La reine mère para habilement ce coup.
Comme le duc d'Alençon marquait un vif
attachement à la reine de Navarre sa sœur,
à qui le roi avait donné des gardes après la
fuite de son mari, sa mère la tira de prison,
et la mena avec elle au camp de son fils,
escortée de plusieurs autres dames qu'on
appelait son *escadron volant*. »

Ainsi que nous l'avons vu plus haut, le duc
d'Alençon obtint tout ce qu'il voulut, et il
prit dès ce moment le titre de duc d'Anjou.

« Quand le prince fut content, continue
Anquetil, il s'imagina, selon la coutume des
grands, que tous les autres devaient l'être;
de sorte que chacun fut réduit à tirer ce
qu'il put : le prince de Condé des espérances
pour son gouvernement de Picardie; Casimir,
l'attente d'une belle terre en France, et de
la solde due à ses troupes, à qui l'on ne
donna comptant qu'une somme très-modique
en comparaison de la dette totale. Les
autres cédèrent sans conditions meilleures
ni pires qu'auparavant..... Le duc d'Anjou
alla dans son apanage jouir de sa nouvelle
domination. Le roi de Navarre se cantonna
en Guyenne; le prince de Condé dans les
environs de la Rochelle, et Jean Casimir
retourna sur la frontière de Champagne
attendre les millions qui lui étaient promis.

« Mais, comme il ne se trouva rien dans
les coffres, le roi voulut *fouiller aux bourses
des bourgeois de Paris;* le moment n'était
pas favorable. L'année précédente, le roi
avait essayé d'emprunter : on lui avait répondu par des remontrances; cette année
on ajouta des pasquinades. On murmurait
hautement de voir le roi entouré de jeunes
gens auxquels il prodiguait l'argent des
peuples. Les principaux favoris étaient
Caylus, Maugiron, Livarot, Saint-Mesgrin,

Anne de Joyeuse et Nogaret de la Valette. La plupart furent introduits à la cour par René de Villequier, qui y faisait le personnage méprisable d'artisan de plaisir. La main qui les présentait rendit leurs mœurs suspectes ; ils commencèrent alors à être appelés *mignons*. Leur air efféminé donna lieu à des imputations odieuses, que la conduite du roi ne démentait pas assez. Il en résulta pour ce prince un mépris général, qui, peut-être plus que le reste, accrédita la fameuse faction connue sous le nom de *Ligue*.

« Ce qu'elle présente de singulier, c'est d'abord le soulèvement presque général des catholiques contre un roi très-catholique, et toujours reconnu pour tel, malgré les suggestions employées pour faire suspecter sa foi ; ensuite les prétentions hardies de cette ligue audacieuse, même dans la faiblesse de ses commencements; sa marche toujours ferme et uniforme, malgré la connaissance qu'on avait de ses secrets, malgré les mesures prises pour l'arrêter; le but du complot, qui était de mettre sur le trône un étranger sans titre même coloré ; les succès effrayants de cette ligue, à la vérité punis dans le chef, mais si bien concertés, que de son sang répandu naquirent de nouveaux monstres, le fanatisme, qui poignarde les rois ; l'anarchie, qui désole les empires; la tyrannie du peuple, brutale et insolente, plus redoutable que celle des grands ; enfin tous les fléaux que Dieu envoie aux hommes dans sa colère, fléaux qui désolèrent la France jusqu'au moment où le Tout-Puissant, touché de nos maux, couronna les efforts de Henri IV, vainqueur et pacificateur de son royaume.

« Il ne faut pas s'imaginer que les Guise conçurent tout à coup le projet de s'asseoir sur le trône : leur ambition eut ses âges... Ce ne fut qu'en cette année 1576 qu'on commença à parler d'élire un chef capable de soutenir l'ancienne religion, indépendam-ment du roi, regardé comme trop faible.

« Henri III savait en grande partie ces desseins quand il ouvrit les états de Blois au commencement de décembre. Il y parut au milieu de sa cour, avec une majesté que ses faiblesses habituelles ne l'empêchaient pas de porter dans les actions d'éclat. Le duc de Guise ne se trouva pas aux premières séances : elles étaient composées de députés presque tous attachés à la Ligue, et disposés à se conduire par les secrètes impressions du chef, quoique absent. Dès le commencement il s'engagea une espèce de combat, non tel qu'il aurait dû être de monarque à sujets, également intéressés à ne montrer de la contrariété dans les opinions que pour s'accorder sur le bien public, mais comme entre ennemis captieux qui cherchent à se surprendre par des propositions insidieuses.

« Les états demandèrent que ce qui serait décidé unanimement dans l'assemblée générale eût force de loi, ou bien que, pour la plus prompte expédition des affaires, le roi nommât un certain nombre de juges, auxquels les états en joindraient autant, et que ce qui aurait été réglé par ce conseil souverain devînt irrévocable. Henri éluda ces propositions, qui tendaient toutes pour à introduire une puissance différente de la puissance royale. On demanda aussi la publication du concile de Trente, la révocation des grâces accordées aux hérétiques, et la guerre contre eux. Toutes ces prétentions ne se développèrent que successivement, tantôt insinuées avec douceur, tantôt accompagnées de menaces ; mais le roi, en garde contre les surprises, au défaut de la rigueur qu'il aurait dû montrer, avait toujours des subterfuges prêts, et palliait du moins le mal, s'il n'avait pas assez de résolution pour l'empêcher.

« Il hésita longtemps sur le parti qu'il prendrait au sujet de la Ligue. L'ignorer, c'était lui donner le moyen de se fortifier à l'ombre d'un silence que les malintentionnés prendraient pour impuissance. Frapper un coup contre elle, la déclarer illicite et abusive, c'était risquer de se compromettre, parce qu'on trouverait peut-être dans ses partisans plus de résistance qu'on ne pensait. Enfin, lui laisser choisir un chef, autant aurait-il valu descendre tout d'un coup du trône et abdiquer la couronne.

« Tout balancé, Henri, selon son caractère ami du repos, s'arrêta au moyen qui le débarrassait pour le moment : ce fut de se déclarer lui-même chef de la Ligue. . . .

« Cet expédient, qu'on a blâmé en disant que le roi Henri s'était rendu par là simple chef de parti dans son royaume, déconcerta, du moins pendant quelque temps, le duc de Guise et ses adhérents. Ils accoururent à Blois, et, ne pouvant plus embarrasser le roi autrement, ils pressèrent la déclaration de guerre contre les hérétiques. Henri répondit qu'auparavant il fallait s'assurer de l'intention des princes et des seigneurs absents ; que peut-être étaient-ils disposés à entrer dans le sein de l'Eglise, et que leur rang méritait bien une sommation. On ne put se refuser à ces raisons, et les états choisirent des députés qu'ils chargèrent d'aller trouver le roi de Navarre, le prince de Condé et le maréchal de Damville.

« Ils étaient cantonnés : Damville, à la tête des politiques, en Languedoc ; le roi de Navarre et le prince de Condé, chef des calvinistes, dans la Guienne, le Poitou et les provinces adjacentes. Là, ils prenaient leurs mesures contre l'orage qu'ils voyaient se former à Blois. A peine avaient-ils demandé l'assemblée des états, que, par les brigues mises en œuvre pour l'élection des députés, ils s'aperçurent que les décisions ne leur en seraient pas favorables. Ils résolurent donc de ne point les reconnaître, et se mirent en mesure de n'y pas être forcés.

« Quoiqu'il n'y eût pas longtemps que le roi de Navarre fût initié aux affaires, il était déjà fort accrédité auprès des calvinistes. Après sa fuite de la cour, ce prince renonça publiquement à la religion catholique, qu'il avait été forcé d'embrasser à la Saint-Barthélemi. Les réformés s'applaudirent de son retour. Il gagna leur confiance par des égards dont on lui sut gré, quoiqu'ils fussent nécessaires, et surtout par une noble franchise et par une gaieté qui était le trait dominant de son caractère. On l'aimait ; on n'appréhendait de sa part ni détours, ni vues intéressées ; il était avec les religionnaires, assemblage de gens ombrageux et inquiets, ce qu'il faut être dans une république ; car essant, accessible, complaisant, ne cherchant point à attirer à lui l'autorité, content quand les autres l'étaient, paraissant s'oublier lui-même ; conduite qui le mit à l'abri des mortifications qu'éprouva le prince de Condé, moins flexible, tirant plus à ses avantages, et par là donnant lieu à des soupçons qui faisaient, pour ainsi dire, mesurer l'obéissance.

« Tous deux étaient pleins de valeur, hardis et entreprenants ; s'apercevant que les menées des états tendaient à la guerre, ils n'avaient pas hésité à s'emparer, quoiqu'en pleine paix, des places qui pouvaient couvrir leur retraite. Damville en faisait autant de son côté. Ils armaient aussi par mer ; et négociaient une contre-ligue avec la Suède, le Danemark, et l'Angleterre et les protestants d'Allemagne, leur ressource ordinaire.

« Ces soins occupaient les princes quand la députation des états alla les trouver. Elle ne devait pas s'attendre à un grand succès, puisque les mécontents avaient déjà protesté contre l'assemblée, comme contre une cabale composée de leurs ennemis. Leur réponse se ressentit plus ou moins de cette protestation, que le roi de Navarre adoucit, sans cependant se départir du fond. La peinture que l'archevêque de Vienne, un des députés, lui fit des horreurs de la guerre arracha des larmes à ce prince, tendre, quoique né pour les combats et les fracas des armes. Il dit qu'il connaissait les douceurs de la paix, qu'il y était sensible, mais qu'il ne l'achèterait jamais aux dépens de son honneur et de sa conscience. « Rapportez à l'assemblée, ajouta-t-il, que j'ai toujours prié le Seigneur, et que je le prie encore du fond du cœur de me faire connaître la vérité. Si je suis dans le bon chemin, que Dieu m'y soutienne ; sinon, qu'il m'ouvre les yeux, et je suis prêt, non-seulement à abjurer l'erreur sans aucun respect humain, mais encore à employer mes biens et ma vie pour chasser l'hérésie du royaume et de tout l'univers, s'il est possible.

« Cette espèce d'engagement parut trop fort aux ministres calvinistes ; ils auraient voulu le faire effacer de la lettre que le roi de Navarre écrivait aux états ; mais Bourbon, dont l'âme était droite et franche, ne craignit point de rendre publiques ces dispositions.

« Ce fut tout ce que la députation tira du roi de Navarre. Elle obtint encore moins de Damville et du prince de Condé, qui, aux instances des députés, répondirent constamment : « Nous ne demandons que la paix, qu'on nous tienne les paroles données, et tout sera tranquille. Au reste, nous ne reconnaissons point vos états, et nous protestons contre toutes les résolutions qui s'y prendront à notre préjudice.

« Il ne tint pas aux catholiques zélés qu'il ne s'y en prît de vigoureuses ; mais le roi les arrêta d'un mot. « Je consens à la guerre, « dit-il ; mais, pour la faire, il me faut de « l'argent. » Cette considération glaça les plus échauffés, surtout ceux du tiers état, qui sentaient bien que c'était sur eux que tomberait le fardeau des impôts..........

« ... Il faut se représenter l'état du royaume en ce moment. Il était dénué d'argent au point qu'on fut obligé de donner à Casimir des pierreries de la couronne en gage des sommes qui étaient dues. Ce général, non payé, menaçait de revenir sur ses pas et de se joindre aux calvinistes qui le rappe-

laient. Le roi ne pouvait leur opposer que des troupes suspectes, la plupart infectées du venin de la Ligue. Une plus longue guerre l'aurait forcé d'en ramasser davantage et de réunir et multiplier ainsi ses ennemis.

« Il n'y avait aucune subordination dans le royaume. La certitude d'obtenir le pardon des crimes les plus atroces, en passant d'un parti dans l'autre, ouvrait la porte à tous les désordres. On allait jusqu'à tourner la justice en dérision, ou à faire servir de bonne foi son appareil redoutable à la vengeance des injures particulières.

« ... On n'avait ni estime pour le roi ni confiance en lui. Le ridicule qu'il se donnait en se livrant à des divertissements indécents pendant qu'il aurait dû s'occuper sérieusement de ses affaires, le rendait un objet de mépris. Il courait publiquement la bague, vêtu en amazone, portant des pendants d'oreilles ; « faisait joutes, ballets et « tournois, et force mascarades où il se « trouvoit ordinairement habillé en femme ; « ouvroit son pourpoint et découvroit sa « gorge, y portant un collier de perles et « trois collets de toile, deux à fraises et un « renversé, ainsi que lors le portoient les « dames de la cour. » Il était vrai que cela se passait pendant le carnaval, temps qui semble permettre quelques écarts.

« Mais ce ne fut pas dans ces jours de licence que le roi donna un festin public, « auquel les dames, vêtues de vert, en habits « d'hommes, firent le service, » et qu'en revanche la reine mère en donna un autre « auquel les plus belles et honnêtes de la « cour était à moitié nues et ayant leurs « cheveux épars, comme épousées, furent « employées à faire le service. » En retranchant de ces récits ce que la mauvaise volonté y a mis d'exagération, il reste toujours constant qu'il se passait à la cour des choses indécentes. Les dépenses qui se faisaient à ces fêtes étaient énormes : les peuples murmuraient de pareilles profusions

dans un temps de malheur et de disette. »
Telle était alors la situation de la France.
Ce tableau nous a paru si vrai, si saisissant,
que nous avons cru devoir n'y rien changer,
bien qu'il dépasse les proportions de notre
cadre. Il y a toujours danger à refaire ce qui
est bien fait.

Le but que nous nous proposons ici est de
montrer qu'alors le mal venait de haut, et
que les crimes, les désordres qui rendirent
si fameuse cette tour de Nesle, dont nous
faisons l'histoire, n'étaient que les conséquences d'autres crimes, d'autres désordres,
ou plutôt qu'ils n'étaient qu'une partie du
tout : le roi ayant des mignons, c'était bien
le moins que les duchesses eussent des
amants ; elles ne s'en étaient pas fait faute
sous les règnes précédents, comme on l'a vu ;
mais, sous Henri III, elles eurent tout à fait
leurs coudées franches.

Résumons la situation.

Le libertinage, les désordres de toutes
sortes allaient croissant ; le peuple avait
été, financièrement parlant, saigné à blanc ;
les joyaux de la couronne étaient en gage,
et la cour, loin de s'amender, continuait à
jeter par les fenêtres les revenus de l'Etat.
Enfin, l'argent manquant complétement, le
roi songea à faire vendre l'hôtel de Nesle,
et des ordres furent donnés en conséquence.

Grande fut alors la douleur de la duchesse
de Nevers, pour laquelle la vieille tour était
demeurée un lieu de délices.

Cette fois, il n'y avait pas moyen de recourir à l'intimidation : dix ans s'étaient
écoulés depuis que Louis de Gonzague, duc
de Nevers, avait menacé de pendre le premier sergent ou huissier qui viendrait le
sommer de déguerpir. Ce prince avait beaucoup vieilli, et il était maintenant beaucoup
plus amoureux du repos que de sa femme.
La duchesse était toujours galante ; mais
elle avait passé l'âge de ces passions violentes, indomptables, qui rendent tout pos-

sible, et, parmi ses amants d'un jour, elle
eût vainement cherché un Coconas. Elle
tenta pourtant de pousser son mari à la résistance.

— Voici de nouveau qu'on vous veut dépouiller, lui dit-elle, et c'est le cas maintenant
de tenir la parole que vous avez donnée.
Sans doute vous n'y faillirez, duc ?

— Quelle parole ai-je donnée, ma chère
Henriette ?

— De faire pendre aux créneaux de votre
hôtel quiconque oserait vous sommer d'en
sortir.

— Oh ! madame, il y a bien longtemps de
cela !

— Qu'importe le temps ?

— C'était, croyons-nous, vers le milieu
du règne de Charles neuvième ?

— Ne diroit-on, à vous entendre, qu'il
s'est écoulé un siècle depuis cette époque ?

— Dix ans, madame ; dix années pleines.

— Eh bien ! ces dix années n'ont pu que
confirmer vos droits.

— Hum ! c'est que nous ne sommes pas
très-sûr d'avoir jamais eu ces droits que
vous dites.

— Et pourtant alors vous les avez courageusement soutenus, comme le commandait
l'honneur de votre nom.

— Sans doute, mais c'est que nous avions
alors de vieux comptes à régler avec ledit
roi Charles, et qu'il nous semblait bon de
lui tenir en toute occasion la pointe au
corps... Et puis vous teniez tant à cette
laide tour !

— Et j'y tiens plus que jamais, monsieur !

— C'est pourtant laid réduit.

— Il me plaît ainsi.

— Pour nous, nous le tenons plus propre
à loger orfraies et chauves-souris qu'à servir
d'asile à belle et grande dame ainsi que vous
êtes Henriette.

— Ainsi, vous vous laisserez chasser
comme un laquais ?

— Oh ! madame...

— Monsieur le duc est bien le maître de se déshonorer ; mais nous ne pouvons oublier que nous sommes de la maison de Clèves.

— Madame, au nom de Dieu, ne nous faites pas telle injure ! Sur mon âme ! je ne le souffrirais de madame la Vierge !

Il commençait enfin à s'échauffer, le vieux gentilhomme, et madame de Nevers en était radieuse.

Au nom de Dieu, madame, ne nous faites pas telle injure.

—Eh ! monsieur le duc, reprit-elle, la chose est bien plus offensante encore que le mot : quand on vous verra sortir d'ici, que voulez-vous qu'on pense, sinon que vous y étiez en intrus ?

— Par la mort Dieu ! madame, nous n'avons pas dit qu'en voulions sortir ; mais, puisque le roi veut vendre cette demeure, nous l'achèterons... Nos finances sont, Dieu merci, en état prospère, et ce n'est pas quand notre sire Henri troisième a tant d'ennemis sur les bras que nous voudrions augmenter ses déplaisirs. Ce que nous n'avons pas voulu faire pour Charles neuvième son frère, qui n'avait pas notre estime, nous le ferons pour lui qui nous admet à ses conseils.

— Eh ! cher maître et seigneur, s'écria la duchesse, que ne disiez-vous ainsi tout d'abord ? Que ne soyons pas chassés d'ici, nous ne demandons davantage, et ce demandons plus pour votre honneur que pour notre plaisir.

Le duc de Nevers était en effet fort attaché à Henri III. Zélé catholique, il avait néanmoins blâmé hautement la Saint-Barthélemi ; mais, s'il ne voulait pas qu'on assassinât les huguenots, il était fort partisan de ceux qui voulaient leur faire la guerre à outrance, et il disait souvent qu'il donnerait volontiers jusqu'à son dernier écu pour voir exterminer en bataille rangée le dernier des hérétiques.

Rien ne s'opposant à l'exécution des ordres du roi, touchant l'hôtel de Nesle, ce domaine fut mis en vente et adjugé au duc de Nevers.

Jusqu'alors, dit un historien, cet hôtel avait gardé son nom, et l'intégrité des nombreux bâtiments qui le composaient ; mais son architecture massive, ses tours rondes avec des toits pointus, ses grandes croisées en ogive, ses portes voûtées, ses murs crénelés, ses fossés et ses ponts-levis, déplaisaient aux regards qu'avait charmés le style gracieux de la renaissance. Il était trop sévère et ressemblait trop à une forteresse. Comme de tels défauts sont incorrigibles, on le détruisit en partie, pour employer ses débris à la construction d'un hôtel agréable, fragile, mais à la mode.

Cet hôtel fut bâti sur l'emplacement qu'occupent aujourd'hui les maisons situées entre la rue Guénégaud et la rue de Nevers, qui régnait le long des murs de l'hôtel du même nom.

Le cardinal de Bourbon, abbé de Saint-Germain des Prés, vint alors se mêler de ces constructions, et revendiqua les droits qu'il prétendait avoir en sa qualité de seigneur de l'hôtel de Nesle. Cette singulière prétention fut soutenue avec tant d'habileté et de persévérance, qu'il en résulta une transaction en vertu de laquelle l'hôtel de Nevers fut érigé en fief, à la charge de foi et hommage et une rente de cinquante sous parisis. L'acte de cette transaction porte la date du 3 août 1618.

Ce premier succès fit renaître tous les prétendus droits de cette abbaye sur l'hôtel de Nesle, qui retomba ainsi sous la dépendance monacale dont l'avait affranchi le duc de Berry, en 1399, à un prix trèsonéreux.

A cette époque, la tour de Nesle était complétement abandonnée, la duchesse de Nevers ayant été forcée d'y renoncer à la suite de l'événement que nous allons rapporter.

Nous avons dit combien étaient dissolues les mœurs des grands à cette époque : il n'était princesse, duchesse, comtesse, etc., qui n'eût au moins un amant en titre et une suite plus ou moins nombreuse de servants d'amour. Leurs maris ne l'ignoraient pas ; mais en général ils feignaient de l'ignorer, soit parce que cela les autorisait à prendre leurs aises de leur côté, soit qu'ils craignissent, en voulant réprimer ces désordres, de se mettre trop d'affaires sur les bras.

Au nombre de celles qui marchaient le plus audacieusement dans cette voie, était Catherine de Clèves, duchesse de Guise, dont les amours avec Saint-Mégrin, un des mignons du roi, étaient maintenant aussi publics que l'avaient été ceux de Henriette de Clèves, duchesse de Nevers, avec Coconas. Le duc de Guise, soit faiblesse, soit indifférence, soit par politique et pour se ménager des intelligences dans le parti royaliste, fermait les yeux sur ces désordres. Un jour pourtant il tenta d'y mettre un terme : de grand matin, il entre dans la chambre à coucher de la duchesse, après avoir éveillé brusquement l'épouse coupable.

— Madame, dit-il, depuis trop long-temps vous jetez le déshonneur sur notre maison; vous avez lassé ma clémence : l'heure de l'expiation a sonné; préparez-vous à mourir.

La duchesse pousse un cri d'effroi et veut s'élancer hors du lit; son mari l'y retient, et, s'armant d'un poignard, il menace de l'en frapper à l'instant si elle ne garde le silence, puis il ajoute :

— Résignez-vous, faites votre prière et choisissez entre le poignard et le poison que voici.

Et, tandis qu'en sa main droite étincelait l'arme terrible, de la gauche il montrait une coupe pleine d'une liqueur au-dessus de laquelle s'élevait une légère vapeur.

La malheureuse femme, éperdue, parvient à sortir de son lit, malgré le poignard dirigé contre sa poitrine : elle se jette aux pieds de son mari en demandant grâce.

— Non, répondit le duc en la saisissant par les cheveux; il faut mourir.

— Permettez qu'au moins je recommande mon âme à Dieu.

— Soit, mais faites vite; car je suis altéré de vengeance.

La duchesse se met en prière; puis, levant vers son mari ses yeux baignés de larmes, elle tente de nouveau de fléchir sa colère. Tout est inutile, le duc ne veut rien entendre, et il semble toujours aussi impatient de frapper.

— Non, dit enfin la patiente, vos mains ne seront pas souillées de mon sang : je mourrai par le poison.

Et, saisissant la coupe, elle la vida d'un trait, et alla se remettre au lit pour y attendre la mort. Le duc paraît satisfait, il sort en disant qu'il va donner des ordres pour que l'inhumation soit faite convenablement.

Une heure s'écoule ; Catherine de Clèves, en proie aux plus terribles tortures de l'âme, se roule sur son lit dans les angoisses du désespoir, appelant la mort si lente à venir, et regrettant de ne s'être pas laissé poignarder.

Tout à coup la porte s'ouvre de nouveau : le duc reparaît; mais cette fois son visage est souriant.

— Oh ! vous êtes bien cruel, duc ! s'écrie Catherine.

— Pas autant que vous avez été coupable, ma chère belle ; mais vous avez montré une soumission dont je dois vous tenir compte.

— Il est trop tard, monsieur : le poison me brûle les entrailles.

— Il doit en être ainsi : c'est l'arbre qui porte son fruit.

— Venez-vous donc pour vous repaître de mon agonie?

— Je viens vous dire, madame, que le prétendu poison qui vous brûle les entrailles, comme vous le dites, n'est autre chose qu'un consommé parfaitement préparé. La leçon a été rude : j'espère qu'elle sera profitable.

Et il se retira, laissant la coupable pleine de confusion. Toutefois le duc s'était trompé de moitié : la leçon avait été rude, il est vrai, mais elle fut néanmoins si peu profitable, et la conduite de la duchesse devint si scandaleuse, que les principaux membres de la famille de Guise songèrent sérieusement à y mettre un terme, ainsi que cela est rapporté dans les mémoires de Bassompierre, fils d'un des acteurs de ce drame. Nous citons textuellement :

« Le cardinal de Guise et le duc de Mayenne, voyant le bruit de l'intrigue de la duchesse de Guise avec Saint-Mégrin si public, crurent que le duc leur frère ne devait pas être le seul à l'ignorer. Comme ils n'avaient pas d'amis plus intimes que Bassompierre, ils le chargèrent de l'en instruire.

« Bassompierre connaissait le génie et le caractère du duc; aussi n'accepta-t-il la commission qu'avec peine et malgré lui. Il demanda même qu'on lui donnât trois jours pour penser aux moyens d'insinuer au duc une nouvelle si désagréable.

« Il l'aborda enfin d'un air triste et rêveur, et le duc lui ayant demandé ce qui le rendait si chagrin :

« — Il y a quelques jours, lui répondit Bassompierre, qu'une personne m'a consulté sur la manière dont elle devait s'y prendre pour instruire un ami du dérangement de sa femme, qui le déshonore, sans que de sa part il y ait aucun soupçon de galanterie. La question m'a paru si embarrassante, que jusqu'ici je n'ai pu encore y répondre. Voilà quelle est la cause de ce chagrin que je n'ai pu vous cacher. Inquiet sur la réponse que je dois faire, je rêve inutilement pour la trouver ; mais, puisque l'occasion s'offre si naturellement de vous en parler, je serai bien aise de savoir par vous-même quel conseil je dois donner à mon ami sur une question si délicate.

« A ce discours, le duc de Guise comprit parfaitement de quoi il s'agissait. Cependant il ne parut point embarrassé.

« — Quel que soit celui dont vous me parlez, dit-il à Bassompierre, si c'est un ami, ou même s'il veut le paraître, qu'il se charge lui-même de venger l'affront fait à son ami ; mais d'apprendre en pareil cas à un ami ce qu'il ignore, c'est, à mon avis, prendre une peine inutile, et joindre même un nouvel outrage au premier. Pour moi, continua le duc, Dieu m'a donné une épouse aussi sage qu'on peut la souhaiter, et, grâce au ciel, je n'ai pas lieu de me méfier de sa vertu. Si cependant elle avait jamais le malheur de se déranger et qu'un homme fût assez hardi de me le dire, vous voyez ce fer, ajouta-t-il en mettant la main sur la garde de son épée, la vie de cet imprudent ami me répondrait à l'instant de sa folle témérité. »

Anquetil, qui rapporte ce passage des *Mémoires de Bassompierre*, ajoute :

« Bassompierre remercia le duc de son avis, et alla rendre compte au duc de Mayenne et au cardinal, qui prirent le parti d'agir eux-mêmes.

« Ils dressèrent une embuscade à la porte du Louvre. Comme Saint-Mégrin en sortait la nuit, des assassins apostés se jetèrent sur lui et l'étendirent sur le pavé, percé de trente-cinq coups. Il vécut cependant jusqu'au lendemain.

« Le roi fit pour lui les mêmes excès que pour Maugiron et Caylus. Il fut enterré comme eux dans l'église de Saint-Paul, avec la même magnificence, et une statue de marbre fut élevée sur son tombeau ; de sorte que, quand on en voulait à un favori, le proverbe était : « Je le ferai tailler en « marbre comme les autres. »

« ..... Loin de sévir par les voies de la justice contre de pareils crimes, à l'exemple de ses sujets, dont il aurait dû réprimer la licence, le monarque se servait quelquefois de l'assassinat pour se défaire de ceux qui lui déplaisaient. Le fameux Bussy d'Amboise, favori de son frère et spadassin brutal qui mettait une sorte de gloire à se faire journellement des querelles, avait longtemps bravé le roi ; il eut enfin le sort de ces arrogants qui, croyant pouvoir impunément insulter les autres, font trophée de leur insolence, et périssent immolés par la main qu'ils méprisaient.

« Il était amoureux de la dame de Montsoreau. Henri III trouva moyen d'avoir quelques-unes de ses lettres, et les montra à l'époux. Elles certifiaient la vérité de l'intrigue, et étaient écrites en termes moqueurs et insultants pour le mari. Montsoreau, plein de ressentiment, entraîne sa femme dans un château écarté, et la contraint d'y donner un rendez-vous à Bussy. Celui-ci arrive avec sa confiance ordinaire ; mais, au lieu de la bonne fortune qu'il espérait, il se voit assailli par des assassins. Il se défendit longtemps; mais enfin il succomba sous le nombre et fut tué. »

Ces deux aventures et plusieurs autres du même genre avaient fait beaucoup de bruit; on s'en racontait les détails, et on riait çà et là au nez des barbons qui, se trouvant dans le même cas que ces maris trompés, se tenaient pour contents et ne paraient au ridicule ni par eux-mêmes, ni par autrui.

Le duc de Nevers, qui était un de ces derniers, mais qui était aussi un des plus honorables, parce qu'il ne se doutait de rien, en bon et loyal mari qu'il était, ne tarda pas à se sentir piqué au vif par quelques sarcasmes de ses amis. Le brave duc se demanda tout à coup, et comme s'il venait de se réveiller après avoir dormi pendant quinze ans, pourquoi madame la duchesse, sa femme, tenait tant à cette vieille et laide tour de Nesle qui menaçait ruine, ses fondations étant incessamment rongées par les eaux. Il rappela ses souvenirs, les corrobora de certains bruits qu'il avait méprisés autrefois, et qui maintenant lui apparaissaient comme des spectres sortant de la tombe.

C'était justement au temps où il faisait bâtir son hôtel de Nevers, et la persistance de la duchesse à passer la plus grande partie de son temps dans la tour de Nesle, environnée de décombres, enveloppée des nuages de poussière causés par les démolitions, cette persistance, disons-nous, acheva en quelque sorte de lui ouvrir les yeux.

Dans cette situation d'esprit, Louis de Gonzague, duc de Nevers, entre un matin dans la chambre de sa femme, non pour lui donner le choix entre le poignard et le poison, à l'exemple du duc de Guise, mais pour la contraindre à s'expliquer sur cette fantaisie qui lui faisait préférer la sombre et lugubre tour de Nesle à toute autre habitation.

— C'est enquête tardive, madame, ajouta-t-il, mais nous étions en telle sécurité... Ce n'est pas qu'il ne soit venu jusqu'à nous, de temps à autre, quelques mauvais bruits; mais nous les laissions passer comme clameurs de manants et sans même tourner la tête pour savoir d'où ils venaient, ni où ils allaient.

— Monsieur le duc, répondit gaiement la belle Henriette, vous avez donc choisi ce jour pour faire votre panégyrique?

— Non, madame; et nous serions plus heureux de faire le vôtre que le nôtre.

— Et à cela, monseigneur et maître, vous trouvez donc empêchement?

— Moi, Henriette, non, mais il court par le monde certaines légendes mal sonnantes à votre endroit, et qui tendraient à vous mettre au même rang que les dames de Guise et de Montsoreau.

— Et que puis-je faire à cela, monsieur? demanda la duchesse en se redressant fièrement.

— Une chose bien simple, madame: laisser abattre cette tour de Nesle, qui, ne fût-ce qu'à cause de son histoire, prête à la malignité des gens.

— Ainsi j'aurai vainement défendu jusqu'ici cette silencieuse retraite d'où mon âme aime à s'élever vers Dieu.

— Songez, madame, qu'il s'agit de l'honneur de notre maison, et que les catastrophes de ces derniers temps vous éclairent!

Mais Henriette de Clèves alors avait depuis longtemps franchi son trentième printemps; âme toujours ardente, elle se cramponnait, en quelque sorte, à ses dernières amours sans oublier les premières.

— Monsieur le duc, dit-elle, vous pouvez me chasser de ce lieu de paix, m'en faire arracher violemment, me broyer contre les pierres; mais que je le quitte jamais volontairement, ne l'espérez pas.

Le duc de Nevers faillit se mettre tout à fait en colère en entendant ces paroles; mais il n'en fit rien, et il dissimula comme un vrai traître de mélodrame.

— Gardez donc, madame, dit-il, cette si

délicieuse retraite dont le moindre manant
ne voudrait pas faire son habitation. Mais
sur votre tête qu'il n'en vienne récits honteux ou déplaisants, car, par notre Seigneur
Dieu ! nous sommes résolu à vous en demander terrible compte.

Cette menace effraya fort peu Henriette
de Clèves, et c'était à tort, car le duc de
Nevers, surexcité par les accidents matri-
moniaux de ces derniers temps, avait résolu
d'éclaircir ses soupçons et d'employer, pour
y parvenir, tous les moyens possibles.

Dès lors, la duchesse fut, sans s'en douter,
entourée d'espions, et, en quelque sorte,
gardée à vue. Personne ne pénétrait dans la
tour de Nesle sans que le duc en fût sur-
le-champ instruit ; une catastrophe semblait
prochaine et inévitable.

Madame de Nevers cependant n'avait renoncé à aucune de ses habitudes. Femme de
plaisir avant tout, elle continuait de faire
des heureux sans songer aux terribles résul-
tats que pourraient avoir ses dangereuses
faveurs : il semblait, au contraire, qu'elle se
plût à braver le danger, et, bien qu'elle ne
fût plus jeune, elle tenta de séduire un des
mignons du roi, Joyeuse, qui venait d'épouser la sœur de Henri III. Elle usa pour y
parvenir de tant d'adresse, de finesse, de
ruse ; elle inventa des moyens de séduction
si puissants, que son succès fut complet.

La tour de Nesle, toutefois, ne fut pas le
lieu des premiers rendez-vous des deux
amants. Si la duchesse ne tenait aucun
compte de ce qui était arrivé à Saint-Mégrin
et à Bussy, Joyeuse, lui, y songeait, et bien
qu'il fût réellement amoureux de madame de
Nevers, encore très-belle quoique sur le
retour, il n'avait nulle disposition à payer
de sa vie les faveurs qui à tant d'autres
avaient coûté si peu. C'était au Louvre
qu'ils se voyaient : la reine de Navarre, qui
était dans la confidence, leur accordait
pour cela aide et protection.

Mais les amoureux ne sont prudents que

par exception ; Joyeuse se relâcha peu à
peu de ses précautions, et puis Henriette lui
faisait espérer de si douces nuits à la tour
de Nesle. Au Louvre, on était contraint, il
y fallait observer certaines bienséances
très-gênantes, et les entrevues n'y pouvaient
être que de courte durée. Une circonstance,
en apparence fortuite, vint déterminer
Joyeuse à se rendre au désir de sa maîtresse.

Nous avons dit que la duchesse était en
quelque sorte gardée à vue ; une de ses
femmes avait été gagnée par M. de Nevers,
qui fut bientôt instruit des fréquentes apparitions de sa femme au Louvre, où elle ne
se montrait autrefois que très-rarement.

Qui ou quoi l'y attirait ?

C'est ce que le duc ne savait point ; mais
il le soupçonna, et, pour le savoir complètement, il eut recours à un expédient, qui,
bien que banal et fort peu ingénieux,
réussit presque toujours en pareil cas : il
annonça un jour qu'il se rendrait, le lendemain, à une de ses terres, à dix lieues de
Paris, où il faisait faire de grands travaux
de construction.

L'occasion parut trop belle aux deux
amants pour ne pas la mettre à profit.
Joyeuse, pourtant, voulut être sûr du départ
du mari. Sous un prétexte quelconque, il
alla lui faire visite au moment même où le
duc devait sortir de chez lui ; il le vit monter
à cheval et partir avec sa suite.

Le soir venu, Joyeuse passe la rivière,
arrive à la tour, cette tour maudite où l'a-
mour et la mort semblaient, depuis des siècles,
faire en même temps élection de domicile.

Déjà, depuis deux heures, le duc de Nevers
et quatre hommes sûrs, dont il s'était fait
accompagner, étaient dans une des chambres basses de cette lugubre habitation où
les avait introduits celle des femmes de la
duchesse gagnée par le mari. A peine sorti
de Paris, M. de Nevers y était entré par une
autre porte, et, laissant sa suite, il était
rentré seul et furtivement chez lui et de là

était venu prendre position, chose rendue facile par les intelligences qu'il avait dans la place.

Joyeuse est introduit dans la chambre de sa maîtresse ; les verrous sont poussés. Ce lieu n'est éclairé que par la faible lueur d'une lampe qui semble près de s'éteindre, et des parfums brûlent çà et là. Tout est amour, mystère, volupté.

Du lieu où il est caché, le duc a entendu la porte d'eau s'ouvrir ; il a pu compter les pas du nouveau venu. Ses poings se serrent, ses yeux étincellent ; la colère qui l'anime semble le rajeunir : il fait des efforts surhumains pour se contenir et ne pas éclater avant que les coupables puissent être surpris en flagrant délit. Car c'est une vengeance terrible, complète, qu'il lui faut, et, bien qu'il ignore encore le nom du complice de sa femme, il n'en est pas moins impatient de le frapper.

Dix minutes se sont écoulées, le plus grand silence règne partout.

— Allons ! dit le duc d'une voix stridente, l'épée à la main, et suivez-moi !

Ses hommes le suivent en silence, et tous arrivent dans la pièce qui précède la chambre de la duchesse.

— Restez ici, dit M. de Nevers, et ne bougez que sur mon ordre.

Il s'approche alors de la porte, à laquelle il frappe avec le pommeau de son épée.

— Qu'est-ce ? fait Joyeuse en s'arrachant des bras d'Henriette de Clèves.

— Silence ! ami, dit à voix basse cette dernière en le retenant.

Le duc frappa de nouveau ; mais déjà les amants avaient réparé le désordre de leur toilette. Néanmoins la duchesse ne répondit point ; elle doutait encore que son mari eût osé lui tendre un piége.

Le doute dura peu.

— Madame, dit le mari d'une voix accentuée par la colère, vous ne gagnerez rien, je vous jure, à faire résistance ; car nous

avons juré de ne sortir d'ici avant d'être arrivé jusqu'à vous.

— Chère mie, dit de son côté Joyeuse en prenant bravement son parti, tenez-vous en arrière, et me laissez au survenant faire réception convenable.

En parlant ainsi, il mettait son épée hors du fourreau, et se dirigeait vers la porte ; mais madame de Nevers le retint en l'enlaçant de ses bras.

— Ami, lui dit-elle en l'étreignant avec amour, vous êtes habillé à la légère, et, de cette chambre à l'eau, n'est que petite distance. Le passeur n'est-il pas là, vous attendant ?

— Il y est avec mon valet ; mais certes, chère âme, je ne vous quitterai en un tel moment.

— Non, si vous voulez nous perdre ; oui, si vous voulez me sauver... Ami, je t'en conjure, les draps de ce lit sont assez longs pour aller jusqu'à l'eau. Pars, et me laisse ici, afin que j'en sorte victorieuse.

— Victorieuse ?

— Oui.

— Mais c'est impossible !

— Pars, et tout à l'heure ce furieux sera à mes pieds.

Joyeuse se laissa convaincre, tant la duchesse paraissait assurée du succès, et puis aussi n'avait-il qu'une très-médiocre envie de se trouver en face du mari outragé. Il prit donc un des draps, l'attacha à la barre qui séparait les deux ventaux de la fenêtre, et, se laissant glisser doucement par cette voie, il arriva sain et sauf dans le bateau du passeur, qui, demeuré en observation, s'était approché de la tour au premier signal.

Dès qu'il fut hors de danger, la duchesse retira le drap, puis elle alla se mettre à genoux devant une haute et large armoire placée près de l'alcôve.

On comprend que tout cela s'était passé en beaucoup moins de temps qu'il n'en faut pour le raconter. Le duc cependant avait plusieurs fois renouvelé ses menaces ; enfin, n'obtenant point de réponse, il ordonna à un de ses hommes, porteur d'une hache, de briser la porte, ordre qui fut exécuté en un clin d'œil. M. de Nevers alors s'élança furieux dans la chambre, prêt à tuer tout ce qui se présenterait devant lui ; mais il s'arrêta à l'aspect de sa femme, humblement prosternée, et paraissant ensevelie dans une méditation profonde.

— Madame ! fit-il, notre voix vous est-elle devenue tellement étrangère que vous ne l'ayez pu reconnaître à travers cette porte ?

— Monsieur le duc, vous vous êtes tout d'abord montré si furieux, que, nous croyant par vous vouée à une mort violente, nous n'avons plus songé qu'au salut de notre âme.

M. de Nevers, pendant qu'elle parlait, regardait autour de lui, fouillant en quelque sorte, d'un œil scrutateur, meubles, tapis et tentures.

— Nous ne sommes pas si furieux que vous dites, madame, répliqua-t-il ; mais nous sommes quelque peu surpris de vous trouver seule céans.

— Et pourquoi cela, monsieur ? demanda Henriette en demeurant agenouillée.

— C'est tout simplement, madame, que nous vous savions ici en douce compagnie.

— Et vous étiez bien instruit, monsieur.

— Ah ! fit le duc, qui sentit revenir toute sa fureur, vous avouez donc, infâme ?

— Quoi, monsieur ? Que prétendez-vous me faire avouer ?

— Point de subterfuge, madame ! Il y a quelqu'un ici !...

— Il y a vous et moi, monsieur.

— Puis un autre...

— Oui !... un autre sur lequel je pleure.

— Oh ! je le trouverai donc !

Et le vieux duc, dans son exaltation, se mit à percer et hacher les meubles avec son épée ; il fouilla ainsi tous les recoins, transperça les tapisseries, le tout sans succès. La fatigue commençait à se faire sentir à son bras.

— Et cependant, madame, s'écria-t-il, vous n'étiez pas seule ici !

— Monsieur le duc, je ne suis seule nulle part.

— Vrai Dieu ! c'est bien choisir votre temps pour faire des énigmes !

La duchesse, toujours prosternée, ne répliqua point, et M. de Nevers commençait à faire une assez sotte figure, lorsqu'il avisa enfin cette armoire devant laquelle sa femme était prosternée. Plus de doute pour lui : le complice de sa coupable épouse est là, derrière ces planches artistement ciselées, et si légères qu'un souffle semble devoir les briser.

— Madame, dit alors le duc, si vous êtes la dame et maîtresse de céans, nous vous prions d'ordonner que cette armoire soit ouverte.

Un léger frisson agita tout le corps d'Henriette de Clèves.

— Monsieur, dit-elle d'une voix tremblante, je jure qu'il n'y a rien là qui puisse vous intéresser.

— Oh ! c'en est trop ! s'écria le duc.

Et, de deux coups de son épée, il fit voler en éclats la porte de l'armoire.

Mais, à l'intérieur, il n'y avait rien, rien qu'une tête de mort environnée de fleurs desséchées. Le duc, à cet aspect, demeura immobile et comme frappé de stupeur ; mais il se remit promptement, et, s'approchant de cette lugubre relique, il lut cette inscription : *Toujours à toi, mon bien-aimé Coconas.*

Et cette inscription était de l'écriture de la duchesse ; M. de Nevers la reconnut parfaitement ; madame de Nevers ne s'en défendit point.

— Monsieur, dit-elle, j'ai aimé Coconas ; tout Paris sait cela, et, si vous l'avez ignoré jusqu'ici, vraiment ce n'est pas ma faute.

Mais tout Paris sait aussi que j'ai toujours respecté la foi conjugale. J'aimais un mort, monsieur ; eussiez-vous mieux aimé, qu'outre mon mari, j'eusse aimé un vivant ?

Le duc de Nevers était dans une grande perplexité ; il ne lui était jamais venu à l'esprit qu'un mari pût se trouver en telle situation. Ne sachant que répondre, il prit le parti de se remettre en colère ; et, saisissant la tête de Coconas, il la lança dans

Et se laissant glisser doucement par cette voie.

la Seine, par la fenêtre qui était restée ouverte. La duchesse s'en montra peu émue, et ce fut d'assez bonne grâce qu'elle consentit à prendre le bras de son mari pour se rendre à l'hôtel de Nevers, en abandonnant pour toujours la tour de Nesle.

Cette aventure fut la dernière qui eut pour théâtre cette tour fameuse. Joyeuse, considérablement refroidi, n'eut jamais la pensée d'y retourner, ce que voyant madame de Nevers, elle se fit dévote.

Son mari n'y gagna rien, mais le diable y perdit quelque chose.

Dès lors, la tour de Nesle demeura déserte ; on ne la considéra plus que comme une ruine demeurant debout sans raison d'être, ou seulement restée là comme un des jalons de l'histoire ; à son ombre, les chroniqueurs venaient écrire les faits du temps passé, rectifier les récits de leurs devanciers et s'inspirer de la couleur locale... Heureux ceux qui entendent cette grande voix des ruines ! C'est là qu'est l'histoire vraie, et là seulement.

Cependant une partie de l'hôtel de Nesle restait encore debout. La princesse Marie de Gonzague et de Clèves, sœur du duc de Nevers, obtint, le 14 août 1641, des lettres patentes portant permission de vendre le terrain et les matériaux de cet hôtel à différents particuliers, pour y bâtir des maisons et percer des rues. Henri de Guénégaud, ministre et secrétaire d'Etat, fut un des acquéreurs. Il imita le duc de Nevers en faisant construire un hôtel auquel il donna son nom, ainsi qu'à la rue qui fut ménagée le long du jardin et au quai qui longeait la façade. Mais le peuple persista à conserver le nom de Nesle à l'hôtel et au quai, par habitude plutôt que par respect pour les souvenirs historiques.

Le ministre de Guénégaud ne fut pas plus heureux que le duc de Nevers dans sa résistance aux prétentions de l'abbaye de Saint-Germain : pour obtenir l'extinction du titre de fief, il fut obligé de payer à l'abbé et aux moines une forte somme d'argent d'après la transaction passée le 22 février 1646.

Les choses demeurèrent en cet état jusqu'en 1653, époque à laquelle l'autorité municipale de la ville de Paris s'avisa de penser qu'il serait assez bien que les abords du fleuve qui traverse la capitale fussent accessibles à tous. C'était une excellente idée ; mais, comme toutes les idées de cette nature, elle devait rester à l'état latent pendant des siècles.

Nous reconnaissons certes la sagesse de ce précepte :

Dans tout ce que tu fais, hâte-toi lentement;

mais, en conscience, quand on voit qu'il a fallu aux divers gouvernements qui se sont succédé deux siècles pour déranger quelques pierres mal placées, l'esprit demeure confondu, et l'on se demande à quoi a servi pendant tout ce temps l'intelligence humaine ; quelle terre s'est vivifiée des sueurs du peuple; quel bien est né de ses souffrances.

Quoi qu'il en soit, on lit dans les registres de la ville de Paris, à la date du 16 novembre 1655 :

« Nous, ce jour, estant allez visiter, ce qu'il est nécessaire de faire pour l'embellissement et décoration de la ville, le quay de la rivière, despuis le bout du Pont-Neuf jusques à la porte de Nesle, suivant les résolutions pour ce prises au bureau de la Ville, à la prière et requeste de M. du Plessis de Guénégaud, secrétaire d'Estat ; ce considéré que la maison appelée le *Château-Guillard* empeschait en quelque façon l'ornement du dit quay, qui ne sert d'ailleurs qu'à des divertissements publics, parmi lesquels il s'y trouve toujours quelques désordres ; joinct que la Ville, qui en a fait concession, n'en retire pas grande utilité : nous avons, en conséquence d'autres précédentes délibérations, résolu de la faire abattre et de se servir des démolitions qui en proviendront pour l'establissement d'un quay qui prendra despuis le dict lieu jusques à la porte de Nesle, en desdommageant les particuliers qui y ont basty par la permission de la Ville ; et vu la nécessité qu'il y avait de faire promptement travailler au dict quay et soustenir les terres qui y ont esté apportées et qui pourraient gaster la rivière, avons ordonné qu'il soit procédé au plus tôt à la construction du dict quay. »

Voilà qui est bien : la municipalité de

Paris songe à embellir cette capitale : elle examine, elle ordonne... Elle ordonne, oui ; mais elle ne paye pas; et pas d'argent... Tout le monde est un peu Suisse en ce cas-là. La municipalité, qui avait fait un effort surhumain, se sentit épuisée ; elle se reposa donc et s'endormit d'un sommeil profond, pour ne se réveiller que sept ans après, en 1662. Alors elle se demanda où était cet *establissement d'ung quay qui prendra depuis le dict lieu jusques à la porte de Nesle*, et elle fut très-surprise, ladite municipalité, de voir que rien n'était changé. Alors elle se frotta les yeux, fit une nouvelle enquête, et, le 10 juillet 1662, le bureau de la Ville enregistra ce qui suit :

« Nous estant, ce jour, assemblés au bureau de la Ville pour donner notre advis sur les propositions et dessins qui nous ont esté présentés pour la construction de certains bastimens sur et le long du quay Malaquais, joignant la porte de Nesle, depuis icelle jusques à l'entrée de la rue de Seine, etc., sommes d'advis que l'on doit continuer le quay encommencé du costé du Pont-Neuf jusques à la tour de Nesle, et despuis icelle le conduire ainsi en ligne droite jusques à la rue des Petits-Augustins, laissant au devant de la rue un quay de la largeur de 10 à 12 toises, conformément aux dessins ci-devant arrestez, et les alignemens donnés aux propriétaires des maisons sur le dict quay. »

Cette fois, il y eut un commencement d'exécution ; mais cela fut mené avec une lenteur désespérante.

Ici notre tâche est presque achevée ; la tour de Nesle est toujours debout ; mais ce n'est plus qu'un monceau de pierres évoquant de lugubres souvenirs ; elle est isolée, déserte ; la porte d'eau a été murée ; des pierres s'en détachent de toutes parts, et

tout annonce une destruction complète et prochaine. Cette destruction ne devait pourtant s'accomplir qu'au dix-huitième siècle, ainsi qu'il résulte des faits suivants que nous empruntons à un honorable historien :

Le 30 avril 1670, la veuve du prince de Conti acquit l'hôtel de Guénégaud, au nom de ses fils mineurs, par un contrat d'échange qu'elle fit de la terre et seigneurie de Bouchet.

Les princes de Conti et de la Roche-sur-Yon l'augmentèrent par l'acquisition qu'ils firent, le 25 mars 1679, du petit hôtel de Guénégaud (c'est celui qu'occupait, en 1775, M. de l'Averdy, ministre d'Etat).

Le 20 novembre 1718, la princesse de Conti acheta de la veuve d'un marchand nommé Antoine Rondet, une maison située sur le quai, et joignant son hôtel ; cette maison était sans doute grande et belle puisqu'elle prit le nom de *Petit hôtel Conti* ; elle fut démolie vers le milieu du dix-huitième siècle. D'autres maisons se trouvaient entre celle-ci et le collège des Quatre-Nations, aujourd'hui Palais de l'Institut. Elles avaient l'honneur de servir de logement à M. l'abbé de La Chambre, membre de l'Académie française, et à son cabinet *de belles curiosités*.

En résumé, le vaste terrain, anciennement occupé par l'hôtel de Nesle, fut morcelé au dix-septième siècle. On y bâtit d'abord l'hôtel de Nevers, puis l'hôtel de Guénégaud, qui s'appela plus tard l'hôtel de Conti, et enfin plusieurs maisons bourgeoises ; ce qui restait de l'emplacement de l'hôtel de Nesle fut occupé par le collège des Quatre-Nations. Lors de la construction de ce dernier édifice, sous le règne de Louis XIV, on abattit la *tour* et la *porte* de Nesle, on détruisit les restes du mur de l'enceinte de Philippe-Auguste et on combla les fossés; de telle sorte qu'il ne resta plus rien des immenses constructions qui avaient fait partie de l'hôtel de Nesle, ou seulement en avaient porté le nom. Ces nouveaux édifices, qui avaient substitué leurs lignes droites à l'ogive de l'hôtel de Nesle, leur attique à ses créneaux, et leurs colonnes grecques à ses hautes tourelles, ne tardèrent pas à éprouver des changements ou même à périr. Sous Louis XV, la ville de Paris, ayant fait choix de l'hôtel de Conti pour construire à sa place l'hôtel de ville, l'acheta pour un million six cent mille livres ; il fut démoli entièrement, et on construisit sur son emplacement, non pas l'hôtel de ville, mais l'hôtel des monnaies qui existe aujourd'hui.

On a déjà pu remarquer que les abbés de Saint-Germain des Prés n'oublièrent pas de revendiquer leurs prétendus droits sur l'hôtel de Nesle, et d'obliger les acquéreurs de ses diverses parties à acquitter les charges imposées en vertu des droits seigneuriaux de l'abbaye. Il en résulta une quantité de procès, qui se terminèrent tout à l'avantage des abbés de Saint-Germain des Prés. Outre la charge de foi et hommage, le duc de Nevers dû payer une rente de 50 sous parisis ; le ministre de Guénégaud et la ville de Paris furent forcés de payer 30,000 livres.

Non contente de ces extorsions, l'Abbaye demanda l'énorme somme de 100,000 livres aux exécuteurs testamentaires du cardinal de Mazarin pour le terrain sur lequel ils faisaient bâtir le collège des Quatre-Nations, aujourd'hui nommé palais de l'Institut.

Il est bien certain que ces sommes furent indûment exigées ; nous nous étonnons que l'Abbaye ait pu soutenir avec succès de pareilles prétentions. Tout le terrain qu'ont occupé l'hôtel de Nesle et les édifices voisins, avait fait partie du jardin du palais des Thermes et du clos de Li-As ; il avait été une propriété impériale, puis royale, jusqu'à ce que l'abbaye de Saint-Germain des Prés s'en fût emparé sans aucun droit. Lorsque le temps eut sanctionné cette usurpation, l'Abbaye obtint des dédommagements pour le terrain que couvrait le mur d'enceinte de Philippe-Auguste ; nous avons dit que ce roi lui abandonna, par compensation, la propriété de la porte de Buci avec les droits d'entrée et de sortie. En 1639, le duc de Berry affranchit l'hôtel de Nesle et ses dépendances de toutes les charges dues à l'Abbaye, en lui abandonnant l'hôtel des rois de Navarre. Comment se fait-il donc que cette Abbaye ait pu renouveler tant de fois avec succès ses injustes prétentions sur l'emplacement de l'hôtel de Nesle ? Si quelque chose doit surprendre dans cette affaire, ce n'est pas l'obstination que les abbés de Saint-Germain mirent à poursuivre des droits éteints et chèrement acquittés, mais la sanction que la justice du parlement donna à ces avides et iniques exigences, qui ne pouvaient reposer que sur des titres faux ou altérés (1).

Aujourd'hui, il ne reste plus rien de cette vieille tour de Nesle, rien que le souvenir, — et l'histoire. — Histoire féconde en grands enseignements, que nous avons laborieusement exhumée des ruines du passé, et que, sans peur et sans reproche, nous livrons à l'appréciation de nos contemporains.

(1) Jules Chateau, *Histoire de l'hôtel de Nesle*.

F I N

IMPRIMERIE D. BARDIN, A SAINT-GERMAIN